2013年11月10日,美国前总统卡特接受作者采访。

2015年10月7日,美国前国务卿基辛格第三次接受作者专访。

曾在卡特政府任美国总统安全事务助理的兹比格涅夫·布热津斯基博士在华盛顿参加智库活动时与作者交谈。

2014年6月14日，参加新书《艰难的抉择》销售和竞选总统造势活动的希拉里在现场与作者交谈。

2014年8月19日,作者在密苏里州圣路易斯市弗格森镇骚乱现场采访。

2013年5月21日,作者自美国新墨西哥州首府圣菲出发,经过9个多小时不间断长途驱车奔波,抵达前一天惨遭龙卷风袭击的俄克拉何马州穆尔市现场采访。

2013年8月,作者在美国最大的印第安人保留地纳瓦霍部落采访。

2011年1月，作者在美墨边境采访美国国土安全部海关及边境保护局新闻官科林。

2013年6月22日，作者采访时任美国国际合作委员会主席陈香梅女士。

2014年2月，作者采访陈纳德航空军事博物馆馆长、陈纳德的外孙女内尔·陈纳德·卡洛韦女士。

2012年4月30日，作者在美国国务院外交研究所乔治·舒尔茨外交事务培训中心公共外交课程（PY100班）以"他们怎样看美国"为题发言。这是美国官方首次邀请人民日报记者为其培训项目授课，参加者为来自全球的28名美国外交官。

2012年4月18日，作者在美国俄亥俄州代顿市采访参加"杜利特尔机队轰炸东京"70周年纪念活动的理查德·科尔。2019年4月9日，作为参加过轰炸东京的最后一位在世者，科尔在美国圣安东尼奥逝世，享年103岁。

2014年2月，作者在陈纳德航空军事博物馆采访"飞虎队"成员理查德·舍曼。2019年1月10日，舍曼在美国路易斯安那州门罗市的退伍军人之家去世，享年96岁。

2015年9月7日,作者在波士顿哈佛大学校园内采访傅高义。

2016年1月25日,80岁的康妮在位于华盛顿N街的女性无家可归者收容所辞世。在35年间,康妮一直在白宫对面坚守和平守夜抗议活动,被称为"美国历史上时间最长的政治抗议者"。图为作者在白宫前采访康妮。

2014年4月24日,作者在哈佛大学商学院"赵朱木兰中心"奠基仪式活动中采访赵小兰父女。

2011年7月14日,作者在华盛顿采访参加"记住1882年"活动的美国国会首位华裔众议员赵美心。

(以上图片均为何小燕摄)

一位常驻美国记者的深度观察

撕裂的美国

温宪 | 著

人民日报出版社
北京

| 自 序 |

2351个日夜的意义与情结

2021年，中国农历辛丑年。这一年的春节，由于大疫尚未过去，"就地过年"成为被鼓励的度假模式。这一年的春节，"万象更新"有了更为急切的期盼。这一年的春节，对未来怀有谨慎乐观的人们，普遍感到松了一口气，其原因之一便是中美两国领导人于2月11日中国除夕上午通了电话。

此前4年的中美关系让中国人民操碎了心。不知有多少次，当我走过从未谋面的人群时，飘来的竟是对中美关系和国际局势的激烈争论。美国新任总统拜登于2021年1月20日正式入主白宫后，与外国领导人通话虽为惯例，但通话顺序却有亲疏远近的微妙。他迟迟未与中国领导人通话曾引起广泛关注。2月11日中国农历除夕上午，习近平主席同拜登总统通电话。拜登向中国人民拜年，祝愿中国人民春节快乐、繁荣发展。习近平再次祝贺拜登正式就任美国总统，并祝中美两国人民新春愉快、牛年吉祥。习近平主席借拜年之际向拜登总统明言："你说过，美国最大的特点是可能性。希望现在这种可能性朝着有利于两国关系改善的方向发展。"

拜年讲究的是一份情，一份礼，一份彰显天时、地利、人和的祝福。不能不说，中美两国国家元首就中国牛年春节相互拜年的分寸拿捏得很是精准。

此前的2020庚子年，整个世界经历大变。

一场新冠肺炎疫情裹挟着人类社会，加速推动着令人眼花缭乱的百年未有之大变局。适逢那个名为美利坚合众国的世界唯一超级大国经历四年一度的大选政治周期，乱哄哄你方唱罢我登场，天灾与人祸剧烈交织，搅得周天寒彻。

在白宫4年间，美国第45任总统唐纳德·特朗普令整个世界翻天覆地，更是催化出一个极度撕裂的美国。在经历了近三百年人类政治文明社会实验后，特朗普成为美式民主中极为奇葩的历史人物。在经历了一番极具戏剧性的大选历程后，特朗普在270张选举人票这个门槛上明显败给了一位名叫小约瑟夫·罗宾内特·乔·拜登的竞选对手。2021年1月7日，美国国会参众两院联席会议确认拜登获得306张选举人票，特朗普获得232张选举人票。拜登从法理上正式成为2020年美国总统选举的获胜者。

一辈子都不服输的特朗普百般缠斗。2021年1月6日，他涉嫌鼓动支持者冲入国会打断国会参众两院联席会议的举动无异于遭到"飞去来器"的当头一击，也因此成为再次遭到弹劾的依据。2021年2月13日，美国国会参议院就前总统特朗普弹劾案进行最后表决，最终以57票赞成、43票反对的结果，未能通过"煽动叛乱"弹劾条款。此次弹劾审理历时5天，是美国历史上用时最短的总统弹劾案审理，也是唯一一次对前总统的弹劾审理。特朗普也成为美国历史上唯一一位被弹劾两次，且被两次定为无罪的（前）总统。

特朗普没有出席1月20日拜登就职典礼，此举使他成为150年来首位不出席继任总统就职典礼的现任总统。一直不承认败选的特朗普似将永远解不开这一心结：他毕竟在大选中赢得了7000余万张选票，他是美国共和党历史上获得选票最多的总统候选人，也是美国历史上获得选票最多的败选总统候选人。

美国社会从未如今日这般撕裂。这一撕裂是逐渐极化的过程。我在美国工作期间亲历、探究了这一撕裂过程。

当特朗普作为一种政治现象仍在美国社会奔突之际，人们更多地将目光聚焦在了拜登身上。

拜登在美国政坛上摸爬滚打几十年，很多人对他并不陌生，包括我在内。我至今仍清晰地记得专访拜登一事的前前后后。

2011年8月17日，《人民日报》刊登《美国副总统拜登接受本报专访时表示美方希望中美关系持续稳定发展》一文。同日，人民网在首页显著位置以问答形式全文发表这一专访。这是一篇在国内外引起强烈反响的独家专访报道，也是迄今为止中国主要媒体唯一对拜登所做的专访报道。

日子冲淡了记忆，冲淡了激情，也冲淡了那个听起来很庄重的词汇——意义。

在人生的不同阶段、不同境遇中，我都曾反复掂量"意义"何在。如今，当终于可以静静地坐下来做这件事情时，却发现无比艰涩，每每自问：这件事情的意义何在？

这件事情就是这部著作。

自2009年5月26日至2015年11月8日，我出任人民日报驻美国记者站首席记者、人民日报北美中心分社首席记者，计2351个日夜。

这无疑是一段含金量很高的岁月。含金量之所以高，不仅仅因为有闪光，还因为有闪电，有阴霾；有无尽的奔波，无尽的思虑；有无数次的约稿，无数次的倚马可待，更有无数次的"无须扬鞭自奋蹄"；在许多个不眠之夜中，脑中盘桓的是几个、十几个甚至几十个反复掂量的题目、谋篇布局的思虑、远在大洋彼岸孩子成长的烦恼和生命之火明显走向熄灭的老父、管理一个小型然而十分重要的中国驻美国新闻机构的方方面面，以及每日潮水般内外信息的妥善应对；面对过无数次的被"点赞"，也面对过种种"风刀霜剑严相逼"，更面对过西装革履、眼戴墨镜、从皮包中甩出一沓照片的美国联邦调查局特工，那情景像极了好莱坞影片中的经典片段，对方开口也是"根据美国的法律，你必须如实回答。否则……"。我到过美国最西北角，到过美国大陆最南端，既贸然闯入过北面的美加边境，也到过南面的美墨边境。我到过美国50个州，也到过位于加勒比海地区的美属波多黎各，尽管一些地方只能从足迹所及的意义说"到过"。

这应该是一段含金量很高的岁月。1979年，人民日报驻美国记者站初创之时，我曾被征询赴彼担任工作人员的意见，我以"英语不够好"予以婉拒。时隔整整30年之后，当重任在肩时，作为一名中国专业国际新闻工作者，我掂量得出驻美国首席记者的分量。

我珍惜这一段岁月。正如此前在巴黎、南部非洲学习和工作时一样，我通过日记留下点滴心迹，亦力争与遗忘抗争。如今，再翻出这些日记时，果然对其中的一些事情早已淡忘。往日情景重现，也多少可见彼时心境。

2009年5月26日是离开北京前往华盛顿的日子。那一天的日记除了详述在北京与亲朋离别和在华盛顿与同事相见场景外，还留下了这样的文字：

经过半年多的历程，赴美就任进入最后程序。

当晚6时20分，UA898航班（美联航）正点起飞。13个小时之后，于当地时间 2009 年 5 月 26 日晚 7 时 40 分抵华盛顿杜勒斯国际机场。

经过 30 年的漫长奋斗后，终于迈出了这一步。

机场出关相当顺利。机场官员问："你是记者？是电视、广播？""实际上，是报纸。"我回答说。

公元 2009 年 5 月 26 日，从北京到华盛顿，完成了一次跨越，开始了一个征程，也开始了一个新的不眠之夜。

2009 年 12 月 31 日的日记中这样写道：

一年到头，有了放慢脚步，暂时停下来，回头看一看，盘点、收拾一下心情的意愿。

2009 年是大变化、大调整、大挑战之年，应对变化、应对调整、应对挑战便成为 2009 年的内容。

变化、调整、挑战既是外部又是内部，既是身体也是精神，既是状态也是心态。

今年是从军 40 周年、进入人民日报 35 周年、进入国际部 31 周年，一步一步走到今天，我珍惜这一新的应对挑战的机遇。这是一个充满挑战性的平台，光荣与梦想同在，艰辛与收获同在，挑战与机遇同在，我终于赢得了这一机遇，跨出了这一步，开始了新的一章。

可以想见的繁杂，可以想见的尖刻，可以想见的注视，可以想见的挫败，可以想见的屈辱与隐忍，可以想见的不堪重负，可以想见的品头论足，可以想见的说三道四，可以想见的心余力拙，可以想见的全新体验，可以想见的苦辣酸甜……

我来了，我尽力了。此时，我享有一份相对安宁的心境……

自 2009 年 5 月 26 日离京以来，面临着交接、安顿、打开局面的沉重压力。今天，我可以长舒口气，问心无愧地说："我成功地完成了这一切！"

第一步一向是艰难的。它需要极有耐心，极有韧性，既有爆发力又有持久性，既要果决又要坚忍，既要大动又要大静，既要多又要好，且好更重要……

同非洲一样，华盛顿也不相信眼泪。它只相信JUST DO IT!

2009年在美利坚合众国的219天中，有着难以计数的不眠之夜。每天都在为第二天做着筹划，每天都在捕捉信息，每天都在谋篇布局，每天都在思虑着，其代价是头上的白发显著增多。

在国外的日子从来都是含金量极高的岁月。从巴黎、哈拉雷、约翰内斯堡，再到华盛顿，日子一天一天数着过来，回头望去，收获的是一份坦然。

（此时为2009年12月31日11时10分，向国际部夜班打电话，夜班负责人接电话，祝新年好并祝所有夜班同事新年好！她说："你最辛苦，你的工作量真大。"）

满意吗？难说满意，仍有诸多遗憾。尽管如此，仍是坦然和欣慰的。

我深感心有余而力不足，但我尽力了，我亦必须量力。

仍有诸多隐忧。每日为兴奋预热的周期愈来愈长，每日的疲惫一再提醒我应把握节奏。

仍有许多挑战，心态的挑战仍是重要挑战。仍会有许多挫败和不如意，什么都不说，什么都不问，只是尽力而已，问心无愧而已。我已过知天命之年，我应知其他一切均不重要，名利之事已远我而去，只有利用半个多世纪岁月积淀而成的结晶酿制出更有生命力的独家文字，仅此而已，仅此而已……

北京已经进入2010年，华盛顿在凄冷中等待着新年的到来，这又将是一个充满变化、调整和挑战的一年。

在2010年，我将年满56周岁，这一简单的事实便昭示、告知、警示、诠释了很多的必须和应该。何须多言？！

新千年、新世纪的转换仍似触手可及，一晃进入新千年、新世纪的第二个十年，可不珍惜乎？！

2010，我来了！

在2010年的最后一天，已经忙得只是匆匆几笔了：

2010年最后一日即将逝去。

怎一个"忙"字了得……

365日过去，头上多了几许白发。

为病榻上的老父揪心，为不明前景的儿子操心。

戒急慎躁。

此行对自己的要求是：尽力，量力。

一年到头，可以说，我尽力了，也懂得量力。

新的一年，新的转换。角色的转换，精力的转换……

还是应尽可能沉静，尽可能再做些自认为还值得做的事情……

2011年的年终抒怀依旧匆匆：

2011年最后一日在紧张脑力劳动中结束。

似乎未能很从容地回望一下2011年。

在这一年，前往圣迭戈、芝加哥、洛杉矶、旧金山、堪萨斯、夏威夷，填补了数个空白。

在这一年，卧床10个月的父亲于10月8日过世。所幸我在身边，并全程料理后事，未留遗憾。

在这一年，无论怎样尽力，均有一股邪劲多方打压。亦尽力理性回应。背后暗箭多有难料。

在这一年，完成美墨边境和1882年两版报道，算是突破。

在这一年，尽力实现对副总统拜登书面专访，成为略可告慰事。

在这一年，完成人民日报北美中心分社办公室建设，其间花费多少心力！

在这一年，我度过57周岁，开始向58周岁和驻美三周年迈进。

终于迎来2012年……

2012年的最后一天，终于忙得连年终抒怀的心境也没有了。

在2013年的最后一日，写下了如下的"2013年感怀"：

公历 2013 年最后一日。

难得此时暂无一事牵累，得以收拾心情。

这是梦圆的一年。年初与家人共赴波多黎各，览加勒比海一景；两赴亚特兰大，得以观密西西比、阿肯色、新墨西哥，访四州交界、查科等多处边远之地；赴加州安纳伯格，访死亡谷；赴缅因州，访 AMY 家，至瓦尔登湖；游阿拉斯加，了一愿。

完成访布热津斯基、卡特。一直为曼德拉牵挂，最终连夜奋笔"追忆伟人曼德拉"，与曼德拉合影亦同时刊出。西游期间，突接指令，转赴俄克拉何马龙卷风现场。完成数个二维码视频，在"全媒体"的奋进中没有落伍。

2013 年更加从容了一些，更加看淡了一些，在仍旧忙碌、强烈意识已进入花甲之年的状态中仍在每日与自己较劲。

茫茫人海，海量信息，人生苦短，精力有限，更加在意留一些有特色的痕迹，更加在意不要因小失大，淡然继而淡出，向往着退休生活也在蓄积着面对新挑战的心理准备。

2014，农历马年，时值进入人民日报 40 周年，时值进入法定退休年龄，时值人生的花甲之年。

来此之后，已掉三牙，衰老进程不可挡。灰暗心境时时泛起，却又每每与自己抗争。

知道还应更加坦然，更加淡然，更加毅然。

来此已经 4 年 7 个月，回首，心中坦然而充实。

2014，那应是成功之年。在此坚持下来就是成功！

2014 年的最后一天再次无暇抒怀，那一天的日记上记满了多个约稿的处理安排和一年来人民日报北美中心分社逐月的工作情况。

美国首都华盛顿，被中国新闻机构的同行们以谐音戏称为"花生屯"。在我的任期内，我所在的"俱乐部"有一个不成文的规矩：每每有老朋友离任和新同事到任时，都要组织送旧迎新活动。2015 年 11 月 1 日活动内容之一便是我本人即将离任。那是一次相当难忘的隆重聚会，我在那次聚会上作了如下发言，

也算是离别抒怀:

铁打的营盘流水的兵。今天这水流到了我的脚下。

从来的那一天,到走的那一天,我在"花生屯"寄居了 2351 天。

2351 个日日夜夜,我到底在这儿都干了些什么?回想起来,这些日子里,绝大多数时间是在为一个叫奥巴马的人操心。毫不夸张地说,简直为奥巴马操碎了心。

饱尝高处不胜寒的奥巴马当然更操心。几年下来,眼见得他那头黑发变成了花白。可他说过要干的事很多还没干成。他上任第一天就说要关闭关塔那摩监狱,到现在还关不上。这监狱老关不上对美国的声誉多不好啊,真挺急人。奥巴马没进白宫时就声言要改变"花生屯"的政治文化,现在这话再也不敢说了。打着变革的旗帜入主白宫,几年下来到底有什么变革,仁者见仁,智者见智。

视觉上的"花生屯"远远谈不上日新月异,但还是有变化的。DC 城里多了一条银线地铁,只是修了一半,没能直通杜勒斯国际机场。NATIONAL MALL 里多了一个美国国家非洲裔历史和文化博物馆,明年就能开放。

在"花生屯"的便利之一就是除了能为奥巴马操心,还能看到一出出人间悲喜剧。其实,如果你能看得进去的话,就连那悲剧都有喜剧的味道。

人生如戏,在"花生屯"演绎得淋漓尽致。这戏之所以好看,还在于日复一日,年复一年;台上台下,人前幕后;阳谋阴谋,虚与周旋;海阔天空,装腔作势;河东河西,此消彼长;翻手为云,覆手为雨;朦朦胧胧,悬念频生。希拉里·克林顿几年前曾信誓旦旦地说再也不会竞选总统,转过身来就要冲击美国历史第一位白宫女掌门的纪录;爱抹眼泪的博纳(时任美国国会众议院议长)不知私下里同教皇说了点什么,或者是教皇跟他说了点什么,掉过脸来哭着喊着说不干就不干了。这戏看多了,就有些莫明其妙的感悟,忽然觉得在美国的政坛上,要注意长着一对扇风耳的人物:奥巴马长着一对扇风耳,很注意打造腹肌的新议长瑞恩长着一对扇风耳,那个同奥巴马有着高度相似经历的卢比奥(时为美国国会参议院共和党议员)也长着一对扇风耳。

感恩节快到了。洋为中用,这感恩节就更多了一点正能量。大江东去,岁月流逝,沉淀下了浓浓的感恩之情。感谢今天来到这里的所有人,与你们在这块地界的相遇、相识、相知、交流、互助是我格外珍惜的缘分。每个人的身上都有闪光之处,这些都曾经,也仍将是我前行中的激励。

借此机会,我也要向所有人送上一份祝福:祝健康!祝平安!祝顺利!祝成功!

离开了那个名为美利坚合众国的国家后,虽然没有重返,但时时都在关注,恰如我曾经生活、工作过的津巴布韦、南非一样。当今之世,这是一个不能不予以关注的国度。

人人都在关注美国,有关美国的书籍汗牛充栋,这便是我对于做这件事情的意义产生疑问之处:在很多人远离书籍之时,这样做是否只是敝帚自珍?

自忖多时后,我的回答是:是的,我是将自己家里的这把破扫帚当成了宝贝,但与此同时,我也真的以为这把破扫帚还是有一定的存在价值,恰如博物馆内摆放的老物件,那里面寄放着一段历史的基因。

真实便有价值。对于一位中国国际新闻工作者而言,无论你在赴美前做出了怎样充分的准备,你最初的美国报道无异于盲人摸象;在努力工作了一些年后,你对于美国的认识也只能说是一知半解。

2015年下半年,我在美国与我的房东萨默斯先生就即将到来的美国大选有过一段对话。那天下午,曾任美国国务院外交官的萨默斯与其夫人一起到住所看望我们。一下车,他就笑着说:"我知道你是一位很聪明的人。你说一说谁能当美国总统?"我冲口而出:"特朗普先生!"随后,我俩会心大笑,因为在那个时候,"特朗普总统"绝对是个政治笑话。此后,我告诉萨默斯先生,美国的政治越来越让人看不懂了。萨默斯先生绷起脸来,很认真地说道:"我们也看不懂了。"

我相信他说的是真话。对于一个连美国人都说看不懂的美国,一位中国记者应该珍惜的是那份曾经的亲历。只有那份亲历才是最真实、最独特的,也因而可以成为摆放在美国历史博物馆中的一个老物件。

是的，这是一些真真切切的历史片段。想到这里，这把破扫帚似乎有了存在的意义。

好吧，我就梳理一下自认为还有些历史价值的亲历美国。

从 1974 年 3 月进入人民日报社，我在这里工作了 40 余年。将这部心血之作交由人民日报出版社出版，这本身便是一种情结。感谢人民日报出版社刘华新、林薇等诸位同事，感谢一路走来所有从各个角度敦促我不断前行的各种肤色的人，感谢这个世界足迹所及各个角落大自然所给予我的人生领悟！

2021 年 8 月 7 日

（中国农历辛丑年六月二十九，时值立秋节气）

| 写在前面的话 |

独家专访拜登为中美关系助力

在美国工作期间，时任美国副总统拜登一直是我密切关注的政治人物。在奥巴马政府对华关系中，拜登发挥了重要作用。在奥巴马政府内，口若悬河的拜登一直被视为"解决麻烦问题的能手"。

高举"变革"大旗的奥巴马于2009年入主白宫后，立即在美国全球外交中打出了一套令人眼花缭乱的"组合拳"，对华关系亦不例外。2005年8月至2008年12月，中美举行了六次战略对话。2006年12月至2008年12月，中美举行了五次战略经济对话。2009年，中美战略与经济对话机制建立，对话级别由部长级升为副国级。第一轮中美战略与经济对话便于2009年7月在华盛顿举行。

至2015年6月24日，中美之间已经举行了七轮中美战略与经济对话和六轮中美人文交流高层磋商。除在北京举行的第二、四、六轮外，我在华盛顿采访了第一、三、五、七轮中美战略与经济对话。从第一轮到第七轮，我看到了中国不断强大的身影，看到了中美关系的曲折与复杂，看到了世界上最大发展中国家与最大发达国家在新型大国关系建设进程中痛苦地磨合，看到了两国关系更加成熟的趋势，其主要标志便是抗震能力更强，交流更为坦率，心态更为平和，相互更为理解，行动更为务实。在这期间，我也在现场多次看到拜登的身影。

2011年5月9日上午9点22分，第三轮中美战略与经济对话在位于美国首都华盛顿的内政部礼堂拉开帷幕。这次对话一开始，中美官员就展现出轻松幽默的一面。美国副总统拜登在开幕式上笑称，美方派出了"超级明星"，国务卿希拉里、财长盖特纳都是最好的会谈人选。他称赞在美国的13万名中国留学生"真的很出色"，"我们想尽力留下一些"，他甚至说起了自己刚刚从哈佛大学毕业的外甥女，她学过中文，在中国住过，如今在美国财政部工作。

在第五轮和第七轮中美战略与经济对话开幕式上，美国副总统拜登都出席了开幕式并发表讲话。

2015年6月23日晚，我与其他采访第七轮中美战略与经济对话的中国记者转场至美国国务院8楼富兰克林厅拍摄欢迎晚宴。在经过美国国务院8楼阳台时，但见乌云压顶翻腾，天边却是一道银灰色的亮光。黑与白之间，一面巨大的星条旗在风中剧烈地摇曳。在此后发回的稿件中，我便感叹道："这是一幕多么具有象征性和催人想象的场景！"

"老人"在美国是很被忌讳的一个词。稍有常识的人都知道，对于上了一点年纪的人，礼貌的用词是不能称其为"Old"，而应用"Senior"。

对于在政坛上打拼了一辈子的人来说，更忌讳别人称其为老人。美国人喜欢说"美国梦"，对于那些雄心勃勃的政客而言，"总统梦"便是他们最高级的"美国梦"。拜登是一个很典型的代表人物。

1942年11月20日出生的拜登28岁就从特拉华州进入政界，不到30岁便当选为联邦参议员，曾是美国历史上排名第五最年轻的联邦参议员。在美国的版图上，距首都华盛顿仅约两小时车程的特拉华州很小，但从那里打拼出来的拜登心气可不小。早在1988年和2008年他两度竞选美国总统，但均告失败。2008年，奥巴马竞选成功后，挑选拜登出任副总统。在官场上混得风生水起的拜登很懂得隐忍。要知道，2001年拜登出任联邦参议院对外关系委员会主席时，青涩的奥巴马只是资历很浅的伊利诺伊州州参议员。在奥巴马担任总统之时，曾经傲然指点江山的拜登变得很谦逊。我曾看到当奥巴马在台上讲得浑身发热时，在一旁的拜登多次主动上前为奥巴马脱去西装，将衣服拿在手中，一脸谦逊的微笑。

拜登太想当总统了。2012年，他就动过这个念头，但适逢奥巴马在拼连任，他就隐忍了下来，又当了一任副总统。2016年，他又跃跃欲试，那时他已经过了70岁。

我在美国的房东萨默斯先生退休前在美国国务院工作。2015年下半年的一天，我向萨默斯询问他对2016年美国总统大选的看法。他说："拜登不参选比参选好。如不参选，他将作为一个成功的副总统全身而退，如参选则将作为一个失败的总统候选人载入史册。"

在希拉里宣布参选后，时任副总统拜登是否参选曾是一个很大的未知数和可以影响2016年美国总统大选进程的变量。

作为曾两次角逐白宫宝座的资深政治家，拜登的参选势必使得民主党内选情更为复杂激烈，对同样势在必得的希拉里形成牵制。对于年过七旬的拜登来说，这实在是一个极大的诱惑，因为他离美国最高权位如此之近。选与不选，这真是个问题。拜登很纠结。

2015年10月21日上午，在妻子吉尔和奥巴马总统的陪同下，拜登在白宫玫瑰园宣布自己最终决定不参加2016年美国总统选举。他动情地说，自长子博·拜登于当年5月因脑癌去世以来，全家陷入悲伤。尽管儿子生前劝他参选，但他一直怀疑全家能否一面承受失去亲人之痛，一面应对一场令人心力交瘁的选战。

当年拜登的退出实际上为希拉里·克林顿赢得民主党总统候选人提名移除了一个最大的障碍。但拜登"总统梦"的心结一直都在。此后4年，望着虽然比自己年轻一些，但在白宫内如此张扬的特朗普，拜登再一次挺身而出。2019年4月25日，77岁的拜登宣布参加2020年美国总统选举，并最终创造了历史，成为在年龄上最为"Senior"的当选美国总统。

作为一名以观察、记录外部世界为己任的中国国际新闻工作者，在通信手段相当发达的今天，能够在信息如深海般的美国抓住独家新闻可谓难之又难。能够抓住真正意义上的独家新闻也因此成为国际新闻工作者的终身财富。对于中国驻美记者而言，要想拼得独家报道，天时、地利、人和，一个都不能少。

2011年8月17日，《人民日报》刊登《美国副总统拜登接受本报专访时表示美方希望中美关系持续稳定发展》一文（见附录一）。同日，人民网在首页显著位置以问答形式全文发表这一专访（见附录二）。这是一篇在国内外引起强烈反响的独家书面专访报道。

那一年的8月17日，是美国副总统拜登抵达北京开始正式访问的日子。拜登此访可谓"摸底之旅"。在中国共产党第十八次全国代表大会召开之前，拜登此行除了就中美关系与中方沟通外，重要使命便是与时任国家副主席习近平进行密切交流，以着眼于未来的中美关系。

这一中美关系互动的"天时"无疑打着"未来"的印记。作为有着"地利"

之便的人民日报驻美国记者，我们必须抓住先机。6月26日，我与主管美国外交报道的同事王恬进行商议，提出专访拜登。在就推动此事有着一致意见的同时，我们都知道此事操作起来相当烦琐，不确定性极大。我坚持认为，"重要的在于有这一想法，并先提出来"。

此事重大，牵一发必动全身，前后左右，方方面面，一言一词，一举一动，无不需要慎之又慎。事不宜迟，6月26日，我便向北京发回相关请示。第二天接到简短回复，关键词为"同意"和"辛苦了！"，随后我便将书面采访申请及问题单同时传往美国副总统办公室和美国国务院外国记者中心。

在近两个月时间内，我就此专访与美国白宫、国务院等进行了反复沟通，直至拜登副总统专机起飞之前。在这一沟通过程中，我坚持一个原则：不回避问题。

球踢出去了，待到踢回又过了一个多月的时间。8月5日，我被告知，美方表示拜登副总统拟接受书面采访，但感到此前所提问题过于"硬"，希望能丰富一下问题类型，适度增加一些经济、文化等方面的"软性问题"。

中美关系中的"硬"与"软"本来就相当微妙。较之其他采访，这一专访问题的设计分寸感格外强，更须对政策、时局悉心把握。在此后提交拜登办公室的采访问题单中，既以拜登家人学中文为由头提出两国人民交往等问题，也不回避问题，就"中美两国在一些敏感问题上仍有分歧，包括近来人们普遍关注的南海问题"等发问，并据最新情况增加了"今年7月在盐湖城举行的首届中美省州长论坛上，中国省级领导与美国州长们讨论了在地区层面上的贸易、投资、能源与环境合作。一些中方官员表达了他们对一些保守力量和利益集团对来自中国投资根深蒂固敌意的关切，还有人提及美方对中方长期实行的高技术出口管制。您对这些关切有何回应？"等新问题。

时至8月中旬，太平洋两岸中美双方多个部门围绕这一专访展开了愈发密集的沟通与交涉。在此期间，白宫拜登副总统办公室副新闻秘书埃米·达德利女士与我建立了热线联系。

8月12日，埃米告知，美方同意此稿于8月17日，即拜登抵达北京当日刊出。待美方将英文稿传给我后，须在见报前将中文翻译件传给美方一阅，并保留对此中文稿同意与否的权利。经沟通，我对此予以肯定回复，因为这是中美双方在类似事宜上的对等惯例。

8月15日，埃米急问这一专访稿的全文是否会同时在报纸和网络上发表。我告，报纸见报的将是一简版，人民网上将是一问一答式全文。

同日，埃米又突然提出这一专访稿能否推迟一天，即8月18日见报，理由是"副总统第一天有各种会见"。我立刻告诉她，最好不要改变，因为若改在18日见报，当拜登副总统在北京各种会见的新闻见报时，已经没有人会更多关注这一专访，"时效非常重要，我们应该抢占先机"。当我要求她确认这是否为独家专访稿件时，她做了肯定的答复。

这一专访的问世是报网融合推动中国国际影响力倍增的成功范例，离不开前后方采编人员齐心协力的"人和"力量。

在最终的版本中，拜登副总统回应了"一些保守力量和利益集团对来自中国投资根深蒂固敌意的关切"这一问题，却回避了"中美关系中长期存在台湾、涉藏、人权等敏感问题，您认为应如何妥善处理有关问题，防止中美关系受到大的损害？"的问题。

拜登借此访透露说："现在我的孙女也已开始学习中文。"他说，"我的第一次中国之旅是在1979年，那时我作为美国参议员代表团的一员见到了邓小平副总理。在那次旅程中，我见证了中国刚刚开始的变化，那是改革开放阶段和中国非凡转变的开始。那也是美中关系新时代的开始。"今天，美中两国面临许多相似的挑战，分担许多共同的责任，"我确信我们在这些问题上共同采取的行动越多，我们的人民和世界将受益越多。"

在中美关系的发展中，坦率交流成为必需。借助于坦率，共识可得到累积，偏见可得到澄清。坦率来源于自信和自强，从一个角度见证了中国历史性的进步。

附录一

美国副总统拜登接受本报专访时表示

美方希望中美关系持续稳定发展

本报华盛顿8月16日电 （记者 温宪、王恬）美国副总统拜登启程对中国进行正式访问前接受本报书面采访时表示，"当奥巴马总统和我就职时，我们就知道与中国的关系将是我们最优先考虑的事情之一。我们决心将两国关系确定在可以持续几十年的稳定轨道之上。"

拜登说，正如奥巴马总统所言，"美国与中国的关系将塑造21世纪，这使它与世界上任何双边关系一样重要"。在管理我们两国间分歧的同时，我们一直奉行与中国拓展务实合作领域的做法。例如，我们两国正紧密地共同努力，以在一些紧迫的全球性问题上加强合作，包括防核扩散、经济再平衡和气候变化。美国也曾支持中国在二十国集团、国际货币基金组织和世界银行等国际机构中拥有更大的发言权。

拜登高度评价中美近两年来的一系列高层互访。他说，正是这些互访，以及两国政府间各层级对话的建立，使双方取得了一些重要的成功。他表示，我们也在努力拓展两国人民之间的联系，为未来坚实稳定的美中关系加强真正的基础。

拜登认为，决不能低估在我们两个社会之间寻求更多相互理解的重要性，寻找不仅是沟通而且是合作新方式的重要性。中美两国人民越是学会合作与协作，中美两国就越是能够一起合作解决影响我们所有人的全球性挑战。

拜登表示，我们欢迎并鼓励投资海外的中国公司首先放眼美国，相信美国的国际投资者能够从世界最大经济体的许多机遇中获益。外国投资者从我们公开、透明和非歧视的投资环境中受益。在美国，外国投资者将发现资本和利润的自由流通，先进的实物和金融基础设施，以及发生投资相关纠纷时一视同仁的法律援助。

拜登说，奥巴马总统和我正进行一项改革努力，以更新美国出口管制体系，其目标是加强竞争力和增加美国出口，同时保持强力的出口管制，以在适当方面增进国家安全。这些改革的实施正在进行中，中国将与其他许多国家一起从中受益。

拜登说，奥巴马政府与中方通过广泛接触，包括奥巴马总统和胡锦涛主席相互进行国事访问、战略与经济对话以及其他各层级的众多会谈，以求共同建设积极、合作、全面的美中关系。为了使美中关系保持在这个积极轨道上，我们必须坦率诚实地面对我们之间的分歧。这样做会让两国关系更稳定、更有活力。希望我的访问能提供一个机会，使我们与中国的领导人和人民就许多共同面临的挑战进行公开而直接的讨论。

拜登最后表示，作为21世纪的两个大国和全球性角色，美中两国面临许多相似的挑战，分担许多共同的责任。我确信我们在这些问题上共同采取的行动越多，我们的人民和世界将受益越多。

（原载《人民日报》2011年8月17日第3版）

附录二

美国副总统拜登接受《人民日报》记者专访

表示美方希望中美关系持续稳定发展

人民网华盛顿8月16日电（记者　温宪、王恬）美国副总统拜登启程对中国进行正式访问前接受了《人民日报》记者书面专访。以下为专访内容——

《人民日报》记者问（以下简称问）：您曾说过没有任何一个双边关系比美中关系更为重要。能否请您具体阐述，在世界局势快速变化的背景下，您如何看待美中双边关系？

拜登副总统答（以下简称答）：当奥巴马总统和我就职时，我们就知道与中国的关系将是我们最优先考虑的事情之一。我们决心将两国关系确定在可以持续几十年的稳定轨道之上。正如奥巴马总统所言，"美国与中国的关系将塑造21世纪，这使它与世界上任何双边关系一样重要"。在管理我们两国间分歧的同时，我们一直奉行与中国拓展务实合作领域的做法。例如，我们两国正紧密地共同努力，以在一些紧迫的全球性问题上加强合作，包括防核扩散、经济再平衡和气候变化。美国也曾支持中国在G20、国际货币基金组织和世界银行等国际机构中拥有更大的发言权。

我很高兴地说，我本周对中国的访问，只是过去两年来我们两国政府间一系列高层互访中的一次。正是这些互访，以及我们两国政府间各层级对话的建立，使我们取得一些重要的成功。但需要我们做的事情还很多，这是双方的责任。

我们也在努力拓展两国人民之间的联系，为未来坚实稳定的（美中）关系加强真正的基础。奥巴马总统和我依然致力于建立积极、合作、全面的（美中）

关系。

问：这将是您作为美国副总统首次访华，当然，这对中美关系而言是一个非常重要的事件。您认为此次访问将如何推动中美合作伙伴关系？

答：我非常期待此次对中国的访问，作为副总统，这是我的首次访华。我的第一次中国之旅是在1979年，那时我作为美国参议员代表团的一员见到了邓小平副总理。在那次旅程中，我见证了中国刚刚开始的变化，那是改革开放阶段和中国非凡转变的开始。那也是美中关系新时代的开始。如今，我的访问、胡主席今年1月对美国的国事访问、奥巴马总统2009年对中国的国事访问以及美中战略与经济对话等高级别的互动，为美中关系巩固了积极的环境，也为双方在共同的经济和安全挑战方面取得真正进展打下了基础。

我把我的访问视为推动我们迄今努力的一个机会。我不仅希望深化与包括习副主席在内的中国高级领导人之间的关系，也希望与中国公民直接接触。

问：副总统先生，我们知道您的一个从哈佛大学毕业不久的外甥女住在中国，现正致力于确保（美中）关系越来越好，她还学习了中文。中国国家主席胡锦涛最近在北京中南海会见了美国沃尔特·佩顿学院预备高中的学生，他表示年轻人代表着中美关系的未来。奥巴马政府将采取什么举措进一步推动美中两国人民之间，特别是年轻人之间的交流？您对目前正在实施的"十万强动议"有何期待？

答：毋庸置疑，随着我们两国之间关系的日益深化，我们人民之间的联系也在日益深化。去年，超过80万名中国人和200万名美国人来往于两国之间，在彼此国家生活、工作、学习和度假。当中国各地的许多在校学生努力学习英语技能时——本周晚些时候我将很高兴地在青城山中学见到其中一些学生——越来越多的美国人正选择中文作为他们的第二语言。在我自己的家庭中也是这样。几年前，我的外甥女开始学习中文，现在我的孙女也已开始学习中文。我很骄傲她们与成千上万的年轻美国人一起，已经开始为加强美中关系做出贡献。

正是像这样的人与人之间的交流，成为建设美中关系恒久基础的关键元素。这也是为什么我很高兴我的儿媳和孙女将和我一起来到中国。对我来说，这是个向她们展现中国伟大文明、文化以及中国近些年来所取得的非凡进步的机会。我们决不能低估在我们两个社会之间寻求更多相互理解的重要性，寻找不仅是沟通，而且是合作新方式的重要性。我从根本上相信这最符合我们两国和两国人民的利益。中美两国公民越是学会合作与协作，中美两国就越是能够一起合作解决影响我们所有人的全球性挑战。

由克林顿国务卿和刘延东国务委员领导的人文交流高层磋商机制等项目，已经帮助拓展了文化与教育交流的机遇。而且，"十万强动议"正促使在华学习的美国人数目显著增加。我们还在努力增加其他教育项目，尤其是在科技以及文化和体育外交领域。我在中国的这一周，乔治敦大学篮球队也将访问北京和上海。我们诚挚希望这些动议将促进我们两国人民之间更广泛更深入的联系，提升两国社会对双边关系的认识。

问：今年7月在盐湖城举行的首届中美省州长论坛上，中国省级领导与美国州长们讨论了在地区层面上的贸易、投资、能源与环境合作。一些中方官员表达了他们对一些保守力量和利益集团对来自中国投资根深蒂固敌意的关切，还有人提及美方对中方长期实行的高技术出口管制。您对这些关切有何回应？

答：我只能说——我们欢迎——并鼓励——投资海外的中国公司首先放眼美国。作为接受外国直接投资的卓越目的地，我们相信美国的国际投资者能够从世界最大经济体的许多机遇中获益。我们很高兴全世界很多投资者，包括越来越多的中国企业家和中国企业，同意这一点。外国投资者从我们公开、透明和非歧视的投资环境中受益。在美国，外国投资者将发现资本和利润的自由流通，先进的实物和金融基础设施，以及发生投资相关纠纷时一视同仁的法律援助。

关于出口管制，奥巴马总统和我正进行一项改革努力，以更新我们在21世纪的出口管制体系，其目标是加强竞争力和增加美国出口，同时保持强力的出口管制，以在适当方面增进国家安全。这些改革的实施正在进行中，中国将与其他许多国家一起从中受益。但我们也应正确地看待这一问题：去年只有不到1%的美国对华贸易需要出口许可。我认为我们应致力于其他许多有效的方式，使我们可以一起拓展贸易，达到更平衡的经济关系。

问：习近平副主席说，自今年1月胡锦涛主席成功访美以来，中美关系总体保持良好发展势头。中方愿与美方一道，落实好两国元首共识，加强对话、交流、合作，妥善处理敏感问题，不断推进中美战略伙伴关系。如您所知，中美两国在一些敏感问题上仍存有分歧与关切，包括南海问题。奥巴马政府将如何处理这些分歧与关切，以保证中美关系仍在正轨上发展？

答：奥巴马政府与中方通过广泛接触，包括奥巴马总统和胡锦涛主席相互进行国事访问、战略与经济对话以及其他政府各层级的众多会谈，以求共同建设积极、合作、全面的美中关系。事实上，奥巴马总统与胡锦涛主席已经面对面地会晤了九次，并多次通电话。为了使我们的关系保持在这个积极轨道上，我们必须坦率诚实地面对我们之间的分歧。在寻求我们必须共同应对的紧迫问题的同时，我们必须坚定、果断地处理这些分歧。这样做会让我们的关系更稳定、更有活力。

过去一年中，美中两国已在建立解决和管理我们分歧的机制上取得重要进步，其中最引人注目的是 5 月战略安全对话的启动，它将美中两国的高级文职和军方领导人聚到一起，讨论了我们关系中最敏感的一些问题。我们也增加了两国政府间高级别接触的频率与强度，为诚实讨论我们的分歧、减少误判概率提供了巨大机遇。同时，我们拓展了合作的领域，这从美中亚太磋商的进展和最近东盟地区论坛期间几个美中合作项目的宣布即可看出。但我们仍有更多工作要做。我希望我的访问能提供一个机会，使我们与中国的领导人和人民就许多共同面临的挑战进行公开而直接的讨论。

对我与奥巴马总统来说，底线是，作为 21 世纪的两个大国和全球性角色，美中两国面临许多相似的挑战，分担许多共同的责任。我确信我们在这些问题上共同采取的行动越多，我们的人民和世界将受益越多。

| 目录 |

01 在美国当记者,你必须格外坚韧 001

万事开头难,一环扣一环;美国国会大厦有条地下车道;白宫和五角大楼记者证最难获取;白宫新闻发布厅仅有49个座位;美国是国际新闻的深海,你需要一双慧眼;驻外记者的价值就在于驻外;一次搬家得知美国人工费用极为高昂;车管局的频繁轮岗有助于防止"走后门"。

02 外国记者中心的"采访之旅" 012

从来没有绝对的"新闻自由";走出华盛顿的专题"采访之旅"有助于认识、了解、理解和报道美国;"世界警察"不好当,美国有一支不穿军装"招之即来"的特种部队;海军陆战队可在48小时内成建制地部署到世界任何一个地方;外国记者采访活动屡生变数,意在防范;军事基地内的采访再三重申"纪律";在马伦将军最后一场吹风会上,我是现场第一位提问的记者;极为敬业的中国女记者黎星倒在了这里。

03 美国总统的身后名 029

政治高度极化的美国各色人等都在打"建国之父"的大旗;美国式的"为尊者讳":华盛顿是一位奴隶主,却被有意无意地淡化和疏离着;华盛顿是人而不是神;杰斐逊自撰的墓志铭中,对曾经的官职一字不提;林肯所憧憬的理念远未实现;"伟大"从来不是可被用来随意张贴的标签;美国总统图书馆或博物馆的一个共同之处便是报喜不报忧。

| **04** | 面对渐趋极化的撕裂，奥巴马很无奈 | 043 |

尽管充满人格魅力，但光环总要褪去；发誓改变华盛顿政治文化的他身不由己地卷入充满渲染、蛊惑、煽动与憎恨的旋涡之中；在有着"钱主政治"特质的华盛顿强大的政治机器和怪圈面前，想"干大事"的他处处碰壁；面对渐趋极化的撕裂，美国历史上首位非洲裔总统的8年白宫生涯写满"无奈"。

| **05** | 种族矛盾——永远的伤痛 | 063 |

美国黑人遭到歧视后能够一呼百应、公开抗议示威，这本身便是历史的进步；种族问题并没有随着有了一位黑人总统而消失，弗格森镇，这是一个似曾相识的骚乱现场；积重难返的恶性循环所导致的社会撕裂使得种族冲突伤痕的出血变得愈发频繁；这不仅仅是美国永远的伤痛，也是世界性矛盾；在新媒体极度发达的今天，任何冲突与矛盾都会被置于显微镜下迅速放大，进而引起高度关注。

| **06** | 南北战争结束的关键词是"妥协"，然后呢？ | 087 |

南北战争用尸山血海向世人诠释了两个人类社会前仆后继的理念与追求，即维护国家统一和人类平等的权利。今天，人类社会对这两个理念的思考与追求远远没有结束；美国南北战争结束的要义在于妥协与宽容，但如同唤醒魔咒一般，当今全美各地频现不妥协与不宽容；如何把握基于"人人生而平等"理念衍生而来的"平权行动"？如何解释"给予任何人以平等法律保护"的宪法精神？这个社会有着截然相反的声音；种族冲突激化可追溯到南北战争，妥协与宽容曾是一方创可贴，但创伤实在太深，创可贴随时可被撕裂，创伤仍在流血。

| **07** | 美国人？不，白天不懂夜的黑 | 099 |

美国是一个"人以群分"的社会，不同阶层是永不交叉的平行线；阶层向上流动愈发艰难；不同阶层有着各自的交流载体；如果这里是白人社区，新奥尔良下九区绝对不会这样；没有良好的教育，所有的"希望"只是白日梦；教育系统最大的灾难是根深蒂固且不断加大的贫富差距；居安思危是美国保持强大的秘诀之一；自建国之初便高呼的诸多理念极显尴尬。

08　"占领华盛顿"：社会撕裂脓包的破裂　　115

"占领行动"是一个病态撕裂社会脓包的破裂；当"占领行动"真正威胁美国政治、经济、安全及社会秩序时，警方就要清场了；向社会公平方向的改良荆棘载途，两党不同理念使得钟摆在"公正"与"效率"间来回摆动；社会不平等的痼疾屡屡幻化为政客旨在赢得选票的作秀，不要指望问题本身得到根本性解决。

09　目击政府停摆，撕裂极化的"堰塞湖"　　129

政治极化背景下的相互制约被无度滥用时，政府一事难成；2018年底至2019年初，特朗普政府创造了迄今"停摆"时间最长纪录；这完全是一场极端的党派之争和政治赌博；在充满悖论的治国理念博弈中，政治极化的无奈令华盛顿巨大的政治机器锈迹斑斑，难有作为；在间隔越来越短、烈度越来越强的周期性政治危机中，左支右绌的美国愈显颓势；在美国历史上，自由与平等的相悖与相成一直呈钟摆式运动。

10　总统大选：乱哄哄你方唱罢我登场　　152

美国政治史中有一个明显的钟摆效应；"美国梦"是两党共同的煽情主题词。在一个日益分化的美国社会中，极具迷幻色彩的"美国梦"虚化了多少惨淡的现实；在两党全国代表大会这一典型的美式政治大秀场内，隐藏着各种政治势力间的讨价还价和诡谲谋算；说到最后，就是——要钱；在这个充分利用现代传媒手段与充满权术博弈的渲染、炒作过程中，多名政客成为匆匆历史过客，费尽心力的相互攻讦成为笑谈，动辄以万亿美元为量级的大话难免云山雾罩，侃侃而谈的治国方略总难令人信服。

11　美式民主：可圈可点，"猫腻"也不少　　175

从历史发展角度看，美式民主有可圈可点之处，但绝非完美无缺；更大限度直播报道有助于民主进程中信息的公开、透明；机制性的防腐制约措施及信息相当公开、透明；高官贪腐案都有权钱交易性质；美式民主走到今天，金钱成为这台巨大政治机器得以运转的润滑油。民主变味为"钱主"，形形色色的丑恶便如影随形；从"一人一票"演变为"一美元一票"，进而加剧社会不平等的恶化；人以群分的美国有着客观存在的利益差异，其政治制度派生出来的利益关系协调机制对游说活动有着强烈需求，令所有活动运转起来的力量就是金钱。

12　爱国主义的悖论，安全与自由的纠结　　204

美式"爱国主义"特点是通过"潜移默化"达到"情不自禁"；爱国主义成为将各色移民融为一体的重要纽带；在"爱国主义"的大旗下，"新闻自由"极为苍白；对恐怖主义深恶痛绝，却极少有人深究根源；一个不惜用武力在世界推行"民主"的国家，却在处理国际关系中全然不顾民主准则；以"安全"为由占领远在天边的主权国家，却在本土安全上捉襟见肘；不少国民对国际事务的了解极为有限；战略性焦虑导致愈发不自信，入主白宫者有时并非引领美国走向更加宽容，而是加深仇恨。

13　美墨边界隔离墙，再高也枉然　　224

时至21世纪，曾被称为"种族熔炉"的国度却在移民问题上深深地陷入两难境地；美国社会在移民问题上愈发撕裂；特朗普决绝姿态的极端格外具有讽刺意味；拉美裔已使美国人口结构发生重大变化，进而成为不可忽视的选民力量；在治标不治本的情形下，一味建墙分明是在拉仇恨；大浪淘沙之后，历史上曾建的高墙现又如何？

14　印第安人保留地与阿米什人的迷思　　246

在多元化的美国社会，新的困惑带来新的思考，折射出历史进步；印第安人已被碎片般安置在偏远荒凉的保留地内，其文化、形象成为美国社会中权当点缀的商业卖点；印第安人保留地内没有门牌号，全球卫星定位导航仪全然失灵；没有人知道"疯马"巨雕将于何时完成，也没有人知道这一"愚公移山"式的美国故事；"走在华盛顿的大街上，我感觉不到什么，但一办起事来，就有二等公民的强烈感觉"；在最为发达的国度，还有一个拒绝完全融入现代社会的族群。

15　华人：曾经屈辱，奋力抗争，韧性拼搏　　262

天使岛，曾经充满厄运的地界；1882年《排华法案》是美国历史上第一个也是唯一排除单一民族享有平等、自由的联邦法律；美国国会众议院就《排华法案》向华人表示歉意后，美国主要媒体几无声音。华人遭受歧视仍时有发生，但说"不"的声音愈发响亮；从历尽屈辱而忍气吞声，到面对冤案而奔走呼号，再到赢得公正而扬眉吐气，离不开自强不息的韧性抗争与自强拼搏，也与祖国日益发展壮大密不可分。

16　白宫前的反战示威挡不住军工复合体　　286

美国是一个尚武的国度；战争与和平一直是撕裂美国的因素之一；华盛顿又在编造一个极大的谎言以证明新战争的合法性；自"9·11"事件发生以来，美军对无人系统的发展不断增大力度；美国军事力量加紧向高、精、尖发展，谋求掌控军事竞争领域的"新边疆"和"高边疆"，力求更多地从质量上保持世界军事领先地位；橡树岭："全世界最聪明的大脑都在那里"。

17　到处都是开放的博物馆，CIA 和 FBI 除外　　302

开放不仅体现"公仆"理念，也表明公开、透明、平等与自信；因势利导、潜移默化的教育在各类博物馆中得到充分发挥；《孙子兵法》不仅在西点军校成为研究对象，相关论述也出现在国际间谍博物馆；宇航员的独特在于别人无法从完全意义上共享这份经历，这份经历使其在人世间的生活更为积极而平和；神秘的铸币厂在不失其生产功能情形下，被改造成为博物馆和大课堂；海军作为重要武装力量支撑着美国，其理念概源于"海权论"。

18　枪文化与枪政治，悲剧的死结　　317

一个如此看重生命的国度，为何频繁发生枪击命案？在独立战争、西部大开发等历史背景下，拥枪自卫被普遍认为是核心价值体现；美国宪法第二修正案被视为宪法依据；政客们都明白，每支枪的后面都有一个"伤不起"的选民；全国步枪协会背后的利益集团拥有大量的选票；控枪还是管人，这是一个无法摆脱的怪圈，是一个徒劳无奈的死结。

19　"这是法律！"　　329

美国的自由绝非随心所欲，反倒令人感到动辄得咎；法律法规一旦制定，便有极强的执法举措，形成威慑；公德是在严厉的法律制约下逐渐养成的；白宫请愿网并非一块任由考拉或袋鼠奔跑的荒地,这里是画有"红线"的;知法、执法者违法,其信誉轰然崩塌,公职难保;官员财产公示、申报制度要旨在于确保"手莫伸,伸手必被捉";事实准确是防止媒体滥用职务行为最基本的要求;新媒体发展使得相关法律出现盲区。

20　创新,就要容忍失败　　　　　　　　　　　　　　346

创新就意味着必须容忍失败;成功并不具有很大的教育价值,失败却很能教育人;只有竞争和思维碰撞能够产生好的创意;能否为优秀科学家、工程师的不断涌现创造良性竞争环境成为对国家创新的挑战;创新需要自由想象的空间,强烈好奇心的支撑,享受快乐的兴趣;如果领导者始终抱有积极态度,你的团队将会实现更高目标;在科技创新问题上,中国成为美国的主要竞争对手和"假想敌"。

21　企业与城市,点子与路子　　　　　　　　　　　365

反向思维,举一反三,放大细节,做有心人;"在脏、冷、潮湿的鱼市中,你可以选择懒洋洋的平庸,也可以选择成为'世界闻名'";星巴克出售的是一种"体验";"人们因闲散而生锈者比精疲力竭者多,如果我因闲散而生锈,我会下地狱";"去问明白人",充分利用大学等科技资源库,不断开掘新的经济发展亮点;数字化制造带来跨国公司生产效率的提高和产品的个性化制造;中国劳动力成本低的传统竞争优势已不复存在。

22　衰落?美国很焦虑　　　　　　　　　　　　　　381

从华盛顿的樱花想到美国国运;"时隔50年,我们这一代的人造地球卫星时刻已经到来";"9·11"事件的发生或许成为美国走向衰退的起点;任何一位美国总统都将保持美国全球霸主地位视为终极使命;无论其是否承认,美国已经走下曾经不可一世的神坛。

23　中国:美国战略焦虑聚焦点　　　　　　　　　　399

中国是美国全球战略焦虑的聚焦点;在美国政治周期背景下,中国不断被拿来说事儿,其拙劣程度几近荒唐;中美关系有着全球利益客观需求;在出类拔萃的成长过程中,必然面对各式七嘴八舌和各类白眼、红眼,这是成为优秀的必然磨炼；中国将面对的，甚至是更为强硬的挑战行动；中华民族需要同心同德，脚踏实地，锲而不舍，不骄不馁，千方百计谋发展。

24　"怎样看美国"与新闻博物馆头版展示　　417

在现代科技大数据发展背景下，人们几无秘密可言；某些美国中国问题专家之所以对中国发生误读、误判，主要在于缺乏对中国国情的深刻理解和历史感；你无法将美国模式生搬硬套到中国；美国是例外的，但在某种程度上，每个国家都是例外；新闻博物馆内的一面墙上，集中展示了世界各地大报对于"9·11"事件报道的头版版面，其中有我参与编辑的那条消息；太平洋两边形成合力后，头版展示终成现实。

25　陈纳德和那些二战抗日老兵们　　431

"我们生活在不同的世界，但对我们而言，为一个更好世界共同努力的事业同样重要。中美两国人民需要理解这一共同目标的重要性"；性格刚烈的陈纳德将军曾与五角大楼关系不睦；"我耳闻目睹了日军在中国烧杀抢掠的许多暴行"；你是来自中国的声音；现在许多美国年轻人并不知道这一史实，美国学校应将这一史实载入二战历史教科书中；她随口说出绝对京片子的顺口溜，还能非常地道地说出带儿音的"鸡子儿"。

26　郁闷的海明威，梭罗并不超脱　　443

这里南距古巴仅有90英里，孰料至近者至远；被列入黑名单的海明威曾经有过怎样的痛苦压力；小而韧便高大，弱而奋便自强，贫而勤则富；"斯诺是一位伟大的人。他是在正确的时间，正确的地点，做了正确的事情"；出世与入世躁动，大动与大静的律变一直令我追寻着心中的瓦尔登湖；"我爱孤独。我没有碰到比寂寞更好的同伴了"。

27　丰富多彩、五味杂陈的美国人　　455

"童心无邪，弥足珍惜。永葆童心是一件很幸福的事"；"中国古代先贤的思想与包括犹太先贤在内的西方哲人思想有不少相通之处"；"在地球的另一面，有一个拥有数千年文明历史的中国，我一生中没有看到地球的这一部分，是令人羞愧之事"；"就在白宫背后这个方向十英里的地方就有贫民窟"；"我不再认为美国是世界上最伟大的国家;"世界真的是丰富多彩的,世界上有那么多宗教,其核心价值相差得并没有那么远"。

28　与美国政要、学者面对面　　　　　　　　　　　　　　468

基辛格:"这是白宫来的电话,你不会说出去吧";卡特:"我一直感到,美中两国建交与中国改革开放相得益彰";布热津斯基:"双方的民族主义情绪会减损双边关系,两国都不会受益";傅高义:"应该让更多的美国记者到中国访问。虽然不一定都说好话,但总的来说,这样做会提高美国人对中国的了解";傅立民:"我们走过了很长的路,未来充满光明";芮效俭:"作为传教士的儿子……"

后记　　　　　　　　　　　　　　　　　　　　　　　　　498

01 在美国当记者,你必须格外坚韧

> 万事开头难,一环扣一环;美国国会大厦有条地下车道;白宫和五角大楼记者证最难获取;白宫新闻发布厅仅有49个座位;美国是国际新闻的深海,你需要一双慧眼;驻外记者的价值就在于驻外;一次搬家得知美国人工费用极为高昂;车管局的频繁轮岗有助于防止"走后门"。

刚到美国的第一晚便几乎一夜无眠。

前任同事想得周到,与新华社华盛顿分社同事商议后,决定在交接期间将我们暂时安顿在新华社分社。在那里的19天中,得到了新华社同事的悉心照顾,还与当年曾在南非共事的老友重逢。

山不转水转。抵美两天之后,在美国最高法院内第一次参加美国国务院外国记者中心组织的集体采访活动时,忽见另一熟悉面孔。双方自报家门后,突悟眼前这位正是1997年底中国与南非建交前夕在南非打过交道的台湾记者。记得时任中国国务院副总理兼外交部长钱其琛赴南非完成两国建交事宜时,诸多台湾记者前往南非采访。在几个活动场合,这位台湾记者相当活跃,也因此留下深刻印象。一晃十余年过去,当年火气很冲的他显然老成了许多,告知已在美工作9年。彼时彼地再重逢,只有一笑,客客气气。不久后,得知他已被调回台湾,担当重任去了。

我的征程才刚刚开始。千头万绪,诸事繁杂。万事开头难,一环扣一环。在美国,办理社会安全号是安顿下来的重中之重,没有这个社会安全号,许多事情都办不下去。社会安全号的发放是20世纪30年代罗斯福新政社会安全计划的产物。这组由9位数组成的号码最初是为了在社会安全计划内追踪个人的收支账户，后来用于美国的个人身份识别。许多就业、医疗、教育和信用记录都使用社会安全号码作为索引的依据。就连美国军队也使用社会安全号作为士兵的识别号码。

在数字化社会管理的美国，要办成一件事情，除所要求的文件必须完备外，最初的个人数据准确输入非常重要，否则遗患无穷。抵美第二天，同事便带领我们办理社会安全号事宜。耐心等待了多时后，轮到我们办理时，女办事员颇为认真地审视所有文件，并就名字拼音中姓在前还是名在前屡屡发问。虑及今后可能引发的麻烦，此类认真确是必需的。

文件递交完毕后，办事员打出一份证明信，上言办理过程可能需二至四周。事实证明这一过程要漫长得多。这是一个需要美国国土安全部、国务院、联邦调查局等机构过堂式审核的过程，其过程长短因人而异。"9·11"事件后的美国难免杯弓蛇影，这也是可以理解的。

记者证的办理相对顺利得多。驻华盛顿的外国记者由位于国家新闻大厦8层的美国国务院外国记者中心负责管理。在递交必需文件后，美国国务院的记者证当场就办了下来。有了这个记者证，基本上就可以满足一般采访活动要求了。几年以后，当我再次带领年轻同事到这里办理记者证时，就已经不再如此简便，被告需等待数日，通过电子邮件得知获批后才能办理美国国务院记者证。

美国国会的记者证需到国会大厦参议院新闻办公室办理。在收到完备文件后，我被告知约一周后通过电子邮件通报结果。

近两周后的6月11日，我接到可以前往美国国会办理记者证的邮件。在国会大厦南316房间，办事员递给我一纸条，告我依据纸条上指示到参议院迪克森大楼G58房间办理记者证。那张纸条上这样写道：

Take elevators to basement. Go thru glass doors. Get on the Dirksen / Hart subway. Get off at building. Go up the escalator. Turn left, left, right and then follow the hallway around to room G58.（意为乘电梯到地下室，穿过玻璃门，搭乘至迪克森/哈特大楼的地铁。在大楼站下车后，上电梯，左转、左转，再右转，然后沿着走廊到达G58房间。）

拿到这个路线指南后，当时便感慨真是详细之极，周到之至，也果真按照这一密钥般指示寻到了迪克森大楼 G58 房间。只见门上贴一布告，称下午 1 点 15 分至 2 时 45 分开会。耐心等待一个多小时后，终于顺利办成此证。

从此知道原来美国国会大厦与迪克森大楼间竟有这样一条外人看不到的地下车道。美国国会参众两院分处国会大厦内南北两侧，但参众两院议员们日常办公处和听证会会场则分别在与国会大厦南北一路之隔的大楼内。由此可以猜想，从白宫到国会大厦是否也有一条地下通道？

本来也带来了抬头写有"白宫"的介绍信，但得知对于中国新闻机构而言，白宫的记者证发放很难，并非申请即可获得。表面上要求天天到白宫采访半年即可申请，但实际上并非如此，其中有一些白宫只可意会不可言传的因素。美国国防部即五角大楼的记者证发放也大致如此。

美国国会没有专职新闻发言人，多由美国国会两党视情况临时举行新闻发布会。美国国务院、五角大楼和白宫均有定期、定时新闻发布会，也会临时进行新闻发布，其中最大限度利用传统媒体和新媒体，多渠道及时传播美国总统声音的主渠道是白宫新闻发布会。

位于美国白宫东侧的新闻发布厅空间狭小，仅有 49 个座位。我当时见到的前四排座位有固定标志，皆为美国及英、法主要媒体。第一排固定座位右起分别为有线电视新闻网、路透社、美国广播公司、美联社、哥伦比亚广播公司、全国广播公司。第二排固定座位右起分别为美联社广播电台、纽约时报、华盛顿邮报、彭博社、哥伦比亚广播公司电台、华尔街日报。第三排固定座位右起分别为美国广播公司电台、论坛报、美国城市广播网、麦克拉奇报、今日美国报、法新社。第四排固定座位中标明有全国报、美国之音、福克斯电台等。

上述美国及其他西方主要媒体驻白宫记者皆有专人，其与白宫发言人乃至美国总统间有着多年共事关系。白宫发言人乃至美国总统对其中多数人是能够张三李四叫出名字的。美国总统出外访问时，这一白宫记者团成员通常随"空军一号"随访。美国主要媒体有关美国总统的新闻报道多通过这一主渠道发出。

近年来，上述美国传统媒体已主动运用新媒体及时发出与美国总统有关的新闻报道。对于一些重大动态性新闻，在场的白宫记者会通过推特或脸书等手段即时发出。

近年来，白宫高度重视主动通过新媒体传达美国总统的声音，更不必说有着"推特治国"之称的美国第45任总统特朗普。白宫的官方网站中设有"吹风室""问题""行政机构""参与"等栏目。"吹风室"栏目含美国总统最新政策声明、讲话、活动等信息。"问题"栏目就美国内政外交诸问题介绍美国总统相关政策立场。美国总统奥巴马每周六均有一次面向全国民众的例行讲话，白宫官方网站均予播出。电子邮箱经过注册之后，任何人均可收到来自白宫的邮件，得到白宫有关美国总统最新讲话等信息。此外，美国总统也在推特、脸书等社交新媒体上有账号，不时主动发出声音。

驻外记者的节奏可不是先安居后乐业，待什么都安顿好了再开始工作，而是稍喘口气定定神后便开始进入工作状态。在高效办理地铁卡、仓储超市会员卡、开设银行账户等杂事的同时，总感到该做点事了。我抵美后第五天便向北京编辑部发回邮件，询问奥巴马访欧期间撰写稿件事。我在6月1日的日记中写道："新的一周开始了。这是一种密度极大、质量很高的生活状态。不如此，反倒坐卧不安。"

按常规，在得到美国国务院记者证后，美国国务院便会向记者邮箱发送各种信息。我于5月28日拿到国务院记者证后，没有立即收到信息，便于6月1日向美国国务院外国记者中心负责东亚和太平洋地区外国记者的黛安娜·佩奇女士发邮件询问，经指点，我向美国国务院外国记者中心官方网站（www.fpc.state.gov）订阅了信息发送。从此后，每日潮水般的各类信息便不断涌来。

美国是国际新闻的深海。这就是与我此前在南部非洲当驻外记者时最大的不同之处。20世纪90年代在南部非洲当记者时的工作状态常常是找新闻、找题目，也一直是"卖方市场"——见报率几乎百分之百。而美国则是一个信息的海洋，每天一打开邮箱就有数以百计的邮件需要处理，更不必说报纸、杂志、电视、新媒体等不断涌出的信息洪流。面对这样的海洋，你需要一双慧眼和极强的分析综合能力、极为冷静的头脑来处理信息，这是一个去粗取精、去伪存真，分清轻重缓急，迅速做出决断的过程。这是一个一周7天，每天24小时，没有什么节假日，需要做出很多牺牲和奉献，同时每天也会有高回报的高强度工作过程。这种工作强度又由于中国与美国时间正好相反而加剧。

6月2日一早起来查看邮件时，看到美国国务卿希拉里·克林顿与财政部长盖特纳就中美战略与经济对话事发表联合声明，决定就此向国内发回一个消息稿。北京编辑部在回复邮件中表示"欢迎开张"。

美国东部时间午后1时许，编辑部夜班同事来电，告"没有正式东西不敢用"。我回答说，虽无新华社稿，但"恰恰是独家"，可以放心用。又过了约一小时，夜班编辑来电，指消息稿中一句话过长，希修改。我据此很快传回了修改后的消息稿。

这条在抵美后一周便发回的消息便是此次驻美的处女作：

美国务卿和财长发表联合声明

本报华盛顿6月2日电 （记者 温宪）美国国务卿克林顿和财政部长盖特纳2日就美中战略与经济对话发表联合声明。声明强调将与中方共同努力促进两国合作。

声明说，首轮美中战略与经济对话将于今年7月下旬在华盛顿举行。在具有迫切和长远战略利益的双边、地区和全球等广泛领域内，美中两国共同面临着挑战与机遇，首轮对话将关注如何应对这些挑战与机遇。通过两天的对话，"我们期望与我们的中国同行就增进两国人民的福祉进行深入讨论"。

（原载《人民日报》2009年6月3日第3版）

原稿

美国务卿和财长就中美战略与经济对话发表联合声明

本报华盛顿6月2日电 （记者 温宪）美国国务卿克林顿和财政部长盖特纳今日就中美战略与经济对话发表联合声明。

声明宣布，首轮中美战略与经济对话将于今年7月最后一周在华盛顿举行。声明说，在具有迫切和长远战略利益的双边、地区和全球等广泛领域内，美中两国共同面临着挑战与机遇，首轮对话将关注如何应对这些挑战与机遇。通过两天的对话，"我们期望与我们的中国同行就增进两国人民的福祉进行深入讨论"。

声明说，作为奥巴马总统的特别代表，"我们期待着与中方联合主席王岐山副总理、戴秉国国务委员，并与中方代表团成员和奥巴马总统政府同事一起共同促进美中合作"。

我在发回消息的当日日记中写道："直觉告我，该出手了。且第一步众目睽睽。"

人民日报国际部有每日评报的传统。6月3日的评报中写道："温宪的美国处女作是在新华社尚未发稿的情况下发回的，抢得了时效。一条小消息，也让人体会到老记者的功力。"

在2009年6月，我的见报稿件计29篇，其中包括国际评论、消息、新闻分析等。2009年7月的见报稿件增至48篇，除国际评论、消息、新闻分析外，还有多篇"第一现场"、"记者手记"、国际通讯等体裁作品。

在此后6年多的岁月中，我一直保持着这样高速运转甚至超负荷的工作节奏。我的内心深处一直有一个声音时时警醒着自己：驻外记者的价值就在于驻外，你要尽可能出现在重大新闻的第一现场；作为首席记者，你首先是一名记者，是一名中国驻美国记者。

遥远的天际线处并不总是灿烂的彩云，不如意事常八九。在度过又一个辗转反侧之夜后，我在日记中告诫自己：

应慎重，不可因小失大。脑中总在回旋着"坚韧""坚毅""坚忍"之说，此其时也！

租房事无果，社安号未下，考车事未成，笔记本电脑出现故障，正如今日窗外景色一般，有些灰暗。

心中很清楚，宜速调整，不可失态，不可因小失大。这就是代价、考验、难以摆脱的运命和磨难。

其实，换个角度看问题，一切都不会如此沉重。

非洲不相信眼泪，美国也不相信眼泪。

严格意义上的华盛顿即哥伦比亚特区是一个弹丸之地，而一般意义上的华盛顿则包括与哥伦比亚特区相邻的弗吉尼亚、马里兰两州部分区域。

美国五角大楼地处弗吉尼亚阿灵顿县，与哥伦比亚特区仅隔一条波托马克河。前任所租公寓距五角大楼不远，环境和视野都很好，生活、交通也方便，唯一的缺憾是房间内没有洗衣机，这成为最大的不方便，也成为不得不重新寻租的动因。

对于初来乍到者，租房是个麻烦事，特别是满脑袋都是工作之时。我首先想了解哪家公司最靠谱，然后找上门去面谈。同事告我，这类事情还是要通过电子邮件联系更好。什么事都要通过电子邮件联系，这是我初到美国工作后印象最深的体验之一。此后，无论遇到谁，留下对方电子邮箱地址也成为惯例，因为这是基本的联系方式。

其实，对于在美国租房而言，找到一位好的经纪人更重要。经过一番考察后，原本继续在靠近华盛顿市区的弗吉尼亚州阿灵顿县地区找一公寓房的想法有了改变。节省房租是我来此后寻租住房的重要条件。如继续寻租公寓，带洗衣机的公寓很难找不说，当时与原公寓类似的房屋月租价位均在3500美元左右。彼时美国房地产市场的走势是买房价格下降，租房价格上升。于是，有同行建议说，何不改变思路，考虑一下距华盛顿市区稍远的独立式住宅。这时，我遇到了一位名为"ZEN"的房屋经纪人。这位来自夏威夷的女士无论是面相，还是率真的性格，都有着夏威夷土著居民后裔的特点。

原公寓房租期至2009年7月31日，日子一天一天过去，寻租新房成为当务之急。在ZEN的帮助下，我看了几处住房，环境、便利、安全、价位都是考虑因素。最终看上一处，报告打回去之后，程序走得按部就班，回复未到，那处住房已被租走。市场经济遇到按部就班后，双方都振振有词，结果便是一事无成。

重头再找，再看，只是留给我的时间所剩无几。待ZEN再次提供一处选择时，考察后感觉大致不错立即拍板。除了这一处住所月租较原公寓价位还要低以外，最大的优越之处是院后草坪不用自己打理，已交由"县里"定期收拾。在美国，这类独立式住宅前后小院的草坪通常是需要自己打理的，隔不了几天就得除草，碰到家中院内有几棵大树，每到秋天的落叶也需要自己收拾，这都费时费力。仅仅不用自己打理草坪一事，便可节省不少时间和精力。当然，遇到冬日下雪，还是需要各家自扫门前雪的。

没有几天了，特事特办，立即处理诸般手续。这房子算是租了下来，接下来的事情便是安排搬家。

在哪儿搬家都是个操心事，需要格外细心周到不出差错。在早已全速进入工作状态的同时，我最终联系到了一家名为"质量服务搬家公司"的公司。这家公司先是打来电话，询问房间内有多少需要搬走的家具，大约需要多少纸箱，从房间到电梯间有多远等，还告称需交纳定金100美元。

怕在电话中说不清楚，我决定于7月23日前往"质量服务搬家公司"当面交纳定金的同时，将每个房间各个角落的家具都拍了照片一并带去，当面向接待我的米尔卡女士一一展示说明，同时带回纸箱，以便自己先将小件易碎品打包起来。回到公寓后，还按照与公司约定，与公寓方联系好搬动货物时电梯将有两个小时属于我们专用。

2009年7月31日（农历六月初十）为搬家之日。前一天夜里没有休息好。晨6时起身后，欲为菲律宾总统访美稿忙碌，忽醒悟此前已安排自那日起停止网络，只好致电北京，告此稿作罢。

随后便全力以赴为搬家忙碌。搬家公司的几个人上午10时抵达，干活的节奏显然很慢。搬运过程中，我们为工人又是送水，又是给水果。看到他们缓慢的工作节奏，心急的我们时不时自己冲上去，搭手搬运。一直至当晚6时30分，才在新址完成搬家。在新址，遇房主夫妇及房屋经纪人，一番交流，感觉良好。

搬家完成后，算账算出1466美元。此前该公司曾称搬家费用最多650美元。相互理论了一段时间后，最终对方允900美元了事。但随后我发现信用卡还是被该公司扣除了500美元。于是就此与搬家公司开始了一场笔墨官司。

8月1日，我接到米尔卡女士的邮件，告搬家工人所遇到的实际情况与我7月23日在该公司所描述的情形有所不同：1. 从公寓房间到电梯处的距离不是我所说的100多英尺，而是超过200英尺。2. 货运电梯在上午10时30分至12时30分之间并非为我们专属使用，他们不被打扰使用电梯时间只有一小时。3. 前所开列的家具清单不够准确。此前没有提到的一些家具需要拆卸和重装。由于上述原因，我们收取费用将从刚开始预计的550至650美元猛增至1400美元。

我回复说：1. 鉴于你方事先没有考察房间实情，我因此那日将每个房间、每件家具的照片展示给你。你是基于此而做的定价。2. 你曾允基于所看到的情形，工人搬家时间约为4至5个小时，但他们说干了10个小时。可以想象吗，10个小时！ 3. 因为有很多住户搬进搬出，虽然电梯专用时间为1个小时，但工人们在可以充分使用电梯的12时30分前便已不见，他们去哪里了？ 4. 谈到装箱，当我们看到工作节奏如此之慢时，是我们自己帮助装了其中多数纸箱。5. 我们的定金为何不提？

米尔卡就此回复说：你那天到我办公室时确实带来了照片，但在约半小时时间内，我主要向你解释了工作流程和签署文件。我不认为那些照片就能使我们对每个房间的情形有透彻了解。加之你事先没说有一个需拆卸的柜子，所用纸箱也大大超出你事先说的数目，那个沙发也与一般的沙发很不一样。最大的问题是电梯使用时间。我被告知，工人们可以使用的另外一个电梯不仅小，而且距离我们的卡车很远。

米尔卡说，我发现你是一位好心和聪明的男士，希望理解我们谈论的是人而不是机器。虽然他们遇到了与此前描述不一样的条件，但他们工作很努力。如果你认为他们工作节奏很慢，其原因有可能是他们所遇到的工作条件，而不是他们自身的问题。

她最后说，我昨晚又看了一下所有文件，发现我们工作的时间是9个小时，而不是10个小时，整个收费应为1390美元。你说得很对，你已交纳100美元定金。这意味着我们只应再收1290美元，我从卡上已扣除500美元，也就是说你只欠我们790美元。你的支票写了900美元。待我们兑现支票后，会退回110美元。或者我可以再次从你的卡中扣除790美元，将那张支票退你。请告我哪种办法对你方便。

我在回复中说：1. 我之所以亲自拿着照片到你办公室，就是为了让你们清楚地了解各方面情况。2. 现在有很多家具都需要拆卸后重装，这对于一个专业搬家公司是新闻吗？ 3. 实际上，虽然有一点时间上的耽搁，但工人们在下午2时后就已经可以使用大电梯了。4. 每小时的收费标准是多少？ 1390美元从何而来？ 5. 我们对工人们心怀善意，工作期间自费为他们购水和水果。我只是不知道为何收费如此高昂。6. 你认为按照你自己的说法直接从我卡上扣钱合适吗？

7. 请解释清楚所有收费问题。请从一个顾客的角度考虑其感受。

过了两天,米尔卡回复说:再次感谢你的回复和耐心。我为所有的误解而道歉。然而,关于拆卸和重装家具事,工人们应该事先得到通报,以便知道携带什么工具。我必须说那天我对那些照片只是匆匆一瞥,无法对真实情形有一个透彻的了解。无论如何,我很高兴你有了一个新家。

随后,米尔卡告知工人们每小时收费139美元,再加上139美元的运费,计为1390美元。她允诺在7至10个工作日内会将余款退回。实际上,最终收到退款的时间被拖了很久。

为了搬家一事如此费神,也从此知道在美国但凡动用人工,费用是极为高昂的。搬进这所住宅后,几次因住宅内有需要修理之处,见到来的工人只是一人,且木工、电工、管工等活计一人全包,样样精通,这或许也与劳动力稀缺有关。来干活儿的人当中有不少是拉美裔、印度裔人,也有美国白人,其中有一位年龄超过60岁,问他何以仍然在外工作时,他耸了耸肩,摊开双手说,生活不易,各种账单,不干活又怎能过活?!

美国独立式房屋都有车库,许多人的车库内恰似一个车间,里面全是各类修理工具。一到周末,不少人家的一个共同之处就是打开车库大门,修修补补,敲敲打打。家中一般的修理活计都自己干了,这是不是也与请人上门修理收费昂贵有关呢?

记得时任美国总统奥巴马在谈论曾任能源部长的华裔朱棣文博士时,也曾提及朱棣文一到周末便打开自家车库大门,修修补补,敲敲打打。由此可见,这种美式生活方式使得不少美国人动手能力很强。

租房问题解决后,考驾照又成为急务。显然,在美国工作,没有"腿"是不行的。

考驾照各州情况不同,持中国驾照可驾驶时间各州规定也不一样。本来以为考取弗吉尼亚州驾驶执照需社会安全号,后了解到如有"第二身份证明",也可以申请考车。几番证明、证明又证明后,9月2日终于收到通知,告可以考驾照了。

事不宜迟。本来决定9月3日下午考驾照,临时决定上午就去。

在弗吉尼亚州考取驾照需经过交通规则和道路两个考试。交通规则考试为

10道交通标志题和25道选择题。10道交通标志题完全答对后才可进入25道选择题的考试，选择题如答错5道以上便为失败。交通规则考试通过后，便是道路考试。考试通过后便可得到驾照，但对于中国记者而言，驾照有效期仅为一年。一年后需再次申请换领驾照。

来美后几天我便开始找来一本弗吉尼亚州交通规则认真学习，可谓胸有成竹。10道交通标志题一举通过后，25道选择题只错一题，路考亦顺利通过，当天便拿到一本临时驾照。

来美整整百日之际，我解决了"有腿"这个后顾之忧。

此后，我曾多次来到办理驾照的车辆管理局。美国动画片《疯狂动物城》中有一个在车辆管理局工作的树懒"闪电"，那个慢吞吞的形象之所以成为网红，原因之一便是它像极了美国车辆管理局的工作情形，令人会心一笑。每次耐心等候之时，我都在观察着那里的一切。我注意到美国这个最基层办事机构的办事人员是频繁轮岗的，今天在前台，明天就可能作为驾照考官；今天在1号台，明天很可能被换到另外一端的16号台，这种做法最明显的作用便是从根本上堵住了"走后门"的漏洞。加之办事人员个个面无表情，平添一种严峻氛围。

美国的驾照与中国的身份证效用相当，坐飞机住旅馆只要有驾照就成。但中国记者在弗吉尼亚州驾照一年一更新，也是一件繁难的事情。刚开始尚顺利，后来有两三年办事人员看到签证上那个"过期"日期便变得很是懵懂，称这个签证早已过期。我屡屡向其解释，那只是入境的过期期限，我们这种"Ｉ"签证一次性在美时间是没有过期之说的。对方叫来主管，主管也是懵懂，最终称需将所有材料传至弗吉尼亚州州府里士满，由那里的主管大员裁定后再说。过了一段时间，便会接到电话，告你的驾照更新事可以去办理了。

2009年9月26日，在经过多次催促和等待后，我终于收到社会安全号。

这一天，是我抵美后整整4个月。从法理上说，至此才算安顿了下来。

在此期间，我于7月27、28两日全力以赴报道首轮中美战略与经济对话，9月下旬又现场采访二十国集团匹兹堡峰会。

在那之前，我于7月15日至18日赴北达科他州采访农业和能源问题。这是我第一次参加由美国国务院外国记者中心组织的外地采访之旅。

02　外国记者中心的"采访之旅"

> 从来没有绝对的"新闻自由";走出华盛顿的专题"采访之旅"有助于认识、了解、理解和报道美国;"世界警察"不好当,美国有一支不穿军装"招之即来"的特种部队;海军陆战队可在48小时内成建制地部署到世界任何一个地方;外国记者采访活动屡生变数,意在防范;军事基地内的采访再三重申"纪律";在马伦将军最后一场吹风会上,我是现场第一位提问的记者;极为敬业的中国女记者黎星倒在了这里。

美国国务院外国记者中心设在华盛顿国家新闻大厦8层,在这里出来进去的人就是负责管理常驻美国首都华盛顿外国记者的"新闻官"。常驻纽约的外国记者也很多,外国记者中心在纽约也有一分支机构,与华盛顿互为犄角之势。

为常驻美国的外国记者办理美国国务院记者证是外国记者中心的一项日常业务。2009年初到美国之时,只要必要文件齐全,美国国务院记者证可当场办妥。几年之后,这种高效办证的情况有了改变。负责办证的那位非洲裔女士会轻声细语地告诉你:"你等电子邮件通知吧,可能会等几天时间。"这种管理模式改变的背后显然出于更加谨慎的防范。

从来没有绝对的"新闻自由",在哪儿都一样。美国国务院外国记者中心的种种防范一再为此提供佐证。

美国国务院外国记者中心人员大体按地区分工负责,应与美国国务院内各部门职能形成对接。我刚到任时负责东亚和太平洋地区外国记者的是黛安娜·佩奇女士。这是一位略瘦弱,非常友好、和善的女士。她被外派后,接任者是非洲裔的安德列亚·科比女士。曾到过中国的科比人高马大,为人很热情,也很友善。但有一次,我专程到外国记者中心约见科比,进行了"严正交涉"。

2012年5月，北约首脑会议在芝加哥举行，负责外交事务的同事受命前往报道。前期报名事宜很顺畅，但当同事于5月19日抵达芝加哥后，会议新闻中心工作人员却拒发记者证。在这种情况下，我嘱同事继续留在芝加哥完成相关报道任务。

5月21日下午，我专程来到美国国务院外国记者中心，约见了科比。我向科比说明，人民日报是中国第一大报，且此次人民日报只派出一名负责外交事务的记者前往芝加哥进行现场报道。对于美方拒发记者证一事，我方极表关切，希望美方能够说明原因。

科比对此表示"深深的遗憾"。她说，据她所知，此次约有上百名外国记者被拒发记者证，其中包括日本、韩国、新加坡的记者。这并非美国国务院所为，而是美国秘密安全部门所为，且不说明原因。外国记者中心亦感到莫名其妙和无能为力。她一再表示对我所表达的"不满"充分理解。我也再次强调人民日报的地位和作用，并表示希望今后不再发生类似情况。

后来，科比也被外派了。离任前一天，她发来邮件，告知这是她在外国记者中心的最后一个工作日，第二天就将接受为期两个月的培训，随后将赴巴拿马任文化官员。"我向你致以最良好的祝愿，我相信今后仍会相逢。"我在回复中对她所做的一切表示感谢，"你的微笑将是我们美好的回忆。"

为常驻美国的外国记者服务是外国记者中心的一项工作。采访是记者的天职，为记者提供采访便利也因此成为外国记者中心工作题中应有之义。在我任职的前一段时间，美国国务院外国记者中心经常会组织"采访之旅"。对外国记者而言，这种走出华盛顿的专题"采访之旅"有助于认识、了解、理解和报道美国。

独家探访美国重建与稳定办公室

弗吉尼亚州斯普林菲尔德有一处外表颇为平常的建筑，这里就是美国国务院重建与稳定办公室所在地。自奥巴马政府就任以来，其外交谋略中强调使用"巧实力"。美国国务院重建与稳定办公室便是美国实施"巧实力"的重要载体。

作为中国驻美记者，我独家探访了美国国务院重建与稳定办公室。一个最为直观的感受便是，美国这个"世界警察"不好当！

采访前一天，我收到美国国务院重建与稳定办公室通知，告知由于所采访设施的性质，某些电子设备在某些地区禁止使用。进入重建与稳定办公室之前，所有人均接受了极为严格的安检，手机被禁止带入。在一间装有大屏幕的多功能会议室内，美国国务院重建与稳定办公室负责人介绍相关情况，并通过视频与正在阿富汗和刚果（金）的美国民事反应队成员进行对话。

美国国务院重建与稳定办公室协调人赫布斯特介绍说，在美国看来，当今世界共有38个"已经失败"或"正在失败"的国家。有效应对"失败国家"所引发的威胁成为保护美国国家安全利益的必需。美国国务院重建与稳定办公室成立于2004年，其使命便在于负责领导、协调和指挥那些"失败国家"发生冲突后的民事应对能力。美国国务院重建与稳定办公室2010年经费约为2亿美元，且有逐年上升的趋势。

通过与美国政府各部门间的合作，美国国务院重建与稳定办公室致力于将自身打造成为具有"新的远征能力的创新机构"，并通过其领导的民事反应队实施"巧实力"使命。当时，美国民事反应队已成为美国国务院属下一支不穿军装的特种部队。这支部队的成员在经过特别训练后，被要求能够在48小时内快速派往处于高危环境中、有着高风险的所谓"脆弱"国家。

美国民事反应队的特殊之处首先在于，这是一支具有多方面专业领域的人才队伍，其中主要专业领域为：计划评估、行动管理与战略交流；法治管理，其中包括警察、司法制度、纠错设计与管理；外交与治理，其中包括政治报告、民事管理、民主与良政、民事社会与媒体发展、安全部门改革；基础服务，其中包括公共卫生、公共设施、教育和劳工问题；经济恢复，其中包括农业、乡村发展、商业、税收、货币政策、工商和金融服务；外交安全，其中包括为美国驻外各使领馆和美国国务院各部门间评估、计划、实施各项行动打造量体裁衣的支持，以及在突发和战地行动过程中军力保护所需支持。

为了更为有效地打造这支特殊部队，美国政府进一步加强部际协调。因美国民事反应队的专业领域涉及8个美国政府部门，因此，美国国务院、国际发展署、农业部、商务部、卫生与人力资源部、国土安全部、司法部和财政部等均参与民事反应队的协调、组织和支持。

所有美国民事反应队成员被派遣前均需接受至少8周的严格训练，其中由美国国务院外交服务局就"部际重建与稳定行动基础"授课两周；由美国国防大学就"重建与稳定全政府计划"进行为期三周的训练，其中包括对冲突变化、评估、计划、促进和鉴定进行实际训练；由美国国务院外交安全局就"非传统行动环境安全"进行为期三周的训练，其中包括教授在偏远、严酷和高危的海外环境中行动的知识与技能。

美国重建与稳定办公室为民事反应队成员斥资5390万美元购置个人装备，以确保其成员在各种严峻环境中的行动装备齐全。我在现场看到，从外表上看，重建与稳定办公室为民事反应队所配车辆与普通车辆并无二致，但一拉车门，便感到沉重无比——这是一种配备装甲的特种车辆。此外，民事反应队队员还配备有钢盔、防弹衣、急救包、防护眼镜、防护手套、野外餐具、特别通信设备，以及装有指南针、净水剂的救生包等50余种不同物件组成的个人装备。

美国民事反应队被要求成为一支"招之即来"的特殊队伍。如有紧急派遣任务，重建与稳定办公室必须在7天内完成从文件批文、确定人选、通知本人、个人准备、后勤保障到部署到位一整套程序。至2010年4月16日，美国民事反应队已在世界四大洲17个国家驻有100名现役全职人员，其中在阿富汗为25人。此外，尚有800余名待命人员。到那时为止，美国民事反应队成员已超过900人。

在帕里斯岛看海军陆战队魔鬼式训练

外国记者中心的安德鲁先生专门负责与美国军方有关的采访活动。他负责组织了一些与美国军方有关的"采访之旅"。

2009年11月，安德鲁具体组织了名为"如何打造海军陆战队"的"采访之旅"，地点在南卡罗来纳州帕里斯岛兵站。参加采访者需在当地租车自驾前往兵站。在得知初来美国不久的我没有在当地租车后，安德鲁很热心地在机场接我一同前往兵站。

2009年11月19日的采访活动从凌晨就开始了。清晨4时，驻扎在帕里斯岛兵站的美国海军陆战队C连和N连的500多名新兵全部起床。早5时30

分，他们6人一组直挺挺地坐在被称为"CHOW"的餐厅内用早餐。早7时，他们整队开始4英里的"激励长跑"，嘴里不断高呼着为自己加油的"OOH RAH！"——这是他们在结束魔鬼般13周训练后的最后一次长跑。11月20日上午，在兵站宽广的练兵场上，举行了C连和N连毕业典礼——又一批美国海军陆战队成员从这里"出炉"。

濒临大西洋的帕里斯岛兵站是美国最大的海军陆战队训练基地，也是美国海军陆战队唯一训练女兵之处。帕里斯岛面积为8095英亩（约合49137市亩），其中只有3262英亩（约合19800市亩）面积土地适合人居，其余均为盐碱滩。自1562年开始，帕里斯岛曾先后被法国、西班牙和英国殖民者占领。美国南北战争后，帕里斯岛由联邦军队的补给站逐渐演变为军事基地。自1891年开始，美国海军陆战队开始在帕里斯岛驻扎。自1915年11月1日起，帕里斯岛正式成为美国海军陆战队新兵训练兵站。第一次世界大战、第二次世界大战、朝鲜战争、越南战争期间，曾在帕里斯岛受训的海军陆战队新兵人数分别为41000、205000、138000和250000人。自1949年2月15日起，帕里斯岛专门成立了训练女兵的第四新兵训练营，每年约有2600名女兵在此受训。至我踏上该岛采访为止，计有约100万名美国海军陆战队成员曾在帕里斯岛受训。

在美国国防部（五角大楼）领导的独立军种中，海军陆战队人数最少。至2009年10月，美国海军陆战队总人数为203000人，另有4万名预备役人员。在帕里斯岛的两天时间里，我听到最多的话是"我们人少，我们最棒，我们自豪"。时任帕里斯岛兵站公关事务副主任的莎朗中尉称，美国海军陆战队可在48小时内成建制地部署到世界任何一个地方。

美国海军陆战队历史可以追溯至独立战争期间的1775年11月10日，当时的国会授权在费城建立两个营的"殖民地海军陆战队"。在其200多年的历史中，美国海军陆战队不乏骄人的战例，并因其作战凶猛被称为"魔鬼狗"。在二战期间的硫磺岛战役中，美国海军陆战队第5师第28团哈罗德·希勒中尉率领一支44人的小分队于1945年2月23日一路血战，上午10时30分，终于冲上硫磺岛制高点——折钵山山顶，随即升起美国国旗。

在俯瞰华盛顿市区的一处高地上有一座表现这一场景的雕像，五名海军陆战队士兵和一名海军士兵合力插旗的一幕成为美国海军陆战队标志性的形象。

但这一史料的真伪一直为人质疑。

有一种说法是，美联社记者乔·罗森塔尔知道官兵升旗的消息后大喊着冲上折钵山，可是国旗已经升上去了。战事正酣，这面升起的星条旗无疑有助于鼓舞美军士气。为了让更多的人看到山顶的旗帜，他们决定换一面更大的国旗。于是，779号坦克登陆舰受令紧急将一面更大的国旗送上岸。希勒中尉小分队中的6名官兵奋力将这面大旗插上山顶，乔·罗森塔尔顺势拍下这张照片。有人直指，这幅"顺势"拍下的照片有摆拍之嫌。

我在采访时看到，帕里斯岛主路上空挂着写有"我们打造海军陆战队"字样的横幅，刚刚从阿富汗战场归来的帕里斯岛兵站司令梅林杰上校说，这里是完成从一介平民到一名海军陆战队士兵转变的地方。兵站挑选新兵的标准极为严格。在正式成为海军陆战队新兵之前，候选人必须进行一年以上的相关体能锻炼。正式成为新兵后，首先进行为期三天的身体检查。新兵在此兵站训练分为三阶段。第一阶段为时24天，主要内容为熟悉战斗条件、初级格斗和水中战斗生存等。第25天至47天为第二阶段，主要训练枪法和更为复杂条件下的战斗与生存。第48天至第70天为第三阶段。在此阶段，除继续枪法训练和"基础勇士训练"外，还进行长达54小时的量化指标测验，从精神、士气、体能等多方面对新兵进行极限式的考核。在此三阶段中，有一门长达70小时的课程贯穿始终，那就是"核心价值指导训练"。何为核心价值？主人解释说，那就是"无私、坚定、忠诚、尊严，克服任何困难的决心和毫不动摇地坚持'光荣，勇气，承担'"。在新的历史条件下，美国海军陆战队更多地强调"团队精神"。

从踏上帕里斯岛第一天开始，我看到美国海军陆战队新兵所接受的便是声嘶力竭的训斥、一声接一声的"是，长官！"和绝对的服从。帕里斯岛上有一座高大的红砖高楼，沉重的金属门上方镌刻着"从此门进入者有望成为美国最好的军人：海军陆战队员"的字样。身着便装的新兵们就是首先在此门前集合，然后极富寓意地踏入"一生只能进入一次的海军陆战队大门"。在主人的安排下，我与外国同行们也体验了一次新兵的感觉：一排4人列队站好后，一名黑人女教官突然机关枪般高声宣布包括"从此闭嘴"在内的各种纪律，并不断发问"听懂了没有"，回答则是一声高似一声的"是，长官！"。

从此门跨入后，新兵继续接受训话，随后领取新兵服装。大楼左厅内装有数排电话机，新兵们只能在这里向家人打唯一的一次电话，通话内容在电话机旁有着严格的规定，只能说以下五句话："1. 这里是新兵某某某；2. 我已安全抵达帕里斯岛；3. 不要在邮件中向我寄送食品或其他体积大的东西；4. 我将在7天后同你通信；5. 谢谢你的支持，再见！"

讲完这五句话后，新兵在此后的13周内再也不能收发电子邮件，不能打电话，不能看电视，也没有可乐、咖啡可喝，只能喝白水。自此之后，不论男女，新兵一律不能留长发。即使遇到感恩节、圣诞节之类的节庆也必须坚持训练。

所谓魔鬼式训练在帕里斯岛上的"信心教程"中体现得淋漓尽致。"信心教程"的载体是一大片装置有各种器械、绳索，满是水坑、橡胶粒的训练场地。在这片训练场地上，我听到的是嘶哑的训令和一声高似一声的"是，长官！"，我见到的是"天堂阶梯""致命滑道""第一难关""手臂行走""猴子过桥"等高难度规定动作、写满"砍击""猛撞""直刺""反攀"等要求的标牌和气喘吁吁、汗流浃背的新兵。正在这里训练的是刚刚参训15天的新兵。我见到不少新兵的腿在紧张地打战。面对教官的厉声呵斥，他们不停地高声回应着"是，长官！"。这样一块充满杀气的地界何以称为"信心课程"？一位身上刺着文身的教官说，在这里首先让新兵"全面崩溃"，然后随着成功完成训练项目，逐渐增强信心。在这里的女兵训练课目与男兵完全一样，但"为集中精力，防止干扰"，男兵与女兵完全分开训练。美国海军陆战队要求男兵身上脂肪不能超过19%，女兵不能超过26%。在极为严酷的高强度训练中，每期约有6%的男性新兵最终因伤或因无法适应退出训练场，在女兵中这一比例为9%。

帕里斯岛上的游泳馆内是另一番严酷训练的景象。这里的游泳池长为60米，宽为25米，是排在亚特兰大奥运会游泳池之后的全美第二大游泳池。受训者要在两周左右时间内完成从游泳、救生到全副武装负重50磅泅渡等课程。我见到52名受训者首先从10米高台向水中跳下，然后游25米上岸；随后进行全副武装负重仰泳训练。岸上的教官只要见到受训者无力继续游下去或动作不规范，便喝叫其上岸。这些受训不合格者将在此后继续接受同一课目训练。几位落汤鸡般从水中爬出的新兵满脸不快，嘴里显然在骂娘。

此类魔鬼式训练的一个理念是淘汰和惩罚"懦弱者"。在这个游泳池的10米高台基座处，我注意到印有一排字，上写："他们爬了上来，他们哭了，他们又退了回去。"这排字下面印了几只小鸡,这便是对未能从高台上跳下受训者的鄙视及揶揄。在"信心教程"训练场上,有一个被称为"恶名"的课目。细问其意,回答是该课目难度极大,有难以完成之"恶名",未能完成该课目者也将因此背着"恶名"。

美国海军陆战队有着自己的一套训练方式,也有着一套只有自己才能听懂的术语。在他们的语言中,"Aft"意为"Rear portion of ship"(船尾);床不说"bed",而说"Rack";门不说"door",而说"hatch";商店不说"Department Store",而说"PX-Post Exchange";该睡觉了"time to sleep"则被说成"Taps"。帕里斯岛上也有着自己的禁忌,那就是在整个采访过程中,记者们被屡屡提醒"只能问训练问题,不能问政治、政治观点、对战争的看法等"。尽管如此,为当时美国海外伊拉克、阿富汗两场战争提供兵员的帕里斯兵站又怎能完全摆脱战争的话题?帕里斯兵站不少教官都曾赴伊拉克和阿富汗战场。他们坦承,在伊拉克和阿富汗战场上的感觉与在帕里斯岛训练场上的感觉完全不一样。面对精神压力增大、战争综合征加重等问题,"精神健康"的挑战更加尖锐,相关训练也较10多年前有了很大不同。

毕业典礼之后,C连和N连的新兵们可以休息10天,随后到步兵学校继续接受训练。他们在那里将分成两部分,一部分人在经过29天的海军陆战队战斗训练后,进入军事特种专业学校,19至360天后进入战斗部队。另外一部分人将经过52天的基础步兵训练后编入战斗部队。

毕业典礼结束后是新兵和在现场观摩典礼的家人团聚的时刻。人海之中,我见到一位戴着眼镜的新兵正四处张望着寻找家人。"是的,我已被通知几个月后将被派往阿富汗……"他告诉我,随后又继续张望下去。

采访结束后,还是由安德鲁驾车将我带离兵站。在路上经过一铁路车站,见到一列载有兵车的军列。我条件反射般拿出相机拍照,随即瞥见安德鲁脸上现出一丝苦笑。估计在他眼中,这是敏感且需防范的事情。

战地搜救演习:对记者既邀请又防范

2010年4月21日,安德鲁带队至距离墨西哥北部边境不到20公里的比斯比-道格拉斯国际机场采访"2010霹雳天使"战地搜救演习。这是五角大楼至那时为止规模最大的搜救演习。巴西、哥伦比亚、法国、巴基斯坦等17个国家参加或观摩此次演习。美国陆军、海军、海军陆战队、和平队、国家侦察办公室、联合司令部和国务院等多个军方和政府部门参加军演。

4月21日晨6时,我乘坐美国空军提供的车辆自亚利桑那州图森市一路向南前往演习地点。在3个多小时的路途中,所见两旁植被多为低矮灌木和沙漠、山地地貌,有着典型的美国西部地貌特征。据称多部美国西部片在那里拍摄。

抵达位于科奇斯县的比斯比-道格拉斯国际机场时,不由令人大感意外:所谓"国际机场"不仅没有指挥塔等空管设施,整个"国际机场"建筑物实则一幢小平房,且与亚利桑那州一座监狱毗邻。同行的意大利记者用望远镜向监狱方向张望了一会儿后忽然仰天大笑。问其原因,告从望远镜中可以清楚地看到,那座监狱旁边的道路名为"离家出走路"。

"2010霹雳天使"战地搜救演习副总指挥鲍博少校介绍说,在二战时期,这个机场所在地是美国空军B-25轰炸机训练场。美国空军基地多选择在偏远之地,除其他原因外,土地价格是一个考虑因素。"2010霹雳天使"战地搜救演习参演主要部队是美国空军第347救援部队。这支空军部队之所以选择此地进行军演,是因为此地海拔上千米,其地型、气候与阿富汗颇为类似。

美国军方人士介绍说,"2010霹雳天使"战地搜救演习集中体现出美军所倡导的一个信念,即"决不让一个倒下的战友留下",演习本身意在最逼真地演练如何在"敌后"进行搜救。此次参演地面搜救人员包括美国空军"护卫天使及特别战术部队"、美国陆军特种部队和美国联邦特种机构人员。

美国空军347救援部队主要机型为C-130运输机和黑鹰直升机。在一架待命的C-130运输机内,鲍博少校说,该机前舱专辟左右两座位用于搜救观察。另外,此机内可供手术使用。但因C-130运输机是一多年使用机型,已不能完全满足战地搜救要求。4月19日,美国空军已接收第一架C-130-J型飞机。这一新机型具有更为先进的搜救功能。

至于本次演习课目具体设计,鲍博少校说,他本人虽了解此次演习的大致思路,但并不具体了解演练内容。具体演习任务通常由戴维斯-蒙森空军基地下达。近年来,搜救演习内容已大为拓宽,外交官被劫持、地震救灾、意外伤害等"民事内容"也可能被设计为演习内容。作为主要参演部队，已处于待命状态的347救援部队官兵必须根据具体任务要求见机行事。这种事先不告知"考试内容"的演习无疑更具挑战性。

来自巴西空军的博拉沃少校在接受我的采访时说，巴西空军之所以参加此次军演，意在与各国空军取长补短，相互学习。在此前发生的法航空难事故中，巴西空军救援力量多有捉襟见肘之处，其原因之一是空难所发地点遥远，巴西空军无法对救援飞机进行空中加油。此外，无论在救援技术还是程序等问题上，巴西空军都还有可学之处。

4月21日上午11时，比斯比-道格拉斯国际机场三架黑鹰直升机机组人员和搜救人员全副武装登机候命，每架直升机内含驾驶员共配备7人。11时30分，其中两架黑鹰直升机开始发动，随即迎风冲入蓝天。演习指挥官告，根据演习指挥部的指令，在距此地50英里外的地方正在展开另一演习活动，已经起飞的两架黑鹰直升机将根据随时可能出现的新情况相机进行搜救。换言之，最为核心的演习活动避开了这些远道而来的各国记者。这似乎又是在防范什么。

2010年5月，美国国务院外国记者中心组织赴爱达荷州的采访活动，其中一项内容为采访位于该州的国家实验室。在事先已经过极为严密、复杂的报名手续后，已身在爱达荷州的记者们被告知这一采访活动被临时取消。不用说，这一突变不外乎又是在防范。

军事基地内的采访更是纪律严明

2011年4月6日，安德鲁又牵头组织了一次名为"如何打造一名海军陆战队军官"的采访。

这次采访活动属于"严加防范"级。采访之前，外国记者中心明言此活动不仅严格限制人数，还再三申明"纪律"：在不打扰正常训练之时，记者可以采访在现场的海军陆战队人员，但他们只能回答为何加入海军陆战队及与训练相关的问题，严禁提及任何与美国在阿富汗的战略、美军在同性恋问题上"不问不说"政策、"维基解密"网站、美军在利比亚的军事行动等有关的话题。

4月6日晨7时前，参加采访的外国记者集体乘车前往弗吉尼亚州匡蒂科海军陆战队基地。离开华盛顿市中心后,汽车向南行驶约70公里。在距基地尚有一段距离的一个商业中心,记者全部下车,转乘海军陆战队专用车辆。该基地负责公共关系的韦拉德中尉与身着便装、戴着黑皮鸭舌帽的前海军陆战队军官亨利早在车中等候。

海军陆战队专车从大路转入小道,两旁渐现山林起伏景色。通过哨卡进入匡蒂科海军陆战队基地后,更显空旷与荒野。匡蒂科海军陆战队基地占地约6万英亩(约合364217市亩),内有39个不同训练营区,依地势和再建设施可分别用于山地战、丛林战、城市战等不同科目演练。

专车通过一处路口时,一块低矮的褐色标志墙标有"联邦调查局研究院"字样,远处丛林中显露出多座建筑。韦拉德解释说,美国联邦调查局在此基地内也有训练基地,"但是,他们不知道我们在干什么,我们也不知道他们在干什么"。我了解到,除美国海军陆战队和联邦调查局外,美国国防情报局,美国陆军、海军、大学预备军官训练营和反毒品机构等均利用这一基地进行相关训练。

韦拉德说,这一基地内当时有3000名海军陆战队在训军官,共分7连,其中约6%为女性。基地内建有美国海军陆战队"基础学校",学员们在此接受为期6个月的训练。美国海军陆战队与美国海军使命的不同在于,作为美军快速先头部队,海军陆战队随时听命快速部署到世界任何一个地方。美国海军的活动范围在世界各大洋,而海军陆战队则将战斗力从空中、海上延伸至陆地,作为先遣部队建立前沿阵地。为此,美国海军陆战队拥有自己的战机、战舰、坦克等装备,以便在任何环境中都能尽速在战场上抢滩登陆,"突击"便成为海军陆战队的重要特色。

随着专车沿基地内山路蜿蜒前行,隐隐传来"隆隆"炮声,身边掠过数个射击场。在一处高地,记者们被允许下车。高地左侧下坡处设有重重路障,一群官兵正在那里演练如何盘查来往车辆。韦拉德解释说,作为训练课目之一,盘查车辆的要点在于如何识别可疑车辆,以及如何安全地对可疑车辆进行检查。

高地右侧下坡处不断聚集着全副武装的海军陆战队成员。他们围绕数辆4人装甲战车,进行着安装车顶重机枪等准备。其中一个个头不高、全副武装的女兵也在装甲车旁搬运机枪。这位名为贝莉的女兵在接受我的采访时说,她今年28岁,来自佐治亚州。自2010年10月开始在这一基地参加训练。她在训练中最感艰苦处还在于体能的欠缺。在一般训练中，她负重约 30 磅（约合 14 千克），在长途行军训练中，她的负重多达 100 磅（约合 45 千克）。她称在这里没有感到性别区别，而她最想做的事情是完成这一阶段训练后，根据合约当一名直升机驾驶员。

装甲运兵车的前方是 18 幢高矮不同的灰色建筑，每幢建筑物都用阿富汗普什图语和英文标有"喀布尔旅馆""阿布达尔鱼市""阿齐兹银行""巴基斯坦厨具店""克瓦拉服装店""莫萨达克商业学校"等字样。显然，这是一处尽可能模拟阿富汗城镇的训练地，模拟市场的建筑外还摆着装满水果、鲜花的小推车，模拟商店的建筑门口处摆放着烤炉和烤羊肉串，建筑物内的房间里摆放着堆满衣物的床铺，墙上挂着阿富汗挂毯。一幢建筑物的外墙上画有时任阿富汗总统卡尔扎伊的画像及阿富汗地图。然而，细看之下，还是有不少"驴唇不对马嘴"之处：鱼店门口高高挂着牛羊肉，服装店门廊处高挂着鸟笼和扫帚……

"砰砰砰"，一阵急促的枪声在"喀布尔旅馆"处响起，地上数枚烟幕弹急速地喷吐着黄、白两色烟幕。趁着烟幕，45 名海军陆战队官兵贴着墙角渐次运动至旅馆门口，随后分成三人一组逐屋、逐层占领整个旅馆。整幢建筑不时传来"冲、冲、冲"的指令和爆豆般的枪声。我随他们通过黑黢黢的楼道冲上 3 楼，见各战斗小组或占领窗口摆出战斗姿态，或匍匐在楼道处架起机枪。约半小时后，各战斗小组渐次退出"喀布尔旅馆"。我在一个房间内看到一人无精打采地坐在地上，一问，方知他已在战斗中"死亡"。

突然，"阿布达尔鱼市"建筑内有"武装分子"向外射击。一队海军陆战队官兵又是趁着烟幕弹包抄过来，打响另一场清剿"武装分子"的战斗……

指挥整个演练的麦克洛少校说，当天参加演练的共有 280 人。在此之前，他们已经经历了农村战、丛林战、山地战等不同课目的训练，城市战是他们在毕业前的最后一课。城市战的要点在于各个战斗小组间的通信联络。除电台外，各战斗小组间的联络还依靠毛巾、手势等。例如，绿色毛巾代表"安全"，黄色毛巾表明"危险"。就连烟幕弹的颜色也有含义不同的信号作用。

在一个类似仓库般的大房内，安装着几台计算机。几个穿便装的人一直坐在这一终端前，海军陆战队的演练过程细节及相关数据全景画般显示在大屏幕上。终端负责人告诉我，每位参练者身上均装有全球卫星定位系统，他们的一举一动均通过全球卫星定位系统和各个建筑物内的传感器传送到这一终端。这一终端还可模拟直升机射击等场景供训练用。演练结束后,相关人员将回放演练全过程,以使官兵"不犯第二次错误"。除了这一城市战训练场地外,这一基地内还有一处"阿富汗农村"训练地。那里的布景尽量与阿富汗农村一样。此外,该基地内还有一批充当演员的阿富汗人,以训练海军陆战队成员如何与阿富汗民众打交道。

时任美国总统奥巴马在阿富汗撤军与增兵一事上反复无常,是当时驻美记者们关注的热点之一。在场各国记者显然不满足于眼前所见到的一切。他们见机对接受采访的海军陆战队官兵询问诸如"你们如何看待奥巴马总统已经宣布将从阿富汗撤军"等问题。包括贝莉在内的被采访者也显然有备而来,他们均以"海军陆战队的天职就是服从命令。我将乐于听从命令,到世界任何地方为国家利益服务"作答。而跟从各国记者的安德鲁等人则或公开或私下对"违规"提问者发出警告。

美军参谋长联席会议主席最后一场吹风会

外国记者中心还有一项功能,那就是在位于中心内的记者吹风大厅举行各种吹风活动。2011 年 7 月 25 日午后,时任美军参谋长联席会议主席马伦在那里就"美国国家安全战略"举行吹风会。彼时正值马伦将军刚刚结束访华,同时这也是即将于当年秋天退休的他最后一次在华盛顿外国记者中心的讲台上吹风,因而吸引了众多常驻华盛顿的外国记者。早早就到场的我坐在了第一排的中间位置。

我在多个场合,包括在中国驻美国大使馆举行的活动中都见过马伦将军。有着浑厚男中音的马伦将军令人感到平易近人。在奥巴马政府中,马伦将军的一些反思也耐人寻味。

马伦将军在 2009 年 8 月 28 日出版的《联合军力季刊》杂志发表题为《战略沟通:回到基本事实》的评论。他认为,美国政府正在努力与伊斯兰世界进行"战略沟通"。但如果美国在海外的所作所为被认为是"傲慢、无视和侮辱",那么美国将无信誉可言。他说,在对抗伊斯兰极端势力的信息战中,美国缺乏可信性,"因为美国没有对于建立信任和关系给予足够的投资"。马伦说,目前美国需要特别担忧的不是"怎样沟通",而是"沟通什么"。他认为,美国许多"战略沟通"的问题根本不是沟通本身的问题,而是"政策和实施的问题"。美国屡屡不能兑现其价值观或未能兑现承诺,美国人"越来越多地更像敌人所声称的那样傲慢"。

在美国,至那时为止仍有很多人认为塔利班和"基地"组织躲在巴基斯坦与阿富汗边境地区的荒山深洞中从事反美活动。马伦对此提出异议。他说,美国最大的问题不在于"山洞",而在于"沟通的可信性",塔利班和"基地"组织中的许多人"其实根本没在山洞中,他们中的许多人就在当地人民中间"。这些人从"内部"而不是自"边线"掌控沟通,进而使美国在对付极端伊斯兰意识形态的斗争中"失去阵地"。

为应对全球范围内的所谓"反美主义",美国建立了一整套新的政府和军事机构从事"战略沟通"。马伦将军坦承,此举实际效果是使得"战略沟通"逐步具有"官僚主义"倾向。对于伊斯兰世界,"美国并没有完全或并不总是试图加以理解"。

马伦进而主张,"沟通应是双向的,美国必须成为更好的倾听者",好的沟通要点在于,"以正确的意图为前提,让事实说话"。马伦将军还表示,他是《三杯茶》一书的热心读者。《三杯茶》的作者莫顿森告诉他,"无知是敌人","从阿富汗、巴基斯坦当地人身上,美国人可学之处多于可教之处"。

自奥巴马政府执政以来,"战略沟通""公共外交""多边世界"等词汇渐成时尚。美国国会也对政府和军方"战略沟通"问题予以更多关注。为何美国在世界上某些行为仍被视为"傲慢、无视和侮辱"?美国在"政策和实施"中的问题根源何在?马伦将军的评论是美国政府和军方对"9·11"事件以来反恐战争进程反思的继续。但身在其位,当时的他毕竟是美军第一指挥官,也是满脑子强权思维,在对华关系上也是如此。

2011年7月25日这场吹风会的主持人是安德鲁。吹风会一开始,我就高高举手示意提问。安德鲁随即点名请我提问,我成为当天第一位向马伦将军发问的记者。我问的是当时最令人关注的南海局势问题。马伦回答说,美国在这一问题上的立场非常明确,即这一问题需要和平解决。美国在这一问题上不在任何两国之间"站边"。话锋一转，马伦说，美国强烈支持海洋自由、航海自由和在公海无障碍行动的权利。"当某一国违反这些准则时，这个国家就有违所有国家对于海洋自由的尊重。"

吹风会上，马伦被问及对此前中国军机在台湾海峡上空驱逐一架美军侦察机一事作何评论。马伦称，就此例而言，这是国际领空，美国将不会被禁止飞入国际领空。美国不会"面对中方这一立场进行退让"，并将"在很长时间内坚持这一国际准则"。

马伦所谈论的"国际准则"，系指美国所承认的12海里领海，而不是200海里专属经济区的"准则"。在这种唯我所用的"准则"下，美军可以倚仗先进的海、空军力量，在中国家门口肆意偷窥，耀武扬威。为此，马伦还振振有词地拿2001年中美撞机事件说事。他说："中国人希望我们离开那里，我不认为将会如此。我认为美国不会那样做。这些侦察飞行非常重要。""我们必须对这些拦截行动非常小心。我们必须确保不发生2001年那样的事情。除了会发生事故外，那样做有生命危险，会使那里的紧张升级，会使一些国家置于误判的境地。"对于这番赤裸裸的强权逻辑，就连曾经参与处理中美撞机事件的美国前驻华大使普理赫也不以为然。我曾参加一个有关中美关系的研讨会。在这个研讨会上，普理赫说，想一想如果中国的军机在加利福尼亚州沿海抵近侦察，美国人会作何感想，就可以理解中国人民在此问题上的感受。

在中美两军关系问题上，刚刚结束访华的马伦将军也表达了良好的意愿。他说，近期美中两军之间的交流，是对两国领导人推动两军关系承诺的兑现。双方交流包括了一系列很好、坦率的讨论、旅行和展示，并就未来联合军演和人员交流达成了一些具体协议。"我们现在至少有了一个可以进行对话的基础，我对此感到很受鼓舞。对于海盗、恐怖主义和救灾行动等一些实实在在的共同挑战，我们将继续共同合作应对。"他坦言，中美两军间"还存在着一些非常真实、非常本质性的问题"，但"真诚的分歧是任何健康关系中的一部分。困难在于，如何努力超越这些问题，从看似没有共同立场之处尽力找到共同点"。

极为敬业的她倒在了华盛顿

就在马伦将军这场吹风会开始前，我回头看到了坐在第二排的中国日报总编辑助理、中国日报驻美国首席记者黎星女士。我和她互致问候后，她还向我说了"今天你也亲自出席"的玩笑话。

黎星是一位极为敬业的新闻工作者。此前在国内时，我与她就曾有过工作上的合作关系。赴任前，我在怀柔与她一同参加学习，并谈及未来工作情况。中国日报驻美国记者陈卫华刚刚到任时，适逢时任中国驻美国大使周文重有一场活动。黎星通过电子邮件，嘱我帮助陈卫华安排相关采访事宜。我随即尽力给予帮助。她本人抵达华盛顿上任之后，我曾组织欢迎她到任"花生屯"的集体活动。在华盛顿、芝加哥等地多个采访活动中，我都与黎星同行，见证了这位中国新闻记者的敬业。

2011年8月4日中午12点30分，黎星从位于国家新闻大厦11层的中国日报办公室动身，前往13层的新闻记者俱乐部参加一个午餐会。应密苏里州韦伯斯特大学商学院的邀请，黎星和40多名来自上海的工商管理硕士生一起座谈，并聆听美国矿业协会副会长关于美国能源产业发展的主旨演讲。大约2点20分，已经被头疼困扰多日的黎星身感不适，随即被送往华盛顿乔治敦大学医院。被诊断为突发脑出血的黎星最终不幸于2011年8月7日下午2时45分辞世，享年54岁。我与燕当天第一时间赶到现场。握着黎星还有些体温的手，我连说："黎星，你太敬业……一路走好！"

2001年，我在北京接连送走4位英年早逝的同事。十年之后，华盛顿国家新闻大厦竟目睹了这样一幕，令人扼腕痛惜。

2011年8月11日上午，同事们在华盛顿为黎星举行了悼念活动。我在活动中代表在华盛顿的中国新闻机构表露心声：

今天，在濒临大西洋西岸的美国首都华盛顿，我们以一个最为简约，也最为隆重的仪式悼念和追思一位来自太平洋西岸中华民族的优秀女性，她就是我们的好同事黎星。

一切来得那样突然。强烈的震惊、巨大的哀痛、无尽的惋惜……斯时斯地，在异国他乡的我们更为真切地感受到了一个注定跨越时间与空间的伟大生命。

透过模糊的泪眼，我们仿佛看到黎星又是那样微笑着走来，又是那样急匆匆地开始新的奔波。从芝加哥到华盛顿，从盐湖城到旧金山，黎星以一种加速度的奔波不断增添着生命质量的厚重。在她的生命动力中，"优秀"早已成为永远的圭臬。她以一篇篇心血之作、一个个精美版面、一次次心灵沟通最终构建成一座令人仰慕的高峰。

黎星总是微笑着。在那微笑的背后，是坚韧，是执着，是不断自我超越的追求，是永不枯竭的激情。正是以这份坚韧、执着、追求与激情，黎星不断打破各式坚冰，向外部世界生动、真实地介绍正在发生巨大变化的中国，也向中国描述一个丰富多彩的外部世界。黎星是中国的，黎星也是世界的。

黎星没有离去，黎星永远活在我们心中。伴着太平洋与大西洋奔涌的海流，黎星已经超越了空间与时间。她平凡而伟大的人生势将激励来者；她所执着的事业势将蓬勃发展。黎星：在黎明前的星空中，有一颗星格外光彩熠熠，那一定是你的微笑。

安息吧，黎星！

在此后的岁月中，华盛顿国家新闻大厦进进出出的人流中，不断流淌出一幕又一幕的故事。美国国务院外国记者中心也在悄然发生着变化。

在每次"采访之旅"后，组织者都会敦促参与者尽快将采访作品传至外国记者中心，以便证明此类采访活动的价值，进而能够得到资金，使得类似采访活动得以持续。事实上，随着奥巴马政府第二个任期的到来，此类走出华盛顿，到外州的专题"采访之旅"活动明显减少，而往往代之以在华盛顿市内或近郊的采访活动，其中一次活动便是采访伍德朗种植园。

03 美国总统的身后名

> 政治高度极化的美国各色人等都在打"建国之父"的大旗;美国式的"为尊者讳":华盛顿是一位奴隶主,却被有意无意地淡化和疏离着;华盛顿是人而不是神;杰斐逊自撰的墓志铭中,对曾经的官职一字不提;林肯所憧憬的理念远未实现;"伟大"从来不是可被用来随意张贴的标签;美国总统图书馆或博物馆的一个共同之处便是报喜不报忧。

伍德朗种植园之所以值得一去,是因为它与美国建国之父乔治·华盛顿有关。

作为一个国家,美国的历史并不长。作为一个群体,美国的"建国之父"们已经成为全民崇拜的对象。历史发展到今天,美国的社会在政治上已经高度极化。但无论是民主党的政客,抑或共和党的高官,打着"建国之父"的大旗却是高度一致,只是各取所需罢了。作为个体,这些被冠以"建国之父"的人们生前不乏非议与贬损,身后却被重重光环包装了起来。岂止华盛顿或杰斐逊,环顾世界,从孔子到梵高,其生前身后莫不如是。

论起美国"建国之父",乔治·华盛顿无疑名列前茅。成为"国父"之后,一切与乔治·华盛顿有关的事物便都具有了新闻价值。

白人种植园背后的黑人历史

自美国首都华盛顿驱车向南约 20 公里便可到达弗农山庄。距弗农山庄约 4 公里处的一个山丘上,坐落着一处有着美国南北战争前最为流行的联邦风格的两层红砖建筑。从这座建筑的前门门廊处,可以远眺弗农山庄和泛着粼粼碧波的波托马克河。这座建筑的设计者是曾经设计美国国会大厦的建筑大师威廉·桑顿,为这座建筑选址的则是乔治·华盛顿。

这座建筑的所在地便是伍德朗种植园。乔治·华盛顿生前曾拥有五个农场。1799年,乔治·华盛顿的侄子劳伦斯·刘易斯与内利·卡斯蒂斯成婚时,华盛顿将有着约2000英亩土地的伍德朗种植园作为礼物送给刘易斯。这是一场亲上加亲的婚事,因为从小在弗农山庄长大的内利·卡斯蒂斯是华盛顿夫人马莎·华盛顿的孙女,一生没有亲生骨肉的华盛顿一直视内利·卡斯蒂斯为"掌上明珠"。

在经过5年的建设后,伍德朗种植园的主建筑于1805年建成。专事研究伍德朗种植园历史的苏珊·赫尔曼女士告诉我,伍德朗种植园的不寻常之处不仅在于其历史与美国首任总统密不可分,还在于其有着一段非同寻常的黑奴史。在通向伍德朗种植园主楼的红砖道上,一块砖头上留有两根手指的深深印迹。"这很可能就是当年奴隶劳作中留下的印记。"赫尔曼女士说。

正如当年的弗农山庄一样,伍德朗种植园也曾拥有众多来自西非的奴隶。据统计,伍德朗种植园于1810年、1820年、1830年和1840年拥有的奴隶人数分别为74人、93人、57人和29人。尽管刘易斯一家拥有众多奴隶,但刘易斯掌管的伍德朗种植园从来不是一个成功的农场。

劳伦斯·刘易斯于1839年过世后,他的儿子洛伦佐决定将伍德朗种植园房产卖出。6年之后,他才找到一位买主。此人就是来自新泽西州的特罗斯。值得说明的是,特罗斯属于美国北方主张废奴的贵格教派。

有研究者认为,美国文化中有着不可忽视的不列颠"种子",并因此有着较为鲜明的地域特色:新英格兰地区的清教徒文化、弗吉尼亚的保皇派文化、特拉华河谷的贵格派文化和阿巴拉契亚边区的边境居民文化。其中贵格派因在英国饱尝宗教迫害而更为崇尚平等自由。

特罗斯购买伍德朗种植园的目的并不完全在于看上了这里的木材,而是想创建一块奴隶自由的领地,以向坚持奴隶制的南方庄园主证明,不使用奴隶也能够建成一个成功的农场。

事实上,吸引贵格教派来到伍德朗种植园的一个重要因素是这里已经存在的黑奴自由环境。华盛顿总统已于1799年使其拥有的奴隶获得自由。这些获自由的奴隶通过与其他奴隶通婚在弗农山庄所在的费尔法克斯县安顿下来。该县其他庄园主在黑奴问题上也大多效仿华盛顿。至1840年，费尔法克斯县已有约20%黑人居住在这一地区。然而，在华盛顿去世后，当地新的法律使得奴隶获得自由变得更加困难。

继特罗斯之后，伍德朗种植园一直为贵格教派成员拥有。贵格教徒曾将这座红砖楼变为学校和教堂。在一个奴隶制仍未消除的年代，伍德朗种植园内的种族关系却相对和谐得多。赫尔曼女士说，她所从事的研究显示，在伍德朗种植园内的黑人显得更有文化，这很可能是因为这些黑人曾在这里的学校受过教育。而在当时，向黑人教授文化还是非法的。

美国南北战争打响之后，南方蓄奴州纷纷决定从联邦退出。费尔法克斯县所在的弗吉尼亚州于1861年5月23日就是否退出联邦进行投票。在该县14个选区中，只有3个选区表示反对退出联邦，其中就包括伍德朗种植园所在的阿科庭克选区。由于这一投票并非采用匿名方式，反对退出联邦的伍德朗种植园的主人们便因此处在一片敌意之中。在南北战争期间，为防止南部邦联军队的破坏，伍德朗种植园自发组织起地方志愿军。"这本身就有两个极不寻常之处，"赫尔曼说，"其一，奉行和平主义的贵格教徒异乎寻常地拿起了武器；其二，在这支地方志愿军中，也有着被武装起来的当地黑人。迄今为止，人们还没有发现美国任何别的地方有这样的故事，更没有可与这支队伍相比的黑人地方志愿军。"

赫尔曼女士认为，在美国历史上，黑人奴隶的往事常常被有意淹没在历史之中，种族关系仍是美国社会常被提起的敏感话题。"在这个国家里，对美国南北战争的研究大都集中在战场、将军和白人身上，很少有人对黑人的故事感兴趣。许多美国的博物馆都没有保存与奴隶有关的遗迹，因为博物馆的主人们不愿意解释这段历史。在许多情形下，不少博物馆旁现代化的停车场处便是当年的奴隶区。然而，黑人奴隶还是留下了痕迹。"她说，"我已经在本地找到了当年黑人奴隶的后代，我的研究仍将继续。"

在美国，黑白种族的话题一直相当敏感，而生活中的乔治·华盛顿就是一位奴隶主，各种"洗白"的说法都改变不了这一基本事实。尽管这一事实有着可以理解的历史背景，但在浩如烟海的有关华盛顿的记载中，这一点仍被有意无意地淡化和疏离着，这或许是美国式的"为尊者讳"。

美式个人崇拜

华盛顿被誉为美国"国父"，即便这个国家向来以"民主"自居，但对华盛顿的个人崇拜还是显而易见的。在美国，"华盛顿"是一个常见的地名，除了首都，全国各地以华盛顿命名的州、县、镇不下40个，有着同样名称的街道更是不计其数。对于中国人来说，常常会将首都华盛顿与位于美国西北角的华盛顿州混淆。

如果人们驾车出行至纽约，连接新泽西州与纽约市的那座大桥便是乔治·华盛顿大桥。当人们用美元消费时，最常用的1美元纸币钞票和25美分硬币上便有华盛顿肖像。1美元钞票上所用的华盛顿肖像为吉伯特·斯图尔特所绘，这幅肖像早已成为早期美国艺术的代表性作品。在南达科他州，华盛顿和西奥多·罗斯福、托马斯·杰斐逊、亚伯拉罕·林肯4位美国总统的脸庞被刻在拉什莫尔山的巨大石壁上，成为美国最知名的雕像群之一。美国海军军舰也有三艘以华盛顿为名。目前仍在服役的"乔治·华盛顿号"是一艘尼米兹级航空母舰。1990年下水的"华盛顿号"于2008年编入第七舰队，以取代退役的"小鹰号"，并以日本神奈川县横须贺海军基地为母港。它既是美国海军历史上第一艘驻扎于日本境内的核动力舰艇，也是美国海军唯一一艘永久在海外驻扎的航空母舰。近年来，随着东海、南海局势的演变，"乔治·华盛顿号"多次被派往中国东海、南海等地耀武扬威。在美国，就连一种棕榈科属的树木学名也被取名为华盛顿葵。

或许后人的这些做法并非生前力戒张扬的华盛顿所愿见到的。事情就是这样：有些人拼命让世人铭记，却早已被人忘却；有些人淡泊名利，却每每令人怀念。华盛顿令人怀念之处既在于他为赢得美国独立和打下建国根基所做出的巨大贡献，也在于他浓烈的平民情怀和朴素智识；既在于惨烈战场上的坚韧威猛，也在于勤政治国中的如履薄冰；既在于时代呼唤中的临危受命，也在于高瞻远瞩的急流勇退。

然而，华盛顿终归是人而不是神。

弗农山庄好风光

认识、理解华盛顿的最好去处当然是弗农山庄，这里是美国仅次于白宫的一座最重要的历史建筑。华盛顿生于1732年，于1799年辞世。在他67年的人生岁月中，有45年居住在弗农山庄，并最终长眠在那里。华盛顿为美国建国战斗、为美国民主制度奋争并急流勇退的一生，正值中国清朝雍正至嘉庆年间。当一个新创国家在太平洋彼岸成长之时，老大帝国的宫中权斗仍在一朝一代地上演着，只是愈加衰微。

弗农山庄的那份开阔、宁静、悠远吸引着我多次前往。

弗农山庄位于美国弗吉尼亚州北部的费尔法克斯县，是华盛顿同父异母的兄长劳伦斯留给他的产业。1743年，劳伦斯在波托马克河边建造了一幢房子作为家园。他对于同时代的英国海军上将弗农甚为推崇，因此将这片家园命名为弗农山庄。劳伦斯染病去世后，22岁的华盛顿继承了弗农山庄。1773年，经历了最初军旅生涯后归隐的华盛顿，拆除了30年前的老屋，在原地建造起新居，形成了今日弗农山庄主楼的样子。

弗农山庄由华盛顿故居和一大片田园组成。走进庄园的大门，粗粒黄沙铺就的道路两边鲜花不断，树丛修剪得整整齐齐。200多年来，这里的一花一树都受到精心养护，来到这里的人，整个身心都沐浴在清新的空气中。多年来，美国总统都有一个在感恩节之际赦免一只大火鸡的惯例。那只被赦免的幸运火鸡会被送至弗农山庄入门不远处右侧棚屋内放养。

华盛顿故居的主建筑是一幢格鲁吉亚风格的红顶白墙的二层楼房，高居于山丘之上，面对大片草坪和田园，背倚滔滔奔去的波托马克河，不仅风光绝美，而且地势开阔，气势十足。进入室内，墙上挂着华盛顿家族的家谱，所有陈列的遗物、礼品、书稿都尽量保持着当年的模样。

一楼有客人的起居室、大小餐厅和书房。大餐厅是楼内最大的房间，可供20多人的宴会之用。小餐厅是平时自用的，桌上摆着面包、菜肴、樱桃和红酒。走廊的楼梯口挂着一把黑色的大钥匙。据介绍，这把钥匙是用来开启法国巴士底狱的。攻占巴士底狱，是法国资产阶级大革命的开始。1790年初，曾参加过美国独立战争的法国将军拉法耶特将缴获的开启巴士底狱的钥匙赠送给华盛顿，并表示，"由于美国革命，巴士底狱的大门才开启"。这件无比珍贵的礼物，见证了人类对自由平等的永恒追求。

二楼是华盛顿夫妇的卧室，铺着花布床单的老式卧床、安乐椅、大圆镜和木制衣箱。1799年12月14日，华盛顿因病在这间卧室里长眠不起。

华盛顿没有直系后代。1858年，一个名为"弗农山庄女士协会"的组织购得弗农山庄，并负责开放经营。此后，每逢美国独立日、总统日等节庆，华盛顿故居前面的大草坪便成为庆祝的主场地。穿着美国建国初期服饰的人们在这里重演独立战争等情景，其中有一位身材高大的将军便是"华盛顿"。

弗农山庄彰显着华盛顿的辉煌，也记录了他作为奴隶主生活的侧面。主建筑两侧是管家、奴隶的简陋房舍，由两道弧形覆顶走廊将其与主楼连接。华盛顿辞世后的1835年，一场大火烧毁了暖房和奴隶住房，现在的两幢房子是根据史料复原的。但是，它们的存在仍然提醒着人们，作为大奴隶主，华盛顿所向往的舒适生活离不开众多奴隶的服侍。

如果把弗农山庄比作一个12寸的比萨，故居就相当于放在比萨上的一枚硬币，房屋四周是大片树林和农田。华盛顿生前十分眷恋这个惬意的生活圈，多次极不情愿地离开这里奔向远方。但也许正是因为有着对脚下这片土地的热爱，他才会挺身而出，为保卫家园而战，更在日后推动美国政府自建国之初，就用法律的形式保护个人财产、维护个人尊严。

当年从弗农山庄出发，华盛顿屡屡承担起浴血中创建新生国家的大任。可每次离开时，他的心情都如临深渊一般沉重，甚至发出"犹如罪犯走向刑场"的感喟。

1775年，43岁的他从这里前往费城出席第二届大陆会议，并被推举担任大陆军总司令。临危受命的华盛顿率部经过长期浴血奋战，终于在弗吉尼亚切萨皮克湾的约克镇大败英军。这场辉煌的胜利标志着独立战争的结束，他本人也因此问心无愧地成为民族英雄。刚刚掸去身上的硝烟，华盛顿就无比思念起阔别数载的弗农山庄。随后，他平静地向国会交出兵权，返回家园。告别之际，他满怀深情地写下："本人别无他求，只希望尽快返回庄园过朴实无华的生活，最后像普通公民那样悄悄地离开这个世界。"

14年后，57岁的华盛顿再次从弗农山庄启程，前往纽约宣誓就任美国首任总统。妻子玛莎对他当选总统相当失望，因为她只希望能和华盛顿在弗农山庄平静地生活，但最终这位美国历史上的第一位"第一夫人"还是深明大义，支持丈夫为国家服务。

此时的华盛顿正位于权力的巅峰，有军官曾上书拥立他为"美国的恺撒"。在王冠与共和国之间，华盛顿态度鲜明地选择了后者，在担任两届总统后拒绝连任。作为首任美国总统，他深知自己的一言一行、一举一动都会在历史上留下深刻的印记，事事出于公心便成为须臾不离的准则。1797年，华盛顿在任期届满演说中，主张美国应该避免受到他国的干涉，只专注于美国人的利益。他还建议美国与其他国家保持友谊和贸易关系……当历史的脚步进入21世纪，不知现在热衷于满世界动不动就打"贸易战"的美国领导人重读华盛顿这一演说时会作何感想。

担任总统期间，尽管国务倥偬，华盛顿还是重返弗农山庄达15次之多，波托马克河沿岸永远是他的避风港。

1797年，华盛顿终于如愿解甲归田。在返回弗农山庄的路上，他难掩欣喜："我终于成了波托马克河畔的一名普通百姓。在自己的葡萄架和无花果树下乘荫纳凉，听不到军营的喧嚣，也见不到公务的繁忙。我所享受的宁静与幸福，是那些孜孜不倦地追逐功名的军人们、那些朝思暮想图谋策划的政客们、那些时刻察言观色以博君王一笑的佞臣们所无法想象的。"

华盛顿曾多次说："没有比弗农山庄更可爱的地方了。"在退休的日子里，他极尽务农之乐，尽显平常人之心。他经常在面河长廊高声给妻子朗读晚报，并把每天步行作为一种锻炼。除身体力行改良土壤、作物轮种等创造性的劳动外，他还要求山庄内的花工了解如何保持花园四时之序，在适当的季节播种适宜的花籽，应掌握温室知识，了解如何在温床上种植。与此同时，也应给花工提供良好的住宿环境，方便他的工作。200余年前的华盛顿已表现出强烈的环境保护意识。1795年1月25日，华盛顿在写给管家的信中说："一个人尽可以随心所欲地砍倒一棵树，然而，当大地被砍光之后，要想再种树成材则耗时多年。"尽管弗农山庄内树木很多，但华盛顿要求家人不要砍树生火，而是用倒下的死树作为柴火，并要求多种植冬青和雪松，以代替弗农山庄的木栅栏。

由于经营得法，华盛顿的财产日增，共拥有土地8000英亩（约3200公顷），分作5个农场经营，资产相当可观。可惜，华盛顿身后，庄园经营失当，偌大财产也如烟散去。

遵照华盛顿的遗愿，他的遗体安葬在距离故居不远处的家族墓地。他的墓地跟本人一样，朴实无华，旁边安放的是他的妻子。

桃李无言，下自成蹊。时至今日，华盛顿安享位于首都中央位置那座方尖碑的尊荣。华盛顿纪念碑高169.3米，美国法规明令首都华盛顿市内任何建筑不得高于此碑。

乔治·华盛顿是一位勇者、强者，我更钦敬他是一位智者。

智者杰斐逊：不屑提及官职

托马斯·杰斐逊是继华盛顿、亚当斯之后的第三位美国总统，也是一位我所敬重的智者。

杰斐逊的故居位于首都华盛顿西南约160公里的夏洛茨维尔附近的蒙蒂塞洛。蒙蒂塞洛是意大利语，意为"小山"。杰斐逊的故居便坐落在一处居高临下的山顶。蒙蒂塞洛不仅是杰斐逊的故居，也是其墓地所在。在杰斐逊家族墓园内，杰斐逊的墓碑铭文表明了他的主要历史功绩："这里埋葬着托马斯·杰斐逊，美国《独立宣言》起草者，《弗吉尼亚宗教自由法规》起草者，弗吉尼亚大学之父……"这是一块令我深思良久的墓碑。除曾担任美国总统外，杰斐逊还曾出任美国第一任国务卿，并组建美国国务院。在这极为辉煌的一生中，他最终引以为豪的还是起草了《独立宣言》《弗吉尼亚宗教自由法规》，并创办了弗吉尼亚大学，对曾经的官职提也不提。

美国的名人故居是不可多得的课堂。在托马斯·杰斐逊故居的西草坪上，我看到来自北卡罗来纳州的高中历史教师谢菲尔德向随行的侄女耐心地讲述着各种植物的功用。在与我交谈时，谢菲尔德说，此次他是利用学校春假带领家人做一次"历史深度游"。"杰斐逊是我最为喜爱的美国总统，这里是我们的第一站，"他说，"随后，我们还将经谢南多厄山谷前往葛底斯堡，再转回北卡罗来纳。"

利用春假出游的美国教师不在少数。乔治·梅森是美国建国时期著名的政治家和思想家。在弗吉尼亚州的乔治·梅森故居，我遇见正在那里游览的三位女教师。她们绝不是那种照照相留个影就走的匆匆访客，而是与导游反复讨论问题。那位白发长髯的导游也格外认真，专门带领这三位教师走遍故居边边角角，与她们进行深度探讨。

一次有深度的旅游是一种放松而高效的学习，是对头脑的深度充电，既成为人生难忘的一段阅历，也对此后的人生产生不可低估的影响。寻访伟人故居不啻为与伟人的隔空交流，更是润物无声点点滴滴在心头。

蒙蒂塞洛的杰斐逊故居主建筑兼具古希腊和罗马建筑风格，又在采光、通风、节能、实用等方面多有创意，其设计者正是托马斯·杰斐逊本人。与华盛顿一样，在保护环境方面，杰斐逊的一些理念和做法至今也未过时。1987年，蒙蒂塞洛被选入联合国教科文组织世界遗产名录，也是美国唯一获此殊荣的名人故居，因而成为旅游胜地。

我来到蒙蒂塞洛时，但见游人如织，组织者则有条不紊。因故居内有些房间狭小，游人必须分批进入。24美元的门票上面，清楚地标明进入故居内的参观时间。购票处旁，设有"探索厅"，以供游人在等待进入故居时参观。杰斐逊一生好学多才，兴趣广泛。他不仅仅是伟大的政治家，还在地理、建筑、农业、古生物、天文、音乐等方面颇有造诣，并通过自学通晓拉丁、希腊、法、西班牙和意大利等外语。这座技术含量很高的"探索厅"便从建筑、农业、地理等多方面介绍杰斐逊，游客还可在一些体验性项目中自娱自乐。在一座多媒体大厅内，多个大屏幕上滚动出现有关杰斐逊的诸多问题，游客触摸一个问题后，相关答案随即出现在屏幕上。诸如此类的设施使得游客既在潜移默化中学得新知，又对杰斐逊有了更为真切的理解。

购票处外，随时有班车将游人拉到山顶。班车到达山顶，一态度和蔼的老年志愿者将大家叫到一起，说明注意事项。"在票面指定时间5分钟之前，请大家务必来到这里集合，"他说，"在此之前，那边有专人带领大家进行花园游和奴隶遗址游。"与华盛顿一样，在杰斐逊生活的年代，大户人家都拥有奴隶，杰斐逊家也不例外。此外，在广为流传的故事中，杰斐逊的个人生活也与黑人有血亲关系。在花园游和奴隶遗址游的出发处，明白标有导游带领游客的出发时间,已有一些游客秩序井然地等待下一班导游的到来。

在进入杰斐逊故居前,先后有两位老年志愿者将大家集合在一起,再次友好而礼貌地说明故居内参观注意事项,最后由故居导游莎拉女士带领大家进行故居参观。

故居内各个房间的游览恰如一条分秒不差的流水线:前一房间的游客刚刚离开,后一批游客便悄悄涌入,导游之间在客流衔接上有着流畅的默契。莎拉女士的介绍声情并茂,每一房间的介绍结束后,均有一问答环节。面对杰斐逊的私人生活等各种问题,莎拉女士有问必答——深度游的带领者本身须具备深度讲解的能力。

"我在蒙蒂塞洛学到了许多,"谢菲尔德告诉我,"只看这座房屋的设计吧,那时的杰斐逊就已经在设计中采用天井采光、双层玻璃等节能理念,这些理念至今没有过时……"

忘不了林肯那忧郁的眼神

较之华盛顿和杰斐逊,我对林肯的敬重平添几许悲壮。与华盛顿、杰斐逊等一众奴隶主出身的"建国之父"不同,林肯出身卑微。如果说华盛顿是美国"建国之父",那么林肯就是"护国之父",是他通过一场南北战争最终维护了美国的统一,也最终解放了黑奴,尽管这并非初衷,而是结果。

在位于美国印第安纳州西南角落处的一个小农庄,我寻访了亚伯拉罕·林肯长大成人之地。

一片密林深处,几座简陋木屋,鸡雏满地跑,田里青纱帐,加之几位身着19世纪初期服装的男男女女,生动地演绎着美国中西部早期拓荒者的生活场景。这个眼前"活着的历史农庄"意在展现当年景象。远处两位拿着斧头劈柴的青年就是表现年轻林肯和他的伙伴干活的历史画面。

1816年秋天,亚伯拉罕·林肯的父亲托马斯·林肯和妻子南希最终决定离开苛捐杂税日益沉重的家乡肯塔基,向尚为处女地的印第安纳州西南部迁移。他们收拾行装,牵着一辆牛车,带上9岁的女儿萨拉和7岁的儿子亚伯拉罕,奔向充满希望和未知的新生活。西去的路上艰险困顿,走到无路可走时,他们砍树折枝，铺路前行，最终于当年12月抵达印第安纳州斯潘塞县小鸽溪附近安顿下来。在托马斯申报拥有的160英亩荒野中，匆匆搭建起的一座小木屋便成了林肯一家人的新家。

在这片荒野中，作为开拓者生活的前两年，林肯一家虽创业艰难，却和睦快乐，这是林肯少年时代难得的美好时光。小林肯开始像个男子汉那样帮着大人干活，慢慢学会使用犁和长柄斧头。1818年秋天，亚伯拉罕·林肯的母亲南希在帮助邻里干活时染上乳毒病猝然离世。至今，在一个早期开拓者墓地内，人们可以见到南希的墓碑。

出身卑微的亚伯拉罕·林肯一生遭遇过无数打击。9岁时母亲的过世是第一个沉重打击，他也因此开始品味生活的别样艰辛，默默吞下的泪水渐渐酿成过人的坚毅。母亲过世后，小林肯的姐姐萨拉承担起了洗衣、做饭等家务。后来，年轻的萨拉也在婚后不久不幸离世，小林肯再遭失去亲人的痛苦打击。

南希过世后不到一年，托马斯重回肯塔基，与成寡的萨拉·布什·约翰逊再婚。婚后的萨拉·林肯带着她自己的三个孩子、一牛车家具和许多图书随同托马斯来到印第安纳州。萨拉·林肯是一位善良的继母。在她的悉心操劳下，这个新的家庭相处和睦。

那时的印第安纳州是开拓者的冒险之地，少有正规教育机会。总也干不完的农活使得小林肯在课堂的时间加起来不过一年。但他喜欢阅读，人们经常可以见到林肯一边手提大斧，一边拿着一本书。到16岁时，小林肯已经长得身材高大，愈发机敏。他经常在当地小店铺内与人辩论时事，在那里磨炼了他的口才。

渐渐长大的林肯渴望知道山林以外的世界。1828年，林肯在密西西比河和俄亥俄河上贩货的平底船上打工。货船船员来自五湖四海，他们的讲述令林肯大开眼界。随着贩货平底船，林肯曾到过路易斯安那州的新奥尔良市，在那里的港区内他无意中见到拍卖奴隶的场景。这一经历令他终生难忘，也成为他日后为美国废除奴隶制做出历史性贡献的一个注脚。

1830年，林肯全家搬到伊利诺伊州，已经21岁的林肯结束了在小鸽溪旁14年的生活，开始了人生新阶段。这14年间的生活为林肯打上了永难磨灭的烙印，形成了林肯之所以成为林肯的高尚品德：诚实，好学，自强不息，努力工作并尊重别人的努力工作,虽疾恶如仇却不失理智,虽屡屡受挫却愈挫愈奋……

"艰难困苦,玉汝于成",古今中外,概莫能外。

2009年适值林肯诞辰200周年,2011年,时值美国南北战争爆发150周年,2013年11月19日,则是林肯发表《葛底斯堡演说》150周年。我在现场采访时深感美国民众对林肯的热爱与怀念,也深感这种热爱与怀念中一直伴随着对现实生活的关切。

2011年7月21日,美国在马纳撒斯战场遗址举行仪式,纪念南北战争爆发150周年。150年前发生的美国南北战争(亦称美国内战)最终导致美国国家主权的统一和奴隶制的废除。1861年7月21日发生在弗吉尼亚州马纳撒斯的战争也被称为第一次布尔河之战。这场战役的惨烈超出许多人的想象。林肯领导的北军本来以为可以轻易打败旨在分裂联邦的南军,但最终在此战役中大败。纪念活动当天,在马纳撒斯战场遗址,身着当年北、南军服装的演员们逼真地再现了当年战役的经过及日常生活。

拜谒葛底斯堡和"林肯小屋",可以更为真切地理解何以马克思称林肯是"一位达到了伟大境界而仍然保持自己优良品质、罕见的人物。这位出类拔萃和道德高尚的人竟是那样谦虚,以至于只有在他成为殉难者倒下去之后,全世界才发现他是一位英雄"。

位于宾夕法尼亚州的葛底斯堡因美国内战期间一场极为惨烈的血战和林肯一篇成为经典的演说而广为人知。值得今人深思的是,1863年11月19日,林肯在言简意赅的《葛底斯堡演说》中,除了论及"人人生而平等""民有、民治、民享"等理念之外,还特别指出生者应继续向前推进尚未完成的事业,以不让亡者"白白牺牲"。

2013年11月19日一大早,来自美国各地约万人云集宾夕法尼亚州小镇葛底斯堡国家公墓纪念活动现场。整整150年前,美国第16任总统林肯就是在这里发表了至今令世人传诵的《葛底斯堡演说》。

位于华盛顿市区北部的"林肯小屋"生动地诠释了这位平民总统的人格魅力。为了缓解丧子之痛和白宫的喧扰,林肯在任期间约有1/4的时间在这所房屋中度过。他曾在这里多次破例接受不速之客的来访。有一次,因为极度疲惫,林肯很不耐烦地拒绝了一位来访者的请求。第二天，他专门找到来访者深表歉意。他曾从这里每日骑马前往白宫，所见所闻使他更加体恤民情。他曾与在小屋旁边"战士之家"中休养的伤兵促膝谈心。他曾多次单独一人于夜半时分在小屋前面的墓地中踱来踱去。随着美国内战的激烈，林肯目睹着眼前墓地的不断扩大。他曾在这里侥幸躲过暗杀。1864年，美国内战双方曾在距林肯小屋不到一英里处发生"第七街激战"，林肯不顾危险，前往前方堡垒，使他成为美国历史上第一位身处敌军炮火射程之内的总司令。他曾在这里与许多逃离的奴隶交谈，其中一人还被收留作为家庭厨师。他在这里的来访者不仅有朋友，还有宿敌，其中一些人最终成为林肯最为信任的同事。在紧张的公务之余，他曾在这里得享家庭温暖，"妻管严"也曾是这个第一家庭的特点。就是否允许家庭厨师在冬季到来之前离开一事，林肯不得不写信给临时赴波士顿的妻子玛丽以征得她的同意。相对安静的环境得以使林肯更为深刻地对美国的前途命运进行思考。他的书房案头上两份最常阅读的文件是《独立宣言》和《美国宪法》。就在这所小屋内，林肯度过了遇害前的最后一夜……

林肯生前极少炫目的光环，他的多项决策曾广受非议。林肯那一双极显忧郁的眼神便透露出他殚精竭虑、力排众议和饱受磨难的经历。漫步在葛底斯堡战场和"林肯小屋"，人们更可感到，"伟大"从来不是可被用来随意张贴的标签，而是历史老人经过大浪淘沙般的深思熟虑后的含笑首肯。林肯的伟大在于拯救了美国，奴隶制的废除使得"人人生而平等"的理念在法理上成为现实。百余年后，同样来自伊利诺伊州的参议员奥巴马得以成为历史上首位非洲裔美国总统，奥巴马夫人米歇尔的祖先梅尔文尼娅就是一名奴隶，她在南卡罗来纳州奴隶主帕腾森1850年的账本上标价仅为475美元，这一事实本身令人更为深刻地理解了林肯所做出的伟大历史贡献。

任何一位美国总统都在乎身后之名，都在树碑立传，但物质之碑与口碑并不吻合。

在美国首都华盛顿，弹丸之地上可以寻到华盛顿、杰斐逊、林肯、伍德罗·威尔逊、西奥多·罗斯福、富兰克林·罗斯福、肯尼迪等多位总统的纪念地。在美国各地，散落着不少美国总统的纪念地，其中许多是以图书馆、博物馆的形式存在。

我踏访过杜鲁门、肯尼迪、老布什、卡特、克林顿等美国总统的图书馆或博物馆，其中一个共同之处便是里面均建有复制的白宫椭圆形办公室，以缅怀当年的辉煌，另一个共同之处便是报喜不报忧，极力淡化当年的"负面新闻"。

美国二战以后几成政治"诅咒"的周期性规律表明，随着光环不断衰减及现实更为惨白，历届总统在第二任期内都会遭遇形形色色的丑闻、困境与失误。尼克松竞选连任时大获全胜，但是不到两年，就因"水门事件"遭到弹劾；"伊朗门"丑闻曝光后令里根名誉受损；克林顿遭遇沸沸扬扬的婚外情丑闻；小布什对于卡特里娜飓风的灾后处理备受非议。所有这些都在各自的图书馆或博物馆陈列中做了淡化处理。克林顿图书馆位于阿肯色州小石城，其中有一排按年排序的大事记录档案板。我曾专门查看了记录1993年的相关内容，最终没有看到克林顿当年与白宫实习生莱温斯基闹得沸沸扬扬的丝毫印记。

别人都有一个图书馆或博物馆，奥巴马也要有一个。他没有将地址定在自己的出生地夏威夷，而是选在了成名福地芝加哥。

04 面对渐趋极化的撕裂,奥巴马很无奈

> 尽管充满人格魅力,但光环总要褪去;发誓改变华盛顿政治文化的他身不由己地卷入充满渲染、蛊惑、煽动与憎恨的旋涡之中;在有着"钱主政治"特质的华盛顿强大的政治机器和怪圈面前,想"干大事"的他处处碰壁;面对渐趋极化的撕裂,美国历史上首位非洲裔总统的8年白宫生涯写满"无奈"。

所有美国总统,包括美国"国父"华盛顿在内,都是人而不是神,任期制等制度安排使他们成不了神,尽管有关他们的一切在生前和身后仍有不真实的美化、粉饰、遮掩和夸张。

对我而言,奥巴马更是一位有血有肉的人。之所以如此,大抵有两个原因:我在美国工作期间,正值奥巴马第一任期之始至第二任期之末,对他的观察与感知格外真切;此外便是因为他是一位黑人,或者用一种更为"政治正确"的说法,他是一位非洲裔,尽管血统并不纯粹。

在到美国工作之前,我曾在南部非洲工作多年,足迹遍及乌干达以南所有非洲大陆国家,包括奥巴马的祖先之国肯尼亚,因此对非洲裔种族及种族冲突问题也有着更为深入的认知。

南非曾是世界上唯一实行种族隔离制度的国家,种族冲突也最为激烈。在我的职业生涯中,与南非黑人领袖曼德拉的近距离接触和观察成为难忘经历。奥巴马对曼德拉也同样抱有极大的敬意。2005 年,作为美国新生代政治家的奥巴马在美国见到了曼德拉。2013 年 6 月,作为美国总统的奥巴马在南非访问期间未能见到住院多时的曼德拉,但他特意访问了曼德拉曾被关押约 20 年的罗本岛。曼德拉的铁窗生涯计 27 年,其中大多数光阴是在罗本岛度过的。1996 年 2

月，经南非政府狱政部特批，我踏访了仍是监狱的罗本岛。这是中国记者，乃至中国人第一次来到罗本岛。在囚禁曼德拉的B区5号牢房内，我曾像曼德拉那样隔着铁窗向外面远望，也曾躺在曼德拉睡了18年的牢床上凝视天空。此后，我又曾两次踏上罗本岛。

2013年12月，奥巴马在曼德拉追悼会上致辞说："30年前我还是一个学生，我学习了曼德拉的事迹，了解了他在南非国土上所做出的奋斗。当时点燃了我身体当中的某些信念，使我想到了我的责任——对我自己和其他人的责任，使我踏上这样一段旅程，一直到我今天所在的位置。我永远无法成为像曼德拉那样伟大的人，但是他让我想成为更好的人。他能唤醒我们每个人心中最美好的部分。"

曾经感动过我的曼德拉也感动过奥巴马，这使我对奥巴马的认识中增添了更多的理解。

奥巴马或许永远无法成为像曼德拉那样的伟人，但他已经足够出类拔萃。美国的历史上，会为这位第44任首位非洲裔总统留下浓墨重彩的一笔，尽管其八年白宫生涯更多地写满"无奈"二字。

2008年美国总统大选时，当真正的"黑马"奥巴马横空出世时，整个世界曾怎样震惊和兴奋。高举"变革"大旗的奥巴马何等意气风发、慷慨激昂，一种金戈铁马，气吞万里山河的气派，一种"天下者，我们的天下；我们不说，谁说？我们不做，谁做？"的王者风范。

"变革"的呼唤黄钟大吕般击中了美国选民的神经，也赢得了排山倒海般的积极回应。

一位没有任何后台、背景、资源的非洲裔资浅参议员，居然能够入主白宫八年，除了时势造英雄的时代背景外，奥巴马身上所散溢出来的巨大人格魅力也是不容忽视的因素。

记得2008年下半年，我在北京与世界航空业巨头罗尔斯·罗伊斯公司老总在一个聚会中相遇。我向他询问对当时美国总统大选的预测，他思忖片刻后说："那位奥巴马先生很值得关注，他的讲话太能煽情了。"这一看法在很大程度上代表了整个世界对这位奥巴马先生的第一感觉。

2009年常驻美国后，我得以更为切近地观察奥巴马，并曾在多个场合见到他。

奥马巴的品性中有着很惹人喜爱的元素。有调查显示,"喜爱度"是美国选民决定一名总统候选人命运的重要原因。当年小布什与民主党人戈尔争夺白宫宝座时,布什就比戈尔更令人喜爱。

除了头脑清晰、博学强记、口才极佳、悟性很好等特点外,奥巴马擅长以出人意料的幽默感和体贴入微的人情味催化个人魅力的张扬。2009年6月15日,奥巴马在接受美国电视台专访时,一只苍蝇在眼前飞来飞去。面对电视摄像镜头,奥巴马表演了一手飞掌打死苍蝇的绝活。当这段录像成为人们点击热点之后,奥巴马又在此后举行的广播电视记者协会65周年晚宴上借题发挥地说:"事实证明了那句老话:用蜂蜜能捕到苍蝇;如果蜂蜜不管用,那就大胆地用手掌迅速拍下去。"这一常识有利于他推进医疗改革时说服利益团体。2009年6月,在签署《家庭吸烟预防及烟草控制法》时,奥巴马坦言他自己就是"烟民",他知道戒烟之难,虽然在夫人米歇尔一再敦促下,他很注意不在白宫吸烟,但不讳言有时会烟瘾再犯。2009年父亲节时,奥巴马在白宫东厅与市民代表分享为人之父的心得,鼓励他们承担教育子女的责任,帮助子女培养正确的价值观。在当天的讲话中,奥巴马谈到了自己的父亲老奥巴马在他年仅2岁时便离开美国返回肯尼亚,从此之后,奥巴马仅在10岁时有过一次和父亲短暂相聚的机会。在奥巴马看来,父亲的离去"在孩子心中留下一个缺口,这是任何政府都无法填补的"。他鼓励年轻人:"你的父亲没有伴你成长,这并不能成为你也不尽做父亲义务的借口,这恰恰是你要承担责任的原因。你有义务打破这个循环,从这些错误中吸取教训,在你们父辈没有做好的地方从头做起,对你自己的孩子比父辈做得更好。这也是我此生尽力做的事情。"奥巴马还系上白围裙,在白宫南草坪动手为来宾烧烤。

2009年8月4日是奥巴马48周岁生日。当天白宫正在举行例行新闻发布会时,奥巴马出人意料地出现在发布会现场,并捧出一份生日蛋糕,献给了与他同一天生日的89岁白宫女记者海伦·托马斯。由于奥巴马的一次"口误",一场波士顿白人警官与哈佛大学黑人教授间的官司顿起波澜。深知美国种族关系敏感的奥巴马破天荒邀请白人警官与黑人教授同赴白宫,与他一起办了一场三个男人间的"啤酒峰会",借以传递出力求缓和种族关系紧张的信息。

2009年9月25日下午5时，在匹兹堡G20峰会闭幕后美国总统奥巴马举行的新闻发布会现场，一位在匹兹堡电视台工作的白人女记者对我说："我喜欢奥巴马。当初我投票支持他，现在我仍然支持他……"

同年11月3日下午5时，在设在乔治·马歇尔高中的美国弗吉尼亚州州长选举投票站旁，一位来自阿灵顿县的白人男子对我说："我不喜欢奥巴马。当初我没有投他的票，现在我也不支持他。他是一个社会主义者……"

2009年11月3日晚9时，正值2008年美国总统大选一周年之际，美国HBO电视台反复播放了广受关注的纪录片《民选——贝拉克·奥巴马的当选》。在这部长达近两小时的纪录片中，人们看到了少为人知的奥巴马参议员决定竞选美国总统后引来的白热化争论。最感人的画面是奥巴马在得知外祖母过世的消息后，仍然出席当晚的竞选大会。一向自制力极强的他在慷慨激昂的演说中谈及外祖母过世时泪流满面，感染得在场人们一片热泪盈眶。人们看到了他在竞选受挫后如何喊出"是，我们能行"；人们看到了在竞选的关键时刻他如何与竞争对手希拉里·克林顿通电话；人们看到了当他得知竞选成功时如何欣喜若狂……

也是在奥巴马竞选获胜一周年之际，美国国务院和乔治·华盛顿大学所在的第23街繁华路口处，一幅巨大的奥巴马画像被涂抹成希特勒的模样立在街口，宣传者用极其尖刻的语言抨击着奥巴马总统……

在2008年和2012年总统大选中，较之共和党总统候选人麦凯恩和罗姆尼，奥巴马显然更令人喜爱。虽然资历甚浅，但奥巴马既懂得努力学习，为此常常一人在白宫工作至深夜，也不乏举重若轻，有着强烈的自嘲性幽默感。连续多年在华盛顿希尔顿饭店举行的白宫记者协会年度晚宴上，奥巴马将自嘲本领发挥得炉火纯青。一阵阵哄笑声中，人们潜移默化地增加了对奥巴马的喜爱。

从一点一滴之处，奥巴马就很懂得讨老百姓的喜欢。2012年9月21日，奥巴马在弗吉尼亚州威廉王子县伍德布里奇体育场举行连任竞选活动。中午12时，我在现场见到终于现身的奥巴马快步奔向讲台，笑嘻嘻地挥手致意，接着就做出一个打棒球的姿势。因为举办这一竞选活动的伍德布里奇体育场是当地棒球队的主场。这一举动立即引来现场民众会意的掌声和欢笑。

奥巴马充满改变世界的激情。他关于结束两场战争的承诺有着强大的民意基础。记得奥巴马在结束伊拉克战争后欢迎回国老兵的集会上往台上一站，一连说出好几个"欢迎回家"，台下则是一片欢腾。

奥巴马有着强烈的"林肯情结"。与林肯一样，奥巴马的政治生涯也是从出任伊利诺伊州议员开始。像林肯一样，当选总统奥巴马及家人于2009年1月17日从美国《独立宣言》诞生地宾夕法尼亚州费城乘坐火车，启程前往首都华盛顿就职，从而拉开了为期4天的奥巴马就职典礼系列庆祝活动的序幕。像林肯一样，奥巴马反复斟酌后，决定起用竞选时的民主党内政敌希拉里·克林顿担任国务卿，并留任资深共和党人盖茨继续担任国防部长。

"想大事，做大事"却又难以成事

推崇"想大事，做大事"的奥巴马确实决意在美国推动变革。

"9·11"事件后，美国以反恐为名先后打响阿富汗、伊拉克两场战争，新保守主义理念支配下的单边主义行动迅速走向极端，反对者便被扣上"不爱国"的帽子。"伊拉克拥有大规模杀伤性武器"的谎言被戳穿后，美式全球反恐的正义性迅即变味。随着美国在战争泥淖中愈陷愈深，其捉襟见肘的窘态尽显。2008年发生的金融危机沉重打击美国经济，各种社会矛盾突显，要求"变革"的声浪日高。

此时奥巴马应运而生了。也只有在美国，奥巴马才得以应运而生。

2009年1月20日，贝拉克·奥巴马在宣誓就职美国第44任总统时说："我们面临的挑战可能前所未闻，我们迎接挑战的方式也可能前所未闻……心怀希望和美德，让我们再一次不惧严寒，勇为中流砥柱，不论什么风暴来袭，我们必将坚不可摧。"

2009年1月21日，这是奥巴马作为美国总统后的第一个完整的工作日。

奥巴马当天第一个电话打给了巴勒斯坦民族权力机构主席马哈茂德·阿巴斯。随后，奥巴马还与以色列总理埃胡德·奥尔默特、埃及总统穆罕默德·胡斯尼·穆巴拉克和约旦国王阿卜杜拉二世通话。中东和平问题成为奥巴马一上任便极为关注的国际热点问题。

随后，奥巴马的助手当天向国防部等部门散发了一份奥巴马签署的行政令草案，要求在一年时间内关闭关塔那摩监狱，同时暂停关塔那摩军事法庭所有战争罪案件审理，称这将进一步维护美国国家安全、外交利益与司法权益。关闭关塔那摩监狱是奥巴马竞选总统时的一项重要承诺。

奥巴马于当天傍晚在白宫召开电视电话会议，与国家安全团队、海外美军指挥官讨论伊拉克战争和阿富汗战争前景，着手规划美军撤离伊拉克进程。

万事开头难，更不用说接手了两场战争和一场几十年未遇的金融危机。高呼"变革"口号入主白宫的奥巴马一开始便在内外政策上打起了一套令人眼花缭乱的"组合拳"。

在乱麻一般的国内问题中，奥巴马大力推动大范围的经济救助计划，终于使美国经济有了些许复苏的迹象。他推动美国在儿童保健、烟草法规、平等报酬等方面有了新的立法。他大力倡导新能源经济，并推动制定应对气候变化的相关法律。

美国是一个多极分化的社会。华盛顿的政治机制有着强大的传统惯性，白宫的新主人在这样的惯性面前常感无奈。

如果说在执政后的第一个百日内，人们主要是看奥巴马的拳脚打拼，在此后的岁月里，人们看到的则是不断产生的"飞去来器效应"。围绕奥巴马的争议成为美国社会愈发司空见惯的景象，美国的政治极化愈演愈烈。

实际的战略利益较之奥巴马的战略思想来得更加固执。在美国中东特使几多穿梭之后，巴以冲突死结依旧。面对奥巴马的"接触"政策，朝鲜、伊朗等对手不乏招数。俄罗斯在欧洲导弹系统和削减核武谈判中依旧冷峻。作为总统候选人，奥巴马曾力主与墨西哥和加拿大重新谈判北美自由贸易协定，但作为总统的他则将此事放在一边。曾经以为从伊拉克的一退能够立即使阿富汗的一进战略立竿见影，结果并不是那么回事。他自己重新任命的驻阿总司令写来报告，要求至少再增兵四万，这使得他在阿富汗新战略问题上颇为犹豫，也因此使得国内争论纷纷扬扬。

如果奥巴马得以在美国医疗保健体系改革方面有所建树，这无疑将使他青史留名，但做到这一点谈何容易。美国社会以外部世界难以看懂的激愤情绪抵触着一件看起来很好的事情。奥巴马所推动的医保改革被许多人斥为"社会主义"。在民意沸腾的 2009 年 8 月，许多示威场合都将奥巴马的形象与希特勒类比。奥巴马的雄辩常常难以在国会山改变政党色彩浓重的投票，使得气候法案和医保法案荆棘载途。经济是个大问题。尽管有了些许好消息，但更多的坏消息不断涌入：2009年10月高达10.2%的失业率和巨额赤字财政令人忧心忡忡。

历史老人的无情之处在于，光环总是要褪去的。早就有人说过，没有人能够教会另一个人怎样担任美国总统。美国总统只能自己去体验如何担任美国总统，也只有当上总统后才能真正体验其五味杂陈。难怪奥巴马的一位前任曾抚摸着一个孩子的头说："孩子，长大以后不要当美国总统……"

仅仅在奥巴马当选美国总统一年之后，芝加哥大公园内庆祝胜利的狂欢、"重塑这个国家"的高谈和"是的，我们能行"的高唱似乎已是多年前的事情。取而代之的是奥巴马每日一大早必先过目的开会清单、每晚必读的吹风材料和每天必做的无数决定和妥协。

口若悬河的高谈阔论比日复一日的实干容易得多。参与竞选比真正执政容易得多。那些曾经是奥巴马竞选助手、后来成为白宫要员的人们私下里说，竞选的那些日子里充满着激情、希望和温暖。但在日复一日的执政时期，你不能总是处在激情巅峰。现在的挑战是，当你面对每日工作的煎熬时，你仍能在一定程度上保持着理想主义和乐观态度。华盛顿所独具的政治文化一向是对希望、乐观和团结泼冷水，你必须每天与这种政治文化做斗争，同时也深知每一件事的最终结果很可能是一个不完美的、打了折扣的结局。芝加哥大公园庆祝胜利的那个晚上是一个激情澎湃的顶点，但白宫内的每一天却是平淡无味的，甚至是鄙俗的。加之华盛顿传统政坛机器绞肉般的磨砺常常使你没脾气……

作为总统的奥巴马虽然仍受到不少美国人的爱戴，他的精明、精力充沛和个人魅力仍在感染着很多人，但已不具有莫测高深的玄虚幻象。上任之后，奥巴马通过每日的磨砺在学会怎样做美国总统，同时美国人也在更多地了解奥巴马。有人批评说，奥巴马要的东西太多、太快，这是一个不可能实现的目标。美国国会不可能消化奥巴马送给他们的所有议案，华盛顿的政治机器无法接受奥巴马提出的所有变革，医保案的运作过程已经证明比想象的困难得多。许多为变革投了奥巴马一票的人已经发生了分歧，他们都说这不是我们所要的变革，但有人说这是一种太过激烈的变革，而有人则称现在的变革还不够。

执政一年之后，奥巴马总统迅速花白的头发告诉人们，竞选获胜的激动与兴奋早已让位于日复一日的殚精竭虑与疲惫应对。

喊着"变革"口号的奥巴马有着动感极强的政策调整节奏。已有专人研究这或许是奥巴马对爵士乐韵律的喜爱在政治行为中的体现。甫入白宫，借着蜜月期的顺风，奥巴马在国内外政策中接连推出一系列新举措。从墨西哥到布拉格，从开罗到莫斯科，奥巴马以马不停蹄的奔波回击着政敌对他"外交经验不足"的批评，成为历史上执政初年出访国家最为频繁的美国总统。他的"全面接触"和"多伙伴世界"外交理念及实践多多少少缓和了美国与外部世界的紧张关系。

蜜月期的终结与光环的褪去势所必然。恰如知易行难，满怀激情的竞选与椭圆形办公室内的执政完全是两回事。在奥巴马渐次将摊子铺开之后，渐渐显露出来的是来自方方面面的反作用力，最终在阿富汗新战略和国内医疗改革两个问题上形成突出的难点。在严峻的利益现实面前，奥巴马的个人魅力终显鞭长莫及。美国昆尼皮亚克大学2009年8月6日公布的一项调查结果显示，奥巴马的支持率已跌至50%。这是他2009年宣誓就职以来在各类民调中的最低支持率。面对这种形势，奥巴马的形象常常是挽起袖子，出现在美国各地的市政厅会议上慷慨陈词。为了推行医疗改革计划，奥巴马拿出竞选时的劲头，曾在一天之内连续接受5家美国电视媒体专访，坚称他"不是第一位主张医疗改革的美国总统，但决心成为最后一位实行医改的美国总统"。

在种种重压之下，奥巴马有着一位可以全然依赖的避风港——他的妻子米歇尔。2009年10月初，奥巴马夫妇前往哥本哈根为芝加哥申办奥运会现场加油，终于无功而返。回到美国的第二天晚上，奥巴马携妻子趁着夜色来到华盛顿乔治敦一家餐馆"约会"，以庆祝他们结婚17周年纪念日。只有与米歇尔在一起时，奥巴马才得以扯下一些面具，展示更为真实的自我。米歇尔则更像一位严师，监督和鞭策着这位总统丈夫。在一次接受记者采访时，奥巴马咬文嚼字地表达着自己入主白宫以来的感受："我感到至今为止我们在白宫的感受是……"坐在一旁的米歇尔警觉地插问："是什么？""使我很烦！"奥巴马说。"噢噢，别这么说！"米歇尔说。"当我那次带着米歇尔到纽约去的时候，人们把这事儿弄成一个政治事件。"奥巴马继续说，他所指的是一些共和党人抨击他花纳税人的钱带家人赴纽约自娱。"什么事儿都变成了政治,"奥巴马继续说,"我对我的婚姻最为珍视之处是它与华盛顿许多愚蠢的事情毫无关联,米歇尔不是所有这些愚蠢事情的一部分。"

有着独特人生经历的奥巴马也因此对世事有着敏感的独特感受。在就职演说中,奥巴马曾言:"今后,让我们的后代子孙如此评说:我们在遇到考验时没有半途而废,没有退缩不前,也没有丝毫动摇。"

特朗普发难,并取而代之

美国总统的宝座有着令人无法抵御的权力诱惑,奥巴马也不例外。在费尽心力走完第一任后,他还是要竞选连任。

随着2012年美国总统大选的迫近,美国政坛冷不丁会出现一些匪夷所思的事情。2012年4月27日白宫散发奥巴马总统出生证明便是一例。

奥巴马就任美国总统两年有余后,仍在为自己的出生地问题所扰。拿着这根搅屎棍挥舞最欢的那个人就是房地产商人、奥巴马的后任唐纳德·特朗普。

对此难掩恼怒的奥巴马说,他希望美国共和党人及媒体今后能将注意力转移到更重要的事情上来,而不再纠缠类似他本人出生地点等"无聊"话题。

将无聊当有趣,个中自有缘由。美国宪法规定,只有出生在美国本土的公民方能担任总统。2008年美国总统大选时,奥巴马就曾因出生地问题屡遭诘问,最终以出示一个简版出生证明反击"诋毁"。作为民主党人的奥巴马正式宣布角逐2012年总统大选后,某些共和党人又拿奥巴马出生地问题说事,奥巴马则试图以一份详版出生证明平息非议。

风波并未因此平息。面对新的出生证明,"为什么这么长时间才拿出证明""这个证明可能是假的——将奥巴马父亲的种族写成在现在看来政治上正确的'非洲人'(AFRICAN),而不是当年流行的词汇'黑人'(NEGRO)便是疑问"等新的非议随之而来。早就有人指出,如果奥巴马父亲的出生地是加拿大而不是肯尼亚,就不会横生此类枝节。无论奥巴马总统拿出什么证据,围绕他的非议不会绝迹。

看似荒谬的出生地之争早已超越证据的范畴,其要害在于华盛顿政治文化的荒谬。上任之前便发誓改变华盛顿政治文化的奥巴马身不由己地卷入充满渲染、蛊惑、煽动与憎恨的旋涡之中，奥巴马本人无奈地直言"困惑"。作为历史上第一位非洲裔美国总统，奥巴马还承受着美国社会虽然摆不上台面但根深蒂固的种族偏见。美国多家媒体民调显示，受访的共和党人中多数至今认为奥巴马不是出生在美国，并且认定奥巴马信仰伊斯兰教。

一位美国总统走进白宫新闻发布厅，证明自己确实出生在美国，此举被某些美国媒体称为"难堪"和"令人不安"。其实，炒作奥巴马出生地问题，不过是共和党人2012年剑指白宫的政治把戏。坐在白宫椭圆形办公室内的奥巴马既然选择了连选连任，他便仍须面对华盛顿政治机器运转过程中不乏诋毁的巨大惯性。

在大选之前运用诋毁制造轰动，除打击对手外，还有着提高自身知名度的效应，这是华盛顿政坛的潜规则之一。美国多位有意于2012年竞选总统的共和党人均质疑奥巴马总统是否为合法美国公民，其中最直言不讳者当数特朗普。待白宫出示奥巴马出生证明后，特朗普又拿奥巴马的大学学习成绩单说事，以证明奥巴马从来就不是一个"优等生"。

2011年4月27日晚在华盛顿希尔顿饭店举行的白宫记者协会年度晚宴上，我在C-SPAN电视频道直播节目见到了这样一个耐人寻味的小插曲。

在当天晚宴的嘉宾中，那位名叫特朗普的房地产商人坐在台下。在此之前，已有他将竞选美国总统的传闻，绝大多数人都把这看成"笑话"。

奥巴马在这个晚宴上再次祭出"自嘲"神技，通过自己的出生地一事狠狠地拿特朗普开了一回涮。

奥巴马入场登台的背景音乐是"真美国人"，现场大屏幕上闪动着他的夏威夷出生证明，一段《狮子王》辛巴出生的动画讽刺特朗普质疑奥巴马出生在非洲的说法。

奥巴马嘲讽地面对全场名流说："但不管怎么说，特朗普先生肯定能给白宫带来一些变化。"说着，他用手指向屏幕，上面出现的白宫已经成为"特朗普白宫度假胜地和赌场"，门口有比基尼美女和镶金的柱子，暗示特朗普不但将把他奢侈的生活方式带入白宫，还可能在其中提供色情服务。

也是在这一年度晚宴上，特邀嘉宾赛斯·梅耶在台上取笑说："特朗普声称要以共和党人身份参加大选,我还以为他会以小丑身份参加大选呢。"

此时,现场摄像多次将镜头扫向特朗普的侧脸。特朗普神色紧绷、一脸苦笑。第二天,"特朗普被当众羞辱"成为媒体报道的一个角度。

2016年4月30日,奥巴马在任期内最后一场白宫记者协会晚宴上再次拿特朗普开涮。

这一次,正因竞选活动受到全世界瞩目的特朗普没有出席。

"今晚他没有来,让我很受伤。"奥巴马一脸坏笑地说,"这里满屋子的记者、明星和摄像机,特朗普居然说不!难道这个晚宴太俗气了吗?"

"共和党大佬们说特朗普缺乏总统外交政策经验,但其实他一直在跟世界各国领袖们打交道,比如瑞典小姐啦、阿根廷小姐啦、阿塞拜疆小姐啦……"奥巴马的调侃引来全场阵阵哄笑。

一些好事者认为,就是在5年前的那个夜晚,特朗普非但和奥巴马结下了"梁子",那些苦涩的玩笑还间接促使特朗普卧薪尝胆,"报复性"竞选总统,最终成为2016年美国所有政客们的"梦魇"。

"那个被当众嘲弄的夜晚不但没让特朗普退却,反而激起他力图在政治世界获得声望的斗志。特朗普竞选的真实原因有时被他的狂言和吹牛遮掩了,那就是:渴望被认真对待。"2016年3月《纽约时报》刊载的一篇文章中说。

特朗普则反复向媒体强调,5年前那个"难忘"的夜晚并没有给他留下伤疤。"我竞选的原因有很多,那不是其中之一。"特朗普告诉《华盛顿邮报》记者。

奥巴马受到很多人的喜爱,但特朗普除外。睚眦必报的特朗普忘不了奥巴马对他的当众羞辱。

望见了林肯的背影

进入第二任期的奥巴马也遭遇到"第二任魔咒"。

2012年底,刚刚赢得连任的奥巴马在白宫举行的一场电影招待会上,放映了由斯皮尔伯格导演、丹尼尔·戴—刘易斯主演的新片《林肯》。在华盛顿上映此片的泰森斯角商业中心,出现了罕见的排队长龙,其中可见一些美国国会议员的身影。在影片放映至美国国会两党议员因宪法第十三修正案激烈交锋时，这些现任议员或耳语，或同其他观众一道会意大笑。

这部名为《林肯》的影片没有全景式地描写美国第 16 任总统极具传奇色彩的坎坷一生，而是浓墨重彩地描述了林肯一生最后 4 个月心力交瘁的奋争：当惨烈的内战进入尾声之时，美国国会正为是否通过旨在废除奴隶制的宪法第十三修正案酣战。在维护国家统一、推动人类社会政治文明进步的关键时刻，林肯殚精竭虑，最终以一腔热血成就丰功伟业。

此片有着极强的借古喻今之意。在任时的林肯并非一呼百应，他的政略、主张不仅在政府内部和国会面临重重阻力，某些做法在家中也遭遇夫人的哭诉和反对。绵里藏针的林肯刚柔兼济，在十万火急之时既能够拍案决断，也善于通过"讲故事"等方式力排众议。为赢得通过第十三修正案所需的至少 20 张国会民主党人赞成票，林肯或请进来晓之以理，或走出去动之以情。影片也表现出美国国内政治历来不乏肮脏手段和幕后交易，在游说通过第十三修正案的过程中，充斥着哄骗、劝诱等权术和手段。

《林肯》为时任总统奥巴马吸取历史经验教训提供了新的视角。当时的美国正濒临"财政悬崖"等极为棘手的难题。在如何拯救美国的方向性问题上，国会两党纷争激烈。与一百多年前的那段历史多少有些类似，美国也正处于如何应对一场危机的关键时刻。

在经过近 4 年的实践之后，曾誓言"改造华盛顿"的奥巴马已经屡表无奈。站在一个新的起点上，奥巴马又望见了林肯的背影。

影片《林肯》尾声中曾出现林肯孤独地向白宫深处走去的背影，这背影有些佝偻，尽显疲惫，却更加意味深长。淡去的背影在现实中成为愈发响亮的历史回声。美国大选的喧嚣已经过去，一直表示"要干大事"的奥巴马到底能为历史留下什么，这是一个问题。

2017 年 1 月 10 日，距离最后离开白宫仅剩 10 天之时，奥巴马来到芝加哥，声情并茂地发表了告别演讲。在此次演讲中，奥巴马罗列了自己的政绩，最后一次作为总统在如此大规模的公开场合维护自己的"政治遗产"。

芝加哥，这是一个让奥巴马有着太多人生回忆的地方，是他一生中的福地。这是离开大学校园后，他作为社会工作者每日零距离体验美国社会民间疾苦之地；这是他与夫人米歇尔共筑爱巢、共同打拼的城市；这也是他走向白宫的始发地。8年多前，赢得大选胜利的奥巴马就是在这里举行的庆功会上慷慨陈词，谈及动情处，两行热泪潸然而下，有多少人为此而深深感动，现场一片热泪盈眶。美国总统都有卸任后建造一座以自己名字命名的图书馆或博物馆的惯例，以承载与自己有关的历史。即将走出白宫的奥巴马决定将以自己名字命名的这座建筑永久性地建在芝加哥。

在白宫椭圆形办公室待了8年的奥巴马很累，很难，五味杂陈，一言难尽。

他是美国历史上首位非洲裔总统，仅就这一点而言，奥巴马已经创造了历史。

然而，作为一位在白宫坐了8年的美国总统，历史老人更为关心的是，这位奥巴马总统将给美国留下什么样的历史遗产。

这当然也是奥巴马夙兴夜寐、孜孜以求的事情。2017年1月1日，奥巴马利用推特连推7篇小文，历数自己在两届任期内取得的主要政绩，涉及就业、医保、环境和平权等领域。他开篇便说："在我们展望未来之际，我想用一点时间回顾一下过去8年我们所取得的显著成就。"随之谈及："面对80年以来最为严重的金融危机，我们却实现了历史上最长久的就业率增长。""数十年来，我国的医保开支持续上升……如今，美国几乎人人都能享受到可负担的医疗保险。"在其他几条推文中，奥巴马从绿色能源、环境保护、境外撤军、国际领导力，到同性婚姻合法化，图文并茂地论及政绩。在结束语中，奥巴马祝贺大家"新年快乐"，并说："能做你们的总统，是我一生的殊荣。我期待以普通公民的身份回到你们中间。"

将时光推回至2016年美国总统大选争斗正酣之际，坐山观虎斗的奥巴马那时最为关心的早已是哪一位总统候选人更能够保住自己的政治遗产。在特朗普与希拉里之间，他自然选择了后者。

2016年6月8日，我的邮箱中收到署名为奥巴马的邮件，题目为"这些就是事实"。这也显然是2012年美国总统大选时就一直有联系的民主党竞选总部"共享"的结果。

奥巴马的邮件这样写道：

朋友：

在大选期间，你可能已经听到另一边的人就我们的国家发出了不少噪音——特别是关于我们的经济，说我们的经济没有像应该的那样强大，我们没有"获胜"，我们不再像原来那样。

我不在乎有人在政策主张上有不同意见。然而，我认为，如果你看一下在民主党人领导下我们经济的情况，你就会很清楚到底谁的政策主张对所有美国人来说更好些。但我们不能让一些人虚构一些他们自己的事实。所以，我在这里要正本清源地说：几乎从任何一个指标看，美国的经济不仅比我刚刚入主白宫时要好，这也是在全球范围内最为强大、最具可持续性的经济。

我们的企业创造了1400多万个新的就业岗位。我们看到了自上世纪90年代以来第一个可持续性的制造业增长。我们减少了一半的失业率，这比许多经济学家预测的提前了好几年。超过90%的人有了医疗保险，这是开天辟地第一回。

这些就是事实……从现在起到那时，我将要在每一天都为我们共同取得的进步和保卫这一纪录而战，因为，作为一名公民，我非常在乎确保我们能够将过去7年半为美国所做的工作得以持续下去。我想确保我们能够在提高最低工资、使得上大学更可承受及使我们的国家更向前进做得更多……

此时的奥巴马，恰如一个多少有些委屈的孩子，在一群充满反对、质疑、嘲讽的声浪中，极力向人们解释着自己的所作所为，尽量不让特朗普们将自己屋中珍藏的一切瓶瓶罐罐丢光碰碎。

8年，历史的一瞬。对于奥巴马而言，这却是度日如年的8年。头发已经灰白，脸庞更为瘦削，眼神更为暗淡，此时的奥巴马与8年前形成多么鲜明的对照！

作为总统候选人的奥巴马可谓"血气方刚"，执政期间的他"荆棘载途"，离开白宫时却又落得个"壮志未酬"。在岸边慷慨激昂指点江山的奥巴马一旦下到华盛顿的大海之中，几番俯仰翻腾后，最终极为疲惫地爬回岸边，那颗曾经高昂的头早已低了下来,那张露着一嘴白牙的灿烂笑脸出现的频率少了许多,"改变华盛顿政治文化"之类的大话早已成为笑谈。

时代造就了奥巴马,但奥巴马却难以造出一个新时代。有着强大惯性的历史钟摆只给了奥巴马在舞台上发挥8年的时间,随后便毫不留情地向回摆去,名为特朗普的商人随即登台。

世上很多事情,回过头去看最有味道。

8年时间快过去了,奥巴马在任总统第一天就签署行政令要关闭的那座关塔那摩监狱一直未能关闭,一个曾经那样慷慨激昂做出的承诺就这样食言了。

真的不是奥巴马欺骗了谁,而是真正坐在椭圆形办公室后,他所面临的便是连他自己也无能为力的一团乱麻般的残酷现实。

奥巴马选择首先在中东问题上着力,因为他想要下一盘很大的棋。

在美国全球外交格局中,中东问题有着四两拨千斤的分量。中东之结不解,美国全球外交格局便不稳,伊朗拥核的心病便难除,伊拉克和阿富汗两场战争的前景亦不妙。从美国的战略利益出发,奥巴马政府仍将试图以巴以冲突为突破口,全力推动中东和平进程向前走。

奥巴马以"变革"口号赢得执政,其中东政策、战略之变势所必然。首先是姿态之变。奥巴马的前任在中东地区施行单边主义,其政治遗产之一便是将整个伊斯兰世界摆到对立面。奥巴马以此为切入点,借助新任之势头,以出访土耳其、埃及等国为契机,旨在"开启美国与伊斯兰世界之间的对话",呼吁"伊斯兰世界与美国实现和解,共同推动双边关系进入新局面"。

无论在巴以冲突,还是在伊朗核问题上,奥巴马最终发现最为棘手的谈判对手不是别人,恰恰是作为美国盟友的以色列领导人内塔尼亚胡。8年来,美以这一对"铁哥儿们"的官方关系味道变得很是酸苦,以至于到了伤筋动骨的地步。奥巴马的诸般努力在各种软硬钉子面前碰得一点脾气也没有——有脾气也没用!

奥巴马政府最终就核问题与伊朗政府达成协议。这被看成是奥巴马执政以来一大外交成就。然而,以色列对此一直予以坚决反对。与此同时,巴以冲突问题一直没有得到实质性解决。

结束伊拉克、阿富汗两场战争也是奥巴马竞选时的重要承诺。在兑现这一承诺进程中，伊拉克北部库尔德人与中央政府的矛盾激化，美国与伊拉克、阿富汗政府间的微妙关系，美国撤军后伊拉克、阿富汗国内安全等问题使得原定撤军时间表一再推迟，奥巴马与美国军方矛盾错综复杂。最为严重的是，美国制造的两场战争最终产生"伊斯兰国"这一毒瘤，结果不仅自食恶果，还愈发严重地威胁到整个世界安全。

奥巴马执政之初，便被颇有争议地授予了诺贝尔和平奖。尽管奥巴马确实尽力结束伊拉克、阿富汗两场战争，且再也不愿出动地面部队卷入热点冲突，但他还是身不由己地介入到利比亚、叙利亚内战之中。曾大张旗鼓地要与俄罗斯"重启"的双边关系由于乌克兰等问题不断降温，以至于发展到即将离开白宫的奥巴马采取了驱逐俄罗斯驻美外交官的极端举措。

在奥巴马第一个任期内，他曾以巨大的政治资源为代价在医疗保健改革问题上取得了突破性进展。但由于由此加剧的两党分歧，这一看似可以成为"历史性功绩"的成果大打折扣。

作为奉行自由主义理念的民主党人，奥巴马8年来致力于打造更为平等、公正的社会。然而，对于美国老百姓而言，普遍的感受却是自己的生活并没有多少明显改善。美国中产阶级的殷实程度大为缩水。就整个美国社会而言，贫富差距反而拉得更大，社会向上流动性更为滞缓。因而，整个社会如地火奔突般潜藏着强烈的不满情绪。

奥巴马对于自己的非洲裔血统极为敏感。种族的敏感认知使得奥巴马在谈及贫穷、不平等等问题时，措辞也极为谨慎。奥巴马很少公开谈及自己作为第一位非洲裔总统的真实感受。坐在白宫椭圆形办公室的他深知，不能过多谈及这种感受——因为他是美国总统，而不仅仅是美国黑人的总统。他的当选曾使人们对美国种族冲突状态得到改善抱有期待，然而，事实恰恰相反，弗格森镇、巴尔的摩、纽约等地相继出现的种族冲突令奥巴马极为痛苦。

最具反讽意味的是，美国历史上首位非洲裔总统的身后，取而代之的竟是那位肆无忌惮宣扬种族歧视、曾一直为奥巴马出示出生证等事而纠缠的特朗普。

美国的政治极化愈演愈烈是奥巴马当政后所面临的一个趋势性现象。记得因两党政治极化而导致美国政府一些部门开闭之时，我在华盛顿国会山前遇到了曾担任美国前国务卿黑格助手的老朋友。他告诉我，其实，在很多美国白人心中,他们一直不认可白宫内住着一位黑人总统,但碍于"政治不正确"而不敢说出此话,但脚底下却一直在使绊子。奥巴马本人又不善于与国会打交道,这也是造成政治极化愈演愈烈的原因之一。

虽然奥巴马屡屡表示愿与共和党人努力合作,但在创造就业机会、税制、医改、移民政策、能源开发、政府作用等诸多重大问题上,双方政策分歧愈发严重,合作基础愈发薄弱,两党对立"极化"的美国政坛本身成为解决问题的羁绊。

当在白宫的时日进入倒计时之际,奥巴马的双手仍是那样紧紧地被束缚在那里,最终只能更多地依靠行政命令这一形式行使作为总统的权力。

奥巴马当政时的政坛极端分化在美国历史上是罕见的,更是奥巴马本人深感遗憾之处。他在最后一次国情咨文中为此大发感慨。奥巴马说,要实现美国所期盼的未来,"我们必须解决政治问题……当人民大众觉得自己的呼声无关紧要,而整个社会体制被有钱、有权或者个别人的利益所操控时,民主就将崩溃。目前,很多美国人都有这种感受。这是我在总统任期内的几件憾事之一,各党派之间的积怨和猜疑并未减弱,而是变得更深。毫无疑问,如果具备林肯或罗斯福那样的才能,可能党派之间的嫌隙会调和得好一些……"

8年过去,今日之美国到底是比以前更强了,还是在衰落的过程中继续下滑?

奥巴马对此坚持认为,"所有你听到的关于美国的敌人越来越强大而美国却越发虚弱的言论,都是逞口舌之能。美利坚合众国是世界上最强大的国家。无须其他任何废话。而且我们还会一直强大下去。我们的军费投入比排在我们后面的8个国家的总和还多。我们的部队是世界历史上最精锐的战斗力量。没有任何一个国家敢攻击美国或者美国的盟国,因为他们知道那是自取灭亡。有调查显示,目前美国的国际地位高于我当选总统之初"。

较之政绩,个人魅力更显斑斓

百般表白的背后,其实恰恰衬托出百般无奈。无奈,这是奥巴马这8年来最强烈的感触。造成这种无奈的诸多因素中,除了奥巴马确有急于求成、志大才疏等弱点外，美国的制度性因素起着更具支配性的作用。在有着"钱主政治"特质的华盛顿强大的政治机器面前，充满理想主义色彩的奥巴马势必处处碰壁，难免黯然神伤。

诚然，在过去8年的光阴中，奥巴马的努力并非全似竹篮打水。在国内事务中，美国民众最为看重的经济发展较2008年危机之时有了改观。在国际舞台上，奥巴马完成了与古巴关系的改善，体现出胆略与魄力。在全球问题上，奥巴马倡导解决气候变化等问题。奥巴马的所作所为和真正的政治遗产离不开特定时代的大浪淘沙。人们对于大历史中的奥巴马的认识并未终结，更为客观的评价或许将来自下一轮的历史回摆之时。

所有这一切都还没有逃出美国政治的怪圈，奥巴马已经花白的头发透露出他曾经奋力打破这种怪圈，但他没有成功。

林肯的伟大之一在于他有着深刻的洞察力、深远的人文关怀，但愿景与现实至今仍有着强烈的对比。时至今日，美国奴隶制的废除并没有自然而然地消除种族歧视观念。在首位非洲裔美国总统执政的8年时间内，种族关系问题屡屡在美国社会引发波澜。"人人生而平等"的理念也远远未能真正实现。奥巴马旨在为所有美国公民"提供费用适度的医疗保健服务"的医疗改革主张所遭遇的剧烈抵触足见理想与现实之间的强烈反差，更不必说到了他的继任者上台之后，奥巴马所做的一切几近全被翻盘。美国政治钟摆般的极端反动，或许就是林肯当年所指出的"生者应继续向前推进尚未完成的事业"，但理解的角度却各有不同罢了。

被人喜爱的表象有时也是被人打造出来的。美国官方很善于在关键时刻利用各种平台主动发声，利用细节千方百计塑造当选总统形象。在现代化社会中，美国总统很多时候更像个演员，奥巴马也不例外。

在美国现代化媒体高度发达的情形下，为抢占舆论主动权，美国总统奥巴马在击毙本·拉登、美国政府被迫部分关门、重新向伊拉克派出军事人员、与古巴改善关系等国内外重大新闻事件发生时，均被安排主动发表全国电视讲话，在第一时间为这些重大新闻事件定调并做出舆论引导。此外，奥巴马总统曾多次出人意料地临时出现在白宫吹风室，就突发重大新闻事件当场做出立场和政策说明。

在关于美国总统的宣传报道中,细节既是天使也是魔鬼。一个眼神、一个笑脸、一个肢体语言、一个出人意料的插曲,往往使得美国及世界媒体对于美国总统的宣传报道有天壤之别。因此,白宫团队及美国总统本人对细节有着格外的敏感和设置。

较之奥巴马的继任者,奥巴马时代的白宫着意保持与白宫记者团的友好工作关系。比如奥巴马总统举行的一个年末新闻记者吹风会,在事先准备好的记者名单上,被奥巴马点名提问的均为女性记者。这一未做任何说明的细节发出一个信号,即奥巴马政府对女性格外照顾。在此之前,奥巴马在一次新闻吹风会上,特意将最后一个提问机会给了一位即将退休的女记者,并顺便对她的工作表示感谢。这些细节都拉近了白宫与记者的亲近关系。

不避讳敏感问题,以自嘲化解敏感问题,并借此体现出自信,这是奥巴马与媒体打交道的"撒手锏"。在每年举行的白宫记者团年度晚宴上,主持人当面调侃奥巴马本人。奥巴马在预先准备好的讲话稿中,更是利用多媒体形式谈笑风生,除调侃政敌外,还对自己执政中的败笔多有自嘲。当民主党在中期选举中落败后,奥巴马在接受美国广播公司专访和参加深夜脱口秀《科伯特报告》节目时,再次对与此相关的众多挫折大施自嘲手段,其中将自己比作一台饱经风雨的二手车,"我认为,相比于我这台已经驶过足够英里数的'二手车',美国人民更会喜欢'新车'的味道",暗指选民可能更倾向希拉里。对于奥巴马自嘲式笑谈,美国媒体多为正面报道,客观上转化为替奥巴马加分的正能量。

在白宫官方网站上,不时刊出表现美国总统及第一家庭温馨细节的生活照。白宫每年于春秋两季组织向民众开放的白宫花园游活动。在这一活动中,在一特定路线的两旁摆放着经过精选的美国总统在白宫内种树等历史照片。这一活动及"白宫游"等实际上是白宫关于美国总统的特色公关活动,以此展示白宫及美国总统的"开放""亲民"形象。

在白宫的精心设计和安排下,奥巴马时有出外吃饭、购书等活动。有一次感恩节过后,奥巴马携女儿到一家书店购书,美联社对这一活动予以特写式报道,无形中展现奥巴马平民及亲民形象。白宫还公布了奥巴马一家所购图书书单,其中包括原《纽约客》驻华记者欧逸文所撰写的《雄心时代:在新中国追逐财富、真相和信念》。

美国官方还善于用看不见的手掌控关于美国总统报道的舒适度。由于其高度敏感性，美国主流媒体与白宫间在关于美国总统的报道上有着不言自明的默契与自律。白宫一直用一只看不见的手随时掌控着相关报道，并以适度提供素材作为交换。

在奥巴马正式宣布美国将与古巴改善关系之前，《纽约时报》就已多次以社论的形式讨论美国与古巴改善关系的必要性，从而为奥巴马的正式宣布做了铺垫。对于即将发生的重大新闻事件，该报常能提早一天进行报道，报道中常常引用"白宫高级官员说"。

为抓眼球，美国媒体对于总统的报道时而具有调侃、诙谐的特点。《华盛顿邮报》曾在B2版位置刊出以《节日快乐》为题的报道。在这篇报道中，《华盛顿邮报》幽默博客作者佩特里以奥巴马第一人称的口吻轻松、诙谐地谈论一年来的家事、国事，报道配之以美国第一家庭大幅漫画。此类报道从另一侧面推动展现美国总统平民和亲民形象。

在奥巴马当政期间，负面报道也时有发生，被抹黑多源于自身不严谨。

随着美国国内政坛极化现象持续和府院之争加剧，有着共和党背景的福克斯新闻电视台等美国媒体对奥巴马政府及奥巴马本人进行了持续和密集的批评报道。在这些负面报道中，那些有党派之争特色的极端言论一般为公众所不屑，但其中最具杀伤力的还是奥巴马那些出尔反尔的政策主张。福克斯新闻电视台曾将奥巴马执政以来一些政策主张调出来进行对比，其相互矛盾之弊突显。

在新媒体时代，美国总统在一两秒钟内发生的不雅之举会被无限放大，进而极大伤害其形象。奥巴马与欧洲国家女领导人玩自拍，而奥巴马夫人米歇尔在一旁显得气恼的照片曾风行全球。在欧洲纪念第二次世界大战胜利等严肃场合，奥巴马不停嚼口香糖的形象备受指责。奥巴马端着咖啡走下直升飞机、未向士兵还礼一事也备遭抨击。诸如此类的事情多由世界其他国家媒体曝出，白宫因此鞭长莫及，却也因此应了"细节是魔鬼"这一句老话。

对于一位已经创造了历史的美国总统而言，奥巴马的"变革"究竟为历史留下了什么，还需历史老人的评判。

但在奥巴马的任期之内，华盛顿确实增添了两处标志性景观：马丁·路德·金巨型雕像和美国非洲裔国家历史和文化博物馆。

05 种族矛盾——永远的伤痛

> 美国黑人遭到歧视后能够一呼百应、公开抗议示威，这本身便是历史的进步；种族问题并没有随着有了一位黑人总统而消失；弗格森镇，这是一个似曾相识的骚乱现场；积重难返的恶性循环所导致的社会撕裂使得种族冲突伤痕的出血变得愈发频繁；这不仅仅是美国永远的伤痛，也是世界性矛盾；在新媒体极度发达的今天，任何冲突与矛盾都会被置于显微镜下迅速放大，进而引起高度关注。

2020年5月25日晚8时，当乔治·弗洛伊德进入那家他常去的杂货店购买香烟，并因那张20美元钞票是否为伪钞与店员发生争执时，引起美国社会火山爆发的板块挤压运动被添加了致命一击。

此时的弗洛伊德因为新冠肺炎疫情早已失业，生意寡淡的店主格外在意每一张钞票的价值，他们的心境都相当灰暗。几个月来，新冠肺炎疫情闹得整个美国社会极度焦躁，各种社会矛盾恰如地球内部板块之间的加剧挤压，使得冲突的岩浆更为急迫地寻着岩石裂隙上升，那20美元钞票所引发的争执和白人警官肖万对弗洛伊德8分46秒的跪压致死最终引发了整座火山喷发。

种族歧视是最易导致美国社会火山爆发的那道岩缝。自从1619年第一批来自非洲大陆的黑人奴隶运至位于弗吉尼亚的詹姆斯敦殖民地以来，种族矛盾的地火一直在美国奔突，并如黄石公园内老忠实间歇泉一般不定期地猛烈喷发。6月4日，乔治·弗洛伊德的首场官方追悼会在明尼阿波利斯市举行。资深民权领袖兼牧师阿尔·夏普顿悲愤地说："乔治·弗洛伊德的故事是非裔一直以来的故事。因为自401年前以来，我们之所以永远不可能成为我们想成为和理想中的那个人，原因正是你们将膝盖抵在我们的脖子上。现在是时候让我们以乔治的名义站起来说：'把你的膝盖从我们的脖子上拿开！'"

这是一种似曾相识的悲愤，这是一声声不绝于耳的呐喊，这是一遍又一遍重演的历史场景，连示威游行队伍中那块写有"黑人的命也是命"的标语牌也是那般熟识，连面向军警举起双手的抗议姿势也是那般相像。

悲剧发生后，4位美国前总统出面表态，为弗洛伊德申冤。6月1日，美国前总统奥巴马说，弗洛伊德之死"发生在2020年的美国是不正常的"。他呼吁对这起事件进行充分调查，以确保"正义能够实现"。他说，新冠肺炎疫情和经济危机颠覆了周围的一切，希望生活恢复正常是很自然的。但必须记住，对于成千上万的美国人来说，因种族身份受到不同对待始终是可悲的、痛苦的、疯狂的。6月3日，奥巴马再次发声。他说，即使年轻的有色人种感到愤怒，仍希望他们怀有希望。因为，年轻人具有"使事情变得更好的力量"，并且"已经帮助整个国家感到，这似乎是必须改变的事情。我想直接对这个国家的年轻有色人种说，（你们）目睹了太多的暴力和太多的死亡，而且其中很多暴力事件经常来自本应为你们服务和保护你们的人"。奥巴马说，"我想让你们知道，你们很重要，你们的生活很重要，梦想也很重要"。他呼吁美国民众引发"真正的变革"。同时，他还表示，有些执法人员的工作很艰难。他们和抗议者一样，对那一段时间发生的悲剧感到愤怒。

从对待弗洛伊德事件的态度，人们可以清楚地看到美国社会的撕裂。6月2日，美国总统特朗普在一则推特上称："纽约市，叫来国民警卫队。低等生命和失败者正在将你撕裂。快些行动！不要再犯处理疗养院时可怕而致命的错误了！！！"

"低等生命""失败者"，特朗普指的是谁？他并没有明说。"低等生命""失败者"是特朗普过去几十年常用的称谓。从其历史轨迹来看，人们不难嗅出那种骨子里具有种族歧视的味道。

在此之前的2017年8月12日，弗吉尼亚州夏洛茨维尔市围绕罗伯特·李将军雕塑该不该拆而引发的示威冲突最终酿成血案，各种愤怒迅速蔓延至整个美国。

夏洛茨维尔市是被誉为"公立哈佛"的弗吉尼亚大学所在地。这所大学的创办者正是美国《独立宣言》主要起草人、首任国务卿、第三任总统托马斯·杰斐逊。如今，这座充满人文气息的大学城因命案捅破了一个有着深刻社会背景的大脓包，其根源可以追溯到美国南北战争。刚刚入主白宫不久的特朗普处理此事的态度明显偏袒极右白人势力，当时便引发极大争议。

20世纪70年代，作为商人的特朗普初入纽约曼哈顿房地产市场时，因为打了一场官司初为人知，而这场官司便涉及种族关系问题。1973年，特朗普因违反《公平住房法》而被美国司法部告上法庭。他被起诉说，在特朗普所经营的39处大楼中有违反《公平住房法》之嫌，其中包括发布虚假的"没有空房"广告，对少数族裔，特别是非洲裔、拉美裔的申请住房者要更高的房租，以阻止这些少数族裔人们住进这些大楼。

面对弗洛伊德惨死引发的动荡，特朗普更多地选择了武力与作秀。6月1日，特朗普借助催泪瓦斯弹的开路走出白宫，来到圣约翰教堂。在那里，特朗普拿着一本《圣经》，说了一句话："我们有一个伟大的国家，我是这么想的，世界上最伟大的国家……正在回归，强势回归。"摆拍完后，他转身离去。

6月5日，对这一切实在看不下去的华盛顿市非裔女市长缪里尔·鲍泽突然下令，将特朗普从白宫走到圣约翰教堂的那段路，正式命名为"黑人的命也是命广场"。那里距华盛顿国家广场不远。

华盛顿矗立起马丁·路德·金巨型雕像

华盛顿国家广场是美国首都的精华所在。这一广场中间为巨大的长方形草坪，东头为美国国会大厦，西头为林肯纪念堂，林肯纪念堂东向两侧分别为朝鲜战争和越南战争纪念地。白宫位于广场北侧，广场南侧为史密森学会及航天航空博物馆等，每年春季以樱花盛开吸引众人的潮汐湖也在南侧。广场中央位置为华盛顿纪念碑，纪念碑西向为二战纪念地和绿波荡漾的宪法湖。

2016年9月24日，建于华盛顿纪念碑东北侧的美国非洲裔历史和文化国家博物馆正式对外开放。这使得华盛顿国家广场又多了一座标志性建筑。略感遗憾之处是这一选址打破了大草坪原有的完整长方形形状，但这一选址恰恰是有意为之。有人认为，处于如此显要位置的新博物馆就像一根针，时刻提醒美国人，不要忘记血腥的奴隶制历史和种族关系不平等的现实。

徜徉在华盛顿国家广场，人们能够明显体悟到自20世纪60年代民权运动以来历史的进步。广场南面的潮汐湖畔，已矗立起由中国雕塑家制作的马丁·路德·金巨型雕像。一位黑人民权运动领袖雕像能够与华盛顿纪念碑、林肯纪念堂和杰斐逊纪念堂一起在国家广场比肩而立，这在此前是想都不敢想的事。国家广场北面的白宫内，已入主过美国历史上首位黑人总统。有关种族冲突的事件也在这个广场引来不断的抗议示威。较之美国某些种族不愿、不敢或不能做到"不平则鸣"，美国黑人遭到歧视后能够一呼百应、公开抗议示威，这本身便是历史的进步。

2011年8月22日上午11时，由中国雕塑家雷宜锌创作的马丁·路德·金巨型花岗岩雕像首次向公众开放。这里也因此成为新的美国国家公园。事前并没有铺天盖地的广告，但各地民众如潮水般涌至马丁·路德·金纪念园。手持计数器在入口处进行人数统计的美国国家公园管理局官员汤姆告诉我，至当日下午3时51分，已有6022人赶来瞻仰。

高约8.5米的马丁·路德·金雕像位于华盛顿市中心国家广场潮汐湖畔，西北向背对林肯纪念堂，东南向与杰斐逊纪念堂隔湖相望。这尊名为"希望之石"的纪念雕像由159块巨型花岗岩组成，最重的一块有40多吨，整个雕像采用无缝粘接技术，全部花岗岩来自中国福建。这是华盛顿市内最高的纪念人像雕塑，也是美国历史上首次为一位非洲裔美国人在华盛顿国家广场竖立纪念雕像。

一进占地约1.6公顷的马丁·路德·金纪念园，利剑般劈开的两块巨石形如大门。穿过石门，马丁·路德·金雕像映入眼帘，这一设计思想来自马丁·路德·金著名演说《我有一个梦想》中的名句"有了这个信念，我们将能从绝望之岭劈出一块希望之石"。被劈开的"绝望之岭"两旁泉水轻流，象征着生机与生活。"绝望之岭"两旁为长约138米的铁灰色花岗岩长墙，由低向高的长墙上镌刻着马丁·路德·金14条语录。

在马丁·路德·金雕像基座一侧，镌刻着"雷宜锌 12.30 2010"的字样。用4年时间完成这一巨作的雷宜锌说，马丁·路德·金的平等梦想具有全球意义。他为了这个梦想牺牲了生命。这座雕像展现了表情严峻的马丁·路德·金，"你可以从他的脸上看到希望，也可以看到他在深思"。他认为，在华盛顿国家广场，这座高于林肯、杰斐逊总统雕像的非洲裔美国人巨石雕像由中国雕塑家完成，有着不平凡的意义。

由中国雕塑家完成这一创作曾在美国引起强烈争议。在雕像旁维持秩序的美国国家公园管理局官员奎恩说,来自16个国家的艺术家曾为制作这一雕像进行公开竞标,美国国家艺术委员会最终决定由中国雕塑家雷宜锌完成此事,这一程序公正合理,无可指摘。在华盛顿做旅游咨询工作的葛劳瑞亚女士说:"马丁·路德·金不仅属于美国,他的理念也属于世界。重要的是,中国雕塑家的这一创作卓著非凡。"匆匆赶来瞻仰雕像的美国国土安全部职员格来恩说,他早就知道是中国雕塑家完成了这一巨作,"中国,是一个好国家"。

在马丁·路德·金雕像前,人们纷纷合影留念。在为来自弗吉尼亚州的贝蒂夫妇及其从加利福尼亚州、佛蒙特州赶来的两位朋友合影后,他们接受了我的采访。贝蒂说,他们4人都是马丁·路德·金的校友,也都参加了20世纪60年代的民权运动。"马丁·路德·金不是美国总统,但他改变了美国。他的雕像矗立在这里,令人十分感慨和激动。"贝蒂说。

我注意到,在当天瞻仰的人群中,以非洲裔民众居多。67岁的韦特金斯说,她曾积极参加20世纪60年代的民权运动,今年她的女儿即将进入斯坦福大学读书,"如果不是马丁·路德·金当年所做的一切,这些名校的大门是不会向我们敞开的"。指着身边15个月大的儿子,42岁的伦特说,今天是一个值得纪念的日子,"我希望我的儿子长大后,种族问题不会再像我所生活的这个年代这样重要"。网络安全工程师克劳斯说,现在的美国更应记住马丁·路德·金所奋斗的原则。"我们需要工作,我们需要平等,我们需要一种没有任何歧视的经济眼光。"他说。

2011年8月28日上午11时,即马丁·路德·金在林肯纪念堂台阶上发表《我有一个梦想》演说48周年之际,美国总统奥巴马在盛大仪式上正式为这尊马丁·路德·金雕像揭幕。

在美国种族关系的历史上,马丁·路德·金是一座高峰。1968年4月4日,马丁·路德·金在田纳西州孟菲斯市一个汽车旅馆遭暗杀,他的墓地则在佐治亚州的亚特兰大,这两个地方我都踏访过。循着马丁·路德·金的足迹,我去得最多的地方还是林肯纪念堂。

宏伟的林肯纪念堂矗立在华盛顿国家广场的西端。纪念堂外高台中央处的地面上有数行文字,标明1963年8月28日马丁·路德·金就是站在那里,面对上百万民众及远处的华盛顿纪念碑和国会山,以深邃的历史眼光开始了《我有一个梦想》的演说:"100 年前,一位伟大的美国人签署了解放黑奴宣言,今天我们就是在他的雕像前集会。这一庄严宣言犹如灯塔的光芒,给千百万在那摧残生命的不义之火中受煎熬的黑奴带来了希望。它之到来犹如欢乐的黎明,结束了束缚黑人的漫漫长夜……"

马丁·路德·金发表这一永载史册演说的那一天,正在北京的我整整 9 岁。

在种族关系问题上,美国历史并没有画上玫瑰色的句号。环顾现实,不能不发出这样的感慨:马丁·路德·金 1963 年的倾情诉说,现在听起来仍然相当贴切:"100 年后的今天,我们必须正视黑人还没有得到自由这一悲惨的事实。100 年后的今天,在种族隔离的镣铐和种族歧视的枷锁下,黑人的生活备受压榨。100 年后的今天,黑人仍生活在物质充裕的海洋中一个穷困的孤岛上。100 年后的今天,黑人仍然蜷缩在美国社会的角落里,并且意识到自己是故土家园中的流亡者。"

在距白宫不远的自由广场,我曾与一位名为肖恩的黑人交谈,他直言美国种族关系仍不融洽。贫者愈贫、富人愈富的不平等现象仍很严重,贫穷是美国的严重问题。他说:"我的美国梦就是自由。林肯让我们自由,但我们现在还不自由。你必须花钱才能买到自由。"

伯明翰:美国民权运动圣地

我曾踏访亚拉巴马州的伯明翰,那里也曾留下马丁·路德·金的足迹。

伯明翰是美国亚拉巴马州最大城市。城市南部的红山上矗立着罗马神话中火神伍尔坎的巨大雕塑。当地人称这座 50 吨重的铸铁雕像为世界之最。

火神伍尔坎亦司锻造。1904 年,意大利雕塑家莫雷蒂利用伯明翰本地铸铁锻造而成的这尊巨雕有着不言自明的寓意:期求本地亦如大西洋彼岸的英国伯明翰一样,借助工业革命的烈焰,在美国南部锻造出另一个工业化大城市。这尊巨雕打造完成后,曾于 1904 年运往在密苏里州圣路易斯举行的世界博览会展出,并获奖牌。运回伯明翰后,这尊巨雕经历 30 余年的寂寞,最终于 1936 年耸立于红山山顶,俯视着伯明翰的风雨变迁。

在半个多世纪的岁月中,火神伍尔坎不仅目睹了伯明翰迅速工业化的进程,更亲历了如火如荼的美国民权运动。这场运动的烈焰至今在美国留有深深的锻造痕迹。

自1956年至1963年,伯明翰是美国种族冲突最为血腥、三K党活动最为猖獗、黑人反抗最为激烈之地。马丁·路德·金曾称伯明翰"或许算得上美国种族隔离最为彻底的城市,其暴行的丑恶记录尽人皆知"。迄今为止,伯明翰的城市布局仍有着明显的种族差异:城市西部多为美国黑人聚居区,而在环境更为优雅和繁华的东部,则多见白人身影。

位于伯明翰城西的凯利·英格拉姆公园内矗立着马丁·路德·金,儿童大游行,军警以警犬、水枪残酷镇压等多座雕像,无言地记录着半个多世纪前惊心动魄的美国民权运动历史事件。1956年,沙特尔沃思牧师在伯明翰发起亚拉巴马基督教民权运动。1963年,沙特尔沃思牧师所领导的反抗组织与马丁·路德·金领导的南方基督教领导会议合成一股力量,共同反对伯明翰的种族歧视。1963年的凯利·英格拉姆公园曾是整个世界关注的焦点。那一年发生的许多抗议游行都从这里出发,前往位于城东的政府机构和商业中心。除了水枪、警犬和通电棒外,白人军警还使用枪弹镇压示威游行,数千人因此入狱。1963年9月15日,与凯利·英格拉姆公园一街之隔的第16街浸礼会教堂内发生炸弹爆炸,4名黑人女孩当场丧生。血腥的报复并没有吓退为自由抗争的黑人民权运动。此后的第16街浸礼会教堂更成为多次游行示威集会的地点和声讨种族主义的场所。

在经历了20世纪60年代的极度血腥之后,伯明翰已成为美国民权运动圣地。凯利·英格拉姆公园对面有一座褐色建筑,那里便是伯明翰民权研究院。这一研究院恰如一座博物馆,其珍贵史料和丰富展品让人们对美国民权运动历史有了更为透彻的理解,史料之一便是马丁·路德·金那份气贯长虹的《来自伯明翰监狱的书简》。

1963年4月12日,马丁·路德·金等人带领黑人进行大规模游行示威,马丁·路德·金本人当天被捕,他在狱中一气呵成《来自伯明翰监狱的书简》。在这份书简中,马丁·路德·金阐述了美国民权运动的初衷、期望和梦想,批驳了对民权运动的种种指责。马丁·路德·金写道:"不施加合法且坚定的压力,在民权领域便得不到丝毫的进步。有一个历史事实颇为可悲,便是特权集团很少能够自愿放弃特权……所有种族隔离的法规皆为不公正,因为种族隔离扭曲了灵魂，败坏了人格。它赋予隔离主义者错误的优越感，又给予被隔离者错误的低劣感。""340年来，我们一直在等待，等待着宪法及神赐的权利……然而，当你见到凶恶的暴徒将你的父母随意私刑处死，将你的兄妹踢打致死的时候；当你见到充满仇恨的警察咒骂、踢打甚至杀死你的黑人兄妹的时候；当你见到你的2000万黑人兄弟，绝大多数拥挤在富裕社会当中狭仄的贫民窟里苟延残喘的时候；当你的6岁女儿问你；为何她就不能去才在电视上做了广告的游乐园，而你突然张口结舌、无言以对的时候，当她得知游乐城不对有色儿童开放，你见到她的眼泪夺眶而出，见到令人自卑的阴云开始笼罩了她心灵的天空，见到她因无意间形成的对白人的愤恨而扭曲了人格的时候；当你的5岁儿子问你'爸爸，白人为什么这样待黑人呀？'而你不得不编一套谎话来敷衍的时候；当你开车横穿全国，发现必得逐夜睡在汽车里难受的角落，因所有的汽车旅馆都不接待你的时候；当你整天价因为'白人''有色人'的恼人标志感到羞辱的时候；当你的教名成了'黑鬼'，中名成了'小子'（还不管你有多老），而姓成了'约翰'的时候；当你的妻子和母亲从来得不到那个尊称'太太'的时候；当你夜以继日纠缠于你是黑人的事实，翘首以待而又惘然若失，满心恐惧而又仇视社会的时候；当你永远挣扎于被人视为'无能的家伙'这种堕落的感觉之中的时候——你便会理解，为什么我们觉得难以等待下去。是时候啦，忍耐之杯已经满溢，人们不再甘愿沉溺于绝望的深渊。先生们，我希望你们能够理解我们合理而必然的急躁……"

伯明翰所发生的一切，加快了美国历史的改变。1963年夏天，当沙特尔沃思牧师在白宫会见美国总统肯尼迪时，他说："没有伯明翰，我们今天不可能坐在这里。"1964年国会通过《民权法案》，宣布在公共设施如餐馆、车站、旅馆等实行种族隔离是违法的，另外也不得以种族、肤色、宗教、性别、国籍为由在雇佣上给予歧视，同时也保护公民的选举权。1965年8月，国会通过《选举权法》，明文规定废除文化考试，并授权联邦政府官员到南方监督投票。最终以立法的形式，给予了黑人选举权。1979年，伯明翰产生了历史上第一位黑人市长阿林顿。而曾经领导伯明翰街头抗争的马丁·路德·金则于1968年4月4日晚上在田纳西州孟菲斯市洛林汽车旅馆遭暗杀身亡，终年39岁。

如今的伯明翰似乎平静了许多。除了四周座椅上闲散地坐着几位黑人外，整个凯利·英格拉姆公园内空空荡荡。穿过更显闲适的小城东部，顺山势登临红山山顶，在火神伍尔坎的巨大雕像下面，整个伯明翰市在夕阳中一览无余。岁月早已将伯明翰锻造成为反抗、革命与和解之地，马丁·路德·金黄钟大吕般的呼喊"我有一个梦想"仍在伯明翰的上空飘荡。

奥巴马："马丁可能就是35年前的我"

种族问题并没有随着美国有了一位黑人总统而消失，反而增加了些许微妙，而刻意的淡化却掩饰不住不以人们意志为转移的严峻现实。恰恰因为奥巴马是一位黑人总统，他在美国种族问题上的处理便格外小心谨慎，因为他是"所有美国人的总统"。在那之前，奥巴马出访塞内加尔时参观了贩卖黑奴遗址，表情凝重。可以看出，在种族问题上，他有着难以用语言表达的独特心路历程。

2012年，佛罗里达州发生了社区协警齐默尔曼无端枪杀非洲裔青年特雷翁·马丁的案件，后齐默尔曼被判无罪。此事在美国引起巨大风波。2013年7月19日，奥巴马出现在白宫吹风室。在17分钟的讲话中，奥巴马神情严峻，结合亲身经历阐述对特雷翁·马丁案及美国种族问题的看法。这是美国首位非洲裔总统就任以来首次如此长时间、广泛深入地公开谈论种族问题。

在这一经过深思熟虑的讲话中，奥巴马措辞极为谨慎。他首先表示，此案审理法官的态度是专业的，陪审团在合理的怀疑后做出判决。话锋一转，奥巴马指出，应以更为广泛的背景来看待此案，"特雷翁·马丁可能就是35年前的我"，"重要的是要承认非洲裔美国人社团是基于一连串经历和历史来看待此案，而这些经历与历史并没有离去"。

奥巴马说："在这个国家，大多数非洲裔美国人都在百货商店购物时有过被人盯梢的经历，其中也包括我。"他说，非洲裔美国人也意识到从死刑到毒品法，美国的执法有着"种族悬殊"的历史。年轻的非洲裔美国人中既有很高比例的暴力受害者，也有很高比例的暴力犯罪者，对此不予承认便是"幼稚"，但如果利用这些统计数字对这些年轻人予以不同的对待将引起痛苦。

就连奥巴马也发出"马丁可能就是35年前的我"的感慨，足见马丁·路德·金的梦想——"有一天，我的四个孩子将在一个不是以他们的肤色，而是以他们的品格优劣来评价他们的国度里生活"——还远远没有实现。

真是怕什么来什么，屋漏偏逢连夜雨。作为非洲裔总统，奥巴马最怕在种族关系上闹事情，但在他的第二任期内，有关种族关系的大案、要案接连不断，一把火连着一把火，烧得奥巴马心焦不已。

火速赶往弗格森镇

18岁的黑人小伙迈克尔·布朗本来应该于2014年8月11日跨入瓦蒂洛特学院开始新的学习生活，但就在8月9日下午，手无寸铁的迈克尔·布朗倒在了一名白人警察的枪下，身上多处中弹。迈克尔·布朗的父母悲痛不已，他们哭诉说，布朗是一个非暴力、品性良好的孩子。

一石激起千层浪。事发所在地美国密苏里州弗格森镇立即掀起抗议狂潮。10日晚，当地民众在为迈克尔·布朗举行的守夜和纪念活动中爆发了骚乱和抢劫，沃尔玛等商店遭劫，至少有20辆警车被毁，至少32人在骚乱中被逮捕。8月11日，弗格森镇再次发生街头抗议活动。炎炎烈日之下，参加抗议示威活动的人们举着"我是一个人""没有正义"等标语，将双手高高举起以表示"手无寸铁"之意。警察使用催泪瓦斯和豆袋弹驱赶示威人群，至少有5人又遭逮捕。布朗之死所引发的"蝴蝶效应"立即在全美烧成一片烈火，再次揭开美国种族冲突的伤疤。

美国媒体自2014年8月11日开始对此事有所报道。我当天即将此事作为重要新闻线索报回国内，并及时发回相关消息和述评报道。此后，我一直在做着赴现场采访的准备。面对如此发达的网络，驻外记者不应成为整天泡在网中的"宅男"或"宅女"，驻外记者的价值便在于驻外。他或她应该在条件许可的情形下，尽可能及时地出现在重大新闻事件的第一现场，进而对亲见亲历做出客观、真实和有深度的报道与解读。

8月18日晚，当看到弗格森镇局势仍有升级迹象时，我主动请缨，提出尽速赶往弗格森镇现场采访，8月19日一早，便乘机赶往密苏里州圣路易斯市，抵达圣路易斯市时已是当天下午3时，烈日仍然高悬，气温较华盛顿热了许多。一路上，见到不少平时便常见的国际媒体同行，他们也都身上挂满"长枪短炮"

匆匆赶往现场。弗格森事件发生后，我是驻华盛顿中国主要新闻机构中最早前往弗格森镇现场的新闻记者。

密苏里州与华盛顿有一小时时差。大量记者的涌入使得当地旅馆价格上涨，连续跑了几家都吃了闭门羹，最后落脚在一家距离弗格森镇尽可能近的小旅店。随后，便是驾驶着刚刚租来的汽车马不停蹄地前往弗格森镇采访。

快要到达弗格森镇时，身旁车道上一队全副武装的军车疾驰而过，拐入弗格森镇的主要路口已被国民警卫队等军警封锁，气氛顿时紧张起来。

抵达弗格森镇后，第一个重要采访地点便是布朗遭枪击现场。由于军警封锁道路，无法驾车前往，设法将汽车停在一家超市停车场后，我便挥洒着汗水步行前往。全然陌生的弗格森镇军警林立，示威游行队伍不断，到处是愤怒的眼光和紧张的对峙。布朗遭枪击处和遭骚乱毁坏店铺更是令人震撼——这里便是真正的第一现场。

这是一个似曾相识的现场。在南非的索韦托、博伊帕通，在饱经内战的安哥拉第二大城市万博，在惨遭大屠杀的卢旺达，在扎伊尔东部战场，我都见过类似现场。但这里是美国。我走家串户，追随着示威队伍、当值的军警和三五成群的人们，观察着、询问着、交流着：这里到底发生了什么？为什么会发生此事？你们的诉求是什么？你及你们有着怎样的故事……

烈日渐渐隐去，弗格森镇出现了几个为示威群众提供水和食品的摊位。当我走上前观看时，也被问及是否需要食物。直到这时，我才醒悟到，从华盛顿赶到圣路易斯，再从圣路易斯到弗格森镇，又在弗格森镇进行高强度的密集采访后，早将午饭忘在脑后。那些好心人给了我一块比萨和一瓶水后，我便坐在一个角落享用了这一独特的免费晚餐。

弗格森镇的夜晚血腥味最浓，示威者与军警发生暴力冲突的风险最大。夜幕降临后，虽然身心已高度疲惫，但我仍在坚持着，坚持看到夜晚将会给弗格森镇带来什么样的抗争与血腥。伴着浓浓的夜色，随着一队队示威人群，又是新一轮的采访、采访、采访……

深夜时分，拖着疲惫不堪的身躯回到下榻之地。然而，这还只是又一轮拼搏的开始：凝神整理采访素材和"第一现场"报道思路；整理照片和视频素材；发回文字、照片和视频。那一晚，下榻之地的网络极差。直至凌晨4时，视频竟仍未传回。已经高度发木的大脑突然闪出楼下商务间的电脑可能传起来更快。此招显然灵验,但将视频完全传回国内已是8月20日清晨6时——又是一个不眠之夜,其成果是8月21日见报的《第一现场》稿《没有正义就没有和平》。

8月20日下午,我再次来到弗格森镇现场进行采访。较之前一天,第二天的采访更注意从政治、经济、历史、文化角度对此事件进行深度挖掘,其成果是8月22日见报的《我们只是希望得到正义》一稿,也为此后见报的《黑人青年之死引发美国社会深刻反思》一稿打下坚实基础。

8月19日夜间,稍稍感到可以松一口气时,我查看着上百封未阅电子邮件,其中一封令我眼前一亮。原来,这是常驻委内瑞拉的同事吴志华发来的。老吴这样写道:

温宪:

你好!祝贺你喜迎六十岁寿辰。

衷心地祝福你生日快乐,健康长寿!

志华

于加拉加斯

老吴与我同年同月,这样一封邮件令人顿感温暖。匆匆之中,简短回复:

老吴,你好!

谢谢!

也祝你甲子快乐,健康、愉快!

温宪

于美国密苏里州圣路易斯县弗格森镇

2014年8月19日夜

到那时为止,还有不到10天,我便踏入花甲之年。

巴尔的摩又发生骚乱

进入花甲之年的我仍在不停奔波着。2015年4月27日，连续数日在纽约忙碌后，我于当日上午10时乘坐"MEGA BUS"离开纽约，下午3时左右返回华盛顿住所。"MEGA BUS"与"灰狗"类似，是最便宜的大巴车。

一回到住所，我就密切关注在巴尔的摩发生的骚乱。位于华盛顿东北约60公里的巴尔的摩是美国马里兰州最大的城市，也是美国最大的独立城市和主要海港之一。4月12日，25岁的非洲裔青年格雷在西巴尔的摩地区与警察发生了"目光对视"，格雷在试图逃跑时被6名警察强力拘捕。警察用膝盖顶住格雷的背部和头部，把他的双手反铐在背后，然后将其脸朝下拖进警车。在此过程中，格雷多次要求医护急救，但均遭拒绝。4月19日，格雷因脊椎严重受伤死在当地一家医院。涉案警察事后承认当时应对格雷进行治疗，但他们一直没有说明格雷的脊椎如何受伤。这些涉案警察正在接受调查，警方一直没有透露这些警察的种族身份。

4月27日，格雷的葬礼成了非洲裔群体怒火宣泄的出口。一连几天出现的抗议示威活动最终演变成了暴力打、砸、抢、烧行动。葬礼结束后的暴力骚乱始于巴尔的摩市西部，然后向东蔓延至接近市中心的地区。除了使用胡椒喷雾剂驱散骚乱人群外，马里兰州政府还紧急调遣国民警卫队维持秩序。在火药味极浓的对峙中，至少有15名警察受伤，20多人被捕。

4月27日，洛雷塔·林奇宣誓就任美国司法部长，从而成为美国历史上第一位非洲裔司法部长。当天巴尔的摩出现的骚乱成了这位新任司法部长的首要急务。奥巴马总统当天在白宫与林奇讨论了巴尔的摩的局势，林奇称将很快派司法部官员到巴尔的摩进行相关调查。在听取了巴尔的摩市长的最新通报后，奥巴马要求联邦政府帮助巴尔的摩制止骚乱。

巴尔的摩骚乱现场的火光烧得我再也无法安坐下来。在与国内沟通后，刚刚从纽约回来的我不顾疲劳，于4月27日晚10时驾车从华盛顿出发至巴尔的摩采访骚乱现场，4月28日凌晨2时30分返回华盛顿，然后连续作战，赶写稿件至清晨，一夜未眠。

在向巴尔的摩进发之际，我全然不知具体骚乱地点，只能一路摸进，一路打听。

我在夜色中驾车即将抵达巴尔的摩之时，身后两辆警车呼啸而过，令人神经顿时紧绷。

在经过一天剧烈动荡和严重骚乱后，夜幕下的巴尔的摩空空荡荡，俨然一座"鬼城"。警车将各主要路口铁桶般围住，使得在夜色中找到此前因骚乱燃起大火的一家 CVS 药店和一家老人院更为困难。在一个路口处，我见到远处走来一名身着国民警卫队服装的美军士兵，便走上前去向他问路。他一句话也不说，继续匆匆走去。在另一条街上，一位孤零零的行者向我说，"警察到处抓人，没人敢上街了"。行至另一路口时，见到几位非洲裔青年走来，我向他们询问当天下午大火地点，几位青年指指点点，其中一位女士挥舞着双手大声说道："到处都是！这里到处都是燃烧的烈火！"

近午夜时分，我看到载有马里兰州州长拉里·霍根和巴尔的摩市市长斯蒂芬妮·罗林斯·布莱克的车队匆匆离开市政厅大厦。就在几小时前，霍根州长宣布巴尔的摩进入紧急状态，并动用国民警卫队应对不断升级的骚乱。布莱克市长则于当晚宣布将从当地时间 4 月 28 日晚 10 时起至 5 月 5 日早 5 时实行宵禁。布莱克市长说，对于一个土生土长的巴尔的摩人来说，当天所发生的一切"令人心碎"。她指责犯罪者的破坏行为毫无正义可言："你们这样又能解决什么问题呢？"

4 月 28 日零点，巴尔的摩市政厅大厦上的午夜钟声敲响时，但见位于切斯特北街 1600 号与联邦街 2100 号之间的路口处仍有十余辆消防车灯光闪烁。巨大的水柱一阵阵扑向仍然黑烟滚滚的残缺建筑。建筑物的旁边是一辆烧得只剩金属框架的中巴车。车后道路边的一个座椅上醒目地印有"巴尔的摩：美国最伟大城市"的字样。

在西法耶特 1434 号的"拉兹商店"，店主辛格告诉我，他的小店主要经营酒类。当天上午 10 时 30 分，有 20 多人冲进小店一通打砸抢劫。我见到小店门窗的玻璃全部被打碎，遭抢劫后的店内一片狼藉。"我上午就已报警，但警察到现在还没有来，"辛格说，"邻街的'家庭美元店'更惨，里面的商品被一抢而空。"

在市政厅大厦前,从小便生长在巴尔的摩的白人小伙凯文在接受我的采访时说:"我对今天所发生的事情一点也不感到惊奇,格雷之死不过是挤破了一个多年蓄积的脓包。"

从密苏里州的弗格森到纽约市,再从纽约市到马里兰州的巴尔的摩,美国自2014年下半年始屡屡发生干柴烈火般一点就着的种族冲突事件,其背后有着深刻的经济、政治和社会动因。积重难返的恶性循环使得种族冲突伤痕的出血变得愈发频繁。"这成了一个制度性问题。"凯文说,"去年在弗格森,今年在这里,这样的事情还会层出不穷。解决办法吗?真的很难!"

与全美多地一样,由社会不平等带来的种族矛盾一直是巴尔的摩市的内伤。在巴尔的摩62万人口中,非洲裔占多数。20世纪下半叶还曾拥有百万人口的巴尔的摩因为贫困导致社会治安每况愈下,人口也随之大量流出。仅自2000年至2010年间,巴尔的摩市就流失了5%的人口。凯文告诉我,贫穷使得非洲裔备受歧视,加之警察执法中明显的过度使用武力和不公正行为,使得种族间矛盾愈积愈深。

奥巴马4月28日表示,巴尔的摩所发生的骚乱表明,这是一个慢慢积累而成的危机,这不是一个新问题,"我们不应该装作这是一个新问题"。他说,巴尔的摩几天来和平示威的焦点是表达对格雷之死"完全合法的担忧",但4月27日发生的暴力冲突令人们不再关注几天来游行的目的。他说:"没有任何借口出现我们昨天看到的那场暴力,这只能适得其反……当有人拿起撬棍开始撬开门抢劫时,他们不是在抗议,不是在表明立场,而是在偷盗。当他们放火焚烧建筑时,他们犯下纵火罪,而且他们是在损害和伤害他们自己社区的商业和机会。"

巴尔的摩骚乱引起了普遍反思。《巴尔的摩太阳报》说,在过去4年中,巴尔的摩警方因在执法过程中打断被捕者骨头、造成脑外伤、器官衰竭甚至死亡等过度使用武力招致300多起诉讼,这使得巴尔的摩市政府为此支付1100多万美元的法律费用。专栏作家鲁思·马库斯在题为《巴尔的摩的愤怒被点燃》的文章中认为,较之当地黑人人口占多数,但执政机构多为白人的密苏里州弗格森镇,巴尔的摩的市长、司法部长和警察总监均为黑人。但对格雷之死的处置不仅仅是个人责任。尽管巴尔的摩的执政高层为黑人,但他们传承的仍是一个机制性的错误，即他们没有对当地非洲裔给予足够的尊重，也确实常常虐待他们。作家韦特金斯在题为《在巴尔的摩，我们都是弗雷迪·格雷》的文章中说，作为一个土生土长的巴尔的摩人，他本人和其他许多人都经历了与格雷类似的遭遇，"对我们而言，巴尔的摩警察局就是一群由纳税人供养的恐怖分子"。

干柴烈火一点就着

在美国，黑白种族间的冲突俨然如干柴烈火般一点就着。在新媒体迅猛发展的时代，一段视频便可以搅得整个美国沸沸扬扬。

巴尔的摩骚乱过后不久，2015年6月6日，一段记录了美国一位名叫埃里克·凯斯博特的白人警察粗暴扭打只穿游泳衣的黑人少女，并掏出手枪恐吓的视频上传至YouTube网站后，再次触动美国社会种族问题这根敏感神经。不到两天，这段视频已有720万观众，并引发一系列抗议示威活动。

此事发生在距得克萨斯州达拉斯市以北约60公里麦肯尼市一个富裕的白人社区。据当地一位目击者称，6月5日，约有130多名黑人青年参加了当日一个游泳池边的聚会活动，其中部分人试图翻过围栏进入泳池，有人以扰民为由电话报警。警察接到报告后于当晚7点后抵达现场，驱赶滞留现场的人们。

拍摄这段视频的是一位名叫布兰登·布鲁克斯的白人青年。他说，现场变得紧张的起因是一个白人妇女与一位黑人青年发生了争吵。那位白人妇女向黑人青年吼道："回到第八区去吧！""第八区"是指由联邦资金在当地为低收入家庭建造的廉租房。无疑，斯时斯地说出此话充满着种族歧视的口吻。

布鲁克斯所摄视频显示，一名身穿单薄泳装、手无寸铁的非裔少女被埃里克·凯斯博特强行拖入拍摄者视线内。凯斯博特粗暴的执法方式立即激起现场周围人的抗议，场面开始混乱。在一片不满之声中，少女先是被推倒在草地上，当她挣扎试图重新站起时，被凯斯博特死死抵住颈部动弹不得。此时，有两名非裔少年靠近，似乎想帮助这名女孩，凯斯博特很快拔枪相向，但被赶来的另外两名警察制止。最后，凯斯博特一手按住女孩的后脑勺，并用膝盖顶着她的背部，将其脸部冲下重新压制在地。

视频曝光后，在巨大的社会压力下，凯斯博特被停职等待接受内部调查。

遭暴力执法的非裔女孩没有大碍，被警方短时关押后已被父母接走。事件中还有一名成年男子因涉嫌妨碍警方执法被逮捕。

麦肯尼市人口约15万，白人、非裔、西班牙裔混居。2009年，美国《大西洋》杂志在一篇报道中就提及，该市存在着严重的种族和经济割裂问题。事件发生后，麦肯尼市市长在一份声明中称，对此事感到不安和担忧。得克萨斯大学犯罪学教授罗伯特·泰勒认为，警察与在场黑人青年都有举止不妥之处：黑人青年没有听从警察的命令，警察掏出手枪之举也无济于事，"当此之时，警察不应该火上浇油，这位警官显然未能冷静处事"。总部位于华盛顿的美国警察管理研究论坛执行主任查克·韦克斯勒认为这段视频"令人震惊"，"那些人穿着游泳衣。在这种情况下，无论如何也不能掏出手枪"。

美国公民自由联盟说，视频内容如教科书般展示了警方是如何过度执法的。被暴力相待的少女事后在接受媒体采访时称，当晚她是受邀参加派对，并没有做错什么。布鲁克斯回忆说，很显然警察是在针对非裔青少年，自己是暴力执法现场中唯一的白人，警察绕过他之后，命令他的非裔朋友们全部坐下。

当人们关注得克萨斯州发生的这一事件时，远在千里之外的南卡罗来纳州传来白人警官斯拉格因枪击黑人致死而被正式提出犯罪起诉。当年4月初的一天，斯拉格下令正在开车的黑人司考特在路边停下，理由是司考特车上的刹车灯坏了。斯拉格最初称他与司考特之间发生争执，当司考特拿出电子枪之后，他才朝司考特开枪。但是，一名路人拍摄的视频显示，司考特试图逃离现场的时候，斯拉格拔枪朝着司考特连开8枪。南卡罗莱纳州检察长斯佳丽·威尔逊说，如果谋杀罪名成立的话，斯拉格将面临30年以上徒刑，甚至是终身监禁，并有可能不得保释。

在美国，有关种族歧视的报道接连不断。据美国媒体报道，美国大型连锁药房CVS的4名前任员工目前正式起诉自己的前雇主，指CVS在纽约的数个药房中存在种族歧视问题。起诉者告，两名负责CVS在纽约曼哈顿和皇后区店面的主管经常告诉他们，要尤其注意在店内的非白人顾客，其中一名主管称，"黑人都是小偷，拉美裔大部分是小偷"。另外一名主管也称"尤其要留意店内的黑人和拉美裔人"。身为非洲裔和拉美裔的起诉者称，除了顾客，他们自己也遭到种族歧视：当他们向CVS高层反映这一现象后，他们在接下来几个星期内遭到了报复性的工作考核折磨。

自 2014 年以来，从弗格森黑人青年布朗遭枪杀、纽约黑人男子被白人警察"扼喉"致死、巴尔的摩骚乱，再到得克萨斯聚会风波，美国涉及种族问题的事件明显频发。这些到底为什么？

为了找到答案，我曾屡屡询问各方人士的看法。

弗格森事件发生后，同为非洲裔的美国司法部长埃里克·霍尔德于 2014 年 8 月 11 日发表声明，称联邦调查局、美国联邦检察官已就此案展开调查。他说，此案之所以值得进行全面调查，概因"全面调查对于保持执法部门与他们所服务社区之间的信任至关重要"。

其实，弗格森执法部门与当地百姓之间早已谈不上"信任"关系，这恰恰是解读这一突发事件的关键所在。弗格森位于密苏里州圣路易斯市西北郊外，约有居民 2.1 万人。近年来，弗格森不断涌入黑人居民，而白人则不断从这一社区搬走，现有居民中约三分之二为黑人。弗格森当地行政权力、执法机构中仍多为白人。当地居民卡伦·诺特说，当地权力机构没有反映出弗格森人口结构的变化，种族关系一直高度紧张。2013 年，一名黑人学校负责人被均为白人的学校董事会勒令停职，曾在当地引发抗议。司法部一直在调查关于该地司法机构中种族关系不平等的指控。一位名为韦恩·布莱索的示威者说，警察对待这里社区的态度很不平等。警察只保护和服务白人社区，而在黑人社区，情形完全是另一回事。望着一片狼藉的弗格森镇，护士卡洛琳·蒂格哭着说，弗格森种族关系紧张的来源就是"种族偏见"。一位名为帕特里克·麦克哈斯卡尔的教师说，这里的白人警察会因为一点小事便将黑人青年拦截下来。此次枪击事件更是触发了多年来的不满与愤怒。

弗格森镇所在的密苏里州圣路易斯地区是一个事实上种族隔离程度相当高的地区。弗格森历史上是一个白人城镇，20 世纪 90 年代黑人大批移居城市郊区，使弗格森变成一个以黑人为主的城市。在这个以黑人为主的城市，市政府与警察以白人为主。现任市长和警察局长都是白人，6 人组成的市议会只有一个黑人，53 名警察中有 3 名黑人。布朗之死令人再次深感美国种族冲突和种族隔离的严酷现实。我在弗格森镇看到，弗格森镇主要街道两旁最为醒目的建筑便是一家麦当劳餐厅，黑人聚居的简陋房屋与白人住宅区相比有着天壤之别。

而这种情况在全美各地普遍存在。

在布朗遭枪击致死的地方，一位名为辛迪·艾伦的黑人妇女不断高喊着："我们要开始革命，我们必须改变这一切！"她在接受我的采访时说，美国黑人受奴役、受欺压、受凌辱、受歧视的情况已经持续了200多年，"白人用整个司法系统保护他们，而我的儿子、叔叔、表亲们永远不能像他们那样享有权利。我一个16岁的儿子现在还在狱中"。刚刚参加完示威活动的伍兹一家三口来到这里，在布朗丧生地献上鲜花。伍兹说，美国黑人一直受到不公正对待，美国媒体对黑人总是进行负面报道。这场悲剧应该使人们敞开心胸，有些事情一定要改变。他的妻子在一旁一直双眼涌着泪花。

也是在这个地方，手举"美国司法制度已经坏掉"标语牌的社会工作者黛比·威廉斯女士说，为什么一个白人警官就能够这样杀死一名手无寸铁的黑人青年？这很悲哀！这背后是美国仍然顽固存在的种族主义。只是因为我们的肤色，白人警察对待我们就像是三等公民。很长时间以来，美国的司法系统已经不能公正执法。我们要联合起来，改变这一切。但她接着说，"我对于很快改变现状并不乐观"。一位名为佩恩·华盛顿的女士说，她有7个兄弟，其中5个都曾遭警察毒打，被送进医院，原因都是一些诸如汽车车牌注册标识过期等事。这种事情几乎天天都在发生。住在坎福尔德街9266号的莱蒂洛8月19日迎来了37岁生日。几天来一直参加抗议示威活动的他告诉我说，这么多年来，这里的每一个人都遭遇过诸般不公，"我们真是受够了！"

在弗格森镇采访的那个晚上，镇中心西弗洛理森特街上所有店铺均已关门。位于9101号的"弗格森市场及酒类店"及周边多家店铺都曾遭遇抢劫。这些店铺均以三合板暂时遮住了被破坏的橱窗。黄昏时分，西弗洛理森特街头又出现了新的示威人群。路边一个临时搭起的摊位上，有人免费向参加示威活动的人们发放食物和水。参加这一公益活动的美国《最后的呐喊》报总编辑理查德·穆罕默德在接受我的采访时说，美国一直批评世界上别的国家侵犯人权，实际上美国有着非常严重的人权问题，特别是在对待黑人及其他有色人种问题上。多少年来，美国黑人遭到剥削和压迫。在这里，你可以看到人们的不满与愤怒，因为他们享受不到真正的人权。你长得愈黑，就愈发贫穷。

他接着说，放眼全美，这里发生的事情绝不是一个孤立的事件，"现在整个世界有机会看到一个真正的美国"。为什么奥巴马总统关心此事？因为他知道，如果弗格森的局面不能得到控制，就有可能在全美蔓延和爆发。因为在全美各地都发生过黑人青年遭到枪击、毒打事件。不仅是黑人男青年，黑人妇女也多有此类遭遇。他认为，自从奥巴马当选总统之后，美国种族问题并未缓解，而随着社会不公平愈发严重，种族关系愈发紧张。"如果你对待黑人不像对待动物、犯人和敌人一样，和平才会到来。"

夜幕渐渐降临。我在西弗洛理森特街公共汽车站处注意到一位白人男子手拿"弗格森值得拥有更多"的标语牌，默默地将地上的空瓶、废纸等捡起来放入垃圾箱内。31岁的麦克来自圣路易斯县，在距弗格森镇不远的地方工作。他告诉我，在平时的工作中，他看到许多黑人被像牲畜般对待，"我来到这里是因为不愿看到这里的人们遭到如此对待。此时此刻，坐在家中看脸书本身就是问题，那样不会对这一情况有任何帮助。这里的黑人有权利知道，他们得到了很多人的支持。这里的人们有权利要求'我们也是人'"。麦克说，他痛感这里的白人对待黑人确有双重标准，"白人对待黑人相当严苛，本来不应该这样。你可以看到这里人们愤怒的表情，这很令人痛心。昨天丧生的是布朗，今天就可能是这条街上任何一个人。这种悲剧在这个国家一而再、再而三地发生。真是很不幸"。在被问及有多少白人像他这样想问题时，麦克思忖片刻后说："我不得不说确实不多。"

也是在弗格森镇采访的那个晚上，一名警察突然在街头摆起路障，引起各路媒体猜测美国司法部长霍尔德可能在这里现身。此前，突然从马萨诸塞州马撒葡萄园岛中断休假回到白宫的奥巴马总统宣布，将派霍尔德于8月20日前来密苏里州处理与布朗案有关的急务。20日，霍尔德在圣路易斯市会见多方人士，允诺将对布朗案进行彻底调查和公正解决，并呼吁改变当地百姓与警察之间充满敌意的现状。在会见当地黑人团体领导人时，同样也是一位黑人的霍尔德说，他理解为什么如此多的黑人不信任警察。他回忆起年轻时也曾因为自己的肤色屡遭警察无端拦截训斥。他说，一次他在新泽西时被警察以超速为由拦了下来，警察随即对汽车进行搜查。另有一次，他在华盛顿乔治敦与一位表亲赶去看电影的路上无端被一辆巡逻车蛮横地拦了下来。"要知道，那时我已经是一名联邦检察官，而不是一个孩子，"霍尔德说，"我记得这些事情对我意味着怎样的羞辱,我当时是怎样的气愤以及这些事情对我的人生打上了怎样的烙印。"

站在我身边的弗格森镇民主党妇女事务主任帕特里斯女士似乎也在等待霍尔德的到来。她在接受我采访时说,我们需要就种族问题进行对话。对话是人与人之间的平等交流,警察首先需要学会怎样对人说话。在此之前,他们缺乏对人的基本尊重。不少警察认为黑人好斗、很暴力、非理性,这就是种族主义。如果以非理性处理人与人之间的关系,非理性的事情就会发生。布朗这么一个年轻人,只是因为行走在道路中间,就被打了6枪,这种事情在美国太多了,而这种事情也不会一个晚上就发生改变。

20日下午示威活动的组织者希尔在接受我采访时说,他是迈克尔·布朗的邻居。"我在这里住了十年,这里的警察非常凶悍。布朗究竟做了什么,威尔逊要向他开6枪?非洲裔美国人应该同样享有宪法权利。我们只是希望得到正义,不要搞双重标准,枪杀布朗的威尔逊必须得到法律追究。"

在西弗洛理森特街开一家理发店的巴菲女士告诉我,其实,较之密苏里州有些地区,弗格森还不算最为贫穷落后的黑人社区。数年前,福特和克莱斯勒汽车厂从圣路易斯迁走之后,对于本地经济确实打击很大,很多黑人因此失去就业机会。参加示威活动的福克斯退休前在邮政部门工作。他说,当地黑人长期遭受严重的"经济歧视"。弗格森当地需要一些基础设施建设,但一直得不到联邦政府资金支持,相关项目长时间得不到批准,而资金却源源不断流向大公司。黑人在这里占人口大多数,但工作机会很少。

美国佐治亚州黑人政治家毕晓普认为,当人们没有工作、没法养家糊口的时候,紧张关系就会加剧,失望会导致人们犯法。我们必须坦诚地面对问题,在种族关系问题上,我们必须有坦诚的对话。我们必须将问题摆上桌面,看到各个族裔之间有各种误解和不信任。我们必须推动宽容,我们也必须消除造成不信任的环境。更好的教育、更好的沟通、种族与群体之间更好的理解、警察与社区之间更多的理解并更具有合作精神——所有这些都是必要的。政府必须采取政策,改进所有人的生活质量:工作机会、经济发展、提升教育、社区的安全、消除犯罪与毒品、人们有机会改善生活、有能够承担的医疗保险。

沃伦·贝尔是迈克尔·布朗母亲的朋友。在8月25日举行的葬礼上,贝尔认为，这一悲剧发生之后，有些事情可能发生变化，但整个过程可能需要一二百年。

在纽约举行的2015年美国书展上，我遇到一位来自巴尔的摩的非洲裔书商。在同他探讨发生巴尔的摩种族骚乱的根源时，他沉吟了一下答道："因为工作机会太少。""那么工作机会太少又因为什么呢？"面对这样的问题，他再次陷入沉思，未能作出回答。

"一个建立在理想和谎言基础上的国家"

弗洛伊德的悲剧曝光具有偶然性，那位17岁的黑人女青年是在偶然的时间、地点拍了这段视频。其实，在此之前，类似的事情成百上千，只是未能予以曝光而已。然而，此事曝光所引发的震动却具有必然性。

这种偶然与必然之间的微妙链接，恰恰是美国黑白两大种族关系数百年来变与不变的生动印证。"黑人在奴隶制中受苦250年；我们在法律上只'自由'了50年。"美国黑人女作家尼古拉·汉纳-琼斯写道。

2019年8月13日，尼古拉·汉纳-琼斯撰写的《我们民主建国的理想落笔时是虚假的，美国黑人一直的奋斗令其成真》一文在《纽约时报》发表。2020年，此文获得普利策奖评论奖。普利策奖的评委们在捧读此文时，一定感受到了此文中颠覆性观点的震撼。

尼古拉·汉纳-琼斯写道，美国是一个建立在理想和谎言基础上的国家。1776年7月4日问世的《独立宣言》宣布："我们认为这些真理是不言而喻的：人人生而平等，造物者赋予他们若干不可剥夺的权利，其中包括生命权、自由权和追求幸福的权利。"但是，起草这些话的白人不相信这些话对于他们中间的数十万名黑人来说是真实的。"生命、自由和追求幸福"并不适用于全国五分之一的地区。然而，尽管遭到暴力剥夺，美国黑人仍强烈相信美国信条。通过几个世纪的抵抗和抗议，黑人帮助美国实现其建国理想。不仅为了黑人自己，黑人权利的斗争也为所有美国其他族群权利斗争铺平了道路，包括妇女、同性恋、移民和残疾者的权利。

在反对英国暴政时，美国的建国者们最喜欢的说法之一便是声称自己是英国的奴隶。美国建国的主要原因之一是新大陆的殖民者想要保护奴隶制度。这些殖民者之所以能够成功脱离当时世界上最为强大的帝国，其动力是基于奴隶制带来的令人眼花缭乱的利润。美国建国后前12任总统中有10位是奴隶主，这并非偶然。美国不是作为一个民主国家而建立的，而是由奴隶主统治建立的。

1776年6月，当托马斯·杰斐逊坐在费城租来的房间起草《独立宣言》时，一个无法享受这些平等和自由权利的十几岁男孩在附近等着主人召唤。这个名叫罗伯特·海明斯的男孩是杰斐逊妻子的同父异母兄弟，为杰斐逊妻子的父亲和他所拥有的一个女性黑奴所生。杰斐逊及其他美国建国者意识到这种虚伪，《独立宣言》没有提到奴隶制。同样，11年后，当人们起草《美国宪法》时，起草者同样悉心回避了"奴隶制"一词。

在人们的脑海中，林肯一直与解放黑奴的伟大功绩密不可分。然而，真实的历史是，解放黑奴并非林肯初衷。1862年8月14日，美国最高法院宣布没有黑人可以成为美国公民仅仅5年后，林肯总统召集了5位受人尊敬的自由黑人到白宫开会。时值美国内战正酣。这次会议的主题并非废除奴隶制，而是探讨让黑人离开美国。"他们为什么要离开这个国家？这也许是第一个需要适当考虑的问题，"林肯说，"你们和我们是不同的种族……你们的种族因生活在我们中间而遭受很大的痛苦，而我们的种族则因你们的存在而受苦。总之，我们都很受苦。"

尼古拉·汉纳-琼斯感叹道：没有人比那些没有自由的人更珍惜自由。时至今天，美国黑人比任何其他群体都更信奉共同利益的民主理想。黑人最有可能支持诸如全民医保和提高最低工资等计划，反对伤害最弱势群体的计划。例如，美国黑人遭受暴力犯罪的影响最大，但我们最反对死刑。我们的失业率几乎是美国白人的两倍，但我们仍然是所有群体中最有可能说这个国家应该接纳难民的群体。事实上，美国的民主是黑人通过抵抗斗争得来的。被奴役的非洲裔美国人是美国最重要的自由战士之一。几代人以来，黑人已经看到了美国最糟糕的，然而，我们仍然相信它最好的。曾几何时，美国黑人被告知永远不能成为美国人。但是，恰恰是对黑人的压迫，使得黑人成为最钟情于建国理念的美国人。

人类文明进步的脚步缓慢而微妙。美国奴隶制的消亡并未同时带走种族歧视观念。白宫走进历史上第一位非洲裔总统，也并未理所当然地缓和种族矛盾，反而使美国的种族关系变得更为微妙复杂起来。

在当今美国社会，种族问题的背后纠结着深刻的政治、经济、文化、教育等因素，两者之间盘根错节，已形成恶性循环和干柴烈火态势。自20世纪60年代的民权运动以来，美国在种族平等的道路上取得了进步。尽管如此，在美国社会贫富差距不断扩大、社会不平等不断加深的情形下，群体受教育水平低下的非洲裔愈发处于弱势地位。2020年4月，美国皮尤研究中心的一项报告表明，美国的黑白收入差距一直持续。美国白人和黑人家庭收入中位数的差异从1970年的约23800美元增长到2018年的约33000美元（以2018年美元衡量）。2020年以来，美国新冠肺炎疫情使得种族创伤雪上加霜。美国黑人在这场大流行病中的死亡率远高于美国其他人种。占美国人口13%的黑人死于新冠肺炎的比例却占到了疫情死亡总数的23%。美国首席传染病专家安东尼·福奇博士曾说，新冠肺炎疫情的暴发"让世人清楚地看见"黑人与白人在卫生方面的不平等是多么"不可接受"。

当奴隶制、种族隔离不再是国家制度，当语言、文字上的种族歧视在美国可视为违法行为而遭起诉时，观念形态上的隐性种族歧视还根深蒂固地存在于人们的头脑之中，且具有只可意会不可言传的模糊性。

鸿沟愈深的种族冲突与社会不公正之间的相互作用仍是横在美国面前的一道艰难挑战。在此背景下，种族冲突事件的不断发生及社会震荡便成为美国社会的新常态。

种族问题，不仅仅是美国永远的伤痛，也是世界性矛盾。这一矛盾之所以在美国格外凸显，或许与美国社会的高度开放有关，任何冲突与矛盾都会被置于显微镜下迅速放大，进而引起高度关注和尽速改观。而从另一角度看，这又何尝不是一种进步？！

林肯的愿景与马丁·路德·金的梦想是人类文明社会进步的理想。这一理想的实现有赖于包括所有种族在内的整个人类社会政治、经济、社会、文化、观念的综合进步，这无疑将是一个充满曲折的漫长历史过程，这一过程比美国南北战争本身要漫长得多。

06 南北战争结束的关键词是"妥协",然后呢?

南北战争用尸山血海向世人诠释了两个人类社会前仆后继的理念与追求,即维护国家统一和人类平等的权利。今天,人类社会对这两个理念的思考与追求远远没有结束;美国南北战争结束的要义在于妥协与宽容,但如同唤醒魔咒一般,当今全美各地频现不妥协与不宽容;如何把握基于"人人生而平等"理念衍生而来的"平权行动"?如何解释"给予任何人以平等法律保护"的宪法精神?这个社会有着截然相反的声音;种族冲突激化可追溯到南北战争,妥协与宽容曾是一方创可贴,但创伤实在太深,创可贴随时可被撕裂,创伤仍在流血。

客居华盛顿,每年都有几个机会可以看到游行。每逢3月底4月初的樱花节、起源于爱尔兰的圣帕特里克节、5月的阵亡将士纪念日和7月的独立日,华盛顿主要街道宪法大道上都会有游行活动,其中一些或步行或骑马的游行方队身着美国内战时期南、北两军的服装招摇而过,各自脸上都挂着倔强的自豪神情。

美国南北战争时南军最高指挥官为罗伯特·李将军。不论在美国南方还是首都华盛顿,都可见罗伯特·李将军的印迹,最知名处便是阿灵顿国家公墓。

阿灵顿国家公墓葬有对外实行"金元外交"的美国第27任总统威廉·霍华德·塔夫脱(1857—1930年)和第35任总统约翰·肯尼迪(1917—1963年),其历史很有意思,与美国"国父"华盛顿还有些关系。

这座公墓一度是罗伯特·李的岳父帕克·柯蒂斯的庄园,帕克·柯蒂斯是乔治·华盛顿的养孙。华盛顿自己没有子女,他的妻子玛莎和其前夫生下了柯蒂斯的父亲。柯蒂斯在弗农山庄与华盛顿夫妇共同生活了一段时间，直到他的父亲去世。

帕克·柯蒂斯的女儿玛丽于 1831 年嫁给李将军，他的庄园成为玛丽和李将军新婚住所，这处房产也因此被李将军继承下来，从此改称柯蒂斯·李庄园。1861 年美国南北战争爆发，时为上校的罗伯特·李于当年 4 月 17 日辞去军职，接受南方各州的任命，担任南军高级指挥官，后任南军总司令。北军随即进驻阿灵顿，将这座庄园没收，改为陆军司令部，并在庄园内建立兵营。1864 年陆军部长颁布命令，将属于庄园的土地征用，作为军人公墓；同年 5 月 13 日，第一名士兵的葬礼在这里举行，阿灵顿公墓从此诞生。南北战争期间联邦军队的伤亡相当大，国会遂批准将收归国有的阿灵顿庄园辟作国家公墓。

美国南北战争从 1861 年 4 月 12 日打到 1865 年 4 月 9 日。150 年后，美国纪念南北战争的相关纪念活动也从 2011 年持续至 2015 年。

萨姆特堡：南北战争打响之地

2011 年 4 月 12 日是美国南北战争爆发 150 周年纪念日。位于美国南卡罗来纳州查尔斯顿的萨姆特堡再次吸引了世人的目光——那里正是美国南北战争打响的地方。

位于大西洋西岸的查尔斯顿是美国东部大港。从查尔斯顿前往萨姆特港需要乘坐渡轮。经过约半小时的航行后，萨姆特堡的灰黑色身影渐渐清晰，恰似停泊在海上的一艘巨轮。

登上萨姆特堡，眼前是一片废墟，到处残垣断壁，战争疮痍触目皆是。环绕全岛的五角形堡垒内装有一排黝黑的大炮，炮筒透过掩体的窗口直指大海。

萨姆特堡的制高点处有 6 面旗帜任由海风吹拂。除了中间的美国国旗外，还有南北战争前后时期的美国联邦国旗（战前 33 颗星、战后 35 颗星），南北战争前及战时南方邦联的旗帜（战前 7 颗星、战时增加到 13 颗星）以及月牙形的南卡罗来纳州州旗。每一颗星代表美国一个州。从这些具有标志性意义的旗帜上，人们可以读出美国历史上一段凤凰涅槃般的惨烈历程。

处于查尔斯顿门户要塞位置的萨姆特堡始建于 1827 年，其名来自美国独立战争时的托马斯·萨姆特将军。1860 年底，得知林肯当选美国总统后，萨姆特堡所在的南卡罗来纳州宣布脱离美国联邦，并于 1861 年 2 月 4 日同南方其他 6 州组成与北方联邦对抗的南部邦联。

1860 年 12 月 26 日，即南卡罗来纳州宣布脱离联邦之后 6 天，联邦军队的少校安德森秘密撤离了此前驻守的莫尔特里堡，而将部队转移至萨姆特堡。安德森少校以为萨姆特堡更易防备来自南部邦联军队的攻击，实则不然。萨姆特堡防御工事彼时尚未完全建成。由于当时联邦政府经费紧张，应该实地部署的大炮数量也不足一半。尽管如此，萨姆特堡仍不失为北方联邦在南方邦联地域内一个具有象征意义的堡垒，也因此成为南方邦联军队的"眼中钉"。

围绕着已成孤岛的萨姆特堡，以林肯总统为首的北方联邦与南部邦联展开了针锋相对的争夺。安德森少校所辖部下在萨姆特堡驻守后，南部邦联政府及军队多次要求安德森撤出，但均遭到拒绝。与此同时，得知萨姆特岛守军补给将于 1861 年 4 月 15 日告罄后，林肯总统曾于当年 4 月初派出船只向萨姆特堡运送给养，均未成功。

1861 年 4 月 11 日，南部邦联军队将领博勒加德再派 3 名助手前往萨姆特堡劝降。遭到安德森的拒绝后，邦联军队最终下定决心向萨姆特堡开火。

1861 年 4 月 12 日晨 4 时 30 分，驻守在詹姆斯岛上的邦联军队向萨姆特堡发射了标志着美国南北战争正式打响的第一炮。邦联军队的炮击一直持续了 34 个小时。在此期间，安德森少校所辖部下也进行过还击，但因有效还击炮台位置完全暴露在对方炮火之下等原因，联邦军队的抵抗显得十分脆弱。4 月 13 日，安德森率部宣布投降，并随之撤出萨姆特堡。

萨姆特堡之战打响后，美国内战走上不归路。这场战争重新打造了美国。在付出了 4 年激战和 62 万人死亡的沉重代价后，美国获得了前所未有的国家统一和奴隶制的消亡。

漫步在已经成为美国国家内战历史博物馆的萨姆特堡，似乎可以听到一个半世纪以前的隆隆炮声。美国南北战争用尸山血海向世人诠释了两个人类社会前仆后继的理念与追求：维护国家统一和人类平等的权利。100 多年后当今世界的严峻现实表明，人类社会对这两个理念的思考与追求远远没有结束。

葛底斯堡还在诵读林肯

在美国南北战争中，葛底斯堡是一个不能不提的地方。

葛底斯堡是位于宾夕法尼亚州的一个小镇。2013年11月19日一大早，来自美国各地约万人云集葛底斯堡国家公墓纪念活动现场。整整150年前，林肯便是在这里发表了《葛底斯堡演说》。

葛底斯堡当日寒冷透骨，但纪念活动现场却充溢着热烈气氛。不少参加纪念活动的男士身着葛底斯堡战役时的军服，女士则身着19世纪中叶传统长裙服饰。人群中有多位装扮成林肯的男士，他们成为人们争相合影和采访的"明星"。

葛底斯堡国家公墓周边陈列的大炮及一排排白色墓碑无声地诉说着一个半世纪以前的惨烈一幕：1863年7月1日至3日发生的葛底斯堡战役正值美国内战关键时刻。在三天的战事中，双方发射了700万发子弹，双方伤亡、失踪人数多达5.1万，也因此成为美国历史上最为血腥的战斗。战斗结束后，仅在葛底斯堡大地上死亡的5000匹战马便成为恐怖一景。此役之后，北方赢得战争，避免国家分裂之势再也不可逆转。

哈佛大学历史学教授约瑟夫·里迪在接受我的采访时说，美国内战之初，废除奴隶制并非主要矛盾。随着战事发展，虽然不解放黑奴就无法拯救国家已成为严峻现实，但并非所有支持拯救国家的人都支持解放黑奴。所以林肯在葛底斯堡的演说阐述了这场内战的深远意义。耐人寻味的是，当年在林肯发表演说之前，原参议员爱德华·埃弗里特发表了长约两个小时的演说，极为详尽地描述了葛底斯堡之战的背景及过程。而林肯起身之后，他只讲了两分半钟。"林肯前后五易其稿的葛底斯堡演说只有272字，"里迪教授说，"但在这篇演说中，林肯既论及了过去、现在与未来，也谈及了国家、大陆和世界。林肯的这一演说激励了包括马丁·路德·金在内的许多后人。"

身着北军军官服装的利曼和希尔德博德在接受我采访时都认为，林肯的《葛底斯堡演说》极为精辟，字字千钧，其中所阐释的"人人生而平等"和"民有、民治、民享"理念意义重大。"林肯在演说中说，'世人对我们在这里所说的种种，未必会给予注意，或者很快忘记'，在这一点上，他是不对的，"他们说，"现在已经没有多少人记得埃弗里特当时都讲了些什么，但林肯的《葛底斯堡演说》已成不朽名篇。"

因出演林肯而知名的詹姆斯·盖蒂以浑厚的嗓音现场朗读了《葛底斯堡演说》，赢来阵阵掌声。来自科罗拉多州的约翰·沃尔也是林肯的扮演者。他在接受我采访时说，林肯在演说中站在一个更高的角度看待美国内战。人人生而平等意味着肤色不是人与人之间的主要差异。150年前的林肯在最短的时间内用最短的篇幅阐释了具有极为深远历史意义的理念。华盛顿、杰斐逊等美国"建国之父"虽也伸张人权，但他们都曾经拥有奴隶，这也更能看出林肯的伟大。但如果林肯活在现世，他也会看到，150年后的今天，他所呼唤的真正的人人平等远未实现。

汤姆·斯科特是另一位林肯扮演者。这位来自弗吉尼亚州首府里士满的"林肯"在接受我的采访时认为，林肯的这一演说仍具有现实意义。"当今美国仍旧缺乏自由。坦率地讲，我认为现在的政府变得太大，我对此感到忧虑。"里迪教授也认为，林肯在《葛底斯堡演说》中展现出一种历史眼光，即美国政府、公共机构及整个社会应平等对待所有人，但现实中的美国仍未实现这一目标。

美国社会仍深陷分裂

2021年1月6日，当一众暴徒冲入美国联邦国会大厦内一通打砸抢时，有人手中便举着美国南北战争期间南军的邦联旗帜。这个社会深深的历史创伤再一次赤裸裸地暴露出来。

2015年4月9日，美国以再现历史的形式纪念南北内战结束150周年。

4月9日，距首都华盛顿西南300公里处的阿波马托克斯镇天气阴沉。已经泛出绿意的小丘上星罗棋布着红色砖房。在其中一座名为"麦克林房"的红屋前，排着长长的参观队伍。1865年4月9日，美国内战中的北方联邦军队最高指挥官格兰特将军就是在这里接受了南方邦联军队最高指挥官罗伯特·李将军的投降。

长达4年的美国内战以65万人阵亡的尸山血海换来了国家的统一，废除了奴隶制度，有着不可否认的历史进步意义。在惨烈的南北两军厮杀中，1865年4月1日在北弗吉尼亚地区发生的"五岔口之战"被认为是南方邦联军队最终崩溃的"滑铁卢之役"。李将军所率领的南方邦联部队在彼得斯堡被围困了9个多月之后，格兰特又将南军在彼得斯堡"五岔口"地区唯一的补给线拦腰斩断。此战之后，李将军不得不做出痛苦的投降决定。受降地点选在位于阿波马托克斯镇的怀默·麦克林家的房屋内。

纪念美国内战结束150周年大会就在麦克林房旁边的草坪上举行，包括时任弗吉尼亚州州长麦克奥利弗在内的多名嘉宾登台发表感言。前奴隶与前奴隶主的后代、前南方邦联军将士与北方联邦军将士的后代相继同台致辞，凸显了"我们都是美国人"这一内战带来的"国家感"。

当天的纪念活动以写实的形式再现了美国内战结束的历史性时刻：下午1时，身着灰色军服的"李将军"首先步入麦克林房。随后，身着深蓝色军服的"格兰特将军"及随从骑马进入院中；"谈判"进行了一个多小时之后，签署完投降协议的"李将军"于下午3时首先从屋中走出。他向两边略一张望，随后骑上那匹白色战马。在与"格兰特将军"相互摘帽致意后，"李将军"骑马离去。钟声阵阵响起，宣布美国南北内战结束。

历史学家罗伯逊博士认为，南北战争结束的关键词是"妥协"。李将军本来可以不投降，而是将南方邦联军队改变成为四处打游击的游击队，以继续和北方对抗。格兰特将军本可以将南方邦联军队拘禁或以"叛国罪"予以起诉，但他们都没有这样做。格兰特将军允许南方邦联军队解散回家。在李将军的请求下，格兰特还允许南方邦联军队将士带着马匹和粮食与他们的家人一起回到家乡，以度过冬天。李将军则认为此举对于安抚邦联军帮助极大。

以史为鉴，人们不能不对现实进行深刻的反思。弗吉尼亚州前州长、现联邦国会参议员蒂姆·凯恩认为，内战结束150年后，尽管美国取得了很大成就，但也面临着社会不平等、种族冲突、性别歧视、政治极化等严重问题。今日之美国社会虽然没有像内战时期那样决裂，"但每个天天看新闻的人都知道，美国仍然处于深深的社会分裂之中"。

从加利福尼亚州专程赶来参加这一纪念活动的教师杰夫在接受我采访时说，内战结束这一历史性时刻是美国历史中最美好的时刻之一，它本应为今日美国带来诸多启示，但现实中的美国却在走下坡路。大公司利益劫持了美国政坛，政治僵局等现状正在使美国受损。

身着北方联邦军装的特里在接受我采访时说，现在的美国政治极化，府院间与国会内两党没有为了真正解决问题而相互妥协。今日政坛之所以很难妥协，是因为各自有各自的政治日程，他们根本不愿坐下来讨论问题，"现在在华盛顿的政客太舒服了。他们中的许多人当选后根本就不是为选民服务，他们将卷入华盛顿的政治旋涡之中变为他们的职业。他们已经忘记了自己来自何方，他们乐于当这样的政客直至退休，早已不把百姓的事情放在重中之重的位置"。

美国南北战争的一大历史贡献便是消除了奴隶制度，但种族冲突的阴影迄今仍困扰着美国社会。特里说，"我们经历了上世纪60年代由种族冲突引起的民权运动，直至现在还不时发生白人警察无端枪击黑人等种族冲突案件"。"我还不能肯定我们现在对于种族之间的问题都很了解。"杰夫告诉我，他与一位伊朗女子成婚后，也从一点一滴中痛感美国种族关系的不和谐。

就在人们纪念美国内战结束150年之时，南卡罗来纳州一起新发案件令人再生忧虑。一段传播极快的视频显示，在南卡罗来纳州北查尔斯顿市，50岁的司考特日前因驾驶一辆刹车灯不亮的汽车而被警察斯拉格叫停，随后斯拉格向跑开的司考特连开8枪。司考特最终中弹身亡。这一血案再次给美国种族关系蒙上阴影。

祖上是黑人奴隶的曼纽泰夫尼在接受我采访时说，南北内战结束的一大贡献是消灭了奴隶制，但150年过去了，从全美范围来看，直至现在在种族问题上仍有巨大分歧，种族关系的重建仍有很多工作要做。进入21世纪以来，宪法上所陈述的人人平等愿景远未在全美实现，美国内战所留下的阴影依旧存在。他说："我妈妈当年就只能上种族隔离的黑人高中。我从小就感受到黑人处处受到歧视。我本人也曾以莫须有的罪名遭到监禁。在学校的时候，我能感受到自己不能得到像白人同学那样的待遇。这样的情况直至今日仍到处发生。"

美国南北战争结束的要义在于妥协与宽容。但如同唤醒了魔咒一般，在南北战争结束150周年之际，全美各地频现不妥协与不宽容的种族冲突事件。

2015年6月17日，21岁的白人青年迪伦·鲁夫在南卡罗来纳州查尔斯顿市伊曼纽尔非洲裔卫理圣公会教堂内残暴地枪杀了9名黑人。在这起种族仇杀案件调查中，鲁夫手举美国内战时南方邦联旗帜，明目张胆地宣扬"白人至上"，对黑人充满仇视的网络画面引起了巨大反响，是否应在公众场合降下邦联旗帜随之成为争论焦点。

主张降下邦联旗帜的人们认为，邦联旗帜是奴隶制的象征，也是对黑人种族仇恨的历史象征。邦联旗帜代表美国内战中将奴隶制继续合法化的一方，也不断让人联想起南军所奉行的白人至上观念。反对者则认为，邦联旗帜与奴隶制和种族主义无关，这是南方的历史、骄傲和遗产。南卡罗来纳州民主党参议员文森·斯辛说："这些伤口已经困扰了我们200多年。取下邦联旗帜，是减少分裂文化的一小步，这不是历史、遗产和仇恨问题，而是如何愈合许多年前的伤口。最重要的是，它事关现在和未来。"该州共和党参议员李·布莱特则反驳称："停止悬挂邦联旗帜丝毫不会改变这个国家，而是对在内战中为保卫这个州而阵亡的两万多名黑人和白人的不尊重。"南卡罗来纳州城市联盟负责人麦克劳霍恩认为，一些人将邦联旗帜作为一种"遗产"的象征而保留，这其实更加有害。纵观历史，可以清楚地看到，这面旗帜的确是一种象征，它象征着多年来对非洲裔美国人的震慑、恐吓，种族主义和恐怖主义。

在经过激辩之后，南卡罗来纳州议会最终投票决定将悬挂在州议会大厦的邦联旗帜降下。7月9日，南卡罗来纳州共和党籍女州长黑利将这一议案签署成为法律。7月10日，南卡罗来纳州州公路巡逻仪仗队将州议会大厦外悬挂了50多年的邦联旗帜降下，并将其存放在博物馆。

南卡罗来纳州将邦联旗帜降下之举在该州及全美各地迅即发酵。旗子降下来了，那些议会、政府建筑内南军将领的塑像，有着邦联标志的特别汽车牌照，以及以邦联军将领和政治领袖名字命名的学校和道路到底如何处理，这成为全美各地的一个热门话题。

与此同时，美国田纳西州最大城市孟菲斯市政委员会一致同意移走内森·贝德福德·福里斯特的雕像以及他和他的妻子遗骸的法律程序。内森·贝德福德·福里斯特是美国内战期间一名南军将领，在内战之前他是当地有名的奴隶贩卖者。关于移走福里斯特雕像事件也在孟菲斯产生巨大争议。79岁的市政委员会白人成员威廉·博伊德说，他投票赞成移走雕像。"我对此事考虑多年，但一想到他是个奴隶贩卖者，就觉得不能原谅他。"26岁的黑人青年尼克·希克斯说，福里斯特曾给很多黑人带来痛苦。当我看到在一个黑人占63%的城市中心的公园内有着这样一座雕像时，我便看到了恐怖主义、种族主义和白人至上。邦联老兵子女组织成员李·米勒则辩称，雕像代表着英勇和光荣，福里斯特对每个人都是一种激励。62岁的凯文·布莱德利是福里斯特的后人，他说，他的家族坚决反对移走雕像。他辩称奴隶制是错误的，但那就是历史。美国开国总统乔治·华盛顿也拥有奴隶，你不能将他的像从美元纸币上去掉，你不能改变历史。7月12日，约500人打着邦联旗帜在孟菲斯举行集会，反对移走雕像。

如同地火奔突，路易斯安那州的新奥尔良市、佛罗里达州的坦帕市、得克萨斯州的奥斯汀市以及耶鲁大学、加州大学伯克利分校等高校都在考虑移走，或更名与奴隶制和邦联军队有关联的人物雕像及标志。

2015年7月18日，美国南卡罗来纳州首府哥伦比亚市发生种族冲突事件。当天下午，成员为非洲裔的"新黑豹党"组织在州议会大厦处举行旨在维护自身权益的集会。随后，公开打着属于三K党"忠诚白骑士"旗号、举着美国内战期间南方邦联战旗的白人来到现场，并呼喊"白人权利"等口号。两者随即发生肢体冲突，有人扯下邦联旗帜将其烧毁。事后，三人遭到逮捕。

这是继20世纪60年代美国民权运动以来，美国三K党再次高调沉渣泛起。三K党（Ku Klux Klan，KKK）是美国历史上几个不同时期奉行白人至上主义运动和基督教恐怖主义活动的民间仇恨组织，是美国白人种族主义的代表性组织。历史上，三K党通常使用暴力恐怖手段奉行其宗旨。成员为非洲裔的黑豹党是一个活跃于20世纪60至80年代的组织，旨在促进美国黑人民权，主张黑人应该有更为积极的正当防卫权利，包括使用武力。在历史上，三K党与黑豹党不共戴天。如今，以新面目出现的这两个组织公开对峙，足见美国种族冲突根深蒂固。

"逆向歧视"引起关注

当很多人认为美国黑人受到白人歧视之时，一桩"逆向歧视"的案件又令人从另一角度看到美国种族矛盾的复杂。

2015年6月29日，美国最高法院宣布，将就"阿比盖尔·诺埃尔·菲舍尔诉得克萨斯大学奥斯汀分校案"（简称菲舍尔案）进行复审，以裁决美国大学在录取新生时考虑种族因素是否符合宪法。此案不仅涉及如何看待美国高校录取工作中的平权行动，还将在更为深远的意义上影响和规范美国社会"公正""公平""平等"等理念。这一裁决将与美国千家万户切身利益密切相关。

菲舍尔案发生在2008年。那一年，白人女生阿比盖尔·诺埃尔·菲舍尔和雷切尔·马尔特·迈克尔维兹未被得克萨斯大学奥斯汀分校录取。她们为此起诉得克萨斯大学基于种族因素拒绝录取她们，这一"歧视"违反了美国宪法第十四修正案中"不得拒绝给予任何人以平等法律保护"的规定。2009年，美国地区法院听取此案后，即刻裁决得克萨斯大学并未违法。官司打到第五巡回法院后，得克萨斯大学仍然胜诉。原告不服，官司又打到了最高法院。2013年6月24日，美国最高法院责成第五巡回法院再审。第五巡回法院则于2014年再次裁决得克萨斯大学胜诉。菲舍尔再次上诉后，最高法院决定就此案进行复审辩论。在此案审理过程中，菲舍尔进入路易斯安那州立大学。2011年，迈克尔维兹从此案中撤诉，使得菲舍尔成为唯一原告。

菲舍尔案是一起典型的"逆向歧视"诉讼案，其矛头直指美国高校中的平权行动。美国"平权行动"源于20世纪60年代，旨在纠正历史上在就业、教育等领域种族歧视所造成的后果。1961年5月6日，肯尼迪总统签署"10925号行政令"，首次提出政府雇主不得因"种族、教义、肤色或祖籍国"对任何雇员或申请职业者进行歧视，并采取平权行动以确保申请者被雇用和平等对待。此后，约翰逊总统又以行政令的形式进一步推动和加强"平权行动"，并将其范围扩大至性别等范畴。在美国高等教育领域，"平权行动"意为通过某些优惠政策，对非洲裔、拉美裔等弱势群体子女予以优先录取。以得克萨斯大学为例，该校对排名在10%以内的优秀高中生无论其为哪一种族均择优录取，但对排名10%以外申请该校的高中毕业生则依学业成绩、才能、领导潜质、家庭环境和种族等因素予以考虑后决定是否录取。菲舍尔在其就读的斯蒂芬·奥斯汀高中排名在12%。

近年来，涉及美国大学种族歧视与"逆向歧视"的案件与争议不断，华裔子女的切身利益也被裹挟其中。2014年，加利福尼亚州参议院通过了一项旨在限制亚裔入学，提高拉美裔和非洲裔在加州大学系统中入学比例的法案。发起这一法案的拉美裔参议员赫尔南德兹称，加州大学2013年新生中，亚裔占36%，白人为28.1%，拉美裔和非洲裔分别为27.6%和4.2%，其中，圣地亚哥分校和欧文分校的亚裔新生甚至超过45%。这一法案在加州乃至全美引起强烈反弹，最终不了了之。此前，美国非营利性组织"公平代表计划"代表多名亚裔学生控告哈佛与北卡罗来纳州立大学教堂山分校对亚裔学生入学设下较其他种族更高的门槛。随后，包括华裔在内的64个亚裔团体联合向美国司法部和教育部提出申诉，要求调查哈佛大学在本科生录取过程中的种族偏见问题。普林斯顿大学社会学家托马斯·艾斯彭西德和亚历山大·沃尔顿·雷德福的一项调查显示，亚裔需要在总分为2400分的学术能力测试考试中比白人学生多考140分，比拉美裔学生多考270分，比非洲裔学生多考450分，才能得到同等的录取待遇。

显而易见，美国高等教育领域的不公平与不公正现象盘根错节，极为复杂。菲舍尔案将"逆向歧视"问题推入公众关注焦点，但总体而言，美国教育体制中根深蒂固的种族歧视仍是诸多矛盾中的主要方面。在美国建国后的200多年间，非洲裔美国人在各层教育水平上均被迫处于劣势，白人与非洲裔之间在教育水平上有着巨大的鸿沟。这种因社会不平等造成的教育不平等至今贻害无穷。此外，包括华裔在内的少数族裔仍然饱尝各种各样看不见、摸不着，却常常强烈感受到的种族歧视。一位华人同行告诉我，他的女儿在科学奥赛校队参加州级选拔时，在30名选手中两次综合成绩排在第四名，但最后教练却没让她进入16名正式队员名单，而只是将她作为替补队员之一，并拒绝解释原因。一些平权行动的支持者也承认，平权行动本身也确实有着内在的不平等因素，然而，考虑到美国历史曾长期存在的不平等，在现有环境中，采取平权行动较之不这样做要公平得多。

美国最高法院拟重审菲舍尔案引发了截然不同的反响。设在华盛顿的司法监督机构总裁汤姆·费腾认为以种族为理由的招生政策违反宪法。他说："很多人因此而受到伤害。因为如果有人因为是少数族裔而被录取，那么就有其他人因为不是少数族裔而失去机会。"他希望最高法院再次审理此案后将使大学基于种族因素的招生决定受到进一步遏制。美国教育委员会主席莫利·布罗德则对得克萨斯大学所做决定表示支持。他说,该委员会仍然坚信美国高校内的"正义在于仍然承认多样化的重要性"。佛蒙特大学校长汤姆·苏利文认为,在高等教育中,"多样化是公众福音"。美国民权委员会委员迈克尔·亚基说:"我不认为种族应该成为一个人上大学的障碍,但同时我认为种族应该是考虑因素。因为它有助于校园种族平衡。当各族裔能够和谐地一起工作、生活和学习时,美国会更加强大。"他说批评者常常引用"配额"这个词来形容平权措施,其实配额的做法早已被取缔了。他认为最高法院"至少应该以更坚决的态度说明,只要不设硬性指标,大学招生就应允许适用平权行动"。

不少对平权行动表示支持的人对美国最高法院重新审理此案的后果表示忧虑。他们感到,在现在最高法院法官组成中,已有多数法官表现出倾向于否定平权行动,认为大学录取工作中不应继续对弱势种族群体实施优惠政策。

到底如何把握基于"人人生而平等"理念衍生而来的平权行动?如何解释"给予任何人以平等法律保护"的宪法精神?美国社会对此有着截然相反的声音。

在教堂杀害9名非洲裔的白人青年迪伦·鲁夫最终被判死刑。这是美国历史上第一次以"仇恨罪"对罪犯判以极刑。年轻的非洲裔女记者雷切尔·卡迪兹·加莎对此案进行了长时间的调查采访,其报道获得2018年普利策新闻奖特稿写作奖。

在事关国家统一的大是大非面前,林肯选择了不妥协,不惜用一场战争维护国家统一。在内战善后问题上,妥协与宽容为维护国家统一助了力。在种族冲突的创伤上,妥协与宽容是一方创可贴,但创伤实在太深,创可贴随时都可能被撕裂,创伤仍在流血。

美国就是一个撕裂的社会。美国是一个贫富悬殊的"双城记"。

07 美国人？不，白天不懂夜的黑

> 美国是一个"人以群分"的社会，不同阶层是永不交叉的平行线；阶层向上流动愈发艰难；不同阶层有着各自的交流载体；如果这里是白人社区，新奥尔良下九区绝对不会这样；没有良好的教育，所有的"希望"只是白日梦；教育系统最大的灾难是根深蒂固且不断加大的贫富差距；居安思危是美国保持强大的秘诀之一；自建国之初便高呼的诸多理念极显尴尬。

在美国工作时，常常会接到一些诸如"美国人如何如何"的约稿。每遇这样的事情，便有些犯难：美国人从来就不是铁板一块，白人是美国人，非洲裔是美国人，拉美裔是美国人，华人也是美国人，但他们之间对人对物有着天壤之别，生存状态与观念形态千差万别。如鲁迅先生所言，恰如煤炭大王永远也不理解在垃圾堆上捡煤核的老太太的艰难，《红楼梦》中的焦大是不会爱林妹妹的。其实，焦大如果能够天天与林妹妹在一起，或许也能爱上林妹妹的，但他们处于事实上的阶层隔离，谁都和谁没有接触。即便接触了，接触多了又相爱了，贾母们也不太可能答应。即便贾母们足够开通，他们自己真正柴米油盐地过一阵后，也可能因为各种各样的差异一别而去。这样的悲剧自古有之。

美国绝对是一个"人以群分"的社会。在这个社会中，阶层的向上流动愈发艰难。"美国梦"最为直白的解释便是，在这个崇尚自由的国度，只要一个人努力工作，他或她就有可能改变命运，成为人们眼中的成功人士。但在现实的美国社会中，一个生活在黑人聚居区的穷孩子首先便是无法接受最好的基础教育，从而根本无法获得一份很漂亮的受教育履历，更不要说梦想从遥远的黑人聚居区变身为纽约华尔街成功人士了。

南北战争后，美国的奴隶制消亡了，但事实上种族隔离依然存在。这一点与曾在很长时间内实行种族隔离制度的南非一样。种族隔离制度没有了，但黑白种族仍然大体上处于隔离聚居状态。

美国与南部非洲有一点类似之处，即在一个城市中，以白人为代表的富者多居住在城市北部，以黑人为代表的穷人多居住在城市南部。华盛顿的西北，即弗吉尼亚州东部的阿灵顿、费尔法克斯县和马里兰州的贝塞斯塔等地被认为是条件很好的居住地，而非洲裔则多聚居在华盛顿市东、南方向各地，那里也被认为治安状况相对更糟。作为一个移民国家，各种族又有各自的聚居倾向。走在纽约法拉盛的大街上，满街的中文和汉语令人感觉不到那里是美国。

上层社会的关系网

白天不懂夜的黑。只要利益没有冲突，美国的富者与穷人便能够谁也不理谁地生活在两条平行线上。从生活方式而言，同为美国人，一个在天上，一个在地下。

教堂、广场、会所、俱乐部、高尔夫球场、餐馆等是不同阶层人们交流的载体，相互之间可以老死不相往来。在纽约，我进入过必须穿西装、由会员带领才能迈入的哈佛大学校友会俱乐部，那里以哈佛大学为基准编织着一张巨大的所谓上层社会关系网。在华盛顿，我受邀参加过由芝加哥大学校友会组织的研讨会，嘉宾为诺贝尔经济学奖得主等人。这样的场合，这里的人士，通过合力推动着美国社会的运转，区别只是在于力量之大小。

在华盛顿的所谓上层社会俱乐部中，"宇宙俱乐部"是一个生动缩影。这是一个只有得到俱乐部会员邀请才能进入的场所。

"宇宙俱乐部"无疑是美国主流社会精英聚会的重要场所。一进俱乐部，走廊处各种老照片、老物件显示：自1878年建立以来，"宇宙俱乐部"的会员中包括3位美国总统、2位副总统、十几位最高法院大法官、36名诺贝尔奖获得者、61名普利策奖获得者和55名美国总统自由奖章获得者。

这个俱乐部一度是上流社会男士的专属场所。"直到成立110年后的1988年6月，这个俱乐部才开始接纳女会员。我现在是这个俱乐部的会员。"年过八旬的贝蒂·简·格伯女士告诉我。她的父亲是20世纪30年代曾当过美国驻华大使的纳尔逊·约翰逊。

时至今日，美国妇女的平等权利仍是一个热门话题。早在1863年，林肯在《葛底斯堡演说》中就提出美国"人人生而平等"的理念，但美国妇女在很长一段时间内依然没有平等选举权。直至1920年，美国国会才批准法案，规定"美国公民的投票权不得因性别因素而被联邦或任何一州拒绝或限制"。至此，美国妇女终于获得了有法律保障的民主权利。

在赢得选举权后的近100年间，美国妇女在争取各方面平等权益的道路上取得了一些进步，但是美国在男女平等问题上走得太慢，在2014年联合国《人类发展报告》性别不平等国家一览表内，美国在187个国家中居第47位。

密西西比：全美"垫底"之州

进过上层社会的高档俱乐部，再到美国南方的一些地方看一看，其鲜明对比令人震惊。

多年来，位于美国南方的密西西比州一直是美国最穷的州，其现状是美国贫富悬殊、南北差距的生动写照。在美国国家统计局公布的全美各州排名中，密西西比州2010年家庭收入中位数为36851美元，2011年的这一数字为36919美元，均为全美各州中最后一名。2011年，密西西比州低于贫困线以下的人口比例高达22.6%，为全美最高。官方统计表明，2000年，杰克逊市的人口为184256人，2010年已降为173514人，近年来不断流出的人口使得杰克逊人气大减。

杰克逊市是美国密西西比州首府和最大城市，得名于美国第七任总统安德鲁·杰克逊。在杰克逊市中心内，我看到1903年在州立监狱原址上建成的州议会大厦依旧雄伟，但周边地区却是满眼衰败景象：议会大厦不远处的知名餐馆"两姊妹厨房"因生意不佳已经关门；与密西西比州政府人力服务部隔街相对的一幢高宅正在招揽出售，虽已破败不堪，但其堂皇的痕迹仍可令人想见曾经的招摇；与美国多数地方使用信用卡便可自助加油不同，距议会大厦不到5公里的数个加油站脏乱不堪，且都无法使用信用卡，需到店主处当面付款后才可加油。我排队等候付款时，一位醉醺醺的非洲裔人正在与印度裔店主就赊账事骂骂咧咧，我前面的几位非洲裔顾客可谓衣衫褴褛；距议会大厦北部不远处韦拉伍德的大片平民区内密集地聚居着非洲裔人，其破败情景与弗吉尼亚等州的城市郊区有着天壤之别……

"是的，我就是从杰克逊搬出去的，"密西西比州档案及历史部主任布伦达·戴维斯告诉我，"杰克逊的人口现在少多了。根据排名，密西西比确实是最穷的州，但我们这里的房价也便宜。"密西西比州州长办公室新闻办公室副主任尼科尔·罗伯茨在接受我采访时也承认，根据一些指数，密西西比州确是全美"垫底"之州。

"但新的州政府上任后，我们一直努力改变这一局面。"尼科尔·罗伯茨说，"新的制造业中心正在创造更多的就业，也在吸引更多的人口，我们也在推动包括博彩业在内的旅游业的发展。为吸引投资，我们制定了一系列优惠政策。"我了解到，美国通用电气、欧洲宇航防务集团、俄罗斯钢铁生产商谢韦尔公司、日本丰田、日产等公司均在密西西比州建厂发展。密西西比州出台的优惠政策包括：在对外贸易区为投资者提供制造、装配、包装和展示等设施，无进口关税，投资者在该区域装卸、存储、加工、转口货物不征收进口关税；州有关部门为投资者提供专门的雇员培训项目，培训地点灵活；雇员接受雇佣不以加入工会为先决条件；优惠的失业保险费率和雇员补偿金费率；州政府为土地、建筑物和新设备提供融资支持；符合条件的投资者可享受优惠的电话和电力费率；州环保法律大多数情况下与联邦法律相一致；为取得环保许可提供便利；等等。

蜿蜒的密西西比河成为密西西比州与东部阿肯色、路易斯安那两州的自然边界，密西西比州也得名于这条流经全美的大河。19 世纪时，以棉花种植为依托的密西西比州曾自称美国"经济之王"，并位于美国最为富裕的前五州之列。密西西比河边的维克斯堡市一排河畔巨幅壁画便描绘了当年的盛景。密西西比州曾经的辉煌也伴随着黑奴的血泪。直到 20 世纪 40 年代，密西西比州内仍实行严格的种族隔离政策。迄今，密西西比州人口中的非洲裔人占近 40%，为全美最高。今天，种族关系在密西西比州仍为敏感话题，甚至当我向尼科尔·罗伯茨询问该州最新人口种族比例时，她都拒绝谈论这一话题。

底特律："这里是美国吗？"

"这里是美国吗？"这是我 2012 年 1 月到底特律郊区昔日"汽车城工业园区"时发出的感叹。

底特律是美国的"汽车之城",可谓大名鼎鼎。那一年,我先采访了在底特律市中心举行的 2012 年北美国际汽车展。令人眼花缭乱的展厅内,代表汽车业未来发展潮流的环保电动汽车、混合动力汽车、节能型汽车是各大厂家的主打牌。美国本土电动车制造商特斯拉推出的 S 型车和德国奔驰公司的数款 SMART 电动车展台前引来众多观众,一个名为"2046 年城市"的展位展示了未来电动汽车和充电站实物概念组合。豪华与时尚在这里尽情演示。

底特律市中心的最高建筑是与加拿大隔河相望的标志性建筑"文艺复兴中心",从这里向郊区驶去,景象愈发异样。

对于底特律的衰败,我虽早有耳闻,但身临其境之时,眼前的景象还是令人震惊不已。连片的高大厂房好似经过战争的浩劫一般,留下满目的破碎和悲凉。连接两旁厂房的廊桥上,"汽车城工业园区"几个大字也已残缺不全,放眼望去寻不出一块完整的窗玻璃。不知何年曾经发生火灾的厂房泛着烟熏的黢黑,地面一角的水洼中堆积着无数大大小小的鞋子。杂草丛生的荒野中,一个人蒙着头蹒跚而来,令人心头一紧。远处路旁一幢幢废弃的小楼满目疮痍,其中不知隐含着多少家庭无言的酸楚。

建城于 1701 年 7 月 24 日的底特律历经大起大落。20 世纪初美国汽车业兴起,底特律一度成为全球制造业中心,"汽车之城"成为其代名词。发展到 50 年代,拥有 185 万人口的底特律曾是美国第五大城市。然而,随着美国重工业的衰落,底特律也沦为"铁锈地带"锈迹最深的城市。加之 60 年代因种族歧视等原因发生的社会暴乱,底特律走上了不断"失血"之路。早在 2008 年美国金融风暴前夕,底特律就已大显衰败。2000 年至 2010 年,底特律人口流失 25%,在全美大城市中的人口排名跌落至第 18 位,是全美超过 10 万人以上城市中人口下降最快的城市。2010 年的统计表明,底特律 32.3% 的家庭收入在贫困线以下,18 岁以下和 65 岁以上人口中,贫困人口分别占总人口的 53.6% 和 19.8%。

2011年5月，美国劳工部的统计显示，底特律的失业率达20%，远高于全美平均水平。底特律地区劳工基金会引述美国全国文化研究所的数字称，有47%的底特律居民为文盲。在25岁至34岁的成年人中，只有11%的人受过高等教育。反观西雅图，这一比例则为63%。伴随这一切而来的是超高的犯罪率，整个底特律因衰败屡打破产官司。

美国"铁锈地带"一些城市在转型复兴方面有过较为成功的尝试，曾经的"钢铁之城"匹兹堡便是一例。底特律也试图翻身。在奥巴马政府的全力救助下，通用、福特和克莱斯勒三大汽车公司2010年的业绩有了些许起色。在打造"底特律2.0版"新城市的努力中，向一个新的高科技中心迈进成为其孜孜以求的目标。当犯罪阴影使得底特律市中心几成空城之时，"加快贷款"公司于2010年8月将总部自郊区移入市中心，并相继收购了市中心7座大楼。"加快贷款"公司创始人吉尔伯特说，将底特律市中心打造成为既宜居，又便利工作，还配备娱乐设施的城区是公司目标，这将为渴望创业的年青一代提供实现梦想的新平台。

与底特律歌剧院相邻的麦迪逊大楼是吉尔伯特的样板。"加快贷款"公司买下这座原为电影院的大楼后，以鲜艳、时尚的设计风格将这里重新装修成一个充满青春气息的办公楼。已搬入这座大楼的"风险投资伙伴公司"首席执行官林克纳说，他相信底特律有巨大的商机。这里有人才，有大学和科研机构的智力支持，创业成本低，高科技公司在此创业成功概率极大。

新奥尔良下九区何以成为"下九流"

贫者愈贫，富者愈富，两者天壤之别的情形在全美各地均可见到，更不用说再遇到天灾人祸了。

2005年8月25日至31日，从热带风暴增强为5级飓风的"卡特里娜"肆虐墨西哥湾沿海地区，受灾最重的当数路易斯安那州新奥尔良市。灾难发生时，堤坝崩塌，海水、湖水、河水、运河之水无情地将新奥尔良翻卷成一片泽国，重中之重的地界当然是穷人聚居的下九区。

这场灾难过去 10 年之际，我与同事赶到新奥尔良，深入采访这个世界上最为发达的国度在灾后重建方面有何建树，所见所闻令人更为真切地看到美国的另一面。

2015 年 7 月 14 日午时，新奥尔良烈日如火。下九区厄克特大街空无一人。5419 号房前的杂草已近两人高，从正面看破房只露出房顶。5420 号临街的墙面不知何年何月早已坍塌，一眼便见屋内的狼藉，房外的垃圾桶旁，歪歪地停着一辆车窗破碎、车体坑坑洼洼的破烂汽车。这条街两旁的十余幢房屋大体皆如此。脸上刺着"LA"字样的黑人罗科·德罗尔悄悄地从一幢房中走出。"整个街道只有我一户人家。"他说，有的人是在卡特里娜飓风来时被淹死，其余的人都在大灾之后消失了，不知去向。"这里贫困，犯罪率高，贩毒、抢劫什么的，这些邻居可能是不想回来了。"

圣·克劳德是穿越下九区的主要大街，一座废弃加油站荒芜已久，令路旁写有"新奥尔良，新的一天"的标语牌显得有些荒诞。加油站对面是一处屋顶全部掀翻、四周墙面满是涂鸦的建筑。向路人辗转打听，才知道这里曾经是一座教堂。

"灾后重建，扯淡！"下九区汽车修理厂工头布兰登一张嘴便是怒气冲天。这个汽车修理厂的旁边是已经空无一人的下九区社区活动中心。中心是一座画得花花绿绿的建筑，在多幅颇显稚嫩的画作中，分别标注着"希望""梦想"等字样。

"改变什么了？什么也没有改变！"歪戴着帽子的布兰登依旧怒火冲天，他身旁的几位黑人伙计一边听一边应和地点着头，撇着嘴。"救灾的钱都被偷走了！看看那边，再看看这边。"布兰登甩着头说，"那边"指的是工业运河对面的上九区，"有什么办法？我们能怎么办？别人说这里是地狱，但这里却是我的家！"

"哪里受灾最严重？"听到我的询问，布兰登身边一位嘴里只剩几颗牙和另一位装着满口假牙的伙计一齐向东指去，"一直往那里走，那里已经变成无人居住的丛林！"

在满是大坑的道路上，我驱车颠簸着向东驶去。路上的大坑常常大得躲不过去，于是只好绕道而行。"10 年前，这里是一片片社区。"身患肝癌的罗伯特指着距10号公路不远处一片深绿色的丛林说,道路旁边孤零零地丢弃着一对褐色破沙发,"现在完全废弃了,好多从未出现过的动物都出现了。"

在下九区内,我被多次告知,卡特里娜飓风发生10年后,这个地区仍然没有一家食品店,没有一家医院,没有警察,飓风发生前当地的7个公立学校中只重新开放了一个。

"下九区没有一家食品店是因为没有人愿意在那里开店,"新奥尔良市重建局规划与战略部主管戴维·莱辛格的回答多少令我感到惊愕,"没有医院是因为在那里建医院成本太高,只重开一所学校是因为下九区已没有那么多学生。"

在奥雷塔·卡斯尔·海利大街1409号的办公室内,莱辛格展示了专门制作的幻灯资料,从新奥尔良市政府的角度展现了卡特里娜飓风及其后10年的重建历程。

作为路易斯安那州最大城市,毗邻墨西哥湾的新奥尔良市区80%的土地与海平面持平或者低于海平面,一些社区甚至平均比海平面低16英尺(约合4.9米)。密西西比河蜿蜒着从东向西穿城而过,工业运河从南向北将城市切割成块,城市北端则是面积为1630平方公里的庞恰特雷恩湖。"我们实际上生活在一片沼泽中。"时任新奥尔良市市长米奇·兰德里欧说。

下九区生活博物馆的资料显示,在这场被称为"美国历史上最严重的单个自然灾害"中,有1836人因溺水等原因死亡,700人失踪,无数人的身体、心灵受到创伤,新奥尔良医疗体系崩溃,伤员得不到及时救治,灾后前6个月有2385人因精神错乱、心理压力、贫穷等原因死亡。卡特里娜飓风直接和间接造成的死亡人数高达4081人。上百万受灾百姓流离失所,骨肉分离。

在卡特里娜飓风肆虐之时,工业水渠堤坝的决口使得下九区成为受灾最重的地区;卡特里娜飓风匿迹将近10年后,下九区仍是满眼破败,成为新奥尔良灾后重建工作最受人诟病之处。

卡特里娜飓风发生后,自愿留在下九区从事志愿建房工作的加拿大人劳拉·保罗女士说:"这里面原因很多,归结起来,最简单的原因就是穷。这里98%的人是非洲裔,40%的人处于贫困线以下。"灾难发生10年后,新奥尔良其他地区重返家园的比例有的高达88%,而下九区只有34%。她说,政府并没有提供有效的支持,没有把下九区的重建放在优先位置,甚至试图出台计划,将这个地区划归成无人居住的"绿色公共地带",为居民重返家园制造障碍。一些保险公司、资产抵押公司趁火打劫,没有完全履行合同协议,致使社区居民重建家园更加困难。卡特里娜飓风之后9个月,很多社区甚至没有人能返回自己的家。

在带领我们看了已变成丛林的原有社区后,罗伯特带领我们来到了他的新家。他家旁边是一所依然废弃的房屋,屋墙中部仍清晰可见洪水浸泡的一道水印。罗伯特说,很多人没有能力重返原来的社区,不得不到别处谋生,还有人把房子减价卖给政府,在别处安家就业。

2005年8月,简·埃姆斯女士正在新奥尔良大学攻读城市治理博士学位。她计划当年9月购买自己的住房,飓风的来临把她的一切梦想都摧毁了,她租住的房屋成为一片废墟。无家可归两周之后,她远走蒙大拿州。在接受采访时,埃姆斯说:"卡特里娜飓风改变了我的生活,学位也耽搁了,现在新奥尔良已经一无所有,也买不起房子了,不愿再回到那座城市。蒙大拿虽然偏僻,经济状况也不好,还是愿意留下来,过着平静的生活。"

烈日之下,几位工人正忙着为温登一家新租房屋修缮整理。已成为祖母的温登说,她原来的房屋在飓风灾难中被完全冲毁,"什么都没有了"。10年来,有4个孩子的温登过得极为艰难。温登说,她不满意过去10年政府的作为,认为政府没有帮助灾民建设好新的社区。

因卡特里娜飓风至今失去家园的朱莉·艾伦不愿回首往事。她说:"卡特里娜飓风10周年就要到了。那场灾难使我失去了家园,现在还处于伤痛之中,抱歉我不愿再接受采访。"

作为新奥尔良灾后重建主管部门的负责人,莱辛格说"修房子是个人的事"。2014年,该部门用于廉价房屋的资金近568万美元,其中,政府出资的部分共计240万美元,其余为合作伙伴投资。用于促进商业繁荣的资金为61.5万美元,创造就业448个。用于公共空间美化21.4万美元,新增绿地14.9公顷。卡特里娜飓风发生10年来,该部门用于改善住房和振兴商业的总投入为2.43亿美元。

但在如此巨大的灾后重建工作面前,政府的作为相形见绌。莱辛格说,新奥尔良重建局已经帮助居民新建、修缮了2116栋房屋,但是飓风摧毁的房屋超过了10万套。此外，不愿修缮房屋的家庭还可以将房屋卖给政府，获得一部分补偿，在别处购买或者新建房屋，有6000户左右的居民选择这么做，但是政府的收购价基于飓风前的价格，且最高不超过15万美元，下九区等非洲裔居住的房屋因为处于经济落后、社会治安状况不佳的社区，房屋评估价格远低于白人所在的社区，所获补助根本付不起新购买房屋的资金。大灾过后，下九区是最后一个恢复供水供电的社区。据不完全统计，在新奥尔良还有1600多栋房屋因为资金不够不得不停工，成为"胡子"工程。

针对政府在灾后重建中人为制造障碍、阻止居民重返家园、试图把下九区完全从地图上抹掉的说法，莱辛格说，政府最初确实有计划将下九区居民完全迁出这个区域，将其建成公共绿地，但遭到社区居民强烈反对，没有实现。不过，后来的重建进程还是按照政府的计划走，因为废弃房屋太多，新奥尔良市政府将废弃的房屋收回，建起了草坪、种植园等一处处小的公共空间。这一方面改善了废弃房屋的面貌，提供了更干净的公共环境，另一方面也说明下九区等非洲族裔的社区遭受了巨大冲击，人口数量显著减少。

莱辛格一再强调，房屋是否重建是个人的事情，政府无权"干涉"，因为这牵涉到"个人权利"，政府在使用重建资金时不过多偏向低收入者，因为这会影响到"公平"。政府管理部门只是权衡不同的重建方案，供市民选择，实际上，好的社区因为"资源较多"，无须政府过问就能很快从灾难中恢复，而较差的社区，即使有政府帮助也往往做不好，重建过程势必更长。

对于下九区百姓来说，他们哪里有什么"资源"自建？追问之下，莱辛格承认，这里确实有一个社会不平等问题。下九区一直就是新奥尔良最落后、最破败的社区之一。在卡特里娜飓风发生之前，那里的贫困、犯罪等社会问题就很突出。莱辛格引用新奥尔良市市长米奇·兰德里欧的话说："卡特里娜飓风没有带来新问题，只是暴露了老问题。"

有着"爵士乐之都"称谓的新奥尔良是一个对比十分鲜明的城市。新奥尔良市中心法国区的波旁大街上，日日喧嚣，夜夜灯红酒绿。该市白人多居住在地势较高的西部，受卡特里娜飓风灾难影响相对较小。与下九区一河相隔的上九区内，重建面貌与下九区迥然不同，那里一处经过重建的"音乐家之屋"已成为新奥尔良一日游的选择项目。在庞恰特雷恩湖边的港口停放着一艘艘豪华游艇,附近的海恩斯大道草坪整洁,铁丝网将私人港口与马路隔离开来,甚至能看到数架私人飞机,而大堤另一侧下九区等非洲裔聚居区则是满目疮痍。很多房子门口处打着大大的叉号,这些由市政部门标记的叉号四面分别写着强制检查的时间、是否有人居住、水电停否、房子状况如何等信息。如果在一定期限内房主仍未出现,市政部门会予以处罚,甚至有权收回房屋。很多地方都能看到"最后期限紧急贷款"的各类广告。

在阔别32年后,我与上世纪80年代初在巴黎相识的美国知名作家、记者杰森·巴里在其新奥尔良的家中重聚。"与纽约、芝加哥、巴尔的摩等城市一样,新奥尔良有着同样的两极分化,"杰森说,"社会还很不平等,毒品等犯罪很多。到现在为止,新奥尔良今年已发生百起谋杀案。"他回头指着身后说:"那边街里不久前还发生了命案。"

新奥尔良数据中心分析师艾莉森·普雷耶和维基·麦克根据最新数据研究发现,卡特里娜飓风过后,新奥尔良的人口一直在缓慢恢复中,不过社区人口恢复与重建的进程差距巨大。在工业运河以西等经济基础较好、居民收入较高的社区,人口恢复较快,个别社区人口还出现了增长,这与美国南部人口增加的趋势一致,而工业运河以东的多数社区由于少数族裔聚集,经济基础差,居民收入低,政府投入力度不够,重建进程缓慢,人口恢复比例普遍在75%以下,非洲裔聚集的下九区人口只有10年前的34%,远远低于新奥尔良的平均比例,更低于白人集中的社区。

下九区迪斯朗德街1235号是一座被涂抹成粉色的房子,房子正面涂着"下九区生活博物馆"的字样。这座极为简易的博物馆内,陈列着一些令人动容的历史记录,让人们从另一个角度理解兰德里欧市长为何声称"卡特里娜飓风没有带来新问题,只是暴露了老问题"。

下九区的历史充满种族歧视的屈辱,卡特里娜飓风将这一历史疮疤冷酷地一把揭开,揭得鲜血横流。展览中展示出卡特里娜飓风发生后,一名黑人和两位白人同样携带东西在洪水中艰难前行的新闻照片。美联社在有黑人的那张照片说明中说:图为一名黑人"抢劫"当地食品店;而在另一幅有着两名白人的照片中,法新社的说明为他们在一家食品店中"发现了"面包和苏打水。

卡特里娜飓风发生时,约3万人聚集在新奥尔良会展中心避难,里面电力、食物、水等基本物资匮乏，民众陷入孤立无援的境地，甚至有人因不堪忍受糟糕的条件跳楼自杀。很多媒体对灾后黑人在新奥尔良会展中心避难的情景进行极不客观的描述。因报道卡特里娜飓风获得普利策奖的新奥尔良资深媒体人吉姆·阿莫斯评论道："如果会展中心聚集的都是白人中产阶级，绝对不会成为媒体歪曲、渲染犯罪现场的温床。"下九区生活博物馆联合创始人斯蒂芬妮说："如果这个社区是白人居住的社区，下九区绝对不会是今天这个样子。"

尽管此前已有预报，但在卡特里娜飓风登陆当天，美国联邦紧急事务管理局只有两名人员在新奥尔良，飓风过去几天之后才有约1000名工作人员赶来，但远远不够救援所需的人员。当天路易斯安那州州长布兰科向时任美国总统小布什请求援助，但布什第一天并未做出回应，第二天，布什与乡村歌手马可·威利斯一起度假，并在他休假的最后一天返回了得克萨斯。休假结束后，布什总统没有全力应对灾情，而是进行专业的"危机公关"，指责布兰科救灾不力。

在飓风之前，新奥尔良就获得了2000万美元制订可行的疏散计划，但是该计划从未实施。卡特里娜飓风两个月前，新奥尔良市市长纳金通过向黑人社区分发光盘等形式敦促居民撤离，但是约有11.2万贫困居民没有钱也没有汽车，没有能力离开家园。据统计，留守的人中45%的人是残疾人或者残疾人家属，身体条件不允许撤离，55%的人没有汽车等可供疏散的交通工具，68%的人既没有存款也没有可用的信用卡，57%的人家庭资产在2万美元以下。其中留守的黑人占93%，有76%的人携带儿童，失业率高达33%。

卡特里娜飓风发生时，很多低收入者携带政府分发的单行票到其他州，市政官员甚至公开宣称，不欢迎低收入者返回家园。新奥尔良市政委员会主席奥利弗·托马斯揶揄说，"新奥尔良不需要只会看肥皂剧的人"，明确拒绝需要"帮助"的人返回家园。很多中低收入的非洲裔未能返回家园，非洲裔人口比例从卡特里娜飓风前的67%下降至58%。

虽然灾后重建需要大笔资金，但是布什政府在卡特里娜飓风发生后，根据人口比例，将联邦政府对新奥尔良的社会保险支出削减了7100万美元。新奥尔良市专业心理咨询人员从350人减少到25人。自卡特里娜飓风发生以来，新奥尔良自杀率增长了3倍，五分之一的儿童有不同程度的心理问题。现在新奥尔良的无家可归者比例达到4%，是全国水平的4倍，是卡特里娜飓风前的2倍。

美国联邦紧急事务管理局耗资20亿美元购买了12万辆房车，供给灾区使用，但是2008年的一项研究表明，房车质量不达标，住在房车中的儿童，有42%出现了恶心、呼吸不畅等呼吸道疾病症状。虽然美国联邦紧急事务管理局禁止把房车作为长期居住空间，但是在2010年墨西哥湾石油公司漏油事件中又拿来作为安置居民的场所。

2005—2010年，约有200万名志愿者前往新奥尔良参加灾后重建工作，每位志愿者前往新奥尔良的机票、住宿等花费大约1000美元，总耗费大约2亿美元，平均逗留1个星期，工作14个小时。志愿者工作的重点在下九区，不过，下九区只有1200栋房屋得到了重新修缮，有人说，如果把志愿者们花的钱花在当地居民身上，下九区能够重建4次有余。

展览还显示，很多人将新奥尔良的灾后重建形容为"灾难资本主义"。在卡特里娜飓风过后，布什政府为了加快重建进程，进一步放宽营商条件，大批公司进入新奥尔良等受灾严重地区，很多与联邦政府机构和个人关系密切的公司获得了重建合同，比如与共和党关系密切的黑水公司在新奥尔良市获得了7000万美元的合同，超过90%的灾后清理合同由灾区之外的公司获得，这固然有本地企业受灾区影响等原因，但这种将重建完全商业化运作的办法不利于灾区经济、就业恢复。

卡特里娜飓风对新奥尔良教育是一个严重打击。教育部长阿恩·邓肯甚至宣称卡特里娜飓风是新奥尔良教育系统"最好的"事情。灾后，纳金市长马上宣布将公立学校系统暂停两年，并宣布开除7500名教师。2012年，法院宣布这项决定不合法，但当时新奥尔良的公立学校系统已经被私立契约学校取代。在新奥尔良90%的白人学生注册私人学校，公立学校的关闭使得教育不平等现象进一步加剧。

卡特里娜飓风后，虽然只是受到轻微冲击，新奥尔良市却关闭了该市最大的4处公共房产项目，占到该市全部公共福利住房的75%，建设这些房屋平均每套公寓花费40万美元，灾后，新奥尔良租金飙升40%，给很多低收入者增添了巨大负担。

在新奥尔良东部防洪堤坝旁的一处废墟上，防洪堤组织创始人兼主席桑迪·罗森塔尔女士花了整整一年时间办起了"防洪堤警示"户外展览。举目望去，展览所在地周围多有杂草丛生的废弃房屋。华盛顿大街6902号房屋前的小花园早已分不清形状，一所房屋前还插着新奥尔良市政府新下发的"违规警告"："杂草超过18英寸、垃圾乱丢、有毒植物丛生"；如一周之内没能处理，将采取进一步行动，住户承担一切后果，但是罗森塔尔说，这家住户早就消失，不知去向了。

烈日之下，罗森塔尔在展板前告诉我，10年过去了，仍然有人认为卡特里娜飓风造成的破坏都是自然因素造成的。实际上，只要当时采取预防措施，有效加筑防洪大坝，疏通排水设施，这个悲剧完全可以避免。说是天灾，毋宁说是人祸。为什么新奥尔良受灾最重？首先是城市疏浚渠道不畅，大坝工程久拖不决，最后偷工减料，敷衍了事，防洪功能远远满足不了抵抗像卡特里娜飓风这样的冲击。美国民用工程协会将卡特里娜飓风称作美国"历史上最大的工程悲剧"。从后来事态的发展看，路易斯安那州政府很可能是同联邦政府达成了妥协，联邦政府给州政府提供140亿美元堤坝建设资金，州政府则放弃细究堤坝崩塌的责任，因为这会给联邦政府部门抹黑。

在论及美国各级政府救灾表现时，罗森塔尔说："政客们各说各话，其结果是七嘴八舌，难以形成一致，办事效率便极为低下，最后只能在最容易的地方寻得一些妥协，难以从根本上防灾减灾。"

前来参观展览的白人布莱恩已经77岁。他和妻子卡罗拉讲述了当年自家受灾的经历后说，谈到卡特里娜飓风的教训，那就是不能相信政客的话，他们说飓风没那么严重，说大堤能够抵挡洪水，事实证明他们的话很荒谬。一些民众没有离开是因为没有能力，或者不舍得丢弃财产，但事实上真的有民众听信政客们的谎言，相信洪水没有那么严重。

在密西西比河边的咖啡屋外，曾被路易斯安那州州长任命为负责新奥尔良堤防建设官员的史蒂芬·埃斯托皮纳承认新奥尔良灾后重建进程缓慢，重建资金分配有各种意见，争论不休，官僚机构程序复杂。资金发放程序复杂，市民申请各种补贴时需要填写各种表单，动辄耗费几个月等待时间，很多人，尤其是债务缠身、房子状况不佳、身负抵押贷款的人干脆不申请政府的补贴，迁到别处工作和生活，不再返回新奥尔良。在美国联邦应急管理局2014年发布的

《灾难紧急救援申请指南》上，有家庭身份、财务与法律文件、医疗信息、联系方式等四大类共20页表格需要填写，在紧急自然灾害发生后，居民申请政府救助需要多道手续，烦琐的程序耗时耗力，很多有资格的人干脆也不申请了。

埃斯托皮纳说，奥巴马政府和小布什面临的情况不一样，但是没有本质区别，都没有改变联邦政府这个臃肿机构低效率的弊端。当灾难来临时，美国政府能够做的非常有限，只能靠个人自救。

这位工程师出身的专家说，卡特里娜飓风来袭之前，新奥尔良的堤防建设没有达到设计标准。当初的建设目标是能够抵御500年一遇的洪水，但是建设过程中不断打折扣，完全没有达到设计标准。灾后，用于加固堤防的投入达到140亿美元，管理方式由以前各自为政改为统一管理，安全系数有所提高。

但是，如果下一场大飓风袭击这座城市，能不能扛得住？

埃斯托皮纳的回答是："这就好比问下一个航班是否安全。我不敢保证现在的堤坝万无一失。"

望着滔滔的密西西比河，我的脑海中再次浮现出下九区那座画得花花绿绿的社区活动中心，以及在多幅颇显稚嫩的画作中标注着的"希望""梦想"……

对于生活在这样地区的孩子而言，实现"希望"与"梦想"的关键在于教育。没有良好的教育，所有的"希望"只不过是白日梦。

美国是一个常喊"狼来了"的国度。居安思危是美国保持强大的秘诀之一。在这些"狼来了"的呐喊中，虽有水分，却也透露出一些真相。

美国对外关系委员会在2013年面世的一份报告中指出，美国教育系统的国际竞争力已不如前。在过去30年间，美国高中和高等教育毕业生比例在世界排名中双双下滑10位。30年前，美国人的高中毕业率为世界第一，高等教育毕业率名列第三，排在以色列和加拿大之后。30年后，美国人高中毕业率滑落至世界第十，高等教育毕业率跌至第十三位。

根据这一报告，美国在学前教育和高等教育两端均呈落后态势。在日本、法国、英国和德国，几乎所有4岁的孩子都已注册进入学前教育，而美国的这一比例为69%。美国有54%的大学生未能取得毕业文凭，这一比例在发达国家中为最高。

在美国，有无高等教育文凭直接关乎就业及收入水准。30岁至35岁只有高中文凭的美国人每周平均工资为638美元，有学士学位文凭的同年龄段人们同比收入则为1053美元。现实一目了然，人都想往高处走，问题在于很多美国家庭难以承担高等教育的经济重负。

这一报告承认，美国教育系统的最大灾难是根深蒂固且不断加大的贫富差距。在发达国家中，美国家庭经济状况对孩子学业的影响更为明显。美国教育经费分配不公平现象严重。在多数发达国家，教育经费更多地向低收入家庭倾斜，美国恰恰相反。1967年，美国最好大学与最落后大学之间学生人均投入差距为13500美元，而到了2006年，这一差距已扩大了近5倍，达到80000美元。较之10%的富家子弟，弱势群体的孩子们从一开始便输在起跑线上，这种状况常常贯穿这些穷学生们的整个求学生涯。在高等教育方面，美国并不差钱，问题在于钱花得不公平，富家子弟最终更得实惠。

在美国，贫富两极貌似两条永不相交的平行线，国土的辽阔也似乎能够容下不同种族、不同阶层的人群聚居，但99%与1%之间并非完全没有交集，阔佬们的舒适与优雅需要打工的穷人来支撑和侍弄，当财富的天平向不平等方向倾斜过度时，自美国建国之初就高呼的平等、公正、自由、人权等理念极显尴尬，自由表达的闸门被洪峰挤破，打着"占领华尔街""占领华盛顿"旗号的事情发生了。

08 "占领华盛顿":社会撕裂脓包的破裂

> "占领行动"是一个病态撕裂社会脓包的破裂;当"占领行动"真正威胁美国政治、经济、安全及社会秩序时,警方就要清场了;向社会公平方向的改良荆棘载途,两党不同理念使得钟摆在"公正"与"效率"间来回摆动;社会不平等的痼疾屡屡幻化为政客旨在赢得选票的作秀,不要指望问题本身得到根本性解决。

2011年下半年,美国相继发生了"占领华尔街""占领华盛顿"的行动。至2011年11月下旬,美国警方基本完成对"占领华尔街"行动的清场,使这场持续两个多月的抗议行动像一波突涌上岸的潮水一样退了下去。"占领华尔街"运动的首倡者凯尔·拉森在发给抗议者的邮件中表示要草拟新章程,并称集会、扎营的抗议形式已经成为过去,新的抗议活动将以更激烈的形式出现。

什么是"更激烈形式"?革命吗?"占领华尔街"不是一场革命,"占领华盛顿"也不是一场革命。这只是一次形式独特的抗议活动,是一个病态社会脓包的破裂,是一种愤怒社会情绪的激化表达,同时也在考验着美国"民主""自由""人权"等理念的实际承受力。

到现场去看一看"占领华盛顿"活动的真实情形,听一听参与者的意见表达,进而思考这一切背后的缘由,对于真正理解美国是难得的机遇。

"占领华盛顿"现场目击

"占领华盛顿"活动与"占领华尔街"活动相呼应,自2011年10月初开始,一些"占领者"就占领着华盛顿市内的麦克弗森广场、自由广场等地。此后参与者日众,至 2011 年 12 月达到高潮。

2011 年 12 月 7 日的华盛顿阴雨绵绵。就在这一天,来自美国各地的数百名民众在华盛顿举行"占领者联合行动日"。当日下午,有 62 人因"妨碍交通"遭到逮捕。当晚,又有 12 名"占领者"因不肯离开最高法院台阶处被捕。在相对沉寂了一段时间之后,"占领者"们 12 月 7 日在华盛顿的抗议活动又掀起了一个高潮。

在 12 月 7 日的抗议活动中,"占领者"的指向非常明确:抗议华盛顿腐败的政治交易关系和国会山的金钱政治。抗议活动的两个焦点地区则分别为 K 街和国会。

华盛顿市内的 K 街是美国各种利益游说集团公司所在地。12 月 7 日,来自全美各地的"占领者"用路边报箱、办公家具、帐篷等物封锁 K 街周边道路,许多"占领者"手拉手组成"人链"。抗议者特意来到波戴斯塔集团公司所在地进行示威。波戴斯塔集团是由克林顿总统原白宫办公厅主任约翰·波戴斯塔家人成立的游说集团公司。75 岁的塞森斯来自田纳西州。他说:"K 街是掐住政府腐败钱袋的地方。我不怕因此被捕。"他与其他 8 位来自得克萨斯、马萨诸塞和华盛顿等州的人组成人墙,拒绝离开抗议现场,最后遭到逮捕。从堪萨斯州来到华盛顿的布洛克曼在雨中躺在地上进行抗议。他说,他来到这里就是为了抗议游说集团对美国政治的影响,他不在乎自己会被捕。"我想为我所相信的真相站出来说话。我有两个女儿,我要为她们争取一个更为美好的未来。"他说。

"占领者"的另一个目标是美国国会。自 12 月 6 日始,就有"占领者"闯入美国国会议员办公室进行静坐、示威等抗议活动,并占领了众议院共和党领袖坎托和参议院共和党领袖麦康纳的办公室。他们指责美国的富人、大企业和银行财富过多、权力过大,期待国会议员能够同意和他们见面,讨论经济、就业等一系列问题。12 月 7 日,"占领者"还来到查理·帕尔莫牛排馆前进行抗议示威活动。查理·帕尔莫牛排馆是华盛顿政客与利益集团进行权钱交易的重要场所。在那家餐馆,一份牛排加龙虾的主菜价格高达 64 美元。

自 2011 年 10 月 6 日始,"占领华盛顿"的人们开始留宿自由广场,一个名为"2011 年 10 月"的组织领导着自由广场的"占领"活动。12 月 10 日,我来到自由广场进行现场采访。

我在现场看到，在122个低矮帐篷群中，几处稍高大些的帐篷分别为厨房、"信息办公室"和通信中心。广场中心辟出一地，一块公告牌前摆了几排椅子，成为会议中心。几处醒目处均立有"占领者11条原则"的告示，其中包括"将我对非正义的愤怒转变为积极的变革力量；我不携带任何武器；我不会破坏或偷窃财物；保持自由广场的整洁；我不会在自由广场酗酒或吸毒；遵守晚11时至晨7时的安静作息时间；不在公共场合伤害他人；不以语言或行动伤害与我观点不同之人；如果我受到伤害，我将寻求援助；我将听从指挥，每天参加自由广场的志愿者行动"等内容。

连日阴雨刚刚停歇，初冬的阳光驱散着阴冷。华盛顿自由广场上的"占领者"们纷纷将各种衣物、被褥摊开在日光下晾晒。来自得克萨斯州的蒂尼丝费力地从一个红蓝相间颜色的露营帐篷中钻出来。她告诉我："我昨天就睡在雨地里，现在还没暖和过来。"

蒂尼丝曾是一名教师，当时已被解雇。谈及此前一天华盛顿警方逮捕了70余名"占领者"时，蒂尼丝说："我们必须继续坚持下去。美国需要变革，如果离开这里，就不会有变革。到现在为止，警察还没有对我们下手，我也不知道我们能在这里待多久，但这几天又有更多的人来到这里。"我当时注意到，自由广场路边的道路上扎堆停留着四五辆警车。

"为什么选择占领自由广场？"蒂尼丝答道："因为西边是白宫，东边是国会，自由广场在中间。"20世纪80年代建成的自由广场位置确实显要。"自由广场"的命名是为了纪念美国黑人领袖马丁·路德·金。马丁·路德·金曾在自由广场北面的威拉德酒店内奋笔疾书，撰就《我有一个梦想》的著名演讲稿。1988年，一个装有马丁·路德·金研读过的《圣经》、他穿过的罩衣等遗物的容器被埋在自由广场，计划于一百年后，即2088年重新开启。今天，自由广场的周边竖立起多个标语牌，写有"我们的人民说：工作、医疗、住房、教育""金钱用于人民，而不是战争""不要华尔街"等标语。

华盛顿自由广场上的"占领者"们形形色色，但有一点是共同的，那就是对美国现状的不满。28岁的林登来自马里兰州，他曾在美国海军服役3年，其间两度被派往伊拉克。"我们在这里是为了和平，争取我们应得的经济权益。我们对大公司和政府的贪婪、经济现状和整个社会的不公正感到愤怒。"林登说，

"为了反对恐怖主义，美国老百姓付出了许多自由的代价。恐怖主义是一种意识形态，是鬼魂式的东西。美国的反恐战争是在同鬼魂作战，却劫持了人民的自由。这场战争绝对是弊大于利。"

在"信息办公室"里忙来忙去的塔特姆女士来自亚拉巴马州，原为医务工作者。"我坐了18个小时的火车来到华盛顿，从10月6日就一直在这里。"她说，"我们在这里的目的就是反对贪婪的大公司。美国在世界其他地方造成的麻烦源于大公司的贪婪。为了让我所在州的联邦众议员竞选为期两年的任期，当地大公司愿意为他出资500万美元。为什么会这样？这些议员本来应该代表人民，但这些联邦议员早就被买通，他们早就属于这些大公司。"塔特姆话锋一转说："现在的美国可以花费100万美元投掷一枚炸弹，而这100万美元可以为很多美国人提供医疗救助，或许可以为100人提供住房，但美国军队却在海外杀人。我们希望结束这些荒谬的战争，除了伊拉克、阿富汗，美国还在也门、巴基斯坦等国发动没有宣布的战争，美国也在那些国家投掷炸弹。军队应该只是用来防御，但现在的美军却在从事一些不正义的战争。我们反对这些战争。"

塔特姆与我交谈期间，自由广场上不断有人呼喊口号。身披毛毯、怀中抱着一只"占领狗"的查尔斯则在广场周围发放第三期《被占领的华盛顿邮报》。这份报纸的头版头条标题为《我们都是占领者》，其中提及的四项诉求是：停止既得利益集团跨行业拥有财产，例如，军工企业不能拥有电视台；制药公司不能控制公共卫生资金；水、电、公共卫生等自然资源和基础设施不能私有化；人人必须拥有住房、受教育和医疗权利；富人的孩子不能继承财产。

查尔斯来自佛罗里达州，他说："我之所以在这里，是因为我认为现状不能继续下去。在现有政治、经济体制下，现存问题无法得到解决。我准备就此制作一部纪录片。"

当"占领运动"如火如荼之时，美国著名导演迈克尔·穆尔写了一篇关于美国20世纪30年代就曾发生"占领运动"的博客。穆尔写道：自1936年12月30日始，数百名通用汽车公司工人占领了密歇根州弗林特工厂长达44天。我叔叔就是其中一员。最终，工人们赢得了权益，因此诞生了一个中产阶级。然而，75年过去，工厂主和权贵们重新夺得控制权。我想，我们最好的办法就是在全国各地以各种方式声援"占领华尔街"运动，在各种场合痛斥经济上的非正义，停止银行将你从自己家中赶走。大家要做些什么，就是不要沉默。75年前的今天，在密歇根弗林特的人们说"受够了"，他们占领了工厂并取得了胜利。现在有什么能够阻止我们？富人们有他们的计划：将每个人的血榨干。一个有良知的人能够对此置若罔闻吗？让我们每一个人加倍努力，创造性地给予这种贪婪制度非暴力的沉重一击。

穆尔所拍摄的纪录片《资本主义：一个爱情故事》曾对美国"贪婪无度、缺乏民主"的资本主义制度予以深刻批判，在美国社会引起强烈反响。他的这一博客问世后，同样引来众多网友的留言。

一位名为"JMT"的网友说，美国的两党制度就像哈林篮球队一样，一个队被付钱去赢，另一个队被付钱去输。美国两党领导均将拿来的支票兑现后去做表演。美国人站在那里为他们喜爱的球队叫好，其实早就知道结果会是如何。看看过去40年的历史吧。国际金融利益集团早已腐败了美国，对宪法的忠诚早已服从于全球公司寡头的利益。

一位名为"CorpoCop"的网友说，政府对大公司的救助、对富人的税额优惠及对其他人权益的削减，彰显1%的人正在通过腐败政府和制度控制对平民发动一场阶级战争。1%的人正在指望我们的冷漠扩大收入差距。正如古罗马统治者"面包与马戏"的法则，我们已被现实中的各种表演、苹果公司的平板电脑产品及各种导致分歧的问题分散了对这种差距的注意力，从而剥夺了我们实现"美国梦"的机遇。

另一位署名"AngieCojocar"的网友说，美国让埃克森这样的公司赚取数十亿美元而不付税，像古罗马那样偷走金钱资助那些荒唐的战争，让最腐败的摩根大通、高盛等投资银行毁掉美国经济，使人民生活变糟，然后要求得到数万亿美元救助和免息现金，与此同时，却在经济衰退期间将信用卡收费比率提高30%。

大潮突涌，去也匆匆

当"占领华盛顿"抗议行动发展到真正威胁美国政治、经济、安全及社会秩序的时候，作为国家机器的警方就要清场了。美式"民主""自由""人权"，从来都是相对的。

光阴转至 2012 年初,"占领华盛顿"即将遭到清场的风声日紧。2012 年 1 月 31 日上午,我再次来到位于华盛顿市中心的麦克弗森广场。

当日上午 10 时后,麦克弗森广场气氛忽然紧张起来。一辆又一辆电视台现场转播车相继疾驰而至,从车上跳下来的记者抓紧时间抢占地形架设摄像机。一群警察也出现在街角处,不时向广场处张望。

1 月 27 日,华盛顿警方开始张贴告示,通知示威者执行禁止宿营的命令,违令者可能遭捕,示威者在两个广场露营的财物将被没收作为遭到起诉的证据,警方给出的清场最后期限为 1 月 30 日中午。1 月 29 日,一名示威者因撕掉警方贴在麦克弗森广场上的告示而遭逮捕,其间警方还用电击枪击中这名示威者的后背。这是华盛顿警方首次动用电击枪对付"占领华盛顿"运动示威者。

在清场最后期限到来之时,"占领华盛顿"运动示威者中有人收拾起驻扎了近四个月的各色帐篷,但更多的人坐在帐篷旁将宿营变成了令警方哭笑不得的"守夜",示威者还在自己的帐篷上刷上各种抗议标语。麦克弗森广场的命名源于美国内战期间于 1864 年 7 月 22 日在亚特兰大之战中阵亡的詹姆斯·麦克弗森将军,广场中央便矗立着麦克弗森将军雕像。1 月 30 日当天,多名示威者用一块巨大的蓝色防水帆布将麦克弗森雕像完全遮盖起来,从远处看就像一个蓝色大帐篷,只露出脸部的雕像被戴上一个小丑面具。"警方已经通知我们,必须拆除这个大帐篷,"一位名叫威尔的示威者告诉我,"有消息说他们中午就要开始拆除行动。"

接近正午的 11 时 55 分,这个被示威者称为"梦想帐篷"的顶部突然"哗"的一声被扯开一条大缝,从帐篷下钻出的一名男子立即被众人围了起来。这位名叫法罗的男子不断辩称,他就是看不惯麦克弗森的雕像遭到玷污。"你不会是被警察派来专门挑起事端的吧……"四周一片愤怒的诘问。

眼前这一幕是美国社会更为分化的生动写照。在那一个个高矮不一、破破烂烂的帐篷外,随处可见"99% 大于 1%""占领华尔街、占领国会、占领 K 街"等各种标语。在一个里面摆了不少书籍的蓝色帐篷外,横放着一条黑底红字的大幅标语:"资本主义就是危机"。

"是的,资本主义就是危机!"来自北卡罗来纳州的大学教师斯沃德一边将一份刚刚面世的《被占领的华盛顿时报》递给我,一边回答说,"金钱,金钱,问题全出在金钱。为什么99%的人与1%的人之间如此不平等?为什么1%的人能够拿金钱影响政治?你看现在的美国总统大选,还不全是金钱政治吗?无论是罗姆尼还是奥巴马,都从大公司拿钱搞政治。这个国家的经济一团糟,这就是危机。"

"占领运动没有销声匿迹,我们还在这里。"曾在新泽西州一家公司工作的切尔西女士说,"四个月来,占领运动在改变着美国。占领者们的诉求在公众中得到了响应,在政坛上也成为主要议题。奥巴马在国情咨文中也在谈论社会不公正问题……"

华盛顿自由广场被清场后,我于2012年4月30日下午又来到麦克弗森广场,见到仍有十来个"占领者"帐篷集中于广场一隅。广场西北角处立着两块图文标语牌,分别写有"我们是99%"和"资本主义就是危机"。在一个摆放着"人类不需要公司贪婪"标语牌的帐篷内,自2011年10月就开始参加"占领运动"的贝尔对我说:"美国的法律使得穷人纳税率比富人还高,富人又拿钱资助竞选。这很不公平!你知道吗,美国无家可归者的数量相当于非洲国家加纳一个国家的人口……"

"占领运动"之所以大潮突涌,却又来去匆匆,是多种社会因素综合发力的必然结果。

"占领运动"的组织者承认,中东地区所发生的"阿拉伯之春"运动对"占领华尔街"运动有启示作用。通过社交媒体发动、组织"占领运动"成为一大特点。但这一"占领运动"缺乏统一的纲领和领导者,导致抗议活动难以对美国政治产生更为深刻的影响。参与抗议者鱼龙混杂,连续的暴力犯罪活动也削弱了普通民众对抗议者的同情和支持。

"占领运动"暴露了美国社会中对其制度性的党派争斗、社会不公、经济失衡等弊端的强烈和持续反弹。参与者多称,美国政治被石油商、军火商和金融财团控制,无论民主党还是共和党都一样,社会不公是华尔街与美国政府共同导致的。

在"占领华尔街"网站上,抗议者发表的声明说,他们的目的是"抵制紧缩计划""改革美国经济"和"再创美国民主"。他们认为,当前的美国经济对其剥削已经够多，造成的贫富分化也够严重，"现在是我们跟华尔街恐怖统治说再见并开始建立起为劳苦民众服务的美国经济的时候了"。

"占领运动"直指美国社会严重的贫富分化。在"占领运动"最吸引人眼球之际，《华盛顿邮报》引述一份国会预算办公室的数据称，位于最上层的美国1%的人口收入在1997年至2007年10年间增长了275%，而中产阶级人群收入仅上涨了40%。

白宫国家经济委员会的报告显示，0.1%美国最富者在过去50年里税率从51%下降到26%；美国最富的400人2008年的平均税率是18.1%，而1995年为29.9%。另据国会预算办公室统计，计入通胀因素，1%的极富阶层收入自1979年至2007年几乎翻了两番，紧随其后的19%较富阶层收入增长了65%，而随后占60%的中间阶层收入增长了37%，20%低收入阶层收入只增长了18%。《财富》杂志刊文引用有关数据称，2011年美国大公司总裁平均薪水为1290万美元，是普通劳动者的380倍。美国税收及债务问题专家索希尔认为，如果与收入不平等相生相伴的教育资源不平等、家庭结构失衡等问题不能得到有效解决，那么美国成为"永久分裂社会"的概率很大。有分析认为，社会分配愈发不公的一个原因在于技术变革和全球金融市场的发展，使得低技能劳动力处于愈发不利的境地。

虽然"占领运动"被指没有统一领导、没有明确目标、诉求五花八门，但"占领运动"已经悄然影响着美国经济和政治议程。在那之前，华盛顿的经济辩论围绕着削减赤字展开，对于美国贫富悬殊提得很少，但是"占领运动"改变了这一情况。"收入不均"成为美国公众关注的重大议题。"占领华尔街"甚至成为部分公司上交证券交易委员会的财务报告和分析师简报中提到的"风险因素"。

美国经济复苏乏力，失业率居高不下也是"占领运动"的诱因。美国2012年的失业率在9%以上，由疲软经济带来的美国高失业问题难以在短期内解决。美国联邦政府就减赤方案的谈判陷入僵局、地方政府债台高筑、产业结构矛盾凸显等问题都让美国经济前景难言乐观。

"占领运动"的发生直接影响着美国2012年总统大选的政治议程。美国各种政治势力出于各自考虑试图利用"占领运动"，美国民主、共和两党之间的分裂愈发加剧。奥巴马总统一再呼吁改变美国收入不平等现状。美国国会众院议长博纳则通过发言人表示，他理解示威者的心声，并尊重示威者想帮助政府创造就业的美好愿望。

奥巴马政府一直试图将"占领运动"转变为自身竞选连任的政治资本。抗议者要求针对富人增税、限制金融高管的高工资、支持工会，要求医疗保险和社会保障制度更加平等，其政治主张与美国保守政治势力中的茶党运动针锋相对。共和党一贯指责"占领者"们是一群破坏公共秩序的"暴徒"，民主党人士对"占领运动"的抗议者多表同情。不过"占领运动"并没有与任何党派或政府合作的意思，他们的矛头既指向共和党，也针对现任的奥巴马政府。民主党对示威也持谨慎态度，因为，对运动的认同虽然可以巩固奥巴马的支持阵营，但也会使民主党政治家们因此而疏远占人口多数的中间选民，而获得这部分人的支持是奥巴马赢得大选的关键。

"巴菲特规则"不了了之

在美国，对一般家庭而言，供养一位大学生不是件轻松的事情，大学生一般都需要贷款才能完成学业，而沉重的贷款也只能在就业之后陆续还完，因此，在"占领运动"的阴影下，有关学生贷款的事情，也成为美国两党的政治博弈。

美国国会众院 2012 年 4 月 27 日以 215 票对 195 票的表决结果通过了一项由共和党议员提出的议案。根据这项议案，美国国会众院 5 年前民主党占多数时制定的一项法律将被中止执行一年。根据那一法律，当时为 3.4% 的联邦学生贷款利率不久后将自动翻番至 6.8%。

此前，美国总统奥巴马一直呼吁中止将联邦学生贷款利率翻番。然而，当共和党占多数的国会众院通过上述议案后，白宫却威胁说，奥巴马总统将否决此案。从表面上看，奥巴马总统出尔反尔，其实另有缘由。

将联邦学生贷款利率上调的举措将影响 740 万名美国学生，平均每位贷款学生多承担 1000 美元债务。换言之，在美国大选之年，这一举措将影响 740 万名年轻选民手中选票的去向，民主、共和两党对此均不敢忽视，也因此都争相表明理解学生们的苦衷，暂不提高贷款利率。

但若保持现行 3.4% 的学生贷款利率不变，则将出现 59 亿美元的财政"窟窿"。在如何补"窟窿"的问题上，美国两党分歧凸显出来。根据此次众院通过的议案，补"窟窿"的钱来自奥巴马政府建立的一项公共医疗基金。这一做法与其说是在补"窟窿"，倒不如说是在挖奥巴马政府医疗改革成果的墙脚。美国国会民主党人则提出，这个"窟窿"应由向包括许多律师、医生在内的富人征税和取消对石油、天然气公司补贴来填补。无论是向富人征税，还是取消大公司补贴，都戳到了共和党人的心窝。

美国两党围绕联邦学生贷款利率问题的争斗并非偶然。近期美国政坛上发生的一系列事情表明，值总统大选之年，美国两大政治势力正在围绕社会公平问题进行激烈博弈。

2012 年 4 月 16 日，美国总统奥巴马力推的对最富有的美国人征收 30% 所得税税率的"巴菲特规则"议案在国会参院遭到否决。

当美国国内的不平等问题成为焦点后的一段时间，美国著名投资人沃伦·巴菲特一直批评美国税收体系偏向富人。他曾说，作为亿万富翁的他所缴税率还不如其秘书，并因此呼吁向富人增税。奥巴马对巴菲特此举甚为赞赏，并将向富人增税的方案称为"巴菲特规则"，其主要内容是要求年收入超过百万美元的富人缴税税率不低于美国中产阶级。他说，推动"巴菲特规则"的施行不仅事关财富分配和社会公平，还关系到未来经济增长和削减赤字。当时美国国民收入向 1% 的富人阶层集中的程度为 20 世纪 20 年代以来所未见，而这些最富有人群纳税的税率却降至 50 年来的最低水平。这种做法不公平且毫无道理。因此应该向富人增税，把税收所得用于投资推动经济增长的领域。

对"巴菲特规则"持反对意见的共和党人认为，未来 10 年这一方案仅能给联邦政府带来 470 亿美元的税收收入，对削减财政赤字作用甚微，而且税收政策不能从根本上解决贫富差距拉大的问题。然而，这却能影响到按收入缴税的大批企业主扩张和招人的意愿，进而影响到复苏脉搏孱弱的美国经济和持续低迷的就业形势，重蹈欧洲高税收、高福利、慢增长的危机覆辙。美国国会共和党领导人抨击奥巴马所力主的"巴菲特规则"是"骗局"和"政治伎俩"。

美国两党围绕"巴菲特规则"的争论源自重"公平"或是重"效率"两种不同的经济治理思路。美国参院表决结果出炉后，奥巴马总统及国会民主党人谴责共和党人"再度选择以牺牲中产阶级的利益为代价保护最富裕阶层减税",富有的美国人正享受现代史上最低的税率。"这种不公平的制度已经使最富有的少数人与其他人之间的差距变成一条鸿沟。"白宫在一份声明中说:"继续允许一些最富有的美国人享受特殊的税收优惠,使他们避免支付公平的份额,这完全没有道理。"民主党人还表示,他们将继续推动国会通过该法案。

美国行政和立法机构围绕社会公平问题的博弈也波及了作为最高司法机构的最高法院。2012年3月26日至28日,美国最高法院就2010年的医疗改革法进行了为期3天的听证。

2010年3月23日,奥巴马签署了《美国大众卫生保健法案》。此举在美国引来截然相反的巨大反响。支持者称,这是美国最近几十年来最大的社会福利制度改革。这项具有里程碑意义法律的实施,将使全美约3000万没有医疗保险的人获得保险,美国医疗保险覆盖率将从85%上升至95%左右,距离全民医疗保险只有一步之遥,低收入者也将获得政府补助,奥巴马也将因此青史留名。美国共和党人一直对此法持反对态度,到那时为止,已有26个由共和党人领导的州认定该法中的"强制医保"内容违宪,并将官司打到最高法院。原告称,依照美国宪法,政府可以向百姓征税,可以用这笔钱为百姓购买医疗保险,但政府不能强迫百姓购买保险;如果政府能迫使人们购买医疗保险,也能迫使人们购买其他任何东西。在最高法院的听证会上,除了"强制医保"外,还涉及如果强制要求公民购买医保的条款违宪,那么整个医保改革法律是否还能成立等话题。

美国最高法院的9名大法官有着极为微妙的政治倾向,其中4名被认为属于倾向共和党的保守派,4名属于支持民主党的自由派,另有1名能够左右判决结果的大法官也常持保守立场。2012年6月28日,美国最高法院通过了奥巴马总统以个人医疗保险法为核心的具有里程碑意义的保健法。这一结果得以在2012年11月总统大选前通过,意味着白宫的胜利,无疑对当年奥巴马获得连任产生了影响。

然而,这项被视为奥巴马任内一大政绩的改革举措,到了下任特朗普的手中却成为发誓必废的法案。

此时的美国,党派色彩鲜明,政治极化愈发剧烈,争斗奇葩频现。包括美国共和党总统候选人罗姆尼在内的共和党人抨击奥巴马政府陷于"第三期社会主义癌症",奥巴马则愤然反称共和党人信奉"社会达尔文主义"。奥巴马在北卡罗来纳、科罗拉多和艾奥瓦三地大学发表意在拉拢青年选民的演讲,众院议长博纳抨击奥巴马使用纳税人钱财,到两党竞争激烈的三州为自己连任做竞选活动,并无中生有地向共和党人发动攻击,这一行为"有损白宫尊严",因为奥巴马所乘坐的"空军一号"波音747飞机每小时运营费用为179750美元。

2011年在全美开始的"占领运动"打出了"我们是99%"的口号,凸显美国社会两极分化的加深。值大选之年,民主、共和两党都在利用社会公正话题拉拢选民,却又往往将这一话题演绎为政治把戏。

奥巴马赢得2012年总统大选后,社会不平等问题仍是他挂在嘴边的话题。2013年12月4日,他专程来到有民主党智库背景的进步中心发表讲话,称贫富差距加剧和社会阶层向上流动性减弱已成为美国突出问题。收入不平等现象已成为美国面临的重大挑战,美国的高收入人群攫取了不成比例的财富,美国社会财富分配失衡现象愈演愈烈。

奥巴马说,过去10%的高收入阶层所得占整个国民收入的三分之一,但现在已经占到了一半;过去企业高管的收入是普通员工的20倍至30倍,但现在比普通员工高出几百倍。贫富差距加大和社会阶层向上流动性减弱给美国梦带来了根本性的威胁。填补不同阶层间发展机遇的鸿沟,除了加快经济增长和加强教育和技能培训外,还需要政策上的调整,他认为提高最低时薪在美国民众中已有普遍共识,没有确凿的证据显示提高最低时薪将影响就业,但有研究表明提高低收入人群的收入将有利于刺激经济增长,国会应该早日采取行动。

他呼吁国会尽快提高美国最低时薪,以减少收入不平等现象。此前,他已提议在2015年底前将美国的最低时薪标准从当前的7.25美元提高到9美元,这样可以惠及约1500万工薪阶层。

美国的低薪工作者多为快餐等行业的服务业从业者,在奥巴马做出这番表示之前,他们已多次举行罢工要求大幅提高最低时薪标准。

听多了奥巴马的呼吁,便感到他其实很无奈,那些慷慨的言辞最终显得很苍白。

近百年来,从罗斯福的"新政"到约翰逊的"伟大社会"计划,再到奥巴马的医疗改革法案，美国向社会公平方向的改良荆棘载途，两党在此问题上的不同理念使得钟摆在"公正"与"效率"间来回摆动。

奥巴马直言美国政府需要制止几十年来经济不平等日益加剧的趋势。这一趋势损害了"美国梦"，对美国立国之本形成挑战，更是美国所面临的"重大挑战"。对于一直表示要"想大事""干大事"的奥巴马而言，美国日益严重的贫富悬殊、社会不公问题无疑是作为民主党人的他脑中的"大事"。

"人人生而平等"是一个美好的理想，而"平等"的内涵却是不断争论的话题。在严峻的美国社会现实面前，机会平等和结果平等的主张者均愈发感到不满。穷孩子从背书包的第一天便进不去好学校，所谓起跑线上的平等早成泡影。曾经作为 2016 年共和党总统候选人之一的古巴裔参议员马可·卢比奥也承认，他的父辈可以移民美国后从酒吧侍者经奋斗迈入中产阶级，但现在这样的事情几乎不可能再现。巨额债务负担下的福利项目一再遭到砍削，缩小贫富差距、旨在结果平等的机制不断卡壳。

奥巴马看到和提出了问题，也努力通过推动医疗改革、提高最低工资标准等改变现状，却最终未能破题。此题难破，首先在于这是一道历史性难题。在社会公平问题上，美国两党一直存在着自由竞争和追求平等的悖论之争，美国近代社会改良运动也一直在两者间的博弈中钟摆式前行。奥巴马的努力也是自罗斯福"新政"和约翰逊"伟大社会"计划以来追求社会平等改良运动的继续。

罗斯福的"新政"有着美国 20 世纪 20 年代末至 30 年代的经济大危机背景，大破大立期间，罗斯福便有了推动"经济正义"的突出政绩。罗斯福能够做到这一点，一个重要原因便是大萧条所造成的社会惨状在很大程度上弱化了国会对政府强有力施政的传统制约。入主白宫后的奥巴马也曾面对金融风暴后的经济烂摊，并利用第一任期前两年民主党全面掌控国会的政治优势首先全力推动医疗改革。在这个社会达尔文主义有着支配性影响的国度内，这一有悖于自由竞争理念的改革及实施很快在共和党人的强力反弹中受挫。加之对华尔街监管难以奏效、经济长期不振、财政捉襟见肘等多种因素，贫富两极分化与政治极化恶性循环，华盛顿多方掣肘的巨大政治机器使得奥巴马政府对于解决经济不平等问题有心无力，最终常常落得一声无奈的长叹。

在"钱主政治"、大资本势力主宰的体制中，美国社会不平等的痼疾屡屡幻化为各类政客旨在赢得选票的作秀,不要指望问题本身能够得到根本性解决。

社会不平等,归根结底离不开经济这个基础。而从经济基础根除不平等又谈何容易?!在"平等"的大旗下,急欲留下政绩的奥巴马政府在执政后期的一些举措一再引来争议,其中一项便是"厕所令"。

2016年5月,美国司法部与教育部通知所有接受联邦政府资金支持的公立高中学区以及公立大学,称根据2002年的《帕斯奇·敏克平等教育机会法案》第九条,禁止学校以性别为基准对学生进行区别对待,而"性别"的概念包括个人自称的性别身份。换言之,该法令要求所有公立学校允许"跨性别"学生根据"心理性别"而非"生理性别"选择卫生间和更衣室。

"平等""自由"到了这个份上,哪怕是在美国也自然引发巨大争议。

2017年2月,上台不久的特朗普总统撤销了这一"厕所令"。白宫在相关声明中说:"正如特朗普明确表示的,他坚信关于'跨性别厕所'的政策应该由各个州级别机关分别决定。司法部与教育部所做出的这个共同决定会将权利交回各州手中,以创造一个公开透明、多方参与的过程,由各地的家长、学生、教师,以及校方领导做出决定。"

脑子里有不少玫瑰色彩理念的奥巴马当初满怀壮志地来到华盛顿,几年下来,他曾发誓要改造的"华盛顿政治文化",结果非但没有得到改造,反而变本加厉,变得愈发难看。最终,有着魔咒般极化制约惯性的华盛顿政治机器无情地辗压过来,奥巴马所领导的美国联邦政府被迫部分关门了。

09 目击政府停摆，撕裂极化的"堰塞湖"

> 政治极化背景下的相互制约被无度滥用时，政府一事难成；2018年底至2019年初，特朗普政府创造了迄今"停摆"时间最长纪录；这完全是一场极端的党派之争和政治赌博；在充满悖论的治国理念博弈中，政治极化的无奈令华盛顿巨大的政治机器锈迹斑斑，难有作为；在间隔越来越短、烈度越来越强的周期性政治危机中，左支右绌的美国愈显颓势；在美国历史上，自由与平等的相悖与相成一直呈钟摆式运动。

对于一名中国记者来说，看到美国联邦政府部分停摆时的感觉还是很新奇的。恰如一座时钟，钟摆来回摆动，时针秒针准确报时，被认为是正常的事情。一旦停摆，一定是出了什么问题。停摆毕竟不正常。

若将美国联邦政府比作时钟，还是有不够确切之处，因为这座时钟时不时就会停摆。还是将它比作一台需要时不时添加机油的机器更为合适。机油没有了，机器转不动了，就停了下来。华盛顿这台巨大机器的机油就是预算，说白了就是钱。

在美国历史上，联邦政府的大与小一直是社会矛盾的焦点之一。共和党人一向力主小政府，更大程度的自治成为其社会治理理念。民主党人则更多地主张通过政府及相关福利举措最大限度地实现社会公平。

事实上，200多年来，华盛顿这台政治机器的历代制造者就是要设计一些装置，使得这台机器有时不得不停下来，这被叫作制约。较之无度搜刮、滥用民脂民膏，能够对政府这台机器有时发生的无度进行制约，这应被视为历史的进步，但当这种制约本身在政治极化的背景下被无度滥用时，其积极意义便打了折扣，停摆也因此有了闹剧的味道，在此情形下的政府最终一事难成。

根据美国1921预算与会计法案及1974美国国会预算暨节流控制法案等，任何政府预算支出必须通过相应的年度政府预算案支持方有效。当预算案和国会临时拨款案都出现问题时，政府运转资金便出现缺口。1981年，时任司法部长本杰明·希弗莱蒂在对相关法案进行解释时称，当资金缺口出现时，关闭受影响的机构与服务，亦即政府相关部门停摆。

2013年，当美国政府部分停摆发生时，美利坚大学公共事务学院院长芭芭拉·罗姆泽克曾试图用简洁的语言对此进行解释。她说，美国政府是建立在三权分立基础上的，国会通过立法，决定政府收多少税、能花多少钱，在哪些地方花钱，但法案要由总统签署才能生效，因此，他们需要彼此合作。当时的问题是，总统和国会根本无法达成一致，美国财政便会出现"疯狂的混乱"。

有统计表明，自美国国会预算程序于1976年正式执行以来至2019年初，美国政府一共停摆21次。民主、共和两党总统主政下的政府都曾经历过停摆。虽然缘由各异，停摆时间不同，但一个共同的特点就是府院相争，院内相斗，制约与反制约较劲。

1976年，时任共和党总统杰拉德·福特以支出超出控制为由否决了向美国劳工部与卫生、教育及福利部提供资金的议案，导致政府部分关闭。当年10月1日，由民主党控制的国会推翻了福特的决定，直到10月11日解决政府其他部门资金短缺的持续决议案才正式成为法律，政府部分停摆10天。

1977年至1979年，时任民主党总统卡特历经4次政府部分停摆。这4次停摆期间，国会参众两院均由民主党把持，但参众两院民主党人之间却在是否应该对人工流产提供医疗补助费用等问题上相争，导致政府部分停摆最长时间为18天。

1981年至1987年间，时任共和党总统里根经历了8次政府部分停摆，府院、两院之间在减少国防赤字、公共建设投入、减少国防与对外援助开支、政府打击犯罪计划、对尼加拉瓜反政府武装提供援助等问题上相争不断，最长停摆时间为3天，其中1982年的那一次停摆一天是因为国会聚餐而推迟表决通过预算案。

1990年，时任共和党总统老布什誓言否决任何不包含减赤方案的持续决议案。民主党人把持的国会的一项议案因此遭到否决,进而导致政府停摆 4 天。国会最终通过了一项包含减赤方案的持续决议案。

1995 年,时任民主党总统克林顿一年内经历两次政府停摆,最长的一次为 21 天。

克林顿在与共和党控制的国会两院斗法时否决了国会的议案。最终双方通过了一项持续 4 周,保持原资金供应 75% 的临时决议,克林顿同时认可了一项长达 7 年的预算平衡方案。此后,共和党要求克林顿的 7 年预算平衡方案基于美国国会预算局所提供数据,而非美国行政管理和预算局所提供的数据进行设计,克林顿拒绝了这一要求。最终国会与克林顿在预算上取得了妥协。

算起来,奥巴马政府 2013 年的部分停摆是第 18 次,停摆时间为 16 天。

至 2019 年初,特朗普政府已部分停摆 3 次。

2017 年 10 月,美国联邦预算到期后,民主党和共和党未能就新财年预算达成一致。2018 年 1 月 19 日,因美国国会民主党拒绝接受任何不与"童年抵美者暂缓遣返"计划挂钩的临时拨款法案,而共和党拒绝"捆绑",政府从 1 月 20 日零时起"停摆"。1 月 22 日,美国参议院投票通过临时支出法案,"关门"两天多的美国联邦政府得以"重开",维持运转至 2 月 8 日。

2 月 9 日,由于共和党参议员兰德·保罗反对,美国参议院没能就财政预算拨款案投票,特朗普政府第二次关门。这次停摆仅持续了 8 个多小时。随后,特朗普签署了国会两院通宵投票通过的拨款法案,结束了第二次政府关门。

因美墨边境墙引发的政府预算案僵局未能取得突破,美国联邦政府部分部门于当地时间 12 月 22 日零时起无限期关闭。这一次停摆持续了 34 天 21 小时 18 分钟,创造了美国政府迄今停摆时间最长的纪录。

目击奥巴马政府"停摆"

在奥巴马获得连任之前的 2011 年,美国府院之争就已经闹得很难看了。在 2010 年的中期选举中,共和党人成功地夺回了国会众院多数席位,民主党勉强保住了参院多数席位。利用国会众院多数党地位,共和党此后没少给奥巴马难堪。

2011年，奥巴马政府的财政年度预算案就险些未获批准，也因此险些遭遇政府停摆。

双方矛盾焦点在于美国的债务，根源却是更为深刻的治国理念。共和党历来反对大政府，推崇自由主义经济，认为政府赤字多、支出多不可取。民主党则更关注医疗改革等社会改良，因此支出更大。此外，民主党担心大幅削减政府开支会影响经济复苏的步伐。

美国新的财政年度从10月1日开始。至2013年9月底，围绕新财年预算的府院之争达到白热化。

当年9月27日，民主党人控制的国会参议院通过了一项避免政府关门的临时预算法案，呈送共和党人控制的众议院表决，这项法案剔除了此前共和党提议的禁止给奥巴马美国医疗保险改革拨款的内容。

9月29日凌晨，国会众议院投票通过为期两个半月的临时拨款议案，但同时要求将奥巴马美国医疗保险改革延期一年实施。

9月30日下午2时，参议院以54比46的表决结果否决了众议院要求把奥巴马医改延迟一年，并取消用于实施医改而征收医疗器械税的临时拨款议案。两院间的互不相让使得联邦政府部分部门10月1日停摆的风险增大。

根据美国立法程序，在年度财政预算没有获批的条件下，参众两院必须通过完全相同版本的临时拨款议案并送交奥巴马签署生效，方可保证联邦政府免除关门危机。参议院预定9月30日复会，但留给两党协商的时间显然不多了。

9月30日，奥巴马在白宫召开的新闻发布会上警告说，如果联邦政府的非核心部门在10月1日停摆，马上就会给美国民众的生活和美国经济增长带来真实的冲击。虽然军队、边防、公共安全、狱警等核心部门的运营不会受此冲击，邮局还会照常运营，退休人士的社会保险福利金也会照常发放，医疗保健项目的享有者依旧可以去医院看病，但是数十万名文职政府雇员将会停工，所有的国家公园将会关门，私营部门申请政府贷款的进程将被迫延期。当晚，白宫行政管理和预算局局长西尔维娅·伯韦尔宣布，由于联邦政府本财年的预算已经耗尽，而国会尚未批准新财年的预算或临时拨款议案，联邦政府的非核心部门被迫关门。

2013年10月1日是美国联邦政府非核心部门因预算案受阻被迫关门的第

一天。我在当天来到华盛顿市内，除了想看一看实际情形如何外，还想听一听各方人士的看法。

美国国务院下属外国记者中心虽还上班，但已相继取消或推迟了几场预定的向外国驻美记者吹风活动。当被问及外国记者中心是否也会关闭时，值班的那位非洲裔女士一脸苦笑地说："谁知道呢。"

10月1日的华盛顿市内明显冷清了许多。收藏有美国《独立宣言》《美国宪法》和《人权宣言》等"国宝"的美国国家档案馆入口处贴着一张告示，写道："由于联邦政府关闭，国家档案博物馆因此关闭。"林肯纪念堂等国家公园已停止向游人开放，林肯纪念堂前新架起的围栏处挂出一块牌子，写着"因为联邦政府关闭，所有国家公园随之关门"。史密森索尼亚学会是美国唯一一所由美国政府资助、具有半官方性质的博物馆机构，其在华盛顿拥有的19个博物馆和国家动物园也同时全部关闭。在华盛顿市中心的国家广场内，所有喷泉全部停开。

收藏有诸多西方美术大师精品的美国国家艺术博物馆一向人流不断，此时却门可罗雀。在那块写有"联邦政府关闭期间，国家艺术博物馆闭馆"的牌子旁，来自加利福尼亚州圣迭戈的鲍博夫妇告诉我，他们为此次华盛顿之行计划了20年，满怀期望而来，结果却遇上了到处关门。"这些人真是愚蠢的政客，"极感失望的鲍博生气地说，"这完全是一场极端的党派之争。两党背后都有着各自的利益集团。他们表现得愈极端，利益集团给的钱就愈多。这完全是一场政治赌博。我们坐着联邦政府经营的火车来，还不知道能不能坐回去……"

就在不远处的白宫玫瑰园，美国总统奥巴马10月1日下午1时发表讲话说，联邦政府关闭时间愈长，就有更多的家庭受到伤害。奥巴马抨击共和党人导致17年来首次发生联邦政府部分关闭是其"意识形态运动"的一部分。同样在当天，美国国会众院议长、共和党人博纳在媒体发表文章称，奥巴马并没有讲出所有故事。事实是，华盛顿的民主党人通过拒绝两党谈判关闭了重开政府的大门。所发生的这一切全是奥巴马的错。美国联邦政府部分停摆并没有阻止奥巴马医疗改革计划的如期实施。自10月1日起，人们开始上网购买医疗保险。奥巴马关于医保改革的法律是此次两党之争的核心议题，双方在此问题上均未显示妥协。

10月1日的华盛顿似乎火药味极浓。在美国国家第二次世界大战纪念地，来自艾奥瓦和密西西比两州约130名老兵对不能进去参观怒火冲天，结果找来一些国会议员与警方通融后才对这些老兵予以放行。美国国会东部广场上成了不少人发泄愤怒的场所。当天下午4时，美国地方监狱理事会在那里举行集会，抗议联邦政府削减经费，抗议者手举"停止拿公共安全和我们的生命做政治游戏""停止资助联邦监狱系统等于导致灾难"等标语牌。来自加利福尼亚州的联邦政府监狱管理人员格兰恩在接受我采访时说，联邦监狱系统1980年关押着不足2.5万人，现在的人数则接近22万，增长了约7.8倍。与此同时，联邦监狱管理人员本应有41035个工作岗位，现在只有36271人。一方面监狱管理人员短缺，另一方面关押的"坏蛋"数量上升，在这种情形下，联邦政府还要削减经费、裁减人员，这将是在冒一个巨大的安全风险。"不给钱，坏人谁来管？他们都跑出来怎么办？"格兰恩回头指着国会大厦说，"这完全是一场政治斗争，我们却成了牺牲品。我们选出这些议员，到头来他们却剥夺了我们的工作机会。"

在距华盛顿纪念碑不远处的林荫道上，来自爱尔兰首都都柏林的麦卡锡夫妇有些沮丧地坐在一张椅子上四处张望。"我们在华盛顿只有两天，却赶上了四处关门。"他们告诉我，"我们对美国两党之争不做判断，但无论如何这不是一个好结果。我们回去后会对华盛顿留下很不好的印象，这对任何国家的旅游业而言都不是好事。"

此次美国联邦政府部分停摆涉及大约80万名工作人员，这一数字大于美国目标百货、通用汽车、埃克森和谷歌公司所有员工人数总和。从缩小联邦政府活动规模到取消婚礼安排，华盛顿部分停摆的影响已在方方面面体现出来。在美国国家公园内经营漂流项目的假日河流探险公司总裁约翰·伍德说："我们面对着一个破碎的制度和一个分裂的国会，他们的所作所为打碎了我的饭碗。"

10月2日，白宫宣布，受政府部分关门所迫，奥巴马决定取消访问马来西亚和菲律宾。白宫发言人卡尼在10月3日深夜发布的另一项声明中宣布，因美国联邦政府关闭，奥巴马总统取消了出访印度尼西亚和文莱的计划，并因此不能出席亚太经合组织非正式领导人会议。

10月3日，奥巴马喊话众议院议长博纳，要求立刻将参院通过的临时预算法案呈众院表决，从而结束这场闹剧。当天，有"股神"之称的巴菲特接受美国媒体采访时说，他相当担心政治僵局，认为情况将会恶化到"极度白痴"的程度。

美国总统奥巴马在那个周末的每周例行讲话中再次猛烈批评共和党国会议员，称他们在为政府拨款及提高联邦政府借贷上限方面以党派立场为先决条件。他说："我不会为政府恢复运作支付赎金，我也决不会为获得更高借贷上限交赎金。"美国国会众议院共和党领袖埃里克·坎托则批评奥巴马在政府关闭的情形下还拒绝谈判。他说："这种做法毫无领袖风范，这种不愿意坐下来和我们谈判的态度才是导致政府关闭的真正原因。"

那个时候的华盛顿有点草木皆兵的感觉。10月3日，华盛顿警方与一名非洲裔女性驾驶的黑色轿车在白宫至国会的道路上展开追逐大战，警方最终将这名女性击毙，事后称这名女性患有产后抑郁症并伴有臆想。10月4日下午4时左右，华盛顿市中心的国家广场草坪上发生一男子引火自焚事件，此后这名男子因伤重不治而亡，其身份及动机不明。

10月6日，美国联邦政府部分关闭进入第六天。我再次来到华盛顿市中心采访。

那天的华盛顿市内显得格外冷清，主要街道布满警力。国家广场几处大草坪均被圈了起来并注明"此地草坪正在进行维护"。此前发生的种种意外都使得警灯四处闪烁的华盛顿平添几许惊恐。

在国家艺术博物馆高阶下那块写有"联邦政府关闭期间，国家艺术博物馆闭馆"的牌子下方，有不满者又贴上一张纸，上书："美国此时已经关闭。如果你需要帮助，请到加拿大或墨西哥。我们对所带来的不便表示歉意。"转眼之间，一位驾车巡逻的警察来到那里，将那张纸撕了下来。

在国会大厦前，来自亚利桑那州的麦克请求我为他全家拍张合影。麦克说，三个孩子早就想来华盛顿游览，这次好不容易带着全家来到这里，却赶上处处关门。"这就是共和党和民主党相争的结果。"麦克撇撇嘴说。在国会大厦另一边，来自中国北京的韦女士正在向一位值勤的警察询问道："我预约了10月9日参观国会……"话没说完，警察告诉她："现在政府关门，届时你能不能游览还不知道！"

表面冷清的华盛顿无言地诠释着美国两党与府院之间正在角力的"边缘策略"。此时谁都不愿先眨眼退让，却又为日后的争斗烈火添加着干柴。随着民怨日盛，华盛顿的政客们都在各取所需，利用民意为自己加分。

10月8日是美国联邦政府部分关门第8天，但白宫与国会众院共和党人之间仍各不相让。与此同时，另一场更具灾难性的危机阴影愈来愈大，这就是债务上限危机。美国联邦政府债务将于当月17日达到法定的16.7万亿美元上限。如果国会不及时提高债务上限，美国联邦政府将面临无钱支付账单的窘境，意味着美国政府有史以来可能首次违约。

奥巴马总统10月7日巡视美国联邦紧急事务管理署时表示，他不会在共和党人的威胁下就结束美国政府的关闭或提高债务上限举行谈判。他愿意就广泛的财政和预算议题与共和党人谈判，但必须在国会通过一项干净的、不捆绑任何议题的拨款议案、重开政府之后。白宫发言人卡尼10月7日表示，白宫对此前参议院民主党人所草拟的债务上限措施新法案表示支持，这一新方案拟将美国政府举债授权期限延长一年。与此同时，美国国会众院议长、共和党议员博纳反驳说，冒着经济灾难风险拒绝谈判的是奥巴马总统，而不是共和党人。

美国政府部分关门和潜在违约这两场危机交织在一起，令人不安。联邦政府部分关门已使大约71万至77万名雇员被强制休假，另外，130万名继续上班的所谓"核心雇员"的薪水也将被拖欠，诸多政府职能陷入停顿。美国商务部长潘妮·普利茨克10月6日警告说，美国联邦政府停摆"对企业不利，对经济也不利"。美国商务部停摆的后果之一是无法收集关键的经济数据。美国联邦政府管辖下的400多处国家公园和博物馆无限期关闭，无疑会对美国国内旅游业产生极大冲击。洛克希德·马丁、联合技术公司等美国军工企业也因此受到冲击，数以千计的员工被迫休假。因没有政府检查官验收产品，生产"黑鹰"直升机的联合技术公司一些生产线被迫停止运作。

相比而言，美国政府违约的危害更大。10月6日，美国财政部长杰克·卢在接受媒体采访时再次发出警告，如果国会不能在10天之内投票提高债务上限，那将"非常危险"。他说："我们正处于危险的边缘，可能无钱支付所有的账单。如果国会不采取行动，那就意味着国会首次将我们置于政府违约的境地。"

这已不仅仅是一场政党相争的闹剧，有更多的人从各个角度对此进行解读。

有论者指出，如果美国政府违约，其冲击波将远甚于5年前华尔街投行雷曼兄弟公司倒闭所引发的金融海啸。美国国债违约，将重创从巴西到苏黎世的全球股市，破坏以美国国债为担保品的借贷机制，推升借款利率，重挫美元，导致美国和世界经济陷入衰退，甚至可能演变为大萧条。投资家巴菲特说，如果美债违约，其危害不亚于扔下一颗经济"核弹"。评级机构穆迪认为，美国国债违约是小概率事件。然而，随着时间一天天过去，美国的预算僵局仍看不到任何解决方案或解决的希望，市场的紧张情绪也一天天积累。

美国民众对两党恶斗已深感厌倦。有民调显示，大部分民众十分不满国会的作为，仅10%的受访民众对国会工作表示认可，创历史新低。美国有线电视新闻网民意研究机构10月7日发布的一项调查报告显示，对于近期美联邦政府因财政问题被迫关闭，63%的受访者对共和党的处理态度表示愤怒，然而民主党也不能免于其责，有57%的民众认为民主党也应为此负责，同时有53%的民众对奥巴马的做法表示了愤怒。调查还显示，有49%的公众认为美联邦政府的关闭将会引发美国国内更大的危机。此数字高于1995年11月政府关闭时的数据。《纽约时报》专栏作家弗里德曼认为，正在持续的僵局使美国民主制度处于危险之中。

弗吉尼亚州阿灵顿县居民保罗是一名退休联邦雇员。已经80多岁高龄的他说，共和党被少数"茶党"绑架。实际上，众议院已经有足够的票数通过不附带医改条款的预算案，只不过议长博纳不愿让这样的议案进入表决程序。保罗对近年来美国党派纷争相当反感。他说，美国已经无异于一个"香蕉共和国"。"香蕉共和国是我们用来指那些经济单一，政治体制不成熟、不稳定的中美洲国家，现在，美国也越来越像香蕉共和国了。"

在美国国会大厦前的大草坪上，来自德国法兰克福的游客汉斯先生及其女友抱怨政府关门事件对其旅游行程造成很大困扰。"原本我们计划在华盛顿玩三天，能够去著名的自然历史博物馆和航空航天博物馆等参观，但现在看来这些计划都只能泡汤了。"他遗憾地说，大老远跑来却未料到政府关门的事情还能真正发生，实在令人失望。"我相信这种事情在德国就不太会发生，无论如何，政客们都应当尽可能解决问题，而不应视民众利益为儿戏。"

一位在国会大厦前久久凝视的女士说："人们心里有些害怕，有人自焚、有人抗议,我们不知道下一步会发生什么。"她认为两党政治斗争加剧与政客心中的种族意识有强烈的关系。"美国结束奴隶制度也仅仅是100多年前的事情,对于奥巴马来说,这位黑人总统的政治生涯显得并不那么顺畅。"她说,"我年过六旬,以我的观察,国会就像电脑,现在需要重启,才可能出现转机。"

政府停摆:政治极化的"堰塞湖"

美国政府关门绝非偶然,它是美国长期以来政治极化的结果。《华盛顿邮报》说,民主党和共和党在意识形态上的重合度越来越少,政治僵局不可避免。美国政治家、政治策略师和学者们认为,目前美国政治极化的程度是一百多年来最严重的,这是美国"政治瘫痪"的根源。一些人可能将目前的政府关门怪罪于华盛顿政客的不良行为,但实际上,在华盛顿发生的政治冲突反映的是美国选民在政治立场和价值取向上的对立。美国的政治版图越来越红蓝分明。红色表示共和党人控制的选区,而蓝色代表亲民主党的选区。《华盛顿邮报》报道,全美划分的国会选区中,有146个是深蓝,190个是深红。处于中间地带的竞争性选区只有99个。"美国选民越来越陷入党派对立,华盛顿的政治僵局变得不可避免。"两党议员没有达成妥协的动力,他们认为,不妥协更符合各自的利益,因为这届国会的不少议员来自所谓的"安全选区",即他们所在选区的选民绝大多数要么是保守派,要么是自由派。因而,两党议员在预算斗争中不妥协,是有选民支持为基础的,他们不担心因为斗争而失去议员席位。

2013年10月16日,当美国联邦政府部分停摆进入第16天时,我又一次来到华盛顿市内采访。

那天下午,华盛顿上空阴云密布,恰如美国政坛般诡异。到那时为止,距美国政府触及法定国债违约大限只剩不到一天。

那时的美国联邦国会大厦内两党争斗犹酣。国会大厦外不时涌来进行示威抗议的人们。举着"关门16天,被休假19天"标语牌的南希和举着"让我工作"标语牌的安吉尔都是因联邦政府部分关门而被暂时解雇的员工。"安吉尔本来准备到国外度假,现在全都泡汤了。"南希告诉我,"就连未来的生计也堪忧了!"安吉尔则说:"这种状况不仅对我,很多人都受到影响。美国国会和政府闹到这一步，完全是不负责任！"

在国会大厦东边广场处，一些被暂时解职的美国联邦政府工作人员和承包商正举着"不要违约""共和党：停止绑架美国经济""美国违约伤害每个人"等标语牌进行抗议。举着"忘记党派界限，做你们的工作"标语牌的尼克在接受我采访时说，美国政坛已呈病态，民主党和共和党党内均呈极化，而两党内几无可以起到缓冲和制衡作用的温和派力量。"这是因为你越极端，越容易得到利益集团捐款，得到捐款越多便更容易连选连任。"尼克说，"美国建国之父们所创建的权衡与制约机制早就在这些极化状态中变味。"

进入警戒森严的国会大厦内，见到的多为表情冷峻的面孔。从记者席上向下俯瞰，国会参议院大厅内处于短暂休战状态。观众席上的参观者们都若有所思地坐在那里注视着空空荡荡的大厅。不到三个小时以前，参院民主党领袖里德和共和党领袖麦康奈尔就是在那里宣布达成协议。这项协议此时正在送往众院进行谈判的进程中。在国会大厦众院大厅入口走廊处，各国记者一直等候着众院谈判结果。突起一阵骚动，众院议长博纳、众院共和党领袖坎托等人从狭窄的走廊穿行而过。有位记者冲着博纳高喊："谈得怎么样了？"博纳笑而不答，只是将右手攥成了拳头挥了一下。

从国会大厦东门走出后，迎面走来扛着抗议标语牌的詹姆斯。他一边向记者手中塞来一份传单，一边愤愤地阐述自己的看法："9月30日，美国国会众院在争论关闭联邦政府之时，众院共和党人为确保达到政府关门的目的，改变了一项国会议事规则，即除众院多数党领袖、共和党议员坎托或坎托的指定者外，任何众议员不得提出不带任何附加条件的'干净'法案。"他说，"你想想看，这听起来像民主吗？这听起来合法吗？在我看来，这是对民主的歪曲。根据这一规则，即使有足够多的众议员支持一项重开政府的议案，坎托一人也可以将这类议案如废纸般丢在一边。这完全是对国会反对派的可怕镇压，这是政治恐怖主义！面对这样的事实，我们怎能不愤怒？！"

说话间，又迎面走来几位前来进行抗议的女士。手举抗议"茶党"标语牌的苏珊告诉我，她比很多人都幸运，因为她有工作。她之所以放下手中的工作来到这里进行抗议示威，皆因对美国落到这一地步痛感失望。"我理解世界各地人们对于美国联邦政府部门关门、债务上限谈判陷入僵局所表达出的失望和愤怒，因为美国政坛现状确实对整个世界都有负面影响。"她说，"这表明我们的政府不能管理了，我对此深感失望。"

2013年10月16日晚，美国国会参议院投票通过议案，进而结束了这次美国联邦政府部分停摆。

10月17日，在经历了16天部分关门后，美国联邦政府重新开门办公。美国教育部长阿恩·邓肯一大早就在办公室主楼入口处迎接4200名"被休假"的员工重回工作岗位。"我从来没有感到如此无助，"邓肯说，"整个大楼空空荡荡，漆黑一片，静得吓人。这太可怕了！"

就在美国联邦政府重新开门后的首日，美国财政部统计表明，美国债务总量一日间大幅增长3270亿美元，首次突破17万亿美元。至10月19日，美国债务达17075590107963.57美元，平均每个美国人负债56202美元。

在这场被美国总统奥巴马形容为"没有赢家""毫无意义""民众彻底厌倦华盛顿"的政治斗争中，美国政府进入21世纪以来的首次部分关门和国会内、府院间围绕债务上限所进行的角力给全球带来冲击，整个世界也因此重新打量这个唯一超级大国。美国曾经不可一世的光环在这场政治闹剧中再次暗淡。在充满悖论的治国理念博弈中，政治极化的无奈令华盛顿巨大的政治机器锈迹斑斑，难有作为。在间隔越来越短、烈度越来越强的周期性政治危机中，左支右绌的美国愈显颓势。

10月17日上午，美国国会众议院少数党领袖、民主党众议员佩洛西举行吹风会时，身边特意竖起了一块写有"240亿美元"的大图板。佩洛西说，根据标准普尔公司的统计，过去16天联邦政府部分关门给美国带来了至少240亿美元的损失。标普对美国第四季度的经济增长预期也下降到2%左右。穆迪公司也做出了相似的评估，认为政府部分关门造成的经济损失在230亿美元左右，平均每天损失14.375亿美元。

有统计显示，美国联邦政府在服务方面损失31亿美元，虽然被暂时解聘的雇员将拿回工资，但纳税者并没有享受到政府提供的服务。因为政府关门，旅游业每天承受1.52亿美元的损失，45万名旅游业工作者受到影响。10月是旅游黄金季节，往年美国国家公园在此季节每天会迎来超过70万名游客，游客每天可为美国带来7600万美元收入。

联邦政府管理部门工作陷入停滞，无疑影响了美国民众的正常生活。有美国媒体评论称，联邦政府的部分关闭，是对民众日常生活需求的漠视。联邦能源管理委员会、美国顾客产品安全局、国家劳工关系委员会、环保局等部门都暂时解雇了超过九成的雇员。从出行到饮食，民众生活的方方面面无法得到保障。超过 2000 名联邦航空管理局的检察员被临时解聘，严重影响了飞机的检修；需要联邦政府许可的商业活动，例如酿酒和渔业等也被迫暂停；美国食品及药品管理局在政府关门期间临时解聘了六成雇员，无法对美国国内和国际的食品进行常规检验，导致 10 月 8 日全美 18 个州 289 人因为食用加州一家公司出品的鸡肉而中毒。缺失食品检验对食品供应安全的影响在政府结束关门后还会持续一段时间。

美国国务院发言人普萨基（2021 年拜登入主白宫后，普萨基出任白宫发言人）承认，美国政府部分关门对美国外交政策造成了破坏性影响。

美国行为学研究教授和畅销书作者贝佛莉·佛莱辛顿认为，政府关门对民众的心理影响是巨大的。从聚会到工作场合，从政府雇员到商贩再到中老年人，一种恐惧、无望的心情是普遍的。因为党派之争而导致政府无法运转，这给民众带去的消极信息是，"在出现分歧的情况下，争执双方不是积极沟通，而是自说自话，甚至可以一走了之"。在工厂工作的人们担心信用紧缩，市场不景气，尤其是那些依靠社会保险体系的人群，更是感到不安。

在这场将"边缘策略"运用到极致的政治争斗中，美国两党均将民意作为政治筹码打击对方。这种政治上的虚伪更使民众加重了对华盛顿政坛的厌恶。在联邦政府部分关门期间，由美联社和市场调查公司捷孚凯共同进行的民调显示，只有 5% 的民众认同国会的做法，83% 的民众都持反对态度。盖洛普一项民意测验结果显示，有六成的美国民众会支持除了民主党和共和党外的第三方，只有 26% 的民众认可目前两党的工作，这创下了历史上民众支持除民主和共和两党之外的第三方的最高比例。

美国康涅狄格州大学哲学教授迈克尔·林奇认为，尽管美国联邦政府部分关门事件已暂告一段落，但这个国家仍然处于一种政治的危险境地中，尤其是近来一种"可怕的"政治思想的萌芽，正在悄悄瓦解美国社会共同拥有的民主价值及承诺。从此次事件中可见，让政府关门似乎已成为共和党遏制民主党政府战略中一种重要武器,这恰恰是极为令人担忧的一种政治思想。未来很长一段时期内,政府关门、债务上限争斗以及激进的政治立法僵局将有可能成为美国政治生活的全部。眼下面临的真正威胁不是可能周而复始的政府关门,而是关门被当作策略本身。美国式民主制度中共同治理的原则或许正在向不民主的方向发展。

美国长期以来结构性问题的积重难返使得美国政坛危机激化,进而导致联邦政府部分停摆。过于巨大的政治、经济、民生成本迫使美国两党最终达成妥协,但问题根源仍在,暂时被强按下头去的危机正如地火般奔突,为下一轮危机的爆发蓄势。

美国社会最难解决又最具争议性的结构性问题便是巨额债务和巨额财政赤字。偌大的美国背负着已经超过17万亿美元的债务,且几近束手无策。美国是一个过度消费、寅吃卯粮的国度。美国人不愿意改变自己享受而让全世界买单的生活方式,这使得美国债务在可以预见的未来仍将如滚雪球般越滚越大。

如何解决债务问题,凸显出美国两党不同的治国理念,其中又交织着盘根错节的历史渊源,使得这一问题成为当今美国两党政治极化的死结。

在美国历史上,自由与平等的相悖与相成一直呈钟摆式运动。自富兰克林·罗斯福力推"新政"以来,关注平等、主张政府干预经济、加强福利政策被美国民主党奉为圭臬,而强调自由竞争、偏于放任主义、反对政府干预、崇尚私有经济、对福利政策心存疑虑便成为共和党的主要特质。在自由与平等理念的博弈中,美国的医疗保健制度成为两党长期斗争的焦点。20世纪中期,时任美国总统杜鲁门曾提出建立普遍医疗保险制度,终因阻力过大未能通过。时隔20年后,约翰逊总统虽然推动建立医疗照顾和医疗救助制度,但仍未实现全民医疗保险制度。克林顿总统主政时,亦曾力推普遍医疗保险制度,终于功亏一篑。奥巴马总统上任后,倾其民主党掌控国会两院等政治资源全力推动医改,最终签署成法,且将其作为迄今任期内最为显要的政绩。

共和党人认为奥巴马这一"政绩"既让国家出钱,又具有"强制"成分,因而对其猛烈阻击。与此同时,在美国经济整体仍然疲弱之时,美国国债仍在不断攀升。2010年中期选举时,共和党人抓住这些议题猛攻民主党人,最终赢得美国国会众院控制权,改变了美国政坛格局,为此后的府院之争沉重地打上一桩。奥巴马虽然赢得2012年大选，但共和党人不断在债务上限问题上向奥巴马政府发难，使得美国政坛危机不断。此次国会共和党人更是在谈判过程中将政府重新开门与改变奥巴马医保举措挂钩，直接拆奥巴马"政绩"之台。在重申共和党立场时，众议院议长博纳振振有词："我们不能在提高借贷上限的同时却不采取行动，去了解我们为什么必须借超过偿还能力的巨款。不断使用我们根本就没有的钱，然后债留子孙，这是错误的。"

"茶党"之突起

2010年中期选举既是美国政治极化的结果，也进一步催化着美国政坛更为极化的发展，其中2010年中期选举后进入国会的共和党"茶党"力量发挥着比谁对奥巴马政府"更狠"的极端倾向。例如，为了反对一项临时拨款法案，2010年中期选举后进入美国国会参院的得克萨斯州联邦参议员特德·克鲁兹自9月24日始发表长达21小时19分钟的"冗长演说"抨击奥巴马医改法案。

在联邦政府中任职的尼克在接受我采访时说："这些议员们从当选的第一天开始就算计着如何筹钱以赢得两年后的选举，保住权力成为他们最为关心的问题。"《纽约时报》专栏作家托马斯·弗里德曼也认为，由于这种"否决政体"现象的出现，今天的美国正在悲剧般地两极化，"长此以往，美国式民主制度将走向死亡"。

《华盛顿邮报》专栏作家迈克尔·格森认为，目前在美国国会众议院中，多数派似乎难以真正发挥作用。由于两党在一些理念上出现分歧，随着分歧的不断激化，一方阻止另一方提出的任何法案，理由很简单，只是反对而已。加上"茶党"的推波助澜，联邦政府的职能只会大大被削弱。事实上，就连共和党领袖们也始终认为"茶党"在政治上过于不理智和不负责任。

在美国政治极化的现实中，有一个被很多人视为禁忌但又难掩的因素，那就是美国的种族问题。来自加利福尼亚州圣迭戈的鲍博先生在抨击华盛顿"愚蠢政客"之时，悄声告诉我，共和党人之所以凡是奥巴马提出的政策必反，这里面有着只可意会不可言传的种族因素。另有一位共和党资深人士在接受我采访时承认，直至现在，很多共和党人心里并不认可白宫内这位主政的非洲裔美国总统。

有着军工企业、华尔街巨头等利益集团背景的美国政治绑架着美国经济，又反过来绑架着美国政坛。

美国两党达成的妥协只是向后拨了一下定时炸弹起爆的时间表。美国巨额国债仍将不断增加，对现有福利制度进行大规模削减又会引来强力反弹，美国没有既不做出牺牲，又能根除痼疾的解决方案。在美国两党不同治国理念的碰撞中，历史的惯性与局限性使得美国两党跳不出恶性循环的怪圈，也因此使得极端化的相互制衡不仅销蚀着美国，也在将危害外溢于整个世界。

美国联邦政府被迫关门已不仅仅是一场闹剧，而成为一种政治现象。在与奥巴马政府执政理念反动的力量中，"茶党"的政治力量愈发受到关注。因为"茶党"催化着美国政坛发生裂变。

2013年10月24日，"特德·克鲁兹"这个名字在美国主要报章上屡被提及。《华盛顿邮报》头版刊载的一则报道题为《如果在华盛顿不是英雄，那他在家乡却是，克鲁兹改组得克萨斯州政坛》。《纽约时报》除专文报道克鲁兹及其在高盛公司任职的妻子外，还在同日发表题为《特德·克鲁兹瞄准联邦通信委员会》的社论，批评这位参议员声称将阻止对联邦通信委员会新任领导人汤姆·惠勒的提名批准。

此前尚名不见经传的特德·克鲁兹迅速成为美国政坛知名度上升最快的"茶党"人物，并于2016年参加了美国总统大选，在那场竞选中，他与特朗普之间曾发生了很难看、语言也很脏的对峙。

2013年9月24日，这位从得克萨斯州进入美国第113届国会的新任参议员发表长达21小时19分钟的"冗长演说"，激烈抨击奥巴马医改法案，进而推动美国国会共和党人形成导致联邦政府随后部分关门的强大势头。在国会参议院就政府重开和债务上限问题所达成的妥协法案付诸表决前，特德·克鲁兹手中的一票成为该法案能否通过的关键，他也因此再次成为美国国会中的焦点人物。克鲁兹最终表示虽不会为该法案通过"挡道"，但仍不放弃原有立场。

当选前曾为"茶党"拥趸的克鲁兹最终成为"茶党"在联邦国会的代表人物。在美国政坛围绕联邦政府关门和债务上限问题的角力中，国会中的"茶党"势力以不妥协的强硬态度对共和党起了极大的牵制作用，进而凸显美国政治极化现状。"茶党"的所作所为在美国公众中成为极有争议的话题。

10月16日,那位名为苏珊的女士在美国国会大厦前对我说,正如她在标语牌上所言,"茶党"政治主张"幼稚可笑,误国误民"。然而,在美国联邦政府和私营部门工作40多年,其中在白宫管理及预算办公室十多年工作经历的格伦尼·施莱德先生在接受我采访时却认为,"茶党"代表了草根群众运动,其主要诉求为实行财政紧缩政策、施行"小政府"、反对政府加税,反其道而行之的奥巴马政府才是"误国误民"。

发端于2009年的"茶党"运动是美国民主、共和两党治国理念分歧以极端形式出现的延续,也是对奥巴马执政以来所推行的社会改革的强力反弹。

奥巴马以"变革"为口号赢得2008年大选后,不断推动经济刺激计划、加强金融管制、施行能源新政和移民改革,特别是动用当时民主党掌控国会参、众两院等政治资源全力推动医疗改革,终将《患者权益保护和可负担医疗服务法》签署成法。在金融风暴和两场战争令美国陷入颓势之时,奥巴马推动的社会改革是美国向更加关注平等、发挥政府职能、改善和加强社会福利的回摆,其执政理念与更加强调自由竞争和私有经济、反对政府干预及"大政府"、对不断扩大福利政策心存疑虑的共和党人明显相悖。

曾誓言"改变华盛顿政治文化"的奥巴马最终发现竞选诺言在残酷的现实面前显得极为苍白。有着政府干预特色的大规模经济刺激计划未能推动经济迅速复苏,大幅降低高失业率未能立竿见影,加强金融管制再次遭华尔街大佬厌恶,移民改革因阻力过大陷入停滞,在国债已至天文数字和福利开支日益沉重之时,医疗改革更成争议话题。在此背景下,借助YouTube等现代社交媒体,各地零星抗议活动呈风借火势愈演愈烈之态,逐渐形成以"茶党"自居的共和党右翼民粹运动。"茶党"一词可追溯到美国独立战争时期。1773年冬,为反抗英国人的苛捐杂税,一群打扮成印第安人模样的"波士顿茶党"将英国东印度公司的342箱茶叶全部倒入波士顿港,拉开了美国独立战争的序幕。"茶党"一词从此便与抗议政府高税收联系在一起。此外,"Tea"(茶叶)一词也是"Tax Enough Already"(税已经征够了)的英文缩写,与共和党右翼对奥巴马政府的批评颇为契合。

奥巴马政府无法改变美国"寅吃卯粮"的消费方式、滚雪球般负债型经济增长模式和日益沉重的福利开支。巨额美国国债和巨额赤字也因此成为"茶党"攻讦奥巴马政府的切入点。揪住如此软肋，"茶党"势力在2010年中期选举中异军突起，民主党失守联邦众院，从此改变美国政坛格局。此后的"茶党"并没有在掀起一时喧嚣后立即在美国政治史中留下一个匆匆而过的背影，而是以不断强硬的立场在美国政坛中屡搅波澜。2011年4月以来，美国曾面临4次减少联邦政府开支、债务上限、"财政悬崖"和政府部分关门危机，每每都有"茶党"烈度不断增强的推波助澜。

事实上，公开声称自己为"茶党"的国会议员人数并不多，其之所以有着加倍的政治能量，与更为广阔的社会背景密不可分。更为追求社会平等的奥巴马政府并未阻止贫富差距扩大所导致的社会分化和尖锐的社会矛盾，"茶党"运动与"占领华尔街"运动加剧了社会分裂，反过来使得"茶党"在催化政治极化的裂变中如鱼得水。

茶党人士多给人以共和党右翼"愤青"的印象，而当眼前这位施莱德先生表明自己很认可茶党政治主张时，我不禁刨根问底起来。

施莱德先生认为，目前的国会很不得人心，许多人指责国会在许多问题陷入僵局，但他认为，由于美国两党在治国理念上存在着实质性分歧，华盛顿缺乏妥协是一件好事，对未来是有益的。很多民调显示国会很不得人心，却没有解释国会为何不得人心。不能简单地视国会陷入僵局为坏事，同理，也不能视国会在一些重要问题上达成妥协是好事。他说，在过去几十年间，由于国会在财政和政府问题上的妥协，美国国债已超过17万亿美元，财政赤字持续增大，美国的社会安全和医疗救助计划有可能崩溃，不断扩大的联邦政府已被普遍认为无法控制，既不能也不愿履行其职权和责任，复杂的税务系统使得几乎每个人都认为其不公平，数以千页计的新的金融管制规则甚至连专家都被难倒，所有这些妥协导致个人自由和隐私的被侵犯。

施莱德先生认为，"茶党"代表人物进入美国联邦国会后，在很大程度上改变了国会行为方式，其主要指标之一是国会通过的议案大幅减少。第110届国会（任期为2007年1月4日至2009年3月1日）通过议案数量为460件，至第112届国会（任期为2011年1月5日至2013年1月3日），数量锐减为284件。而2013年1月3日就任的第113届国会，至2013年8月22日止，仅通过31件议案。许多人认为通过议案的数量可被视为国会是否成功的标志，他的看法恰恰相反。国会通过议案愈少，意味着新设开支项目、政府部门、承包商、补贴等愈少，进而减少纳税人负担，同时也意味着与华盛顿庞大游说集团有关的"指定款项"、税务漏洞愈少，反过来可能会减少人员对游说集团的支出和捐赠竞选费用。他说，根据美国"政治响应中心"统计，有两个数字很能说明问题，2009年，美国游说集团共有13797人，使用资金35亿美元，至2012年，上述两个数字已分别减至12407人和33亿美元，2013年迄今为止的数字为10290人和16亿美元。这未尝不是好事。

奥巴马公开表示，在刚刚平息的政府停摆政治角力中没有"赢家"。也有人认为，共和党在此次较量中败北，克鲁兹等"茶党"人物更加受到诟病，就连共和党内也有多人公开指责"茶党"便是明证。但在政府运转、主权信用、金融稳定这些重大问题上，"茶党"的兴风作浪已使得两党妥协余地愈发狭小，美国政坛已坠入某种"危机驱动"模式。在此进程中，"茶党"或"茶党"的支持者将是美国政坛中一股不可小觑的裂变力量。

政治极化中，三权都未能免俗

在美国政治极化的趋势中，美国最高法院也未能免俗。

2014年威廉玛丽学院法学院毕业典礼的主旨演讲嘉宾是当时美国最高法院资历最深的大法官安东宁·斯卡利亚。我在现场聆听了他的演讲。

在这次演讲中，这位由共和党总统里根任命的大法官大谈美国法学院为何不应由三年制改为两年制，抨击目标明显指向美国最高法院内由民主党总统任命的大法官，因为他们一直主张对学费昂贵的法学院进行学制改革。作为烈日下的听众之一，我看到本想在此场合听到更多励志之言的毕业生们对斯卡利亚此番党派争斗色彩浓烈的言论多表失望。

在美国三权分立的政治架构中，拥有宪法解释权的最高法院负有守护司法公正的使命。然而，目前美国最高法院9名大法官中愈发极化的党派色彩已经使得质疑其是否能够公正执法的声音日强。不久前，美国最高法院做出取消捐助者对候选人、政治团体以及政治行动委员会政治捐款上限的判决。这一判决成为美国政治极化在最高法院的缩影,即 5 名由共和党总统任命的大法官对此判决投下赞成票,而 4 名由民主党总统任命的大法官投下反对票。在美国最高法院的判决史上,大体上以党派划分的 5 比 4 投票结果并非少见,但这一完全以党派背景划线的判决结果实为罕见。

美国是多元化社会,凡事必有争议,司空见惯。但近年来,美国政治两极间几无良性互动。1986 年起担任最高法院大法官的斯卡利亚回忆说,当年他刚来华盛顿工作时,还常常参加由两党人士共同出席的晚餐聚会,现在这种情况全然不见了。他已经取消订阅《华盛顿邮报》和《纽约时报》,因为这些报纸"充满偏见,常常令人作呕",他目前只看《华尔街日报》《华盛顿时报》等保守派报刊。最高法院共和党背景的大法官只出席联邦主义者协会等保守团体聚会,而民主党背景的大法官则出席美国宪法理事会等自由派团体的聚会。恰如在如今的美国国会中很难找到持保守立场的民主党议员或持自由派立场的共和党议员,最高法院内也难寻由共和党总统任命的大法官持自由派立场,或由民主党总统任命的大法官持保守派立场。美国最高法院的政治极化可见一斑。

其实,看似超然的大法官们从一开始便未能在政治纷争中"免俗"。有着党派背景的美国总统对于大法官的任命除了能力、宗教、种族、性别等多种因素考虑外,也常常夹有对亲朋好友投桃报李的政治"补偿"私货。近年来,美国总统对大法官的任命更为看重政党意识形态这一因素,政党背景也因此成为预测大法官在各种官司中判决投票倾向的重要依据。直至 20 世纪 80 年代,最高法院大法官的助手多无党派色彩。现在每位大法官的身边均雇有持本党派观点的助手,这些助手反过来一味向大法官反哺有强烈党派倾向的各种信息。得克萨斯大学法学教授贾斯汀·德赖弗认为,最高法院内的政治极化现象令人很难否认美国的法律是政治的附庸,也很难否认最高法院的法官是身着黑袍的政客。这一现状将对法学院学生产生党派政治意识"自我强化"等长远的恶劣影响。

政治极化是近年来导致整个美国政治机制动辄发生梗塞的症结所在。威廉玛丽学院法学教授尼尔·德文斯在其专著中认为,美国的政治极化已经将最高法院变为党派法院。在美国行政、立法机构早已陷入政治极化旋涡难以自拔的情形下,党派政治对最高法院的侵蚀将对其权威、声望及美国民众对法治信念造成长期伤害。

在政治极化的气氛中，美国"政党分肥"现象也愈演愈烈。

"这样不合格的人怎么能够成为美国驻外大使？他们明显的短板势必给美国利益带来损害。"美国国防论坛基金会主席、正在竞选美国国会众议员的苏珊娜·斯科尔特2014年2月15日在接受我的采访时说。同日，美国首都商业财产公司总法律顾问、高级副总裁艾伦·弗兰克在接受我的采访时说："这种权钱交易在美国由来已久，谁也改变不了，今后仍将如此……"

话题是由当日《华盛顿邮报》头版一篇题为《出丑引来外交争议》的报道而来。根据这一报道，一段时间以来，被奥巴马总统提名的多位候任大使在国会听证会上屡屡"露怯"，进而引发人们对美国"政党分肥制"的新一轮质疑浪潮。

首先"露怯"的是奥巴马总统提名的驻挪威大使乔治·楚尼斯。楚尼斯此前为旅馆业大亨，曾向奥巴马和其他民主党人提供约130万美元政治献金。在美国国会此前举行的听证会上，楚尼斯承认他从未去过挪威。不仅如此，楚尼斯还是一位"大嘴巴"，他在这一听证会上指称挪威进步党为极端狂热分子。事实上，挪威进步党现为挪威中右翼执政党之一。楚尼斯的失言立即在大西洋彼岸的挪威引来强烈不满。挪威议会中进步党议员让·阿尔德·艾林森说，楚尼斯的这番言论是"不可接受的挑衅"，要求楚尼斯就此进行道歉。楚尼斯随后不得不为此事进行"善后处理"。

被提名担任美国驻匈牙利大使的科琳·贝尔曾是肥皂剧制片人。在2012年美国总统大选中，她为奥巴马集资约80万美元。她在国会听证会上承认对匈牙利知之甚少。被提名担任驻阿根廷大使的诺厄·布赖森·马梅特在国会听证会上承认他从未去过阿根廷，也不能流利地讲西班牙语。在奥巴马进行竞选连任时，马梅特曾捐款50万美元。在同一场听证会上，被奥巴马提名担任驻冰岛大使的罗伯特·巴伯也说他从未造访过这一北欧国家。在2012年美国总统大选时，巴伯为奥巴马捐赠160万美元。

毋庸讳言，美国驻日本大使卡罗琳·肯尼迪的任命背后有着奥巴马对肯尼迪家族的感恩戴德。除将大使职位送给为奥巴马奉上政治献金者外，美国驻南非、丹麦、坦桑尼亚等国大使职位还被给予前白宫官员或曾为奥巴马竞选出力的助手们。

在美国历史上，一些非职业外交官出身的美国驻外大使不时出洋相或因不当言论引来外交争端。1957 年，由女装连锁店老板变身为美国驻斯里兰卡（当时国名为锡兰）大使的麦克斯韦尔·格卢克叫不出该国总理的名字。老布什政府时期的美国驻意大利大使皮特·塞科希亚因公开表示他喜欢意大利"漂亮姑娘"而招来麻烦。在奥巴马第一任期内，有"政治任命"背景的美国驻马耳他、卢森堡、肯尼亚、巴哈马等国大使在暴露出"管理问题"后不得不相继辞职。

在美国历史上，"政党分肥制"早已有之，其背后是美国政治制度中"钱主政治"的本质和由此带来的"投桃报李"般的利益瓜分。在早期历史中，美国驻外大使一职一度全部为"政治任命"。1881 年 9 月 19 日，时任美国总统詹姆斯·加菲尔德被查尔斯·吉托暗杀，其起因便是吉托没有得到他所希望的驻欧洲国家大使职位。1924 年，美国通过《罗杰斯法》，进而建立起职业外交服务体系，但此法并未禁止"政治任命"。1980 年美国出台的外交服务法令中提及，政治竞选贡献"不应成为任命某人成为外交机构主官的一个因素"，但此种泛泛而论根本无从制止有着更为深刻政治、经济根源的"政党分肥制"。

近半个世纪以来，当选美国总统对于驻外机构负责人的任命有着 70∶30 的潜规则，即约 70% 的驻外大使任命从职业外交官中挑选，另有约 30% 属于有着权钱交易性质的"政治任命"。有统计表明，福特、卡特、里根、老布什、克林顿、小布什和奥巴马政府的"政治任命"比例分别为 38%、27%、38%、31%、27%、30% 和 37%。据美国外交服务协会统计，迄今为止，奥巴马执政以来对驻外大使"政治任命"的比例为 37%，而自奥巴马第二任期以来，这一比例已高达 57%。未来一段时间，这一比例还会继续攀升。白宫发言人卡尼日前辩解称，"总统竞选献金者并不能保证一定会在政府中谋得一职，但也不能因此不能获职"。

在奥巴马第一任期内，他只将 10% 的驻外大使职位送给政治献金者。据悉，这一做法使得他的不少支持者感到"气愤"。入主白宫前的奥巴马曾如"愤青"般批判"华盛顿政治文化"，对美国政坛上的政治献金及权钱交易现象表示"气愤"。几年下来，在华盛顿这一政治大染缸中，奥巴马早已与其前任同流合污。

曾在小布什政府中担任总统顾问的吉莱斯皮战略咨询公司创办人爱德华·吉莱斯皮在接受我的采访时说，愈演愈烈的政党分肥现象肯定有损美国外交形象及利益。美国国会资深参议员、参议院外交关系委员会成员麦凯恩此前说，奥巴马近一段对一些大使的提名"确实令人忧虑"，因为这些人明显不合格，"如果你提名某人当大使，而那个人根本没到过那个国家，你这是在冒险赌博"。美国前驻比利时大使汤姆·科罗洛格斯说，他对于美国国务院能让这些人"如此没有准备地"前去当大使"感到吃惊"。他说，当他本人被批准担任美国驻比利时大使时，他对比利时的了解比一般比利时人还多。宾夕法尼亚大学教授、美国前驻秘鲁和莫桑比克大使丹尼斯·吉特认为，美国不可能消除"政治任命"。他主张建立年度工作评估制度，以解决所出现的严重问题。

美国外交服务协会也曾计划出台一项驻外大使基本资格指南。对此，艾伦·弗兰克颇为不屑，他说："刚刚过世的影星秀兰·邓波儿也曾出任美国驻加纳、捷克斯洛伐克大使。美国改变不了政治分肥现象。奥巴马在第二任期内将会更加有恃无恐，想怎么干就怎么干，无人能管，无人能治，谁上台也都这么干。"

对于外人而言，美国政治的黑幕可谓黑不可测。

2013年9月24日，当得克萨斯州新任联邦国会参议员特德·克鲁兹因在美国第113届国会发表长达21小时19分钟的"冗长演说"而令全美瞩目之时，那位名为唐纳德·特朗普的纽约房地产商人正在支出100万美元对竞选白宫宝座进行可行性研究。特德·克鲁兹也没有想到，在整整两年半之后，他与特朗普在2016年美国大选初选阶段的对掐进入白热化。

2016年3月25日，美国"国家调查者"网站曝出克鲁兹有5个秘密情人，这对长期标榜自己为虔诚基督徒的克鲁兹而言，不啻为毁灭性打击。愤怒的克鲁兹忙不迭地出面否认，并指特朗普是此事幕后黑手，因为那家网站的首席执行官是特朗普的好朋友。

其实，在政治理念上，特朗普比克鲁兹这个"茶党"还要"茶党"。事实也最终证明，无论是竞选手段，还是执政后的拳打脚踢，克鲁兹只能自叹弗如。

每四年一次的总统大选是美式民主的充分展现。在这种周期性的政治洗牌中，既可以奔出奥巴马这样的"黑马"，也可以胜出特朗普这样的"奇葩"，真是耐人寻味。

10 总统大选：乱哄哄你方唱罢我登场

> 美国政治史中有一个明显的钟摆效应；"美国梦"是两党共同的煽情主题词。在一个日益分化的美国社会中，极具迷幻色彩的"美国梦"虚化了多少惨淡的现实；在两党全国代表大会这一典型的美式政治大秀场内，隐藏着各种政治势力间的讨价还价和诡谲谋算；说到最后，就是——要钱；在这个充分利用现代传媒手段与充满权术博弈的渲染、炒作过程中，多名政客成为匆匆历史过客，费尽心力的相互攻讦成为笑谈，动辄以万亿美元为量级的大话难免云山雾罩，侃侃而谈的治国方略总难令人信服。

2020年的美国总统大选扑朔迷离。待大选结果愈加明显之际，败选的特朗普拒不承认大选结果，百般抗争后终于低下傲娇的头，悄悄回到佛罗里达那个海湖庄园去了。

纵观美国政治史，有一个极为明显的钟摆效应。共和党人小布什的单边主义造就了民主党人奥巴马的崛起，经过跌跌撞撞、政治不断极化、且难有作为的8年之后，地产商人特朗普作为共和党人奇崛登顶，将钟摆无比张扬地极速右转。仅仅4年之后，特朗普很没面子地进入了只干一届美国总统的小名单。民主党人拜登上任首日一口气签署了15项行政命令和2项指示，数量超过此前4任美国总统，将钟摆又狠狠地向相反方向推了一把。

对美国民主这点儿事看多了，也能八九不离十地发现其套路：任何一位美国总统候选人在竞选时，都会向选民发问："你觉得你们的生活比4年前更好吗？"以此诋毁其在任政敌，显示其为救世清流。先在党内互殴一番，争出头来，再与对方党派候选人彼此骂上几个来回。一旦当选，转过身来便淡化本党色彩，宣称"我是所有美国人的总统"。除个别情形外，当选首日便开始琢磨着如何拼两年之后的中期选举和 4 年之后的大选，以力争连选连任——权力春药的诱惑是极大的。

对于美国民主的理解，莫过于完整地经历一次总统大选。

美国的民主制度建设是人类文明社会伟大的实践活动。经过两百多年的创建、摸索、调整和实践，每 4 年一次的美式总统民选已经机制化、程式化。然而，这种机制和程式从来不是纯然的高尚，它的运转离不开金钱的润滑，也因此离不开金钱自带的龌龊。

"潘多拉魔盒"的打开，除了真善美，也有假恶丑，一切都是相对而言。

我完整地经历和观察了美国 2012 年总统大选，也经历了 2008 年当选总统奥巴马的几乎整个任期，这除了对于探究美国政治极有帮助外，也是一份值得珍惜的历史记录。对于 2016 年美国总统大选进程，我在《特朗普评传》一书中已有详尽叙述，亦可视为对 2016 年美国总统大选一份较为翔实的历史记录。

2012 年美国感恩节期间，一张照片在社交媒体脸书上疯传：落败的美国共和党总统候选人罗姆尼一头乱发，穿着极为休闲的 T 恤衫，在自家厨房内搂着妻子尽显恩爱。

"说什么脂正浓、粉正香，如何两鬓又成霜？"罗姆尼那一脸堆笑的背后分明五味杂陈！

此前的罗姆尼曾令整个世界瞩目。做了多年总统梦的罗姆尼如果胜选，他将成为美国历史上第一位摩门教徒总统。但他输了。就如同此后的希拉里·克林顿如果在 2016 年胜选，她将成为美国历史上第一位女性总统，但她未能创造历史。抱憾，是他们共同的感受。

作为共和党候选人的罗姆尼与时任民主党总统奥巴马抗争，确有不利之处。奥巴马是美国民主党 2012 年大选唯一总统候选人，除有以逸待劳的优势外，还有在位总统说不清道不明的各种灰色资源可资利用。此外，打着"变革"大旗入主白宫的奥巴马虽已磕磕绊绊，但余势尚在，还不至于成为如卡特那样只做了一届的民主党总统。

亲历 2012 年大选全过程

2012 年美国大选是第 57 届总统选举，同时众议院全部 435 个席位及参议院 33 个议席也进行改选，以产生美国第 113 届国会，部分州的州长选举和州议会也要进行选举。

2012 年 1 月到 6 月是美国总统选举的预选阶段，其间，民主、共和两派参选人争夺本党总统候选人提名。预选结束后，民主、共和两大政党分别在第三季度召开全国代表大会。会议的主要任务是最终确定本党总统、副总统候选人，并讨论通过总统竞选纲领。

民主、共和两党全国代表大会之后，总统竞选便正式拉开帷幕。这一过程一般持续 8 至 9 周。在此期间，两党总统候选人须耗费巨资，穿梭于全国各地，通过广告大战、发表竞选演说、会见选民、召开记者招待会阐述其对国内外事务的政策主张，以赢得选民对自己的信任，争取选票。其间还有非常重要的总统、副总统候选人电视辩论，那更是争取选民的重要时机。

最终的全国选举于 2012 年 11 月 6 日举行。此后，选举人团最终确认选举产生的总统和副总统。

2012 年 1 月 3 日，美国总统大选首场"前哨战"在中西部小州艾奥瓦州正式开打。

2012 年 1 月 1 日夜间，我从美国首都华盛顿乘机前往艾奥瓦州首府得梅因。一路上，不时见到手提肩扛摄像机等长短设备的各路记者，大家的目的地均为这个即将打响美国 2012 年总统大选"第一枪"之地。

位于美国中西部的艾奥瓦州 2010 年人口统计为 3046355 人，在全美列第 30 位。本为不显山不露水的艾奥瓦州之所以引来周期性高度关注，概因为大选之年在这里举行的全美第一个党团会议选举极具标志性、引导性和心理作用。

艾奥瓦州这一特殊地位的确立经过了上百年历史沿革。1846 年，艾奥瓦州政党决定通过党团会议制度进行总统选举，当时的会议时间定在大选年的 3 月或者 4 月。一百多年后的 1972 年，艾奥瓦州民主党领导人决定在当年 1 月举行党团会议选举，以便响应民主党全国代表大会关于吸引更多选民参加选举的倡议。民主党总统候选人乔治·麦戈文要求艾奥瓦州举行党团会议选举具体时间早于新罕布什尔州的初选。这一安排使得麦戈文的竞选备受媒体关注,最终获得当年民主党提名。1976年,名不见经传的吉米·卡特如法炮制,在艾奥瓦州先声夺人,最终赢得总统大选。此事进一步确立了艾奥瓦州在美国总统大选年中独特的"前哨战""第一枪"地位。同样在1976年,美国共和党也决定在艾奥瓦州举行第一场党团会议选举,以吸引媒体关注。至1980年,美国民主、共和两党均改变章程,确保艾奥瓦州的党团会议选举结果当晚产生。

在2012年的美国总统大选中,奥巴马成为民主党唯一候选人。因此,艾奥瓦州的选举看点在于处于内斗中的共和党候选人。在经过几番沉浮淘汰后,共和党计有6名候选人在艾奥瓦州角逐,他们是:前马萨诸塞州州长罗姆尼、得克萨斯州联邦众议员罗恩·保罗、宾夕法尼亚州前联邦参议员里克·桑托勒姆、国会众议院前议长纽特·金里奇、得克萨斯州州长里克·佩里和明尼苏达州联邦众议员米歇尔·巴克曼。

2012年1月2日,共和党候选人在寒风中全力进行最后一天的竞选。当时在民调中排在领先地位的罗姆尼抨击奥巴马是一个"十足的分裂者、抱怨者、找借口者和推卸责任者"。罗姆尼曾于2008年参加总统大选,但他未能在艾奥瓦州获胜,也未能在共和党内出线。4年后,罗姆尼说:"我们将以全部热情和力量赢得这一胜利。"

得克萨斯州联邦众议员罗恩·保罗在他儿子、肯塔基州联邦参议员兰德·保罗的陪同下于1月2日再次来到艾奥瓦州发表竞选演讲。他希望支持者在3日晚能够发出"不仅会在艾奥瓦,而且会在全世界引来反响的信息"。

在此之前的多次民调中,罗姆尼与保罗名列前茅,宾夕法尼亚州原联邦参议员桑托勒姆名列第三,其势头仍在上升。1月2日,接受我采访的马克夫妇便表示在3日晚的党团会议上支持桑托勒姆,其原因是桑托勒姆背景清晰,头脑清楚,其低调竞选风格恰恰令人印象深刻。当我问及他们为何不支持罗姆尼时,马克夫妇表示,罗姆尼未能说服艾奥瓦选民他"足够保守",此外,他的摩门教徒身份也一直成为制约因素。"他的信仰不同。"马克夫妇说。在谈及对奥巴马的态度时,他们均一再摇头,认为奥巴马不是一位好总统。他们同时承认,艾奥瓦州总体而言是一个相当保守的州。

艾奥瓦州这一四年一度的盛事也成为当地政府、机构和企业紧抓不放的商机。在艾奥瓦州相关机构向记者发放的资料包内，多为向外部世界推销艾奥瓦州的各种资料。

在艾奥瓦州采访期间，我曾到最为基层的社区观察不同党派、不同候选人背景的竞选团队如何拉票，以及最为基层的选民们如何填写手中那张选票，选举组织者则用一个小笸箩状的容器将大家的票收集起来后宣读选举结果。

当时给我的感觉是，美国最为基层的选举方式及过程与中国基层单位选举中常常使用的匿名划票、写"正"字等方式并无太大差异。

从世界各地涌来的媒体人士一到得梅因，便纷纷抢占有利地形，以便1月3日大干一场。在谷歌等公司赞助下，艾奥瓦州在首府得梅因市中心为各路记者专设新闻中心，但想要得到一席之地，需花费至少400美元。新闻中心的正前方，有一块巨大的显示屏。在选举结果出炉当晚，显示屏上即时显示各位候选人的得票结果，记者们也因此可以随时动态报道选举结果。

在经过逐州的竞选后，罗姆尼获得的选举人票数遥遥领先，超过了党内其他竞选者。

两党全国代表大会

民主、共和两党党内总统候选人初选结束后，接着就要召开全国代表大会了。美国两党全国代表大会俨然是一场政治"嘉年华"，这是总统大选进程中向终点冲刺的重要节点。

美国民主党第一次全国代表大会于1832年在马里兰州的巴尔的摩举行，其主要任务是为谋求连任的安德鲁·杰克逊总统选举副总统候选人，参会代表为283人。美国共和党则于1856年6月17日至19日在费城举行首次全国代表大会。

长期以来，美国两党全国代表大会主要功能为提名总统、副总统候选人，制定党纲，处理内部党务事宜等。但近年来，美国两党全国代表大会功用已悄然发生变化，其中对总统候选人的提名已由最初的谈判、讨论、选举产生转变为现在的形式上的正式提名。为进入冲刺阶段的大选进行政治总动员式的造势成为主要功用。民主、共和两党均称 2012 年总统大选是一次决定美国方向和命运的选举,全国代表大会自然是阐述此后 4 年大政方针的重要舞台。

2012 年 8 月 27 日至 30 日,美国共和党全国代表大会率先在佛罗里达州坦帕市举行。此次共和党代表大会的举办地之所以选择坦帕有其政治上的谋算。佛罗里达州是有着 27 张选举人票的"摇摆州",而坦帕则有着众多"摇摆选民",在此次大选中赢得佛罗里达州对于共和党而言意义重大。

美国民主党全国代表大会随后于 9 月 4 日至 6 日在北卡罗来纳州最大城市夏洛特举行。北卡罗来纳州同样为"摇摆州"。奥巴马在 2008 年大选时曾在此获胜,为使历史重演,对奥巴马政府支持度下降的北卡州再成两党必争之地。

随着美国两党全代会的临近,坦帕和夏洛特不仅涌来数以万计的代表和记者,也涌入数以千计的抗议示威者,两地安保也进入铁桶般严密状态。

自 8 月 26 日以来,坦帕市中心满街军警,一片肃然。为了这个代表大会,佛罗里达州调集了大量警力。共和党全国代表大会举办地坦帕湾时报论坛大厦附近已被戒严。在热带风暴"艾萨克"的影响下,8 月 27 日,坦帕上空阴云翻滚,疾风骤雨轮番袭来。然而,风雨并没有挡住举行各种抗议示威的人群。一位身着助选奥巴马连任 T 恤的女士在风雨中告诉我,她认为共和党的政策主张全然脱离普通民众,无助中产阶级,而代表共和党声音的福克斯电视台干脆就是"说谎"。我在坦帕下榻的旅馆内,可见多名警察,他们均是临时从外县调来值勤的。在从旅馆至会议中心的班车上,均有警察带车。在会议召开期间,坦帕几成空城。

夏洛特也大致如此。我于 9 月 2 日前往夏洛特市中心会议中心领取记者证件时,街头已是军警林立。街角处竖立的牌子上写道:"出入者全部需身份检查。"当我向多名警察问路时,竟无一人知晓路况,原来他们也都是从邻县调来的增援者。

望着几近空城的会议举办地,我忽然想到 2008 年北京举行奥运会期间,一批美国电视记者在潘家园古玩市场内围着几名保安追拍不停,以渲染北京如何严密防范不测。美国两党不就是开个代表会吗,又何必紧张成这样?!

民主党全国代表大会安排在北卡州的夏洛特市举行,但我被安排在南卡罗来纳州的洛克希尔市住宿,此地距夏洛特市近 40 公里。开幕首日,旅馆贴出告示，称自当日下午 2 时至晚 7 时，每隔一小时便有一辆班车前往开会地点，但诸多记者自下午 2 时苦等至 4 时，才见一辆客车到来。到了时代·沃纳体育场内的新闻中心，向工作人员询问正式提名奥巴马总统为何时，工作人员面面相觑，竟无一人了解情况。

在美国两党全国代表大会上，四处可见一位山姆大叔打扮的人招摇过市，头戴驴、象饰物的拥趸过节般热闹……在这一典型的美式政治大秀场内，隐藏着各种政治势力间的讨价还价和诡谲谋算，充满了相互攻讦的火药气息与铜臭味道。在这一最大限度运用现代化多媒体的政治舞台上，令人目不暇接的声光电信息强力冲击着人们的听觉与视觉神经，最大程度地影响着人们的政治取向。

共和党全国代表大会与民主党全国代表大会风格做派有异有同。共和党多显正襟，民主党更显随意；共和党与会者白人与长者多，民主党与会者非洲裔与拉美裔众；共和党会场更多专注，民主党会场更显喧哗。然而，两者同样千方百计造势，慷慨激昂中难免水分大增。共和党宣称 1.5 万名记者到场显然过虚，民主党总是拿奥巴马出资拯救汽车业表功又显雷同。

共和党全国代表大会因"艾萨克"热带风暴而取消了首日活动。

自初选以来，美国共和党总统候选人从群雄逐鹿至罗姆尼脱颖而出，经历了一个过程。在 8 月 28 日举行的共和党全国代表大会上，各州代表团相继报告选举结果，最终由美国国会众院议长、多数党领袖博纳宣布罗姆尼所获得的党代表票数为 2061 张，超过了获得提名所需的 1144 张，从而符合提名资格。此外，来自威斯康星州的联邦众议员保罗·瑞安也被正式提名为共和党副总统候选人。这一宣布表明罗姆尼、瑞安最终获得本党授权，将在当年 11 月 6 日的 2012 年美国总统大选中挑战现任总统奥巴马和副总统拜登这一民主党组合。

在召开共和党全国代表大会之前数日，共和党全国委员会就已在开会商讨修改本党党纲，这一过程由美国媒体 C-SPAN 直播或录播，其商讨、修改过程相当透明。现场对修改意见一般通过口头表决方式，如口头表决无法确定同意、反对哪方声音更大，则通过举行点票方式决定条款修改决定。

随着现代多媒体的发展，美国两党代表大会更多地成为各自党派政治造势的舞台。基于此，两党代表大会的举行时间均为自下午 5 时起至晚 11 时的电视黄金时间。正是由于这一原因，共和党全国代表大会因"艾萨克"突袭而不得不缩短一天的会期，也因此带来了究竟谁在黄金时间上台露脸的新问题，最终不得不对上台发言者进行调整。

能在美国两党全国代表大会发言者均经千挑万选。对于会议主办者而言，发言人必须体现本党意志，对于发言者来说，能够登台讲演则对其政治生命有着不言而喻的深远意义。正是这样一个政治大舞台，涌现着美国两党新生代人物。2004年，初出茅庐的奥巴马在民主党全国代表大会上首次亮相，并因此为其4年后当选美国总统做了铺垫。在2012年共和党全国代表大会上，新泽西州州长克里斯蒂和佛罗里达州古巴裔参议员卢比奥等人慷慨陈词，也因此被称为共和党"明日之星"。民主党全国代表大会则推出了得克萨斯州圣安东尼奥市市长卡斯特罗、正在竞选马萨诸塞州联邦众议员的乔·肯尼迪三世等政治新星。卡斯特罗年仅37岁，是首位在民主党党代会上做主旨演讲的拉美裔政客。

台上乱哄哄你方唱罢我登场，台下的志愿者们忙不迭地将各式标语牌依不同时间段发放到人们手中，变换着花样营造出热烈气氛。两台政治秀舞台虽拥捧与攻讦者各异，但"美国梦"却成为共同的煽情主题词。在一个日益分化的美国社会中，极具迷幻色彩的"美国梦"虚化了多少惨淡的现实。

在两党代表大会上，鱼贯般上台的发言者重要内容便是分别对罗姆尼和奥巴马大加赞许，其煽情程度无以复加。

为了改变此前共和党内纷争不断的状况，进而营造共和党内一致对外的团结氛围，在此次共和党全国代表大会上，从前总统老布什到小布什，再到罗姆尼昔日竞争对手、参议员麦凯恩（已于2018年辞世，死后极享哀荣）、前参议员桑托勒姆、前国会议长金里奇都以不同形式出场表达对罗姆尼的支持。从小企业主到拉美裔人士，多位现场发言者的鼓动也旨在从不同角度拉拢各方面选民，以扭转罗姆尼在女性、年轻人、非洲裔、拉美裔等选民群体中民调落后的局面。为改变罗姆尼多少令人感到隔膜的个人形象，众多罗姆尼亲朋故旧、2002年冬奥会冠军等也被请来现场解说罗姆尼。罗姆尼本人也在当晚的讲话中更为直白地谈论他的摩门教背景，以打消选民顾虑。8月28日晚10时后，一袭红衣的罗姆尼夫人安·罗姆尼登台演讲，成为当日会议最高潮。安·罗姆尼在演讲中介绍罗姆尼时说，"他不会让你们失望"。

在对本党候选人极力推介的同时，两党登台者有针对性地从不同角度对竞选对手大肆攻讦，颇有不择手段之意。

以就业、美国巨额债务为切入点的经济问题仍为共和党对奥巴马政府的主攻方向。为显示奥巴马政府"令人失望"的经济政策，那次共和党全国代表大会开幕之时，会议现场启动了两个数字不断闪烁增加的"债务电子钟"，其一显示自本次共和党全国代表大会开始以来美国负债数字，另一个则显示美国共计近16万亿美元的巨额债务。

共和党对奥巴马的抨击显然经过周密思虑与设计，其中最具杀伤力的当数好莱坞明星伊斯特伍德的现场表演。身兼演员和导演的伊斯特伍德登场之前一直被保密。他在发言之前，现场工作人员在讲台前摆出一张酒吧椅，这又平添几许神秘。伊斯特伍德一登场，引来全场惊呼。已逾八旬的伊斯特伍德声音嘶哑，又表现得若有所思。他对着那张空椅子说："三年多前，奥巴马当选总统。他高谈阔论希望、改变，大家都哭了……直到我发现，现在美国还有2300万人没有工作……奥巴马总统，你打算怎么办？"在全场一阵紧接一阵的哄笑声中，奥巴马"无所作为"的潜台词被表现得淋漓尽致。好莱坞一直是奥巴马阵营的铁票仓，而伊斯特伍德算是一个另类。尽管遭到伊斯特伍德如此无情呛声，奥巴马无计可施，仍很高姿态地表明自己依然是伊斯特伍德的"超粉"。

9月4日，美国民主党全国代表大会正式在北卡罗来纳州最大城市夏洛特市的时代·沃纳体育场内举行。首日活动因组织不畅显得有些混乱。佛罗里达州国会众议员黛比·舒尔茨宣布大会开始。她说，这是民主党历史上最大、最多元化和最公开的大会。

自9月4日上午始，妇女、同性恋、老年人等各团体便相继举行会议。全体会议自9月4日下午5时正式举行。前总统卡特以视频形式为奥巴马助选；肯尼迪家族成员被请来，唤起人们对已故参议员肯尼迪4年前力挺奥巴马的历史记忆；伊拉克老兵，奥巴马医改受益者，马里兰、北卡、俄亥俄等州州长相继上台颂扬奥巴马政绩。芝加哥市市长、原白宫办公厅主任伊曼纽尔则从自身经历讲述奥巴马总统曾度过多少不眠夜，又解决了多少难题。伊曼纽尔称，奥巴马是一位"一代人中只出这样一位"的美国总统。

拉美裔成为美国共和、民主两党着力拉拢的选民群体。在9月4日民主党全国代表大会的黄金时间段，得克萨斯州圣安东尼奥市古巴裔市长朱利安·卡斯特罗成为闪亮新星。他用亲身经历讲述一个听起来似曾相识的"美国梦"故事，并由此告诉美国选民，只有奥巴马才是今后使得"美国梦"得以实现的总统。

打出妇女选民牌更是大会首日一大特点。美国国会众院少数党领袖佩洛西领着一众妇女众议员为奥巴马总统站台，其中包括华裔众议员赵美心。开幕夜的压轴演讲人是美国第一夫人米歇尔·奥巴马。她告诉大家奥巴马总统如何在白宫4年岁月中努力工作。她说："4年以后，我更爱贝拉克了……"

女性选票在历届大选中占据着举足轻重的地位。民主党竞选团队认为，奥巴马当时选情稳定，锁定关键的拉美裔选民，并巩固女性选民，这样便可在摇摆州胜出。女性，特别是城市女性，传统上是民主党的基本群众。能够赢得大多数女性的青睐恐怕是选举的关键。与男性相比，女性更关注教育、福利、社会公平等民主党更加擅长处理的问题。因此，妇女选票中的多数仍然留在民主党一边。也因此，妇女选票变成了共和党候选人必争的宝地。美国女性获得选举权不过是1920年的事情，仅仅在80年之间，妇女已经从没有选举权的二等公民变成了选举中最重要的力量。根据美国人口统计局对2000年总统大选的调查，当年1.8亿多的合格选民中，8900多万为男性，9700多万为女性。58.1%的男性以及60.7%的女性投了票。可见女性选民不仅人数多于男性，而且参加投票的比例也高于男性。当年投票的女性比男性多出了800多万。

民主党对罗姆尼也毫不手软。在9月4日的会议上，时任马萨诸塞州州长大揭前任罗姆尼的老底，称罗姆尼任马萨诸塞州州长之时政绩糟透，其所吹政绩均为胡说。

美国两党全国代表大会最高潮莫过于罗姆尼和奥巴马的接受提名演讲。这一演讲也被安排在两党全国代表大会结束之前。8月30日晚，罗姆尼在大会上发表接受总统候选人提名的讲话中，批评奥巴马未能实现在竞选中许下的承诺，给美国民众带来了失望与分裂。罗姆尼说，当前美国需要创造更多就业岗位，如果当选总统，他将推动实施五点经济主张，在未来4年内为美国创造1200万个工作机会。

罗姆尼讲话之后，七彩纸屑、大小气球在强光晃射和节奏感极强的旋律中满场飘飞，罗姆尼与其竞选搭档瑞安举家在舞台上转圈做出必胜手势，"造势"达到沸点。造势之张扬与失势之落寞，反差虽大，却早就埋藏着必然的反讽。

9月5日晚，美国前总统克林顿在压轴演讲中提名奥巴马为美国民主党总统候选人。克林顿演讲结束后，民主党全国代表大会各州代表团按字母顺序向大会主持人报告对提名奥巴马为总统候选人的表决结果。这一程序结束后，奥巴马被正式提名为美国民主党总统候选人。

针对共和党总统候选人罗姆尼阵营的抨击，克林顿在接近午夜时分的演讲中为奥巴马政府在就业、经济、医改、债务等问题上的作为进行了针锋相对的辩护。

在整个2012年竞选活动中，克林顿为奥巴马站台可谓尽心尽力，我记得最后在弗吉尼亚州举行的竞选活动中，克林顿发表演讲时已声音嘶哑。这一切的背后都有着讨价还价后的政治交易，其结果是在2016年总统大选中，时任总统奥巴马公开支持希拉里·克林顿代表民主党竞选总统。

冲刺阶段的大选辩论

在两党全国代表大会之后，两党总统、副总统候选人正式进入大选阶段，其重要内容之一便是由两党总统、副总统候选人参加的电视辩论。在美式民主中，这无疑对于全美选民认识、了解候选人并最终决定自己手中这张选票投向有着重要影响。

对于这几场重要的辩论，全美多个电视台均全程直播，其公开、透明无疑值得首肯。但参辩者本身却也因此有着诸多"秀"的成分。

2012年10月3日晚，美国民主、共和两党总统候选人在科罗拉多州丹佛市进行首场辩论，标志着美国大选较量进入冲刺阶段。在这场辩论中，颇具背水一战意味的共和党总统候选人罗姆尼在经济问题上攻势凌厉，而一向口才甚佳的现任总统、民主党总统候选人奥巴马则显得有些躲闪。

美国国内政治历史表明，面对挑战者，寻求连任的现任总统通常在全国直播的大选辩论中居于守势。自20世纪60年代以来，美国总统候选人直接辩论之所以愈发引人注目，主要原因在于这一辩论成为选民认识、判断候选人甚至最终决定选票投向的平台和动因，也因此生出许多因失言败选或因一警句胜出的戏剧性结局，攻守之势可谓翻云覆雨，为大选进程平添些许不确定因素。

在此之前，有着"在任者优势"的奥巴马在包括"摇摆州"在内的各种民调中均胜出一筹，使得作为挑战者的罗姆尼明显处于劣势。加之此前一段被偷拍后上网的录像显示，罗姆尼在一次富人筹款会上说，占人口47%的不纳税者无论如何都会投票给奥巴马，他们把自己视为就应该得到政府补助的"受害者"。这一句话便伤了47%的选民，更令罗姆尼阵营陷入被动。此时至11月6日大选日不到五周，与奥巴马的首场辩论便成为罗姆尼挽回颓势的良机。

为时一个半小时的美国总统候选人首场辩论主要内容为经济及医疗改革、政府作用、党派政治等国内政策问题。美国高失业率、巨额债务、复苏疲软等经济问题一直是本次大选焦点话题。本场辩论表明，面对美国经济困境，尽管两党总统候选人均信誓旦旦声称有救世良方，但一深究却都有些云山雾罩。

罗姆尼称奥巴马政府所奉行的经济政策不可能改变巨额赤字现状，奥巴马反击说，罗姆尼的经济政策只能使经济状况更糟。罗姆尼宣称他有振兴美国经济计划，奥巴马抨击其未能提供这些计划细节。但当被追问税改、医保、金融管制法规等问题的细节时，奥巴马自己也显得有些躲闪。奥巴马说，罗姆尼计划削减20%税率将增加5万亿美元开支，这只能有益于富人而使中产阶级纳税人受损。罗姆尼反击说，"事实上他所有关于我税制计划的说法都不准确"。罗姆尼数次提及自奥巴马执政以来，有2300万人失去工作，并允诺，若他当政将在4年中创造1200万个就业机会，这一允诺早就被人质疑其可信性。奥巴马在辩论结语中表情庄重地说，自己若连任，将信守对选民的承诺，这又恰恰提醒了人们他4年前所做出的一些承诺迄今并未兑现。

自2012年初进入共和党初选以来，罗姆尼已参加过19场辩论。但自2008年与共和党对手麦凯恩同台辩论后，奥巴马一直未与政治对手同台辩论。美国总统候选人辩论就是一场大选高潮中比赛临场发挥的"政治秀"。为此一刻，奥巴马与罗姆尼均尽力做足功课。罗姆尼选择俄亥俄州共和党联邦参议员波特曼作为陪练，而奥巴马的陪练则是与罗姆尼一样来自马萨诸塞州的民主党联邦参议员克里。双方在辩论现场均尽力使用"讲故事""以其人之道还治其人之身"等辩论技巧为自己加分。

在这次首场辩论中，奥巴马讲话时间为 42 分 50 秒，罗姆尼则为 38 分 32 秒，前者再现"在任者优势"。辩论当天适逢奥巴马夫妇结婚 20 周年，双方对这一细节的提及成为辩论会上难得的展示亲情与风度的轻松时刻。尽管罗姆尼此次临场表现不错，但能否借此彻底扭转颓势，却仍是一个大大的问号。原因或许很简单，在美国选民中，特别是在非洲裔、拉美裔和女性选民中，人们还是更加喜爱奥巴马，而罗姆尼一直难以摆脱"脱离实际的富翁"形象。

奥巴马在第一场总统候选人辩论中出乎意料地败下阵来，民主党选情骤然吃紧。全美多个民调显示罗姆尼以微弱优势反超奥巴马。在一些决定大选成败的关键"摇摆州"，奥巴马的优势也有所缩水。在人们目前最为瞩目的俄亥俄州，奥巴马领先优势曾在 7% 以上，近日则减少到 4%。

在此半年之前，许多人曾认为奥巴马在这场大选中将会轻松取胜，但第一场辩论后的选情令不少人的预测谨慎了许多。

对于第一场总统候选人辩论，奥巴马称他当时表现"过于谦逊"。奥巴马在接受美国广播公司采访时承认第一场辩论使他经历了一个"很糟的夜晚"。"罗姆尼州长有一个美好的夜晚，而我则经历了一个很糟的夜晚，"奥巴马说，"但我想重要的是这场竞选的基本面没有改变。如果你输了一场比赛，你就需继续前进，你必须关注下一场比赛。"

在第二场辩论之前，奥巴马利用每周周末电视广播讲话机会为自己拉票，这无疑是在利用其"在任者优势"为自己造势。

奥巴马说，4 年前，美国汽车业濒临崩溃，现在则重新恢复增长。在经过 30 年的无所作为之后，美国提高了燃油标准，规定在下一个十年中期，美国汽车和轻型卡车每加仑汽油平均时速 55 英里，这是目前标准的近两倍。这意味着你每两周加一次油，而不是像现在这样每周加一次油。这不仅对你的钱包有好处，也对美国经济、环境有利。

奥巴马说，他已经将新的贸易协定签署为法律，因为他想看到从底特律、托来多和芝加哥出口的汽车更多地奔跑在像韩国这样的国家。

美国大选唯一一场副总统候选人辩论 10 月 11 日晚在肯塔基州丹维尔中央学院举行。并不为人熟知的中央学院已是第二次主办美国大选副总统候选人辩论。2000 年大选期间，美国副总统候选人切尼与利伯曼便曾在这里进行辩论。

美国总统辩论委员会公共关系官员皮特·厄尔告诉我，之所以选择在这里举行今年的副总统候选人辩论，除了中央学院已有相关经验外，还在于2000年举行副总统候选人辩论后，中央学院又对相关设施进行了大规模改造，使得这里的设施符合举行辩论条件。厄尔说，与总统辩论一样，副总统辩论时间为一个半小时；所辩问题完全由主持人决定；而主持人则由总统辩论委员会集体研究挑选出来，其主要标准就是要有丰富的电视主持经验，政治立场客观、中立等。辩论的形式是两位候选人与主持人同坐一张桌前，而不是如第一场总统候选人辩论那样站在讲台前隔空对话。

由于此前奥巴马在首轮总统候选人辩论中失利，选情随之出现戏剧性变化，因此这场副总统候选人辩论格外引人注目。辩论结束后，双方都宣称取得胜利。美国有线电视新闻网辩论后的民调显示，48%的观众认为瑞安赢得了辩论，44%的观众认为拜登赢得了辩论。但美国有线电视新闻网民调主任霍兰德强调说，这一民调并不反映全美民众看法，只反映了从电视上看过这场辩论的人的看法。与此同时，美国另有民调显示，拜登赢得了此次辩论的胜利。

与我一同在现场观看这一辩论的巴西记者说，已有共和党权威人士批评辩论主持人、美国广播公司外交记者玛塔·拉达兹"拉偏架"，同行的芬兰记者马丁说，"这恰恰证明瑞安在这场辩论中败场"。

自1976年以来，美国大选已举行过8场电视直播副总统候选人辩论，此次民主党副总统候选人拜登与共和党副总统候选人瑞安之辩是美国历史上第九场副总统候选人辩论。从美国政治历史传统上看，美国副总统辩论恰如副总统这一职位本身一样——虽然公共曝光率很高，却在相当大的程度上无足轻重。无论两党副总统候选人在辩论场上表现如何，一旦第二场总统候选人辩论举行后，人们很快就会将副总统候选人辩论的事抛到脑后。但在当时美国大选形势下，拜登与瑞安之辩论便有了成败攸关的意味。

拜登与瑞安之间的辩论颇具"不对称性"。拜登是美国政坛老辣之辈，曾在联邦国会参院摸爬滚打36年，瑞安则为生猛新人，到那时为止在美国国会众院任职14年。拜登虽久经沙场，却也有马失前蹄之时，2012年以来已因失言多次引来争议，这已成为其软肋。瑞安一身傲气，虽可以锐气攻掠，但知识偏科，经验有限，并已被人查出张口而来的大话中事实多有经不起推敲之处。

民主党阵营希望拜登在此次辩论中先声夺人，以主动进攻姿态从一开始就对瑞安形成震慑，在税制、医保、预算等问题上加大对瑞安的攻击力度，特别要运用"以子之矛攻子之盾"之策指出罗姆尼与瑞安在大政方针上的分歧与漏洞，以挽回第一场总统候选人辩论的失分。

对于从未经历过这样辩论场合的瑞安而言，挑战格外严峻。瑞安自一个月前便开始集中精力准备这场辩论，已关起门来进行过三场模拟辩论，开辩之前又在弗吉尼亚州西南部的一个"辩论营"中闭门苦练三天。

瑞安的长项也是他的短板。瑞安精于预算案数字游戏，也乐于展示这方面的才华，但做过头便易步入画蛇添足的陷阱。对于他起草的全面重整政府的预算计划，不仅民主党大加抨击，就连罗姆尼也表示不会全盘接受。在这种情形下，瑞安如何妥善应对就成为难题。瑞安团队已劝其在辩论中不要端着众院预算委员会主席的派头，而应更像一个普通人，瑞安能否在性格上克制与收敛也成为对他的一个考验。

对于拜登和瑞安而言，他们还需遵从一个潜规则，那就是不要将辩论焦点引到自己身上，否则必败无疑。任何一方的大意都会授人以柄，进而导致选情大盘震荡。

显然是接受了第一场总统候选人辩论的教训，在为时一个半小时的辩论中，拜登与瑞安就美国外交、经济、社会等诸多问题进行了激烈交锋，一点也没有客气。

辩论的第一个问题就是美国驻利比亚大使史蒂文斯在班加西被杀一事。瑞安批评奥巴马政府未能给予史蒂文斯足够的安全保卫。拜登则回击称，"他说的事情没有一件准确"，恰恰是瑞安担任主席的国会众院预算委员会削减了奥巴马政府为外交安全所要求的3亿美元开支。对于瑞安在外交政策方面对奥巴马政府的抨击，拜登反击说，瑞安"满嘴说大话"。当瑞安向拜登发起反击时，拜登常常露出嘲讽的笑容。

瑞安在联邦赤字问题上对奥巴马政府提出指责，指称奥巴马总是在说他有一个减赤计划，但在发表一个讲演之后，再也没有下文。瑞安批评奥巴马政府使得2300万人失去工作，15%的人生活在贫困状态，近来的失业率数字下降"并不是真正的复苏"。

针对拜登在税收问题上对罗姆尼的批评，瑞安说："罗姆尼是一个将30%的收入捐给慈善事业的人，这一比例比我们两个人加在一起还多。罗姆尼是一个好人，他关心百分之百的美国人，至于你所引用的那一数字，我想副总统知道得非常清楚，有时从你嘴里说出的话也不正确。"瑞安此举显系"以子之矛攻子之盾"，暗指拜登已经数次因失言引来争议。

与奥巴马参加第一次总统候选人辩论时的"谦逊"不同，拜登毫不犹豫地拎出罗姆尼纳税税率仅为14%等事实进行抨击，并两次提及47%这一数字。这一数字暗指罗姆尼在一次富人筹款会上说，占人口47%的不纳税者无论如何都会投票给奥巴马，他们把自己视为就应该得到政府补助的"受害者"。奥巴马在上次辩论中未提及罗姆尼的这一软肋，也因此被许多人认为是奥巴马在辩论中的败笔。

瑞安毫不示弱，他咄咄逼人地问道，奥巴马所承诺的创造500万个绿色就业机会在哪里？但当主持人发问，无论哪方赢得大选后何时能够将失业率从目前的7.8%降至6%时，双方都含糊其辞。

在辩论结束后，美国民主党竞选主管麦西纳、共和党竞选政策主管陈仁宜等两党大员在辩论现场对辩论结果进行点评。双方各说各话，均称自己为赢家。

奥巴马总统看完辩论后说："我觉得乔·拜登今晚太棒了。我为他感到无比自豪。"罗姆尼也以同样的口吻对瑞安进行了褒奖。

拜登已经尽力发挥，也因此在一定程度上阻截了共和党锐气，有助于扭转一时颓势。瑞安也已全力以赴，也因此使得选情继续胶着，到那时为止，奥巴马可能最终胜出，但其进程并不轻松。

10月16日晚，美国大选第二场总统候选人辩论在纽约州长岛地区霍夫斯特拉大学举行。

霍夫斯特拉大学位于纽约州长岛地区，距纽约市东25英里。这所私立大学建于1935年，现有学生1.15万人。霍夫斯特拉大学并非首次主办美国大选总统候选人辩论。2008年10月15日，参议员奥巴马与参议员麦凯恩之间的第三场即最后一场总统候选人辩论就在该校举行。这场辩论极大地提高了该校的知名度。2008年10月15日晚9时，该校在谷歌全球前百名热门搜索中名列第12位；在那场辩论结束两个月内，计有1.9万条新闻报道提及该校；在2008年10

月前 16 天内，计有 345851 名访客登录该校网站。

2012 年美国大选第二场总统候选人辩论再次成为霍夫斯特拉大学提升本校知名度的良机。我在现场看到，霍夫斯特拉大学利用多场研讨会、各式海报标语、宣传册、T 恤衫及纪念品等多种形式为本次辩论造势，其精明之处一目了然。我在校园内不时听到熟悉的普通话——与举行副总统候选人辩论的肯塔基州丹维尔市中央学院类似，这所美国高校内也有众多来自中国的留学生。

不折不扣"钱主政治"

奥巴马和罗姆尼阵营均对此场辩论做足了功课。奥巴马 15 日亲自在竞选网站上发出如下声音：

听着，这场竞选选情紧绷。

在今后 22 天内，我们所做的事将不仅决定今后 4 年，也决定着这个国家今后几十年的命运。

这就是我为什么明天晚上将上台战斗——但我不能独自一人战斗。

本周三是这场竞选最后和最为关键的联邦选举委员会所规定的捐款截止期。在另外一方投入大量负面广告之时，这是对我们力量的重要考验。

我们的基层组织从未被击败——但大选至此，每个人都需要站出来做贡献。所以，请不要再等了。现在就捐赠 5 美元或更多。

谢谢你与我站在一起。

说到最后，就是——要钱！

此时，拜登自然出面发话。他于 15 日在奥巴马竞选网站上发表下述呼吁：

朋友，

日复一日，夜复一夜，当贝拉克·奥巴马做出一个又一个有胆略的决定之时，我就在他的身边。

我亲眼见证是什么力量驱使着他。我看到了他那颗博大的心。

明天晚上，贝拉克将走上台去，为总统之位与罗姆尼州长进行辩论。他将为我们所信奉的东西而战。帮我个忙——在辩论之前让他知道你与他在一起，因为现在是你走上台来的时候。

捐赠5美元或更多——到11月6日这仅合每天23美分。

当我于上周走上轮到我的辩论讲台时，我说出了我们一起取得的成就——那是我们共享的价值。

那也是贝拉克明晚将要做的事情。

因此，当我们步入竞选最后之时，当我们所做的一切面临最后考验之时，向贝拉克显示他的身后有着怎样的基层组织——那是一个无论如何都会招之即来的基层组织。

今天你的任何捐赠，无论多少，都很重要。请不要再等了——为这场竞选的最后阶段投入5美元或更多。

说到最后，还是——要钱！

罗姆尼阵营不甘示弱，共和党副总统候选人瑞安15日在罗姆尼竞选网站上发出以下声音：

朋友，

过去4年对我们国家很难，但有你的帮助，米特·罗姆尼和我将确保美国复原。

我们使中产阶级强大的计划将创造1200万个就业机会，确保拿回家的收入更多，所有美国人都有更好的机会。

我们将为美国商品、服务开辟更多的新市场，废除扼杀就业的法规，并减税以使美国工人殷实。

我们将要终止奥巴马总统向煤开战，以助于电价下降。我们将保护和加强社会安全和医疗保险计划。我们将为真正的医保改革而战，而不是由政府统管。

我在上周辩论中提出了明确选择。米特·罗姆尼在下场辩论中将又有机会向美国人民显示，什么事情将在11月6日做出决断。

> 事情很清楚：我们不能再像过去 4 年那样忍受另一个 4 年。
>
> 现在就来为帮助美国行动起来而把过去 4 年抛在身后做贡献……

说到最后，又是——要钱！

"钱主政治"在此次美国大选中表现得十分露骨。在第二场总统候选人辩论之前，两党总统候选人或直接出面，或通过各自支持者频繁向民众发送邮件，要求他们在大选最后阶段多多捐款。罗姆尼竞选团队 9 月份筹款超过 1.7 亿美元，创下月度筹款新高，但这一筹款数目仍低于同期奥巴马竞选团队所筹集的 1.81 亿美元。

辩论开始前，就有一批批民众聚集在霍夫斯特拉大学门口对面的街头进行抗议示威，其中有两架高高悬起的无人飞机模型，中间红色横幅标语上写着"停止无人机，停止战争"。

在霍夫斯特拉大学校园内，也有不少民众利用各种形式表达诉求。在一个写有"真相"字样的白色充气棚前，一位年轻女士用一张美元钞票盖住自己的嘴，以示对美国大选"钱主政治"的抗议。"我从洛杉矶来，代表'99% 站起来'组织，"这位名叫迪翁·惠特曼的女士告诉我，"在这场大选中，两党所筹集的竞选经费已超过 10 亿美元，成为历史之最。他们都出于政治目的从百姓身上捞钱，并无限制地接受大公司政治献金，其中法律漏洞颇多，媒体也不报道真相。我们就是要站起来指明这一真相。"

在霍夫斯特拉大学校园内的另一角落，有一台硕大的纸板电视机模型，纸板左上方有一破洞，一批年轻人正在排队将一只鞋投入破洞中，投中者有一小奖品。我询问了这项"向电视机投鞋"活动的组织者萨利。她说，本场辩论主持人克劳利说，"我对这场辩论的梦想是，没有人在家中向电视机扔鞋并喊道，'她为什么不问这个问题'"。美国的教育问题很严重，因种族、收入等原因造成教育不平等现象非常严重。她及活动的组织者都希望克劳利在主持这场辩论中应向总统候选人问及教育问题。如果不问，那就像现在大家排队向电视机投鞋一样令人不满。

在选情紧绷和距 11 月 6 日大选日所剩时间屈指可数的情形下，第二场总统候选人辩论成了双方都输不起的较量。

美国总统候选人第二场辩论采取"城镇议事大厅问答"形式，即经过挑选的现场观众围坐四周，两位总统候选人回答各种问题。这种辩论形式在美国历史上曾多次采用，现场观众多为尚未决定投票意向的中间选民。

奥巴马和罗姆尼均对这场至关重要的辩论长时间闭门操练。两个竞选团队均放出风说，本团队候选人能在下次辩论中向美国人民有力地证明自己有信心。奥巴马的高级竞选顾问阿克塞尔罗德说，第二场辩论将为奥巴马总统提供一个机会，让他对为什么要竞选连任做出更好的说明。

就是这位阿克塞尔罗德先生，曾在2008年美国大选中为将奥巴马推入白宫立下汗马功劳。

阿克塞尔罗德说："我认为他将为他关于国家应当朝哪个方向走的观点进行更积极的辩护，这个国家是建立在日益壮大、蒸蒸日上的中产阶级之上。"他说，奥巴马竞选团队对第一场辩论失利后事态的转变并没有感到惊慌。他说："就像我一直都在说的，甚至就在民调对我们极为有利的时候，这些对公众所做的调查起伏不定，竞选现场的实际情况是我们领先。差距比上次辩论前缩小了一点，但是我们觉得我们目前的处境很好。"

与此同时，罗姆尼团队高级顾问吉莱斯皮说，罗姆尼将继续传达一个美国人民与之有共鸣的信息。他说："罗姆尼州长将像他在上次辩论中所做的那样，他将谈论他的议事日程，他将谈论他的政策。他们之间存在鲜明的对比。这次选举要做的是很大的选择。"吉莱斯皮说，罗姆尼期望面对一个更强势的奥巴马总统，但他还表示，无论奥巴马采用什么样的辩论风格，结果不会有什么不同。他说："即使他改变自己的风格，无论总统采用什么样的政治策略，他都不能改变自己的记录，不能改变自己的政策。"

在第一场总统候选人辩论失利后，奥巴马在此场辩论中攻势明显凌厉了许多。双方在年轻人就业、油价和能源价格、中产阶级税收、男女同工同酬、移民、驻利比亚领馆遭袭事件和枪支管控等问题上相互激烈碰撞。

辩论进行过程中，参加现场报道的记者们绝大多数被安排在旁边的新闻中心收看直播。辩论结束后，美国两党多名显赫人物走到新闻中心现场接受记者采访。每个人物身后都有一个表明人物身份的牌子，记者看牌子便可知来者身份，随即决定自己的采访意向。一时间，新闻中心内形成一个个小圈子。这也是美式民主进程中一个有意思的环节安排。

这一环节安排的实质是在为刚刚结束的总统候选人辩论拉分。我所关注的当然是有关中国的事情。美国纽约州联邦参议员舒曼在接受我采访时称，美国两党在中国问题上立场一致。奥巴马总统连任后会对中国采取更加强硬的立场。我在就中国议题向白宫高级顾问阿克塞尔罗德、奥巴马竞选团队主管麦西纳、前白宫发言人吉布斯、共和党全国委员会高管斯宾塞提问时，他们或支吾躲闪，或再次指责中国，确实显示出美国两党大选期间在打中国牌的问题上"立场一致"。

在一步步走完四年一次的美国大选政治程序后，在2012年11月6日举行的美国大选中，时任总统、民主党总统候选人奥巴马以明显优势赢得胜利。继2008年成为美国历史上首位黑人总统之后，奥巴马再次以连任创造历史。

此次大选表明，较之美国共和党总统候选人罗姆尼常常自相矛盾的政策主张，奥巴马在经济、社会等问题上的政策主张更具民意基础。

较之2008年，2012年的大选令奥巴马备感艰难。当4年前的获胜激情逐渐平静之后，奥巴马面临的是日复一日如山般沉重的挑战。两场战争，一团糟的经济，日益负面的国际形象，充满敌对与掣肘的华盛顿政治机器。在2012年大选中，头发已明显花白、面色也更加凝重的奥巴马屡屡声言：他结束了伊拉克战争，阿富汗战争也正在结束；他指挥击毙了本·拉登；他拯救美国汽车业之举还带动了制造业的振兴；他推动完成了历史性的医保改革，使数千万美国民众受益……

在竞选中，奥巴马猛烈抨击罗姆尼立场"善变"，但冷眼看去，为了赢得选举，奥巴马也曾做出多次妥协，食言之举不一而足。他曾承诺改变前任小布什总统为富人减税的措施，但他最终与国会共和党人达成妥协，继续延长为富人减税的期限。在奥巴马执政的第一个4年，他未能履行将赤字减半的承诺，反而增加了数以万亿美元计的赤字。对此，奥巴马一直归咎于前任留下的经济烂摊。奥巴马允诺结束对石油业的补贴，但这一承诺在过去4年间变得烟消云散。数千亿美元的刺激经济计划已成"水漂"。在气候变化问题上，奥巴马也是雷声大，雨点小。奥巴马曾允诺进行全面移民改革，但未能兑现。为吸引拉美裔选民的选票，他于2012年6月采取了一项绕过国会的动作：让170万名年轻的非法移民得以暂时合法地继续待在美国。此外，在降低失业率、创造新能源领域就业机会、改变美国教育现状等多个问题上，奥巴马都未能兑现承诺。奥巴马上任伊始便下令将在一年内关闭关塔那摩美军基地监狱，这一信誓旦旦的承诺如今已无人提及。

与4年前相比，民主党支持者的热情已打折扣。奥巴马与共和党总统候选人罗姆尼的竞争紧绷至最后关头，反证出众多美国民众对奥巴马过去四年的业绩并不认可，对当时经济现状相当焦虑，也再次表明美国两党政治尖锐对立的极化倾向。在创造就业、税制、医改、移民政策、能源开发、政府作用等诸多重大问题上，两党对立极化的美国政坛本身成为解决问题的羁绊。在充满渲染、蛊惑的大选进程中，这一政治极化趋势更为强化。

在那次大选中，美国国会所有435位众议员、三分之一的参议员（33位）和11位州长也进行了改选。选举结果表明，美国国会新格局仍处于两党极化状态。

奥巴马的竞选口号已从2008年的"变革"改为2012年的"前进"。在2012年11月7日凌晨进行的胜选讲话中，奥巴马再呼"前进"，并表示愿意推动美国两党合作解决难题。然而，在连任成功后，奥巴马立即面对与惯性极大的华盛顿两党政治机器的博弈。一个"分裂的美国"仍将面临弥合分歧、寻求妥协与"常识"、寻求创造就业、"财政悬崖"、两党合作等艰巨问题。在未来4年中，奥巴马口中的"前进"到底能否实现以及究竟意味着什么，仍是一个巨大的问号。

在密切关注2012年总统大选的人中，有一位名为特朗普的房地产商人。那时他已跨界到在美国电视台做真人秀节目。

事实证明，奥巴马的所谓"前进"，最终迎来了一个由特朗普带来的全面反动。

我所目击的2012年美国大选全过程是一个令人眼花缭乱、全然由金钱驱动和运转的"政治秀"舞台，与美国开国元勋所设计的民主制度愈发背离。超过20亿美元的竞选费用使2012年美国大选成为到那时为止历届大选中"铜臭之气"最为严重的一次。在这个充分利用现代传媒手段与充满权术博弈的渲染、炒作过程中，多名政客成为历史匆匆过客，费尽心力的相互攻讦成为笑谈，动辄以万亿美元为量级的大话难免云山雾罩,而侃侃而谈的治国方略总难令人信服。当两位总统候选人都在指责对方为"说谎者",并为最终夺得 270 张选举人票而费尽心机时,多少人脑中的民主美景变得灰暗起来。

美式民主,并非炉火纯青般完美无缺。

11 美式民主：可圈可点，"猫腻"也不少

> 从历史发展角度看，美式民主有可圈可点之处，但绝非完美无缺；更大限度直播报道有助于民主进程中信息的公开、透明；机制性的防腐制约措施及信息相当公开、透明；高官贪腐案都有权钱交易性质；美式民主走到今天，金钱成为这台巨大政治机器得以运转的润滑油。民主变味为"钱主"，形形色色的丑恶便如影随形；从"一人一票"演变为"一美元一票"，进而加剧社会不平等的恶化；人以群分的美国有着客观存在的利益差异，其政治制度派生出来的利益关系协调机制对游说活动有着强烈需求，令所有活动运转起来的力量就是金钱。

在并未完结的人类社会政治文明、民主发展道路上，美国摸索了200余年，有可圈可点之处，但绝非完美无缺。

人是极复杂的动物，人群更不必多言。自己每日都在与自己斗争，遇事常常犹豫不决，一个社会诸多人等对诸多事务自然而然存有不同意见。意见不同的背后是利益差异，利益的极端差异必然导致社会极度撕裂。没有度的把握，任何听起来漂亮的理念都不会令社会绝大多数民众整体受益。

信息公开，监管透明，法治防腐

对于一名驻美记者来说，实事求是应为须臾不可背离的准则。新媒体迅猛发展的时代碎片化信息满天飞。信息很重要，信息的完整也很重要。只要前半段，没有后半段，报喜不报忧，或报忧不报喜，更不用说谣言，都会使人误判，

无论是有意还是无意。

我在美国工作期间，C-SPAN电视频道是我在重大新闻事件中常常参考的新闻来源，原因便是其信息的相对透明与完整。1977年底，美国众议院投票通过了对议会里的各种常规辩论、讨论进行录像的议案。C-SPAN由此开张，此后不断扩大直播范围，逐渐覆盖了听证会、演讲与讲座，并且设立了热线电话节目与选举全程追踪。同时还把节目扩展到了书评与历史节目。所有这些内容之中，最基本的任务是向观众提供美国参、众两院以及其他讨论决定公共政策机关自始至终工作过程的视频直播节目。

记得2003年，我受美国国务院之邀作为"国际访问者"访美期间，最后一天一行人被拉到华盛顿伍德罗·威尔逊中心，突被告知当天有一研讨活动，我们每个人都要谈一谈访美观感，随后接受问答，全程由C-SPAN直播。

C-SPAN及其他美国媒体的类似直播报道无疑有助于民主进程中信息的公开、透明。

在美国民主制度建设中，有许多机制性的防腐制约措施，其中对包括总统在内的任何公民的严格财税管理，这方面的监督管理相当公开、透明。

处于竞选状态的美国总统的纳税情况是可以查到的。近年来的一个例外便是2016年胜选总统特朗普，他在很长一段时间内拒绝公开纳税情况。在特朗普当任的四年中，他的税收问题一直是其顾左右而言他的软肋。

据白宫2012年4月13日发布的消息，奥巴马总统夫妇2011年纯收入789674美元，上交联邦所得税162074美元，上交税率为20.5%。此前，奥巴马总统一直呼吁收入超过100万美元的人税率至少应为30%。美国媒体称，奥巴马自己上交的税率其实远低于他所呼吁的比例。

白宫还公布时任副总统拜登及其夫人吉尔2011年的纯收入为379035美元，付联邦所得税87900美元。此外，拜登夫妇还付特拉华州所得税13843美元，另向慈善机构捐出5540美元。

此前，在白宫2011年4月18日公布的联邦纳税税单中，奥巴马夫妇2010年纯收入为1728096美元。同年，奥巴马夫妇向联邦政府交纳个人所得税款为453770美元。美国副总统拜登夫妇2010年收入为379178美元，交税额为86626美元。

《美国宪法》第一章第八部分第一条规定，美国国会"规定和征收直接税、进口税、捐税和其他税，以偿付国债、提供合众国共同防务和公共福利，但一切进口税、捐税和其他税应全国统一"。在1812年美国第二次对英战争开始后，美国首次提出开征个人所得税，其思路源于1798年英国通过的《税法》。在美国南北战争期间，美国政府于1861年8月5日首次征收个人所得税，其法律依据是当年通过的《税收法》，其具体做法是对收入超过800美元者征收3%的个人所得税。1866年，美国个人所得税收入达到3.1亿美元，成为美国此前90年历史中税收最高的年份。1894年，美国国会通过《威尔逊—戈尔曼法》，首次在和平时期征收个人所得税，其具体做法为对年收入超过4000美元者征收2%的个人所得税。

个人所得税是美国财政收入重要来源，并且逐渐具有缩小贫富差距，实现社会公平的"经济正义"因素。据此，美国个人所得税税率不断变化和调整。1913年，美国个人所得税最高税率为对年收入50万美元以上者收税7%。第一次世界大战期间，美国对年收入超过百万美元者征收77%的税。一战后，最高税率调整为对年收入超过10万美元者征收24%的个人所得税。大萧条和二战期间，美国个人所得税税率再次高企。1939年，美国对年收入在500万美元以上者收税75%。1944—1945年间，最高税达到创纪录的年收入20万美元以上者征税94%。自1964年，交纳个人所得税门槛定在年收入20万至40万美元之间，其中的例外是1982年至1992年间，最高个人所得税等级被取消，年收入在10万美元以上者均以最高税率纳税，其具体税率每年调整。自1988年至1990年，交纳最高税率门槛再次降低，年收入在29750美元至32459美元者须交纳28%的个人所得税。

自1913年以来，美国联邦个人所得税税率经历了很大的变化。例如，1954年，美国国会规定对个人所得税征税分为24级，其税率从20%至91%不等。2001年，美国联邦个人所得税征税分为5个等级，第一级即年收入在45200美元以上者征税15%，最高级即年收入在297350美元以上者征税39.1%。2003年至2011年，调整为6个等级，第一级即年收入在16050美元以上者征税10%，最高级即年收入在357700美元以上者征税35%。2004年，1%的富人占有全国23.5%的财富，所交个人所得税占全部个人所得税收入的25%。2007

年，5% 的高收入人群所交纳的个人所得税占整个联邦个人所得税收入的一半。有统计称，2009 年，有 47% 的美国人未交纳联邦个人所得税。

在个人所得税问题上，美国一直存在广泛争议。2005 年，美国总统联邦税改顾问委员会批评美国税制过于复杂，且存在着惩罚工作者、打击储蓄和投资、阻碍企业竞争力的发挥等弊端。华盛顿"政策研究所"研究员斯科特·克林格说，从 1961 年到现在，百万富翁和大企业所交的联邦税大幅度减少，税务负担从大企业转到小企业，从富人转到中产阶级的身上。1961 年，年收入百万美元以上的家庭所交联邦税是其收入的 43%，半个世纪以后，同样的百万美元家庭只交 23% 的个人所得税。因此，他们应交联邦税中有 20% 进了自己的腰包。前总统里根的经济顾问阿瑟·拉费则认为，增加富人的税收来补贴给穷人，反而会使穷人增多，富人减少。他说："富人喜欢赚钱并雇用很多人。如果政府把他的利润都征收走了，他为什么还要雇人呢？我从来没有听说过穷人靠征税致富的，这个办法从来没有，而且永远不会奏效。富人们懂得如何雇用律师、会计师和递延收入专家来规避税收这一套。"

奥巴马曾表示要结束小布什时期的富人减税政策。但国会在这个问题上基本上以党派划线，盖洛普民调显示，以促进自由经济和就业为由反对增加对富人征税的共和党人占 28%，从社会公平和财富分配出发赞同增加对富人征税的民主党人占 71%。

自二战以来，美国官员的财产公示制度不断演变发展，迄今已形成相当严密的法治体系。

在"水门事件"发生后，美国的官员财产公示制度得到进一步完善。1978 年，国会总结以前的各项规定，通过了《政府伦理法案》，对立法、司法、行政机构的官员统一做出规定，所有官员必须填写统一的财产登记表格如实报告其财产和收入。必须公开本人、配偶及子女的财产状况，并按规定程序提交财产状况的书面报告。对于由此而来浩如烟海的官员财产登记表格，则由《政府伦理法案》规定建立的美国廉政署来审阅监察。

1985 年，美国国会又通过了《众议院议员和雇员道德准则》，对众议员及雇员家庭财产的申报做出更为详细的规定。1989 年生效的《伦理改革法案》除了对财产登记做了增补规定之外，还进一步规定，国会议员在卸职后一定年限内不得出任和在职期间的职权有利益冲突的公司职位,联邦雇员不得接受类似"车马费"一类的礼节性酬金。同时根据这项改革法案,美国廉政署脱离人事署,成为独立向总统负责的强势机构。2007年,围绕国会共和党的一系列游说集团丑闻又促使美国加大在官员财产申报方面的处罚力度。在财产申报表格上作假不仅要付出高达5万美元的罚金,还构成足以判作假者入狱的刑责。

2012年2月3日,来自艾奥瓦州的美国国会众议员提出了第3898号议案,提出对1978年制定的《政府伦理法案》进行修正,其中最重要的修正内容之一便是根据互联网时代的特点,要求众议员或参议员秘书人员在向众院和参院提交有关议员财产公示报告后,必须立即上网,使得所有公众在网上可查。

在奥巴马第二任期内,原美国参议院外交关系委员会主席克里被任命为国务卿。2013年1月24日,美国参议院外交关系委员会为这位前主席举行新任命的听证会。此前一天,克里于1月23日公布了自己于当月8日写给司法部法律顾问维舍克的信件,称如果当选国务卿,他将按照政府官员的最高道德标准要求自己,和妻子一起出售近100项在美国的投资,消除因当国务卿而产生的利益纠葛。克里表示,他将在90天内剥离这些资产与自己的关系,并承诺自己将不参与妻子名下16家公司的经营管理,其中包括在中国上海的食品公司。克里在2002年被披露的个人资产高达180万美元,成为国会山最富有的议员之一。根据参议院2011年披露的结果,克里的资产估计超过1.84亿美元。而这些情况,美国公众均可在网上查询。不仅美国国会议员如此,包括美国总统、副总统每年纳税及收入情况均可查询。

美国友人汤姆在接受我采访时认为,美国的官员财产登记和公示制度有着历史发展进程,并随着一些丑闻的出现不断完善,具有"道高一尺,魔高一丈"的特点。人性是恶的,必须由制度来严管。任何制度都不是立竿见影和完美无缺的,重要的是应亡羊补牢,不断织紧这张大网,用严肃的制度战胜人性的丑恶。

眼见他从州长成为阶下囚

在美国,我曾目睹美国弗吉尼亚州前州长罗伯特·麦克唐纳的大起大落。紧邻首都华盛顿的弗吉尼亚州是美国历史上8位总统诞生地,有着"总统之母"

的称号，此州州长一职之引人注目可想而知。身为共和党人的麦克唐纳是弗吉尼亚州第 71 任州长，曾被看好有望于 2016 年问鼎白宫，而此案也使得麦克唐纳成为该州历史上第一位遭到犯罪指控的州长，因此极具戏剧性。2010 年 8 月 28 日，美国南部州长协会 2010 年度会议在亚拉巴马州最大城市伯明翰举行时，我采访了时任弗吉尼亚州州长的麦克唐纳。他说，对于弗吉尼亚州来说，与中国合作非常重要。为此，弗吉尼亚州准备在当年年底在中国设立新的办事机构。他本人也准备于下一年 4 月访华，以进一步推动弗吉尼亚州与中国的经贸合作。在 2012 年美国总统大选共和党全国代表大会期间，我曾目睹麦克唐纳作为共和党内高官屡屡在现场接受采访。

在经过连续五天、近 24 个小时的出庭做证后，美国弗吉尼亚州前州长鲍勃·麦克唐纳于 2014 年 8 月 26 日为其收受 17.7 万美元现金、受贿接受贷款、收受高档礼品等贪腐行径而道歉。2015 年 1 月 6 日，他因涉腐罪名被判处 2 年监禁。

麦克唐纳贪腐案有着权钱交易的性质，与弗吉尼亚州"星光科技"公司首席执行官琼尼·威廉姆斯紧密相联。为向市场推出"星光科技"公司的新产品，琼尼·威廉姆斯千方百计对麦克唐纳一家投其所好，从为麦克唐纳女儿婚礼买单、向麦克唐纳赠送专门刻字的劳力士手表、为麦克唐纳安排奢华度假，到为在好几处房地产投资中赔本的州长夫妇提供大笔现金贷款，威廉姆斯可谓机关算尽。反过来，琼尼·威廉姆斯利用麦克唐纳的州长职位要求提供州政府支持乃至麦克唐纳本人为宣传其新产品站台。

在麦克唐纳贪腐案中，麦克唐纳的妻子莫琳·麦克唐纳的作用备受瞩目，莫琳也因此与其夫同列被告之席。有证据显示，琼尼·威廉姆斯正是通过贪欲不断的莫琳打造了"州长直通车"。莫琳·麦克唐纳多次主动张口向琼尼·威廉姆斯索贿。莫琳·麦克唐纳和威廉姆斯曾有密切的私人关系。法庭被告知，他们两人在 2011 年 4 月到 2013 年 2 月之间互相通了 1200 多次电话和短信。威廉姆斯在法庭做证时称，莫琳·麦克唐纳从未告诉过他所送礼物是过分或者不对的，鲍勃·麦克唐纳也从未告诉他不许再送礼或给其他"好处"。2013 年末，针对麦克唐纳夫妇的诉前调查正在进行期间，麦克唐纳夫妇称，他们已经向威廉姆斯退还了一些钱、物。但联邦调查人员坚持认为，归还钱、物并不能抵销犯罪嫌疑。

为了摆脱罪责，麦克唐纳的辩护团队曾极力利用弗吉尼亚相关法律中的一个漏洞，即弗吉尼亚州关于官员操守的法典并不适用于官员配偶。为此，麦克唐纳的辩护团队极力将涉及琼尼·威廉姆斯的施贿行为推到莫琳身上，称所有这些都是州长夫人而不是州长本人所为，而麦克唐纳对许多事情并不知情。但麦克唐纳最终没有逃脱法律的制裁。

在美国，麦克唐纳贪腐案并非个例。香港大学与美国印第安纳大学的研究人员从一项更广阔视野开展的调查表明，美国最腐败的十个州的共同点之一便是州政府支出过高且均与大型基建项目有关。

在对美国 1976 年至 2008 年期间 2.5 万多起公务人员违反联邦腐败法律的案件进行研究后，这一调查结果显示，在美国最腐败的十个州，腐败使这些州的美国人平均每人每年损失 1308 美元，约占各州年人均支出的 5.2%。这十个最腐败的州分别是：密西西比、路易斯安那、田纳西、伊利诺伊、宾夕法尼亚、亚拉巴马、阿拉斯加、南达科他、肯塔基与佛罗里达。这些州的大部分是美国经济较为落后的地区。

这一调查发现，在这些州里，除了南达科他州，其他 9 个州的总体开支高于美国其他州。腐败较为严重的各州更有可能把政府开支花在建筑、工资、借贷、服刑人员改造和警察保护上，而牺牲教育、健康与医院等社会部门的支出。调查认为，建筑支出，特别是大型基础设施项目的开支，尤其容易滋生腐败，因为公众很难评估这些大型非标准项目的质量。与此同时，这个行业又被多家垄断性企业控制。此外，腐败更为严重的各州往往有更多、待遇更好的公务员，包括警察与狱警。公务员被判有罪人数越多的州，总体腐败程度也越严重。

美国国会参议院原重量级参议员罗伯特·梅内德斯的下马再次表明相关监督机制发挥着有力的制约作用。

2015 年 4 月 1 日，美国司法部以涉嫌受贿、欺诈、虚假陈述等 14 项罪名正式起诉罗伯特·梅内德斯。

尽管事前早有传闻，但这一起诉的宣布仍如同重磅炸弹震惊了美国社会。4 月 2 日的美国报章均在头版显著位置报道此案，认为这是在"一代人"的时间，美国联邦政府第一次正式起诉一位现任参议员。

时年 61 岁的梅内德斯是古巴裔，其从蓝领到政治精英的人生经历曾被视为"美国梦"的缩影。来自新泽西州的他于 1992 年当选联邦众议员，连任达 14 年，2006 年成功当选联邦参议员，2012 年再次连任。2013 年至 2015 年 1 月，梅内德斯任参议院外交委员会主席，时任该委员会首席成员，是民主党人在国会外交领域的重要发言人。

在光鲜的外衣下，梅内德斯的丑行近年来时有曝光。美国不少媒体指出，在过去数年间，坊间就不断出现对其腐败行为的指责。经过两年的调查后，美国司法部的起诉描述了一幅赤裸裸权钱交易的场景。

对梅内德斯的指控多与佛罗里达州一名叫梅尔根的眼科医生兼政治捐款人有关。2006 年至 2013 年之间，梅内德斯从梅尔根手中收受总价值约 100 万美元的贿赂，其中包括 19 次免费乘坐梅尔根私人飞机或包机前往佛罗里达州度假胜地、多米尼加等地，梅内德斯经常带一位"客人"与他同行；在巴黎入住 1000 美元一晚的豪华酒店套房；2012 年收受 75.1 万美元用于竞选连任献金；等等。梅内德斯未按有关条例申报所收礼物。

作为回报，梅内德斯多次利用职权"照顾"梅尔根的生意和私生活。梅内德斯曾向美国国务院施压，为梅尔根的三位外国女友获得美国签证。他还曾向美国国务院施压，要求通过梅尔根公司与多米尼加共和国政府所签订的港口安检合同。2013 年，他指派一名助手对美国海关和边防局提出暂停向多米尼加捐赠安检设备，理由是外部承包商效率更高，这个外部承包商正是梅尔根。为此，他曾利用手中职权在国会举行相关听证会，暗中帮助梅尔根的相关生意。另一项指控称，联邦医疗保险与补助服务中心认定梅尔根的私人诊所向政府开出超额账单，累计超收 890 万美元，但梅内德斯利用自己在参议院金融委员会工作的职务之便向该中心施加压力，质疑医保报销政策不公平，要求对方调整有关政策。司法部指控梅内德斯通过不当干预来帮助梅尔根获利。

遭到司法部正式起诉后，梅内德斯 4 月 1 日当天晚些时候宣布将暂时从目前所任的参议院外交委员会少数党首席成员位置上退下来，同时争辩说他与梅尔根之间是"友谊"关系，而司法部混淆了"友谊"和腐败的区别。

与弗吉尼亚州前州长麦克唐纳一样，身在美国国会的梅内德斯与远在佛罗里达的梅尔根之间相互利用的关系活画出美式腐败的典型特征。它们的共同根源之一便是美式"钱主政治"的驱动。无论是当州长,还是当议员,选举的过程便是"砸钱"的过程。一旦当选,便立即想到要连选,于是开始新一轮的筹款竞选进程。随着美国最高法院解除了最高政治献金限额这一"紧箍咒",美国的黑金政治愈发猖獗。梅内德斯从梅尔根那里收受的最大的一笔贿款便是多达75万美元的政治献金,而梅尔根正是瞄准梅内德斯这一软肋不断加以利用,并捞取自身好处。

美国这一制度弊端的恶果比比皆是。"不要怪梅内德斯,怪新泽西州吧。"一些熟悉新泽西政坛的学者们感叹道。梅内德斯来自新泽西州,而新泽西则是美国知名的腐败之州,腐败案层出不穷。比起总统梦,许多新泽西官员宁可一辈子做个方便捞钱的地方官。

放眼全美,从被揭露的一系列丑闻可以看出,腐败并不是新泽西一地的问题。2014年10月,亚拉巴马州众议院议长迈克·哈伯德涉嫌利用职务之便为自己的公司或关联企业谋利遭到起诉。2015年2月,被称为"纽约州最具权势人物之一"的纽约州众议院议长谢尔登·西尔弗涉嫌利用职权收受近400万美元贿赂和回扣被捕。同月,俄勒冈州州长约翰·基察伯涉嫌以权谋私,纵容其未婚妻利用其职位影响力获利而不得不宣布辞职。2015年3月,美国国会众议院最为年轻的议员之一埃伦·朔克被曝出因滥用公款对其国会办公室做奢侈风格的装饰,在竞选期间刻意夸大车辆报销里程数、滥用竞选经费等一系列丑闻而告别国会山。

"钱主政治"滋生腐败

美国屡现贪腐丑闻,既显现出监督机制的威慑,也暴露出这一机制仍有漏洞。熟悉梅内德斯贪腐历史的纽约市立大学政治经济学副教授布莱恩·墨非告诉我,比起违犯法律,政客们对腐败行为的容忍和麻木更为可怕。

墨非认为,这种麻木与竞选制度紧密相关。特别是当2010年美国最高法院以保护"言论自由"为名打开了政治献金通向权力的闸门,政客与金主更加明目张胆地拥抱在一起。几乎所有政客都在这场游戏里,各种利益关系盘根错节,对腐败的容忍下限不断被突破,这已经成为美国政治文化的一部分。

在美式民主中，民主政治变为"钱主政治"是最令人无奈之处。

据 2012 年 12 月 6 日的最终权威统计，2012 年美国总统大选耗资超过 20 亿美元，成为历史上最为昂贵的总统大选。在整个竞选过程中，在拉斯维加斯等地开办赌场的亿万富翁谢尔登·阿德森夫妇共向罗姆尼和其他共和党总统候选人捐款 9500 万美元，成为 2012 年美国大选中最大捐款户。美式民主走到今天，金钱成为这台巨大政治机器得以运转的润滑油。民主变味为"钱主"，形形色色的丑恶便如影随形。

美国大选年是政治万花筒灿烂年。说是"民主"，其实是"钱主"。没钱就登不得台，出不了镜，也就谈不上知名度与支持率，更谈不上"入主白宫"了。我记得 2014 年 11 月举行的美国中期选举期间，曾收到奥巴马借民主党竞选阵营邮箱发来的邮件，其中写道："朋友，如果我从竞选活动中学到了什么，那就是你手中的资源会多么容易地决定输赢。更多的钱意味着更多的竞选组织者，更多的竞选组织者意味着前往投票的选民更多。这样我们才能赢。我们需要赢……请点击捐献 10 美元或更多的钱。"

短短一段话，将美国"钱主政治"的本质勾勒得一清二楚！愈是临近大选决战阶段，"钱主政治"的本来面目就愈发显得真切，美国两党总统候选人的背后也因此成为大资本的角逐与较量。

在那一年的两党初选阶段，共和党内群雄逐鹿之时，作为民主党唯一候选人的时任总统奥巴马坐山观虎斗。前马萨诸塞州州长罗姆尼稳获共和党总统候选人提名前景明朗之后，奥巴马竞选阵营就有些坐不住了。

首先让奥巴马竞选团队坐不住的还是金钱。2012 年 6 月 7 日，奥巴马竞选官方网站向所有支持者发出邮件说："朋友，此次竞选以来我们第一次在筹款方面被击败。罗姆尼竞选团队和共和党上月筹得 7600 万美元，而我们只有 6000 万美元。当罗姆尼已确保成为候选人时，我们就知道这一时刻将会来临。以后会怎样就看你了——为了立即消除筹款差距，请现在就捐出 3 美元或更多……"

美国大选是一个既有规则也充满潜规则的过程。在这一万花筒般的过程中，心术与权谋之运作几近极致，政坛频现怪象。信手拈来，点滴便为缩影：

一为强装硬汉，哗众取宠。在美国"例外论"思维的驱动下，总统候选人均在国内外所有问题上着力显示强硬，不如此便吸引不了眼球。在当今有关美国衰落的议论沸沸扬扬之时，候选人强装硬汉的动力更强。麻烦在于种蒺藜者得刺，话说过了头常常收获尴尬。罗姆尼关于进入白宫第一天就将宣布中国为"汇率操纵国"的言论一出，便在美国备受奚落。时任美国财长盖特纳也实在看不下去，回击了一句："在我们所处的这个十分复杂的世界上，你能靠骂人解决问题吗？"

　　二为嘴不对心，大言不惭。"钱主政治"文化的一大特点便是竞选本能压倒正直人品。美国是一个人以群分的社会，尽可能多地得到更多人群的选票是政客的本能。但事实上谁都无法获得所有人的支持，八面玲珑和见风使舵便成为拉票招数，却无奈难免漏洞百出。在刚刚过去的美国阵亡将士纪念日，某候选人借机在退伍老兵中为自己竞选造势，却被人揭出其年轻时曾以多种理由拒服兵役，并因此被人反问道：一个曾屡逃兵役者有何资格统率美军？

　　三为攻讦自嘲，挖坑下套。身为总统候选人便意味着几无隐私可言。人无完人，总有些拿不上台面的东西，于是一面极力保住自己那点隐私，一面拿别人的弱处说事。罗姆尼批评奥巴马不懂经济，不知如何创造就业，称自己当年经营的贝恩投资公司才是成功创业的榜样。奥巴马则在竞选宣传片中请来几位曾被贝恩公司裁员的老臣，潜台词意指罗姆尼只是一个冷酷无情的商人，他将公司利润置于员工利益之上，无法促进美国经济增长。除攻讦对手外，自嘲有时会收到取宠奇效。在第98届白宫年度记者晚宴上，奥巴马拿自己不断灰白的头发开涮，便是生动一例。

　　四为擦枪走火，自食恶果。对于竞争对手的攻讦分寸若拿捏不准，无疑是搬起石头砸自己的脚。奥巴马阵营一名悍将在接受媒体采访时批评罗姆尼夫人"一天都没工作过"，因而没有资格谈女性和经济，更不会处理美国广大妇女正面临的经济问题。此语一出，适得其反，客观上伤害了众多母亲。罗姆尼夫人反驳说"我选择在家抚养5个孩子成人，相信我，这是一份艰难的工作"，同时呼吁"我们应该尊重妇女所做的任何选择"。奥巴马阵营立即灭火，奥巴马夫人米歇尔立即表示"每个母亲都工作得很辛苦，每个女人都值得被尊重"。

　　白宫内侃侃而谈的同时，白宫外"我们才是99%"的标语到处晃动。登台者费尽移山之力，载舟覆舟高处不胜寒。时移势易，"钱主政治"或许也是个相对概念。现在已经有人论道,尽管一直被看好的奥巴马总统竞选资金雄厚,但作为"命脉"的经济状况却并非撒钱便能买来。

为了选票,猫腻不少

已经相当机制化、程式化的美国大选过程并非有条不紊,实际过程中可谓乱象丛生。

在我亲历的2012年11月6日美国大选中,多地出现了误导、故障、恐吓、混乱甚至法律纠纷。

在佛罗里达州皮内拉斯县,约12500名选民6日接到当地自动电话语音提示,错误地通知他们投票截止期是"明日晚7时"(应为6日晚7时),造成了混乱。俄亥俄州丹波利县选民收到的电子邮件显示,大选日是11月8日而不是11月6日。有报道说,在威斯康星州,有人故意散布"重罪犯不可投票"。但法律规定刑满释放的罪犯享有投票权。在亚利桑那州,选举机构计算机自动回复系统向选民告知错误投票地点。北卡罗来纳州则有人致电选民,谎称可以通过电话投票。

2012年早些时候,宾夕法尼亚州通过一项法律,要求选民在投票时必须出示身份证件,但这一规定不在此次大选中施行。然而,大选当日仍出现了选民被索要官方身份证件否则不得投票的事情。弗吉尼亚、俄亥俄两州的法律规定,选民投票不需出示身份证明,但在两州都出现了要求选民出示身份证明的情况。上述地区均出现一些选民因被要求出示身份证明而退出选举的情况。

在首都华盛顿市中心伍德利公园奥斯特小学投票站,因电子投票机发生故障而使选民大排长龙。在费城,数百名选民发现他们的名字没有登记在册而放弃投票。在马里兰州,注册选民在线信息出现了被篡改的危险。一家选举权利组织以及选举技术研究者向当地选民发出警告,要求检查他们在线注册信息是否准确。一旦他们的个人信息被篡改,将会导致选票无法得到有效统计。在佐治亚州富尔顿县,一些投票机出现瘫痪,使得选民不得不使用临时选票。科罗拉多州等地使用的触摸式投票机出现无法检查自己投票结果的状况,甚至出现投奥巴马的票却显示罗姆尼或投罗姆尼的票却被强行改为奥巴马的情形。在飓风"桑迪"的重灾区新泽西、纽约等地，由于供电尚未恢复等原因，投票进程异常困难。在新泽西州，约60万人仍遭断电，当地选举机构告选民可通过电子邮件或传真投票，但不少选民说没有收到电子选票，而传真投票则极有可能为舞弊留下漏洞。一些地方由于选票被错误印刷，工作人员不得不手工复制已经投出的2万多张选票，以确保可以顺利进行机器扫描，否则这些选票便无法得到有效统计。

美国大选期间发生的万花筒般乱象中，许多有着浓重的政治色彩。大选前一天，在关键"摇摆州"俄亥俄州，有人投诉州务卿哈斯泰德在该州39县的计算机计票系统上非法安装了一款未经测试的软件，试图改变大选计票结果。尽管哈斯泰德对此予以否认，但有专家认为，使用未经批准和检测的软件，就存在着该软件对关键选举数据"意外性修改"的可能性。同样在俄亥俄州，一些与"茶党"有联系的监票人被驱逐，其原因是这些监票人唆使他人在选民进入票站时进行各种胁迫和阻碍。知名度很高的美国福克斯新闻主播汉尼蒂在推特上晒出了自己支持共和党的选票。但根据纽约州法律，公布填写完毕的选票是违法行为，完全可能遭到起诉。

在大选日当天，美国多地出现长时排队等候投票的现象。为了避免大选日的种种不便，美国多州实行早期投票。这本是方便选民之举，却在施行过程中掺杂了诸多政治色彩。在2011年，共和党控制下的佛罗里达州议会将早期投票时间从14天缩减为8天，选民需要排队达三四小时才能投票，个别地区甚至出现排队九小时的情况。但佛罗里达州共和党籍州长斯科特坚决拒绝延长投票时间。该州民主党则就此向联邦法院提起诉讼。俄亥俄州也同样出现问题。根据以往统计，参加俄亥俄州早期选举的大都为非洲裔选民，限制投票时间将使部分选民无法有效投票。而非洲裔选民群体一向是奥巴马的政治基础。有分析认为，在限制提前投票时间等事上做手脚显系共和党人试图"阻碍"民主党支持者的行为。

佛罗里达州一些少数族裔选民还遭到恐吓。该州有选民收到从地方选举监管办公室寄来的邮件，称该选民的注册选民资格并不合格，并指示收件人"请到我们的办公室，提供原始文件，证明你的美国公民身份"。但负责投票的相关部门已澄清该邮件纯属欺诈，目前美国联邦调查局已介入调查。在俄亥俄、威斯康星等州，还出现了匿名组织发布广告恐吓选民的事情。

到了2016年美国总统大选前夕，希拉里·克林顿在得克萨斯州南部大学发表讲话时，对现有选民登记、投票制度提出了一系列改革建议，主要有：对18岁以上公民建立"全体选民自动注册登记"制度；将全国大选提前投票时间至少提前到距选举日20天以前，其间晚上和周末也应允许投票，以避免选举日当天因长时间排队等待和为选举日当天因工作等原因无法投票者提供投票机会；废除某些州因有犯罪记录不得投票的相关法律，据统计这样的有"前科"选民约为600万人。

在提出上述建议的同时，作为民主党人的希拉里·克林顿抨击共和党人投入大量时间和精力阻止合法选民行使最为基本的民主权利，为许多合法选民投票设置障碍。共和党立即反击称希拉里这些建议是"政治阴谋"，将会导致大规模选举作弊现象。

除了每四年一次的美国大选外，中期选举及地方各种选举令选民应接不暇，众多选民早已对此呈冷漠疲惫状。据《纽约时报》称，美国有5000多万名合法选民，即占所有合法选民四分之一以上的人根本没有登记注册。自2010年以来，美国有21个由共和党控制的州通过或取消了提前投票，或对合法选民有效身份证件予以更严格控制的新法。所有这些新法都有强烈的党派倾向。如在共和党人控制的得克萨斯州，持枪许可证便可作为有效证件参加选举，但学生证却不行，而青年学生又恰恰是民主党中意的"票仓"。

所有这些招数都在打着"民主"的招牌，希拉里·克林顿此番建议亦不例外。在民主党人看来，年轻人、相对贫困人群和少数族裔更倾向于将手中一票投给民主党。希拉里·克林顿的新建议骨子里还是出于党派之争的如意算盘，以求执掌白宫。为此，民主党人已在俄亥俄、威斯康星等政治"摇摆州"就其所通过的一些限制投票法规发起诉讼。

就连为希拉里·克林顿帮腔的美国媒体也承认，"全体选民自动注册登记"制度并非包治百病的灵丹妙药。无论如何，美式民主中也根本不可能出现百分之百的投票率。在现有联邦机制下，"全体选民自动注册登记"制度不能强制各州操作执行。设若由联邦政府推行此举，首先需经国会批准。在政治极化严重、共和党人控制国会的情形下，她的这番建议难以被国会批准。

"选举人团制度"的争议

听起来冠冕堂皇的美式民主背后有着诸多"猫腻"之事。"一人一票"的民主形式早已蜕变成实质为"一美元一票"的"钱主政治",这已成为积重难返的痼疾。从严格意义上说,美式民主并非"一人一票"那样简单明了,总统大选的最终结果取决于主要遵循"赢者通吃"规则的"选举人团制度",于是就出现了民选得票最多者却可能无法取胜的局面。"选举人团制度"有其历史根源,其制度设计者当时主要出于各州平等考虑,时至今日,其不公正等弊端虽日益彰显,却难以改变。由于美国各州由不同党派执政,为使某政党选举获胜而不公正划分选区的事情便成为常常使用的政治伎俩。在何为"合法选民"、合法选民如何登记注册、是否确立提前投票日等各州细则上,美国两党更是各说各话。

美国国会两院两党议员比例对政坛格局有着重要影响。议员的产生与选区划片有关。在选区划片一事上,也常有一些有争议的"猫腻"事情发生。此外,美国人口的变动也对联邦国会议员席位的分配产生影响。

我在美国工作期间,经历了全美 2010 年人口普查。根据美国官方公布的普查结果,截至 2010 年 4 月 1 日,美国人口总数为 308745538 人,较十年前增速放慢。美国众议院席位分配将随之调整,共和党控制的诸州将新增 6 个众议院议席。

根据美国人口普查局的数据,美国人口在近十年增速为 9.7%,低于 1990—2000 年间 13.2% 的增长率。美国人口仍持续向南部和西部转移,其中内华达州人口增幅最快,为 35%。

美国首都华盛顿人口总数超过 60 万人。这表明,在此前十年间,华盛顿人口增长 5.2%,首次扭转自杜鲁门总统以来美国首都人口一直下降的趋势。

根据美国法律,国会众议院 435 个席位根据人口比例进行分配,但每州至少保有一个席位。这项十年更新一次的新数据将使 8 个州增加议员席位,有 10 个州失去议员席位,其中得克萨斯州将增加 4 个议员席位,总数增至 36 席,佛罗里达州将增加 2 个议员席位,总数增至 27 席,而纽约州和俄亥俄州将各失 2 个席位。这也是历史上第一次由民主党控制的加利福尼亚州没有在普查后获得席位的增加，仍为53席。

亚利桑那、佐治亚、内华达、南卡罗来纳、犹他和华盛顿各州分别新增1个席位。除纽约州和俄亥俄州外，伊利诺伊、爱荷华、路易斯安那、马萨诸塞、密歇根、密苏里、宾夕法尼亚、新泽西各州的议员席位也将减少。

在每四年一次的政治周期中，美国民主中的"选举人团"制度都是令不少人困惑的制度安排。

根据美国选举法规定，在美国大选年中，美国总统最终是由"选举人团"选出。各州"选举人团"选票根据各州议员人数多少而定，其数量等于各州在国会参、众两院的议席总数。如加利福尼亚州在国会有2位参议员和53位众议员，所以加州就有55张"选举人团"票，在美国各州中居于首位；而阿拉斯加、特拉华、蒙大拿、佛蒙特、怀俄明等州只有2位参议员和1位众议员，所以只有3张"选举人团"票。首都华盛顿哥伦比亚特区虽然在国会没有正式议员，但也有3张"选举人团"票。美国国会有100位参议员、435位众议员，加上华盛顿哥伦比亚特区的3票，"选举人团"共有538票。总统候选人必须获得"选举人团"绝对多数，即得到270票方可当选。除缅因州和内布拉斯加州外，美国其他各州以及华盛顿哥伦比亚特区，均采用"胜者通吃"制，如某候选人获得了多数加州选民的票，那么，加州的55张"选举人团"票就全部计算在这位候选人的名下。

"选举人团"制度是在美国特定历史环境下联邦制和分权与制衡原则结合的产物，也是各种利益协调与妥协的结果，其已经暴露出来的弊端表明美国民主制度并非十全十美。在1867年、1888年、2000年、2016年等多次美国总统选举中，均出现过候选人赢得民选但未能入主白宫的情形。在人们记忆犹新的2000年大选中，小布什获得了50456002张选票，占选民总数的47.87%，其民主党对手戈尔获得了50999897张选票，占选民总数的48.38%，但最后却是小布什入主白宫，其关键便在于"选举人团"制度。

根据统计，在2016年的总统大选中，希拉里·克林顿得到的选票数多于对手特朗普，但选举人票却不及特朗普，后者因此宣布获胜。这也是令希拉里·克林顿后来一直耿耿于怀之处。

美国国会图书馆国会研究所专家托马斯·尼尔向我介绍说："美国选民在选

举日投票,实际上是在投票选出支持民主、共和两党总统候选人的选举人团。"尼尔说,选举人团不能是国会议员,也不能是美国联邦政府机构公职人员。在实际运作中,选举人团可能是党派负责人、州长等未在联邦政府中任职的人员。如果大选最终出现两党总统候选人均获得269张"选举人团"票的特殊情况,根据美国宪法第十二修正案,总统人选最终由国会众院投票产生,届时每州只能投下一票,这一票的投向由该州议员协商确定。

在"选举人团"制度中,"选举人团"选票似乎比民选选票更重要,这是否符合民主精神?"选举人团"如此重要,但选民事先却不了解选举人团,而选举人团又有可能不按规则投票,或生出诸多意想不到的事端,这是否会成为选举制度透明化中的一个障碍?面对诸如此类的问题,尼尔承认"选举人团"制度确实并不完美。"尽管已有全国民选运动等组织提出改革方案,但要通过修正案来修改美国宪法绝非易事,"尼尔说,"相关修正案必须首先由国会两院三分之二多数通过,然后,修正案还需送达各州批准,得到全美50个州中的四分之三州,即38个州批准后方能施行。此外,在过去百年中,美国国会提出的任何修正案都附有7年截止期限。然而,要在7年间完成这一极具争议的修正案立法过程绝非易事。"言外之意便是,大家都知道"选举人团"制度有弊端,但却都在繁缛的立法程序面前无可奈何。

一家两党,听他们怎么说

美国是一个撕裂的社会。在所有社会问题上,都会出现多元化的声音。人们常常喜欢挂在嘴边的一句话是,美式民主的精髓是:你可以不同意我的主张,但我有发出声音的权利。久而久之,这个社会对不同意见有着高度包容性,社会成员也因此有着高度承受能力。

在2012年美国大选中,来自北京的编辑建议说,能否找到一家人中既有共和党,也有民主党的拥趸。我在一番努力下,还真找到这样一家子:丈夫支持共和党,而妻子则是民主党的拥护者。

那天,我如约来到弗吉尼亚州费尔法克斯县福尔斯彻里奇市希尔伍德街707号,看到这是一栋典型的独立式红砖楼房住宅,红褐色的大门上已经挂起圣诞节的装饰花环。这里离我所居住的地方并不远。

"欢迎,欢迎!"主人肯尼思·费尔曼一开门便满面笑容。2012年5月,他当选为福尔斯彻里奇市共和党委员会主席,任期两年。在2012年的大选中,弗吉尼亚州是关键"摇摆州",奥巴马和罗姆尼多次在这一地区竞选。肯尼思为罗姆尼的竞选活动出了不少力。

安排我落座后,肯尼思走到厨房客气地"请求"妻子南希为记者上咖啡,并几次高喊"谢谢了啊","相敬如宾"顿时成为我脑中的第一印象。

客厅内光线有些暗。眼前一个大圆形茶几上摆放着一摞书,墙上错落地挂着多幅油画,几个角落处摆放着来自世界各地的特色纪念品。自称退休前在一家"政治咨询公司"工作的肯尼思言谈中透露出曾在世界各地周游,还曾在国会工作,话题又时不时扯到世界历史,看得出来他是个有见识的人。

在我说明来意后,肯尼思的脸上闪现出一丝微妙的凝重,随后说,美国已经变成一个争论更为激烈、更为分化的社会。在种族平等、妇女权益、同性婚姻和移民改革等多个问题上,持中间立场的人越来越少,更多的人各执一端。"奥巴马是一个非常固执的人。"他说,"他固执己见,在很多问题上不做妥协。我认为这个国家现在的大方向不对。国家的很多问题应该由私营部门去做,而不是由政府代办。"

"但今年共和党总统候选人罗姆尼是一位很弱的候选人。他不受人们喜爱,特别是不受新英格兰地区信奉新教的白人女性的喜爱。"肯尼思说,"整体而言,共和党没有把握住拉美裔、亚裔和非洲裔族群在政治上的崛起,与这些族群有着隔膜。有人批评罗姆尼'脱离实际',这是有道理的。"肯尼思认为,美国不仅两党政治更为极化,"共和党内的争吵有时比共和与民主两党间争论还要激烈"。"我认为茶党不应被叫作茶党,而应被叫作茶壶,"他说,"它就像一个水快烧开了的茶壶,呜呜乱叫,让人心乱。"此外,他认为罗姆尼的摩门教背景仍是一些人不支持他的原因。

肯尼思自认为是温和共和党人,"正因如此,我才能当选为本区共和党委员会主席,也才能团结更多人。一个走极端的人赢不了多少选票"。他说在堕胎等一些社会问题上,他还是持开放态度,与极端保守的共和党人不同。

"南希也是共和党人吗?"我问。"不,她不是,她是民主党人。"肯尼思指着墙角的几幅家庭照片说,"在我家中,小儿子安德鲁是坚定的共和党人,但小儿媳朱莉是民主党人,而朱莉的父母又是传统共和党人。在我家中,朱莉是常常挑起党派争论的人。在一些问题上,安德鲁的态度也有些向朱莉靠拢。"

谈话至此,我不由得兴奋起来:"你是共和党人,南希是民主党人,你们会为此常常发生争论吗?""这很正常,"肯尼思盯着我认真地说,"你不可能与你的妻子在所有事情上意见完全一致。我们结婚已经49年了。同意分歧的存在,这是民主的原则。"

天色渐暗,南希过来为我添加咖啡之时,顺手将客厅内的顶灯打开。"南希,你说我们常常在饭桌前发生争执吗?"肯尼思首先向南希发问。南希耸了耸肩,手中的咖啡壶还没放下便坐下来加入我们的谈话。

"你一直是民主党人吗?"我问。"不,不是。"头发已经花白、曾为马歇尔高中历史教师的南希说,"自从上个世纪的越南战争、民权运动以来,我对很多事情做了反思,在很多问题上改变了看法,"她说,"现在我相信民主党的政治哲学。我认为人的本性是恶的,就需要有政府的治理与管制。"

在聊起今年美国总统大选花费了超过20亿美元时,肯尼思不认为这有什么不对。"这20亿美元在大选过程中创造了很多就业,竞选广告中体现出很多人的智力……"说这话时,南希一直在撇着嘴:"那是在胡花钱,是在浪费钱,都有什么用?""这是自由市场国家。那你说橄榄球大赛花了那么多钱有什么用?"肯尼思喃喃地反驳说。

在一个问题上,肯尼思与南希意见一致,那就是美国经济状况不佳。"我不认为我的生活比4年前更好,"肯尼思说,"如果我的生活是这样,就说明有很多人的生活水准在下降,他们的现状肯定会更糟。"南希则说现在家中经济状况更加紧张,"我们不敢买新家具,不敢到时尚餐馆吃饭,花钱小心了很多,生活节奏也慢了许多"。

一阵清脆的电话铃声打断了有些沉重的话题。"孙子要来了!"肯尼思与南希的脸上都明快了起来……

2014年美国中期选举那一天,我来到弗吉尼亚州阿灵顿县一家投票站。尽管此前民主、共和两党用尽各种办法敦促选民前来投票,但实际到场者稀稀落落。已是午时,该投票站负责人翻开选民名册告诉我,在2200多名选民中,只有 500 多人前来投票。一叶知秋。今年中期选举全美只有约三分之一选民出来投票，是自 1942 年以来投票率最低的中期选举。

与投票率低形成对照的是此次中期选举竞选资金投入之高。据统计，在这一非总统大选的政治周期中，各路政客共烧掉约 40 亿美元，创历史之最。在阿灵顿县那家投票站前，我就"金钱政治"询问正在为民主党候选人拉票的阿莱德的看法。阿莱德指着投票站前一排排候选人海报说，每一张海报成本为 5 美元，仅这一选区内的民主、共和两党及独立候选人各自竞选资金投入就达数百万美元。"是啊，那些没有钱的人就没有声音，"多年来为民主党从事筹款工作的阿莱德说，"有时我也很茫然。"

设身处地，处处可以感到美国社会中迷漫着心冷了、厌烦了、很无奈、"爱咋咋的"的政治气氛。在南卡罗来纳州哥伦比亚市的一次中期选举的竞选活动中，共和党籍众议员米克·马尔文尼滔滔不绝地进行着演讲，但面前只有五位听众。在另外一场竞选活动中，他面前的听众只有两人。

从冷漠、茫然的现象中，人们也在进行着反思。美国经济学家、诺贝尔经济学奖得主斯蒂格利茨抨击美式民主早已从"一人一票"演变为"一美元一票"，进而加剧着社会不平等的恶化。两次总统大选之间举行的中期选举是美国政坛一次机制性的大洗牌。杜克大学学者戴维·尚泽和杰伊·沙利文力主美国应取消中期选举。他们认为，两年的周期不仅毫无必要，而且对美国的政治有害。中期选举在当今的最大影响是削弱总统的权力。选民花了差不多两年时间，选出一位有一套治国方略的总统，但在其就职不到两年后举行的中期选举就削弱了这位总统实施这些政策的能力。自二战结束以来，因为进行中期选举，总统所属的政党平均在众议院失去 25 个席位，在参议院失去 4 席。为保住议席，在 2014 年的中期选举中，众议员在竞选中平均募集 260 万美元资金。在选举之年，议员候选人把他们 70% 的时间都花在了募集资金上。两年后，他们又得再来一遍。

耐人寻味的是，美国两百多年来建造起来的这部政治机器已经具有强大的惯性，要改很难。2008 年，打着"变革"大旗赢得大选的奥巴马泪流满面地在芝加哥发表演说的情景曾经令多少人激动不已！8 年下来，头发已经花白的奥巴马发现"变革"之路何其艰难。他不仅未能改变曾经发誓改变的"华盛顿政治文化"，反而在华盛顿这架巨大的政治机器面前磨得锐气大减。嘴上仍在显示强硬，底气早已软了许多。当年说要超越党派政治，打拼一番事业，最终闹得党派争斗极化。内政外交，乏善可陈，诸多重大改革大打折扣。

政治献金冲破约束

所有这一切，美国选民都看在眼里，却也只剩无奈。府院相斗到极化境地，换了谁也干不成大事。美国民主制度的架构基于民主、共和两党在政坛上的角逐。美国建国之父们当初的制度设计初衷良好，但这本经念着念着就变了形。此次中期选举期间犬儒主义的泛滥并非没有缘由。许多人早已看透，美国的政治已演变为富人的金钱游戏。美国最高法院关于政治献金的两项裁决早已使得各种利益集团的黑金冲出铁笼，明目张胆地与政客联姻。中期选举成为巨额政治献金的嘉年华，任何议题的炒作背后都有着精明的政治算计。口若悬河的政客们关心的只是自身的当选，当选后能否兑现承诺那是另外一回事。对现实不满能够催生出一时高昂的政治热情，但当政治热情屡屡被政客当作敲门砖消费掉的时候，便迎来冷漠的蔓延。

美国是法治国家。最高法院有着对宪法最终解释权和案件审决权。近年来，美国最高法院对一些案件的判决对"钱主政治"却客观上起到推波助澜的作用。

美国最高法院2010年1月21日以5:4的表决结果通过一项裁决。这项裁决废除了63年来美国法律对公司和工会在国会和总统选举中利用钱财助选的限制，废除了原有的对公司和工会在初选前30天或大选前60天禁止播放竞选广告的命令。这项裁决随即在美国引来极大争议。

支持这项裁决的5名美国最高法院法官的主要理由是，他们根据美国宪法第一修正案即言论自由的原则做出上述裁决。美国总统奥巴马则抨击这一裁决是"大石油公司、华尔街银行、医疗保险公司及其他强有力利益集团的重大胜利"，此举"为特殊利益集团金钱新的大规模涌入大开绿灯"，他表示将与国会两党领导人一起针对这一裁定做出"强有力的反应"。

2014年4月2日，由9位法官组成的美国最高法院以5:4的投票结果对"麦卡琴和共和党全国委员会诉联邦选举委员会案"进行裁决，最终推翻了给美国政治竞选捐款总额的上限。在维护美国宪法第一修正案的大旗下，这一裁决势必对于美国"钱主政治"生态更加起到推波助澜的作用。

麦卡琴是一位来自亚拉巴马州的商人。在2012年美国大选时，他向16位竞选联邦公职的候选人共捐款3.3万美元，并拟向另外12人分别捐款1776美元，但因联邦相关法律遭阻止。于是麦卡琴联手共和党全国委员会将美国联邦选举委员会告上法庭，要求取消对于政治捐款的限制。

在对此案的裁决中，美国最高法院中政治分野鲜明。首席大法官约翰·罗伯茨等5名持保守立场的大法官都是由共和党总统任命的，而4名"自由派"大法官则都是由民主党总统任命的。在对此案的裁决中，双方各执一词。

首席大法官约翰·罗伯茨在书面裁决中驳回了奥巴马政府提出的需要以政治捐款限额来抗击政治腐败的反对意见。罗伯茨说，美国宪法第一修正案保护言论自由。既然第一修正案保护焚烧美国国旗、葬礼抗议和纳粹游行，"它当然也要保护政治竞选演讲，尽管民众反对"。他还表示，参与选举国家政治领导人的权利，是美国民主政治中最为基本的权利。罗伯茨说，对捐款的限制并未阻止腐败，而是"被证明不正当地侵犯了一位公民行使第一修正案最为基本的活动权利"。

以斯蒂芬·布雷耶为代表的另外4名法官则认为，这一判决是对第一修正案和美国民主的打击。这一裁决没有充分表达保护政府机构政治尊严的重要性，为允许某一个人向一个政党或一位候选人捐赠数以百万计美元提供了漏洞。2010年，美国最高法院在对"联合公民案"进行投票时，就已裁决"超级行动委员会"可在竞选中无限制捐款，这些捐款常常不对公众透露，因此被指为"黑钱"。"如果说'联合公民案'是最高法院打开了一扇门，那么今天的决定就等于打开了防洪闸。"斯蒂芬·布雷耶说。

在美国政治中，政治资金的多寡是政党及其候选人能否在竞选中胜出的决定性因素。怀有各种不同目的的利益集团之所以纷纷慷慨解囊提供政治献金，是因为这些利益集团的政治献金不仅为竞选者提供了资金的支持，更为利益集团本身开辟了一条条通往国会山和白宫的特殊通道，以及日后对美国各项政策的制定施加影响的渠道。为了报答金主们的慷慨，赢得选举的党派和政治人物必将制定或采取一些有利于自己金主的政策，这早已成为华盛顿政坛的铁律。

近年来，由于广告、旅行、民意调查等费用的大量支出，竞选联邦政府公职费用越来越高。随着 2014 年美国中期选举的临近，美国两党拼命"砸钱"愈加白热化。

自 20 世纪"水门事件"在美国发生后，为限制政治黑金现象的肆意蔓延，美国逐步制定了一些对政治捐款进行限制的法规。在此之前，相关法律规定个人政治捐款总额不得超过 123200 美元。4 月 2 日美国最高法院的裁决表明，这一总额限制不复存在。美国"钱主政治"的特质也因此再次赤裸裸地暴露出来。

白宫对最高法院这一裁决表示失望。纽约州民主党联邦参议员舒默认为，这一裁决本身是一小步，但却是走向"毁灭"的又一步，其结果将导致人们对美国政治制度是否公正的怀疑。就连共和党资深参议员麦凯恩也预言说，美国今后将丑闻不断。"民主 21"组织主席弗里德·韦斯默尔说，最高法院这一裁决将美国的"政府代表制变成了百万富翁和亿万富翁的沙池（供儿童在其中做堆沙游戏）"。《纽约时报》4 月 3 日在题为《法院跟着金钱》的社论中写道，正如前参议员阿兰·辛普森此前在一个竞选资金案件做证时所言："谁又敢说一个收了 10 万美元献金的议员不会在就一件事进行投票时可能改变自己的想法呢？！"

美国的建国之父们在立国理念上已经注意到了公司私利可能对国家产生的危险影响，但在美国宪法中对此并未明确界定。1907 年，当公司的财富与权力变得炙手可热时，美国国会明确规定禁止公司向其代理人提供政治献金。此后，美国国会又曾通过立法禁止公司和工会在联邦选举中提供政治献金等。2010 年 1 月 21 日美国最高法院的一纸裁决改变了上述历史。美国有媒体就此叹息道，美国国内政治规则从此将退回 19 世纪的"强盗大亨"年代。

司法的神圣在于公正，但美国最高法院的这一裁决既显示出其难以摆脱党派政治的阴影，也将对美国政治生态及未来走向产生深远影响。打着"言论自由"旗号做出的这一裁决将因政治献金的"裸奔"直接腐蚀民主的理念，金钱政治将因此更加肆无忌惮。代表各种特殊利益集团的院外集团将因此获得一柄"尚方宝剑"，并将根据各自利益捧出或打压任何政治代理人。此事令人再次掀开美国建国理念外衣掩盖下政治机制运行中的沉疴痼疾。当金钱无所顾忌地滥施淫威时，便难免贻害无穷之虞。

在美国政治中，随着时代的前进，可称为"猫腻"的东西越来越多。政客们都在戴着多层面具表演。制造政客的机器也愈发五花八门。

在2008年美国总统大选中，共和党总统候选人是麦凯恩，他最终选择的搭档是阿拉斯加州原州长佩林。不知已过七旬的麦凯恩究竟是出于争取女性选票，还是为了别的什么，反正他在事后的反思中，曾后悔做出这一选择。

2012年，美国家庭影院频道播出新片《规则改变》，影片的主人公便是2008年美国总统大选共和党副总统候选人萨拉·佩林。

这部影片引人注目之处并不在于好莱坞著名女星朱利安·摩尔惟妙惟肖的表演，而在于其情节较为真实地揭开了美国政坛暗箱操作黑幕的一角。

在2008年的美国总统大选中，鲜为人知的阿拉斯加州原州长佩林被推举为共和党副总统候选人时，在短时间内被套上"运动员体魄""天使般面孔""有领袖气质和远大抱负""多面娇娃"等令人眼花缭乱的光环。尘埃落定之时，光环如泡沫般破碎，曾被刻意掩盖的事实渐次浮出水面。

在影片《规则改变》中，佩林被描写为外交知识乃至政治常识极为贫乏的"笨蛋"。她不了解美联储为何物；她不知道伊丽莎白二世女王并不负责英国政府日常事务；她不清楚韩国与朝鲜是不同的国家；她对美国开打伊拉克战争的因由张冠李戴。当佩林的竞选团队从认识地图开始为其"恶补"常识之时，佩林或极为反感，或令人可笑地自视甚高。当初，是麦凯恩竞选团队主管史蒂夫·施米特提议佩林作为副总统候选人。影片中的施米特最后恨恨地说，佩林最大的才干之一就是"拒绝真相"，并因此对自己当初的提议深感悔意。

当佩林仍是美国社会公众人物之时，制片人敢于根据同名原著将这些情节搬上银幕，据说是因为所述事实均可对证。

回顾历史时，人们对往事看得更清楚，谈论得也更坦率。有人说，当一个个竞选团队竭尽全力运用媒体炒作以假象示人之时，总统候选人的经验、知识及成就已变得不那么重要。这一规则的改变凸显美国政治方向的迷失与心智的迷乱。

更有人举一反三，指在2012年的美国总统大选年中，美国总统候选人"机能障碍"中的群体性无知现象俯拾即是，他们与佩林只是大巫小巫之分。曾为共和党总统候选人之一的得克萨斯州州长佩里在大谈中东问题时，却对地区大国土耳其的基本情况一问三不知。他搞不清楚美国最高法院由多少人组成，他发誓一旦当选总统将撤销数个政府部门，却又说不出所要撤销政府部门的名称。共和党总统热门候选人罗姆尼在一家大报发表对伊朗政策的文章，捉刀痕迹满纸皆是。此文面世意在表明从未有过外交事务经验的罗姆尼还是懂得国际问题的，并显示其在伊朗问题上的强硬立场，其实应了"种蒺藜者得刺"的老话，强不知以为知，反致贻笑大方。

人无完人，谁都不是绝对意义上的全才。但美国大选之年的巨大惯性在于，有意问鼎白宫者无所不用其极。就这一点而言，美国政坛的规则并未改变。看清了这一点，就会更加坦然而从容：佩林式的闹剧过去有，现在仍在上演，今后也少不了。在2016年的美国总统大选中，其过程之脏乱差再创新高。

游说者背后的利益集团

2016年的乱象中，闯出了奇人特朗普。

2016年10月22日，特朗普在林肯曾发表著名演讲的葛底斯堡发表讲话，阐述就任总统后100天内的执政计划。他提及就职第一天便立即开始执行6条措施，以清除华盛顿的腐败和特殊利益勾结，其中包括规定所有白宫与国会官员离职5年之内不能担任游说者；规定所有白宫官员终身不能为某个外国政府担任游说者；完全禁止外国游说者为美国大选筹款。在整个大选过程中，特朗普还屡屡抨击特殊利益集团及其游说者。

特朗普虽言之凿凿，但游说业早已与美国政治机体水乳交融，剥皮连筋，他难以从根本上清除随游说业生出的种种弊端。

英文中"游说"（Lobbying）一词来源于建筑物的门厅（Lobby），意指早年间的说客们多在国会大厦的门厅或议员所住酒店的门厅，守株待兔般等待向过往议员们进行游说。待到此种游说活动形成规模后，也有人将Lobbying一词意译为"院外活动集团"。

美国游说活动之悠久，几乎与其政体建立过程如影相随。早在1792年，为了获得更多的补偿金，参加过美国独立战争的弗吉尼亚州老兵便曾雇用能言善辩的威廉姆·胡尔对大陆议会进行游说。枪械制造商柯尔特公司的创始人萨缪尔·柯尔特曾为了一份专利的延期而雇用说客，并通过说客直接采取将枪械赠予相关议员的行贿手段。到了19世纪中期，说客公开行贿的做法大行其道。知名说客萨姆·瓦尔德在国会做证时不仅承认行贿，还称其为此"并不感到羞耻"。

对于游说活动，一般的定义是：游说是一种试图影响政府、立法者或监管机构成员行动、政策或决定的行为。游说有个人、机构和有组织团体等多种形式。游说者可能是一位立法者选区内的选民，也可能不是。游说者可能将游说作为一种职业，也可能不是。职业的游说者代表一个雇用他们的公司或个人试图影响立法、监管机构或其他政府决定、行动或政策。个人或非营利组织也可将游说作为志愿者行动或作为他们正常工作的一部分，如一位首席执行官会见一位对其公司项目很重要的代表，或一名社会活动分子无偿会见一位立法者。

其实，说得更直白一些，游说者就是美国式的拉关系、走后门，只不过发展至今，美国的游说活动已不是夜深人静之时提点烟酒茶或名贵字画等敲门进贡，而是规模更大，专业性更强，花样更多，收益也更为可观。

游说在美国早已成为一大产业。这种活动纵观遍及从联邦到各级地方政府，横看遍及各个行业领域和所有社会关注问题，可谓无处不有，无处不在。

美国首都华盛顿聚集着最为精英的游说大军，专业注册者超过1.2万人，平均每位国会议员的身后被20多名各类游说者包围着。2011年，一项对美国50家公司的调查显示，这些公司对游说活动所投资金与其在标普500投票指数表现之间的关系表明，对游说活动所投资金确为"性价比极高的投资"，其收益使得对冲基金通常所得收益相形见绌。2009年的一项调查更是显示，一些公司在游说活动上所投资金为其带回高达22000%的收益。2013年，游说业的"年产值"超过32亿美元。另有统计称，实际上美国从事说客活动的人或多达10万之众，产业年收入高达90亿美元。

华盛顿市中心有一条横贯东西的K街。我曾多次探访那条大街。但见街两边一个挨着一个排列着各种名头的律师事务所和咨询公司，间或有一家家的高档餐馆，那里便是聚集着全美顶级游说业精英的"说客一条街"。电视剧《纸牌屋》中对那位非洲裔帅哥雷米·丹顿的描写可谓是对K街职业说客的生动写照。此外，位于华盛顿的民主、共和两党俱乐部及各种会员制会所也是职业游说者屡屡光顾之处。

从广义上说，常设华盛顿的各种机构都有游说功能。为了采访美国最大的印第安人保留地纳瓦霍部落，我曾到位于华盛顿东北一街750号1010房间的纳瓦霍部落办公室，这也是唯一在华盛顿设有办事机构的印第安人部落。办公室执行主任克拉拉·李·普拉特女士告诉我，他们的一项重要任务就是游说美国政府和国会，为纳瓦霍部落争得应有权益。

特朗普誓言消除为特殊利益集团游说者所带来的弊端，其实他本人早已与一些特殊利益集团结成同盟。在此次大选期间，特朗普得到了美国全国步枪协会的背书，而全国步枪协会便是美国势力最为强大的游说集团之一。

近年来，美国涉枪血案不断，控枪成为热门话题，全国步枪协会也因此屡屡成为风暴中心。

我曾到全国步枪协会所在地进行采访。从华盛顿沿66号公路西行，约半小时后便可见到位于弗吉尼亚州费尔法克斯县沃尔普斯米尔路11250号的那栋深蓝色大厦，那就是有着430万成员的美国全国步枪协会。这个协会成立于1871年11月17日，美国历史上多位总统均为全国步枪协会会员。大厦内有一个全国武器博物馆。我去采访之时，正值美国国内因为刚刚发生一起枪击血案而吵翻了天。我提出参观这个博物馆后，那位非洲裔门卫用步话机与里面通报之后，一再叮嘱我可以参观，但不准拍照，不准带手机，也不准记笔记。博物馆内陈列着美国历史各时期及世界各国各类枪支，其中一个角落专门展出美国总统西奥多·罗斯福的枪支收藏，提醒着人们也暗示着这一协会迄今仍为美国最为强大的利益游说集团之一。

在由各方移民组成的美国社会中，犹太人是一个势力强大的族群。在200多个美国犹太组织中，"美国以色列公共事务委员会"是力量最为强大的游说集团。这一游说集团时刻关注美国对中东的外交决策并设法影响重要的人事安排，促使美国与以色列保持特殊关系，千方百计保护以色列在中东的安全利益。奥巴马当政期间与以色列的关系常常不睦，"美国以色列公共事务委员会"也因此没少给奥巴马脸色看。近年来，"美国以色列公共事务委员会"年会期间，以色列总理内塔尼亚胡都要专程到华盛顿与会。

2015年，奥巴马政府在伊朗核问题上与以色列闹得很不愉快。以色列游说集团为此万炮齐发，在《纽约时报》《华盛顿邮报》等主流媒体连发整版广告，指名道姓地抨击美国总统国家安全事务助理苏珊·赖斯等人。尽管如此，在当年3月举行的以色列公共事务委员会大会上，刚刚被亲以势力骂得狗血喷头的苏珊·赖斯也不得不在现场发表演说，她不顾场下的喝倒彩强颜欢笑，对美以关系的坚如磐石保证又保证。以色列游说集团势力可见一斑。

游说活动是美国政治机器运转的润滑剂和利益博弈的催化剂。游说活动中并非没有为公平与正义奋争之举，但因金钱在这种润滑剂和催化剂中占有越来越大的支配作用，利用贪欲谋取私利已成积重难返之势。

一些外国政府和企业为了自身利益也常以重金雇用美国前国会议员、前政府官员以及知名的律师、经济学家、公共关系专家进行游说活动。美国立法机构是游说活动重点。在提案阶段，游说活动的焦点放在相关议员提出有利于自己的议案；在议案审议阶段，游说者利用听证会等提出有利于本特殊利益集团的证词；在议会辩论阶段，游说者运用各种手段进行专门的调查研究，为替自己说话的议员辩论提供情报和资料，协助议员准备演说词，为议员的辩论出谋献策。为这些游说者工作的议员们所能得到的是极为丰厚的金钱回报以及对其政治生涯而言极为重要的选票和政治献金。

在华盛顿，即使看起来很是高大上的各种智库也未能免俗。记得不久前，《纽约时报》曾连发调查报道，称看似独立的布鲁金斯学会、战略和国际研究中心、大西洋理事会等智库实际上是为捐款人的利益、代表大企业对美国政府施加影响，伪装成政策研究的形式进行政治游说。在大到外交政策、军火出口、国际贸易，小到基础设施建设项目等林林总总的事项上，企业影响力宣传和品牌活动经常会搭智库的便车。经常就华尔街对智库秘密捐款发出批评之声的马萨诸塞州民主党参议员伊丽莎白·沃伦曾愤愤地抨击说："企业巨头们发现，花个几千万美元就能影响华盛顿的结果，而他们将会创造数十亿美元的收益。"

美国政坛中的"旋转门"现象也在游说活动中起到了推波助澜的作用。美国政界、商界、智库人士经常互换角色，其间的润滑剂是人脉关系和利益交换，这种软性腐败有着只可意会难以言传的特点。很出风头的"萨德"导弹系统的制造商为美国最大的军火商洛克希德·马丁公司，美国前国防部长拉姆斯菲尔德、副总统切尼的夫人、空军副部长艾伯特·史密斯等人都曾与这家公司有着千丝万缕的联系，或脱下军装后直接在这家公司上班。美国是有着军工复合体特质的国度，连艾森豪威尔总统都曾对此徒叹无奈。这种特质造就了美国长期作为世界头号军火商的存在，其背后便是这样一批身份特殊的说客为军工特殊利益集团奔走。

在历史上，美国也曾多次针对游说活动弊端诉诸法律。1995年通过的《联邦游说管理法》规定：一个人只要使用20%以上带薪时间从事影响政策的活动，便须登记为"说客"；说客可以招待议员餐饮，一次花费须在50美元以下；原议员及其助手、所有的公务员在离职后的一年内不得游说国会；等等。2009年，说客杰克·阿布拉莫夫因贿赂俄亥俄州共和党众议员鲍勃·奈依而被判入狱。国会随后通过《诚实领导及公开政府法案》，进一步规范、限制游说。但所有这些治标之策根本无法消除弊端。阿布拉莫夫出狱后成了名人，他在接受采访时说，尽管相关法律越来越严格，游说中的贿赂依旧泛滥，因为只有少数几个议员会拒绝任何形式的贿赂。而最有效的贿赂形式，莫过于为议员许诺一个未来收入丰厚的职位。

特朗普所宣称的那几条举措仍为治标之策。原因很简单，人以群分的美国有着客观存在的利益差异，其政治制度派生出来的利益关系协调机制对游说活动有着强烈需求，令所有活动运转起来的力量是金钱。道高一尺，魔高一丈。在金钱的力量面前，那几条举措显得极为苍白。

美式民主远非十全十美。尽管如此，其中仍有可以借鉴之处。记得在"占领华盛顿"运动高潮之际，我观察了一次占领者临时开会的情形。开会期间，互不相识的人共同遵守的便是早已深入骨髓的民主议事原则。

在美国，人们常常听到美国"例外论"。美国"例外论"的背后有着美式爱国主义的强力支撑。

看过世界杯足球比赛的人，都会理解何为爱国主义。各国都有各自的爱国主义，这一点没有例外。但事情都怕走入极端。作为世界第一强国，被煽情的美式爱国主义是否与2018年人们热议的美式民粹主义脉理相通？

对于美式爱国主义干柴烈火般燃烧的最佳观察时机，莫过于本·拉登被击毙消息传出的那个夜晚。

12 爱国主义的悖论，安全与自由的纠结

> 美式"爱国主义"特点是通过"潜移默化"达到"情不自禁"；爱国主义成为将各色移民融为一体的重要纽带；在"爱国主义"的大旗下，"新闻自由"极为苍白；对恐怖主义深恶痛绝，却极少有人深究根源；一个不惜用武力在世界推行"民主"的国家，却在处理国际关系中全然不顾民主准则；以"安全"为由占领远在天边的主权国家，却在本土安全上捉襟见肘；不少国民对国际事务的了解极为有限；战略性焦虑导致愈发不自信，入主白宫者有时并非引领美国走向更加宽容，而是加深仇恨。

2017年1月正式入主白宫的特朗普有一个家喻户晓的口号"美国第一"。他竞选时总是戴着一个写有"让美国再次伟大"的红帽子。特朗普之所以能够以"政治素人"的身份在极短时间内煽动起几近狂热的支持，与这种看起来极为"爱国"的举动密不可分。

美国的爱国主义既有形式，也有内容，可谓形神兼备；作为一种重要精神力量，爱国主义深入美国民众骨髓，却也有不少罪恶假"爱国主义"之名以行。

很少有人抨击美国的爱国主义是"洗脑"，但种种有关爱国主义的形式、规范早已在潜移默化地进行着美国式的爱国主义教育，其特点便是通过"潜移默化"，最终达到"情不自禁"。

1954年，在艾森豪威尔总统提议下，美国国会通过立法确定了誓词全文：我宣誓效忠于美利坚合众国国旗及其所代表的在上帝之下不可分割的、给予全民自由与正义的共和国。从孩子开始，这一誓词便成为每日必修程序。宣誓时，宣誓人必须立正、脱帽并将右手放置于胸前。凡有集会，其程序之一便是全体

起立背诵这一誓词。这种每日例行规范使得身在其中者形成条件反射般爱国主义行为习惯。一位中国人的女儿6岁时随其来美，上了几年学后，如今一听到美国国歌的旋律，还会不由自主地起立，把右手放在胸口唱歌。

美国凡有正式集会活动，必有仪仗队和唱国歌程序。仪仗队的入场不仅是在显示军威，也是在一种庄重气氛中传播具有爱国主义情怀的自豪感。美国正式活动，特别是重大活动场合必请明星演唱国歌，而不是播放国歌。每位演唱国歌的明星必尽全力深情演绎其悠扬与豪迈，爱国主义韵味随之屡屡传扬。2012年1月21日，美国总统奥巴马第二任就职典礼举行之时，美国流行乐坛天后碧昂丝身穿黑色透视裙装献唱了美国国歌，不过事后传出的假唱引发了诸多争议。

除了课堂，美国众多的博物馆、国家公园、国家墓地等均已变为爱国主义教育基地，美国的体育比赛、各类节庆更成为宣泄爱国主义情怀的载体，好莱坞大片中那些几成套路的描写更是具有美国特点的爱国主义教育。我在采访有着华盛顿、杰斐逊、老罗斯福和林肯4位美国前总统巨型石雕像的拉什莫尔山国家纪念公园时，天色已经很晚。广播中传出当晚在拉什莫尔山下露天剧场还将举行一些活动。我注意到很多人为了当晚活动极有耐心地等了很久。活动开始后，全是升旗、唱歌、观看美国总统历史影片等内容，全然是一场充满"爱国主义"教育的夜场活动！

美国是一个移民国家，爱国主义成为将各色移民融为一体的重要纽带。在美国历史上，尽管党派不同，但爱国主义是美国总统共同宣扬的核心价值观。林肯在《葛底斯堡演说》中说："我们的祖先在这块大陆上创立了一个孕育于自由的新国家。"罗斯福曾说："我们唯一惧怕的就是惧怕本身。"肯尼迪的名言之一便是"不要问你的国家能为你做些什么，而要问你能为你的国家做些什么"。尼克松说："更重要的是，现在是恢复我们对自己、对美国的信心的时候了。"卡特说："我相信美国能够更进步，我们能够比过去更强大。"里根则发出重新建立"伟大及其具有信心的美国进步、成长及乐观"的号召。2008年6月30日，时为美国国会参议员的奥巴马在密苏里发表的题为《我们所热爱的美国》的演说中说，正因为美国并不完美，正因为我们的理想需要我们付出更多，所以爱国主义永远不能够被视为只是忠诚于某些领导人、某些政府和政策而被予以拒绝。他说，与多数美国人一样，我的爱国主义源于内心的本能，这是一种植根于我早年记忆的忠诚与热爱。

"9·11"事件强化美式爱国主义

美国善于将其所遭遇的战争、灾难等重大事件转换成为爱国主义教育大课堂，"9·11"事件的发生便是生动例证。"9·11"事件发生后，美国的爱国主义成为一杆无所不能的大旗。美国发起的伊拉克、阿富汗两场战争也是在"爱国主义"旗号下进行，凡是反对战争者，均被扣上一顶很可怕的"不爱国"的帽子。

伊拉克战争期间，在"爱国主义"的大旗下，美国媒体一向高喊的"新闻自由"显得极为苍白，其间美国著名电视记者阿内特被解雇一事很是引人注目。阿内特因报道越南战争和海湾战争而闻名。美国全国广播公司为借伊拉克战争提高知名度和收视率而雇用了当时正在巴格达为《国家地理》杂志工作的阿内特。然而，当阿内特在接受了伊拉克电视台一次采访时说了美英联军的战争计划"因为伊拉克的抵抗而遭到了失败"等话后，被全国广播公司断然解雇。美国全国广播公司在解雇阿内特的声明中说："特别是在战争期间，阿内特先生接受伊拉克国有电视台的采访是不对的；在那一采访中，他谈论个人观察和看法也是不对的。"在伊拉克战争中，美国媒体记者在报道时必须懂得自律，否则不仅其报道会遭到封杀，还可能会因被指责为"不爱国"而失去工作。美国政府在伊拉克战争前后反复宣扬"爱国主义"，使媒体在报道伊拉克战争时大都赞扬美国的士兵如何英勇善战、战争取得了怎样的胜利，而对无辜平民在战争中遭到杀戮的报道则很少。事实证明，美国媒体曾经报道的多起美军"英雄事迹"事后被证明是谎言。

美国东部时间2011年5月1日22时许，美国各大媒体相继以突发新闻形式宣布，美国总统奥巴马将于东部时间22时30分在白宫发表讲话，但内容不详。22时40分许，关于"基地"组织领导人本·拉登已死的消息不胫而走。当晚23时35分，奥巴马在白宫发表了约9分钟的讲话。他宣布："美国已经完成了消灭'基地'组织头目本·拉登的行动，此人是屠杀数以千计无辜男女老少的恐怖分子。"

这一消息震惊了整个世界，引来海啸般的巨大反响。美国东部时间5月1日23时许，位于华盛顿宾夕法尼亚大街一侧的白宫门前开始聚集庆祝人群。在奥巴马正式宣布此消息后，我立即赶往白宫，见沿途车流骤然增加，不少汽车高声鸣笛，车内人晃动着美国国旗。在向白宫涌去的人流中，不时发出"USA! USA! USA!（美国！美国！美国！）"的高喊。

夜色中的白宫门前涌动着约万人的庆祝人群。人们不时挥舞着国旗高唱，不时为有人爬上电杆悬挂旗帜等举动欢呼，一派狂欢的场面。在拥挤的人流中，年轻人居多。

我问满嘴酒气的黑人青年汤姆此时的感受，他说："9年多了，他妈的终于结束了！"

面对白宫前狂欢的人流，酒吧调酒师凯文说，到这里来的每一个人都这样或那样地受到过"9·11"事件的伤害，他在纽约的家人中也有受害者。本·拉登是一个具有象征意义的罪魁祸首，他的死使人们松了一口气。正义因此得到了伸张。

在人流中，一位名为曼达的女孩戴着青蛙形象的头饰走来走去。在问及她对本·拉登之死的感受时，曼达说，这是一个时代的结束。

在白宫旁边，有一家自1856年便开始营业的"老埃比特烧烤餐厅"。这家餐厅的经理克里斯告诉我，本·拉登之死意味着恐怖分子的蛇头被砍下，是对恐怖分子的沉重打击，就像希特勒死后，法西斯失去首领一样。这些庆祝的民众为此感到欣慰。9年多来，除了"9·11"事件中死去的受害者外，美国还在阿富汗等地死了不少人。当然，本·拉登死了，并不意味着恐怖分子从此绝迹。

在这个难忘的夜晚，全美涌动着爱国主义的热潮。那一浪接一浪"USA! USA! USA!"的呼喊此起彼伏，动人心魄。我知道，那是发自内心的呼喊。

美国没有刻意地将"爱国主义"作为核心价值观刷得满街都是，但你时时处处能够感受到那样一种情怀。美国显然是一个多兵种仪仗兵极有需求的国度。在任何一个较为正式的场合，一定会有多兵种仪仗兵列队出席的环节，一定会有高唱国歌的环节，唱国歌时，美国公民一定要将右手放在胸口处。

在当代史中，"9·11"事件的发生无疑催化了美式爱国主义的奔涌，本·拉登被击毙便成为这一美式爱国主义情怀的激情宣泄。

"9·11"事件改变了美国，也改变了世界。"9·11"事件后，美国以"反恐"为名相继发动阿富汗、伊拉克战争。在近十年的时间中，本·拉登成为美国全球悬赏缉捕第一人，并为此展开了美国历史上耗时最长、范围最广、投入最大，也是最为痛苦的追捕行动。然而，在近十年间，有关本·拉登的去向扑朔迷离，美国对此如芒刺在背。本·拉登令美国谈虎色变。

世界上唯一超级大国美国费时近十年、发动两场战争、以约10万大军和流水般花费纳税人巨款追杀一个本·拉登。如今，美国终于从肉体上消灭了本·拉登。用奥巴马的话说，从此人们在这个世界上再也见不到拉登来回行走了。有人说，本·拉登之死标志着美国在一场漫长的战斗中赢得了心理上的胜利。又有人说，这一新闻暂时掩盖了美国民众因诸多内政外交问题所存在的巨大分歧。

美国人早就知道拉登，但并非从一开始便欲将其除之而后快。20世纪80年代初，本·拉登离开家乡前往阿富汗加入反抗苏联入侵者行列时，美国从全球战略上是与拉登站在一起的。美国决意追杀本·拉登的关节点是2001年发生的"9·11"事件。在那次事件中，有近3000名美国人丧生。这使得时任美国总统布什学着电影 OUT WEST 的海报广告词发誓称，将拉登"缉拿归案，无论死活"。

这个世界上再也见不到本·拉登的身影，但本·拉登的故事并没有结束。这一点，连美国人也心知肚明。白宫对如何击毙本·拉登的细节发布前后矛盾，越抹越乱。此时，美国民众的爱国主义情怀再次被政治算计消费。

好莱坞与白宫，一个在面对太平洋的美国西海岸，一个在濒临大西洋的美国东海岸，地理距离看似很远，实则形影相伴。

击毙拉登后的白宫最大的念想是什么？不是经济，不是战争，而是如何使奥巴马总统2012年再次当选。唯此为大，其余不过手段而已。好莱坞对此心领神会，一部有关刺杀本·拉登的影片开始紧张筹备中。

刺杀本·拉登，这是一个多么抓人眼球的题材。曾因《拆弹部队》获2010年奥斯卡最佳影片的女导演比奇洛与剧作家博尔再次联手，开始打造这部新片。片子还在筹备，但放映档期却已敲定：2012年美国总统大选前一个月。

仅仅这样一个举动，就已显示好莱坞绝非专注娱乐的"梦工厂"。这部电影"无疑将反映出总统的冷静和果敢品质"，当时就已有不少人指出这一影片不啻为奥巴马连任造势的"宣传突击行动"。

心领神会的白宫对此当然很配合。已有消息传出，五角大楼正与好莱坞通力合作，向对方提供击毙本·拉登的过程细节，该片制作人"已经获得了解美国历史上最机密任务的最高权限"。

此事即刻在美国引起轩然大波。美国国会众议院国土安全委员会主席、共和党人彼得·金 2011 年 8 月 9 日致信五角大楼和中央情报局，要求就此事是否泄密展开调查。他对泄露敏感军事行动的机密信息表示担忧，称此举有损五角大楼"沉默的专业人员"的荣誉。

白宫对此当然不予承认。白宫发言人卡尼称彼得·金的举动"荒谬可笑"，奥巴马政府与电影制作人之间的沟通和在白宫吹风室与记者分享的信息相同，好莱坞同政府的接触只是为了保证电影的真实性。卡尼还敲打彼得·金说："我希望在我们面临恐怖主义持续威胁时，国土安全委员会能讨论更重要的话题，而不是一部电影。"五角大楼发言人拉潘说，五角大楼同比奇洛和博尔进行了初步讨论，至于外界所说的"提供重要情报"，其实五角大楼只是制作了一张有关击毙拉登行动的照片而已。

反驳归反驳，但白宫与五角大楼未能否认好莱坞确实跑到华盛顿与其"接触"，分歧在于对此类"接触"做何种解读。

比奇洛和博尔也赶忙为这种"接触"进行澄清。他们在 8 月 10 日发表的一项声明中说，此片已筹拍多年，且涉及克林顿、布什、奥巴马三位美国总统，而不只围绕奥巴马政府进行描述。这将是一部"不带有党派色彩"的影片。

面对白宫、五角大楼和好莱坞忙不迭的澄清，彼得·金很有些得意。他说自己的评论"击中了白宫的神经"。切不要以为彼得·金的言行完全出于对美国国家安全的考虑。在美国国会中的共和党人目前最大的念想是力求让奥巴马只做一届总统。在 2012 年总统大选背景下，美国国会共和党人的诸多举动均可从此处得到答案。

其实，白宫与好莱坞之间的联系并非新闻。美国媒体爆料称，五角大楼内甚至有一个办公室专门"帮助"好莱坞制作"更为真实"的电影。在这种"帮助"的背后，白宫所关注的政治议题无疑是一大考虑因素。

当美国媒体津津乐道于拉登被击毙的细节，而白宫所披露的细节又屡屡相互矛盾之时，时任美军参谋长联席会议主席马伦表示，现在是停止谈论此事的时候了，对击毙拉登细节的披露已使美军精确打击能力接近瘫痪的边缘。美军对此难以承受，因为战争尚未结束。

战争也是政治。当媒体被要求停止议论纷纷时，西部好莱坞的人来到了东部的华盛顿，一场政治双簧悄然拉开大幕。

五角大楼的"9·11"纪念园

"9·11"事件的发生，已经成为美国民众深刻的历史记忆。纽约世贸遗址与五角大楼"9·11"纪念园等地承载着无尽的追思。

华盛顿夏季黄昏时节最易引人遐思：风一阵，雨一阵，漫天云卷云舒。那一天我趁着雨歇，再次轻轻地走入五角大楼"9·11"纪念园，再次聆听血皮枫的低吟。

五角大楼"9·11"纪念园位于五角大楼西南处，占地约8000平方米。2001年9月11日上午9时37分，遭到劫持的美国航空公司77次航班便由这一方向撞入五角大楼，机上59名乘客和五角大楼内125人遇难。如今，五角大楼西南处整饰一新的一段外墙与其余墙面的明显色差，恰似这一悲剧难以抹去的伤痕。

开放式的五角大楼"9·11"纪念园凝结着极有寓意的设计理念。设计者朱丽·贝克曼和基思·凯斯曼均获哥伦比亚大学建筑硕士学位，并于2001年共同创办凯斯曼—贝克曼设计工作室。纪念园内184个纪念单元象征着遇难的184个生命。每一个纪念单元为一个悬臂式长凳。从遇难者中年龄最小、当时只有3岁的达娜·福肯伯格到年龄最大、时年71岁的约翰·亚姆尼基，纪念长凳按照遇难者年龄段依次排列。方向不同的长凳末端截面上刻有遇害者姓名。从遇难者姓名向上眺望，如果见到的是无垠的天际，就表明死者为77次航班上的乘客。如从死者姓名同一方向抬头望去是五角大楼，则表明死者当时身在五角大楼内。

184个悬臂式长凳造型简洁，由不锈钢和表面精细的水磨石板等建筑材料制成。每个长凳下方为一汪清水。白日里，静谧的纪念园内只闻汩汩水声；夜晚时分，在不锈钢材料和灯光的反射下，粼粼波光更显幽幽。

纪念园西侧建有一道独特的"岁月墙"。这道墙如护栏般围住纪念园，又与纪念园内依年龄段排列的遇害者纪念单元相呼应。自悬臂式长凳表面算起，墙体高度随着遇害者年龄每增加1岁便增高1英寸（1英寸等于2.54厘米），也就是说，墙体起始处高度为从悬臂式长凳水平面以上3英寸（表明遇害者中最年幼者年龄），逐渐升高为长凳水平面以上71英寸（表明遇害者中最年长者年龄）。设计者的初衷是，除了寓意之外，行驶在旁边高速路上的驾车人也能从远处凭吊纪念园。

铺满砾石的纪念园内星星点点栽种了多种枫树，其中血皮枫最为引人注目。在诸种枫树中，树皮为红棕色的血皮枫生长速度慢，每年落叶最晚。每至秋季，深绿色的血皮枫叶呈奇特的鲜红色。在华盛顿的风风雨雨中，瑟瑟作响的血皮枫低吟着无尽的哀思与反思。

自2008年9月11日正式开放以来，五角大楼"9·11"纪念园无言地见证了华盛顿政坛所发生的巨大变化。就在紧邻纪念园的五角大楼内，人们对这场悲剧的产生根源、应对战略及利弊得失一直进行着思索和政策评估。在纪念园内，来自加利福尼亚州的海伦女士悄悄告诉我，这184个纪念长凳当然不包括当年的劫机者。在五角大楼一个普通民众无法接近的角落，以"某种特殊方式"藏有一份包括所有死者的名单。这是一份留给未来审视的名单，这也是一段留给未来审视的历史。

"爱国主义"的悖论

早在2003年，我受美国国务院之邀作为"国际访问者"访问美国时，就对"9·11"事件后美国民众爱国主义情绪空前高涨留有深刻印象：即使是在远离首都华盛顿的中西部城市圣路易斯和俄克拉何马城，也能见到不少住宅门前悬挂着美国国旗，不少飞驰而过的汽车上也悬挂着国旗；一部名为《一位爱国者的手册》的图书正在热销当中。这部由肯尼迪总统之女，后来在奥巴马政府时期曾被派任美国驻日本大使的卡罗琳·肯尼迪女士编选的图书汇集了美国历史上颂扬爱国情怀的歌曲、诗歌、史实和演讲，被《纽约时报》评为当年6月份美国非虚构类畅销书排行榜第三名。

就在我按照"国际访问者"项目计划访美期间，驻伊拉克美军接连遭袭伤亡的消息不断传来，美国国内对美军占领伊拉克的支持率亦呈跌势。2003年6月26日，我在美国国务院二楼新闻发布大厅旁听了时任发言人鲍彻主持的新闻发布会，其间记者们的话题多集中在为什么中央情报局日前宣称在伊发现了有关大规模杀伤性武器的重大线索后，美国国务院却对此另有异议。这似乎揭示出某种寓意：在爱国主义和反恐的大旗下，美国在海湾地区的所作所为仍受到诸多质疑。

在与俄克拉何马城大学9名师生座谈时，"为什么有那么多人恨美国？"的提问引来热烈争论。"我们的价值观那么好，我极不理解为何会有人反对我们。如果需要，我会到伊拉克打仗。"一位学生说。"我们总认为美国最强大，想做什么就可以做什么，而且做什么都是对的。我个人不喜欢战争，在伊拉克问题上或许原本可以找到和平解决的办法。"另一位学生说。"我们对穆斯林确有歧视。那次学校举行了一次关于伊斯兰世界的报告会，没有几个人参加。"又有一位学生说。当我征询他们对于恐怖主义根源的看法时，与会者大都感到茫然。

不仅是在俄克拉何马城大学，我在与数十名美国各界人士的交流过程中，悖论的困惑始终难以消除：在为本国国民的爱国主义情结感到自豪之时，一些美国人士却对别国的爱国主义反应淡漠或缺乏应有的尊重；在对恐怖主义表示深恶痛绝之时，却极少有人深究恐怖主义的根源；经济全球化的进程，似乎并未从根本上改变美国某些决策者对世界多样化的认识，因而在国际事务中的判断标尺非此即彼，导致"不是朋友便是敌人"的偏执；一个不惜用武力在世界某些地区推行"民主"的大国，却在处理国际关系中全然不顾民主准则；具有世界上最强大军力的国家以"安全"为由占领一个远在天边的主权国家，却在本土安全上捉襟见肘；美国的"先发制人"战略到底是在消灭恐怖主义，还是在不断引发出更多的恐怖主义；美国在当今国际舞台上发挥着无与伦比的重大影响，但其不少国民对国际事务的了解却极为有限。"一切以商业营利为目的，多登国际新闻不好卖报，读者对国际新闻不感兴趣。"圣路易斯一位报纸主编告诉我。美国反恐与政治之间的关系恰似雾里看花。"'9·11'事件成为美国可以做任何事情的借口。"一位被视为美国政界"新星"的人士告诉我,"看着吧,布什的一言一行都是在着眼于再次当选。为了保持高支持率,布什必须做一些事情。"

我在密西西比河边的圣路易斯市踏访时,当地官员屡次提及将庆祝美国购买路易斯安那200周年。1803年,美国利用英法争夺海上霸权和法国在海地惨败的时机,以1英亩不到3美分的地价,从法国人手中购买了拥有200多万平方公里的路易斯安那等地。这笔买卖使当时的美国领土一下就扩大了一倍多。200年后的今天,美国在全球的霸势可谓登峰造极。然而,高处不胜寒。如果不能更为理性地处理自己与"地球村"中其他成员的关系,源于强烈优越感的爱国主义或许会误导整个国家。

海伦·托马斯一生直言,最终因言获罪。

爱国主义是一杆凝聚人心的大旗,也可能是一根令人动辄得咎的大棒。"9·11"事件后,美国以"反恐"为名发动了两场战争,凡是敢于说不的人都可能被扣上"不爱国"的帽子,一些透露战争真情的资深记者遭遇"叫停"。"新闻自由"从来都具有相对的意义,海伦·托马斯的境遇最为耐人寻味。

2013年7月19日早晨,海伦·托马斯在她位于华盛顿的家中辞世,这一天距她93岁生日只有16天。时任美国总统奥巴马当天发表声明,称赞海伦·托马斯为之后数代的女性记者打开了机遇之门,打破了阻挡在她们面前的障碍,同时让包括他在内的多位美国总统均不敢懈怠。

海伦的一生已成为一座令人可望而不可即的高峰。作为女性新闻工作者的先驱,海伦以过人的执着、勇气、正直和激情诠释了职业良知。她赢得了尊重甚至崇拜,也招致了愤怒与毁谤。人们对于她一生中最大的亮点几无争议:在超过半个世纪的职业生涯中,她曾当面向从肯尼迪到奥巴马所有十位美国总统直率发问。

我几次在白宫吹风室采访时,都曾特意做过观察。当时在第一排中间位置的座椅下方,我看到一个灰色金属标志牌,上面标着"海伦·托马斯"。海伦就曾坐在这里在每次总统吹风会时首先提出问题,最后标志性地说上一句结束语:"谢谢你,总统先生。"

就是在这里,身材矮小、有着一双黑眼睛的她用低沉的声音向尼克松发问:

什么是他结束越南战争的秘密计划；向里根发问：美国有什么权利入侵格林纳达；冷战结束后，当老布什总统宣布美国军费将保持不变时，她又发问："那么敌人是谁？"强烈反对伊拉克和阿富汗战争的她曾说，小布什是美国历史上最糟的总统，小布什为此甚怒。海伦曾因此向小布什书面致歉，小布什虽然接受了她的道歉，但在三年间没有给过她提问机会。在一次吹风会上小布什终于给了她提问机会，海伦就是在这里立即发问："我想问你，总统先生，你决定入侵伊拉克导致数以千计的美国人和伊拉克人死亡，为美国人和伊拉克人带来一生的伤痛。所有的开战理由最终都被证明不是真的。我的问题是，你到底为什么想要战争？从你进入白宫的那一刻起，还有你的政府、政府官员、情报人员等等，你发动战争的真正原因是什么？你曾说原因不是为了石油，不是因为以色列和其他别的原因，那么原因到底是什么？"此后，海伦与小布什一来一往，步步紧逼。

就是在这里，有着"总统折磨者"之称的海伦赢得了多位总统的特殊待遇。1997年8月4日，克林顿总统在海伦77岁生日时为她送来生日蛋糕。2006年8月2日，小布什总统走下台来提前祝海伦生日快乐。2009年8月4日，奥巴马也在这里向海伦送上蛋糕，祝贺她89岁生日，那一天，也是奥巴马本人48岁生日。

海伦曾说，我尊重总统办公室，但我从来不对我们的公仆抱有崇拜，他们应该告诉我们真相。"9·11"事件后，在"爱国主义"的大旗下，常驻白宫的记者明显不敢提出尖锐问题。海伦曾以专著《民主的看门狗》抨击白宫记者团的"没落"。2006年5月，她在接受《纽约时报》采访时仍不退却，她反问道："你如何界定追问与鲁莽？我不认为有任何所谓鲁莽的问题。"海伦说，在整个社会中，我们是唯一能够每天向总统提问，并使他对此负责的机构。否则，他将成为国王。

海伦1920年8月4日生于肯塔基州的温切斯特，在底特律长大。她的父亲乔治·托马斯是个文盲，他鼓励自己的十个孩子上学读书。1942年，海伦从底特律韦恩州立大学英语专业毕业后，便到华盛顿寻找工作。她曾找了一个服务员工作，但没干多久。"我不大会笑。"多年后她回忆说。

此后，海伦在华盛顿每日新闻报做文书工作，后于1943年开始在合众新闻电台做记者。当时女性记者多为撰写社会新闻和家居事务，而报道战争、政治、犯罪等"硬新闻"的人多为男性。海伦打破了这一成见，至20世纪50年代中期，她已开始在美国联邦政府部门进行采访报道。她全程报道了肯尼迪竞选总统。肯尼迪当选后，她成为合众国际社常驻白宫记者，白宫吹风室内从此出现了第一位女性。此后，海伦创造了第一位白宫记者团团长等多个"第一"。1972年，当尼克松对中国进行"破冰之旅"时，她是随行记者中唯一的女性文字记者。

2000年5月16日，海伦从合众国际社辞职。两周之后，她被赫斯特报业集团雇用，撰写每周两次的专栏文章。

一生工作勤勉的海伦没有子女。1971年，海伦与比她大14岁、来自竞争对手美联社的白宫记者道格拉斯·康奈尔结婚。1982年，康奈尔过世。

海伦撰写了十多部专著，记述白宫采访经历。1999年，她回忆说，我喜爱我的工作，能够有一份每天带给我喜悦的工作真是人生幸事。

然而，这位白宫最资深记者此前无论如何都没有想到自己会因言获"罪"。

2010年6月7日，美国白宫吹风室内照例拥挤不堪，而前排中央的一个座位引人注目地空缺着——那里一向就是白宫最资深记者海伦·托马斯的"专座"。

白宫发言人吉布斯的一番言论恰恰针对当日缺席的海伦·托马斯。他激烈批评海伦·托马斯的言论"令人生厌，应受到严厉斥责"，她的观点"肯定不代表"大多数美国民众，"当然不代表美国政府"。白宫记者协会7日发表声明，称海伦·托马斯的言论是"不可原谅的"，并说该协会将举行会议专门讨论海伦留下的"座位问题"。

此前，当白宫公布关于2009年圣诞节炸机未遂事件调查报告时，年近九旬的海伦·托马斯锋芒不减，她与美国总统国土安全及反恐事务顾问约翰·布伦南之间有如下一段问答："为什么这些人要伤害我们，他们的动机是什么？我们从来没有听你们说过为什么。""'基地'是一个献身谋杀和粗暴屠杀无辜者的组织。他们在过去一二十年中的所作所为就是吸引像穆塔拉布先生这样的人，并利用他们进行各种攻击。他的动机类似某种宗教观念。不幸的是，'基地'组织歪曲了伊斯兰教，玷污了伊斯兰教义，所以他们能够吸引那些人。'基地'组织就是要搞破坏和杀人。""你是说因为宗教？""我是说因为'基地'组织利用一种非常歪曲和玷污的方式打着宗教的旗帜。""为什么？""我想这是……这是一个很长的话题，但'基地'组织就是决意发动对美国本土的攻击。""但你并没有解释为什么……"在海伦·托马斯一连串"为什么"之后，布伦南先生一脸苦笑。

2010年5月27日，在白宫为犹太传统月举行活动时，出席这一活动的海伦·托马斯被 RabbiLIVE.com 网站记者问及如何看待最近以色列逮捕巴勒斯坦人，海伦·托马斯说，犹太人应从巴勒斯坦"滚出去"，"记住，这些人（指巴勒斯坦人）是被占领土上的人民，那里是他们的土地"。在被追问犹太人应回哪里去时，她说，居住在以色列的犹太人应回到他们在波兰、德国、美国及其他地方的家中。此后，海伦·托马斯这段接受采访视频出现在网络上，并在短暂的视频画面后编辑了"600万犹太人在德国和波兰的家中被杀""海伦知不知道在大屠杀前犹太人就居住在以色列？""海伦怎么可能进行公正报道？"等标题式语言。

一石激起千层浪。这段广泛流传的视频给海伦·托马斯带来了巨大的压力。马里兰州蒙哥马利县沃尔特·怀特曼高中因此取消了海伦·托马斯原定于6月14日在该校毕业典礼上的演讲，原因是"该高中的学生和家长均对托马斯的言论表示抗议"。

6月7日，海伦·托马斯宣布退休，并立即生效。她在自己的网站上发表声明说，她对引来巨大争议的言论深表遗憾，但这些言论并未如实反映她本人内心的信念，即只有当中东各方均承认需要相互尊重与宽容时，和平才能到来，"祝愿那一天早日到来"。

一生直言的海伦·托马斯最终因言获"罪"，确乎耐人寻味。包括阿以冲突在内的诸多国际热点问题都与"9·11"事件密切相联。海伦·托马斯的遭遇既折射出旷日持久的阿以冲突在美国社会中引起的纷争，也使得人们对美国的"言论自由"有了更为冷静的认识。马里兰州蒙哥马利县学校理事会主席帕特里夏·奥尼尔说，此前该校从未发生过取消一位毕业典礼演讲人资格的事情，"人们就此为言论自由而深感担忧"。

安全检查越来越麻烦

美国是一个崇尚自由的国度。但在"9·11"事件后，美国民众屡屡不得不在安全与自由之间进行抉择，很是纠结。

2003年，我与来自亚洲国家的6位同行参加了由美国国务院主办的"国际访问者"项目，其主题为"美国在后'9·11'世界中的努力"。行前，我便被告知：根据美国机场新的行李安检规定，不要给行李上锁，检查官员会随时打开行李；不要把食物和饮料放入行李，安检仪可能会把某些物质当成炸药；鞋类放在行李其他物品的最上层；书不能叠放，而要分散放置；一定要带剪刀的话，放在托运行李中；礼品不能包扎起来，它们可能会被打开；化妆品放在透明的塑料袋中以便检查……抵达华盛顿后，一份关于"国际访问者"项目的注意事项中更是叮嘱"要有耐心。不要开安检的玩笑，绝对服从所有安检指示"。

如今到美国旅行的人们，最需要的是"耐心"二字。尽管对美国严格的安全检查措施早有心理准备，但眼前的一切仍多少令人感到诧异：底特律机场十几台安检机器同时满负荷运转，但十几条长龙般的人行队伍难免混乱，"赶不上飞机"的抱怨时有耳闻。圣路易斯市机场安检官员当场打开每个行李箱，用镊子夹起一张纸片在每个行李箱周围转上一圈，然后将这种对爆炸物特别敏感的纸片放在旁边的机器中进行化验。"他们每天的工作量真够大的。"来自日本的同行忍不住吐槽。轮到对人进行安检时，你不仅要脱掉鞋子，还须解下腰带。然后你被带到一张椅子上坐下，在安检人员手中探测器的指挥下，你须先伸直右腿，再伸直左腿；此后起身叉开双腿，伸直两臂，最后以同样的姿态转身180度接受检查。数个回合下来，我与安检人员的配合相当默契，也因此数次引来安检官员会心一笑："你还挺熟练的！"

"9·11"事件的发生使世界上唯一的超级大国感到了不安全，似乎无处不在但又难以预料的安全威胁成为美国社会的热门话题。圣路易斯市是美国国会众议院少数党领袖格普哈特的地方选区。在圣路易斯市郊外那间毫不起眼的红砖房内，格普哈特议员地方选区办公室的工作人员告诉记者："以前，格普哈特先生向议会提交的议题多涉及退休待遇、医疗保健等，现在他更多地提及安全问题。"在俄克拉何马城大学,几位大学生在与记者座谈时仍然难掩对"9·11"事件的震惊。"原来一直以为这种事情只在别的国家发生,也一直以为没有人能够对美国发起攻击……"一位男生说。"现在到处安检,连我的钱包也被翻来翻去,感觉特别不好!"一位女生说。"'9·11'事件对美国经济的负面影响显而易见,"圣路易斯市一位企业家认为,"每家公司都为安全问题付出了代价,许多投资决定被推迟,公务旅行被迫减少,经济发展步伐放慢。""现在这些安检措施太过分了!"一位旅居美国的日本学者评论说。"那你说我们又该怎么办?!"俄克拉何马城一位负责国土安全的官员反诘道,"盗贼专找门锁不太好的人家。不断打着响指毕竟能吓退不少敌人。"

曾经遭受恐怖爆炸灾难的俄克拉何马城的管理者对反恐事宜可谓尽心竭力。位于美国"心脏地带"的俄克拉何马地区是多个能源、军工、制造等行业大企业的所在地。"我很担心这里的供水系统、输油管道和炼油厂等处的安全问题。"一位政府官员坦言。为防止恐怖悲剧重演,俄克拉何马城专门成立了防止恐怖主义的研究机构,其研究领域从如何寻找大规模杀伤性武器一直延伸至恐怖主义的法律善后事宜,其中的一个研究项目是如何通过人体的毛发确定他或她是否使用过爆炸物。

近年来,美国国内的五级安全警戒级别曾数次上升至仅次于最高级别的橙色。"何时能够达到最低级别的绿色?"我问俄克拉何马城负责国土安全的官员。"恐怕我们永远不会回到绿色,"这位官员说,"保持在橙色级别应是很正常的事情。"

如果这位官员的判断不谬,失去"绿色"应该是很令人悲哀的事情。正在失去的弥足珍贵,孰料无意之间竟能真的偶享一丝绿意:最后从华盛顿至纽约的旅行改乘火车。结果不仅没有经历那些繁复的安检,且能从容欣赏沿途所经巴尔的摩、费城等地路边景致,竟因此感受到一种久违的惬意。

2009年赴美常驻后,美国社会又屡屡因安检加码而争议不断。

2011年8月23日下午1时51分,美国东部发生里氏5.8级地震。从自华盛顿国会大厦跑出的美国国会议员,到从纽约帝国大厦疏散出来的普通民众,许多人的第一反应是"这又是一次恐怖袭击"。足见"9·11"事件发生近十年后,"恐怖袭击"几近杯弓蛇影,草木皆兵。

为了防范"恐怖袭击","9·11"后的美国在安全措施上一再加码,美国民众曾被认为理所当然的诸多"自由"也一再大打折扣。安全与自由之间的悖论一直纠结着美国民众,航空交通便是一例。

美国航空交通发达。"9·11"事件发生前,很多乘客习惯于飞机起飞前几分钟赶到机场,过安检时不用脱衣脱鞋解腰带,亲人们可以在机舱口吻别,在飞机上还可享用免费热食。所有这一切早已成为遥远的记忆。对许多美国人来说,"9·11"事件后,航空旅行的愉悦荡然无存。

我在华盛顿里根国家机场内采访时明显感到,美国公众在安全与自由的纠结中各持己见。乘客还未到座位前就已在安检环节备受折腾,全身扫描等新技术的运用使安检程序愈发烦琐。这类新技术的运用因涉及个人隐私在美国引发极大争议,至今很多人不以为然。来自芝加哥的马休·冯克鲁杰说:"除了使人们感到安全外,我不认为所有这些安检措施有什么作用。"他身着知名时装设计师韦斯特伍德设计的衬衣,那上面具有讽刺意味地写着"我不是恐怖分子,请不要逮捕我"。来自俄克拉何马州的列莎·沙弗尔说,所有这些安检措施让他感到自己是"二等公民":"每次走入机场,我都感到是一个受害者,我对仅仅因为那些坏家伙就不得不这样生活感到难受。"同样来自俄克拉何马州的戴安娜说,她宁愿接受所有这些安全检查,也不愿在空中被炸成碎片。另有一位旅客在接受我采访时认为,他同意采取更为严格的安保措施:"人的安全还是最重要。无非就是来得早一点,等的时间长一点。至于全身扫描么,这也是没有办法的事情。"

由于愈发严苛的安全检查,美国公众在短途旅行中避免乘坐飞机已成普遍选择。铁路及城市间客车业乘机发展起来。与十年前相比,美国铁路多载37%乘客,其中原因之一便是铁路系统没有令人感到如此烦扰的安检。

2010年10月底发生了来自也门的邮包炸弹险些飞到美国的事情,这使美国社会惊恐不安。各大机场随即全面启用全身扫描安检设备,也因此引来巨大争议。

奥巴马2010年11月20日在葡萄牙首都里斯本访问时被问及了一个与他此行似乎无关的问题:他如何看待美国公众对机场安检措施愈发不满的现象。奥巴马说,他理解旅客对新安检措施的不满,他也敦促美国机场安检部门能够找出更好的安检方式。但他也被美国机场安全部门人员告知,这种检查是必要的。"反恐战争带来了一个最令人烦恼的问题,"他说,"那就是在机场安装的那些安检设备使所有旅客极感不便。"

美国机场安检措施的新规定是,全面启用全身扫描安检设备,但拒绝接受全身扫描者需经安检人员拍打式严密搜身。这一新的安检举措因使得旅客被扫描成"全裸"和拍打人体敏感部位而引起越来越多的不满和抗议。尽管美国交通安全局人员说,对所有旅客的全身扫描图像将不保留,但已有一些图像流传至互联网。新规定刚刚开始不久,一位名叫泰纳的旅客在圣迭戈对一位交通安全局人员说:"不要碰我的身体!"这段录像也在网上迅速流传。所有这些更激起人们对新安检措施的不满。经由华盛顿里根国家机场返回亚特兰大的旅客马林斯说:"我对女士被迫接受搜身极感忧虑,尽管检查者可能有着良好的个人记录,但谁也不知道她们是不是性变态者。"同样在里根国家机场转机的旅客布雷茨说,她对这种检查极为反感,接受拍打式搜身时她几乎发怒:"这是对隐私的侵犯。"家住弗吉尼亚州的史密斯也说,这种拍打式搜身令人极为不舒服。

有批评者说,尽管人们付出了隐私的代价,但这些扫描设备不足以确保航空安全。美国阿斯平研究所主持国土安全研究项目的厄尔文说,扫描仪并不能保证空中安全万无一失。扫描仪或许能够扫描出旅客内衣中的炸弹,但却无法扫描出藏在人体体腔内的炸弹。

自实行新的安检措施后,美国交通安全局收到众多举报。美国空中旅客权益组织热线主任斯米勒说,这一数字并未真正反映出人们的不满,许多感到不满的人只是没有表达出来。空中旅客权益组织要组织一场运动,让更多的人拒绝接受全身扫描,以便让人们排队等候安检时间长得足以引起人们更多的不满,然后改变现状。斯米勒解释说,这样做的目的不是故意延误旅客,而是要为人们因为安全到底需付出多大隐私代价划一道线,对此,美国交通安全局局长皮斯托大表不满。他在一项声明中说,在假期到来前夕和前一年圣诞节发生的未遂炸机事件不到一周年时,上述组织的活动是不负责任的。他称,目前在美国机场使用的扫描设备是安全的,对于避免潜在恐怖主义进攻也是至关重要的。

与此同时,美国国内的反恐网络编织得几近滴水不漏。现在要到纽约自由女神像所在的艾利斯岛参观,需要经过比机场还要严格的多道安检。以前可以自由参观的华尔街证券交易所，现在被武装人员围得铁桶般严密。尽管如此，仍难免有纽约时报爆炸未遂案等恐怖事件的发生，作案者或是曾在美国居住多年，或干脆就是土生土长的美国人。美国安全部门有一份内部掌握的禁飞名单，这份名单越来越长。

在安全与自由之间，美国民众最终不得不以部分隐私等代价换取更高程度的安全。尽管人们对新的安检措施说三道四，但美国哥伦比亚广播公司2011年的一项民调显示，81%的受访者还是支持使用全身扫描设备的，只有15%的人反对使用。

越反越恐、出门越来越不方便的矛盾现象早已招致美国民众的不满和反思，有美国专栏作家不无激愤地写道，美国不能仅仅是"美利坚反恐合众国"，美国是"生于7月4日的国家，而不是9月11日"。

仇恨与宽容的博弈

这就是现实。生活在美国，深究之下的爱国主义必然是个悖论。安全与自由之间的抉择必然很纠结。

2014年7月的一天，紧邻白宫的华盛顿自由广场人来人往。在那里，我向来自艾奥瓦州的青年人凯文问到"你眼中的美国"这个问题时，这个曾到外部世界游历过的小伙子眼神中流露出几许沉重。"我不再认为美国是世界上最伟大的国家，我们只是人类社会中的一员。"他说。

"9·11"事件留给美国很多思考，其中还有仇恨与宽容的博弈。

2010年8月3日，美国纽约市地标保护委员会的9名成员一致同意拆除世贸遗址附近一幢楼房，并在那里修建一座13层的伊斯兰文化中心和一座清真寺。在美国社会围绕此事激辩的沉重压力下，决策机构最终做出了宽容的抉择。

"9·11"事件在美国，特别是在纽约民众心头留有深深的创伤。建造包括一座清真寺在内的伊斯兰文化中心的消息一经传出，反对声浪骤起，并迅速在全国范围内强力引发社会心理冲击波。反对者以"耻辱""伤害"等词汇抨击这一建设项目，认为在与世贸遗址如此近的地方建造新的清真寺，完全是一种"政治宣言"和对"9·11"事件劫机恐怖分子的"礼赞"。新的世贸大楼将

"9·11"事件纪念馆建在地下，而不远处便是13层高的伊斯兰文化中心和清真寺，"这简直就是在打耳光"。随着激辩的升级，在美国社会有着很大影响力的反诽谤联盟组织和美国国会众院原共和党领袖金里奇、2008年美国大选共和党副总统候选人佩林等人也加入反对者的行列，使得这一事件的政治意味更为浓厚。

时值"9·11"事件发生近9周年，美国社会发生的这场激辩及其结果极为耐人寻味。这不仅事关如何认识"9·11"事件、如何对待伊斯兰世界等重大而敏感的话题，也是对美国社会基本价值观念的严峻挑战。

在这场辩论中的另外一方认为，"9·11"不是一个宗教事件，而是一场"大规模谋杀"，美国此后的反应也不是针对伊斯兰世界的战争。参与"9·11"恐怖袭击的伊斯兰极端分子不能代表所有伊斯兰教徒，而新的纽约伊斯兰文化中心不仅是美国宗教宽容的象征，也将有助于推动跨文化交流。反对这一建设是向恐怖分子想要制造的恐惧让步和"帮倒忙"。针对某些共和党人利用此事大肆鼓噪，有人将其抨击为"恬不知耻地利用美国民众'9·11'事件后的恐惧心理玩弄政治手段"。

面对美国社会中这场仇恨与宽容的博弈，我不由得想起了南非前总统曼德拉。尽管历史背景、冲突根源、社会条件多有不同，但在20世纪末世界上唯一种族隔离社会制度消亡之际，南非也曾面临仇恨与宽容的抉择。令我极为感动的是，曼德拉曾因反对种族隔离制度而入狱达27年，但走出牢房的曼德拉没有选择复仇，而是义无反顾地向南非白人伸出了和解之手，在南非历史上一个极为重要的关头，以博大的宽容胸怀促进了种族和解，进而为人类社会政治文明做出了杰出贡献。

在美国社会这场激辩之中，来自纽约的罗莎娜·韦斯顿女士致信《纽约时报》。她说，作为在洛克比空难中失去丈夫的女人，她理解那些在"9·11"事件中失去亲人的家人情感。然而，"当我们在教育孩子和孙辈之时，情感与行动是有区别的。从长远来看，用同样的刷子抹黑每位穆斯林不会减轻任何伤痛与愤怒，而只能加深和扩大人们之间的分歧和缺乏理解"。韦斯顿女士最后写道："无论对于个人和社会，抑或对于整个世界来说，经久不息的仇恨不是通向和解的道路。"

这也令我同样感动。

2015年一年之中，我曾8次来到纽约，除数次参观"9·11"事件遗址纪念地、纪念馆外，还登上了新的世贸中心顶层观景台，从那里俯瞰整个纽约市。从那里望见的自由女神像只是一个小点，而那里，又寄托着多少人的"美国梦"。

早在"9·11"事件发生之前，我就曾独自一人在自由女神像所在的艾利斯岛徜徉。翻出那张以曼哈顿为背景的照片，还可以看到当年双子塔并立的世界贸易中心。但画面中的美国星条旗却是在降半旗，这是否也是某种暗示？

那一天，我攀上了自由女神像手举火炬的最顶尖处，那个最高点只能容纳一个人。

现在的游人攀不上去了，出于安全原因。

在艾利斯岛的博物馆内，展示着当年这里作为移民站的历史。多少对新大陆怀抱希望的人们就是从那里走向美国内陆，其中包括那位坚持要在美墨边界修建隔离墙的美国总统特朗普的先人。

在美国政治历史的钟摆型运动中，在战略性焦虑导致的不自信愈发深重之时，入主白宫者有时并非引领这个国家走向更加宽容，而是加深仇恨。

美国是一个移民国家。美国是一个纠结的国家。这个移民国家现在对移民问题很纠结，特别是对那些来自美墨边界的所谓非法移民。这让美国曾被称为"种族大熔炉"的说法遭到了强烈质疑。

13 美墨边界隔离墙，再高也枉然

> 时至 21 世纪，曾被称为"种族熔炉"的国度却在移民问题上深深地陷入两难境地；美国社会在移民问题上愈发撕裂；特朗普决绝姿态的极端格外具有讽刺意味；拉美裔已使美国人口结构发生重大变化，进而成为不可忽视的选民力量；在治标不治本的情形下，一味建墙分明是在拉仇恨；大浪淘沙之后，历史上曾建的高墙现又如何？

美国政治中的钟摆运动常常带来政策调整，甚至政治清算。2021 年 1 月 20 日，根据拜登总统签署的行政令，美国国土安全部宣布，他们将从 1 月 22 日起开始暂停驱逐部分移民出境，命令持续 100 天。这项命令几乎适用于大多数在 2020 年 11 月前进入美国的移民。1 月 26 日，由特朗普任命的得克萨斯州联邦法官蒂普顿叫停了这一命令，并裁决称拜登政府"可能违法"。后续的法律较量渐次展开。

在美国，移民问题，或"非法移民"问题，成为整个社会撕裂的重要焦点。

没有人不知道美国纽约有个自由女神像。作为地标式景点，位于纽约市哈德逊河口附近的自由女神像引起过无数人的向往与遐思。那只右手高擎的火炬，那个象征世界七大洲四大洋的七道尖芒头冠本身便有着所谓"灯塔国"的寓意。

就在这处众人瞩目的景点，就在 2016 年 7 月 4 日美国独立日当天，一名女子意外地攀上了自由女神像的基座处，手中展开一幅标语，以抗议美国总统特朗普的移民政策。

地点、时间、事由的高度敏感使得这件事情成为一个传遍全球的新闻。女子最终被从基座上"请"了下来，并被"安全逮捕"，但特朗普的移民政策却由此再一次引来深深的反思。

特朗普就任后一通拳打脚踢，看得世人眼花缭乱。2017年1月25日，特朗普签署行政令，在美墨边境修建隔离墙。2月7日，135名被遣返回国的旅美墨西哥移民抵达墨西哥城，这是特朗普上任后遣返的首批墨西哥移民。

特朗普政府在移民问题上采取"零容忍"政策，导致数千名移民儿童强行与父母分离，再加上各类传统和新媒体上相关图片与视频的海量传播，基于人道关怀的社会情绪泄洪般爆发，仅2018年6月30日一天全美各地便有约700场抗议示威活动，其中有人手举的标语牌上写着"弹劾他！"

被要求弹劾的当然是现任总统特朗普，但特朗普在"骨肉分离"一事具体做法上稍做调整后，立场仍然强硬，他在6月30日的推特上写道："当人们非法来到我们国家，我们应该立即将其送回，而不是多年进行法律操作。我们的相关法律无论在世界上的哪个地方都是最蠢的。"

2018年底至2019年初，特朗普与中期选举后掌控国会众议院的民主党人在修建美墨边境墙预算问题上较劲，导致联邦政府部分关门近35天，创美国历史上政府停摆新纪录。

特朗普的移民政策是对前任奥巴马政府移民改革尝试的全面反动，也因"骨肉分离"的现实遭遇到极为强劲的反弹，美国社会在移民问题上因此更为撕裂，这一态势将继续下去。

作为一个移民国家，美国在移民问题上一直有着钟摆式反复。特朗普对奥巴马相关政策的反动只不过是美国历史长河中从一个极端转向另一个极端的片段。所不同的是，历史发展到今天，特朗普决绝姿态走出的极端格外具有讽刺意味。

对于当代美国历史中的总统，特朗普最为推崇里根。然而，恰恰是里根在移民问题上的立场令特朗普感到尴尬。在里根时代，移民问题及相关社会矛盾也很激化。1980年，里根以自由女神像为背景进行竞选演说时说："美国是一个移民国家。我们比任何国家都有资格说：我们的力量来自移民留下的遗产以及我们欣然接纳移民的态度与能力。"

1986年，美国《圣迭戈论坛》的乔纳森·弗里德曼因撰写一系列有关移民问题的社论而获得普利策社论写作奖。在他所撰写的多篇文字中，人们可以窥见美国在移民问题上历史性的焦虑与反复。"那些声称为非法外国人说话的人代表了拉美裔美国人，他们自身有种族歧视带来的磨难和恐惧。排外主义者则想挑起人们反对所有移民，他们夸大非法的外国人'入侵'美国的危险"，"一场对外国人的丑恶的强烈抵制正在美国酝酿。你在圣迭戈的郊区可以看到它。在那里，那些雇用墨西哥劳工但只让他们睡在沟壑里的农场主签署了一项请愿书，它抱怨说，'越来越多的非法外国人的人流太靠近我们四周了，制造了大量的垃圾，由于不良洗澡习惯而造成了不卫生的影响'"，"今年，自由女神像将整修一新，但是她的光芒没有照耀到非法移民头上。签署这项方案之后，里根总统就可以为自由女神像再次举行落成仪式了。那火炬将为欢迎合法的新移民而举起。大赦之光将普照外国人"。在弗里德曼的这些文字中，完全是一幅似曾相识的场景。

特朗普移民政策的反讽意味在他自己的家中就有生动体现。1986 年，美国制定了《1986 移民改革与控制法》。十年之后，一位名为梅拉尼娅的模特从斯洛文尼亚来到纽约；又过了十年，作为移民的她归化为美国公民；再过十年，她成为美国"第一夫人"。

梅拉尼娅式的"美国梦"故事正在变酸。关在笼子里的那些移民孩子令美国前共和党国会议员乔·斯卡伯勒愤怒地写道：特朗普的移民政策是美国悲剧故事中的毁灭性元素。

哦，对了，当那名女子攀上自由女神像基座时，这位自由女神也应该对她心怀怜悯，因为这位自由女神也是来自法国的"移民"。

美国种族问题的新内涵

在很长一段时间内，人们在论及美国的种族问题时，通常指黑白种族问题。然而近年来，拉美裔及其所带来的相关变化使得美国的种族问题有了新的内涵。

我在美国居所附近商业中心一个出口处看到，那里常年游荡着一群拉美裔人。一次因租车需要临时帮忙者，在与租车公司老板谈及此事时，他指着那群拉美裔人说："你可以找他们，但可能有风险。""他们是不是所谓的非法移民？"我问。"那就不敢说了。"他说。最终，那点活儿还是我自己干了。

在美国不少公共场所或政府机构，都标有英语和西班牙语，足见拉美裔人口日渐增多。在全美各地采访时，常见拉美裔人在最为脏乱的地方做着白人不愿做的工作。在华盛顿郊区，华人经常光顾的几家食品超市内，卖鱼、卖肉的伙计们多半是拉美裔人。

在美国的拉美裔人已经使美国人口结构发生重大变化，进而成为美国政客不可忽视的一批选民力量。2012年共和党候选人罗姆尼落选后，在总结的教训中便有一条为忽视了拉美裔选民的政治势力。

2011年4月5日，美国人口统计局官员向常驻华盛顿外国记者公布了2010年美国人口普查部分结果。统计表明，美国人口结构在此前十年间发生重大变化。预计至2042年，美国白人将成少数民族，未来美国社会、文化、经济和政治将因此深受影响。

美国2010年进行的全国人口普查统计表明，2010年4月1日，居住在美国的人口为3.087亿人，较2000年增长2730万人，增长率为9.7%（2000年人口普查结果为2.814亿人）。这一数字低于20世纪最后十年美国人口13.2%的增长率，与1980年至1990年美国人口9.8%的增长率基本持平。

在2000年至2010年十年间，美国南部和西部地区人口增长率高于中西部和东北部地区。当时美国人口最多的三个州是加利福尼亚州（3730万）、得克萨斯州（2510万）和纽约州（1940万），上述三州人口总数约占美国总人口的四分之一。

新的统计表明，美国拉美裔人口已从2000年的3530万增加到2010年的5050万，增长率达43%，拉美裔人在美国总人口中比例已占16%。与此同时，美国白人人口在过去十年间从1.946亿增加到1.968亿，增长率仅为1%，在美国人口总数中所占比例从69%下降至64%。此外，亚裔人口在过去十年间增长很快，已从2000年的1020万增加至2010年的1470万。亚裔在美国人口中的比例已从十年前的4%升至2010年的5%。

如何解读上述数字？我在现场采访了美国布鲁金斯学会都市政策项目高级研究员威廉·弗雷。这位国际知名的人口统计学家认为，人口结构的重大变化势必在社会、文化、经济和政治等多方面影响美国的未来。它显示出美国正处在人口发展的历史转折点，美国即将迎来的是一个"均为少数民族"的未来。

弗雷认为，从人口学的角度上看，21世纪第一个十年是与20世纪划清界限的十年。在这十年间，美国已从一个基本是白人和黑人的国家转变为另外一种人口模式，其主要特征是白人不仅人口增长缓慢，而且老龄化严重。与此同时，拉美裔等族群人口迅速增加，黑人的地理分布则发生从北向南、从城市向郊区迁移等急剧变化。在美国人口结构变化的图谱中，18 岁以下人口的变化趋势格外令人关注。在过去十年中，18 岁以下美国人口增长不到 3%，这一增长主要来源于拉美裔、亚裔以及其他较小种族。在此期间，美国白人 18 岁以下人口总数呈绝对下降趋势，黑人青年人口则呈小幅下降。

"新的文化鸿沟将成为美国社会一个新的特点和挑战。"弗雷说，拉美裔人口，特别是拉美裔青年人口的增多对美国经济发展具有"双刃剑"效应。一方面，这一变化为美国带来了新的劳动力人口，另一方面，这一新的劳动力大军的整体教育水平还有待提高。拉美裔人口大增不仅为美国教育、医疗等社会资源的使用带来了新的课题，也将对美国政坛产生深远影响。"今后美国民主、共和两党政治家都不得不考虑拉美裔选民增长所带来的多种因素。"此外，美国地区人口结构的变化直接导致选区划分的改变，这也将在一定程度上改写美国传统政治版图。

就美国人口结构变化一事，我向一位德国同行征询看法。他加重语气说道："这当然是一个重要的变化，说不定美国将来还会出现新的奥巴马。"

拉美裔大法官风波

有着大西洋和太平洋两洋保护的美国只有两个邻国，北面的加拿大是一个不设防的邻国，所谓非法移民绝大多数来自南面的墨西哥。

20 世纪 60 年代爆发的民权运动对美国黑人争取平等权益有着深远影响。进入 21 世纪以来，美国拉美裔人为自身权益而抗争成为政坛一景。

2009 年，时任美国总统奥巴马提名有拉美裔背景的索尼娅·索托马约尔担任最高法院大法官。此事曾闹得沸沸扬扬，其任命听证过程也成为热点新闻。当年 8 月 6 日，美国国会参院最终以 68 票比 31 票的表决结果，确认索托马约尔女士担任美国最高法院大法官。她是美国历史上首位拉美裔最高法院大法官，也是美国历史上第三位女性最高法院大法官。

在那之后，当我再次造访美国最高法院时，作为志愿者的导游南希女士在法院大厅内指着9位法官席中最右边的座位说，"那里就是新任大法官索尼娅·索托马约尔的席位"。

关于索尼娅·索托马约尔的一切在很长时间内是美国社会中一个分歧严重的话题，个中况味，难以尽言。

在美国三权分立的制度安排中，最高法院具有法律的最终仲裁者及宪法保护者的地位，是处理美国宪法及法律程序中产生的案例及争议的最高机构，且最高法院大法官为终身制，其重要意义不言自明。当美国最高法院大法官大卫·苏特即将退休之时，奥巴马提名索尼娅·索托马约尔接任最高法院大法官。这项颇具深远政治意味的提名在美国社会引来激烈争辩，所有这一切又都与索尼娅·索托马约尔女士非同寻常的人生阅历密切相关。

索尼娅·索托马约尔的人生被不少人视为"美国梦"的生动缩影。她于1954年6月25日出生于一个清贫的波多黎各移民家庭，自小生活在纽约贫民区内，父母均为口不能讲英语的底层百姓。就是在这样的生长环境中，索托马约尔志存高远，奋发图强，战胜了内在的自卑、外在的歧视和从小便有的糖尿病折磨，走进了普林斯顿和耶鲁大学的殿堂，继而从地区检察官到联邦上诉法院法官。

也恰恰是这一份独特的人生阅历，使得索托马约尔在成为最高法院大法官的过程中充满争议。奥巴马的提名立即将索托马约尔置于公众舆论显微镜般严苛的审视中，被认为有自由派倾向的索托马约尔经手的一些案例被某些人斥为有"逆向歧视"之嫌。

美国最高法院正面入口处有16根大理石圆柱，其横梁上镌刻着"法律下的公平正义"。事实上，就在这个看似神圣的所在，也难以摆脱美国党派政治的阴影。此前，美国最高法院以5：4的表决结果做出了废除对公司和工会在美国国会、总统选举中利用钱财助选上限等裁决，此举被奥巴马总统斥为"为特殊利益集团金钱新的大规模涌入大开绿灯"。索托马约尔曾说，她希望"一个明智且富有丰富阅历的拉美裔女性在大多数情况下会比一个不具同样生活经历的白人男性做出更好的裁决"，此语被一些共和党参议员抨击为"种族主义言论"，更有人称索托马约尔为"魔鬼代言人"。

索托马约尔的任命从另一角度触动了种族问题这一美国社会极为敏感的神经。法律约束可以在很大程度上抑制涉嫌种族主义情绪的表达，但作为观念形态的种族歧视远未消除，一直是美国社会中的难掩之痛。索托马约尔在成为最高法院大法官道路上所发生的一切再一次暴露出"美国梦"中的种族痛。

拉美裔非法移民问题势同水火

非法移民问题是美国社会的痼疾。据统计，21世纪第一个十年间，在美国的非法移民约为1200万人，其中拉美裔非法移民约占80%。在美国的就业人口中，约有720万为非法移民，约占美国劳动力的4.9%。美国经济对加工业、建筑业、农业季节性工作、餐馆、旅馆、家政等领域劳力的需求十分巨大，而从事这方面工作的人中，非法移民居多，他们实际上填补了美国人就业取向的空白。他们不愿被称为"非法移民"，而是"没有文件的劳动者"。

这些所谓非法移民问题一方面填补了"干粗活"的空白，但也因其身份的不合法而带来就业、福利、教育和治安等一系列经济和社会问题。不少美国人认为，移民，特别是非法移民已成为美国的负担，这些人夺走工作和住房，造成犯罪问题并产生恐怖活动的危险，且对国家医疗保障体系造成负担；也有人对大量非法移民的到来所产生的文化影响而担心。以"文明冲突论"闻名于世的塞缪尔·亨廷顿教授就曾撰文强烈反对拉美裔移民在美国人口比例中的扩大，认为日益增多的少数族裔移民，特别是非法移民，对美国主流文化和国家认同造成威胁。

在拉美裔非法移民问题上，美国民主、共和两党相关政策水火难容。这一点，在与墨西哥交界的诸州中，政策分歧对比鲜明。民主党主政的加利福尼亚州对拉美裔移民总体政策相对包容、宽松，共和党主政的亚利桑那州便显得极为严苛，并因此引发极大争议。

亚利桑那州与墨西哥交界，是拉美裔非法移民大量涌入美国的主要通道。近年来，墨西哥贩毒、走私情况恶化。2010年，主政亚利桑那州的州长是共和党人士简·布鲁尔女士。这是一位极为强悍的女州长。美国曾疯传一张照片，照片上，简·布鲁尔州长正在一个机场处与奥巴马总统激烈争吵，两人怒目相向。

2010年4月23日，简·布鲁尔州长签署新移民法（通称SB 1070）。根据这一在90天内生效的法令，所有在亚利桑那州的移民必须时刻携带身份证明；警察可据"合理怀疑"随时查看人们的证件；非法移民将被监禁并被送交联邦相关机构。布鲁尔州长称，失去控制的非法移民所造成的损害和联邦政府缺乏执法手段迫使该州自行对非法移民采取上述措施。此法一出，美国国内吵成一团，再次暴露出美国社会在这一敏感问题上的民意分化趋向。

记得当时看到这一消息时，也把我吓了一跳，令我联想到南非种族隔离制度最为严苛时，也曾要求黑人随时随地携带证件，否则见人便抓。

非法移民在美国是一个很动感情的问题，位于美国与墨西哥边境地区的亚利桑那州对此更是别有感触。我在那之前刚刚踏访了亚利桑那州南部城市图森，并自图森出发抵达了距美墨边境不到20公里的科奇斯县的比斯比-道格拉斯地区。一路所遇人中多有拉美裔面孔者，当地风土人情亦多有墨西哥特色。随行者笑称："这里本来就是墨西哥！"1776年，西班牙人在图森建立居民点。墨西哥独立后，1824年建立包括亚利桑那在内的新墨西哥地区。一场美墨战争后，亚利桑那于1848年划归美国，并于1912年才成为美国本土48个州中加入联邦的最后一州。

据称亚利桑那州约有非法移民45万人，图森至亚利桑那州首府凤凰城一带已成为来自墨西哥贩毒活动的重灾区。布鲁尔州长一纸法令出台后，在美国各地引发了各种抗议活动，其中也有举着"不再沉默""受够了""非法移民是一种犯罪"等标语牌的反向示威者，表明他们对亚利桑那州新法的支持。

但总体来说，亚利桑那州新法招致了雪崩般抗议浪潮。奥巴马批评亚利桑那州新法有可能违反美国人的公平观念，并要求联邦司法部门就此研究是否违反美国民权法。他同时承认联邦政府此前未能有效应对非法移民问题，"如果我们继续在联邦层面无所作为，将会使其他州受到错误的引导"。

此后多日内，凤凰城和旧金山等地均发生大规模示威游行，抗议亚利桑那州铁腕打击非法移民，认为此法涉嫌种族歧视，执法过程中势必会加剧"种族选择性执法"。《纽约时报》当年4月27日刊登一组读者来信，强烈表达对此法的不满和愤怒：亚利桑那州新法"改变了美国关于移民问题的辩论，不仅使其变得更加丑恶和卑鄙，还影响了人们的切身利益"；"这一法令无异于一纸咒语：'将他们全都抓起来送回家去'"；"执法中事实上会将目标对准个别族群，带着西语口音讲英语也可能成为被询问的理由。果真如此，多样化的美国社会复又何存"；"作为已在亚利桑那居住20年的人，我对此感到羞辱，这将使得少数族裔生活更加艰难。今天当我看到汽车车牌上'大峡谷州'的字样时，我想应将它改为'仇恨州'"。"自1997年移至亚利桑那州后，我第一次感到作为亚利桑那州人的耻辱"；"我们于1989年收养了一个哥伦比亚女孩，她已于1991年成为美国公民。我们没有想到在她将至21周岁时，如果她出外没带护照，仅凭其外貌就可能遭到盘查……"

20世纪80年代，亚利桑那州曾因拒绝将马丁·路德·金日作为公共假日而遭到外州抵制，最终不得不改变其做法。旧金山市司法当局中有人呼吁旧金山效法当年，今后不再与亚利桑那州有经济往来，以便让亚利桑那州为此苛法付出沉重的经济代价。美国最大的西班牙文报纸《观点报》也在4月26日一篇社论中号召对亚利桑那州进行经济抵制。在立法过程中，亚利桑那州议会中所有民主党议员均反对此法。布鲁尔州长签署此法后，亚利桑那州议会也有民主党人呼吁取消所有原定在该州召开的各种会议，以示惩罚。

在图森市，我遇到一位来自乌克兰的出租汽车司机。他说，图森市和整个亚利桑那州近年来经济状况堪忧。布鲁尔州长签署新法后，亚利桑那州旅游业顿时受到打击。仅"图森旅馆"一家登时便有12人取消预定或表示再也不来亚利桑那州。一位旅行客说："这真是一种非常可怕的情况：警察没有任何理由便可能随时走上前来，要求查看你的证件……"

身为民主党人的凤凰城市长戈登称这一事件正在"撕裂"凤凰城、亚利桑那州和整个美国社会。

亚利桑那州这项极有争议的新移民法预定于2010年7月29日凌晨0时01分生效前夕，美国地区联邦法官一纸裁决对该法予以沉重一击。

根据美国地区联邦法官苏珊·博尔顿7月28日的裁决，亚利桑那州新移民法中最具争议的主要条款届时不再生效，其中包括亚利桑那州执法人员有权随时随地查验移民身份、移民必须随时随地携带身份证明、无证明文件的工人在公共场所寻求就业为非法等内容。这一裁决还禁止亚利桑那州警察在没有得到逮捕授权的情形下对有非法移民之嫌者进行逮捕。除此以外，该法的其他条款如期生效，但其中许多条款较亚利桑那州原有相关法律仅有细微差别。

博尔顿法官在陈述裁决理由时说，要求亚利桑那州执法人员和机构对每一个被逮捕者的移民身份进行鉴定，将为合法居住在亚利桑那州的外国人带来沉重负担。因为当他们受到检查时，他们的自由将因此受到限制，亚利桑那州警察也极有可能误捕合法居住的外国人。她说，那些有争议的条款应暂时搁置，并应由法庭来解决这些争议。

从法律上讲，美国地区联邦法官对各州相关法律有"预先制止"权。因此，博尔顿法官在新法即将生效最后一刻的裁决使许多人松了一口气。事实上，7月28日，亚利桑那州警察已在全力以赴准备执行新法，而当地示威者也准备上街进行大规模抗议活动。至少有一个当地组织准备封锁亚利桑那州政府机构，并准备向那里的官员询问他们的移民身份。28日当天，在美国驻墨西哥大使馆前，也有上百人准备进行抗议示威活动，当他们得知美国联邦法官的这一裁决后，立即发出欢呼声。

奥巴马明确表示反对亚利桑那州新法。美国司法部2010年7月6日向位于亚利桑那州首府凤凰城的联邦地区法院提起诉讼，指责该州早些时候通过的移民法违反美国宪法和联邦移民法。对该法持反对意见的人说，如果亚利桑那州法得以执行，将在全国范围内造成形形色色的移民法出台，从而使得美国与外部世界关系更为复杂。事实上，此法已经给美国与墨西哥等国关系造成麻烦，也会给相关机构在回答有关移民地位质询时增添沉重的工作压力。此法还将引起种族争端，分散亚利桑那州执法机构打击更为严重犯罪的精力。

其实，对亚利桑那州此法持支持态度的人不在少数。他们争辩说，"非法移民就是犯罪"。此法意在协助联邦移民机构，减轻非法移民大量涌入给美国带来的教育、医疗、监禁等方面沉重的财政压力。亚利桑那州的警员可以胜任执行逮捕非法移民的公务，该州不应因联邦控制非法移民系统的失灵而受到连累。

得知这一裁决后，亚利桑那州州长布鲁尔说，这只是前进道路上的一个限速墩。她说，打击非法移民"本来是联邦政府的责任，但他们没有做好他们的工作，我们准备帮助他们来做"。布鲁尔说，该州可能就这一裁决进行上诉，寻求推翻这一裁决。事实上，布鲁尔因敢于在移民问题上与奥巴马政府叫板已在共和党中声名大振。

与其在对待非洲裔同胞有关的种族问题上一样，称自己为"全体美国人总统"的奥巴马在处理拉美裔移民的问题上也具有两面性。在竞选总统期间，奥巴马曾允诺支持移民改革立法，为居住在美国的非法移民转为公民开辟道路，此举为他赢得拉美裔选民支持加分不少。不当家不知事难办。执政以来，奥巴马政府在移民问题上采取改革行动的意愿明显弱化，引来美国拉美裔等族群日渐强烈的不满。来自全美移民团体的代表曾在华盛顿全国记者俱乐部举行记者会，谴责奥巴马政府的移民政策"比布什总统任内还差"。他们指控美国移民当局仅2009年就遣返了38.779万人，比此前一年布什政府遣返的26.4503万人还要多。他们威胁说，如果奥巴马总统"背叛"当初的竞选承诺，民主党将苦吞中期选举败选的后果。

奥巴马在移民问题上难有作为，实有为难之处。他一直力推的医保改革几乎耗尽了他本人和民主党所能动用的政治资源，如果再强行力推仍有巨大争议的移民法改革，极可能为中期选举埋下政治隐患。加之美国失业问题仍很严重，将1200万名非法移民的身份合法化，势必对美国就业市场再形成冲击。然而，如果不在移民问题上有所作为，拉美裔选民势必要在中期选举的信任投票中"给点颜色看看"。何去何从，确实是奥巴马面临的又一道难题。但从大的原则来说，奥巴马还是暗示他将与国会一道推进移民立法的改革，以修补"破裂的移民体系"。

奥巴马政府及民主党人也曾力争从立法层面进行移民改革，但一路荆棘载途。

2010年12月18日，美国国会参议院就《发展、救助和教育外国未成年人法》进行投票，结果此法未获通过。《发展、救助和教育外国未成年人法》因其英文字头缩略为"DREAM"，故被简称为"圆梦法案"。根据这一法案，16岁前来到美国，在美居住5年以上，在美读完高中或有同等水平认证，完成两年大学或兵役的无合法身份学生，在没有犯罪记录的前提下，将被赋予合法公民身份。"他们没有击败我们，他们只是点燃了我们的怒火！"19岁的阿丽娜·科蒂斯12月18日愤怒地说。出生在墨西哥的科蒂斯从小随父母来到美国，到那时为止尚无合法公民身份。

与非洲裔一样，美国拉美裔族群近年来愈发自觉地组织起来，以大规模抗议示威活动争取自身权益。

2010年3月21日下午2时，华盛顿市中心的国家广场出现耐人寻味的一幕：位于广场东面的美国国会大厦内，众议院两党议员正在就历史性的医疗改革法案投票做最后一刻的讨价还价。国会大厦西面的大广场内，则有来自美国各地的数万人正在举行要求政府就移民问题进行改革的抗议集会。这是奥巴马政府执政以来最大规模的有关移民问题的抗议集会。

参加抗议集会的多为拉美裔移民，也有来自非洲等其他地区的族群成员。来自利比里亚的安东尼·弗里曼告诉我，他来到美国已有十年，但因没有合法身份，虽然十年来一直努力工作并纳税，但在住房、子女教育等多方面备受歧视。"我的名字虽然叫自由的人（FREEMAN），但我根本就不是一个自由人。"弗里曼说。来自萨尔瓦多的冈萨雷斯说，他本人在美国已经17年，一直在建筑工地打工，因为被认定是非法移民，他既无法享有诸项权益，而且同工不同酬。来自"你、我与经济"组织的珍妮说，她认为不公正的经济是全球及美国出现贫穷现象的一大原因，也是美国出现移民问题的一大原因。

探访美墨边境

移民问题是撕裂美国社会的巨大伤痛，穿越美国加利福尼亚、亚利桑那、新墨西哥和得克萨斯四州的边界线安全问题备受美国公众关注。深刻理解美国拉美裔非法移民问题的最好去处莫过于实地到美国与墨西哥边境地区的现场采访。

2011年1月23日清晨5时起身后，我于6时30分离开住所，在里根机场乘FRONTIER航空公司飞机经丹佛转机，于当地时间3时前抵达位于美国最西南角的圣迭戈，那里与华盛顿有3个小时的时差，我从那里开始对美墨边境地区进行实地采访。

当美国首都华盛顿大雪纷飞之时，位于美国最西南端的圣迭戈依旧阳光明媚。与墨西哥接壤的圣迭戈是加利福尼亚州人口第二大城市，其中移民数量约70万人，占全市人口近二分之一。在移民人口中，来自墨西哥的移民居多。

自圣迭戈开始向东南蜿蜒，美国与墨西哥之间有着一条全长1969英里（约3169公里）的西南边界线。当非法移民问题成为撕裂美国社会的巨大伤痛时，这条穿越加利福尼亚、亚利桑那、新墨西哥和得克萨斯四州的边界线安全问题也愈发受到美国公众的关注。

从圣迭戈市乘车南行130公里，便可到达与墨西哥交界的哈昆巴地区。在一个半小时的车程中，沿途景观愈显荒僻。进入多山地段后，始则青山绿水，转而经过多为灌木丛和黄褐色沙石渐露的印第安人保留地，最后便见巨石狰狞的座座秃山和安扎博雷戈沙漠边缘。汽车拐入一条土路后，滚滚尘烟中一道褐色高墙渐渐凸显，这就是美国与墨西哥边界线所在。

实际上，美墨边界早就建有隔离墙。

走近约3米高的边界隔离墙，才看清这是一道用瓦楞状钢板连接的高墙，每块钢板上都标有序号，这无疑成为一种标识，如果在某一序号隔离墙处发现"情况"，美国边境巡逻部门便会立即赶到现场。

第一天陪伴我采访的是总部设在圣迭戈的"边境天使"组织创始人恩里克。"当年在越南战争和海湾战争中，这些钢板被用作美军小型战地直升机停机坪，现在却被竖在这里当作隔离墙。"恩里克说，"自建造这座隔离墙后，几乎仍然每天有人从墨西哥一侧翻墙过来。差不多有一万人在越境过程中死亡，其中1/3的人至今无从辨认其真实身份。这是一道有着许多血泪故事的耻辱墙！"

头顶的天空中出现了嗡嗡作响的战斗直升机，身边紧贴边界线的土路上不断出现注有"美国边境巡逻"字样的值勤车辆。"你们的脚下都有传感器，他们（指美方边境巡逻人员）知道你们在这里。"恩里克边说边将随车带来的桶装水放在距边界线20米处的巨石后边——"边境天使"组织便是以这种形式帮助可能在夜间翻墙越境的人们。

父辈来自墨西哥的恩里克于1986年创办了"边境天使"组织，通过在美墨边境地区赠送水、食物、毯子等善举帮助越境移民。1998年，他成为首位获得美国和墨西哥双重国籍的人。为争得移民合法权益，他于2006年2月领导了从圣迭戈到华盛顿的请愿活动。2009年12月，他被墨西哥总统卡尔德龙授予墨西哥国家人权奖，成为在墨西哥以外获得此奖的第一人。

"这些移民不是罪犯，"恩里克说，"他们和我们一样，只想通过诚实的劳动，改变自己的命运。"那年17岁的"边境天使"组织志愿者萨尔德瓦对此深表同感，他的父母便是当年历经千辛万苦穿越大沙漠来到美国谋生的。他告诉我，自己的父母还算是幸运的。在加利福尼亚、亚利桑那和得克萨斯的美墨边境处，都有大片沙漠地带，许多越境移民在穿越沙漠时脱水而死。

哈昆巴位于圣迭戈美墨边境的中段。第二天我又赴圣迭戈美墨边境的东、西两段，主人已换为一身戎装的美国国土安全部海关及边境保护局官员。该局新闻官科林介绍说，根据美国政府规定，所有在美国边境部门工作的人员，其第一份工作就是要在美墨边境一线经受"锻炼"，因为只有在这里才能最大限度地面对毒品、枪支和人口走私等执法挑战。在2010年，仅在美墨边境圣迭戈段，美方就逮捕11056名越境者；收缴可卡因49463磅（约合22436千克），这一数字较前一年大幅攀升。

站在科洛尼亚利伯塔的一处高地上，可以极为清晰地俯瞰墨西哥一侧：一片片破旧的房屋中炊烟袅袅，钟声阵阵，鸡犬之声清晰可闻。一户人家正围坐在二层阳台处闲谈，几个孩童见到对面的我们频频挥手致意。那道钢制隔离墙的美国一侧，堆满了隔墙丢来的生活垃圾。

"对面的蒂华纳地区就是美墨边境中最为危险的一段，"科林说，"2009年7月23日晚9时，美方一位边境巡逻人员就是在这里被射杀身亡的。"

与哈昆巴地区不同，科洛尼亚利伯塔等地段的美墨边界处还修建了第二道更高的隔离墙，高墙上的金属倒刺在阳光下闪着冷光。自20世纪90年代初开始，美方开始在美墨边境处建造第二道隔离墙。迄今为止，仅在圣迭戈地区，第二道隔离墙已达13公里。美国海关及边境保护局行动支持专家德西奥解释说，圣迭戈地区美墨边境处地形复杂，既有海滩，又有沙漠和峡谷，美方仅在偷渡者容易抵达美国社区处修建第二道隔离墙，而在人烟稀少的沙漠等地区便只有一道隔离墙。

圣迭戈最西南端的美墨边界处是濒临太平洋的海滩。透过伸入大海的高高隔护栏，我看到靠近边界的墨西哥一侧建有一观景高台，众多游人正在居高临下地向美国一侧张望，另有一些游人正打着赤脚在海滩上漫步、留影……

眼前的和平景象与这两道备受争议的隔离墙形成如此鲜明的反差。"美国和加拿大的边境地区也有犯罪，也有偷渡者，也有毒品走私，为什么他们不在美加边境修建一道隔离墙？这是典型的种族主义行为！"恩里克非常激愤地说。

恩里克从来不说"非法移民"这个字眼。他用的词汇是"无证明文件的移民"。事实上，当"非法移民"问题成为美国一大社会问题时，这一词汇本身也具有强烈的政治敏感性。美国总统奥巴马在2011年国情咨文中谈及移民问题时，使用了"无证明文件工人"这一词汇。

"谁是非法移民？"恩里克反问道，"从历史上看，在这片土地上，白人也是非法移民！"

快言快语的恩里克道出了美国历史上一段充满血腥的篇章。在美国历史上，有约230万平方公里的土地是从早已获得独立的墨西哥手中巧取豪夺强占而来的。美墨两国间的恩恩怨怨，早就使得曾任墨西哥总统的迪亚斯慨叹："可怜的墨西哥，离上帝太远，离美国太近！"

时至今日，美墨两国关系因为移民问题时有风波发生。近年来，墨西哥国内的贩毒集团愈发猖獗，且常常通过美墨边境向美国进行渗透。美方在加大打击力度的同时，对墨西哥政府时有抱怨。但时任墨西哥总统卡尔德龙反唇相讥：这个问题的麻烦源头在美国，因为"美国有着巨大的毒品市场"。

美国是一个移民国家。时至21世纪，这一曾被称为"种族熔炉"的国度却在移民问题上深深地陷入两难境地。

长期研究美国移民问题的加利福尼亚大学政治学教授舍克博士说，现在全球约有两亿人口为移民，其中20%以上移民美国。在美国新移民中，约3300万人有合法身份，约1200万人无合法身份。虽然移民来自世界各地，但今天的美国移民问题多聚焦于拉美裔移民，在拉美裔移民中，又以来自墨西哥的移民居多。拉美裔移民问题之所以在现时的美国表现得格外突出，与这两个国家的经济、政治大背景密切相关。20世纪80年代拉美国家的债务危机、通货膨胀，墨西哥20世纪90年代的比索危机等都成为将拉美裔移民"推出"的因素。而美国20世纪80年代的经济复苏，90年代至2000年的经济增长又成为将拉美裔移民"吸入"的因素。来自墨西哥的移民1999年向家乡汇回60亿美元，2007年这一数字升至240亿美元，其中约60%汇往墨西哥农村地区。舍克认为，尽管历史上的移民也不是土生土长在美国的本地人，但历来都有先来移民群体排斥后来移民的"土生居民保护主义者"。

清晨，站在圣迭戈的街头，人们可见从墨西哥一侧涌来的北上车流——这些都是越过美墨边境到美国工作的墨西哥人。多少年来，涌入美国的墨西哥劳工人流从未间断，并且有着诸多辛酸经历。一位名为桑切斯的墨西哥劳工回忆20世纪初进入美国工作时说，美方边境检查人员"像对待老鼠和害虫一样向他们身上喷洒消毒药水"。一位名为冈萨雷斯的劳工回忆说，美方边境检查人员中专有一人看墨西哥人手上是否有茧子。如果有茧子，就留下来在美国干活。未经合法手续进入美国的墨西哥流动工人曾被美国人称为"湿背人"。1954年，美国在一次名为"湿背人行动"中，驱逐了110万名墨西哥劳工。在那次连"落地国籍法"也全然不顾的行动中，许多在美国出生的墨西哥孩子也一并遭到驱逐。换言之，不少美国公民也遭驱逐。

在经济和种族两大因素的制约下，美国历史上的移民政策有着严宽交替的钟摆现象。奥巴马竞选总统之时，认识到不断增大的拉美裔族群是民主党不容忽视的政治基础，一再允诺实行彻底的移民制度改革。然而，奥巴马政府执政以来，在多方牵制下，移民改革一事遭到搁置。与此同时，美国政府对美墨边境的严管不断加码。美国西南边境人员从2004年的1万人增加到2010年的2.07万人，移民与海关部门人员翻番，在美墨边境增加了情报分析人员，边境联络人员增加5倍，开始对南部铁路和陆路交通车辆进行扫描检查，以防武器和现金走私。

舍克教授说，虽然美国社会在移民问题上莫衷一是，但有一点共识，那就是现行的美国移民制度必须改革。问题在于如何改革。

早在1990年，来自怀俄明州的共和党议员辛普森就声称，不经控制的移民是对美国未来最大的威胁之一。近年来，在经济不景气的背景下，美国社会对新移民的拒斥心态明显增强，反对"非法移民"的声浪愈发高涨。

2010年美国中期选举后，美国共和党人在新上任的第112届国会中势力大增。国会共和党人发誓将推动严管美墨边界，采取措施防止非法移民流入。2011年1月26日，美国众院司法委员会首次针对非法劳工问题举行听证会。该委员会主席、来自得克萨斯州的共和党议员史密斯说："当1400万美国人正在经历失业的时候，却还有700万非法移民留在就业市场。"他与来自艾奥瓦州的共和党议员、众院移民委员会副主席金一再表示，希望广泛扩大《E查证》

措施的实施。

1997 年开始实行的《E 查证》是一种劳工身份审核系统。通过对这一系统与美国社会安全保障系统的连接，可使雇主查询雇员是否具有合法身份。到 2011 年，使用这一系统的美国企业已从 5000 家增长到 10 万家。一些共和党人推动通过立法将这一举措覆盖所有美国企业。但是这一系统存在众多漏洞。美国移民政策中心研究发现，这一系统并不稳定，如果雇主操作不当，则会出现很多错误。只要系统存在 1% 的错误，便会影响 60 万名工人的命运，其中包括美国公民。

此外，一些政治势力正在推动改变美国宪法第 14 修正案即落地国籍法。根据这一修正案，任何在美国出生的孩子自然而然成为美国公民。要求改变这一修正案的人士称依据这一法律成为美国公民的孩子是"靠山孩子"，意为有了这样的孩子，其家人在美国便有了靠山。

美国移民改革联合会媒体关系主任梅尔曼在接受我采访时说，美国没有一个好的移民政策。35% 的移民没有读过中学；44% 进入公立学校的移民不会讲英语；美国纳税人为非法移民提供医疗、教育等社会服务，每年成本约为 670 亿至 870 亿美元，即每一个纳税人家庭每年需为非法移民支出 166 至 226 美元；拉美裔移民将本来可以成为美国一大收入的款项寄回国内。

梅尔曼直言，拉美裔移民对美国经济没有帮助。从某种意义上说，"我们是在进口贫困"，因为每 5 个穷人中就有一个是移民。据兰德公司一项调查，这些移民生产财富的能力在不断下降，在整个有劳动能力的时间内，这些移民将一直保持贫困。美国公司喜欢雇用移民，但也为此付出代价，其代价之一是不断加大的贫富差距。美国本土低技能劳动者 50% 的工资损失是因为低技能的外国移民者大量涌入。移民所创造的就业机会常常留给了本族群的其他移民，而不是本地美国人。洛杉矶的一项调查发现，看门人这一行业已从工会组织严密的当地黑人转至没有工会组织的拉美裔移民。"在一个城市中，移民人口越多，中产阶层人数的比例越小。"他说。

曾与来自亚利桑那州的美国国会参院共和党资深议员麦凯恩当面辩论移民问题的恩里克对上述看法持有完全不同的见解。他说，有人说移民不愿讲英语。不对。91% 的第二代移民都能流利地讲英语。有人说移民不交税。不对。"无证明文件的移民"也交税，他们每年向社会安全保障基金交付70亿美元。有人说移民增加了美国的犯罪。不对。移民犯罪率低于本土美国公民。有人说移民抢了美国人的饭碗。不对。两者间没有直接联系。有人说移民消耗了美国经济。不对。移民平均所交税款多于他们所接受的政府服务……

有着约300家公司成员的圣迭戈地区商会主席巴拉雷斯的父辈均为墨西哥移民，而他本人曾在布什政府内任职。尽管有着共和党人的背景，但他坚持认为移民对美国是好事。"10%的加州大学生是拉美裔人，"他说，"绿色经济对移民劳力更有需求。如果将移民驱逐，将会引起美国物价上涨，生产成本上升，许多公司更难以找到合格的工程师。"加利福尼亚州移民政策中心交流项目协调人罗德尼认为，较之本地美国工人，移民更可能自我就业。对于拉美裔和亚裔移民来说，他们自我就业率为12%，远高于当地工人。谷歌、电子湾、雅虎等大公司的建立与发展都与移民密不可分。

父辈来自墨西哥的圣迭戈蓝天园林公司总裁纳瓦罗目前雇有90名工人。他说："有人说移民抢走了美国人的饭碗，这是完全不真实的。拉美裔移民在做着美国人不愿做的工作。是的，现在雇员的初始工资水准对于老一代美国人来说可能像是威胁。然而，1小时八九美元的初始工资对于现在的年轻人来说是得体的工资水准。美国人的孩子不愿做这样的工作，我的孩子就是一个例子。他是美国公民，但他不愿意跟着我推着小车修整园林，尽管他将来可能继承我的公司。他宁肯到批发商店做1小时10美元推销手机的工作。"

纳瓦罗毫不掩饰在移民问题上对当时奥巴马政府的失望。他抨击来自美国两党的政客们利用移民问题"玩弄政治把戏"。"3年前，我曾与一名民主党领导人会见。他答应推动移民问题改革，但当选后却什么也没做。我见过一名共和党议员，他竟说拉美裔人将内战从墨西哥带到美国，我听了此话后起身离去。"纳瓦罗说，"遇到选举时，这些政客们都大谈移民改革。但当他们获选后，就都反对实施改革。这些虚伪的政客们就是在踢政治足球，所有人都是在表演。一名曾是大公司首席执行官的加州州长候选人被曝光她家中的保姆就是非法移民，而她竟说自己全然不知情。"

在美国各地的运输公司、搬运公司、建筑工地等处，都可以见到一群群等待工作的拉美裔人，其中许多人是"无证明文件者"。

在恩里克的带领下，我来到位于圣迭戈费尔蒙特大街 5890 号的"家得宝"商店前。"家得宝"是一家美国出售各种家居用品的大型连锁店。在这家店前的街角处，游荡着数十位找工作的拉美裔移民。我与恩里克一道将事先购买的水及食物分发给他们，随即与他们攀谈起来。45 岁的埃尔比来自洪都拉斯。他说，他离家多年，至今四处漂泊，干的是最苦最累的体力活，还常常找不到活干。来自萨尔瓦多的瑞瓦拉当年 60 岁，已在美国待了 25 年，至今无法与家人团聚。"我每周都站在这里等活，周三的工作机会多一些，周一几乎没活。"他说，"有时干了 3 天的活，人家只给 1 天的钱，我一点办法也没有。更不用说警察还常常将我们轰走，不让站在店门口……"

这些"无证明文件者"无疑处于美国社会最底层的阴影之中。舍克说，仅以就医而言，移民就医频率远低于美国公民，其原因与身体较好和没有医疗保险有关。在美国，每 10 个公民中约有 1 人没有医疗保险，这一比例在非公民中高达 40% 以上。

在美国，关于移民问题的辩论一直在继续。在 2011 年 1 月 26 日的国会听证会上，美国卡托研究中心主任格瑞斯伍德强调，当前还未有足够的研究论证移民数量增加与美国高失业率之间存在必然联系。当经济繁荣并且工作机会很多时，移民的数量相应增加，而当工作机会减少时，移民数量也随之减少。2007 年至 2010 年间，移民数量减少，其主要原因不是打击非法劳工力度的增强，而是美国的经济衰退。他认为，移民基本不会与本地美国人的薪酬产生竞争。移民和大多数美国人是互补关系，而非对抗关系。美国公司雇用低技能移民，是因为美国人对工作的期待更高，因此大量低技能工作岗位存在空缺。他说，移民对美国经济增长有很大贡献。刚刚发布的美国人口普查数据表明，美国 2010 年人口增长率是 20 世纪 30 年代以来最低的，如果没有移民加入，美国经济更可能无法保持现有的增长速度，也更无法与全球经济同步发展。他说，强势的执法应聚焦于恐怖分子。减少非法劳工的最终途径是，在加大对恐怖分子和罪犯惩罚力度的同时，为遵纪守法的"无证明文件工人"提供更多获得合法身份的途径。

移民改革不了了之

就在我奔波在美墨边境之时，奥巴马于2011年1月25日在国会发表了国情咨文。他强烈主张美国彻底解决非法移民问题。他呼吁国会两党合作，解决数百万生活在阴影之中的"无证明文件工人"问题。他承认在此问题上的"辩论将非常艰难，也将需要时间"。与此同时，他呼吁"让我们就开始努力达成共识。停止驱逐那些有才能、负责任的年轻人，他们可以在我们的实验室工作、创业、给美国带来新的财富"。

耐人寻味的是，我在美墨边境采访的几乎所有对象均对奥巴马政府未来两年在移民改革问题上的作为持悲观态度，并且对这一问题的前景充满茫然。舍克说，连最容易通过的"圆梦法案"2010年底都未能在国会通过，今后在移民改革问题上更不可能有明显成效。"这个问题太有争议！"他认为在拉美裔移民问题上，解决办法只能寄希望于更好的执法环境、拓宽合法移民渠道以满足美国劳工需要、推动墨西哥经济发展、改变墨西哥人口发展模式、根据北美自由贸易协定扩大劳工往来等，但他承认所有这些举措均非一蹴而就。

在美国政治处于极化，作为总统的奥巴马无法通过由共和党人控制的国会完成移民改革的情形下，奥巴马于2014年11月20日晚发表全国电视讲话，宣布一系列行政命令，以此推行移民改革计划。根据这一计划，约400万名长期滞留在美国的非法移民免于被遣返，对他们下一代的帮助也将得到扩大。

此时已完全陷于"跛脚鸭"状态的奥巴马在白宫东厅宣布此事时颇有悲壮色彩。他说，"我采取的行动不仅合乎法律，而且过去半个世纪以来，每位共和党总统和每位民主党总统都做出过此类举动"。"有些国会议员质疑我有没有权威来改善我国的移民体系，或者质疑我有没有智慧完成国会无法完成的任务，对于这些人，我只有一句回应：你们来通过一项法案。"

奥巴马呼吁美国民众对那些生活在阴影之中的无证件移民表示同情。他说，把这么多人驱逐出境"不是我们美国人应该做的事"。"我们不应该欺压外来者，因为我们了解外来者的心情——我们也做过外来者。""不论我们的祖先是跨过大西洋、太平洋，还是格兰德河的外来者，我们之所以身在美国，就是因为这个国家欢迎他们，并教会他们如何成为美国人。"

"那些为我们摘水果、为我们铺床的工人永远没有被法律接受的机会，我们是一个能够容忍这种虚伪体制的国家吗？"奥巴马问道，"在移民问题上，我们需要的不仅是惯常的政治；我们需要理性、审慎、富有同情心的辩论，而且辩论的关注点应该是我们的希望，而非恐惧。"

他在做这一宣布的同时，也表明他不会给予这些人美国公民身份。

奥巴马这一举动立即遭到强烈反弹。包括得克萨斯州在内的美国26个州政府随即向得克萨斯州一个地方法院提出诉讼，称奥巴马滥权，并成功要求政府中止实施这一行政令。位于新奥尔良的联邦第五巡回上诉法院2015年11月宣布维持下级法院裁决后，美国司法部随即将诉讼提交至联邦最高法院。

2016年6月23日，美国联邦最高法院对此案进行裁定时出现僵局，使得此前下级地方法院中止执行这一行政命令的判决得以维持，奥巴马通过行政手段大力推进美国移民改革的努力最终严重受挫。

其实，美国联邦最高法院也一直摆脱不掉党派色彩。有着保守派色彩的大法官安东宁·斯卡利亚于2016年2月去世，剩下的8名大法官形成保守、自由派旗鼓相当局面，案件裁决也因此多次出现投票僵局。

这给一直立志在移民改革问题上有大作为的奥巴马以沉重打击。最高法院裁决出现僵局当天，奥巴马表态称，移民改革努力受挫，是美国移民体系的倒退。本届政府预期将不会出台新的移民改革行政命令，并将执行联邦上诉法院此前做出的裁决。

此时，有一人对美国联邦最高法院裁决僵局的出现拍手叫好，他就是正在参加总统竞选活动的共和党总统候选人特朗普。特朗普反复宣称，一旦他当选，就将在美墨边界建起隔离墙，且费用要由墨西哥政府支出。

上台后的特朗普摆出一副言出必行的架势，也因此有人对他的一系列举措点赞，认为其能逐一兑现竞选承诺，显示出很强的执行力。

且慢！

在人类历史中，有些时代的一些人出于这样或那样的目的都建过这样或那样的高墙。大浪淘沙之后，这些高墙现在又怎样了？

特朗普建墙是要对来自墨西哥方向的翻墙者来一个物理隔离。美墨边境处地形复杂，既有海滩，又有沙漠和峡谷。特朗普一纸行政令签得倒是容易，真正实施起来，要在美墨边境全线建起高墙谈何容易？！在人工成本极高的美国，找谁来建？弄不好愿意干这种活儿的人恰恰是来自拉美国家的"非法移民"。钱从哪儿来？特朗普声称建墙费用由墨西哥掏，这种霸王条款行得通吗？建墙的本意在于根除非法移民在美国造成的社会弊端，但建墙就能根除这些弊端吗？特朗普的继任者会在这个问题上同他保持一致吗？

墙的作用从来都是相对的。人往高处走，水向低处流。在世界上最为发达的国家与其邻居发展中国家之间，只要存在着发展机会的落差，再高的墙也挡不住人们翻墙而过。在治标不治本的情形下，一味建墙分明是在拉仇恨。

也是移民的纽约自由女神见到这番情景，怕是也纠结地皱起了眉头。

事实上，当拜登击败特朗普成为新一任美国总统后，在美墨边境继续建墙一事也不了了之了。

都说美国是一个移民国家，现在又因为移民问题闹得不可开交，那么这块大陆上的土著居民又怎样了？

14　印第安人保留地与阿米什人的迷思

在多元化的美国社会，新的困惑带来新的思考，折射出历史进步；印第安人已被碎片般安置在偏远荒凉的保留地内，其文化、形象成为美国社会中权当点缀的商业卖点；印第安人保留地内没有门牌号，全球卫星定位导航仪全然失灵；没有人知道"疯马"巨雕将于何时完成，也没有人知道这一"愚公移山"式的美国故事；"走在华盛顿的大街上，我感觉不到什么，但一办起事来，就有二等公民的强烈感觉"；在最为发达的国度，还有一个拒绝完全融入现代社会的族群。

身在华盛顿，随处可见"红皮队"的存在：刚将汽车停好，一抬眼便见旁边汽车上插着"红皮队"的红褐色小旗；地铁列车中，眼前一位乘客的头上就戴着"红皮队"的帽子；批发连锁店COSTCO中，新来一批"红皮队"的套头衫，立即便有一大群顾客围住选购……

美国人酷爱橄榄球。1932年成立的华盛顿职业橄榄球队"红皮队"拥有大批拥趸。"红皮队"的标识是一个头插羽毛的土著印第安人侧面像。然而，在一段时间内，围绕"红皮队"的新闻不是其赛绩如何，而是"红皮队"这个名字该不该改。

这一风波的起因是美国专利与商标局以2：1的投票结果决定取消"红皮队"的注册商标，理由是这一名称对于土著印第安人是"贬义词"。"红皮队"注册商标律师拉斯库普夫对此不服，称这一决定缺乏事实根据，表示将继续就此上诉。上诉期间，仍将使用原有注册商标。

有关"红皮队"的争论涟漪般在美国蔓延开来，新的困惑不断出现：什么是"贬义词"，有多少印第安人因被称为"红皮"而感觉受到冒犯，最终又是应该由谁来裁定"红皮"一词是否有"贬损"之义,"言论自由"与"社会公正"之间的界限究竟在哪里……

困惑与争论一直伴随着不断多元化的美国社会。多少年来被认为理所当然的叫法遭到质疑了,新的困惑带来了新的思考,这折射出一种历史进步。随着20世纪60年代美国大规模民权运动的开展,曾被普遍用于称呼黑人的"Negro"一词被认为具有贬义而成今日之禁忌。有着黑人面孔的杰迈玛大婶和本大叔是否应该被用于销售糖浆和大米商标之事也曾在美国争论了多年。如今,移民改革是奥巴马政府一大难题。美国现有约1200万名"非法移民"。现在,越来越多的人对继续使用"非法移民"一词提出异议。为防"政治不正确",人们更多地使用了"无证明文件的移民"一词。

词汇的使用与流行程度与占社会支配地位群体观念密切相关。白人盎格鲁-撒克逊新教徒长期构成美国上流社会和中上阶层的绝大部分。尽管美国社会日益多元化,但信奉新教的欧裔美国人的文化、道德观和价值取向仍在很大程度上影响着美国的发展。在美国早期历史上,正是这些美国白人与土著印第安人发生了充满掠夺、残杀的血腥冲突,"红皮"之称随之泛滥。时至今日,印第安人已被碎片般安置在偏远荒凉的保留地内,其文化、形象成为美国社会中权当点缀的商业卖点。人们对于"红皮"一词提出质疑至少已有几十年时间,为何直至现在才引起格外关注?美国冲突解决中心执行主任布尔曼的看法是,迄今为止美国社会文化的一个特点仍是在意是否冒犯了身在权位上的人,而不在意是否冒犯了那些被认为不重要或看不见的小人物。

在这场争论中,越来越多的美国人开始改变看法。宾夕法尼亚州内沙米尼高中校报曾将"红皮队"作为吉祥物。该报主编麦克戈德里克原以为"红皮队"是对印第安人的"尊称",但当一名印第安人学生家长就此提出抗议后,她查阅了历史,改变了看法。她认为那些仍坚持原有观点的人没有对历史进行研究。美国专利与商标局在做出投票决定之前,也曾请语言学家、词典编纂家就此做证,并检阅了大量词典、书籍、报刊和影视资料,最终认定对于印第安人而言,"红皮"一词具有贬损之义。

一番争论之后,"红皮"或许最终步"Negro"一词后尘而走入历史。不再拿肤色说事,这是人类社会文明发展进程中看得到的一点点进步。

美国印第安人，在曾经的美国西部大片中，他们是绝对的故事主角，如今早已被边缘化。

美国首都华盛顿是一个民意宣泄阀门，凡感受到不公待遇的族群在有着合法程序的前提下，都可以跑到白宫外或国会前进行民意诉求，搞个示威抗议活动，但现在已找不到这个族群的身影。

是他们没有受到不公待遇吗？是他们被完全同化了吗？都不是。

他们就是美国印第安人。他们是最早生活在这块土地上的人类群体。

美国有一个独特的节日，那就是每年11月第四个星期四的"感恩节"。这个节日的起源与这块土地上早期欧洲移民和土著印第安人密切相关。

1620年，"五月花"号船满载不堪忍受英国国内宗教迫害的102名清教徒到达美洲。1620年和1621年之交的冬天，当地印第安人为他们送来生活必需品，还派人教他们怎样狩猎、捕鱼和种植玉米、南瓜。在印第安人的帮助下，这些欧洲移民获得了丰收。在欢庆丰收的日子，这些移民除了感谢上帝，还决定感谢印第安人的真诚帮助。

1621年11月下旬的星期四，这些从欧洲来的清教徒和约90名印第安人欢聚一堂，庆祝美国历史上第一个感恩节。感恩节从此流传后代。

此后，感恩变成了杀戮、抢掠与驱逐。弓箭与长矛终于抵抗不了长枪大炮，移民变成了土地的主人，当年主人仅存的后代们被驱赶至星罗棋布般的保留地上，像水珠的碎滴一样被投置在广漠之中，时代前进的脚步早将它们渗透得无声无息，哪里还顾得上这个早已无力发声的土著族群？！

有一位美国总统坐进白宫后，想起了印第安人，他就是奥巴马。

2009年11月5日，来自美国各地被联邦政府承认的564个印第安人部落首领齐聚首都华盛顿，参加15年来首次举行的全美印第安人部落首领大会。刚刚入主白宫不到一年的美国总统奥巴马在会上说："只要我在白宫，你们就不会被遗忘。"

此语耐人寻味，其弦外之音恰恰暗指美国印第安人被遗忘得太久了。被称为"第一国族"的印第安人虽是美国原住民，但人口比例越来越小，当时仅占全美总人口约1.5%。在很长一段时间内，美国最早的原住民却成为最被边缘化、最被忽视的族群。此前我在位于美国西北部人烟稀少的北达科他州采访时看到，多个印第安人保留地圈在北部更为偏远的与加拿大交界处。当地官员承认，那里的印第安人在教育、就业、福利等方面均劣于其他族群。在位于美国南部亚利桑那州一个隆重的欢迎仪式上，主办者除请出当地印第安人进行歌舞表演外，还向客人展示印第安人的沙绘、神像雕刻、篮筐编织、珠饰制作等传统技艺。在欣赏这些历史悠远的传统工艺的同时，一丝凄凉不觉涌上心头："第一国族"的象征在当今美国社会仅仅成为具有异域特色的文化小点缀。

因长期受到歧视，印第安人保留地的经济、社会和人文等发展指标远低于全美平均水平。一些印第安人保留地失业率高达80%，有约四分之一的印第安人生活处于贫困状况，由此引来的后果之一是印第安人部落暴力犯罪率是全美平均水平的约20倍。由于得到联邦政府承认的印第安人部落可相应得到一些发展资助，进而通过开办赌场等在一定程度上解决贫困问题，一些尚未得到联邦政府承认的印第安人部落多年来努力争取得到承认，但联邦政府相关程序繁杂，诸多印第安人部落多年得不到承认。一位印第安人首领抱怨说，就在此次全美印第安人部落首领大会召开之前，一位联邦政府部长只花了15分钟时间与他们见面，而部落首领们根本没有机会倾诉苦衷。

2009年11月5日，美国总统奥巴马签署备忘录，要求各联邦机构在90天内制订加强与印第安人部落协商的具体计划，并允诺现政府将致力于解决长期忽视印第安人经济发展和社会进步的痼疾。在对上述举措表示赞许的同时，不少印第安人部落首领仍担忧这些只是"仪式性的口惠"。

不由得想起了美国各个不同印第安人部落间一个共同的文化象征"捕梦网"：那是一种将结实的绳索在圆形或泪珠状的小柳条圈中结成的网状物。作为符咒，印第安人将其悬挂在床头，保护年幼的孩子们不做噩梦。印第安人说，当孩子熟睡时，只有美梦才能滤过网眼，顺着羽毛飘入梦境。所有的噩梦则都被困在"捕梦网"中，并随着次日清晨的第一缕阳光消失得无影无踪。但愿"口惠而实不至"不再成为随清晨第一缕阳光消失的噩梦，这便是当时印第安人的梦想。

"疯马"巨雕的故事

美国式成王败寇的现实在南达科他州的两处景点展现得淋漓尽致。2012 年下半年，当我踏访那里时，痛感美国印第安人历史性的积郁。

美国南达科他州西南部的黑山地区林木葱郁，溪水潺潺。人们很难想象，这片美景连绵的山地，历史上竟是土著印第安人与白人的血拼战场。黑山深处的"拉什莫尔山国家纪念碑"是美国最具标志性的景点之一——乔治·华盛顿、托马斯·杰斐逊、西奥多·罗斯福和亚伯拉罕·林肯 4 位总统的巨型头像被雕刻在山头，以彰显他们对美国立国、开拓和维护统一的历史贡献。虽值酷暑时节，这里游人仍熙熙攘攘，大山铸成的纪念碑早已成为着意传授美国"正史"的殿堂。

然而印第安人对美国历史有着不同的记忆。向黑山深处走去，在"拉什莫尔山国家纪念碑"以西数十公里处，整整一座山正被开凿成巨大雕塑，这座大山无言地揭开了美国历史的另一面。雕塑虽远未完工，但山头顶部已现人之面部，神情极为坚毅。山体上部已被打通一个隧道般的空洞。从山脚向上看，正在施工的各类机械如玩具般渺小。

这就是世界上最大的"疯马"巨雕。据设计，完成后的整座雕塑高 171.6 米，长 195.4 米，主人公"疯马"头部高为 26.7 米，臂长 80 米。换言之，"拉什莫尔山国家纪念碑"4 位美国总统的石雕面积总和仅约等于"疯马"头部雕像面积。

"疯马"是谁？又是谁在这里用整整一座大山讲述"疯马"的故事？

"拉什莫尔山国家纪念碑"的雕刻工程始于 1927 年 10 月 4 日，完成于 1941 年 10 月 31 日。其间，一位名叫斯旦丁·比尔（意为"站立着的熊"）的黑山地区印第安人苏族部落酋长一直注视着这一美国白人的纪念工程。1939 年，在纽约举行的世界博览会上，科扎克·津奥考斯基的雕塑作品"不朽的帕德雷夫斯基（波兰钢琴家、作曲家、波兰第二共和国首任总理）"获得一等奖。同年，斯旦丁·比尔致信科扎克，邀请他到黑山地区完成一座"疯马"雕塑。这位酋长在信中说："我的同伴和我都希望白人知道，我们红人（指印第安人）

也有伟大的英雄。"

传说中的"疯马"便是黑山地区苏族印第安人部落的英雄。1842年，塔逊卡·维科出生于南达科他州黑山地区拉皮德溪谷，因其骁勇善战而得名"疯马"。伴随着19世纪美国西部大开发的浪潮，大批淘金者涌入黑山，并经常与当地印第安人发生流血冲突。1868年，美国联邦政府与当地印第安人签署保障印第安人领地的"拉勒米堡协议"。但随着黑山地区金矿的发现，这一协议很快遭到撕毁。"疯马"屡屡率众抵御进犯印第安人领地的白人武装。在1876年6月25日的一场战役中，"疯马"率部一举全歼前来进犯的卡斯特将军和他下属的200名官兵，此战更使"疯马"在印第安人中威名大振。然而，1877年9月6日，在内布拉斯加州罗宾逊堡的一面停战旗下，35岁的"疯马"被一个白人士兵从背后刺死。

身为波兰裔的科扎克听了"疯马"的故事十分感动，1947年5月3日最终接受邀请来到黑山。1948年6月3日，近40岁的科扎克点燃了开山第一炮。在开始这一前无古人的巨大工程时，他手头仅剩174美元。

科扎克1908年9月6日出生于波士顿，1岁时成为孤儿，在寄养家庭中长大成人。这位"用石头讲故事的人"从未接受过艺术、雕塑、建筑或工程的正规教育。科扎克有着不同寻常的坚毅与执着，完全通过自学成为一名雕塑家。根据科扎克描述，"疯马"雕塑的设计理念是：并不刻意寻求雕塑与"疯马"本人相像，而是表达对"疯马"精神的缅怀。雕塑表现的是，当一位白人嘲讽地发问"你的土地现在在哪里"时，挺立在奔马之上的"疯马"伸出左臂，坚毅地答道："我的土地就在我死后埋葬的地方。"

在"疯马"巨雕工程开始后的几十年间，科扎克与经济拮据、种族偏见、不公正待遇和自身年纪趋老不断抗争。他一直坚持，"疯马"巨雕是一个志同道合者的项目，不应使用美国纳税人的钱来建造。他两次回绝了美国联邦政府的出资援建意愿。科扎克于1982年10月20日辞世。他年过八旬的妻子露丝和七个孩子正在继续科扎克未竟的事业，每天开山不止……

没有人知道"疯马"巨雕将于何时完成，也没有人知道科扎克家族将用几代人的时间演绎这一"愚公移山"式的故事。但有一点是肯定的，"疯马"巨雕注定会成为不朽之作，给世人带来强烈震撼！

走进最大的印第安人保留地

寻访印第安人保留地一直是我心底之愿。2013年8月,我终于实现了这一寻访之旅。

在美国印第安人中,纳瓦霍部落保留地面积约7万平方公里,跨越犹他、亚利桑那和新墨西哥三州,是美国最大的印第安人部落。这里便成为我采访的目的地。

偌大的保留地,怎么到达那里?到了那里能找到谁?在做功课阶段,我发现华盛顿东北一街750号1010房间是纳瓦霍部落常驻美国首都办公室,也是唯一在华盛顿设有办事机构的美国印第安人部落。

我首先寻到了这里。一进办公室,抬眼便见纳瓦霍部落总统本·谢利和副总统莱克斯·李·吉姆的巨幅画像。"纳瓦霍部落有地方主权,其与美国联邦政府之间的关系和外国政府与美国政府一样,是政府与政府间关系。没有纳瓦霍部落的同意,联邦调查局或中央情报局是不能进入纳瓦霍办事的。"办公室执行主任克拉拉·李·普拉特女士快言快语,她告诉我,"我们在华盛顿的办公室也不是游说集团。"我说明了拟前往纳瓦霍部落采访的意图后,克拉拉和办公室联络主任吉拉德·金积极做出了相应安排。当我提出拟前往普通印第安人家中采访的愿望后,克拉拉爽快地说:"那就到我家去吧!"

这是一次遥远的旅行,因为美国印第安人保留地都在天涯海角之处。

为深入纳瓦霍部落进行采访,我须首先飞抵新墨西哥州首府圣菲,然后租车前往位于亚利桑那州和新墨西哥州交界处的纳瓦霍部落首府窗岩市。不料抵达圣菲机场后,两个租车公司均称无车可租。"每年8月第三个周末是全美印第安人艺术品市场节,今年已经是第92届。"热心的吉姆解释说,"圣菲全市人口才7万人,参加市场节的人就来了7万多人。除了全美各地的印第安人前来参展外,德国、喀麦隆等国家也有人前来参加。"

"这是世界上规模最大的印第安人艺术品市场节,"美国内政部印第安艺术与艺术品理事会官员尼娜·亚历山大8月17日在现场向我介绍说,"美国印第安艺术品市值每年超过10亿美元,今年市场节有超过1200个展位。再过一会儿，你就会看到人流将在这里挤得水泄不通。"

作为美洲大陆原住民，印第安人曾经历血与火的掠夺、镇压与肢解，艺术品生产既是印第安人维系传统、表达情感与诉求的重要渠道，也是增加经济收入的重要来源。我在现场看到，全美各地印第安人所展出的艺术品品种众多，体现出古朴、夸张、细腻、生动的特点，所展艺术品价位也相当昂贵。面色红黑的欧内斯特·霍纳内来自亚利桑那州印第安人霍皮部落，他的木雕作品极受欢迎。"我从10岁就开始从长辈那里学习木雕，"他在接受我的采访时说，"拿到一块木头后，我的脑中就会产生因材而异的形象设计。"

"这个印第安人艺术品市场节前几年情况不好，应该与整个美国经济不景气有关，"霍纳内说，"今年或许会好些。"谈到本部落情况时，他说："那里人们的生活还很贫穷，我自己的生活也是起伏不定。""印第安人的失业率超过50%，"已经搬到亚利桑那州菲尼克斯城里居住、制作皮鼓等乐器的尼克·马多纳多说，"许多印第安人在城里感到很不适应。"他的这一观点得到著名印第安人漫画家里卡多·卡蒂的认同。"都说美国有多自由，很多印第安人在城里却感到动辄得咎，很不自由。"他说。卡蒂以幽默诉说印第安人生活窘境的漫画在现场引来众多议论纷纷的观众。

当我向尼娜·亚历山大询问她对目前美国印第安人生活状况的看法时，这位美国政府官员认为全美各地印第安人的生活比过去改善了许多，"他们现在也能上网了"。对于直至现在一些印第安人部落还没有通电通水一事，她的答复是："那是他们自己的选择，他们愿意保留那样的生活方式。"

来自蒙大拿州的印第安人"红羽毛"组织首次在这里设立摊位，但他们展出的却是如何帮助全美印第安人改善住房的项目介绍。"红羽毛"组织执行主任莫利告诉我，"很多印第安人居无定所，他们还很困苦"。这个印第安人组织的使命在于为美国印第安人部落住房问题提供可持续的解决方案，使所有印第安人部落都能够通过集体努力成为可持续发展的社区。自1995年以来，"红羽毛"组织已经在美国东北地区帮助当地印第安人部落建造17所新屋，改善了16所旧屋，开展了14个教育项目。"现在我们准备与西南部的印第安人部落合作，改善这里印第安人的住房情况。"莫利说。

美国联邦政府正式承认的562个印第安人保留地绝大多数地处偏远，纳瓦霍部落更是如此。我从新墨西哥州首府圣菲租车向东北方向长途奔驰。在从圣菲至新墨西哥州最大城市阿尔伯克基之间约80公里的路上，就有四个印第安人保留地，美国印第安人保留地"碎片化"程度及联邦政府对印第安人"分而治之"的手段可见一斑。路边醒目的赌场电子大广告通常是进入新的印第安人保留地的标志。博彩业早已成为极为缺乏经济发展项目的印第安人保留地内主要产业，也因此成为极有争论的话题。加利福尼亚州的一些印第安人部落认为赌博是从内里摧毁印第安文化的毒药，因此拒绝介入博彩业。

沿550号公路北上驶入法明顿后，便进入了纳瓦霍部落领地。纳瓦霍部落领地面积超过2.7万平方英里（约合7万平方公里），比美国50个州中的10个州的面积还大，其领地横跨犹他、亚利桑那、新墨西哥三州。根据美国人口统计局2011年的统计，美国登记在册的纯血统印第安人为2932248人，有着两种血统以上的印第安人为2288331人，合计5220579人，约占美国全国人口的1.7%，其中纳瓦霍人约为33万人。

进入纳瓦霍领地后，满眼多为荒野，不时可见独峰突起的奇景，手机信号也变得时断时续。在这片位于科罗拉多高原西部的荒野之中，有一处由纳瓦霍部落管理的独特景观：四角落州纪念处。这里是亚利桑那、科罗拉多、新墨西哥和犹他四州边界交汇之处，也是全美国唯一一处四州交界点。从四角落州纪念处一路驱车南下近三个小时后，便抵达纳瓦霍部落首府窗岩市。

除了手机信号不好、网络不畅外，印第安人保留地内与美国其他地方的显著区别之一便是任何地址均没有门牌号，车载全球卫星定位导航仪在此全然失灵。此外，根据印第安保留地的法律，保留地内不能出售酒类。在旅馆房间内，我见到室内配备了中国企业生产的海尔牌小冰箱。在有着印第安人特点的食品中，有一种被称为"炸面包"的食品，与北京早点中的炸油饼极像，只是没有油饼中的三两道切口，味道却与北京炸油饼无异。驻美多年后，吃到印第安人的这种"炸面包"，令我顿解北京炸油饼之馋，也因此对于北美印第安人是否真的来自亚洲更感兴趣。

作为部落首府，窗岩市水、电没有问题，但在美国印第安人保留地内很多地方，至今没有通水通电。纳瓦霍部落总统特别顾问戴斯伍德·托米在接受我采访时说，纳瓦霍部落至今60%的社区没有通电。关于印第安人保留地至今没有通水通电之事，我在采访美国内政部官员尼娜·亚历山大女士时，她的回答是"那是他们自己的选择，他们愿意保留那样的生活方式"。在就这一说法征询当地印第安人看法时，我听到了不同答复。纳瓦霍博物馆工作人员罗伯特·约翰逊说，确实有这一情况。"纳瓦霍保留地内有一些煤矿。有意思的是，在这些煤矿周围，有不少一到夜晚便漆黑一片的印第安人社区。"在与克拉拉的家人谈论此事时，他们说："平心而论，有水有电当然更方便。人们还是愿意过有水有电的生活。"

"风语者"的家园

"窗岩"一词是"Window Rock"的意译。此地确有一处绝景：一堵拔地而起的巨大褐红色岩石上，天然生出一处形同窗户的巨型圆洞，令人叹为观止。纳瓦霍部落立法、行政、司法机构散落在"窗岩"周围。直接面对着"窗岩"的一幢褐红色平房便是纳瓦霍部落总统办公室。

"窗岩"景点所在地已辟为一处公园，公园内有一头戴钢盔、手持步话机警觉通话的巨型士兵雕像。这座雕像讲述了一段有关纳瓦霍人的历史佳话。世代相传的纳瓦霍语语法复杂，发音独特，也因此有着天生的隐秘性。二战期间，29名纳瓦霍人被美国海军陆战队征为密码员。在太平洋战争中，纳瓦霍密码员用本部落日常用语和自行设计的暗码词汇编成军事密码，令极为狡猾的日军情报机关全然摸不着头脑。在著名的硫磺岛战役中，纳瓦霍密码员发出的数百条密码无一差错。美军将领感慨道，如果没有纳瓦霍密码，美国海军陆战队根本无法取得硫磺岛战役的成功。当年的29名纳瓦霍二战老兵中，已无一人幸存。2000年，华裔导演吴宇森执导的《风语者》一片，便取材于这段二战往事。

第二天一大早我便驾车赶到"窗岩"，准备前往纳瓦霍部落总统办公室进行采访。猛一回头，突然发现租用的那部尼桑"X Terra"越野车左后轮胎瘪了！一筹莫展之时，一位戴着眼镜、头发有些花白的印第安青年骑着自行车从此经过，见状后主动说道："我可以帮助你更换轮胎！"遇到这样的好人，我顿有拨云见日之感。

边干边聊之时，这位名为丹尼尔·琼斯的印第安青年告诉我，他原是一位数学老师，现在已经失业。他准备第二天参加政府教育部门组织的纳瓦霍语考试。一旦考试通过，他想在纳瓦霍部落学校教授纳瓦霍语。"现在会讲纳瓦霍语的人越来越少。语言是文化的载体，一旦语言消亡，我们的部落就完了。"他说。

在纳瓦霍部落内，我一再感受到人们对于纳瓦霍语前景的担忧。纳瓦霍博物馆的一角是"纳瓦霍小姐办公室"。在这一办公室前台工作的芭芭拉·菲利浦斯告诉我，自1952年以来，纳瓦霍人每年都评选纳瓦霍小姐。当选纳瓦霍小姐的重要职责是推广纳瓦霍语及其文化，2012—2013年度的纳瓦霍小姐名为兰德拉·托马斯。芭芭拉也在慨叹年青一代纳瓦霍语能力不断下降。"我的女儿能够听懂纳瓦霍语，但只能讲一点。"她说，"在'纳瓦霍语日'，我要求女儿全天讲纳瓦霍语，但她一路只是笑，不讲纳瓦霍语。"

令我困惑的一个现象是，遇到的几乎每一位印第安人的名字都很西化。当我就此向芭芭拉求教时，她说，这是在学校中孩子们得到的名字。换言之，这或许也是印第安人被"同化"的表象之一。

在纳瓦霍部落历史上，头人马努利托曾因带领印第安人与美国"蓝军"苦战而留下英名。耐人寻味的是，在纳瓦霍博物馆内，其中一部分内容展示说马努利托及后人均感慨他们打不过美国人，因此他们的后代必须得到良好的教育。1968年，纳瓦霍部落成立部落学院和大学，在保留地上建立自己的教育机构，以传承文化，培养年青一代。1994年，美国国会通过法案，承认部落学院为"政府赠予地学院"，从而提供了资助的机会。纳瓦霍部落总统特别顾问戴斯伍德·托米说，美国的不平等集中体现在教育上：只有富人才能享受好的教育，而穷人则输在起跑线上。现在美国政府对于外国的援助多于对本国印第安人的援助。纳瓦霍部落每年得到约3.78亿美元资助。在联邦政府削减开支的背景下，纳瓦霍语言学校等教育项目势必会受到影响。纳瓦霍部落华盛顿办公室联络主任吉拉德·金说，该办公室的重要任务就是向国会要钱，以维持纳瓦霍部落语言学校，"但是非常困难"。

纳瓦霍部落驻华盛顿办公室执行主任克拉拉·李·普拉特女士的老家位于窗岩市以南近40公里处的原野之中。我与克拉拉的母亲劳拉约好在拉普顿社区会所处见面，然后由劳拉带我前往。

从拉普顿社区会所出发后，汽车很快转入尘土飞扬的土路。一阵颠簸之后，汽车停在一幢简易建材搭建的小屋前，十几只狗、猫立即围拢过来。61岁的劳拉指着眼前的土地说，克拉拉就是在这片土地上长大的。

小屋内光线很暗，屋中轮椅上坐着劳拉85岁的母亲。劳拉说，母亲一生有过16个子女，但只活下来10个。她家在这片土地上生活了至少十代，现有土地160英亩，但这些土地并非私有，而须向联邦政府租用，租期75年，到期可续租。家中养的几十只羊是主要经济来源，一只羊可卖130—150美元。

劳拉的两个妹妹也先后与我聊起了家常。小妹妹拉福已经失业，专门在家侍候年老的母亲和另一位智障姐姐，还要照顾两个女儿。屋内的一面墙上挂着数幅军人照片。拉福说，两位年轻军人分别是她的侄子、侄女，还有一位是她的姐姐，目前在国民警卫队工作。"对于纳瓦霍部落来说，当兵是不是一个不错的出路？"我问。"对有的人是，对有的人就不是。"拉福说，"我丈夫也在军队，他曾几次去伊拉克、阿富汗和约旦。我不让他去，他坚持去，并且对我不忠，现在我们已经分居，准备离婚。"拉福说的时候两眼充满哀伤。没有工作，又要照顾老人小孩，拉福说她只能依靠部落提供的基本救济和一点点存款生活。

劳拉和她的妹妹们都说，时至今日，她们仍能在保留地外的法明顿等城镇感到各种各样的歧视，"我们进到店里买东西时，店主甚至都不用手接我们递过去的钱，而是说，你放在柜台上吧"。

劳拉说，这间房子是家人于1972年申请，20年后的1992年才住进来的。在此之前，家人都住在传统的八角棚屋"汉岗"内。"比起很多直至现在还没有房住、没有水电的人家，我们算幸运了。"劳拉说。

因纳瓦霍部落总统、副总统均在外公干，总统特别顾问戴斯伍德·托米欣然接受了我的采访。他说，纳瓦霍部落与联邦政府的关系基于1868年双方签订的条约。1924年6月2日，柯立芝总统签署了《印第安人公民法》，印第安人作为美国公民的权利才得以确立。但现在纳瓦霍人只是美国的法定公民（Statutory Citizen），而不是"宪法公民"（Constitutional Citizen）。"是的，我们是二等公民，与波多黎各人地位一样。"他说。

同其他印第安人部落一样，纳瓦霍部落虽然名义上具有"主权"，但实际上处处受制于华盛顿。"美国州政府做出一项决定后便可自行执行，但纳瓦霍部落却不行。"克拉拉解释说,"印第安人保留地内的任何发展项目,均需联邦政府批准。而政府官僚机构手续繁多,得到批准非常困难,也因此很难吸引投资。一些中国公司本来有意到纳瓦霍投资,但了解到有如此繁杂的法律法规后只好作罢。这些法律法规如同大山一样沉重地压在我们的头上。联邦政府常常以保护环境为由,阻止保留地的发展项目,结果是印第安人永远贫穷。走在华盛顿的大街上,我感觉不到什么,但一办起事来,就有二等公民的强烈感觉。印第安人保留地内有许多社会问题。由于经济无法发展,没有工作机会,许多年轻人生存无望,自杀率极高,此外,印第安人中死于糖尿病、酗酒、肺炎、自杀及其他病症的比例惊人。与其他种族相比,印第安人中因享受不到医疗保障而患病的比例极高。"

在美国社会中,印第安人保留地经济发展停滞、社会问题严重早已不是新闻。美国司法部2012年统计表明,印第安人保留地犯罪问题严重。每三个印第安妇女中就有一人曾遭强奸或强奸企图,这比美国全国平均比例高出两倍还多,80%遭到性侵犯的印第安妇女报告说,强暴者为"非印第安人"。约210万印第安人处于赤贫状态。美国小企业协会2007年一项调查表明,只有1%的印第安人拥有自己的企业。在所有社会指标中,印第安人几乎都在最底层,每10万人中,青少年自杀比例为18.5%,在全国最高,青少年未婚先孕比例最高,高中辍学比例为54%,也是全国最高,但人均收入最低,失业比例高达50%—90%。

哈佛大学一项关于印第安人经济发展研究报告认为,美国印第安人缺乏资金,缺乏教育、技能、技术和发展手段;保留地没有有效的发展计划;保留地自然资源贫乏;有些保留地虽然拥有资源,但缺乏有效控制;保留地与市场相距遥远,运输成本昂贵,无法吸引投资;美国内政部印第安人事务局无能、腐败,对保留地发展不感兴趣;部落政客和官僚机构无能或腐败;印第安部落内的派系之争影响部落经济发展决策;不少印第安部落接受了1934年的《印第安新安置法》,被选出的部落委员会成员两年一任,没有长远眼光,部落政府的不稳定也因此影响投资;缺乏企业家技能和经验,部落文化中的落后因素也对经济发展形成障碍。

"纳瓦霍部落最重要的任务是经济发展和创造就业。"戴斯伍德说,纳瓦霍部落领地有煤、气、油等自然资源，并且有着美国最大的铀矿资源，但法律规定不得随意开发，需得到华盛顿批准。保留地的土地仍属于联邦政府，出租土地需得到华盛顿批准，2013年10月，纳瓦霍部落议会将就土地出租问题对相关法案进行讨论。如法案得以通过，部分土地的出租使用可不再上报美国内政部。戴斯伍德还介绍说，本·谢利总统就任后，能源与技术成为纳瓦霍部落发展的重要目标。为此，纳瓦霍部落正在建设从纳瓦霍至盖洛普的输水系统，建成后将使43个印第安人社区受益。此外，纳瓦霍部落还有着宽带通信、太阳能、修铁路、在大峡谷地区建造新的缆车和建立更多赌场等建设构想。

做客阿米什人家

美国是世界上最为发达的国度。但在这块土地上，还有一支完全拒绝融入现代社会的族群，他们就是阿米什人。2011年的一天，我特意探访了阿米什人。

美国宾夕法尼亚州兰开斯特县是阿米什人的聚居地。进入兰开斯特县，令人恍若回到18世纪时的欧洲大陆：街上不时奔来"嘚嘚"作响的黑色四轮单马轻便马车；男人头戴饰有黑带的宽边黄色礼帽，身着宽松的白衬衣和黑色吊带裤；已婚男子蓄着长长的胡须，但唇上胡须却剃得精光；女人多身着黑白两色背带长裙装，头带黑色或白色头罩；女孩大都梳着发髻，男孩则清一色地留着"盖儿头"。在兰开斯特县，哪座房屋属于阿米什人的判断标准很简单，凡是屋外一条长长的晾衣绳上挂满了手洗衣物的地方保准生活着阿米什人，因为他们不用洗衣机和烘干机。不仅如此，多数阿米什人拒绝使用电灯、空调、电视、电脑这类现代化物件，更不用提"互联网络"了。

我曾在居住于宾夕法尼亚州兰开斯特县朗克斯镇天堂街73号的阿米什人菲舍尔夫妇家中用晚餐。37岁的阿伦·菲舍尔和他的妻子玛丽一脸忠厚，朴实周到。

阿伦家中的一切令人油然生出时光倒流的感觉：屋内没有电灯，照明仍用煤油灯；没有洗衣机和烘干机，屋外的晾衣绳上挂满了衣物；没有电视机，没有空调，也没有电脑。"家里有电话吗？""没有，"阿伦说，"但外面有一部电话，供几家做生意时共同使用。"

"为什么不用烘干机呢？"指着窗外晾衣绳上挂满的"生活的旗帜"，我问。"《圣经》上没有说可以用烘干机。"一脸憨厚的阿伦说。"假如提到中国，你脑中的印象是什么？""是地震吧，"怔了一下的阿伦有些腼腆地答道，"我从报纸上看到的。"

阿伦家的晚餐桌上摆满了自家生产的绿色食品。阿伦共有五个孩子。在餐桌旁忙来忙去的是将头发束成发髻状的 9 岁女儿贝西和留着"盖儿头"、光着脚丫的 5 岁男孩马林。席间，不到 1 岁的女孩突然放声大哭，在五年级上学的贝西熟练地抱起妹妹，哄她不哭。再过 3 年，贝西就将成为家中一名全职劳力——依照阿米什人的传统，孩子读书不超过八年级。

手工织物是阿米什人的特色，"女红"也因此成为女性阿米什人的必备专长。在阿伦家的书柜中，就摆放着贝西手织的一方手帕，那上面用黑线织成一句话："如果妈妈是一朵花，我就采摘您。"书柜中摆放的书籍除《圣经》外，多与阿米什人的历史和本教区的教规有关。

阿米什人的祖先来自欧洲。1693 年，瑞士发生基督教派分裂，追随雅各布·安曼的信徒被称为阿米什人。由于受到宗教迫害等原因，来自瑞士、法国德语区和德国的阿米什人自 18 世纪初期开始移民美国，后有一部分移居加拿大安大略省。至 2010 年，北美地区的阿米什人达 24.9 万人，较 2008 年增长 10%。美国 27 个州中生活着阿米什人，其中最大的族群在俄亥俄州霍姆斯县（5.5 万人），其次便是宾夕法尼亚州的兰开斯特县（5.1 万人）。除英语外，阿米什人之间主要使用名为"宾夕法尼亚德语"的方言进行交流。

在发达的美国社会中，阿米什人是凸显强烈反差的特殊族群。教会和家庭是联结阿米什人社会结构的主要纽带，亲情与互助成为核心价值。每个教会由 20—40 个家庭组成，形为相对封闭小社会的各个教会决定本教会的内部事务，包括在多大程度上接受现代事物。在美国的多数阿米什人不交社会保险，不服兵役，也不同外人通婚。阿米什人崇尚大家庭，每家平均有 6.8 个孩子，但各种遗传病也在困扰着阿米什人。在我见到的阿米什人女孩中，个子普遍低矮，不知这是否与近亲结婚有关。

在物欲横流的美国社会，阿米什人的后代能否坚守这种清心寡欲的传统生活方式,这显然是一个无法回避的问题。谈及阿米什年青一代的选择时,阿伦承认这是阿米什年轻人的最大困惑。他说,阿米什青年在没有正式成为教会一员之前,可以有一段时间到外面闯荡,但有约90%的年轻人最终选择回到家乡继承传统生活方式。

我也看到,在阿米什人的传统生活方式中,已越来越多地夹杂有现代化元素,这分明是阿米什人坚守中的妥协。除了干起类似"农家乐"的副业外,阿伦的生意就是做卧室和餐厅木制家具,并且印有名片。阿米什人约翰带领我参观一家农场粮仓时说,由于装上现代化系统,这座粮仓的一次装卸过程仅需约8分钟,此前的人工操作则需两天。街上来往的汽车内,也可看到不少身着传统服饰的阿米什人。而兰开斯特县内有关阿米什人的商业化色彩极为浓重的旅游业,早已与阿米什人崇尚的简单生活形成另一种意义上的强烈反差。

但凡为人,就难免有自然与社会双重属性。在令人眼花缭乱的社会变化中,困惑始终如影随形,"依据《圣经》生活"的阿米什人亦不例外。难得的是社会心态层面的理解与宽容:某种生活方式、人生价值的选择毕竟因人而异。

美国是一个反差极大的国度:既有标新立异的新新人类,旧金山卡斯特罗街便是一例,也有因循守旧的封闭群体。阿米什人虽是后者的生动缩影,其后代却也因此陷入无尽的迷思。

在美国的诸多族群中,我最为关注的当然还是自己的同胞。

15 华人：曾经屈辱，奋力抗争，韧性拼搏

> 天使岛，曾经充满厄运的地界；1882年《排华法案》是美国历史上第一个也是唯一排除单一民族享有平等、自由的联邦法律；美国国会众议院就《排华法案》向华人表示歉意后，美国主要媒体几无声音。华人遭受歧视仍时有发生，但说"不"的声音愈发响亮；从历尽屈辱而忍气吞声，到面对冤案而奔走呼号，再到赢得公正而扬眉吐气，离不开自强不息的韧性抗争与自强拼搏，也与祖国日益发展壮大密不可分。

2021年1月6日美国国会大厦内部发生暴乱事件后，在特朗普政府内担任交通部长的赵小兰于1月7日宣布辞职，成为事件发生后首位宣布离任的政府成员。

此举之所以受到关注，原因之一便在于她是在美国政府内担任官职最高的华人。赵小兰曾于2001年起在小布什政府中担任劳工部长，时为第一位进入美国政府的亚裔女性，也是唯一在小布什政府内干满8年的部长。2016年11月29日，美国当选总统特朗普提名赵小兰出任交通部长，这是赵小兰第二次进入美国政府。

与印度裔相比，华人在世界各地政界中很少出头。这一点，我在南非工作时便有深切感触，也因此对美国华人的处境极为关注。

在南非工作时，我在对南非华人历史进行探究时，就对南非华人曾经"既不够黑，也不够白"的屈辱与窘境深有感触。在美国华人的历史上，这种屈辱与窘境有着惊人的相似。

恰如不能一概而论美国人一样，美国华人也并非铁板一块。人以群分，在哪儿都一样。

天使岛的记忆

为了更为真切地理解美国华人历史，我专程前往天使岛。

天使岛，一个多么缥缈美妙的名字！细察之下，却是一方曾经充满厄运的地界。天使与恶魔厮混，人世间的反讽莫大于此！

面积为 3.107 平方公里的天使岛是旧金山海湾中第二大岛。世上本无天使岛。约一万年前的海平面上升才将这块土地与大陆分开成岛。两千年前，这里还是当地密沃克印第安人捕鱼狩猎之地。1775 年，在阿雅拉率领下的西班牙舰只"圣卡洛斯号"首抵此地，"天使岛"便得名于阿雅拉的兴之所至。岁月悠悠，此岛曾在美西战争和第一次世界大战中作为美军集散地；二战中，岛上的麦克多威尔要塞曾关押过被怀疑是"第五纵队"的来自夏威夷的日本、德国和意大利侨民，也一度成为德国、日本战俘受理中心。冷战期间，这个岛东南的布伦特角被悄悄地安装了导弹发射架。最令我牵挂的是，1910 年至 1940 年，这个岛上曾有一个移民所，那里有着无数中国同胞的故事。

从旧金山乘船登岛后，在骄阳之下沿山路向东北角走去，心潮难平。遥想百年之前，当数以十万计的同胞被带到这条路上时，心中曾充满着怎样的期待、茫然与焦虑。

清朝末年，内忧外患夹击下的中国民不聊生，太平洋彼岸"金山"的传说便对中国南方沿岸百姓有了极大的诱惑。抱着改变命运的梦想，一批又一批中国"苦力"挤在海船的"统仓"之内，漂洋过海，能够活下来抵达美国西海岸的首先被送入设在天使岛上的移民所。

美国是一个由移民构成的国度。历史上，位于纽约门户的艾利斯岛是美国东部的移民受理中心，跨越大西洋来到美国的欧洲移民多在那里办理入境手续。作为美国西部的"艾利斯岛"，天使岛移民站则主要处理来自亚洲、南太平洋、俄罗斯、南美和非洲地区的移民，其中以亚裔居多，人数约百万人。

在天使岛移民站存在的 30 年间，约 20 万华人曾被羁留在此，也成为所有移民中苦难最为深重的族群。在美国开疆拓土的历史上，"平等"与"人权"从来就不是理所当然的天赋权利，也有着写满"吃人"的罪恶篇章。早期来到美国的中国苦力为太平洋铁路等建设工程洒满血汗，却换来1882年美国国会通过的一纸《排华法案》。这是美国历史上唯一一个针对单一族群通过的排斥移民法案。在此法案下，来自中国的移民在入境、配额、入籍等方面备受苛律折磨。天使岛移民站便成为华人来到美国西海岸后必经的第一道鬼门关。

穿过高栏铁门，逐级而下，道路两旁多有用中、英两种文字对天使岛移民站进行讲解的说明板。在诸多美国历史遗迹中，这是我所见到的唯一一处用中、英两种文字同时予以说明的地界。多为木建结构的移民站曾遭火灾，也曾被人提议彻底拆除，在美国华人团体的强力抗争下，此一遗址才得以保留，并向世人诉说这里所发生的故事。

残存的移民站建筑内近似牢狱，且分三六九等，条件优劣立见。羁留来自欧洲、日本等地移民的房间相对宽敞，羁留华人的房间内则密密麻麻摆放着一片三层铁架床，肮脏拥挤，污秽不堪。在少则数周、多则数年的羁留期间，男女隔离，妻离子散。

在羁留期间，美国移民当局对每一位华人均进行极为严格的讯问。为躲避《排华法案》的严规，一些已在美国有合法身份的华人曾将为家人申请的移民名额卖给他人，这种被称为"纸儿子"的做法令美国移民官员采取了更为苛刻的对证式审问程序。1938年的一项审问材料表明，移民官向一个儿子问道，谁住在家乡房屋左边，谁住在右边，邻居是否养猫，猫是黑是白，谁是学校教员，学校有多少学生，学校在哪里，祠堂前面是否有一鱼塘，你何时扫墓，扫墓时又有多少人同去等多个问题。此后，又将儿子的回答与其父对质，一有相违，便遭遣返。仅此一举，便生出无数悲剧。

万里寻梦，竟在大洋彼岸小岛之上遭此非人待遇，痛苦万状之中，不知从何人开始，在囚室木墙上一刀刀刻下抒怀诗句。天使岛移民站管理员指着刻满文字的木墙说，这里也有俄文等文字，但数量最多的便是这些中文诗句。

环顾四壁，这些或五言或七律的诗句抬眼便是，书法之苍劲恰如在宣纸上挥毫一般，但又因曾屡遭油漆涂抹覆盖和刮除，多数诗作完整辨读已很困难。但从尚可辩读的诗句中，人们还是能够真切地听到这些同胞发自内心的呼号与慨叹。

一些诗句诉说着惨遭屈辱的激愤："木屋拘留几十天，所因墨例致牵连，可惜英雄无用武，只听音来策祖鞭。从今远别此楼中，各位乡君众欢同，莫道其间皆西式，设成玉砌变如笼。""旅居埃仑百感生，满怀悲愤不堪陈。""羑里受囚何日休，裘葛已更又一秋，满腹牢骚难罄竹，雪落花残千古愁。"

一些诗句慨叹"须眉七尺愧无伸，蜷伏圈中俯仰人"，痛斥"美有强权无公理，图圄吾人也罹辜"，后悔"国民不为甘为牛，意至美洲作营谋"，结果落得"洋楼高耸无缘住，谁知栖所是监牢"的地步。

另有一些诗句直指遭此厄运与"国弱"密不可分："临到美洲，逮入木楼；成为囚犯，来此一秋；美人不准，批拨回头；消息报告，回国惊忧；国弱华人，叹不自由。""为也来由要坐监？只缘国弱与家贫，椿萱倚门无消息，妻儿拥被叹孤单，纵然批准能上埠，何日满载返唐山？自古出门多变贱，从来征战几人还。"

在毫无尊严可言的莫大屈辱面前，华人进行了韧性的抗争。在天使岛移民站真实历史险遭毁迹之时，良知的波澜推动着反思，最终促成历史进步。1979年4月28日，一块黑色花岗岩纪念碑在天使岛移民站原址山头处揭幕，上书"别井离乡漂流羁木屋，开天辟地创业在金门"。在天使岛移民站主建筑至旧金山湾建有数层石阶，台阶纵立面处分别醒目地雕有"梦想""听证""排斥""容纳""恐惧""希望""人类精神""机会"等字样，寓意着天使岛移民站这段历史能够带给人们怎样的反思。

美国西海岸本是华人聚居之地，但有一个城市曾在自19世纪末以来的一百多年间没有中国城，这就是位于华盛顿州最大城市西雅图以南的塔科马市。

离开天使岛后，一路驱车北上，穿越俄勒冈州后直奔塔科马市。几经问询，终于找到位于海滨道旁的"华人和解园"。

一座中式影壁的背后，是一条曲径通幽般的石路，两旁星罗棋布的巨石上或展示着百余年前华人屈辱的历史，或浮雕着当年华人劳工垂首苦干的群像。所有这一切，都在告诉人们一件较其他地方更为极端的排华事件：在1882年《排华法案》的背景下，1885年10月3日，塔科马市一个由15人组成的委员会决定所有华人必须在当年11月1日前离开该市。在此威胁下，多数华人在这一期限来到之前离开了塔科马，但仍有约200人留了下来。1885年11月3日，时任塔科马市市长率众将所有华人强行驱逐至8英里外的湖景火车站。当夜大雨，所有华人在没有任何遮挡的凄风冷雨中苦熬了一夜，第二天被武装人员押上前往俄勒冈州波特兰的火车。这些再遭流离失所悲剧的华人多数来自广东、福建等地。

108年后，塔科马市于1993年通过决议，对百余年前该市发生的排华事件表示道歉。时任市长斯特里克兰表示：我要告诉华人，今天的塔科马市欢迎你们，你们是这里社区的一部分，你们属于这里，我们欢迎你们。为了体现这一历史性的和解，塔科马市决议建设"华人和解园"。如今，"华人和解园"内一座雕梁画栋的"福州亭"已成为塔科马市独特的标志性建筑。

1882年《排华法案》

1882年，这是美国华人历史上不能忘却的年份。就在这一年，美国国会通过了《排华法案》。这是美国历史上第一个也是唯一排除单一民族享有平等、自由的联邦法律，这一法律为美国华人带来了极度的屈辱与灾难。

时至2011年，美国华人为争取美国国会对《排华法案》进行道歉而实施的"1882计划"紧锣密鼓。

华盛顿宾夕法尼亚大街西北1201号是一座戒备森严的办公大厦。有着近百年历史的科文顿·柏灵律师事务所总部便设在此处。从大厦顶层的平台上，可以从一个独特的角度平视不远处的美国国会山。2011年7月14日晚，科文顿·柏灵律师事务所多功能大厅内举办的活动敦促人们从另一个角度审视美国国会1882年所做的一件事情。

多功能厅内临时布置起一排展板。展板的中央部分醒目地标有"记住1882年"的字样。画面上一个戴黑色礼帽者的背影留下一长串阴影，阴影中站立着一位身着中国清代服饰、低首愁容的华人妇女。画面右下处又有一行文字："在《排华法案》的阴影中为民权而战。"

美国联邦国会首位华裔众议员赵美心走到展板中央的讲台前。她说："今晚你们是为'1882计划'筹款而来。因此，刚开始时，国会众院道德委员会告诉我不能参加这一活动。后因这一活动允许有非营利支持者，所以我又被告知可以到这里来。但我不能在这一场合为国会任何一项议案游说。那么好吧，今晚就让我成为一名艺术家,来为大家描绘一幅画卷……"

一幅令人心碎的历史画卷:每根枕木下都有一具华人尸骨。

"这幅画卷所展现的是 19 世纪来到这片土地的第一批中国移民。他们为了寻求更多的机会来到这个他们称之为'金山'的地方。"赵美心动情地讲述着,"想一想吧,他们拥挤在一条船上,忍受 4 至 8 周的煎熬横跨太平洋;想一想吧,那些人被迫蜷缩在甲板下面的双层床上,两床之间距离只有 17 英寸(约合 43 厘米);想一想吧,甚至当很多人还没有抵达大洋彼岸之时,就看到旁边的人已经死于疾病或饥饿;想一想吧,当这些人最终来到这个称作美国的地方后,很多人以每天不足两美元的收入艰难度日。"赵美心说。

赵美心的陈述将人们的思绪拉回到一个半世纪以前的岁月。

1850 年以前华人到美国移民者寥寥无几。自美国西部掀起"淘金热"后,涌入美国的华人增长。据美国移民局统计,1853 年,华人进入美国海关人数只有 42 人,1854 年增至 1.3 万人。此后,由于美国修建太平洋铁路的需求,进入美国的华工人数每年都在万人以上。

在清末政治黑暗、民不聊生的情形下,一批批主要来自广东、福建两省的穷苦农民登上被称为"浮动地狱"的海船,像沙丁鱼罐头一样拥挤蜷缩在船舱,"日则并肩叠膝而坐,夜则交股架足而眠",在海上漂流约两个月来到美国加州做"苦力"。有记载称,当年曾有 4 船共载 2523 名华工去美国,途中死亡人数达 1620 人,死亡率高达 64.21%!

侥幸来到美国的华工吃苦耐劳,艰难度日。在美国走向现代化的进程中,流淌着无数华人的血汗。

修建于 19 世纪 60 年代的美国太平洋铁路全长 3000 多公里,穿越了整个北美大陆,是世界上第一条跨洲铁路,被称为自英国工业革命以来世界七大工业奇迹之一。正是这条铁路成就了现代美国的运输大动脉。从 1865 年到 1869 年 4 年间,有 14000 多名华工参加筑路工程,占工人总数的 90%。在地势最为险峻的路段,建路工人均以华人为主。大量华工在高强度、高风险劳动中死亡。1868 年,约有上千名华工死于内华达山段铁路建设。1970 年,在今日美国人称之为"内华达山上的中国长城"的铁路路段,人们从当地沙漠中挖出近一吨重的华工尸骨——"每根枕木下面都有一具华工尸骨"的血泪描述令人心碎。在数年的建设过程中，建路工人共挥动 828 万次铁锤，钉进 276 万根道钉，其中有超过五分之四的工作是由华工完成的。

然而，数以万计的华工不仅在建路过程中饱受酬金微薄等种族歧视，当太平洋铁路建成时，在加州萨克拉门托举行的铁路竣工庆祝活动中，竟然没有一位华工代表受邀出席。在庆祝酒会上，人们一个接一个走上主席台祝酒，但没有一个人提及华工的贡献。来自旧金山的纳萨尼尔·贝内特法官说："在加州人民的血管中，流淌着四个当代最伟大民族的血液，有法国人敢打敢冲的勇猛劲头；有德国人的哲学头脑和坚定精神；有英格兰人的不屈不挠的毅力；有爱尔兰人不知忧愁的火暴脾气。他们各自做出一份恰如其分的贡献。"在只字不提华工的情形下，贝内特称："一个来源于这些民族并将其最优秀的品质聚集在自己生活中的民族，是能够取得任何成就的。"

1873 年，美国爆发的经济危机使就业形势雪上加霜。此时华人移民也达到了 19 世纪的最高潮。越来越多的白人将失业的威胁归咎于任劳任怨的华人。有人公开喊出"不给华人一个工作机会"的口号，恶性排华事件日益频繁。"随着华人人数的增多，对华人的不信任和憎恶也在增强。尽管华人在建造太平洋铁路中发挥了巨大作用，但当 19 世纪 70 年代经济衰退来临之时，美国人首先抱怨华人，一场反华运动随之而起。"赵美心说。

翻开已经发黄的 19 世纪末期美国报刊，大量充斥着对华人的侮辱、嘲笑与咒骂，对华人赤裸裸的种族歧视弥漫着整个美国社会。在一幅漫画中，一个高大的白人用脚狠狠地踩在一位倒在地上的华人背上，手中拎着那位华人的辫子。华人被描绘为形象十分丑陋，千人一面地扁平脸、龇牙、细眼、拖着长辫子、神情木讷呆板。不少报道直称华人"愚昧""不肯被同化""不讲卫生"，是"道德败坏的劣等人种"。

"淘金竞争的激烈导致第一个反对华人的立法和一项针对外国矿工的税收，其中很多人是华人。"赵美心说，"第一个反对华人的立法远未证明是最后一个。政客们发现了一个有资可用的政治议题。在此后十年中，在反华问题上，美国政客们表现得一个比一个激进，他们不放过每一个机会谴责华人。不久，国会就行动了。1882 年，国会通过了《排华法案》……"

1882 年 5 月 6 日，第 47 届美国国会正式通过《排华法案》，此后由时任总统切斯特·阿瑟签署成为法律。

这一《排华法案》在导言部分声称，美国政府认为，华工的到来使得美国境内一些地方的良好秩序受到威胁，因此，美国国会参众两院一致通过此法。自此法通过90天后的十年间，停止华工来到美国。在此期间，来到美国的任何华工都是违法的。

这一共计15款的法律充斥着对华人权益赤裸裸的剥夺，其中第二款规定，从任何外国港口将任何华工带至美国的船只都将被认定为犯罪，并将对每一个带入美国的华工处以500美元以下的罚款，还将处以一年以下监禁。第十四款规定，美国州法院和联邦法院不得给予华人美国公民身份，与此相悖的法律均被废除。

"在十年中禁止华人进入美国，也不允许他们自动成为美国公民，更没有选举权。这是美国历史上第一个也是唯一排除单一民族享有美国自由的联邦法律，仅仅因为他们是华人。"赵美心在接受我采访时说，"在今后的岁月中，有关排华法案更加严厉，华人脖子上的绞索勒得更紧。因为严厉的移民法，女人不能来，许多男人成光棍。他们被迫随时随地拿着身份证件，这是美国移民中唯一被要求这样做的种族。他们经常遭到骚扰、盘查和拘禁，如果他们拿不出身份证明，就被投入监狱；或被驱逐出国，无论他们是何种国籍。这些在国会中通过的法律被认为是像打扫房间一样理所当然之事。到最后，这种不公正深深镌刻在美国法律之中，而华人无从抗争——因为他们根本没有选举权。所有这些，对一些国会议员而言，只是几句话或一项法案的事，但对于华人而言，美国联邦政府正式宽容反华的种族主义，意味着华人每天都生活在恐惧之中。"

1882年《排华法案》出笼后，美国又出台了一系列相关法律，将"华人脖子上的绞索勒得更紧"。1888年一项法律规定，华工出境，须有妻子、子女身在美国，或有价值1000美元的财产，才能向海关要求获得一年内重入美国的签证。同年出台的《斯考特法》则规定，华工出境后，不管有无回美签证，一概不准回到美国。1892年的《吉尔里法》将《排华法案》中停止华工来到美国的时间延长10年；剥夺华人享有人身保护法；在美华工必须一年内登记注册，否则将被驱逐出境。1893年的补充法案规定，将华工登记期限延长半年，禁止保释驱逐出境的华人。1902年，美国国会通过法案，再度将《排华法案》延长10

年。1904年的一项法案干脆将《排华法案》无限期延长。

赵美心告诉我,"我的爷爷在上世纪之初来到美国,就是因为《排华法案》,他不能带家人来,他不能自动成为美国公民。每个华人在那时都有过辛酸遭遇,很可怕的境遇。那时只有华人遭到这种待遇,那时的政客争相咒骂华人,以哗众取宠"。

"在洛杉矶、旧金山、怀俄明和西雅图,华人被从家中赶出,商店被抢掠,被毒打和谋杀。"赵美心继续描述这幅可怕的历史画面,"有一天,一群白人在俄勒冈州赫尔斯峡谷发现一些华人矿工,决定抢劫这些华人的黄金,他们将在帐篷中的31名华人一一射死,将他们分尸后扔进山谷。这些杀人者竟为这一行为感到自豪。他们将一些华人身体器官留作'礼品',其中一人将头骨作为糖罐在厨房中放了多年。后来只有三名杀人者遭到审判,但最终也没有任何惩罚地获得释放。"

"在那些日子里,华人走了过来,华人战胜了挑战,生存了下来,但心底里仍留有伤痛。我还想讲一讲关丽珍的故事。"赵美心说,"在2010年中期选举中,关丽珍赢得加州奥克兰市市长选举,成为在美国大都市中担任市长的第一位亚裔女性。关丽珍的家在奥克兰已有104年历史,她的曾曾祖父自19世纪70年代来到加州,在索诺马县建造酒窖、修铁路,但因为《排华法案》,他不能将全家带来,更不能成为公民。"

"关家每一代男人都被迫回到中国娶亲。因为由于《排华法案》,在美国没有可以娶亲的华人妇女。关丽珍的父亲赚了一些钱后,于1920年回到中国娶亲。但因为《排华法案》,不得不将妻子留在国内,身后留下了两个女儿。直至二战,因为美国需要中国作为盟友,《排华法案》被取消,关丽珍的父亲因为参军,最终取得了美国国籍后才被允许全家团聚。这也就是为何出生在美国的关丽珍从未见过她在中国出生的兄弟姐妹。你能想象到关丽珍市长身上会有这种故事吗?然而,像她这样的故事在华人中俯拾即是,包括我自己的家庭。"

美国必须正视这一历史悲剧,华人在历史上所遭遇的不公正应该得到纠正。

在经过61年之后,1943年11月26日,《排华法案》终被废除。即使如此,对华人的歧视仍显而易见。废除《排华法案》后的美国一度实行所谓移民"配额制",规定每年华人移民数只能是105人,世界上任何地方的华人申请移民美国都须使用这一配额。美国国会也从未正式承认《排华法案》对华人的排斥违反了美国建国的基本原则，严重侵害了华人的基本人权。

美国国会对历史上第一个也是唯一排除单一民族享有平等、自由的联邦法律迟迟不表歉意，绝不仅仅是对于纠正历史错误的"迟钝"，更深刻的缘由仍是对于华裔根深蒂固的歧视与傲慢。较之对于其他族裔的态度，这一反差更加令人不安。美国众议院2008年7月29日经过口头表决，通过了一项要求国会为奴隶制和种族隔离制度等历史问题向黑人道歉的提案。在此之前，美国国会曾通过道歉法案，就二战时期关押日本裔美国人表示歉意，也曾向夏威夷原住民就1893年推翻夏威夷王国的君主制表示歉意。2005年，国会又通过法案为参议院曾经阻挡反私刑法的立法而向受私刑的牺牲者及其家属后代、向全国人民道歉。

在《排华法案》出笼后的100余年间，尽管美国华人遭遇了猪仔般的贩卖、牲畜般的虐待及种种难以言传的歧视、排挤、打压，但他们秉承中华民族勤劳奋进、不断拼搏的精神，加之母国的不断发展壮大，越来越多的华人在美国各个领域取得了杰出的成就，社会地位有了显著提高。2011年7月11日晚，亚裔及太平洋岛国裔美国人人投票组织在华盛顿举行活动，欢送即将赴中国就任的美国新任驻华大使骆家辉。骆家辉在讲话中回忆了作为一名华裔的家史。他说，从他的祖父早年移居美国，到他本人后来成为华盛顿州州长，其间经历了约百年时间。骆家在华盛顿州的居所曾距华盛顿州州政府仅一英里之遥，"但是，这一英里就走了一百年。"骆家辉回忆说，"我父辈从小就教育我，要勤奋笃学，重视家庭，要为自己的出身自豪，要相信历史的方向盘总是掌握在伟大的民族手中……"

然而，时至今日，那一无形的"玻璃屋顶"仍若隐若现地悬在美国华人头上。2010年，美国总统奥巴马提名华裔法学教授刘弘威担任位于旧金山的联邦第九巡回法院法官，但美国国会参议院共和党议员在听证会上对刘弘威百般刁难，最终令这一任命胎死腹中。

面对历史上所遭遇的无尽屈辱，在美华人一直没有停止抗争。1895年，一群不满歧视华人的青年成立了同源会，开始为争取华人的权益进行抗争。同源会驻华盛顿代表江权活先生告诉我，他的家人曾因《排华法案》饱受欺凌，他的母亲就曾很长时间被拘押在旧金山湾的天使岛移民站，其经历如噩梦一般不堪回首。

1965年，年轻的华人历史学家沈己尧痛感在美华人受移民法规的严格限制，"除少数外，大都不可能找到适当工作，无法安顿下来。多少人在观望、彷徨、苦闷、焦虑，甚至流落街头，悲观极度而陷于神轻失常或自杀者亦时有所闻"，他开始在相关史料中发掘爬梳。历经5年后，《海外排华百年史》一书面世。该书扉页上写着："献给海外受歧视和被迫害的华人。"在书中，他悲愤地写道："满清末年，中国险被豆剖瓜分，那些大多数靠耕种过活的文盲，到新大陆来开天辟地，与白人竞争，痛苦不在话下，受歧视而遭排斥是显然的。在配额制度下，中国人是以种族来称呼，而不是以国家来称呼的，这无疑是对一个国家的羞辱。"

2011年已经85岁的沈己尧认为，美国历史上的排华政策，比加拿大为时更长，为害更烈。当年美国的排华做法，直接影响到加拿大、澳大利亚、新西兰等国家的华工政策，在全球范围内造成恶果。2006年8月，沈己尧就曾呼吁美国政府应仿效加拿大政府的做法，承认在历史上歧视和排斥华人的历史错误，就《排华法案》等对华人造成的伤害表示歉意。

2009年，美国加州议会就《排华法案》向加州华人正式道歉。此事触动了正在旧金山出差的华人薛海培。他回忆说，既然1882年《排华法案》由联邦国会通过，就应该由联邦国会通过决议，正式向全美华人公开表示歉意。他的这一意向得到热烈响应。在经过大量沟通、组织工作后，一份由160多个华人团体联署的请愿书交到了赵美心手中。这一行动最终被称为"1882计划"。"1882计划"主席林敬忠博士在接受我采访时说，这一计划旨在增进美国公众对于《排华法案》的了解，促使美国国会通过决议对于《排华法案》正式表示遗憾。此外，"1882计划"还将与有亚裔历史研究专业的美国大学合作，力争将这一历史写入有关教程。

2011年5月26日，赵美心和其他两位国会众议院议员宣布，他们向第112届国会第一次会议递交众院第282号议案，要求众议院就美国历史上通过的歧视华人法律，包括《排华法案》表示遗憾。同一天，来自加州和马萨诸塞州的美国国会参议员黛安·范因斯坦和斯科特·布朗也联名向参议院提交了内容相同的第 201 号议案。

2011 年 7 月 27 日晚，美国国会众院少数党领袖佩洛西在参加一项活动中表示了对"1882 计划"的理解。赵美心在接受我的采访时说："在我刚开始为'1882 计划'工作之时，我还不知道会得到何种反应，但后来有那么多组织和个人支持这一计划。"她说，"去年，我去了洛杉矶埃弗格林公墓，看到有 300 名华人埋葬在那里。这些人多么想叶落归根，而不愿这样客死他乡。但因为他们贫穷，孤独，就这样孤独地死在异乡。时至今天，有这么多人关心着这些在上世纪遭难的华人，这就是我为何提出议案，要求国会就排华法案表示遗憾。这样，国会才可能说，这些歧视法案错了，因为这一法案违反美国之所以成为美国的核心价值。"

华人历史上的遭遇得到了美国各界公众的广泛同情与理解。《被驱逐：被遗忘的针对华裔美国人的战争》一书作者琼·弗莱格女士在接受我采访时说，三年前这一专著出版后，曾被《纽约时报》评为当年最佳图书。她之所以关注在美华人的境遇，是因为 20 世纪 70 年代她刚刚在加州洪堡县开始教师生涯时，发现课堂中没有华裔孩子。带着疑惑，她研究了当地历史，了解到 1882 年《排华法案》通过后，华人在美国西北地区遭到大规模驱逐。"我的母亲祖籍是新西兰，父亲来自乌克兰，他们也都是移民，所以华人的故事打动了我。"她说，"在做研究时，我发现美国当时有着多么严重的种族主义。我不认为道歉可以改正历史，重要的是具有教育意义和政治含义——美国了解这段历史非常重要。"

赵美心所提议案正在得到越来越多美国国会议员的理解与支持。对这一议案表示支持的美国国会日本裔众议员迈克·本田在接受我采访时说，在历史上，华人被用作廉价劳工，被当作牛马使用，受到不公正待遇。我们必须承认和纠正这段历史。

"1882 计划"得到美国犹太人委员会的支持。该委员会全国立法事务主任理查德·福尔汀在接受我专访时说，当我听到这个历史悲剧时，立即感到这是一个应该得到支持的事情。这是一个违反美国立国原则的悲剧，应予纠正。在历史上，犹太人有过类似遭遇。在 20 世纪二三十年代，犹太人不允许进入一些欧洲国家，也相应地不允许进入美国。时至今日，让美国政策制定者了解这一段历史非常重要。因为当一个族群受到这种不公正待遇时，别的族群也可能有此遭遇。他说,赵美心领衔提出的议案得到了美国国会两党议员的支持,这是一个很好的开端。

科文顿·柏灵律师事务所给予了"1882 计划"无偿的支持。该律师事务所主管马丁·戈德先生在接受我专访时说:"美国是移民国家,我自己也是移民的后代。我的爷爷来自欧洲,较之我的祖辈在美国的经历,可以看出不让华人享有应得权益,这是一个多么严重的历史错误。华人在历史上所遭到的不公正应该得到纠正。美国国会对此表示歉意并不能改变这段历史,但将有助于正确认识这段历史。"

沈己尧老先生动情地说,现在重提在美华人的这一段公案,恰恰证明了中国的不断发展壮大,"如果中国不强大,谁会理你?!"当时我已了解到,自赵美心等国会议员提交相关议案后,已有越来越多的美国国会议员表示附议。

2011 年 10 月 6 日,美国联邦国会参议院以全票通过法案,为历史上的《排华法案》表示歉意。

2012 年 6 月 18 日,我赶到联邦国会大厦众议院议事大厅。当日,美国联邦国会众议院一致通过第 112 届国会第二次会议众院第 683 号议案,对包括 1882 年《排华法案》在内的美国历史上通过的一系列排华法案表示歉意。在经过整整 130 年的漫长岁月后,美国联邦国会众院终于对其历史上辱华、排华的丑恶行径表示"懊悔"。至此,美国国会参众两院相继通过了对《排华法案》的致歉案。

一年前的 2011 年 5 月 26 日,赵美心和其他两位联邦众议员宣布,他们将向第 112 届国会第一次会议递交众议院第 282 号议案,要求众议院就美国历史上通过的歧视华人法律,包括《排华法案》表示歉意。在审议过程中,第 282 号议案引来一些意见。又经过多次谈判后,2012 年 6 月 8 日,赵美心与其他 9 位众议员联名向众院司法委员会递交第 683 号议案,要求美国联邦国会众院就包括 1882 年《排华法案》在内的美国历史上通过的一系列排华法案对美国华人所造成的有害影响表示歉意。

美国东部时间 16 时 35 分,众院议事大厅内正式开始审议第 683 号议案。美国国会众院司法委员会主席拉马·史密斯首先介绍了第 683 号议案内容。随后,赵美心和来自加利福尼亚州的日本裔众议员本田、来自美属萨摩亚的众议员法里奥马维加相继发言。本田说，一个半世纪以前，在美国大陆铁道建设中，最廉价的华人劳工做着最危险的工作。当完成了最苦最累的工作后，他们却被视为竞争对手而遭迫害。一系列排华法案的通过表明这个国家可耻的"排外歇斯底里"。

16时55分，当美国国会众院主持人宣布第683号议案获得两党议员一致通过时，我看到满头白发的本田亲切地拍了拍赵美心的肩膀，赵美心则露出了会心的微笑。

此后，赵美心在接受我的采访时说，"今天感到格外欣慰与荣幸"，"今天是一个具有历史意义的日子"。《排华法案》禁止华人，并且仅仅禁止华人移民、自动成为公民，甚至没有选举权。美国国会参众两院都已正式就历史上丑恶的排华法案表示歉意。在过去25年中，美国国会仅仅通过四个致歉议案，这使得今天对于美国华人而言更具历史意义。

第683号议案获得通过后，美国众院少数党领袖佩洛西等多位众议员发表声明，对这一议案表示支持。

第683号议案指出，鉴于美国建立在所有人生而平等原则之上，美国国会众院对因其种族而受到一系列法案有害影响的华人表示歉意。此外，议案也规定，此议案没有授权或支持任何金钱赔偿，也不得被用来解决反对美国的任何要求。

在现场接受我采访的多位人士认为，美国国会之所以就历史上的排华法案致歉，与中国的不断发展壮大密不可分。他们同时认为，第683号议案的通过只是翻过了历史一页。此后还有许多工作要做，美国华人在争取自身权益的道路上还有很长的路要走，美国社会的许多方面有待华人的参与和改进。中美关系的良好发展也有待中美两国人民，特别是美国华人去维护、推动与发展。

我也注意到，在美国最高立法机构宣布第683号议案获得通过时，联邦国会大厦众议院议事大厅内人员寥寥。这样一个对美国华人来说意义重大的新闻，在美国主要媒体上却几无声音。

"欺侮文化"岂止发生在美军

2012年2月2日正午时分，美国国会大厦内一场临时组织的特别吹风会开始举行。

赵美心神情凝重地站在台上。她的身后站着另外三位国会众议员。讲台的一端立着一幅华裔家庭的合影，照片中身着美国海军陆战队军服的小伙子名为廖梓源，他是赵美心的外甥。

赵美心开门见山："美国军方必须制止欺侮行为，我们受够了！今天，我有着与个人有关的理由站在这里。我的外甥就是遭欺侮的受害者。这种欺侮杀害了他。"

随后，赵美心讲述了廖梓源的故事。家住加利福尼亚州的廖梓源19岁时加入美国海军陆战队。2011年，作为准下士的廖梓源被派往阿富汗。2011年4月2日，廖梓源被发现站岗时打瞌睡。当晚11时15分，雅各布等同级士兵对廖梓源大声咒骂。自12时开始，廖梓源遭到其他两名同级别士兵的人身凌辱。他们命令廖梓源挖一个散兵坑，并在全副武装和身背一个沉重沙袋的情形下被迫连续做俯卧撑等动作。在长达3小时20分钟的时间里，廖梓源不断遭到踢打，还有人将整包沙子倒在他的脸上和口中。在所有这一切停止后的22分钟，也就是4月3日凌晨3时43分，廖梓源在散兵坑内用自动步枪结束了自己的生命。年仅21岁的廖梓源在自己的胳膊上写下了这样一句话："你们可能恨我，但从长远来看这是一个正确选择，对不起，我妈妈应该知道真相。"

在整个事件中，名为雅各布的海军陆战队准下士对廖梓源肢体伤害最为残暴。2012年1月30日，美国海军陆战队在夏威夷的军事法庭对雅各布进行庭讯，赵美心赶去参加了这一庭讯。最初，雅各布面临着欺侮、口头攻击等多项指控。"然而，海军陆战队军事法庭很快撤销了对雅各布的欺侮指控，法官还拒绝将此案与廖梓源自杀一事联系起来，尽管自杀发生在廖梓源遭欺侮后仅仅20分钟。"赵美心说，"因此，这一悲剧最为核心的起诉基础被取消，仅仅剩下口头攻击的指控。辩护律师称，雅各布的行为是孤立的，还说他是一个好人，并在海军陆战队大有前途，他在此案审理过程中已饱受磨难。因而，他最多应得到30天监禁的判决。"

雅各布的辩护律师陈述仅几分钟后，法官便宣判对雅各布处以30天监禁的处罚。"这是给了廖梓源一记耳光。"赵美心说，"法官本应对雅各布判处一年监禁。雅各布本应被解除军职，但他仅被判由准下士降为列兵，这意味着雅各布还可以步步高升，然而廖梓源却死了。"

近年来，华裔等少数族裔士兵在美军中受虐致死案屡屡发生。2011年，常驻日本的美国海军陆战队黑人列兵麦克弗森因不堪忍受凌辱自焚身亡。2011年10月3日，19岁的华裔美军士兵陈宇晖在阿富汗因不堪受虐自杀身亡。"廖梓源案只是冰山一角，"赵美心说，"诸多暴力欺侮事件的发生和廖梓源案审理过程中缺乏正义表明，美国军方并没有认真对待欺侮行为的发生。事实上，美军中的某些军规不仅容忍，甚至鼓励欺侮行为的发生。这种行为必须得到制止，违法者必须受到惩罚。美军最高级官员必须将停止欺侮行为作为要务。他们必须停止假装什么也没有发生。在我外甥死后，我从全美各地收到许多来信，他们告诉了我许多类似的故事。令人更为不安的是，这些人均感到与这种不公正行为进行斗争无能为力。"

"很显然，雅各布案的处理是对美军中欺侮行为的纵容。如果美军最高层不将欺侮视为问题，并采取行动改变这一欺侮文化，那就什么都不会改变。"赵美心大声说，"我呼吁国会就美军欺侮行为进行听证，呼吁美军改变欺侮政策，呼吁采取切实行动加强执法。"

赵美心发言后，身在加州的廖梓源的妹妹在连线发言中对哥哥所遭到的不公正待遇进行了哭诉。美国国会众议员本田来自廖梓源一家所在的选区。他说，所有事实表明，对雅各布的处理是错误的，美国国防部关于处理欺侮行为的机制没有发挥作用。廖梓源之死是一个警钟，美军中这种残暴的欺侮行为必须立即得到处理。众议员史密斯说，美国国会就此举行听证是非常必要的，因为这一悲剧不是孤立事件，必须改变美军内部这一"欺侮文化"。黑人众议员巴巴拉·李也呼吁必须对此案和类似事件进行彻底调查，以了解这种由种族主义引发的欺侮行为到底在美军中有着怎样广泛的存在。

2012年2月24日一大早，我就收到赵美心发来的一封邮件。邮件开宗明义："我要告诉你一个令人痛苦的消息——2月24日，廖梓源案的第三名被告被判无罪。"自2012年1月底以来，美国海军陆战队军事法庭先后对涉及廖梓源案的三名被告进行宣判。对廖梓源肢体伤害最为残暴的一名准下士仅被判监禁30天和降为列兵，其他两名被告均被判无罪。赵美心愤怒地说，这三次判决是对正义的嘲弄，令人极为愤慨。最新判决表明廖梓源之死甚至不值得"一点点最小的惩罚，甚至不值一美元的罚款"，"一个不遵守交通规则乱穿马路的人得到的惩处也比此判严重"。

廖梓源案的发生及审理过程进一步揭开了美军"欺侮文化"的黑幕。诸多暴力欺侮事件的发生和廖梓源案审理过程中缺乏正义表明，美国军方并没有认真对待欺侮行为的发生。军事法庭的构成使得廖梓源案根本无法赢得正义，廖梓源自杀一事根本不被允许包括在审讯内容之中。陪审团全部由海军陆战队成员组成，这就如同审理华尔街超级骗子麦道夫案时，所有陪审团成员全部由华尔街大公司首席执行官组成一样荒谬。

对华裔歧视现象不仅仅存在于美军内部。华裔球员林书豪迅速成名的过程中，也相伴着美国媒体不断发酵的辱华情绪。对此，美国华人正以各种方式进行抗争。赵美心等国会议员要求国会就美军欺侮行为举行听证会，并倡议展开向五角大楼和美国国防部长帕内塔的签名请愿活动。在致奥巴马总统的一封紧急请愿书中，有美国华人代表说："在我们为优秀球员林书豪近期卓越表现无比自豪、欢欣鼓舞之时，在我们埋首奋斗为前途打拼之时，请不要忘记，无论我们如何努力，高高扬起的种族歧视大棒会随时砸下，无论你是精英，还是普通百姓……军中歧视现象如果任由发展，不加以制止，下一个廖梓源和陈宇晖就可能是你我儿女的命运。"

愈发自觉的抗争

美国历史中的华人饱受屈辱，虽也以各种形式进行抗争，但忍辱含垢多为常态。在现实的美国社会中，华人仍然面临着根深蒂固的种族歧视，但说"不"的声音已然愈发响亮。

2013年11月9日，美国华人华侨抗议美国广播公司（ABC）辱华言论的示威活动再掀高潮。当日，华盛顿、纽约、洛杉矶、休斯敦、旧金山、芝加哥等约 20 个城市再度爆发声势浩大的抗议活动。这是到那时为止，美国有史以来参与城市最多、响应范围最广的一次华人抗议行动。

事情起因于当年 10 月 16 日，ABC 电视台脱口秀节目《儿童圆桌会议》中，一名美国儿童说"杀光中国人"，主持人吉米·基梅尔说，"这是很有趣的想法"，并说："我们应让所有中国人活着吗？"节目播出后，引起在美华人强烈抗议。

在梁彼得案中，美国华人主动争得权益的行动显得更为自觉。

2014 年 11 月 20 日，华裔警官梁彼得奉命在纽约布鲁克林东部 Louis H. Pink Houses 内部巡查。这是一个臭名昭著的危险区域，梁彼得听到声响之后于紧张之中扣动了扳机，无意中将非洲裔男子格利打死。这是一桩死了人的命案。就事论事地说，梁彼得在此案中确实有罪。

事情出来后，非洲裔社团与华裔社团就案件的处理各执一词。

在美国，整体来说一向不愿惹是生非的华裔与非洲裔社团因一桩公案而处于如此对立状态尚属首次。这一切的背后，有着更为深刻的历史、社会、种族因素，可谓盘根错节。耐人寻味的是，美国种族关系中通常发挥着更具支配性作用的白人这次却有意无意地避在了幕后。

问题的复杂在于如何定性这一命案以及应该怎样得到法办。美国的司法独立从来都具有相对的特质，更不用说这桩命案发生在美国种族矛盾及相关冲突极为敏感之时。近年来，美国频发白人警察枪杀非洲裔血案，事后当事者多数未予追究，或被轻判了事。美国非洲裔对此之愤怒早已如地火奔突。就在梁彼得案发生 3 个月之前，美国密苏里州弗格森镇发生了非洲裔青年布朗遭白人警察枪击身亡案，此事如导火索般立即在全美引来火山爆发般的抗议怒潮。那年 8 月，我在弗格森镇目睹和记录了火药味极浓的抗议现场。此后，在纽约、巴尔的摩等地接连发生类似事件。一时间，美国黑白种族冲突骤然加剧，焦点集中在如何追究枪杀黑人的白人警察。

梁彼得案的发生使得这一焦点得以微妙地转移。在梁案发生后，一向对白人警察犯案持偏袒态度的美国警方和警察工会组织立即定性为"一场不幸的悲剧"，要求梁彼得认罪，纽约市警方指派给梁彼得的律师竟然没有让他在大陪审团面前做出陈述。从 1999 年开始，纽约一共有 179 起警察持枪杀人事件，只有一起为警察有意识连开五枪被确认有罪，也只被判了5年的缓刑。梁彼得无目标开出的一枪却可能被判15年。司法的天平如此不公，谁都看得出来梁彼得成了美国警方试图缓和警民冲突的替罪羊。

面对此案，在历史上多为逆来顺受的美国华人不甘继续当"哑裔"。2016年2月20日，全美40多个城市的数万名华人走上街头，为梁彼得申冤，要求公正判决。在美国白宫网站上，要求轻判梁彼得的集体联署得到超过10万人的支持。主审法官收到4万封支持轻判梁彼得的求情信。在美国历史上，华人如此规模的抗争前所未有。法官的宣判也表明这一抗争取得了成果。

2016年4月19日，美国纽约高等法院对华人警官梁彼得误杀非洲裔男子格利案做出了5年缓刑和800小时社区服务的判决。较之前陪审团所议梁彼得可能面临长达15年牢狱的定罪，此判对于这位不到30岁的被告无疑意味着"柳暗花明"。他的辩护律师舍曼说，对承受了一年半煎熬的梁彼得而言，这是柳暗花明的一天。一直为此案抗争的美国华人社团也因此感到欣慰。

在由移民组成的美国社会，"不平则鸣"这一人世间的铁律有着极为不同的表现形式。在同样受到歧视的情形下，华裔虽有各种抗争，但声音一般不如人多势众的非洲裔、拉美裔族群响亮，种种差异又导致华人社团不如犹太人等族群更为团结。正因如此，梁彼得案恰如催化剂一般促动美国华人社团打破隔阂，发出呐喊，便有了转折点般的意义。

加利福尼亚州是华人聚居之地，而华人又是极为重视教育的族裔。2013年，加州议会通过一项名为SCA5的法案，此案要旨是在"平等"旗号下，要求公立大学在招收学生前充分考虑族裔人口平衡。当时在加州公立大学系统中，亚裔学生比例约为35%，此法案要将这一比例压缩至与亚裔在加州人口比例持平的13%，多出的名额让与非洲裔和拉美裔学生。换言之，华人的孩子学习再好，分数再高，也可能会因民主党人关于"不同族裔平等"的诉求而进不了好学校。在华人的广泛抗议和共和党议员的坚决反对下，这一法案最终未获通过。

近年来，美国政治版图上一个微妙的变化是，华人在政治上不断自觉，已经成为无法忽视的力量。

2012年美国大选进入最后冲刺阶段时，奥巴马与罗姆尼的选情紧绷。在这种情形下，大选最终结果将取决于多个"摇摆州"的投票结果，其中亚裔选民的投票去向甚至有着"四两拨千斤"的分量。此时，美国总统奥巴马2012年大选顾问、46岁的美籍华人卢沛宁主动找到我，说可以接受采访。

华盛顿郊区一个商业中心店铺旁边的房子临时成为当地民主党人竞选办公室。卢沛宁在那里接受了我的采访。

"在美国，有1800万亚裔选民，这是一支重要的政治力量，这也是一个在美国增长最快的族群。"卢沛宁说，"亚裔在美国是需要重视的政治力量，这不仅就总统大选而言，就国会选举也是如此，因为在国会选举中也有着不少亚裔候选人。这是一种正在不断发展的趋势。这不仅是政策上的变革，对于我们这个族裔而言，这也是一个转折点。"

卢沛宁认为，从历史上看，亚裔选民出于多种原因并没有像应该的那样努力致力于政治活动，但这一状况正在改变。在民主党全国代表大会期间，与会的亚裔代表超过300名，创下历史之最，在4年之前，只有100位亚裔代表参与民主党全国代表大会。他说，因为美国所有政策制定者开始关注其政策将对亚裔产生何种影响，就像他们关注其政策将对非洲裔、拉美裔产生何种影响一样。你将会看到更多亚裔得到任命和人们对亚裔更多的政策支持。随着亚裔面孔的增多，我们的声音也会更加响亮。但所有这些的前提只能是更多亚裔选民出来参选。

在2012年的美国大选进程中，民主、共和两党为吸引亚裔选民进行了激烈竞争。共和党推出美国前劳工部长赵小兰担任亚太裔竞选团队全国主席。在民主党全国代表大会上，美国国会唯一华裔议员赵美心登台演讲，为奥巴马连任发出呼吁，成为为民主党站台的华裔领军人物。两位同为1953年出生的赵姓女将为争夺包括华裔在内的亚裔选民展开大战，成为2012年美国总统大选中一大看点。

在2016年大选中，共和党总统候选人特朗普和民主党总统候选人希拉里都曾放下身段拉拢美国华人选民，尽管那招牌式微笑的背后有浓厚"秀"的成分，但此举本身便说明今日美国华人已愈发受人重视，包括政治方面。

"成功"背后的艰涩

美国人也很讲究"榜样"的作用。在美国华人中，赵小兰被不少人视为榜样。

赵小兰的父亲是赵锡成博士。2016年，对于已经89岁的赵锡成来说真是忙得马不停蹄。但无论走到哪里，赵锡成依旧是穿戴得干干净净，脸上总是友好地微笑着，一笑就露出两排白白的牙齿，有着很强的亲和力。

2016年10月12日，赵锡成在台北出席其传记《逆风无畏》的新书发布会。陪同他前往的是大女儿赵小兰。

轮到赵锡成致辞时，赵小兰起身帮老父亲调整好身上的麦克风。赵锡成笑着说："当部长，不稀奇；当这样的女儿，才特别。"

2016年12月10日，赵锡成、赵小兰父女在纽约哈佛俱乐部出席《逆风无畏》新书分享会活动。再次成为公众关注热点的赵小兰在致辞中说，我父亲的故事充满着激励、家庭、希望、目标、乐观和决心，最终战胜种种挑战。"今天我在这里，不是他陪伴着我，而是我陪伴着他。"听到这话的赵锡成笑得合不拢嘴，露出两排白白的牙齿。

2016年6月6日，赵锡成、赵小兰父女并多名家人出席了哈佛大学"赵朱木兰中心"落成仪式。赵朱木兰是赵锡成已故夫人，位于哈佛大学商学院的这一中心既是哈佛大学历史上第一座以女性名字命名的建筑，也是第一座以华裔名字命名的建筑。这一天，赵锡成又是乐得合不拢嘴。他的四个女儿，其中包括大女儿赵小兰，都曾就读于哈佛大学商学院，这在哈佛大学商学院历史上也是佳话。在当天的仪式上，赵锡成说："木兰和我都汲取中国的深邃文化，让我们的女儿体会教育的重要。坚实的教育基础让她们在美国得以出类拔萃。我们深信，在赵朱木兰中心学习知识、交流观点将会促使更多领导人脱颖而出，使他们能拥有更多的理解、创见与智慧来领导未来世界。"

2014年4月24日，哈佛大学商学院在波士顿校区为赵朱木兰中心举行奠基仪式。仪式结束后，我在哈佛大学商学院一间阶梯教室内专访了赵锡成、赵小兰和赵锡成的小女儿赵安吉。当头脑敏捷的赵锡成侃侃而谈之时，他的两位女儿专注地看着老父亲，时不时露出会意的微笑，典型的"乖乖女"形象。

赵锡成在谈到与他共同养育了六个女儿的已故夫人时，充满怀念之情。他说，在教育孩子方面，我的太太一直坚持一方面言教，一方面身教。她希望孩子们能够自立，这非常重要。她们还要自律和自乐，要非常高兴。"赵安吉和她姐姐，不知道这应不应该让她们听到，"赵锡成说到这里，笑着看了看身边的两个女儿，"她们都是人见人爱，这完全是妈妈的遗产。自律，自制，自信，自立，自乐，自尊，自强，这样你就可以做到与众不同。虽然我们家里环境比较好，但孩子们从小自己做事，自己找工作。"

赵锡成说："太太从来不帮助小孩子解决问题，鼓励她们自立。小的时候，她们学走路摔下来了，我想扶孩子，太太说不要扶，让她们自己起来，自己爬起来比你扶她起来要强得多。孩子们的年龄不同，太太懂得对孩子因材施教，从各方面培养她们。太太讲话很少，一讲出来就很有分量。有一次在白宫，布什总统还说，要向我太太请教如何教育孩子。"

出生于上海的赵锡成说，他们家中对孩子们要求都很高，完全是中国式的教育。中美教育各有长处，就看你怎样运用。"假如我没有中国教育，我不会有今天。所以我第一要谢谢我的祖国对我的教育，既教育我怎样做事，又教育我怎样做人。我们这个基础直到现在还有。到了美国之后，做事情不一样。它是一个年轻的国家，这个国家喜欢进取，喜欢思想和发展机会。"

赵锡成还告诉我："尊老敬老一直是我们坚持的传统。我爸爸妈妈虽然很穷苦，但他们很乐于助人，招待客人非常慷慨，待人非常真诚。我们招待客人的时候都把小孩叫回来见客人，吃饭的时候孩子们都到外面去。赵小兰34岁当（美国交通部）副部长，可是回到家里她就不是副部长，还是个女儿。一直到最后有朋友提出来，说这个饭吃不下去了，因为副部长还坐在外面。有客人开玩笑，说在赵先生家中吃饭很廉价，因为都是在家中请客。我说一点也不廉价，因为孩子在哈佛大学念书，也会叫回来见客人，来回都是坐飞机，付出的钱比在外面吃贵多了。"

听到这里，赵小兰连连点头。她对我说："尽管我的父母是海外华人，但他们一直保留着中国传统，一直庆祝中国的节日。这就是为什么我和妹妹们成长的家庭中如此重视教育，如此重视中国传统。我们一直被教导要将中国传统文化中的精华与美国传统文化中的精华兼收并蓄。在美国，作为美国人，我的父母从未认为两者之间有任何矛盾。恰恰相反，他们一直认为两者相得益彰。我们可以保留中国传统文化，并为此感到自豪，同时也吸收西方文化中的最好营养。"对于何为中美两国传统文化精华，赵小兰认为："这个问题见仁见智。我认为中国的长远战略思维令美国人钦佩，中国强调内部和谐，对此也有越来越多的美国人表示欣赏。而美国人充沛的精力和创造力也使得许多中国人努力效仿。"

我在美国工作期间，赵小兰的办公室曾与我联系寄送《人民日报海外版》事宜，以便通过阅读更好地了解中国，我也在同事的帮助下促成此事。在提及此事时，赵小兰笑着说："我一直在坚持通过阅读《人民日报》学习中文。《人民日报》信息非常丰富，各方面报道非常及时。《人民日报》也向读者介绍了中国的立场观点。"

赵锡成所说的"自律，自制，自信，自立，自乐，自尊，自强"，既是他自己人生的写照，也对女儿的成长有着积极影响。赵锡成在《逆风无畏》一书中详细记录了自己一家人如何在困苦中不断战胜自己、积极融入美国主流社会的经历。他说，虽然过去的那段日子很艰难，但是它也是我们的财富。在《逆风无畏》中，我谈了很多怎样积极面对困难的例子，我们一家人从没有放弃过，哪怕是在最为低潮的时期，我们的心都是在一起的。

赵小兰对于父亲的感慨更有着一番极为真切的感悟。我曾多次聆听她通过讲述自己的故事鼓励在美华人自强不息。赵小兰告诉人们，刚到美国的时候，她既不熟悉当地文化，也不懂英语，还没有朋友，但最终通过自己的努力走到今天。在2013年的一次演讲中，赵小兰说："如果我总想着因为我太年轻，因为我是位女性，因为我是少数族裔，所以在我的人生和职业中有太多的困难，我就不会每日早上从床上起来进行闻鸡起舞般的努力。所以我认为，一个人保持积极心态、乐观情绪和具有只要你想干、你就能干的自信非常重要。"

"成功"也是相对的概念，有任何表面风光的成功背后，一定都有只可意会难以言传的苦涩。在任何一个只见光鲜的成功故事背后，一定都有不同程度的打磨和粉饰。

在中美不同文化的打磨和浸润中，我更被那种平和的智慧打动。

美籍华人周英烈曾在克林顿政府担任退伍军人部副助理部长一职长达八年，后任马里兰州退伍军人厅厅长，是该州历史上第一位在州政府任职的华裔。在华盛顿地区各种华人聚会上，他是被请来最多的嘉宾之一，上台讲话的第一句话多半是"我的祖辈于19世纪末来到美国"。

那天，在国际领袖基金会主办的"国际杰出青年亲善大使培训计划"授课时，面对来自北京、上海和台北的52名青年学子，周英烈的讲话有些不一样。他说，作为一名领导者，你的态度向人们昭示了你的为人。随即，他讲述了源于北美印第安人彻罗基部落"两只狼"的故事：

一天晚上，一名彻罗基长者对他的孙子说："孩子，每个人的内心都有两只狼在厮杀。一只叫邪恶，它是愤怒、妒忌、猜疑、悲哀、懊悔、贪婪、傲慢、自怜、内疚、愤恨、自卑、谎言、虚荣、自大和自负；另外一只叫美好，它是平和、高兴、爱心、希望、安详、谦卑、善良、仁慈、同情、慷慨、真实、怜悯和忠诚。"孩子想了一会儿，问："那么最后哪只狼赢了呢？""就看你喂哪只狼了！"长者答。

人类智慧大抵相通。听着这似曾相识的故事和周英烈对自己在美国"玻璃天花板"环境中打拼的人生自述，我更感慨于这位年逾七旬的华裔长者将坎坷往事化为笑谈的那一份平和。两只狼在内心中打架的时候，人是不会平和的。平和是一种饱经沧桑后"美好之狼"最终得胜时向人们昭示的态度。

时至今日，美国社会对于华人的偏见、歧视乃至赤裸裸的不公仍然存在，韧性的抗争仍在继续。进入21世纪后，随着中国的不断发展壮大，各种涉及华人的"间谍案"频发。我曾在现场聆听一些当事人的申诉，说到冤情伤心之处，当事人声泪俱下。

从天使岛到塔科马，从历尽屈辱忍气吞声，到面对冤案奔走呼号，再到赢得公正而扬眉吐气，离不开美国华人自强不息的韧性抗争与自强拼搏，也与祖国日益发展壮大密不可分。

16 白宫前的反战示威挡不住军工复合体

> 美国是一个尚武的国度；战争与和平一直是撕裂美国的因素之一；华盛顿又在编造一个极大的谎言以证明新战争的合法性；自"9·11"事件发生以来，美军对无人系统的发展不断增大力度；美国军事力量加紧向高、精、尖发展，谋求掌控军事竞争领域的"新边疆"和"高边疆"，力求更多地从质量上保持世界军事领先地位；橡树岭："全世界最聪明的大脑都在那里"。

美国是一个尚武的国度，以战争立国，以战争维护统一，以战争称霸世界，以战争维持霸权。2021年初一项最新统计显示，美国年度军费开支高达7480亿美元，是俄罗斯的10倍有余。

在此之前的2020年底，美国智库传统基金会在一项年度报告中称，尽管美国的军费开支比排在其后的10个国家的总和还要多，但美国的武装力量只是"刚及格"，美军仍存在弱点，特别是陆军和海军。

第44任美国总统奥巴马上任不久获得诺贝尔和平奖，但此后便明里暗里地在叙利亚等地参与了战争行动。

第45任美国总统特朗普对奥巴马拿了诺贝尔奖总是发酸，明里暗里表示自己才应该拿上这个奖。果然，有人称他确实该拿这个和平奖，因为他是美国过去30年当中，唯一一位没有在任期内主动发动战争的总统。

其实不然。在现代战争形式发生重大变革的今天，发动战争已非只是大规模派出地面部队。2020年1月3日，在"击毙世界头号恐怖分子"的名义下，特朗普下令在伊拉克首都巴格达国际机场用无人机击杀了伊朗伊斯兰革命卫队圣城旅前旅长苏莱曼尼。此举立即被伊朗视为"战争行为"。

在《一位爱国者的手册》一书中，其中一个章节便是"战争与和平"。战争与和平，这一直是撕裂美国社会的动因之一。

康妮之死

人生一世，草木一秋。一个尘埃般渺小个体的离世，甚至难以引起人们匆匆脚步的稍稍放慢，特别是在这个充满荒谬和迅猛变化的世道。

2016 年 1 月 25 日，80 岁的康妮在位于华盛顿 N 街的女性无家可归者收容所辞世。有人慨叹，也有人窃喜……

她在美国首都华盛顿是一位备受争议的人物。白宫的地址是宾夕法尼亚大街 1600 号。自 1981 年以来的 35 年间，自称住在"宾夕法尼亚大街 1601 号"的康妮一直在白宫对面坚守和平守夜抗议活动。作为 5 位美国总统最近的邻居，康妮此举使自己获得了"美国历史上时间最长政治抗议者""反核奶奶""示威钉子户"等称号，也有人将其斥为"愚蠢""有病"。

这个世界本来就有病。恰如皇帝身上那件从未穿上的新衣一样，当有人打破沉默突然喊出一句的时候，不少人对于戳破麻木的直觉很不舒服。

康妮本名康塞普赛昂·皮奇奥托。早年生活的不幸令她对世界的病痛更为敏感。不幸会将一些人压垮，却也会赋予另一些人过人的勇气。康妮从小便是孤儿，将她拉扯成人的祖母过世后，她来到纽约寻梦。在工作、婚姻上接连遭到打击后，又深陷为获得孩子监护权的官司之中。从纽约来到华盛顿，"美国梦"的破灭将康妮一步步从个人不幸带到了视野更为开阔的伸张正义。1981 年，她结识并共同参与威廉·托马斯发起的白宫反核和平守夜活动。

寒来暑往三十余载，那个由硬纸板、塑料布搭就的小帐篷渐成华盛顿一景，也是华盛顿警方及相关机构多年来的心头之患，或许也成为一些人招摇美式言论自由的样板。在遭遇了无数次骚扰、呵斥、拆除与拘捕后，康妮没有放弃执着的坚守，其影响渐渐扩大。"9·11"事件发生后，康妮及同伴反核、反战、要和平的诉求更加呼应了美国国内反战浪潮，白宫旁"反战守夜人"小帐篷的镜头屡屡成为《华氏 9·11》《宾夕法尼亚大街之启示》等纪录片的叙事内容，并受到国际媒体的关注。

自 2003 年以来，我曾多次在白宫现场与康妮交谈。身材瘦小的她在饱经风吹雨打后面色紫红、粗糙，口中牙齿几近脱落，头上戴着假发。她的身边有一个分门别类、各种语种的资料箱。"你来自中国吗？"在得到了肯定答复后，她举起了用中文写有"世界和平"的标语牌。她说，她为自己的行动牺牲了许多，经受了许多磨难，但这一切都是值得的。

望着眼前这位瘦小的女性，再回头望一眼不远处的白宫，总感到一种反讽的意味。那位入主白宫不久便获诺贝尔和平奖的奥巴马也曾倡议在华盛顿召开世界核峰会，主张"无核世界"。在经历了伊拉克、阿富汗两场战争后，美国并非不再动武，而是更加隐身。无人机和特种部队的运用更加频繁，核武库的存货则更为高、精、尖。康妮所呼吁的"无核世界"与白宫所谈论的"无核世界"完全是两回事。至近者至远。这位离白宫最近的邻居也注定不会成为白宫的座上宾。

多少年来，世界和平一直是人类社会的理想。康妮是一位理想主义者。人们尽可以对她的诉求方式乃至整个人生进行各种各样的解读，但她对世界和平的呼唤终究闪烁着人类良知的光芒。

康妮走了，留给世界一只和平鸽。

白宫外的反战示威

白宫外和国会大厦前经常发生各种抗议示威活动，抗议示威的内容多与反战有关。

2010 年 3 月 20 日，值伊拉克战争 7 周年之际，数千人在美国首都华盛顿举行大规模抗议示威游行。这一大规模示威游行于当日中午自拉斐特广场开始，下午在白宫前结束。当日下午 4 时，有 8 名示威者因躺在白宫前抗议而被捕，据称，根据法规，示威者在白宫前必须保持行进，不得停留。被捕者中包括有"反战母亲"之称的辛迪·希恩等反对伊拉克战争的抗议者。

示威者抬着用美国、伊拉克和巴勒斯坦三国国旗包裹着的卡纸板"棺材"，高举着"我们需要工作和学校，而不是战争""现在就撤军""战争等于恐怖主义"等标语牌。游行过程中，示威者还撕碎了前副总统切尼的模拟像。示威游行者还专程到华盛顿邮报社址前，以表示反对这家媒体在伊拉克战争等问题上的立场。

自美国等国对利比亚发动军事行动以来，白宫前多次发生反战示威活动。作为"反战守夜人"坚守在白宫对面近30年的康妮因此又有了新的话题。"美国在利比亚发动军事行动，完全是为了石油，"在一场新的反战示威活动刚刚过去之后，皮奇奥托对我说，"就像当年的伊拉克战争一样。美国为了伊拉克战争，说得天花乱坠，那些谎言的背后就是为了石油。美国的下一个目标也许就是委内瑞拉，那还是为了石油。""美国为什么不停止建造杀人武器，将钱用于解除贫困？"皮奇奥托自问自答，"他们花那么多钱制造杀人武器，最终得益的是这个国家的军工企业。"

2013年8月31日，这个星期六本来是美国百姓一个小长假的开始——9月2日是劳工节，一个公共假日。

然而，8月31日的白宫异常引人注目。白宫内，在与其安全团队紧急磋商后，奥巴马总统在白宫外南草坪处宣布，他将寻求国会授权，对据称使用化学武器的叙利亚政府进行惩罚。他认为就这个问题展开全国辩论是很重要的。当天晚些时候，奥巴马总统正式要求国会允许他在叙利亚动用军事力量，"阻吓、瓦解、防止和降低"发动更多化学武器攻击的潜能。

白宫外则是另一番景象。8月31日上午11时许，由"响应联盟"等组织发起的反对美国向叙利亚动武示威活动开始举行。人们拉起写有"不要向叙利亚发动战争"的巨幅标语，示威活动的组织者相继发表反战演说。时至正午，又有上百人手举"向叙利亚开战：基于又一个谎言""美国放过叙利亚""轰炸叙利亚不是保护人民，而是杀害人民"等标语牌自愿加入示威活动行列。

希萨克·贝纳女士是这一示威活动的主要组织者之一。她不断带领示威者呼喊"不要相信战争宣传""奥巴马放过叙利亚"等口号。她在接受我采访时说，我们一而再、再而三地看到，美国都是基于一个谎言发动战争。美国正准备发动另一场战争，这一次的目标是叙利亚。正如以前美国对南联盟、伊拉克和利比亚发动的战争一样，华盛顿又在编造一个极大的谎言以证明这一场新的战争的合法性。美国的谎言试图掩盖其作为历史上最具破坏性的国家机器再次将战火引向人民。美国不等联合国对叙利亚化学武器问题的调查得出结论，他们自己拿出的所谓证据不能令人信服。美国对叙利亚政府进行武装打击的时机也令人生疑。

"响应联盟"组织执行主任布莱恩在接受我采访时说，美国至今没有确凿证据证明叙利亚政府使用化学武器。早在2013年1月，就有报道说叙利亚反政府武装计划使用化学武器，以归咎于叙利亚政府，使得美国的武装干预合法化。想一想基于"大规模杀伤性武器"谎言的伊拉克战争吧！这场战争使得伊拉克人民至今深陷灾难，也使得美国百姓至今背负着战争的开支。正如伊拉克战争一样，对叙利亚的干预只对大石油公司、军火商们有好处，是美国试图在中东地区稳固帝国霸权之举。美国刚刚纪念了马丁·路德·金发表《我有一个梦想》演说50周年。马丁·路德·金当年就反对越南战争。他曾于1967年4月4日在纽约里弗赛德教堂说，"今日世界上最大的暴力供应者恰恰是我们自己的政府"。如果马丁·路德·金还健在，他一定会反对向叙利亚开战。奥巴马政府说，即将开打的战争不会让美国人流血，只会让叙利亚人流血，这完全是霸权逻辑！

在这场自愿参加的示威活动中，既有满头白发的长者，也有很多年轻人，还有伊拉克、阿富汗战争老兵。一个小伙子高高举起的标语牌上写着美国第二任总统约翰·亚当斯的语录："强权是不必要战争之罪恶。"他身边的女友手举的标语牌上画着一只和平鸽和一架无人机，意为"要和平而不要战争"。珍妮女士在支在地上的两把雨伞上贴满了白纸片，历数了美国多次发动战争的谎言："伊拉克战争：大规模杀伤性武器""南美洲：战胜共产主义""叙利亚：化学武器"。珍妮说，美国军费开支不断增加，而教育、医疗、住房等民生项目却不断被削减。制造一枚战斧式巡航导弹耗资150万美元，这是一笔可建11所学校的开支。来自弗吉尼亚州的林达女士和她的老伴也手拿"如果马丁·路德·金还健在，他会怎样说"标语牌，自愿参加了示威活动。林达说，叙利亚问题的解决最终还应通过政治途径，还应通过联合国。我们实在太厌恶不断发动的战争了！

下午1时许，示威队伍中一阵骚乱。两名警察将一名示威者强行铐走，引得在场媒体人员不断发问："他犯了什么法？"过了一会儿，警方将示威活动现场用铁栏围住，气氛顿时紧张起来。

这一示威活动也吸引了越来越多的叙利亚人。一位名为穆罕默德的叙利亚学生向记者表示，美国的战争之举只是从以色列等盟友利益出发。另一位名为埃哈尔的叙利亚人说，如果一个房间内出现非法持枪的人，正确的做法应是先报警，然后千方百计保护平民，而不是对整个房间进行轰炸。美国应该促进和平，而不是扩大战争。正如伊拉克、阿富汗战争一样，向叙利亚开战将不可避免地意味着大规模平民伤亡。

在示威群中，有一位举着"伊拉克、利比亚、叙利亚：一个帝国无休止的战争"标语牌的女大学生埃琳。她对我说，美国在历史上屡屡使用化学武器，现在却以化学武器为理由开战，实在难以自圆其说。然后，埃琳说，美国有着庞大的军工企业集团，发动战争只能有益于这些军工企业巨头。

军用无人系统发展迅猛

康妮和埃琳都提到了美国的军工企业集团。这使我联想到此前参观过的两个展览。

2011年8月16日至19日，北美无人系统展在华盛顿会议中心举行。这是全球参展水平最高、规模最大的无人系统展。

展览主办方国际无人机系统协会董事会主席兰博特告诉我，那次展览共有450个展台，参展者为6500人，会聚了全球国防、军工、商业、民用、应急反应领域的开发商、运营商、客户及对无人系统装备感兴趣者。在此次展览会上，计举行150余场演示，来自美国政府、军工企业和科技界人士进行多场演讲。所有这一切均表明，无人系统的发展方兴未艾。

这是一个充满火药味的展览，"伊拉克""阿富汗"是这一展览上常常听到的词汇。美国波音、洛克希德·马丁、诺斯罗普·格鲁曼等大军工企业均在那次展览会上拿出迄今为止世界上最为先进的陆、海、空无人系统产品，其中许多产品已被美军用于伊拉克、阿富汗战场。我曾现场采访2009年北美无人系统展。较之两年前，2011年的展览除规模更大外，产品的高、精、尖程度明显增强，为适合各种环境的多样化设计特点突出，三维信息收集等技术有明显突破。以无人机为例，其体积向更为精巧和更大载荷双向发展。波音公司所开发的 A160 蜂鸟无人机体积几近 MH-60 型直升机。这种可垂直起降的无人机能从海上平台起飞，巡航高度与速度、续航能力均有质的突破，可用于执行猎杀任务或在地面战中为美军提供近距离空中支援。

总部位于田纳西州诺克斯维尔的麦萨技术公司生产的中型多功能履带式无人车一身黑色，有着厚厚的装甲。该公司市场销售总监莫尔女士告诉我，这种可进行核材料处理的无人车已在伊拉克、阿富汗战场使用，以色列也已采购。该公司正在根据美国陆军要求，对此款无人车进行加载传感器等改进，使其功能更为完备。"我们的产品销路很好。"她说。一家履带式机器人公司的展台上摆着一堆布满硝烟的零部件。一问由来，主人称这是该公司生产的一个履带式机器人在伊拉克执行任务时引爆了旁边的炸弹。"虽然被炸成这样，但相关信息还是被传送回来。"他说。

各种无人系统的隐身功能更为加强。在一个展台上，我见到两块如石头一样的展品，拿来一看，方知石头是假，里面装着一个高度敏感的传感器。在另一个展台上，一个看似小鸟的产品其实就是一架极为精巧的无人机。美国军工企业正在为如何将无人系统配备至每一单兵费尽心机。哈里斯公司展出了一款颇为新颖的侦察棒。这一侦察棒形似一只黑色哑铃，可放置在美军士兵背包内。在战场上，美军士兵可像扔手榴弹般将其扔到指定地点，通过士兵身上的传感器，可爬行的侦察棒便将相关数据传至士兵手里。

那次展览的另一特点便是无人系统武器化趋势明显。以无人机为例，美军无人机除具有突防情报，监视侦察，通信情报搜集，电子发报搜集，空中电子攻击，压制敌防空系统，近距离空中支援，探测核、生、化和放射性武器等功能外，近年来加强了突防打击、空中格斗等功能。续航能力极强的 RQ-7B 影子无人机为美军广泛使用，但长期以来，这一款无人机因缺乏武器系统，只能定位敌方目标，无法进行实时打击。现在这一情况已有变化，美军已决定为此款无人机加载武器系统。美军将很快为数以千计的无人系统加载武器。

在美国经济不景气的情形下，当时的美国军工企业可谓一枝独秀。在美国军工企业中，军用无人系统的研制、销售更是逆势而上。在美国国防预算有可能大幅削减的情况下，军用无人系统的研发预算增长势头超过当时很有争议的 F-35 新型战机。奥巴马 2011 年 6 月宣布了投资 5 亿美元的"先进制造业伙伴"

计划，其中一项内容便是整合资源，全力发展美国无人系统。

自"9·11"事件发生以来，美军对无人系统的发展不断增大力度。2001年美国五角大楼在无人系统上的投资为3.63亿美元，两年后这一数字几近14亿美元。在2005年美国参院军事委员会的听证会上，时任美国中央司令部司令阿比扎伊德将军称美军对无人系统的需求量"永不知足"。几年以后，不仅美国海、陆、空、海军陆战队全面使用各类无人系统，美国中央情报局等也在巴基斯坦、阿富汗、伊拉克、也门等地大量使用无人系统。美国各军、兵种使用无人系统亦呈海、陆、空全方位、立体网络化趋势。

2011年8月17日，美国陆军设施管理司令部司令林奇中将在展览会上做主旨发言时说，美国正在为赤字和失业忧虑，但仍在打两场战争。更多地使用无人系统是减少国防预算的一个途径，以便在伊拉克、阿富汗和其他地方赢得战争。无人系统可以改进侦察；减少美军人力负担；减少美军伤亡。他说，现在的问题是，使用小型无人机可以提供"鸟瞰"，但没有足够的"游飞时间"以提供对敌方"持续的凝视"，而战场上的美军正是需要这种对敌方人员的定点监视，以防止他们埋设经过改进的爆炸装置。更为良好的自动化将可减轻无人系统运营人员的负担。在伊拉克、阿富汗战场上，许多美军死于扫清前进道路障碍，因为许多车辆仍是有人驾驶，"我们可以多多使用无人驾驶车辆"，还有不少美军死于运送军事物资和武器，"我们可以更多地使用机器人来做这些事情"。他说，美国有这类技术，美军早就应该在战场上使用这些机器人。他表示，虽然他看到了近年来在军事机器人和无人系统方面的进步，但他希望看到更多进步，包括更加努力地推动更多自动化系统的改进。

在无人系统发展方面，美军当时承认仍有一些技术难点。美国海军作战部长拉夫黑德说，海军将在此后5年投巨资发展能够长时间工作的水下无人系统。到那时为止，水下无人系统传感器方面的技术研发进展良好，但可长时间续航的动力系统未能如愿。美国海军研究所官员说，如让一个水下无人系统为一项任务连续工作数周，能源动力是最大的技术挑战。

美国军工企业管理层则越来越多地对所谓高技术出口管制发出抱怨，认为出口管制让他们在国际市场的竞争变得更加艰难。诺斯洛普·格鲁曼公司首席执行官韦斯·布什2011年8月17日发表演讲时抱怨美国的出口管制将无人机当作极度敏感的军事器材,让该公司很难争夺国际客户。他说,目前的出口管制正在损害美国的无人系统产业,却没有让美国变得更加安全。这一出口管制最终可能造成美国把它在这些技术当中的领袖地位让给其他国家。

在那以后的 2013 年,由国际无人运载工具系统协会主办的无人系统展于当年 8 月 13 日至 15 日又在华盛顿会议中心举行。来自全球各地的 500 多家厂商参加了这一展览。

奥巴马政府执政以来,在巴基斯坦、阿富汗、伊拉克、也门、索马里等地大幅增加无人机和特种部队的使用。在这一背景下,近年来美国军工企业格外青睐无人运载工具系统的研发。我于当年 8 月 13 日在展览现场看到,美国无人运载工具系统发展已实现空中、陆地、水下全覆盖。无人运载工具从能源、载荷、功能等多方面进一步向高、精、尖发展。与此同时,作为一名记者,我在这个展览上"被监视""被关注""被登记"的感觉太过明显。

在这个展览上,美国波音、诺斯罗普·格鲁曼、洛克希德·马丁等军工企业巨头仍是全球无人运载工具系统研发的主角。波音公司采用液氢动力的"鬼眼"无人机系统可在近 2 万米高空持续飞行 10 天或在 6000 米高空持续飞行 20 天,以持续执行情报、监视和侦察任务。波音子公司英西图公司为其开发的"扫描鹰"无人机宣传说,这款无人机已参战 78200 次,战斗时间为 700600 小时。

诺斯罗普·格鲁曼公司重点推出 X-47B 无人舰载机。该公司公关负责人辛迪告诉我,不久前,这款无人舰载机首次成功降落在航母上。此举使得这款无人机以航母为基地持续在海上进行情报收集、警戒监视和侦察活动成为可能,并因此大大提升航母战斗能力。

洛克希德·马丁公司导弹及火力控制部战术导弹与战斗机动系统高级经理唐纳德·尼姆莱特向我介绍了已在阿富汗战场使用的"分队任务支援车"。这一 6 轮无人驾驶车长 3.6 米,宽 1.8 米,高 2.1 米,可在恶劣地形条件下为 9 至 13 人的小分队运载装备弹药,载重约 600 千克,可连续行驶 200 公里,隐藏在车体内的行驶系统部件可有效防水、泥、石和尘。"我们可以通过卫星对远在数千公里外的这一无人车进行遥控,"他说,"不过,五角大楼削减军费开支使得这一项目进一步研发进程有所放慢。"

2013年8月13日下午1时30分许，华盛顿会议中心外突然传来一阵愤怒的呼喊口号声。我在会议中心大门处看到，一大批手拉写有"停止使用无人机杀人"等横幅和标语牌的人们正在进行抗议示威活动。一块标语牌上写着："2011年，波音公司贿赂国会5445586美元；2011年，洛克希德·马丁公司贿赂国会6362507美元"；另一块标语牌上写着："你认为无人机能减少平民伤亡吗？第一次世界大战平民伤亡比例为40%；第二次世界大战平民伤亡比例为60%；越南战争平民伤亡比例为70%；无人机则使平民伤亡比例超过97%"。

时年21岁的埃丽雅坐在一个粉红色纸制无人机模型中参加抗议活动。她在接受我采访时说，组织这一展览的国际无人运载工具系统协会是制造杀人无人机的游说集团。那些使用无人机杀人的人才是恐怖分子。参加抗议活动的诺阿女士告诉我，她来自巴基斯坦。美国在巴基斯坦实施的很多无人机行动杀害了众多无辜平民。如果将无人机用于灭火、勘探资源等和平目的，那没有问题，但在这里参展的美国三大无人机制造厂商是杀人无人机的制造者。"无论是在巴基斯坦，还是在也门或索马里，他们杀害我们的同胞就是非正义行为。"她说。据悉，2004年以来，美国无人机向巴基斯坦山区发动了360多次袭击，造成3000多名巴基斯坦人丧生，其中70%是包括妇女、儿童在内的平民。

在抗议示威队伍中，西装革履的里克先生手举着"无人机是终极杀人利器，让它们只是出现在电影中"的标语牌。他在接受我采访时说，他本人就是一名五角大楼军品承包商。"我的孩子喜欢看电影《终结者》，影片中有很多无人机。"里克说，"这些无人机技术发展只应用于和平目的，不应用来杀人。没准儿我们的后代将会看到无人机在他们的头顶上飞，对他们进行侦察和监控。想想这样的场景，你会有什么感觉？"

美国不当世界老二

就在这些抗议者慷慨激昂地陈情之时，新美国安全中心首席执行官罗伯特·沃克和该中心副总裁兼研究主任肖恩·布赖姆雷正在潜心打造一份名为《为机器人时代战争做准备》的研究报告。5个月后的2014年1月，他们这份杀气腾腾、科技含量很高的报告面世了。

新美国安全中心是与美国军方有着千丝万缕联系的智库。近年来，在美国军费被迫削减的情形下，如何以科技含量更高的高、精、尖武器系统继续保持军力在全球的绝对优势地位便成为美国的近忧与远虑。在此背景下，上述报告的出炉呼应了美国的这一战略需求。该报告作者沃克曾任美国海军助理部长，布赖姆雷曾在奥巴马政府内任白宫国家安全委员会战略计划主任。

在这份强调"机器人时代战争已经不是科幻小说"的报告中，作者强调对于美国及其盟友、伙伴和对手而言，在一个新的时代里，无人和自动系统武器将在未来战争中扮演中心角色。他们呼吁美国必须为此做好准备。

沃克和布赖姆雷认为，因为地缘政治中新兴国家的崛起、技术在全球范围的传播、主要对手的反制举措等多种原因，美国于20世纪90年代和21世纪初一度在高端传感器、精确制导武器、网络战、太空系统、隐形技术等军事领域所拥有的领先地位开始被削弱，且这种削弱态势目前不断升级。其结果是，在不远的将来，精确制导武器和网络战技术将会广泛扩散，并将被国家及非国家形态的军事势力运用于所有军事行动之中，进而使得所有军事活动更具杀伤力和代价更高。未来的战争形态正在向无人和自动化武器发挥中心作用的机器人时代转变。五角大楼决策者、白宫和美国国会已不断认识到这种潜在威胁。

对于美军而言，无人武器系统已在过去十余年间广泛运用于伊拉克、阿富汗及其他地方。鉴于军事行动所需及军事人员成本与传统战斗建制发展愈发不可持续，这些多数为遥控的空中、陆地无人战斗系统将很快被更为自动化的空中、海上、海下、陆地和太空全方位无人和自动化武器系统取代。

报告认为，在冷战时期，先进的导弹制导、计算机网络、卫星、全球定位及隐形等技术的研制大多数在政府主导的国家安全和发展战略计划中完成，但新的机器人时代武器系统的研发却不由美国军工企业主导完成。当美国军工企业聚焦于隐形系统、电子武器、通信保护等领域之时，商业公司，特别是计算机和机器人制造公司正在大量开发大数据、自动化、人工智能、微型化、添加剂制造、超小高能电力系统等关键技术。所有这些技术都可以被用于制造更为复杂和可靠的无人和自动武器系统。

尽管目前尚无法对何时能为这一全新战争模式完成装备做出预测，但美军已在一些领域开始实施。机器人时代的无人和自动化武器系统战争将改变美军国防战略中威慑、保障、劝阻、强制等核心观念，也将改变美军在全球基地的布局及军方高层对使用武力的决策过程。报告承认，与此同时，在局势紧张之时，维持稳定将变得更为困难。在机器人战争时代，有人和无人战斗系统在美军融合过程中将不可避免地引起深刻争论，其中包括美军的作用及使命、采用全新技术优势的行动理念及使用无人和自动化武器所带来的道德和士气问题。

作者认为，无论战略环境如何改变，个人及成建制战斗系统成本的螺旋式上升意味着未来的美军较之过去将变得更为精简。为此，美国的决策者应通过继续加强无人和机器人武器系统寻求答案，以使这些系统在未来的军事行动中更加可靠、自动化程度更高。这一升级过程具有风险，然而，错误的决策及不能认识这一趋势的迟钝将使美军在未来更具风险。

在论及美国未来的对手时，报告将中国和俄罗斯列为"第一级国家"，而将伊朗等国列为"第二级国家"。报告中屡屡提及中国。为说明美国军力优势正在削弱，报告指出中国正在组织集结一个有着多维度的陆基侦察、打击系统，意在威慑、预防并最终击败外来军力对西太平洋地区的干涉。中国的弹道导弹已经能够打到美国在东亚的军事基地和在"第二岛链"内的航母战斗群。不久，中国的导弹便有能力打到美国在关岛的军事基地。

美国是一个打着道义大旗的尚武国度。多年来的不可一世使得美国动辄产生动武冲动。自1983年10月武力干预格林纳达之后，美国至少已对世界上13个国家进行了军事干预行动，其中索马里、伊拉克、阿富汗、也门、利比亚、叙利亚等多国至今仍是一片狼藉。

21世纪的新形势并没有改变美国坚持世界第一军事强国的意志，但又迫于形势不得不做出必要调整。在奥巴马政府的军事战略调整中，一度甚嚣尘上的"同时打赢两场局部战争"理念早已不见踪影，审时度势中表面上多了些许"柔性"，其背后仍难掩霸道的锋芒。

奥巴马曾面临是否和如何向叙利亚动武的问题。曾经对小布什政府单边主义政策猛烈抨击的他已经身不由己地走上一条新的单边主义道路，其踌躇不决之态只是再一次证明他所代表的美国早已捉襟见肘。诺贝尔和平奖得主将成为又一位美国"战时总统"，实在不乏反讽意味。尽管有前车之鉴，但美国动武有身不由己的特性。

秉持自由派理念的奥巴马曾发誓在任内结束伊拉克、阿富汗两场战争，但坐进白宫的他归根结底仍是美国全球利益的代表，这是他的根本社会属性。

尽管奥巴马对美国所发动战争导致的各种悲剧屡称"心碎"，但美国战争机器的惯性运行仍未停止。美国军工复合体的构建似乎对战争有着毒瘾般的嗜好和依赖。美国所实行的志愿兵役制度，造就了一支视战争如职业、执迷于战争血腥刺激的军队。恰如曾多次被派往伊拉克、阿富汗的美国前海军陆战队军士长肯尼斯·哈蒙所言："不论伊拉克、阿富汗战争对与错，我们是签了合约的，这是我们的工作。我们得到命令，就得去完成。"

整个美国社会仍在不遗余力地把战争老兵渲染为救别国人民于水火的"英雄"，不少美国老兵还在执迷于不无虚妄的"自豪"。伊拉克、阿富汗战争使整个美国社会不得不面对战争之后的困惑、迷茫与无奈。反思的良知不断与虚妄的执迷发生冲撞，美国社会战后创伤的痛楚将长期存在。战争机器的惯性转动仍将继续支配着美国，同时也在分化着美国社会。

奥巴马在任期间屡称美国不当世界老二。为实现"不当世界第二"的誓愿，美国情不自禁地需要刺激国内军工复合体，需要在全球范围内寻找和确立可能挑战其霸主地位的"假想敌"。

奥巴马在任期间提出了亚太再平衡战略。我就此采访美国乔治·华盛顿大学国际事务教授阿米泰·埃佐尼时，他说，亚太再平衡战略基于对美国安全威胁分析的误判。在他看来，较之中国，中东地区对美国造成了更大的短期和长期安全威胁。然而，在可以预见的未来，美国很可能加速从中东撤退和向远东转移，其原因在于美国安全威胁误判的背后还有着一股"隐蔽力量"的推动，那就是由洛克希德·马丁、波音、诺斯洛普·格鲁曼等军工企业与国会议员联手的利益集团。这股隐蔽力量之所以合力推动美国亚太再平衡战略，其重要原因在于为在亚太地区做战争准备需要大量更新海、空军先进装备的资本密集型投入，而在中东地区打击恐怖主义战争则是人力密集型的军力投入，美国大军工企业最主要的经营模式依赖于资本密集型的战争准备。此前，在"空海战"战略指导下，美国对海、空军新一代武器和网络战所需装备的投入已经开始。

大量负债的国情曾逼迫奥巴马政府进行削减军费。由军事部门、军工企业和部分国会议员等组成的"军工复合体"背后有着诸多利益集团的身影。在谈及军费削减问题时,连军方负责人也承认,"并非每一个武器研发项目都是必要的,并非每一美元的使用都是合理的",美国军方"再也不能在投资建设方面走老路,再也不能继续官僚习性和不计成本的马虎态度"。

军费的削减并非战斗力的削弱。奥巴马政府这种军事调整的具体做法之一是大量使用军用无人机和特种部队。使用无人机可免于地面部队的派出,也因此避免了人员伤亡。特种部队的秘密使用既避免了道义上的谴责,也更具隐秘杀伤力,本·拉登被海豹突击队击毙便是一例。

口称"无核化"的奥巴马实际上更着力于将钱用在更换核武库、研制新的核打击力量上,以便在实施常规军事力量收缩的同时,将美国的军事力量加紧向高、精、尖发展,谋求掌控军事竞争领域的"新边疆"和"高边疆",力求更多地从质量上保持世界军事领先地位。因此,在奥巴马任内,美国一方面与俄罗斯达成新的《削减和限制进攻性战略武器条约》,另一方面决定未来10年将至少斥资850亿美元维护和更新其核武库。我从美国能源部国家核安全局内华达州试验场官员处证实,美国于2010年9月在内华达州试验场进行了代号为"巴克斯"的亚临界核试验。这次试验旨在获得相关数据以验证现有核武器的有效性及保存时的安全性。

神神秘秘橡树岭

换言之,在这种军事调整中,最为核心的军事打击手段不是削弱,而是得到了加强,受益者之一便是那个叫作橡树岭的地方。

自美国田纳西州诺克斯维尔市乘车西行不到一小时,便可抵达橡树岭。

橡树岭,这是一个自1942年至1949年间未在任何地图上标出的"秘密城市",这也是一个至今仍披着神秘面纱的城市。

顶着骄阳赶至橡树岭时,眼前的一切与一般的"城市"情景迥然不同。这里没有一般意义上的市中心,所见多为面貌平常的平顶建筑,除了来往汽车外,难见路人。偶遇正在散步的拉蒂诺女士,她也似乎很久没有见到来客一样,热情地与我攀谈起来。她说,这确实是一个有着很多秘密的城市。"在橡树岭的历史照片上,那些孩子们都只标出名,而不标出姓,以防止外人从姓名中判断出都有哪些科学家在这里工作。"拉蒂诺说。

出租车司机载着我在经过标有橡树岭国家实验室的路标时，笑着说："全世界最聪明的大脑都在那里。"

知名度很高的美国科学与能源博物馆也是一个不高的褐色建筑。这家博物馆的最大特色便是一五一十地讲述了橡树岭何以如此神秘。

橡树岭得名于长 16 公里、宽 3.2 公里的黑橡树岭山谷。在第二次世界大战的背景下，德国一直试图研制核武器。1939 年，科学家发现核裂变。美国科学与能源博物馆展出了著名科学家爱因斯坦 1939 年 8 月 2 日致罗斯福总统的一封信，信中表明，已有数位美国科学家提出核裂变的发现使制造原子弹成为可能。为了赶在德国之前造出原子弹，美国于 1942 年启动"曼哈顿计划"，其计划实施主要地点便选在了橡树岭。

为了实施这一绝密的核武器制造计划，美国在橡树岭全力实施移民、搬迁、建设和科研工作，仅用了约一年半时间，这一面积约为 35.8 万亩的荒谷之地便聚居了 7.5 万人，成为田纳西州第五大城市。根据"曼哈顿计划"，美国在橡树岭建有三座核设施：代号为"Y-12"的设施主要用于分离铀 235；代号为"K-25"的设施则通过超大规模设备以更为经济的方法分离铀 235，最初的"K-25"设施占地超过 9100 亩；第三个设施是代号"X-10"的石墨原子反应堆。在很长时间内，在这里的工作人员与外界完全隔离，而绝大多数工作人员并不知道他们所从事工作的最终目的，他们清一色的平顶简易房全部按字母顺序排列。当地人流传的一个笑话说，在二战期间橡树岭建设高潮时，放学回家的孩子常常找不到自己的家，因为很可能在一天之中，又有许多同样的简易房在周围建立起来。

直至二战结束，橡树岭所从事的工作才逐渐为人所知。至 1949 年，橡树岭这一地名才公之于世。

橡树岭人口仅有约 2.8 万人，除联邦和地方政府办公场所外，橡树岭聚集着约 800 家公司。橡树岭虽为弹丸之地，但其学校教育水平在田纳西州及整个美国均名列前茅。

橡树岭至今依旧神秘。据介绍，当年的"Y-12"设施已被用于"制造、提炼和储存对于国家安全至关重要的特殊材料，防止大规模杀伤性武器的扩散"；

"K-25"设施则由东田纳西技术公园进行环境整修,并将由私营企业对其进行"再工业化"。"X-10"所在地于1948年成为橡树岭国家实验室,原有的石墨反应堆已于1963年关闭。

位于山谷深处的橡树岭国家实验室现隶属于美国能源部,在世界上功能最为强大的计算机系统帮助下,其研究领域已从国家安全、中子科学拓展至化学与放射化学技术、复杂生物系统、能源科学、工程科学与机器人、环境科学、高效计算、数学、测量科学、物理和化学科学、模拟科学等多种学科研究。据报道,科学家们正在橡树岭国家实验室制造一个中子静电悬浮室,用于将一滴液态金属悬浮在半空中,进而观察金属液滴冷却成玻璃过程中的原子活动,了解物质从液体变成玻璃过程中原子到底发生了什么。

当年的"秘密之城"已成为橡树岭的旅游资源。一则题为"揭示美国秘密之城"的广告语为"橡树岭建设于战争、生存于和平、成长于科学"。在当今世界中,橡树岭的科学产品究竟用于何种目的难免成为人们争论的话题。

如果说橡树岭是一个"秘密之城",那么地处边远的新墨西哥州可称为有着很多秘密的地界。

2013年5月18日,我从得克萨斯州与墨西哥交界处的埃尔帕索向北进入新墨西哥州。此后,在经过卡尔斯巴德国家洞窟国家公园后,便来到白沙国家纪念地。在那里,有一个明显的公告牌,称如果有导弹试验时,那里将不限时关闭。

白沙导弹试验场建于1945年7月。1945年7月16日5时24分,世界上第一颗原子弹Trinity在白沙导弹试验场试爆成功,从而宣告了核武器时代的到来。此后,这里成为战略导弹、航天火箭等主要发射基地。

从白沙国家纪念地再向北走,便可抵达阿尔伯克基市。在该市东郊有一处国家原子博物馆。在这家博物馆内,人们除了可以更多地了解美国发展核武器的历史进程外,也会感叹:美国的博物馆真多!

17 到处都是开放的博物馆，CIA 和 FBI 除外

> 开放不仅体现"公仆"理念，也表明公开、透明、平等与自信；因势利导、潜移默化的教育在各类博物馆中得到充分发挥；《孙子兵法》不仅在西点军校成为研究对象，相关论述也出现在国际间谍博物馆；宇航员的独特在于别人无法从完全意义上共享这份经历，这份经历使其在人世间的生活更为积极而平和；神秘的铸币厂在不失其生产功能情形下，被改造成为博物馆和大课堂；海军作为重要武装力量支撑着美国，其理念概源于"海权论"。

美国的博物馆，真是一种福利！

历史不长的美国，对历史格外珍惜。任何一些老物件，都可以收集起来开一家博物馆。任何一个机构、公司、大楼，都可以有自己的博物馆。

白宫、联邦国会大厦、五角大楼、国务院、财政部造币厂等地，本身就是博物馆，都是可以参观的，只是手续简繁程度不同罢了。例外的地方是美国中央情报局（CIA）。但我相信那里也是有自己博物馆的，只是"9·11"事件发生后，变得格外谨慎起来。同样谨慎的还有美国联邦调查局（FBI），那里原来也有可以对公众开放的博物馆，但近年来关上了大门。

白宫的花园每年春、秋两次对公众开放。届时，公众在指定位置拿票即可免费入内参观玫瑰园、南草坪、奥巴马夫人的小菜园等地，还会竖起一些展板，说明历任总统或第一夫人在那里的逸事。白宫楼内的参观手续要复杂一些。美国公民可以凭本州国会议员的介绍信预约参观。外国公民则需本国驻美使馆出具文件方可申请参观。

在美国各州游历时，我喜欢游览各州的议会大厦，那里除了本身就是博物

馆外，通常也是州长等官员和州议会、司法机构的办公处。令人印象深刻的是，在很多地方，一个陌生人竟然可以经过安检直接入内，我也因此多次直抵不同州长办公室联系相关事宜。

华盛顿的国际间谍博物馆

开放不仅体现"公仆"的理念，也表明公开、透明、平等与自信。

美国首都华盛顿博物馆云集。史密森学会下属十余家博物馆都是世界级水准，且都免费对公众开放，那里也是美国学生常常光顾的大课堂。在华盛顿市内诸多博物馆免费开放的情形下，新闻博物馆是不免费的。此外，还有一家不免费的博物馆不经意间很是火了一把，它就是门票售价18美元的国际间谍博物馆。

2010年，美国与俄罗斯闹出一起大规模间谍案，包括美女间谍查普曼在内的一批俄罗斯间谍被美国驱逐，国际间谍博物馆因此特别红火起来。那天，望着川流不息的观众，售票员朱莉告诉我，这家博物馆在那期间日均售票2000张，较之前成倍增长。

大规模俄罗斯间谍案使得这家博物馆意外获利。很有些戏剧性的俄罗斯间谍案让人嗅出了"冷战"的味道，而冷战则是2002年7月19日问世的国际间谍博物馆办展思路的主线。在这个美国唯一以"全球视野"关注间谍活动的博物馆内，主办者通过全美最多的展品、声光电等多媒体手段及体验式互动展示了冷战期间形形色色的苏联"鼹鼠"。除"冷战视野"外，这家博物馆还尽力表现国际间谍活动的"历史渊源"。办展者告诉观众，就美国而言，中央情报局的历史远非美国间谍活动的历史。在博物馆展出的美国首任总统乔治·华盛顿写给纳撒尼尔·撒基特的亲笔信中，他就提出在纽约建立一个间谍机构。博物馆就此亲笔信的说明称，"这位美国建国之父也是美国历史上第一位间谍组织的首脑"。《孙子兵法》不仅在美国西点军校成为研究的对象，而且其相关论述也被列在国际间谍博物馆内的历史部分。

敦巴顿橡树园诉说联合国的诞生

在我眼中,华盛顿这座城市本身便是一座很有兴味的巨大博物馆。市中心国家广场四周标志性建筑简约而张扬,城西乔治敦地区房屋典雅而恬静。位于乔治敦第 32 街一幢不起眼的宅院门楣处标注着"敦巴顿橡树园"的字样。与不远处车水马龙的闹市迥然不同,这条小街车辆稀疏,行人寥寥。不了解底细的人如何能够想到,这幢宅院竟承载着一段与联合国诞生有关的历史。

2014 年适值"关于国际组织的华盛顿敦巴顿橡树园会议"即敦巴顿橡树园会议 70 周年。70 年前,第二次世界大战犹酣之际,在战后建立一个国际组织以维护世界和平与安全的建议逐渐成为反法西斯联盟国家的共识。1944 年 8 月 21 日至 9 月 28 日,美国、苏联和英国的代表聚会敦巴顿橡树园,开始就未来的联合国进行商讨。以中国驻英国大使顾维钧为代表的中方代表团参加了在当年 9 月 29 日至 10 月 7 日举行的第二阶段敦巴顿橡树园会议。敦巴顿橡树园会议规划了《联合国宪章》的基本轮廓,厘定了联合国的任务使命、机构设置、职能作用等主要问题。但会议未能就安理会否决机制和创始会员国资格问题达成一致。这些遗留问题在此后举行的雅尔塔会议上得到了解决,进而为联合国正式问世铺平了道路。

敦巴顿橡树园已成一座博物馆,其中的"音乐厅"便是当年举行敦巴顿橡树园会议的原址。偌大的音乐厅内此时如此幽暗、宁静,反倒催人想象着四国代表团人员就是在这里为战后应该有一个怎样的国际组织进行着激辩。音乐厅内的数张深色实木桌椅曾经见证了 70 年前这段历史。风云变幻,物是人非,音乐厅内此时的缄默颇显"冷眼向洋看世界"的风骨。整个敦巴顿橡树园博物馆没有一纸关于敦巴顿橡树园会议的海报式介绍,只是在音乐厅入口角落处一个小小的电子屏幕上不断滚动着数幅关于这一会议的历史背景。曾经深刻影响战后人类社会发展的历史一幕在这里仅仅是一抹深藏的沧桑。

敦巴顿橡树园本身便饱经沧桑,其历史与其老主人罗伯特·伍兹·比利斯紧密相联。比利斯 1875 年出生于密苏里州圣路易斯市,毕业于哈佛大学。自 1900 年开始,比利斯开始外交官生涯,最终于 1927 年至 1933 年任美国驻阿根廷大使。1920 年，比利斯夫妇在乔治敦购得一处房产，将其命名为敦巴顿橡树园。在风景设计师比阿特丽克斯·法兰德女士的协助下，比利斯夫妇将这处房产屡加改造，最终使其成为华盛顿最为奢华、高雅的豪宅之一。1940 年，比利斯夫妇将整个敦巴顿橡树园作为礼物赠送给哈佛大学。1942 年 6 月，比利斯代表哈佛大学董事会将敦巴顿橡树园交由美国国务院使用。1944 年 6 月，美国国务院认定敦巴顿橡树园是举行这一国际会议最为理想之地。比利斯本人则在敦巴顿橡树园会议期间做了大量协调安排工作。1962 年，比利斯在华盛顿过世。7 年之后，他的妻子米尔德里德去世。

终生没有子女的比利斯夫妇云游世界之时，收藏渐成一大爱好。敦巴顿橡树园博物馆内展出着比利斯夫妇一生的收藏，藏品年代从古埃及、古希腊、古罗马穿越至哥伦布发现美洲大陆之前的古拉美，可谓美不胜收。从比利斯夫妇的生平来看，他们没有到过中国，但博物馆主走廊墙上展示着中国元代书画大家赵孟頫等人的三件作品，可见他们也曾醉心于东方传统艺术之美。

敦巴顿橡树园的后花园是比利斯夫妇一生打造的经典之作，早已成为华盛顿一处难得的古典花园景观。敦巴顿橡树园博物馆免费参观，但敦巴顿橡树园花园则需付出 8 美元购得门票方可进入。经历决定视野。游历过外部世界的比利斯夫妇将深厚的文化积淀泼洒在这片园林之中。从这些形状不一、大小各异、园外有园、依山傍势的园林中，既可看到英国园林的齐整，也可悟到法国园林的精雅；既有意大利园林雕塑生动之美，亦不失美国园林大片绿坪的空旷与舒朗。绿藤与彩花深处，忽现三两长条木椅；片片密林之中，红砖小道曲径通幽。遥想当年，美国国务卿科德尔·赫尔、苏联驻美国大使葛罗米柯、英国驻美国大使爱德华·伍德和顾维钧先生四国外交代表会议期间就是在这片园林之中或散步沉思，或结伴晤谈，或红脸争辩多时之后面对万紫千红莞尔一笑。

70 年不过历史一瞬，转眼换了人间。作为最重要的国际组织，联合国仍在尽力排除诸多干扰，努力维护世界和平与安全，同时也面临着改革的重任。作为联合国安理会常任理事国之一的中国，正在国际舞台上积极地发挥着重要作用。静静的敦巴顿橡树园外，当今世界波澜壮阔，谱写着新的历史沧桑。

宇航员在肯尼迪航天中心当讲解

在全美各地，天上飞的，地上跑的，水中游的，各式博物馆可谓精彩纷呈。要说天上飞的，就应该看一看肯尼迪航天中心。

自美国佛罗里达州奥兰多市东行56公里后便进入梅里特岛。梅里特岛属国家野生动物保护区，计约500种野生动物栖居其间。岛内一派田园风光，不时可见各种飞禽戏水河边。拐入一条弯道后，一个写有"肯尼迪航天中心"字样并配以一个飞行器冲天而起造型的标志牌赫然而立——这里就是位于卡纳维拉尔角的肯尼迪航天中心。

肯尼迪航天中心堡垒式入口处竖立着一块"着陆倒计时牌"，上面标明距"亚特兰蒂斯"号航天飞机下次着陆时间还有10天。就在我参观之前两天的2010年5月14日下午2时20分，"亚特兰蒂斯"号航天飞机从这里顺利发射升空。"亚特兰蒂斯"号首次飞行时间是1985年4月6日，到那时为止已在太空遨游32次。那一次"亚特兰蒂斯"号中将6名宇航员送往国际空间站，通过太空行走完成更换太阳能电池板等任务。这次为期12天的太空之旅被视为已服役25年的"亚特兰蒂斯"号航天飞机的"绝唱之旅"。

肯尼迪航天中心并非一块完全封闭的"重地"，它通过一个游客中心对外开放，每年接待游客约150万人次。肯尼迪航天中心公共关系官员安德列亚·法默女士坦言，向公众开放的肯尼迪航天中心具有"教育"功能。但这种教育功能的体现并非通过说教式的灌输，而是将人类航天事业的神秘感与公众的好奇感进行了巧妙的对接。在法默女士的安排下，曾两次完成太空之旅的美国宇航员鲍勃·斯普林格陪同我参观肯尼迪航天中心。年近七旬的斯普林格虽已一头白发，但精神矍铄，谦和热情。我在与斯普林格交谈时问道："作为一位曾经'背负青天朝下看'的宇航员，你认为自己与没有这一经历的人们之间有何不同？""这当然是一份独特的人生体验，"斯普林格说，"它的独特在于别人无法从完全意义上与我共享这份经历，而这份经历已使我在人世间的生活更为积极而平和。"

被称为"人类通向太空大门"的肯尼迪航天中心之所以成为美国航天发射重要基地，首先在于其濒临大西洋和接近赤道地区的优越地理位置：向东发射航天飞行器时，可利用地球自转附加速度，有助于航天飞行器入轨；其东南方向有巴哈马群岛和西印度群岛，适宜建立一系列航天监控站。从美国第一颗人造卫星到航天飞机，肯尼迪航天中心囊括了美国所有向地球同步轨道发射航天飞行器的任务，还曾发射"阿波罗"飞船、"太空实验室"等多种星际探测器。在一个以声光电多媒体配置的"航天飞机发射体验室"内，我体验了航天飞机发射前后的震撼。在另一个"航天指挥中心体验室"内，同样的声光电多媒体展示了航天指挥中心控制室在发射前后关键时段的工作场景。斯普林格告诉我，这些体验室以完备的设施尽可能最为真实地还原现实，"你的这种体验与我经历的真实情况非常接近"。

在另一个演播室内，主人通过资料影片向我展示了美国航天业发展的历史。冷战期间，苏联曾在航天领域技高一筹，并因此极大地触动了美国。1961年5月25日，时任美国总统肯尼迪宣布美国决意进行载人登月计划。美国在航天领域"不甘当第二名"的努力并非一帆风顺，资料影片中提及在肯尼迪航天中心进行的多次发射任务曾遭失败。1967年1月27日，由肯尼迪航天中心第34号发射台发射的"阿波罗一号"惨遭大火，三名宇航员葬身火海。此后，"挑战者"号和"哥伦比亚"号航天飞机所遭遇的惨剧至今令人记忆犹新。

在肯尼迪航天中心内，最醒目的建筑便是116米高的航天飞行器组装大楼。在这座外表全封闭的巨大建筑物内，设有组装不同航天飞机外部燃料箱和固态火箭推进器的装置。随后，我还观看了曾执行多次发射任务的LC-39A和LC-39B两个发射场。距航天飞行器组装大楼不远处，一个新的发射场建设工程正在紧锣密鼓地进行。当时的说法是，继那次"亚特兰蒂斯"号后，"发现"号和"奋进"号航天飞机将于当年下半年分别执行一次天空飞行。此后，美国航天飞机将整体告别人类载人航天事业，航天飞机的研制与发射将逐渐成为美国航天事业发展新阶段中的主角。对此，斯普林格先生笑答，"这些新的发射场内到底将发射什么样的航天器，那完全是政府的政治决定"。

巴尔的摩—俄亥俄铁路博物馆

看地上跑的火车博物馆还是要到巴尔的摩。

距美国首都华盛顿东北方向约 60 公里的巴尔的摩是马里兰州最大城市。历史上，这一大西洋东岸海港城市不仅诞生了美国国歌，也是美国铁路诞生之地。

巴尔的摩—俄亥俄铁路博物馆据称是世界上收藏最为丰富、历史最为悠久的同类博物馆。一进入巴尔的摩—俄亥俄铁路博物馆，我首先见到一个突然张口说话、眼睛一眨一眨的雕塑头像。热情的博物馆工作人员劳拉女士解释说，这个头像与其身后的展板相互呼应，展示了美国铁路建设史上一个历史性的时刻：1828 年 7 月 4 日，巴尔的摩—俄亥俄铁路开工仪式举行，这标志着美国第一条铁路建设的开始。到场参加开工仪式的最重要嘉宾是来自马里兰州的查尔斯·卡罗尔。查尔斯·卡罗尔是当时唯一健在的参加签署美国《独立宣言》的"建国之父"辈人物，这也是时年 91 岁的他最后一次出席公开活动。雕塑头像逼真地再现了查尔斯·卡罗尔在开工仪式上的演讲，这一开工仪式上埋下的奠基石也成为巴尔的摩—俄亥俄铁路博物馆的"镇馆之宝"。

巴尔的摩—俄亥俄铁路博物馆所在之处便是美国第一条铁路建设时的克莱尔山火车站。占地 242 亩的巴尔的摩—俄亥俄铁路博物馆分为室内和室外两部分，展出了近 200 个各式火车头和机车车辆，从第一台由美国制造的火车头，到第一辆有空调设备的铁路机车，博物馆展出的很多实物都在美国铁路史中有着"第一"的重要历史价值。一个三级宝塔形的巨大圆厅是博物馆的精华所在，各种各样的老式火车头和机车车辆令人目不暇接：一台火车头的头部顶着一个大漏斗状的直立形锅炉，与后部的驾驶室相比，令人产生"头重脚轻"的感觉；另有一台热效高、重量轻、速度快的活塞式内燃机车，这便是当今世界铁路内燃机车的鼻祖；还有的机车车辆状似 18、19 世纪时的贵族马车。除火车头、机车车辆外，博物馆还展出了与美国铁路史有关的钟表、信号提灯、餐具等各种物什和形形色色的火车模型。许多火车头和机车车辆都已成为开放式的小展馆，观众自可进入尽情体验。

我当时就注意到，巴尔的摩—俄亥俄铁路博物馆内游人寥寥，这不由得使人联想到美国铁路发展史中所经历过的辉煌与落寞。1825 年，约翰·史蒂文森在新泽西州霍博肯附近建造了一条试验用铁路。作为美国第一条铁路，巴尔的摩—俄亥俄铁路于 1830 年正式开通后，美国铁路建设突飞猛进。1869 年 5 月 10 日，美国近代工业化历史上具有划时代意义的第一条横贯北美大陆的中央太平洋铁路和联合太平洋铁路建成通车，其间洒下了许多华工的血汗。19 世纪 60 年代至 20 世纪 20 年代成为美国铁路建设的黄金期，使得美国铁路总长度位居世界第一。伴随着 20 世纪 20 年代末美国经济危机、汽车及航空运输业大发展等多种因素，美国铁路运输渐趋衰落，至 1970 年，有 73% 的美国旅客乘坐飞机旅行，而铁路旅客则仅为 7.2%。

如何振兴曾对经济发展起过关键推动作用的铁路运输已成为当今美国社会的新话题。奥巴马总统在任期间，曾多次称"我们没有理由让中国拥有最快的铁路"。但美国的高铁很难建造出来，其中有着多种原因。

中途岛号航空母舰

美国是世界上航空母舰最多的国家，航母在全美一些地方也被打造成了博物馆。

加利福尼亚州的圣迭戈市位于美国最西南角，濒临太平洋。圣迭戈市百老汇码头一带游人如织，最吸引人处莫过于中途岛号航空母舰博物馆。

中途岛号航空母舰得名于二战中的中途岛战役。在 1942 年 6 月 4 日打响的那场战役中，美国海军以少胜多，成功地击退了日本海军对中途岛礁的攻击。此战之胜使美国一举赢得了太平洋战区的主动权。1943 年 10 月 27 日，一艘新的航空母舰在弗吉尼亚州的纽波纽斯船厂开始动工建造，1945 年 3 月 20 日正式下水，这艘航母便被命名为"中途岛号"。

漫步在已静静停泊于太平洋边的中途岛号航空母舰上，64 个参观点一一述说着这艘航母曾经的辉煌：这是美国第一艘飞行甲板装甲的航母，其船体革命性的设计使整个航母机动能力更强；中途岛号航母吨位达 6.9 万吨，经过几次改装后，满载排水量达 64002 吨；作为中途岛级航母的旗舰和当时世界上最大的航空母舰，中途岛号航母建成后，因其巨大的体积而成为第一艘无法通过巴拿马运河的美军战舰；中途岛号航母还是美国第一艘可以起降喷气式战舰及第一艘发射导弹的航母。

宽阔的甲板上安放着 25 架各式战机：第二次世界大战时使用的道格拉斯 SBD "无畏"式俯冲轰炸机、朝鲜战争中使用的格鲁曼 F9F-8P 美洲狮战斗机、越南战争中使用的 F-4 鬼怪战斗机、海湾战争中使用的 A-6 入侵者战机和 F/A-18 大黄蜂战斗攻击机……这些不同时期的战机无言地表明,中途岛号航空母舰曾历经二战后期、朝鲜战争、越南战争和海湾战争。从 1945 年下水,到 1997 年正式退役,中途岛号航母在世界各地大洋中漂流了 42 年,成为迄今为止美国服役时间最长的航空母舰。在近半个世纪的光阴中,计有约 22.5 万名美国海军官兵曾在中途岛号航空母舰上服役。

退役后的中途岛号航母最终被改造成为博物馆。2004 年 6 月 7 日,中途岛号航空母舰博物馆正式对外开放。在开放的第一年,就接待了 879281 名游客,这一数字是人们此前预计的两倍。

美国人善于进行因势利导、潜移默化的教育,这一特点在中途岛号航空母舰上再次得到了充分发挥。除了专业导游外,游人也可以手持一部电子讲解器进行自导自游。不少上了年纪的老兵自愿当起了讲解员,航母多处参观点俨然成为现场教学的临时课堂。在航母甲板的数架战机旁,一些老兵很专业地介绍着各种舰载机的性能,众多游人则坐在椅子上认真聆听。博物馆还以各种各样的活动方式吸引全家游览,游览时间一般为 3—4 小时。

铸币厂也向公众打开大门

在美国,有些神秘色彩的铸币厂也可以作为博物馆。

宾夕法尼亚州最大城市费城是一座有着深厚历史积淀的名城,距独立宫不远处的美国铸币厂便从一个独特角度书写着美国历史。几经变迁,目前美国仅在丹佛、旧金山和纽约西点设有铸币厂,而占地 30 多亩的费城美国铸币厂规模最大,历史最悠久。

费城美国铸币厂与独立宫和宪法中心博物馆相邻,巨大的褐色建筑上醒目地标有"美国铸币厂"字样。美国铸币厂可供参观,每年有几十万人次到此一游。

进入此地除必须经过严格的安检外,参观者还被告知不准拍照等多项严格限制措施。游人被规定沿一条指向明确的单一线路前行,线路两边则布置成为摆满实物和介绍文字的参观走廊。从美国铸币厂二楼长长的走廊折返回来,人们可透过左面的玻璃窗俯视铸币厂巨型车间的工作情景。多道工序在密密麻麻的各种管道内完成，最终从传送带上流出一盒盒红褐色的美元硬币。在这个巨大车间内，只有寥寥数位工人的身影。1792 年美国铸币厂问世后，生产 100 万个硬币需耗时三年，现在生产同样数量的硬币只需 30 分钟。但这个铸币厂所使用的机器设备并非绝对现代化——目前美国所有流通硬币均在这个铸币厂镌版，其中仍在使用的两台镌版机已有 90 多年历史。

在费城的美国铸币厂有着诸多"第一"的纪录。美国首任总统华盛顿的夫人玛莎·华盛顿曾主动将自己餐桌上的银器捐出来，美国第一批硬币成分中便有这些银器。美国铸币厂于 1793 年生产出第一批共计 11178 枚流通用硬币，价值为 111.78 美元。为纪念哥伦布"发现新大陆"400 周年，美国铸币厂于 1893 年芝加哥世界博览会之前生产出历史上第一套纪念币。2000 年，该厂又以"发现新大陆"为主题生产出另一套纪念币，以纪念斯堪的纳维亚探险家利夫·埃里克森，因为他比哥伦布早近 500 年抵达美洲"新大陆"。第一位出现在美国流通硬币上的美国总统并不是首任总统华盛顿，而是林肯。1909 年，林肯的头像首次出现在美元一分硬币上。事实上，如果美国首任总统华盛顿在天有灵，他会惊异于自己的形象会出现在美元两角五分的辅币上。因为在考虑美国第一套硬币设计时，华盛顿总统和美国国会都曾拒绝将华盛顿本人的形象印在硬币上面，因为这样做使得华盛顿太像一位"君主"，而美国独立战争所反抗的正是这样一位君主。但在 1899 年，华盛顿的形象首次出现在了拉法叶美元纪念币上。1932 年，华盛顿的形象印在了至今仍在流通的两角五分辅币上。

在美国铸币厂，我被告知，美元纸币流通时间通常为 18 个月，而硬币流通时间则为 30 年。展览室中摆放的木椅是美国总统华盛顿和杰斐逊坐过的木椅。当费城还是美国首都时，他们常来美国铸币厂参观。第 26 任美国总统西奥多·罗斯福对重新设计美国硬币情有独钟。为将新的硬币设计为他心目中的"宠物宝贝"，他亲自委任世界著名雕刻家奥古斯塔斯·圣-高登斯担当新币设计师。200 多年来，美元硬币不仅设计有变化，材质也有变化，早年硬币含金、银或铜，但今日硬币只含少量铜、镍和锌。1942 年至 1945 年铸造的美元 5 分"镍币"实际上根本就没有镍，因当时美国将所有镍资源都用于战争，当时的 5 分"镍币"成分便由 56% 的铜、35% 的银和 9% 的锰原料合铸而成。此外，人们通过硬币上的标记还可判断该枚硬币是由哪个铸币厂生产，"P"代表费城，"S"代表旧金山，"D"代表丹佛。但这种标记制度只有一个例外，那就是费城美国铸币厂历史上生产的林肯分币没有标记。

整个参观线路走下来，令人感到美国铸币厂管理者的精明：看似有些神秘的铸币厂在不失其生产功能的情形下，被改造成为一个琳琅满目的博物馆和一个充满乐趣的大课堂。

海军学院：卡特总统毕业于此

美国的西点军校、海军学院等同样具有神秘色彩的地方也有着各自的博物馆，也是可以参观的。

位于马里兰州首府安纳波利斯的美国海军学院是美国海军最高学府。安纳波利斯位于美国首都华盛顿以东53公里，自称"世界航海之都"。2012年初，当我驱车来到美国海军学院时，但见壁垒森严，保安措施极为严密。门卫告诉我所驾车辆不能驶入学院，只能回过头来在学院墙外遍寻停车位。随后，必须在指定入口进入。根据美国海军学院规定，16周岁以上平民进入海军学院必须持附有照片的身份证明。

进入标有"美国海军学院"字样的大门后，我被带入一个大厅内等候接待。向外望去，可见美国海军学院濒临的塞文河和切萨皮克湾，景观甚美。美国海军学院校园开阔，始建于1899年的建筑群具有文艺复兴时期风格，宏伟壮观，其中班克罗夫特大楼号称世界上最大的高校宿舍楼。

我来到这一大楼时，正赶上海军学院学员每日队列操演，但见年轻学员一举一动务求中规中矩，纪律相当严明。

带领我参观的是一位名为乔治的退休海军军官。他首先申明"纪律"：在此院内，务必听从指挥，绝不允许擅行。他介绍说，美国海军学院的前身为1845年由时任美国海军部长乔治·班克罗夫特创建的海军学校，最初只在老塞文堡处占地10英亩。1850年，海军学校改为美国海军学院。现在的美国海军学院占地338英亩。学员从最初的55人发展至今天的4400人。1933年，美国国会批准海军学院对毕业生授予科学学士学位。课程也从当初的单一固定课程改为今日的 23 个专业课程。

乔治介绍说，美国海军学院的发展从一个角度浓缩了美国的历史。在其 167 年的历史中，美国海军学院培养出了 1 名总统（吉米·卡特）、2 名诺贝尔奖得主、2 名政府部长、13 名大使、24 名联邦国会议员、5 名州长、5 名海军部长、5 名参谋长联席会议主席，其中包括卸任不久的前参谋长联席会议主席马伦海军上将。此前有人传言老布什总统也毕业于美国海军学院，我就此求证时，乔治给予了否定的答复。

在美国海军学院名人录中，还有两人值得一提。一位是 1859 年毕业的艾尔弗雷德·塞耶·马汉。他被称为"19 世纪最重要的美国战略家"，其"海权论"理论至今都有很大影响。这一理论最为集中地体现在他于 1890 年出版的专著《海权对于历史的影响，1660—1783》。在美国海军学院博物馆内，专门有一部分介绍马汉，并醒目地悬挂他的名言："我们正在建设一支新海军——这个进程已经开始并正在进行。其长久的持续性是一个公开宣布的意图。"另一位便是二战期间美国海军五星级上将尼米兹。作为世界上唯一超级大国，美国海军的强大是一重要力量支撑，其理念概源于马汉的"海权论"，也反过来可以更深刻地理解今日美国。

在美国海军学院教堂的地库内，安放着美国独立战争时期海军英雄约翰·保罗·琼斯（1747—1792）的石棺。约翰·保罗·琼斯的名言"我还没有开始战斗"成为美国海军学院对学员进行激励教育的必修课。

美国海军学院学制为 4 年，毕业后可获得科学学士学位和海军少尉军衔或海军陆战队少尉军衔。海军学院毕业生毕业后，必须在海军或海军陆战队服役至少 5 年。

美国海军学院学员来自美国 50 个州和美国海外领地，也有极少数外国学生。学员必须经由总统、国会议员、海军部长推荐，另外接收一些美军伤残老兵和阵亡官兵子女。在美国海军学院 2015 届学员共计 1426 人，是从 19145 名报名者中挑选出来的，其中男生 1133 人，女生 293 人，绝大多数为白人。海军学院推行小班制，许多班不超过 22 名学生，到了高年级，一些班不足 10 名学生。

从入学第一天起，海军学院就一点一滴对学员进行军事化熏陶。海军学院的校园（Campus）不叫校园，而被称为"船厂"（Yard），地板（Floor）被称为"甲板"（The deck），墙壁（Wall）被称为"舱壁"（The bulkhead），洗手间（Restroom）被称为"军舰厕所"（The head），整个学员被称为"学员旅"，学员旅下分6个营，每个营由5个连组成。我来到学员宿舍，看到标准化的内务情形。

有趣的是，美国海军学院培养学生的目标也是"德、智、体"全面发展。这一提法与中国多年前就已提出的教育方针完全一致。

美国海军学院共分6个分队，每个分队下又分若干系。"工程和武器分队"下设航天工程系、电子和计算机工程系、机械工程系、海军建筑和海洋工程系、武器和系统工程系。"人文和社会科学分队"下设经济系、英语系、历史系、语言和文化系、政治科学系。"数学和科学分队"下设化学系、计算机科学系、数学系、海洋学系、物理系。"专业发展分队"下设海员和航海系、职业信息和军官职守系。"领导教育和发展分队"下设领导、道德和法律系、领导教育和发展硕士研究生项目、品性教育项目。"品性发展和培训分队"下设荣誉系、培训系、品性发展系。

主人介绍说，海军学院认为，德育在海军学院全部学习生涯是基础之基础。作为美国海军或海军陆战队未来指挥官，学员将很快对无价的年轻战士生命和价值数百万的装备负责。"军官发展"是海军学院为期4年德育主要课程。在美国海军学院的德育教育中，肯尼迪总统所言"海洋知识的重要远不仅仅在于好奇，我们的生存依赖于此"等理念不断得到灌输。

每一个学员的专业课始于工程、科学、数学、人文及社会科学等必修课，意在使每一位学员未来能够胜任海军或海军陆战队任何实际工作岗位。海军学院还通过"专业和领导培训"项目使学员参加各种实习，意在毕业后，使得海军的生活、纪律、习惯成为"第二天性"。首先，学员必须学会从任何人那里得到并听从命令。然后，学员必须学会自己做出可能会影响数百名学员的决定。

海军学院认为，海军和海军陆战队军官需要长期在极为困难的条件下生存、作战。为艰苦生活、作战环境打造出强壮体质成为海军学院教育的重要内容。体育通过一年级新生夏季培训、持续4年的体育课程和连续不断的各类体育比赛完成。

乔治特意带领我参观了美国海军学院游泳池、拳击场、健身房等运动设施。在海军学院，体育运动的意义绝不仅仅在于强体，而是"通过体育运动和各类体育比赛，培养学员的自豪感、团队精神和领导能力"。在海军学院运动大楼走廊内，有着历史上诸多体育名人像和各种奖杯、奖品，其中一个金色橄榄球上标明"西点军校 1890 年 11 月 29 日海军以 24 比 0 战胜陆军"。每年的美国海军与美国陆军橄榄球大赛成为两军之间争夺荣誉大战。在海军学院内，"去海军，打败陆军"是触目可见的标语。

将一名平民打造成为海军军官是一个必须咬紧牙关的痛苦过程，其中新生一年级夏季培训便是第一道鬼门关。在一年级新生夏季培训的 7 周时间内，新生必须每日早起晚归，不准看电视、电影及其他娱乐活动。通过培训，最终养成自律、安排时间、体能达到高潮、磨炼出在极为紧张的情形下清晰思考和意外发生时迅速反应的能力。在海军学院，我看到下列每日作息时间表：早 5 时 30 分：起床；6 时 30 分：列队集合；6 时 30 分至 7 时：连队训令；7 时：队形操练；7 时 15 分：早餐；7 时 55 分至 11 时 45 分：上课；中午 12 时 05 分：午餐列队；12 时 10 分：午餐；12 时 50 分至 1 时 20 分：训令；下午 1 时 30 分至 3 时 30 分：上课；3 时 35 分至 6 时：体育运动；6 时 30 分至 7 时 15 分：晚列队及晚餐；晚 8 时至 11 时：晚自习；晚 11 时：一年级新生熄灯；午夜：所有学员熄灯。

美国海军学院学生毕业后可有多种选择。身体素质良好的多被派往世界各地的舰艇、潜艇、"海豹突击队"、特种部队或海军陆战队。被挑选在美国海军水面舰只工作的毕业生有机会选择在何种舰只上供职以及执行第一次任务的母港。此类毕业生的第一次执行任务时间为 24 个月。作为一名刚刚毕业的海军少尉，他或她将带领 12 至 50 人的团队。被挑选在核动力航母、核潜艇或载有核武器舰只上工作的毕业生通常被认为是最优秀的学员。这些被选中的学员还将进入位于南卡罗来纳州的核动力学校继续攻读 6 个月，然后在一个核反应堆样机处接受半年培训，之后向所供职的舰只报到。即将到核动力潜艇工作的毕业生除接受上述培训外，还将至位于康涅狄格州新伦敦的海军潜艇学校再学习十周潜艇军官基础课程。他们第一次在各式核动力潜艇上工作的时间约为 36 个月。

还有一类毕业生愿意成为海军飞行员，这类学员将到佛罗里达州或得克萨斯州接受新的培训，并依机型不同接受 12 至 24 个月的培训。此外，还有约 30% 的毕业生愿意到海军陆战队供职。这些毕业生将到弗吉尼亚州的匡蒂科海军陆战队基地接受 26 周的训练，海军陆战队训练分为陆地和空中两部分。结束训练的毕业生被分配到海军陆战队后，将作为少尉领导 35 至 43 名士兵。

刚刚毕业者可获海军少尉军衔，其基本月工资为 2745 美元，补助 223.04 美元，单身住房津贴为 1449 美元，有家室者住房津贴为 1836 美元。此外，出海补贴为 100 美元，飞行补贴为 125 美元，潜艇补贴为 230 美元，核动力奖金为 1.5 万美元，完成一次核动力舰只培训后补发 2000 美元奖金。

说到博物馆，还不能不提全国武器博物馆。

18 枪文化与枪政治，悲剧的死结

> 一个如此看重生命的国度，为何频繁发生枪击命案？在独立战争、西部大开发等历史背景下，拥枪自卫被普遍认为是核心价值体现；美国宪法第二修正案被视为宪法依据；政客们都明白，每支枪的后面都有一个"伤不起"的选民；全国步枪协会背后的利益集团拥有大量的选票；控枪还是管人，这是一个无法摆脱的怪圈，是一个徒劳无奈的死结。

全国武器博物馆位于弗吉尼亚州费尔法克斯县沃尔普斯米尔路 11250 号一栋深蓝色大厦内，这栋大厦也是美国全国步枪协会（National Rifle Association，NRA）所在地。

当我第一次到这里参观时，两名黑衣保安相当警觉。他们先是用步话机与大厦内联系多时，最终允许我入内参观时，要求我将手机、相机留在门外，另告参观时也不准记笔记。

全国武器博物馆的入口处在最为醒目处镌刻着美国宪法第二修正案。1791 年通过的美国宪法第二修正案是美国权利法案的一部分。第二修正案全文为："一支训练有素的民兵，对一个自由州的安全实为必要，民众拥有并且携带枪支的权利不容侵犯。"迄今为止，美国所有与枪支管理有关的巨大争议均源于对此修正案的法理解读。

有着 430 万成员的美国全国步枪协会成立于 1871 年 11 月 17 日。这一展览表明，美国是一个从建国之初便具有尚武特质的国度。

这一博物馆内陈列着美国各个历史时期及世界各国各类枪支，其中一个角落专门展出美国总统西奥多·罗斯福的枪支收藏，提醒着人们美国历史上多位总统均为全国步枪协会会员，也暗示着这一协会迄今仍为美国最为强大的利益游说集团之一。

愈发血腥的枪击案

近年来,美国因枪击导致的血案接连不断,相关报道的渲染给人以美国社会极不安全的印象。这多少是一个错觉。美国是一个媒体发达的国度,任何一个社会新闻,特别是出了人命的血案新闻都会大篇幅报道,加之相关媒体对于这类新闻高度关注,造成了这一错觉的产生。美国确实存在与枪有关的社会安全问题,但美国并非因这类事情的发生而变得如入战场般格外不安全。

然而,对于一个社会而言,枪击血案接连不断确实是一个大问题,毕竟人命关天,尤其是在像美国这样从观念上如此看重生命的国度。

在一个如此看重生命的国度,如此频繁地发生伤害生命的血案,且血腥程度不断升级,人们总要问一个为什么。

在美国总统奥巴马第二任期内,枪支管理成为他不得不尽力解决的问题。国事千头万绪,枪成为必须处理的急务,这倒是美国特色。

对将奥巴马攻击得体无完肤的继任者特朗普来说,他遇到的类似血案麻烦一点也不比奥巴马少。

拉斯维加斯,这座在沙漠中建造起来的美国赌城,尽显着人性的光怪陆离,如今又因为2017年10月1日一起死伤最为惨痛的枪击案震惊了整个世界。

那一天是星期日,曼德勒海湾酒店对面约500米处的露天音乐厅正在举行一年一度的乡村音乐节活动。当晚10时许,当上万名观众正在与台上多名乡村音乐歌手处于演出亢奋高潮之时,突然响起一阵枪声。

激越的乐曲、歌手投入的演唱和观众的喝彩声使得许多现场观众并未在第一时间意识到杀戮的来临。第一阵枪响开始后的数秒之后,有人开始倒下,台上一些歌手慌乱地跑向后台,人群中的恐慌才像巨大的涟漪迅速蔓延开来。在密集的自动武器射击声中,在场人们紧急疏散,四处躲避,到处相互挤压,越来越多的人倒在血泊之中。

如同每一次突发事件一样,美国媒体对这一枪击案进行了滚动式追踪报道。欢乐的音乐节数分钟内变成了血腥的杀戮场。死亡人数从最开始报道的2人一直滚动到至少59人,伤者至少为527人,因此成为美国现代史上死伤人数最多的枪击案。

当地警方在枪击事件发生后72分钟终于将目标锁定在酒店32层的一处房间。当警察最终进入房间后，他们发现枪手已吞弹自尽。这一"独狼"型枪手名为史蒂芬·帕多克。

美国总统特朗普称帕多克是一名"病态"和"疯狂"的人。果真如此，帕多克何以如此"病态"，他又是为何"疯狂"？

10月2日上午，美国总统特朗普发表全国电视讲话，宣布10月2日至6日，美国所有公共建筑、军事基地、海军舰艇、驻外使领馆和外交机构等降半旗致哀。当日下午，特朗普总统、彭斯副总统等多名高级官员在白宫南草坪默哀，向死难者表达哀思。特朗普于当日发表声明说，枪击事件是"绝对的邪恶"，是一段"黑暗的时期"，"今天所有美国人带着悲伤、震惊和哀痛的心情聚在一起"。

枪击案遭到了来自全世界的谴责，遇难者得到了哀悼，受伤者得到了祈福。特朗普专程赶至拉斯维加斯以示关怀。

枪击案，又是枪击案！此时人们更想知道为什么和怎么办。面对记者提及的"枪支暴力"问题时，特朗普以"我们今天不谈这个"予以回避。事实上，自这起枪击案发生后，白宫对相关的控枪等深层次问题一直回避态度。

白宫的态度很可以理解。因为这是一个根本无解的问题，也很可能因为分寸把握不当而自打耳光。在2016年竞选期间，特朗普表示支持宪法第二修正案，反对实行控枪，要求纽约州允许隐藏式携带枪支。在美国不断发生枪击血案的背景下，特朗普支持实行联邦背景调查制度，以防止有犯罪记录和精神问题的人拥有枪支。不当家不知家难当。前任奥巴马政府曾力主更为严格地控枪，但仍因屡发枪击案而焦头烂额。面对这起创纪录的枪击案，现在的白宫主人应更能真切体会进退两难的窘迫。

2008年竞选时，奥巴马就信誓旦旦，称要加强枪支管理，八年干下来未见大的作为，徒见不断冲击媒体头条的各类血案，以及血案发生后种种悲戚和一轮又一轮走马灯般的轮回。

我在美国工作期间，经历了2009年11月5日得克萨斯州胡德堡陆军基地枪击案、2011年1月8日亚利桑那州图森市枪击案，仅2011年7月23日一天，得克萨斯、佛罗里达、西雅图市和芝加哥接连发生枪击事件，2012年7月20日科罗拉多州丹佛市郊电影院枪击案、2012年12月14日康涅狄格州纽顿桑迪胡克小学惨案、2012年12月24日纽约州第三大城市罗切斯特市韦伯斯特小镇枪击案等多起枪击血案。此外，继2012年12月14日康涅狄格州纽顿的桑迪胡克小学发生恶性枪击事件后，田纳西州的孟菲斯、堪萨斯州的托皮卡、拉斯维加斯、亚拉巴马州一家医院、密苏里州等地密集发生枪击案件。美联社12月24日报道说，美国联邦调查局一项统计表明，自2006年至2010年，仅12岁以下孩子就有561人在枪击案中被杀，这一数字还不包括与枪支有关的被"误杀"的孩子。当然，我所经历和报道出来的枪击案只是九牛一毛，相关统计也很不完全。

时至今日，美国既为世界人均拥枪率最高的国家，也是发生枪击案最多的国度。美国"烟酒和火器管理局"早在1998年的统计就表明：美国民间约有2.3亿支枪，其中步枪约有7300万支，手枪6600万支，猎枪6200万支。全国有枪的家庭接近半数，南部更高，达70%。2010年美国发生近1.3万起谋杀案，其中8775起是枪支谋杀，约占2/3。另有统计数据显示，全美每年大约10万人遭到枪击，超过3万人死亡。

美国人的枪文化与法理悖论

拥枪众多是美国标志性现象之一。我自科罗拉多州丹佛沿70号公路一路东行时，沿途常常可见"枪店"大字招牌。美国公民拥有和携带枪支有着深远的历史、文化和政治背景。在美国独立战争、西部大开发等历史背景下，拥枪自卫被普遍认为是美国人自由、人权的核心价值体现。在长期的枪支文化积淀中，拥枪甚至成为权利和男人气概的象征。人们从好莱坞大量西部片中关于舞枪牛仔的各类描写中可见一斑。美国自二战以来在世界各地的穷兵黩武催化其国内暴力倾向，加之多媒体中各类"超人"血腥暴力的诸般演绎，枪文化在美国大行其道。

射击可以成为一项体育运动，也有娱乐功能，但枪的本质是杀害。在一个3亿多人口的国度，民间拥有2亿多各种枪支，各类枪击血案频发早已成为美国社会的痼疾。痼疾难治，在于梗阻太多。如同种蒺藜者必得刺一样，平民持枪总数达 2 亿多支的美国逃离不了枪击案不断发生的厄运，其原因在于陷入多个悖论旋涡中的美国根本无法控枪，也难以掌控拥枪的人。

最大的悖论关乎法理。美国崇尚依法治国，也崇尚个人自由。有着 430 万成员的美国全国步枪协会是全美最具权威的拥枪游说组织，对政客所看重的选票有着巨大的牵制能力。拥枪者将美国宪法第二修正案视为之所以可以拥枪的宪法依据，并将此与个人自由直接挂钩。美国的立法程序早已注定，试图推翻这一修正案几无可能。2008 年 6 月，美国最高法院对哥伦比亚特区与赫勒案进行裁决时，以 5∶4 的投票明确，拥枪是个人权利，而不论其是否为"民兵"。2010 年，最高法院裁决第二修正案对州及地方政府的适用范围与联邦政府一样。两次裁决之后，想要从法理上推翻拥枪权的争辩者几近绝望。

血案之后，政治家们往往在做出悲戚的姿态后便不了了之。2012 年底桑迪胡克小学 20 个孩子的鲜血给予美国前所未有的震撼。时任美国副总统拜登说，"我从未见到不断发生的枪击惨案使得这个国家的良知受到如此震颤"。此后，奥巴马就枪支管理问题签署 23 项政令，终于迈出了力求有所作为的一步。

奥巴马的新举措立即遭到美国全国步枪协会的抨击。我随即屡屡与全国步枪协会进行联系，希望听听他们的看法，但对方一直未予回复。

奥巴马宣布枪支管理举措后，美国国会共和党新星、古巴裔参议员卢比奥抨击说，奥巴马的主张无法阻止类似桑迪胡克小学悲剧的发生。奥巴马将矛头指向遵守美国宪法第二修正案的公民，却没有寻求发生枪支暴力活动的真正原因。堪萨斯州共和党众议员休斯坎普和艾奥瓦州共和党参议员格拉斯雷等人说，"宪法第二修正案不可谈判"，奥巴马"试图利用行政命令手段戳破第二修正案是在攫取权力"。奥巴马的举措也在美国一些州内引起强烈反弹。怀俄明州议会共和党人提出一项法案，提出不允许联邦政府限制"攻击性武器"的销售，如果一名联邦机构成员强行执行这种禁售，将是一种可面临五年监禁的重罪。田纳西州议会、密西西比州政府也有类似举动。

依法治国是美国的立国之本，但对宪法第二修正案的不同解读使美国社会陷入巨大的法理悖论之中。如何解释有人利用拥枪自由杀害了众多无辜生命，从而剥夺了别人的基本人权？如何解释有人利用拥枪自由在威斯康星州锡克教庙内大行杀戮，从而不仅剥夺了别人的人权，还侵害了别人的宗教自由？各种自由之间有无需要相互制约之处，其平衡点又在哪里？凡此种种问题，极大地困扰着美国社会。在各执一端的两极化社会形态中，美国民众倍感悲哀、愤怒、沮丧与无奈。

在上述问题面前，美国民众莫衷一是。曾在芝加哥大学教授宪法学的奥巴马承认宪法第二修正案赋予个人拥有枪支的权利，同时又说，"没有法律或一整套法律能够完全预防每一个毫无理智的暴力行动，没有一个立法能够防止每一个悲剧，每一个罪恶行动，如果哪怕我们能够只做一件减少暴力的事情，哪怕我们只能拯救一个生命，那么我们也有责任去努力尝试"。

如同先有鸡还是先有蛋的争论一样，在美国，是枪杀人还是人杀人的争论也是吵得一塌糊涂。每遇枪击血案，控枪的声浪便顿时高涨，但拥枪支持者一再争辩说，枪本身不会杀人，而是拥枪人使用武器杀人。他们还争辩说，如果每个人都有枪，案发时以枪制枪，枪击案的发生率反而会减少。

在法理的权衡上，生命无疑至高无上，这一点在美国没有争议。争议在于如何预防更多的生命倒在枪口之下，枪击血案的祸根到底是枪还是人。

全国步枪协会主席基恩、首席执行官拉皮埃尔等人一再申明，是人而不是枪造成了枪击惨案，因而仅对枪支进行管理不是治本之策。他们的逻辑是，如果人人拥有枪支，这个社会将会更加安全。科罗拉多州电影院枪击惨案发生时，如果现场观众有枪，就会当场制止凶手继续行凶。如果桑迪胡克小学教师有枪的话，也不会使那么多孩子丧生。因此，阻止拥枪坏人的唯一办法是好人也有枪。他们认为解决美国枪击案应从人的精神健康护理入手，而不是发生枪击案后便高喊禁枪，恰如发生纵火杀人案不能高喊禁火禁汽油和发生砍人案后高喊禁刀一样。全国步枪协会网站播发的一段视频中称奥巴马是"杰出的伪君子"，因为奥巴马反对在学校安排更多的武装保安，而他自己女儿的学校则受到美国特勤局秘密警察的保护。

拉皮埃尔在华盛顿举行的"不准提问"的新闻发布会上称，枪支管制的法律不会阻止类似枪击事件的发生，唯一的办法就是"用持枪的好人来对付持枪的坏人"。他呼吁在学校设立武装警察。他说"如果要求武装校园是疯狂的建议的话，那就说我疯了吧"。当主持人向其追问枪支管制法案是否有效时，拉皮埃尔说，枪支控制法案从未见效，也不会使孩子们更加安全，"所谓禁枪立法都是假的，全是建立在谎言之上"，根本无法在国会获得通过。基恩在接受采访时称，大规模枪击案的原因异常复杂，难以界定，不能对其采取简单而直接的措施。而美国社会对枪击案总是反应过激，一旦发生枪击案就有人提出对枪支一禁了之。《枪愈多，犯罪愈少》一书作者洛特认为，对枪支严加管理将使得恶性枪击案发生得更多。自 1950 年以来的统计表明，除个别案件外，欧美国家所有发生死亡三人以上的枪击案的地方都是诸如学校这样禁枪的地方。

奥巴马的继任者特朗普在枪击案一事上便持与全国步枪协会一样的立场。特朗普 2017 年 4 月 28 日在亚特兰大市出席美国步枪协会年会时公开表示，过去 8 年来美国对拥枪权利的侵犯已经结束，他将继续支持步枪协会。他说，"你们在白宫有一位真正的朋友和支持者"。

"难呀，难呀！"华盛顿市中心 KITA 大厦职员朱安娜在接受我采访时说，"这自由，那自由，自由多了自己跟自己打架。""全国步枪协会那些家伙都疯了！我可不同意让学校老师都佩带枪支，"站在旁边的埃利娅女士做出打枪的姿势比画着说，"孩子们应该在一个很放松、很舒适的环境中学习。老师屁股后面别着一把枪算什么？！""现在的学校都成什么了？"人高马大的托马斯也加入谈话，"吸毒、枪击案，都快成战场了！"

"全国步枪协会早已同造枪业签了合同，所以他们反对控枪，"在参观全国武器博物馆后，来自纽约的汉克夫妇在接受我采访时说，"那些攻击性武器绝对应该禁售，因为那是军队才能使用的家伙。"

《纽约时报》专栏作家克里斯托弗在题为《枪与一只鹅的教益》的文章中写道，他本人成长于俄勒冈州亚姆希尔县一个农庄，那里的人们几乎家家有枪。一户农家的一只鹅因常常跑到邻居领地的喂羊水槽内捣蛋而使得主人十分气愤。一天，当这只鹅再次跳进水槽时，主人顺手拿起枪来准备开火，此景刚巧被鹅的主人见到，也立即抄起枪来对准了邻居。在羊主人家主妇的极力劝说下，这一场为一只鹅可能闹出的人命案才平息下来。克里斯托弗感慨道，这些邻居平时都是守法好人，只是因为手中有枪才会有这种危险的对峙。枪并没有使美国更安全。在很多情形下，枪并没有用来保卫我们，而常常使事态升级。奥巴马说，自从桑迪胡克小学枪击案后，美国发生的枪击暴力活动又夺去了 900 余人的生命。其实，真实数字远不止于此。他认为，控枪确实能够减少悲剧发生。在美国控枪法律最为严格的10个州中，其中7个州与枪支暴力有关的死亡率也最低。与此相应的是，那些控枪法律宽松的州内死于枪下的人数更多。

拉皮埃尔关于"武装学校"的言论在美国社会广遭非议，但其列举的导致美国社会充斥枪支暴力的诱因却不无道理，其中包括好莱坞电影中的凶杀场面、新闻媒体对暴力事件的报道、刺激情绪的流行音乐以及网络暴力游戏等不断泛滥的暴力文化。加之经济不振和政治极化的灰暗氛围，失意、失望和失态的发泄常常演变为枪击血案。斯彭格勒一手制造的枪击血案便是最新一例。至于这一痼疾的解决前景，拉皮埃尔"根本无法在国会获得通过"的威胁并非空穴来风。《华盛顿邮报》一篇评论的题目就是《我们的制度正在悬崖之上》。在美国现行制度下，枪和人都是管不住的，其结果便是悲剧仍将不断发生。

那么好吧，在做了妥协之后，大家似乎都同意对想要拥枪者做更为严格的背景和精神健康审查，但事实证明，这也是一个谁也说不清的问题。2017年拉斯维加斯枪击案案犯帕多克顺利地拥有如此多的武器，却没有被检查出有任何问题。

2011年1月8日发生在亚利桑那州图森市的枪击案之所以引来如此强烈震撼，除因伤亡人员众多而惨重外，还因为重伤者包括美国国会众议院女议员吉福兹，死者中除了一名联邦法官外，还有一位名为克里斯蒂娜·格林的9岁女孩。小格林出生于2001年9月11日，也就是"9·11"事件事发当天。有美国媒体慨叹道，如此巧合不能不令人更加痛感这又是"一个可怕的美国悲剧"。

亚利桑那州图森市与墨西哥交界，在美国是一相当偏远之地。2010年我曾在那里采访，除多有巨大的仙人掌和土黄色低矮房屋等直观外，人烟稀少和拉美裔居民较多给人留下了较深印象。自去年以来，偏于一隅的亚利桑那州屡屡成为全美关注的焦点，其原因之一便是该州曾通过连联邦政府都明确反对的严苛移民法。

图森枪击案发生后，再次引发了美国社会的反思。这一反思首先触及的仍为是否应该对枪支进行更为严格管理的老话题。奥巴马曾允诺推动更为严格的枪支管理，但在某些政治利益集团的反对下，其立场有所退缩。具有反讽意味的是，2010年，亚利桑那州与阿拉斯加、佛蒙特等州刚刚通过新规：允许任何一位 21 岁以上公民在没有背景调查的前提限制下携枪出行。此次血案发生后，有美国舆论再次呼吁，除军方和执法部门外，没有理由允许民众购买和使用具有如此大杀伤力的半自动枪支。但也有论者指出，在美国历史上，此类呼吁不胜其多。2007 年弗吉尼亚理工学院恶性枪击案后，民众就曾有过类似呼吁，但此后不了了之。在很多人将拥有枪支视为"神圣不可侵犯之合法权益"的美国，想要在严格控制枪支问题上有所作为极为艰难。

已有证据表明，此次血案凶手是一名"问题青年"，且被称是一名常在网络上"胡话连篇"的"偏执狂"。尽管迄今为止难以断定作案凶手的政治动机，但美国社会的反思越来越多地集中在此案引发的政治含义。在亚利桑那州，如何应对拉美移民问题是极有争议的问题。身为民主党议员的吉福兹与该州共和党州长的立场便有明显差异。此外，在美国备受争议的医疗改革等问题上，吉福兹支持奥巴马政府立场，也因此被某些共和党人视为"眼中钉"。

2010 年美国中期选举前后，党派政治色彩之浓烈达到新的峰值。不同政治对手间的尖酸攻讦不断升级，且不乏暴力隐喻。在恐惧、愤怒、仇恨、偏执、不容忍气氛的蛊惑和煽动下，政治暴力威胁渐成美国社会重大隐忧。2010 年，美国国会收到的针对联邦议员的威胁较上年增长三倍以上，几乎所有的威胁都来自医疗改革的反对者，吉福兹本人的办公室就曾因此遭到破坏。在此次血案中丧生的联邦法官罗尔生前也曾收到数百个死亡威胁电话。在此类政治暴力意象的催化下，加之合法拥有枪支的便利，那些本来就踉跄于精神健全边缘的人就很容易将威胁突变为厄难。

在奥巴马控枪的提议中，禁售"攻击性武器"是其主要内容。然而，在实际操作中，甚至连界定"攻击性武器"也是一件极为困难的事情。

在美国的枪支发烧友网络论坛中，人们对什么是"进攻性武器"有着激烈的争论。一些人争论说，"攻击性武器"是一个被政治化的字眼，谁都无法对其有一个被普遍接受的界定，所谓"进攻性武器"最终也不会退出市场。

另有人争论说，桑迪胡克小学枪击案凶手所使用的 AR-15 型半自动步枪就是"攻击性武器"，这种半自动步枪与美军使用的 M-16 半自动步枪类似，其特点是这种半自动步枪有着可拆式弹匣、手枪型枪柄、消焰器、可折叠枪托。有着这些特点的枪支设计初衷是其将被用于战场，以便尽可能迅捷地杀伤敌人。

但反对控枪者只同意将军队和执法部门使用的全自动步枪列为"进攻性武器"。他们说,那种半自动步枪应被称为平民版的"技术型来复枪"或"现代运动步枪"。他们争辩说,任何企图禁售"进攻性武器"的努力都被误导,因为被讨论的枪支只是样式不同而已。来自密歇根州的律师和枪支专家霍华德认为,"任何运动型火器与攻击性武器之间区别很小"。

来自印第安纳州的枪贩彼得森2008年因出版一本题为《攻击性武器指南》的专著而与出版商进行了激烈交锋,原因就是"攻击性武器"一词会引起造枪业利益集团的愤怒。1994年,美国国会通过禁售"攻击性武器"的法案后,美国造枪业对任何使用"攻击性武器"的人都持敌意,并试图搞臭这些人。彼得森的专著出版后,美国全国步枪协会拒绝在其网站销售这一专著。2010年,彼得森将同样内容的书换了一个书名《技术来复枪指南》后,该书才得以在美国全国步枪协会网站销售。

惹不起的枪政治

还有一个虽难以言传,但却是公开的秘密,那就是枪文化背后还有个枪政治。

奥巴马所指"根深蒂固的政治阻力"之一便是与美国军工产业和共和党人士有着千丝万缕利益联系的全国步枪协会。

美国社会一个耐人寻味的现象是,当奥巴马宣布控枪举措后,全美各地买枪者人数大增,一些枪店的"攻击性武器"枪种售罄,买家需等待一年才能到货。仅2012年一年,全国步枪协会成员猛增25万人。2012年的美国大选年表明,全国步枪协会在美国政坛呼风唤雨的能量早已令华盛顿的政客们噤若寒蝉。

2013年1月17日,《华盛顿邮报》的社论题为《枪支暴力的大日程》,副标题则为"下一步是确保其中一些事情得以落实"。社论认为,控枪一事不仅关乎法律,也关乎美国文化与精神健康,"麻烦在于,整体而言,这一揽子建议在政治上或许是不现实的"。以全国步枪协会为代表的强大的游说集团将全力阻止国会通过禁售攻击性武器等相关议案。支持控枪的议员必须考虑其"政治安全"问题。在这种情形下,奥巴马一揽子立法建议中只有一部分内容可能获得国会通过。

在全国步枪协会等游说集团的攻势下，甚至一些美国国会民主党人也表现出退缩。2013年，时任美国国会参院司法委员会主席帕特·莱希对于举行一系列相关听证会含糊其辞。时任参院多数党领袖里德公开谈论奥巴马的建议难以在共和党控制的众院获得通过，并对禁止销售攻击性武器表明退却立场。

枪支文化伴之以枪支政治，枪支管制就变得更为纠结。在拥枪与禁枪两股政治势力的角逐中，后者早已沦为弱势。2007年，拥枪游说集团游说的开支为1959407美元，而禁枪游说集团则只有60800美元。美国是一个"用金钱说话"的社会，没钱就玩不起政治，没钱更拉不来选民。许许多多的政客都明白，枪支管制是一个沉重的话题，每支枪的后面都有一个"伤不起"的选民。2012年早些时候，共和党总统候选人进行初选，正值美国势力强大的全国步枪协会举行全国代表大会。这些总统候选人争先恐后前往表态，其言甚切，其态更恭。何故？全国步枪协会背后是造枪者和拥枪者组成的利益集团，那里有数不清的选票啊！

丹佛血案发生后，一些大报评论指出，我们必须重新考虑美国的枪支管理法律；确实没有理由允许普通人购买枪支；他们不需要用枪去打猎，也没必要用枪来自卫……然而，任何提及加强枪支管理的呼声，都会被反对者斥之为"利用"枪击案悲剧。美国已经被周而复始、毫无成效的争论折腾得疲惫不堪。政治家太害怕枪支游说集团。《华盛顿邮报》无奈地表示："我们不期待这次屠杀会带来更多理智的法律，我们懂得美国的政治。"

桑迪胡克小学血案后，时任美国总统奥巴马参加了为这一惨案举行的守夜活动，并激愤地表示，他在枪击案发生后的数日内一直对此事进行反思，美国不能接受对这类事件习以为常。"我们真的准备说我们在这种残杀面前无能为力、政治太困难吗？如此年复一年屡屡发生在孩子身上的暴力真是自由的某种代价吗？""这个国家的所有孩子都应有着幸福人生的机遇，我们真能够说已经为此竭尽全力了吗？"奥巴马自问自答，"如果我们诚实地抛开自我，答案则是否定的。我们将不得不进行改变。"

奥巴马说，没有一项法律，没有一套法律能够从世界上消除罪恶，或在美国社会防止每一个无情的暴力行动，但这不能成为不作为的借口。奥巴马说，在未来数周内,他将使用手中所拥有的各种权力与执法机构、精神健康专业工作者、家长和教育工作者共同努力防止类似悲剧发生。据悉,奥巴马这一颇为动情的讲话稿基本上是自己动手写成的。

事实证明,奥巴马什么也没有改变。美国仍在一次又一次的血腥中轮回。

在政治利益的权衡下,华盛顿的政客们甚至已经不敢就枪支管制问题展开辩论。美国司法部多年前就有一个关于对枪支严加管理的计划,但一直被束之高阁。在叹息美国经历了太多类似事件的同时,美国总统做出"必须采取有意义的行动,而不论政见如何"及必须"改变"的姿态终显空洞。悲剧制造者到底是枪还是人的古老争论仍将继续,最终将不了了之。当悲愤的热议渐趋平复,又一阵枪声带来的血泊将掀起新一轮波澜。

受害者多为孩子们的悲剧或可换来个别枪种的禁售等细微改变,但悲剧的根除依然是奢望。

美国一次又一次表现出深重的惶惑与无奈。人性的善良并未泯灭:悲痛欲绝的国人,哽咽落泪的总统,白宫前的烛光悼念和立即降下的半旗。在拥有枪支的"人权"招牌庇护下残忍地杀人。在如此纠结的悖论面前,人类的良知仍在发问:为什么会是这样?为什么,为什么?

就在本书本节写作之时刚刚过去的这个周末,美国第三大城市芝加哥再次经历血腥案件。当地警方提供的数据显示,从当地时间 2018 年 8 月 3 日晚(周五)到 5 日午夜(周日),芝加哥地区共发生了 33 起恶性枪击案件,有 66 人先后遭枪击,其中 12 人死亡。

血腥改变不了无助的美国。这就是美国的悲剧。这是一个无法摆脱的怪圈。根源不除,悲剧仍将不断发生,这是一个徒劳无奈的死结。

什么是根源?枪是根源吗?但美国的枪禁不了,控不住,管不过来。

人是根源吗?美国的人同样禁不了,控不住,管不过来。

所有的控枪措施、管人办法都只具有相对意义和相对效果。要让这个世界从此听不到美国发生与枪支有关的血案,那是不可能的。

因为,在这个问题上,美国选择了自由,自由也是要付出代价的。

这种自由找到了神圣不可侵犯的依据,那就是——法律。

法律至高无上。

19 "这是法律!"

> 美国的自由绝非随心所欲,反倒令人感到动辄得咎;法律法规一旦制定,便有极强的执法举措,形成威慑;公德是在严厉的法律制约下逐渐养成的;白宫请愿网并非一块任由考拉或袋鼠奔跑的荒地,这里是画有"红线"的;知法、执法者违法,其信誉轰然崩塌,公职难保;官员财产公示、申报制度要旨在于确保"手莫伸,伸手必被捉";事实准确是防止媒体滥用职务行为最基本的要求;新媒体发展使得相关法律出现盲区。

曾与一位美国友人谈及驻美感受,论及中国可以向美国学习什么时,我的答复是"可学之一便是依法治国"。

当然,我的这一判断也是有条件的,即我不认为美国自身所做的一切都是在严格地遵循本来意义上的"依法治国",法律在美国人的手中也会被玩坏,特别是在国际关系领域。多年来,我们在国际舞台上已经见惯了美国为了一己私利,以"法律"之名行霸道之事,将其国内法演绎成为一根大棒,在世界各地挥舞。即使是在美国国内,因近年来的政治极化,连负有解释宪法重任的最高法院也难免党派色彩,其做出的判决也因此多有争议。

以上这些不是本章论述重点。我想强调的是从更为纯粹意义上论及的依法治国及国民应有的遵纪守法。

2013年5月31日中午时分,我在住所内突然听到地下室处发出怪声,急忙查看,只见地下室设备间水管断裂,出现枪射般喷水。电话急呼住所所属的福尔斯彻奇市市政部门来此救援。对方倒是很快赶到了,到后将住所前院一处总水闸关掉。此后,我请他们入室修理裂管,一工作人员指着房前草坪边沿说:

"我们只能到此,不能入室,因为这是私人财产。"

"这是法律!"他看着我的眼睛说。

那么断裂的水管怎么办?对方告可通过房地产公司请管工前来修理。于是立即与房地产公司联系,直至下午4时30分来人,修好裂管。

经历这样一件事,留给我印象最深的就是这句"这是法律!"。

也吃过两张罚单

美国自称是一个自由的国家。但这种自由绝非随心所欲,反倒是令人感到动辄得咎。因为美国的法律很多、很细,稍有不慎,便可能触犯法律。

在美国工作期间,我严格遵守交通规则,可谓慎之又慎,尽管如此,2012年11月还是收到一张寄来的交通违章罚单,细看之下,不禁哑然。原来那天在华盛顿市内K街行驶时,那段路限速每小时25英里,我当时的时速为38英里。100美元的罚款网上支付后,收到一份确认回执。

2013年8月21日一早,我结束了在亚利桑那州的采访后,驾车驶入新墨西哥州境内。见到后方有警灯闪烁,我将车驶到左道,为的是给警车让路。但见那辆警车又跟到左道,我便转回右道,为的还是给警车让路。不承想这辆警车打开大灯并鸣响警笛。我知道,这是在警告我将车停在路边。一番查问后,我告诉警察,我一直在为你让路。警察则称他还以为我酒后驾驶。了解真情后,这位警察说,"根据法律,还是要开一警告罚单,但不罚款,就此了事"。这也因此成为我在美国工作期间唯一一次在路上驾车时被警察叫停,理由还是"根据法律"。

我的居所附近有一所小学,门前的路上常见黄色大校车来来往往。令人印象最深的是,每当校车接送孩子时,校车前后的车均耐心地停下来,等孩子上下完毕,校车停车标志牌收起后,前后左右的车才可以慢慢通行。这样做不仅仅出于公德,也因为这样做是根据相关法律规定。

在多如牛毛的法律法规面前,你如履薄冰般谨言慎行,那么你就是自由的,否则便可能惹上麻烦。依法办事社会环境的形成,并非依赖人性善,而是法律法规一旦制定,便有极强的执法举措跟上,形成法律的威慑。

在美国生活和工作,处处离不开法律,处处在依法治理。

亲历美国人口普查

根据美国宪法，每 10 年要进行一次全国人口普查。因美国国会众议院议员按各州人口比例分配名额选出，美国于 1790 年第一次进行人口普查，以决定各州在联邦众议院的代表席位。随着时间的推移，除政治因素外，美国全国人口普查更多地融入了经济等关乎社会全面发展的元素。美国人口普查局成立于 1902 年。除每 10 年一次的全国人口普查外，人口普查局每年还从事 200 多项社会调查，其中包括美国社区调查、当前人口调查和每 5 年一次的经济数据调查等。

2010 年 3 月 10 日，我收到由美国 2010 年人口普查局主任罗伯特·格罗夫 3 月 8 日签署的信件，信中说"从现在起的一周时间内，你将收到 2010 年人口普查表。当你收到这个表格后，请迅速填写并寄回"。信中还说，"你的回复很重要。2010 年人口普查将有助于帮助每个社区在公路、学校、医疗设施等许多方面享有你和你的邻居所需要的公平份额。没有全面、准确的人口普查数据，你的社区可能得不到公平的份额"。

果然，一周之后，我收到美国 2010 年人口普查表。随表还有一张小卡片，上面用包括中文在内的 6 种文字标明："当您填写 2010 年人口普查表的时候，如果需要帮助，请拨打免费电话。"按照这张卡片提供的中文信息，我拨通了免费电话。"请问在美国的外国人需要填写人口普查表吗？"我用汉语发问。"噢，请等一等，我去查一查。"对方显然是一位母语非汉语的小伙子。过了片刻，小伙子用不流利的汉语说："如果你是……多时间住在这里……一年里面……规定说……"听着有些费劲，我改用英语问："一个外国人需要填表吗？你只需回答是或否。""不，我不能用英语回答你……这是规定，"小伙子非常认真地用汉语费力回答说，"规定说……要填。"

2010 年美国全国人口普查旨在为当年 4 月 1 日美国的人口情况提供最为精确的数据，不论其是否为美国公民，也不论其种族，所有人口均在普查之列。

自 2008 年秋天开始，美国就已经为 2010 年全国人口普查进行了工作人员组织、在全国范围内挨家挨户核对地址等工作。2010 年 1 月，我在采访大华盛顿地区华人华侨迎新活动中，就注意到美国人口普查局专门在现场设立摊位，就 2010 年人口普查工作向华人做普及宣传工作。

工作人员向来访者解释说,美国人口普查数据之所以重要,在于每年联邦政府都将部分根据人口普查数据向各州划拨约 3000 亿美元资金。人口普查数据将帮助地方政府决策在何处建设道路、医院、幼儿园、学校和养老院等。企业将根据相关数据决定在哪里建设超市、新的住房及相关设施。他们还强调说,这次美国全国人口普查的问卷只有 10 个问题,是历史上问题最少的人口普查表格之一,只需 10 分钟便可填写完成。根据法律,人口普查局不能与任何人违法分享人口普查资料,包括其他联邦机构和立法机构。

为使此次全国人口普查工作达到预期目的,美国人口普查局已印发了 3.6 亿份普查表格,如果将这些表格摞起来,将高达近 47 公里,即约 5 个珠穆朗玛峰的高度;至 3 月中旬已寄出 1 亿多份普查表格;为使每一个家庭都得到普查,相关工作人员将通过邮件或面洽与 1.34 亿个家庭取得联系,并专程对 23.6 万个军营、监狱、疗养院等"集体住宿地"的人口情况进行统计;3 月 29 日至 3 月 31 日,工作人员将对 6.5 万个施粥所等照顾无家可归者的机构进行统计。尽管如此,人口普查局估计仍将有约 4780 万个家庭未及时填表,工作人员于当年 5 月至 7 月前往这些家庭,面对面完成填表工作。在整个人口普查工作中,将使用包括盲文在内的 59 种语言。根据法律,2010 年 12 月,人口普查局向奥巴马总统报告人口普查统计数字,以成为未来美国各州议员名额或税额重新分配的基础。2011 年 3 月,人口普查局将完成向各州提供重划选区的相关数据。

美国怎样收垃圾

在美国,收垃圾也是有相关法律法规的。

又到了周五收垃圾的时间了。上午 8 时,收垃圾的大卡车呼啸而至。站在卡车后侧的亚当斯和罗伯特敏捷地跳下车来,逐一将轮式垃圾桶通过卡车的传送带将垃圾倾倒在封闭式的卡车内。在接受我采访时,亚当斯和罗伯特说,他们早上五点半就已开始工作,为的就是尽早将本地区居民扔的垃圾清理完毕。本地区公共事业及环境服务处主任史密斯·伯杰在接受采访时说,一年到头,除圣诞节外,垃圾收集工作风雨无阻。

不随意丢垃圾是美国民众严格遵守的公德。在华盛顿举行的各类庆祝游行活动中，我注意到这样一个细节：游行活动当中，会突然出现两个手拿大垃圾袋的人。他们一路小跑，沿街从观众手中将空水瓶等垃圾收走。行进在游行队伍最后的是两辆清洁车。整个游行活动刚一结束，道路已被打扫得干干净净。在我的居所附近，有一条专供人们骑自行车和步行的道路。在这条道路上遛狗的人们手中都提着一个塑料袋，准备随时回收宠物的排泄物。

公德是在严厉的法律制约下逐渐养成的。人们之所以不随意丢垃圾，首先在于他们不敢违法。法治观念体现在美国社会管理的方方面面，垃圾处理亦不例外。我曾收到居所所在地区公共事业及环境服务处发来的一份《垃圾回收及回收利用指导准则》。其中明确提及，本地区法规要求每周回收垃圾一次。为了确保回收，请于回收垃圾当日早晨6时前将垃圾桶移至路边。法规还要求，家庭垃圾必须放置在不透水、防虫、有密封盖的垃圾桶内。也可在密封塑料袋内装入生活垃圾放在路边等待回收，但摆放时间不得超过12小时。

这份《垃圾回收及回收利用指导准则》规定，为保证垃圾回收设备和工人们的健康与安全，也为更好地保护环境和遵守相关法规，有一些垃圾无法通过正常渠道回收，但其可以通过与两个专门垃圾场联系回收。不能通过正常渠道回收的垃圾包括：大量动物排泄物；墙面板、屋顶砖、地板砖、沙、石、砖头、水泥等建筑垃圾，超过6英尺（约合1.8米）长、直径超过6英寸（约合15厘米）的大树枝；弹药、武器、丙烷、氧气、氦气及其他可燃、爆炸性气体，使用天然气的除草机等设备；其他家庭有危害垃圾及商用垃圾；等等。

我居所所在地属于弗吉尼亚州费尔法克斯县。该县地方法规规定，任何因在不恰当或禁止地点随意扔垃圾的违法者，将被处以每次不超过500美元的民事惩罚。任何不按要求进行垃圾分类的家庭、机构将被处以每次不超过500美元的民事惩罚。任何个人，如果他或她将从费尔法克斯县外带来的固体垃圾丢弃在县内某设施内，而这一设施又禁止这类垃圾，肇事者将在不超过120天内不得使用这一设施，且需被处以每次不超过500美元的民事惩罚。将固体垃圾放置在县内垃圾处理厂却因未支付费用而违法者，将被处以高达200美元的罚款。旧金山是美国大城市中率先进行强制垃圾分类的地方。据当地相关法规，对那些不按规定进行分类的家庭或小经营者处以100美元的罚款，对大公司和公寓的拥有者处以最多1000美元的罚款。

仅有硬性法规还不够，明细的具体操作措施必须细致入微。在这份《垃圾回收及回收利用指导准则》中，就将垃圾处理事宜的方方面面说得清清楚楚。

在提及禁止回收垃圾事宜后，这份准则又告诉人们，少量动物排泄物可通过双层包裹予以正常回收。鼠、鸟等个体较小的动物尸体可以通过双层包裹予以正常回收。个体较大的动物可以掩埋。如果发现路边有死去的动物，请拨打电话。每天回收不超过4个汽车轮胎，轮胎上的轮辋必须去除。卡车轮胎不在回收范围。将天然气和油料清干后，除草机等设备可通过专门回收渠道进行回收。玻璃窗、滑动门、镜子等物不能裸露地丢在路边等待回收。破碎的玻璃和尖利物必须小心装在硬容器或卡纸板盒内，并标注"尖锐物"。

这份准则说，居民们交纳345美元垃圾处理费，便可在一年时间内享受垃圾处理基本服务：包括每周一次收集垃圾和不超过5次专门收集垃圾。本地区向所有家庭提供两个轮式垃圾桶，其中一个容量为96加仑（约合436升），另一个为65加仑（约合295升）。前者盛放生活垃圾，后者盛放可回收垃圾。这两个垃圾桶内不得盛放超过100磅（约合45千克）重的垃圾。个人垃圾桶和密封塑料袋内的垃圾则不能超过50磅（约合23千克）。本地区不为个人垃圾桶的损坏和丢失负责。

准则规定，住在私人道路旁的消费者必须确保有一个没有任何障碍物的垃圾回收场地，不要将垃圾桶放在排水沟内。除圣诞节外，所有假日照常为消费者提供垃圾回收服务。为安全起见，碰到极端恶劣天气和紧急情况时，垃圾回收可能中止。对于紧急情况和极端恶劣天气垃圾回收的具体情况，可拨打相关咨询电话。可回收利用垃圾的回收与其他垃圾同一天回收。本地区一次性收集所有可回收利用垃圾，然后将其根据金属、塑料、纸张、玻璃和卡纸板等进行分离处理。

垃圾处理部门还提供每年每家五次的特别回收业务。如家庭中有超大垃圾物需要回收，便可提出特别回收要求。与此同时，准则对特别回收垃圾的体积、路边摆放方式等均有详细规定。此外，垃圾处理部门免费处理家庭危害物垃圾的回收，但需消费者直接与两个指定垃圾场联系处理。每年秋季，大量落叶的回收及整棵树木砍倒后的回收则需另外付费的特别服务。

在与人们日常生活息息相关的垃圾处理问题上，美国相关部门还尽力动之以情，通过相互沟通达到相互理解，旨在更好地进行垃圾处理。本地区公共事业及环境服务处主任史密斯·伯杰在《垃圾回收及回收利用指导准则》中的前言便写得很有人情味。他说："回收垃圾和垃圾的回收利用是一项艰苦的工作。为你提供这些服务的工人们在各种气候条件下辛苦工作，不论是在下雪的严冬还是在酷暑的夏季。我们愿意为你提供服务，但我们也愿意每天平安回家，我们需要你的帮助，不要在垃圾中放入可能伤害我们工人们的东西。去年，我们的工人因为玻璃碎片、锯齿状金属和溅出的化学品受伤。请认真阅读这些指导准则，特别是那些准则中关于禁止的内容，以便妥善处理可能导致危害的东西。此外，如果我们在你的邻居家收集垃圾，请记住慢行和绕行。我们正在向所有消费者发放容量为65加仑的轮式可回收利用垃圾桶。一些人已经得到了这种垃圾桶，感谢您的使用。如果您还没有收到，今年年底前您一定能够收到。目前我们正在与垃圾桶供应商联系此事。我们的员工将一如既往为您提供高质量服务，感谢您允许我们为您提供服务。"

随后，他向所有消费者公布了相关电话号码和邮箱信息，其中包括消费者服务信息专线、垃圾回收利用专线、有害废弃物专线和垃圾处理场地址及电话等。

食品、药品为何令人放心

食品、药品关乎民生，相关法律法规格外严格。以瓶装水为例，美国市场上的瓶装水由美国食品药品监督管理局和各州政府联合实施监管，自来水则纳入州法规和地方法规的管辖范畴，并由联邦环保署实施监管。

美国食品药品监督管理局为直属美国健康及人类服务部管辖的联邦政府机构。美国食品药品监督管理局对于瓶装水的监管须遵循联邦环保署设立的指导方针，环保署法规也自动适用于对瓶装水的监管，除非美国食品药品监督管理局对此进行了更加详细的重新规定。

美国食品药品监督管理局将瓶装水列为"食品"。美国《联邦食品、药品和化妆品法》赋予美国食品药品监督管理局对食品实施严格监管的职责。根据《联邦食品、药品和化妆品法》，生产厂家应对包括瓶装水在内的贴有商标的食物产品的安全、健康和信息真实负责。在食品中掺假或贴假商标等行为均为违法。

《联邦法规法典》第 21 款是美国食品药品监督管理局专门针对瓶装水所制定的法规，其中对泉水、矿泉水等不同瓶装水进行了界定，制定了包括对化学、微生物、放射物等致污物允许标准在内的质量标准，并明确规定该机构对食品的相关法规均适用于瓶装水。此外，该机构专门以题为《通用优良生产实践》的法规规范了瓶装水的生产流程，其中对保护水源防止污染、瓶装设施的环境卫生、质量控制、水源水样检验等均有具体法规要求。此外，生产厂家需持有水源许可和检验记录，以备政府监督检查。

《联邦法规法典》第 21 款第 165.110 条专门对瓶装水的识别标准和质量标准进行了规定。根据这一条款，瓶装水被分别界定为自流水、自流井水、地下水、矿泉水、纯净水、苏打水、泉水等。对于纯净水的界定是，根据 1995 年 1 月 1 日第 23 版美国药典，纯净水是通过净化、除去离子、逆渗透或其他适当工序制造出的饮用水。所有瓶装水产品必须符合相关质量要求，否则将被认为违法。例如，根据上述规定，矿泉水必须含有总数不低于百万分之 250 的溶解固体，不得含有添加矿物质，其水来源必须是受到保护的地下水源。

除美国食品药品监督管理局外，美国各州及地方政府对瓶装水也有各自的法律法规。美国某些州的相关法规在内容和覆盖范围方面与联邦法规有所不同。在对水源的批准、安全和卫生标准等问题上，美国食品药品监督管理局有赖于各州和地方政府的相关工作。

美国食品药品监督管理局法规事务办公室官员乔治·斯特雷特在接受我采访时说，该局在制定相关法律法规时，会在一段时间内通过网上公示等多种形式广泛听取包括消费者、生产厂家在内的多方人士的意见、建议等反馈，并在具体制定过程中予以考虑。

白宫有个请愿网

民生如此，在如何对待民意方面，美国也有一些独特的做法，白宫请愿网即为一例。

2013年5月7日，名为"我们人民"的美国白宫请愿网上出现了一则用中、英两种文字创建的最新请愿：我们请求美国政府将豆腐脑的官方味道定为咸味，即使用料酒、生抽、木耳、香菇碎、黄花菜和鸡蛋制成的卤汁调味。只有咸味的豆腐脑才是豆腐脑，此乃国本。我当时注意到，至美国东部时间5月7日上午10时30分，已有1028人联署这一请愿。

面对这一不乏调侃的请愿，人们不禁问道：美国白宫请愿网到底是怎么回事？

名为"我们人民"的美国白宫请愿网站创建于2011年9月。该网站首页醒目标明，该网站意在"给所有美国人一个在所有与他们有关的问题上与政府沟通的渠道"。首页上还引用奥巴马总统的话说，奥巴马政府"致力于建设前所未有的开放型政府，将努力确保公众信任，建立一个透明、公众参与和协作的系统。公开将增强民主，提高政府效率"。

该网站的创建打着美国宪法第一修正案的大旗。美国宪法第一修正案全文为："国会不得制定关于下列事项的法律：确立国教或禁止信教自由；剥夺言论自由或出版自由；或剥夺人民和平集会和向政府请愿申冤的权利。"有关该网站的官方介绍说，美国宪法第一修正案保证公民向政府请愿的权利。在美国历史上，结束奴隶制、给予妇女投票权利和民权运动等都曾通过请愿进行。换言之，向白宫请愿并非新闻，但在白宫建立名为"我们人民"的网络请愿平台却是奥巴马政府的创举。

当身为伊利诺伊州联邦参议员的奥巴马决意竞选美国总统时，他就重视利用现代媒介手段组织社会动员和竞选活动。入主白宫后，奥巴马政府更是不失时机，全力利用互联网和各种社交媒体为执政服务。

白宫专门为参与"我们人民"网站请愿制定了诸项条件，规定参与者首先必须创建一个用户账户；必须使用真实邮箱并注册登记；每个人只允许有一个账户；创建账户者必须年满13岁以上；创建和联署请愿必须直接在"我们人民"网站上进行，而不得通过第三方网站和服务商。

白宫请愿网还通过视频介绍创建请愿的具体步骤：首先应创建账户，然后通过邮件对账户进行核实，此后便可创建请愿。请愿的头一句话必须是：我们向奥巴马政府请愿……

白宫创建请愿网后，涌来的请愿可谓五花八门。有一则请愿要求澳大利亚和美国合并成一个新的超级大国。新国名或者叫作"美大利亚"，或者称为"澳大利坚"。这一请愿问世后，有来自加拿大的网友凑趣称，加拿大应联合新西兰，成为"超级新邻居的眼中钉！"。另有一些过于认真的人开始忧虑：如果真的有了"美大利亚"或"澳大利坚"，国民开车该靠左还是靠右？板球运动员会被强迫戴大皮手套吗？澳大利亚人还会纠结大选投给吉拉德还是艾伯特吗？可以直接让奥巴马当总统吗？新国首都会不会是夏威夷的檀香山？澳大利亚人在儿子五岁生日的时候是不是可以买手枪送他当礼物？

事实上，美国白宫请愿网并非一块任由考拉或袋鼠奔跑的荒地，这里还是画有"红线"的。该网站在一系列规定中明确申明：请愿内容不得含有非法威胁或伤害其他个人或团体的内容；不得含有猥亵、粗俗或下流的内容；不得含有诽谤或欺诈声明；不得使用被普遍理解为渎神的词汇或诋毁性称谓；不得使用侵害他人隐私权的信息；不得创建商品广告；不得支持或反对候选人；不得使用可能违反刑法或产生民事责任的信息。对于涉嫌违反上述规定者，白宫将撤销相关人员的账户、请愿和联署。对于涉嫌使用自动系统创建多个账户者，白宫也将阻止其进入。

请愿者均想得到回复。自白宫创建请愿网后，曾两次做出有关回复的规定。2011年10月3日的规定为，在请愿发出后的30天内，达到150人联署的请愿可在白宫网站上进行搜索查找，这是第一道门槛；在请愿发出30天内达到2.5万人联署的请愿，可得到白宫回复，这是第二道门槛。2013年1月15日，这一规定改为，在请愿发出后的30天内，达到150人联署的请愿可在白宫网站上进行查找；在请愿发出30天内达到10万人联署的请愿，可得到白宫回复。此外，在联署人数没有达到第二门槛即10万人联署后，该请愿将在期满后从请愿网站被取消。

然而，很多人误读了"可得到白宫回复"这一收放自如的规定，以为一条请愿达到10万人联署后就一定可以得到白宫回复。事实并非如此。

首先，白宫请愿网规定，为避免"不适宜影响"，白宫可能拒绝对某些与联邦政府司法部门、机构、联邦法院、地方政府采办、执法、裁决等有关的请愿进行回复。换言之，如果某一请愿与一场官司有关，更不用说一场第三国的官司,即便该请愿达到 10 万人以上的联署门槛,白宫也断然不予回复。

其次,白宫将尽力回复跨越第二道门槛的请愿。然而,是否回复将看请愿内容,回复时间也可能拖延。白宫回复请愿的程序是,白宫定期召开由国家经济委员会、国内政策委员会等各方人士参加的会议,对跨过第二道门槛的请愿进行审核,并决定是否回复和由白宫哪一部门或政府哪一部门回复等问题。有时,白宫也可能通过一个回复回答数个类似请愿所提出的问题。

再次,白宫还规定说,白宫也可以随时从没有进入第一或第二门槛的请愿中进行选择性回复。白宫保留改变请愿时间、联署门槛限制的权力。也就是说,即便某请愿没有达到规定的联署门槛,但白宫感到有话要说,还是可以通过回复表达立场。进退有据,收放自如,指挥棒最终仍在白宫手上。这就是白宫操控民意的巧妙之处。

白宫请愿网初创之时,就有论者指出,奥巴马入主白宫以来,美国社会在几乎所有问题上越来越趋向分裂。奥巴马政府推出请愿网站,更多的是为了借用民意向共和党施加压力,从而改善自身的执政处境。实践表明,白宫请愿网确有疏通民意之效,更有利用这一网络平台引导民意之心。

通观 2012 年后白宫请愿网的回复内容,可以看到,控枪、移民改革等请愿内容得到优先回复,体现出奥巴马政府第二任期内着力解决的内政问题。一项于 2013 年 1 月 13 日创建的请愿要求奥巴马政府承认伊朗政府侵犯阿塞拜疆少数民族人权,联署人数为 26780 人。这一请愿得到了白宫的回复,称伊朗应对侵犯人权负责。这一请愿及回复均体现出奥巴马政府对伊朗的政策。一项有 117576 人联署的请愿要求停止《网络情报分享和保护法》,白宫对此回应说,有关网络安全的立法不能侵犯美国人的隐私权,如果正在国会讨论的《网络情报分享和保护法》不能满足这一要求,白宫将否决该法。白宫显然在利用这一请愿向国会施压。

与华人有关的请愿也时常出现在白宫请愿网上。此前,有人在该网请愿要求美国驻华使馆在中国实行免费的签证网上预约,停止电话付费预约。这一请愿得到了美国国务院的回复,称这一问题有望得到解决。此后,又有华人就要求春节定为美国法定假日、奥巴马总统就 1882 年美国国会的《排华法案》公开道歉等进行请愿,但均未达到白宫"可回复"的联署人数门槛。

联邦航空管理局局长酒驾遭罚

在华盛顿走马灯般的人事变动中，曾任美国联邦航空管理局局长的兰迪·巴比特的离去很能说明美国执法的力度。

2011年12月6日，65岁的巴比特黯然辞职。此前，谁也想不到开过20多年飞机的巴比特会在一次驾驶汽车中栽倒。

美国东部时间2011年12月3日（星期六）晚10时30分，弗吉尼亚州费尔法克斯县警方发现一辆正在逆行的车辆，随即截住此车。当时车中只有巴比特一人。警方确认其醉酒驾车后将其逮捕。警方说，遭到逮捕的巴比特表现得"很配合"，并在交了保证书后得到释放。费尔法克斯县警方拒绝透露事发当晚对巴比特的酒精测试结果。根据弗吉尼亚州的交通法规，驾车者血液中的酒精含量不能超过0.08%，否则便被认定为酒后驾车。

巴比特并没有及时将这一情况告知作为主管部门的美国交通部。白宫发言人卡尼3月5日下午说，奥巴马总统和交通部官员在当日下午才得知此事。一小时后，美国交通部发布一项声明，宣布巴比特已经"被休假"。

巴比特的醉酒驾车案令时任美国交通部长拉胡德十分尴尬和气恼。自上任以来，拉胡德一直严厉打击醉酒驾车，并拟与警方联手再次开展打击醉酒驾车行动。除严打酒后驾车外，拉胡德还努力严禁驾车使用手机、父母不为孩子系好安全带等。他的这些安全举措获得普遍好评。在保证美国航空交通安全方面，巴比特曾是拉胡德极为得力的助手。拉胡德万万想不到，作为美国联邦航空管理掌门人的巴比特会在常识性的问题上如此知法违法，令他不得不"挥泪斩马谡"。

曾为飞行员、机长、飞行员协会主席的巴比特是国际知名的航空交通运输专家，他于2009年被奥巴马总统提名担任联邦航空管理局局长，任期5年。他的出任受到业内普遍好评，认为他是一个真正的"内行"。巴比特就任新职后，采取了一系列意在进一步保证美国航空安全的新措施。他上任初期，就曾以处理2009年2月纽约州发生的空难为切入点，全面整治美国航空安全问题，并就防止飞行员疲劳、对飞行员进行新的安全培训等制定新的法规。

航空安全，人命关天，须臾不可懈怠，驾车安全何尝不是如此。安全不分天地，法律不认亲疏。知法、执法者违法，其信誉轰然崩塌，公职自然难保。曾经历大风大浪的巴比特此次无异于在小河沟里翻船。这样一位将空中"安全""规则"放在嘴边的人竟然在地面违法被人抓个正着，且不得不引咎辞职，此事既令人感到震惊，也极具反讽和警示意味。

官员财产登记和公示制度

在防范官员贪腐乃至犯罪方面，美国也编织了一张大网。

自二战以来，美国官员的财产公示、申报制度不断演变发展，迄今已形成相当严密的法治系统，其要旨在于有法可依，公众监督，执法必严，从法治入手确保"手莫伸，伸手必被捉"。

美国的官员财产登记和公示制度有着历史发展进程，并随着一些丑闻的出现不断完善，具有"魔高一尺，道高一丈"的特点。美国公众的普遍信仰是，人性是恶的，必须由制度来严管。任何制度绝非立竿见影和完美无缺，重要的是应亡羊补牢，不断织紧这张大网，用严肃的制度战胜人性的丑恶。

1972年发生的"水门事件"及一系列丑闻大大削弱了公众对于美国政府的信任。水门事件的发生反而成为改革动力，美国官员财产公示、申报制度在此背景下得到进一步完善，立法成为从根本上解决这一问题的关键一步。

1978年，美国国会总结以前的各项规定，通过了《政府伦理法案》，对立法、司法、行政机构的官员统一做出规定，所有官员必须填写财产登记表格如实报告其财产和收入。必须公开本人、配偶及子女的财产状况，并按规定程序提交财产状况的书面报告。对于由此而来浩如烟海的官员财产登记表格，则由《政府伦理法案》规定建立的美国廉政署来审阅监察。

《政府伦理法案》第101款要求美国总统、副总统、国会议员、联邦法官、总统任命官员、其他收入在指定工资水准以上或负有制定政策责任的官员及雇员每年申报财务信息。《政府伦理法案》第102款规定要求申报的信息包括种类、来源、收入数额、礼品、补偿、资产、债务、不动产买卖及证券等。身份保密的雇员必须对其配偶和抚养的子女相关信息进行同样申报。

此后，联邦和各州立法机构又就财务信息披露相继立法，以作为《政府伦理法案》的补充。1985年，美国国会又通过了《众议院议员和雇员道德准则》，对众议员及雇员家庭财产的申报做出更为详细的规定。1989年生效的《伦理改革法案》除了对财产登记做了增补规定外，还进一步规定，国会议员在卸职后一定年限内不得出任和在职期间的职权有利益冲突的公司职位，联邦雇员不得接受类似"车马费"一类的礼节性酬金。同时根据这项改革法案，美国廉政署脱离人事署，成为独立向总统负责的强势机构。2007年，围绕国会共和党的一系列游说集团丑闻又促使美国加大在官员财产申报方面的处罚力度。在财产申报表格上作假不仅要付出高达5万美元的罚金，还构成足以判作假者入狱的刑责。

公众监督与严格执法成为落实美国官员的财产公示、申报制度的左右手。《政府伦理法案》第105款要求除极少例外情况，这些申报内容必须在6年时间中使公众得以查询。例外情况适用于情报机构人员（如美国总统认为信息公开将有损国家安全利益）、司法机构人员。2012年2月3日，来自艾奥瓦州的美国国会众议员提出了第3898号议案，提出对1978年制定的《政府伦理法案》进行修正，其中最重要的修正内容之一便是根据互联网时代的特点，要求众议员或参议员秘书人员在向众院和参院提交有关议员财产公示报告后，必须立即上网，使得所有公众在网上可查。

上述制度的严格执行在很大程度上遏制了官员贪欲的肆虐，使得官员不得不有所顾忌。美国立法、行政、司法机构对各自领域内相关人员报送财产申报表格有相关程序。较为典型的表格是要求填写姓名、住址、办公室电话、职业及其他他或她所代表的相关人员或机构的姓名、地址等信息。与此同时，美国法律规定这些表格不可用于任何商业目的，不可据此决定相关个人的信用评级，不可为任何政治、慈善目的请求捐款或其他任何非法目的。

由于美国官员的财产公示、申报制度使得相关信息透明度较高，有时也因此成为美国党派之争的话柄。在2012年美国大选中，民主党人就紧紧抓住共和党总统候选人罗姆尼纳税比率低一事穷追猛打，客观上使得罗姆尼的支持率进一步打折。特朗普在竞选期间及上任后，也曾因纳税一事屡遭质问。

美国有着严密的税制法律法规。无论在哪里生活和工作，美国公民或拥有美国及他国双重国籍者每年都需要向美国国税局报税。逃税被看作是重罪，一经查明，重者倾家荡产。2011年底，美国曾通过报税严查海外资产。这份长达9页的新表格要求所有美国纳税人申报其在海外拥有的股票、房产、养老金以及人身保险等详细信息。这种新税表用于申报海外资产超过5万美元，或是在海外居住的美国人资产超过20万美元的纳税人。这一新举措旨在打击美国纳税人利用海外资产逃税的行为。

媒体的自律与他律

美国是媒体发达国家。在现代媒体发展过程中，美国以自律和他律形式制定出了一系列规章制度，以防止媒体滥用职务行为。在美国首都华盛顿以南的弗吉尼亚匡蒂科，有一个规模庞大的海军陆战队基地。一次，我与其他驻美国的外国记者前往那里采访之前，负责组织这一采访活动的美国国务院外国记者中心官员屡屡宣示不得询问有关美国国家政策方面的问题等诸般纪律。在采访美国总统奥巴马发表国情咨文活动时，美国国会记者管理部门要求除个别摄影记者外，别人不能在现场拍照。美国官方在就一些重大活动举行背景吹风会时，也要求记者在报道中不能说出具体官员的名字，只是用"白宫高官"等说法。

为防止滥用职务行为，美国媒体行业协会和各媒体自身制定了相应的职业道德规范。事实准确是防止滥用职务行为的最基本要求。美国媒体行业协会和媒体自身制度有"伤害限制"的原则，即在相关报道中，不得透露涉事孩子的姓名、犯罪受害者姓名或可能伤害涉事者名声的相关信息。在拍摄人物时未经允许不能拍照。不能对种族、宗教、性取向或身体、精神残障人士进行有歧视性的报道。为了准确地报道事实，在特定的时间和条件下，要尽可能寻求可靠的来源。如果新闻事件只有一位目击者，要清楚地说明来源。有争议的事实要说明来源。鼓励对新闻事件中的事实有独立确认来源。如果发现事实有误，一定刊登更正。对于正在审理中的案件之被告，在提及其涉案事实时，只能以"据称"字眼写明。对于公众民意调查和统计数字等信息，也需进行上下文完整的准确报道。在新闻报道中不得进行诽谤，必须在私人隐私权与公众兴趣间进行平衡。在美国，公众人物隐私权相应减少，在报道民事案件中，媒体可无恶意地对相关案件有关事实进行报道，但事实必须准确。

美国"新闻记者协会"职业道德规范中明文要求：要体谅因为新闻报道可能遭到伤害的人。处理涉及孩子及其他缺乏经验的新闻来源时应格外敏感；处理可能引起悲剧、悲伤的采访和图片时应格外敏感；考虑到收集和报道信息可能会引起伤害和不舒适，挖掘新闻不是傲慢的特许；考虑到对于那些寻求权力、影响和注意力的官员来说，个人对于他们自己的信息有着更大的控制权，除非有格外重要的公共需求，否则没有正当理由侵入任何人的个人隐私；展现高尚品位，防止迎合耸人听闻的猎奇；对于涉及青少年犯罪和奸情受害者的相关人员信息要格外谨慎；在正式指控之前，对于涉案嫌疑人的点名要格外审慎；要平衡涉案嫌疑人司法权利与公众知情权。

美国各大媒体都根据各自特点制定出防止滥用职务行为的规定。2004年9月，《纽约时报》推出了共计155条规定的新闻职业道德手册，其中详细规范了防止泄密等滥用职务行为。根据这些规定，该报人员不能利用工作中获取的非公共信息获取个人收益，或者利用与该报的关系，来获取便利和利益；不得有任何损害该报在关于政治和政府报道中严格保持中立的声誉；特别是，不得在工作中身负任何政治性角色和目的；该报为读者的利益而收集新闻信息。员工不得因为任何其他目的，利用工作之便进行信息调查。员工不得为自己谋求任何好处，不得出于非为读者服务的目的，作用于或者透露工作中获取的信息。有剽窃行为或者不计后果地给报纸提供虚假信息的该报员工系背叛了该报与读者的基本契约。这是该报不会容忍的行为；该报雇员不能将笔记、采访记录、文件或其他工作材料提供给任何第三方，包括代理人、出版商、工作室或是外部机构，也不得将这些资料与他们共享，除非法律要求这样做；在规划项目的过程中，员工绝不能认为他们可能从新闻事件的成果中获得财务收入。员工不得与任何外部人员或实体就任何尚没有在该报上发表的文章或是选题的权利进行商谈。正从事一篇报道的员工，在新闻发表之前，不得就根据该报道的内容出书、发文、拍电影或是任何形式的媒体项目与人进行商谈，除非他们获得了责任编辑或评论版副主编的书面准许。

《纽约时报》在这些规定中还特别强调员工对该报的责任，强调《纽约时报》的好名声不属于我们任何一个人。没有人有权出于个人目的利用它；员工不得出于与时报工作无关的目的使用时报的身份卡。身份卡不得用于从政府、商业机构或是其他组织获取特殊待遇或好处（除非当该卡需要用于面向全体时报公司员工的优惠时，比如免费进入大都会博物馆）；员工不得在本报工作用途之外，出于任何其他目的使用时报的信头纸、名片、表格或是其他物品；员工不得暴露时报运营、政策或是计划的保密信息，或是其公司会员；部门负责人和部门总监可以授权其下属员工在内部员工职责和专业范围内，对于公司政策和计划进行公开讨论。如果员工被其他媒体或是外界询问，讨论时报的内容或是政策，员工应当将问题提交管理层或是时报公司的公关部门；员工可以在公开场合自由讨论他们自己的私人活动，只要他们的言论不会给人造成他们缺乏新闻从业者的公正或是代表时报发言的印象。以上任何限制条款，都不是为了妨碍员工对于任何来自读者对于员工工作的合理询问的公开、诚实的回答。如果读者寻求更正，则该要求应当迅速传达给上级。如果该投诉存在诉讼风险，或是直接来自对方的律师，则该投诉应当被迅速通过部门负责人转给公司的法律部门。

　　事实上，在如何界定和处理滥用职务行为问题上，美国也一直存在着纠结、争论和斗争。20世纪70年代，《纽约时报》披露"五角大楼文件"，即美国国防部在越南政治军事卷入评估秘密报告，此事导致司法介入。最终，美国最高法院判定《纽约时报》基于美国宪法第一修正案原则赢得了这场官司。

　　"9·11"事件发生后，在如何界定涉密等滥用职务行为问题上，美国政府与媒体之间、各媒体之间、各媒体内部不断发生新的碰撞。

　　《纽约时报》记者詹姆斯·赖森2006年出版专著《国家战争》，披露小布什政权操控国家安全情报体系，滥权监听、监禁恐怖组织成员，甚至为了发动战争，虚构伊拉克核武威胁等内幕。在美国政府看来，书中内容涉密，并将赖森告上法庭。在很长一段时间内，此案在美国一直引起强烈争议。斯诺登案曝光后，使得美国国内在有关新闻自由与国家安全间如何平衡的争论更掀高潮。新媒体的迅猛发展更使得相关法治出现盲区，新的挑战不断出现。

20 创新，就要容忍失败

> 创新就意味着必须容忍失败；成功并不具有很大的教育价值，失败却很能教育人；只有竞争和思维碰撞能够产生好的创意；能否为优秀科学家、工程师的不断涌现创造良性竞争环境成为对国家创新的挑战；创新需要自由想象的空间，强烈好奇心的支撑，享受快乐的兴趣；如果领导者始终抱有积极态度，你的团队将会实现更高目标；在科技创新问题上，中国成为美国的主要竞争对手和"假想敌"。

在与美国友人的交谈中，我谈及，除了依法治国外，中国可以向美国学习和借鉴的还有创新。

对于正在奋力迈上发展进程中更高台阶的中国而言，创新太重要了。

美国工程院院长一席谈

宪法大道类似北京的"长安街"，是华盛顿市内的主干道，宪法大道途经的国家广场周边是美国首都的精髓所在，除了白宫、国会山、华盛顿纪念碑、林肯纪念堂等外，宪法大道路北美联储大楼的邻居是美国科学院大楼。美国工程院院长克莱顿·丹尼尔·莫特博士的办公室就在那里。2015年3月23日，我在他的办公室内就创新问题向他请教。

莫特博士说，事实上，不仅对于中国，创新对于全球所有国家都很重要。在当今世界，创新是开创新产业、创造就业机会的首要一步，是保持经济繁荣的压舱石。新技术、新产品、新发展都有赖于创新。没有创新便陷于停滞，你便会变得无路可走，你便会很快落后。因为整个世界的发展和变化越来越快，新的科学技术发展突飞猛进。在创造新的就业机会的同时，一些传统工作岗位就会被淘汰，新旧交替的速度变得很快。对于社会而言，在如此迅猛的变化面前，失业的问题会很严重，因为一些传统产业不再具有需求。这不仅对于中国，对世界所有国家都是挑战。

他说，中国与美国国情不同。在这方面，我更熟悉美国的经验。拥有人才无疑是最重要的问题。其次是要有独立自主的创新环境，这就意味着必须容忍失败。失败是好事，不是坏事。失败当然不是目标，但每一位伟大的创新者都曾屡遭失败。事实上，创新者遭遇失败的概率要大大多于成功。创新的天然特质便是尝试新事物，但很多新东西并不成功。人们从每一次失败中都会学到一些新东西，如为什么这样就不成功。从失败中学到的东西极具价值。其实，成功并不具有很大的教育人的价值，更多地具有幸运的成分。失败却很能教育人。我们从一些伟人经历中也可看到，在取得成功之前，他们经历了多少失败。看看亚伯拉罕·林肯的经历吧，他就曾经年复一年地经历了诸多挫败。托马斯·杰斐逊也是一样，他也经历了很多失败，最后取得成功。因此，失败根本就不是一件坏事。一个社会要创造接受失败的氛围，要将失败视为创新和发展的必然过程。对于政府而言，要做到这一点并不容易，政府一般不喜欢失败，失败可能导致职业的结束。要改变这一点很难。

莫特博士说，创新者有时看起来很疯狂，并不招人喜欢。事实上，伟大的创新者最初看起来都不容于当时的"正常"社会。爱因斯坦就说过这样的话，如果你的想法没有遭到拒绝，你就没有机会出类拔萃。因为创新者的所作所为是新生事物，在科技领域尤其如此。伟大的变化来自完全不同的尝试。对于一个国家和社会的创新而言，这种容许尝试、容忍失败、看淡因创新而亏损甚至丢掉工作的创新文化最为重要。

莫特博士是一位机械工程专家，曾有"锯王"的美誉。他说，创新就是机械工程的同义词。对于机械工程领域而言，创新的前景从未如此光明。机械工程的定义便是创造解决社会和人类问题的办法。"创造、解决、社会、人类"便是定义机械工程的关键词。科学在于理解、发现和发明，机械工程在于创造解决办法。对于中国来说，在机械工程领域进行创新也十分重要。这方面的创新同样需要创造出"让他们放手去干"的氛围，同样需要不怕失败的环境。

对话著名发明家迪安·卡曼

迪安·卡曼是美国著名发明家、企业家和社会活动家。世界上第一个可以自我平衡调节的两轮个人用电动运输车的Segway、医用便携式输液泵、可上下楼的轮椅、可帮助残疾人生活的机械臂等便是他的杰作。他在美国及其他国家拥有440多项专利。2000年，他获美国国家技术奖，2005年进入美国国家发明家名人堂。这样一位"成功人士"却连大学都未能毕业。但如今母校中不少教授和毕业生都在与他一同合作，从事新产品的科技研发工作。他所创建的福斯特公司搭建起一个"科技奥林匹克"平台，组织包括中国在内的全球1.9万个学校不同年龄段的学生参加机器人大赛，意在鼓励下一代的年轻人"理解、使用和享受科学技术"。平时总是一身牛仔装的迪安·卡曼现已成为拥有两架喷气式飞机、两架直升机和一座小岛的亿万富翁。但他的思维中充满了"忧患意识"。2010年8月，我在新罕布什尔州曼彻斯特市采访了这位具有传奇色彩的发明家。

温宪问（以下简称问）：技术发明与创新紧密相连。现在全世界都在谈论创新。你对创新作何理解？

迪安·卡曼答（以下简称答）：有答案的东西就不是创新。失败在创新过程中不可避免。创新就是要接受失败，敢冒风险，了解未知。我一直将敢于冒险作为自己生活的一部分。现在不少家长教育孩子做事情不能失败，也不要去做有风险的事情。在学校里，不少教师在考试中对一个问题给出几个规定好的选择答案，而学生只能从中选择"正确答案"，我却说，等一等，为什么不能有更好的选择，为什么不能换一个角度看问题，为什么不能再多问几个为什么？我一直在为许多问题寻求更好的答案。

问：无疑，你现在是一位有着400多项专利的"成功人士"，但听说你当年大学都未能毕业……

答：我那时是一个"坏学生"。我不善于考试，但我喜爱思考。许多别人以为自己懂了的东西，其实他们并未真正理解。我常常会问许多"为什么"。那时我不愿为任何人工作，也没有人愿意雇用我。我喜欢这样。冒风险是我生活的一部分。但我坚持不要在所谓失败上面花太长时间。

现在我的公司里很少有官僚作风。我鼓励思维碰撞。只有竞争和思维碰撞能够产生好的创意。有很多这样的东西不是在现在的大学中能够教授出来的。

问：你的发明领域相当广阔，从各种医疗器械到两轮车的 Segway，刚才我们又看到了你的公司所研制的净水设备。这种技术发明背后的动力何在？

答：当今世界有 50% 的人类疾病与水有关。如果仅仅依靠在今后数年或数十年建设供水基础设施来解决这些问题，那便真是"远水不解近渴"。所以我们决意在无须改变环境的情况下通过技术来解决净水问题。

我们现在所研究的净水装置 Slingshot 有两条软管。你可以将任何湿的东西放入其中一个软管，无论是一滴盐分很高的海水、含砷的井水或含粪便的塘水，从另一个软管出来就是可以饮用的净水。这种装置便携，可以带到村里去，也很便宜，也很有效率，数百人可以通过它分享净水。

问：我感到你对世界未来前景有着某种强烈的"忧患意识"……

答：是的。我认为这个世界正在灾难与教育之间赛跑。在很多时候，灾难取得了胜利。极地冰融、全球流感、能源危机、环境恶化，几乎所有我能想到的这些问题都将给我们带来烦恼，而所有这些问题的解决又都急需技术成就。这个世界比以往任何时候都更需要优秀的工程师。然而，优秀工程师的资源并没有在增长而是在萎缩。今天这一代孩子很可能是其平均生活水准、教育水平均较其父辈下降的第一代孩子。

美国变得越来越保守，越来越害怕变化。早在 1903 年 12 月 17 日，莱特兄弟就在美国北卡罗来纳州小鹰镇进行了首次由人操作的有动力持续飞行，而现在美国则可能为是否修建一条飞机跑道争论 20 年。这种情况将使美国在全球科技的竞争中落在后面。不断进取精神是创新的催化剂。一个国家强盛与否，与其是否持续拥有一大批优秀的科学家、工程师密切相关，能否为优秀科学家、工程师的不断涌现创造良性竞争环境也成为对一个国家创新的挑战。

只有我们保持创造性，美国才能保持很高的生活水准。然而，我们处于将下金蛋的天鹅放弃的危险。

问：福斯特公司致力于搭建起一个"科技奥林匹克"平台，组织全球不同年龄段的学生参加机器人大赛。这背后有着怎样的思考？

答：许多孩子梦想着成为日进斗金的职业篮球赛明星，实际上只有不到1%的孩子能够梦想成真。但对于成为科学家和工程师来说，这种可能要大得多。如果孩子们的榜样都是好莱坞明星和体育明星，他们怎么会努力于科技和工程？福斯特公司的使命便在于建立一个享受、创造、发展科学技术的平台。通过这个平台，给孩子们像奥林匹克运动会那样的巨大机会，进而实现成为科学家和工程师的梦想。

我们会花许多年让孩子们的发球技术越来越好，但那并不能改善我们的生活质量。许多大公司赞助了许多体育赛事。他们还应赞助一些能够改善年轻人生活、使美国人民变得更富有、使美国变得更好的事情。赞助商们善于创造需求。你为什么不能够使科学和工程像体育赛事和娱乐节目一样有趣呢？

我一直试图创建这样一个组织，以改变美国的教育文化和美国在技术创新方面的下滑局面。我想要做的就是像体育运动中的国际奥委会一样，打造一个科学和工程的"奥运会"。

2010年8月10日正午，新罕布什尔州最大城市曼彻斯特市内一幢褐红色的建筑内，正在上演着一场"机器人足球大赛"：在一块约80平方米的"足球场"上，来自曼彻斯特中央高中和梅莫瑞尔高中的两支代表队正在遥控他们的机器人向对方球门发起猛击。与正常的足球场不同，这一"足球场"的球门设在球场两端的边缘，球场中央有着一条坡道。尽管球场内滚动着三四个足球，但机器人要做到首先捕捉到球，然后调整方位越过坡道发起临门一脚，并能打入球门，实在不易。曼彻斯特中央高中代表队显然技高一筹，接连两次将球打入门内，引起观众一片欢呼。赛场的另一端，参加"机器人夏令营"的孩子们正在相互观摩各自组装的小机器人。

观战者中最引人注目的人物便是曾任该州州长的美国联邦国会参议员珍妮·沙欣女士，比赛期间还尝试着上场操控机器人越过坡道向对面发起攻势。沙欣参议员在赛后接受我采访时说，激励年青一代热爱科学技术是一个十分重要的问题，这关乎着能否继续保持美国的国际竞争力。为此，她已在议会提出新的议案，要求资助国家科技工程教育工作。

组织这场"机器人足球大赛"的是总部位于曼彻斯特的福斯特公司。福斯特公司的创办者迪安·卡曼告诉我，多年来，美国的教育未能教会孩子们将科技、工程变得像体育运动一样很有趣。1992年，他邀请全美23个代表队在曼彻斯特举行了为期两天的高中生机器人比赛。福斯特公司的创建意在鼓励6至18岁的孩子们"理解、使用和享受科学技术"。目前，福斯特公司所主办的福斯特—乐高联赛已成为世界机器人三大赛事之一。

自2003年开始，福斯特公司开始在中国组织相关比赛。在2011年4月举行的相关竞赛中，有30支中国队伍参加了比赛。就在这场"机器人足球大赛"现场，"中国元素"举目可见：建筑横梁上高悬着五星红旗，走廊处醒目地展示着一面写有"黄河小年队"的旗帜。在这面来自中国河南郑州市淮河东路小学的旗帜上，写满了中国孩子的签名和他们对中美人民友谊的良好祝愿。

"这不仅仅是一个机器人产品的比赛，而是一段改变他们生活的经历。"福斯特公司市场营销主任威尔什介绍说，公司总部仅有75人，相关赛事已涉及世界范围1.9万个学校，约18万孩子参与其中，志愿者达到8.5万名。对每一次赛事活动，组织者都向参与者提供马达、遥控装置等原材料，但每次机器人的设计建造要求、任务目标、参赛规则均有变化。"各种任务目标的设定给孩子们带来了许多挑战，他们从应对挑战中学到了许多东西，"他说，"这一过程使他们最为真实地感受到作为一位真正工程师的经历，激励他们寻求真正有创意的解决办法。"

在福斯特公司所组织的机器人大赛中，"优秀专业精神"成为其着力强调的理念。"这种精神的培养基于我们正生活在一个越来越相互依赖的社会中，自律、宽容、积极解决问题、团队意识等素质变得格外重要。"威尔什说，例如，为了锻炼团队精神，比赛组织者规定由三个不同的队临时组成联盟以应对另一三队联盟。他们必须在规定时间内评估对方的弱点，迅速寻求自己的优势，以便在随后为时三分钟的竞赛中获胜。而在下轮赛事中，曾为盟友的三个队又有可能成为新的竞争对手。诸如此类的"优秀专业精神"锤炼有助于孩子们在现实世界中以一种更为积极的心态和胸怀面对诸般逆境。"优秀专业精神"鼓励孩子们像体育运动员一样全身心投入比赛，与此同时也善于很有礼貌地与别人沟通解决问题的思路、分享知识，团结合作；鼓励孩子们参赛过程中热情和活力的宣泄，但不鼓励那种过分强调自我的庆祝胜利；鼓励孩子们一心一意、千方百计的努力，而不鼓励一时失败后的哭泣和抱怨。"优秀专业精神"最终旨在促进年青一代保持和传承科技、工程领域的创造性精神，否则便等于丢弃了"下金蛋的天鹅"。

参赛的孩子们到底从中学会了什么？"在6个月的时间内，从目标的设定到设计再到任务的完成，我们经历了很多困难，遇到了许多问题，但我从中学会了妥协和听取不同意见，学会了从错误中不断做得更好，学会了尊重他人。因为我知道，我们不是作为一个人参赛，而是作为一个团体……"曼彻斯特中央高中代表队17岁的米切尔·拉佐斯说。

尚普兰湖畔的知识殿堂

创新需要自由想象的空间，需要强烈好奇心的支撑，需要享受快乐的兴趣。在全美各地，类似例证俯拾即是。

在美国50个州中，位于东北地区的佛蒙特州面积很小，但在这里，随处可见激发人们创新的知识殿堂。

尚普兰湖是美国第六大湖，面积约为1126平方公里。站在位于佛蒙特州伯灵顿市的尚普兰湖畔，烟波浩渺之间，可以西眺纽约州，北望加拿大魁北克地区。400年前的1609年7月，刚刚完成建立魁北克城的法国探险家尚普兰率领24只独木舟顺流南下，从而发现了这一大湖，并以他的名字命名为尚普兰湖。魁北克城的建立和尚普兰湖的发现进一步吸引了来自法国的移民。今日佛蒙特州中近40%的居民与法国有着血缘关系。对当地居民而言，尚普兰湖既是美不胜收的宝藏，也是充满挑战的课堂。迄今为止，尚普兰湖中是否真有水怪的争论一直令许多人兴奋不已。

2009年初冬时节，我来到这里，但见尚普兰湖畔冷风劲吹，涛急浪涌，游人稀少。而在毗邻湖畔的尚普兰湖水族馆及科学中心内，则是一群群满脸兴奋的人流和一派欢声笑语。这座建筑物入口处赫然标明"ECHO"，意即生态（Ecology）、文化（Culture）、历史（History）和机遇（Opportunity）。

尚普兰湖水族馆及科学中心市场与信息部主任雷伯曼告诉我，"生态、文化、历史、机遇"是这所建造在尚普兰湖畔知识殿堂的使命所在。尚普兰湖处于盆地。生态是指位于这一盆地的所有人类、动物、植物及其他生物彼此间和与环境间都相互关联，相互影响。因此，环境科学是尚普兰湖水族馆及科学中心所有展览、研究项目和活动的主要内容。文化意指人类的知识、信仰和行为既深受环境影响，也反过来影响环境。人类要在不断改善环境方面取得进步，就要要求人们信守终生学习的文化理念。历史的含义在于，人们通过对过去重要事件的分享、记录和解释获取知识。今天人们所做出的决策有赖于过去的知识和过去所做出的决策。过去所发生的一切将在今天和未来引起反响。机遇则表明，我们有责任从历史中学习，以形成一种未来眼光。这种未来眼光要求居住在尚普兰湖盆地的人们通过个人和集体努力不断改善周边环境。

在一个个展馆徜徉，我强烈感到知识在这里早已不是正襟危坐的单向灌输，而变成为一种快乐的主动体验。在这里，知识是直观的。这里展出了约70种鱼类、两栖动物、无脊椎动物和爬行动物的活体。人们可以钻进一个洞内，从水族箱的底部真切观察各种鱼类活动。通过直观的展览，很多孩子懂得了蛙类是很值得人类尊重的物种。在这里，知识是有趣的。尚普兰湖水族馆及科学中心内的许多展品是可以触摸、可以体验的。扔飞碟、滑雪板与跳舞之间的共同之处何在？这当然是物理定律。为了让人们体验这些自然定律，这里以"身体语言"为主题举办了展览。通过大屏幕，你可以通过与你自己影子的共舞和跳跃真实体验相关科学知识。在这里，知识是多向流动和相得益彰的。尚普兰湖水族馆及科学中心一方面与诸多中、小学校保持密切联系，使这里成为生动的科学课堂，也与佛蒙特大学等高校保持着密切联系，使这里成为高端科学研究的基地。在尚普兰湖水族馆及科学中心的科学实验室内，一位来自佛蒙特大学的学者正在对尚普兰湖水进行水质测验。这位学者告诉我，一直密切监测的结果表明，尚普兰湖水的水质近年来不断得到改善。

2010年10月23日至24日，"美国科学与工程节"在首都华盛顿国会大厦前的国家广场和自然历史博物馆等周边地区举行。这是华盛顿首次以节庆形式举行意在激励年青一代热爱科学和工程的大型公益行动。

我在现场看到，在国家广场大草坪上排列的约1500个摊位横跨数个街区，不少摊位前挤满了好奇的孩子和家长。参展者中既有政府科研机构和诸多大学，也有各种公司和各类科技、工程社会组织。

参展的内容同样丰富多彩：从大脑对幻觉剂、兴奋剂、麻醉剂的不同反应到棒球投手用食指和中指端抓球投出不转球的物理原理，从通过触摸北极地区冰块了解气候变化到通过天文望远镜观看木星及其卫星等，令人应接不暇。在美国能源部的协助下，此次展览还突出了清洁能源、替代能源、绿色化工和资源保护等内容。

生动演示、自己动手与现场互动成为这一展览最为吸引孩子们的地方。不少摊位的主持者都是专业科技和工程人员，他们用各种模型耐心地向观众讲解科技和工程知识，回答相关问题。来自美国国家航空航天局的宇航员向观众讲述着他们自己的故事。现场观众则可通过自己动手建造简易水下机器人等实地学习相关科技、工程知识。在介绍大脑对各种制剂不同反应的摊位，主办者还印出小册子，图文并茂地介绍相关科研领域迄今为止的已知与未知，小册子中最后写道，"或许有一天你会在这一领域做出新的发现"。在此活动期间，主办者还组织一些幸运小观众与获诺贝尔奖的科学家们共进午餐。

"美国科学与工程节"的首倡者是来自圣迭戈市的生物技术企业家拉里·博克。在谈及此事时，博克说，他的公司常常为难以找到合格的高科技和工程人才犯愁。他本人曾在欧洲居住一年，其间看到由剑桥大学组织的科技节活动，由此受到启示，决定在美国组织一个类似的节日。他说："欧洲和亚洲国家经常组织科技节活动。他们深知必须燃起年青一代对科学的热情。他们将此视为事关国家利益的大事，与此同时，他们又是在一种节日庆典般的气氛中举行这一活动，使得这一活动很有乐趣。"2009年4月，博克首先在圣迭戈市举行科技节，吸引了5万人参加。有了这一成功尝试之后，博克联手美国洛克希德·马丁公司在华盛顿举行这一"美国科学与工程节"活动。他希望至少能有一百万人参观这一展览。展览的目标人群为中小学生，但也力求老少皆宜。

近年来，美国社会对其年青一代对科技、工程所表现出的冷漠多有忧虑。在此之前，我在雪城大学采访时了解到，该校与科技、工程有关的院校中多为来自中国、印度的学生，美国本土学生很少。2010年9月14日，值美国新学年开学之际，奥巴马在"总统开学演讲"时说："中国和印度的学生比以前更加努力地学习。你们将来要和他们竞争，你们在学校的成功不仅仅决定了你们的未来，也决定了21世纪美国的未来。"

作为"美国科学与工程节"的相关活动，主办者还组织50名专业科技人员到美国各地中学讲课，进一步激励年青一代对科技、工程、数学的兴趣。参加授课的约翰·霍普金斯大学医学院脑外科教授希诺乔萨说："我想让学生们了解，只要他们相信自己，一切皆有可能。我要让学生们了解科学是有趣的。"

美国国防大学的创新产品展

位于华盛顿市区东南的美国国防大学是一个层层把守的军事要地。就连这样的地界，也会利用校园就地举办创新产品展览。2009年，我受邀到那里参观了一个独特的新产品展示，其关键词是"灾难救援"。

一个仅重230克、长12厘米的装置既是收音机、手电筒，还是手机充电器。这种以太阳能为动力的三合一功能小设备既廉价又实用，成为预防紧急灾情发生的必备物。一块装有铝箔的纸板对准阳光打开后，就成为一个抛物线状太阳能炉灶。一台长约4.2米的车载拖车内装有帐篷、发电机、通信等多种应急设备。遇到紧急情况，这一拖车可被移至急需的前沿地带，迅速变身为一个面积约为20平方米的前线指挥所……

这一展示的主办者为"可持续技术加速研究——支持发展及危机处理改革创新"组织。这一组织的负责人是来自美国国防大学技术与国家安全政策中心的威尔斯教授。威尔斯教授用汉语同我打招呼后说，他的父母均为美国新闻工作者。父亲曾于上世纪初在中国采访，母亲则作为白宫记者随尼克松总统于1972年访华。这一巧遇使得此次采访平添了"中国元素"。再细细观察一番，这一主题新产品展示中的"中国元素"着实不少：包括上述三合一小设备在内的多种新型灾难救援产品或为"中国制造"，或正在寻求中国制造厂商。

威尔斯教授介绍说，近年来，战后稳定与重建和突发灾难后的人道主义援助愈发受到关注。为向处于灾难环境中的人们提供及时救援，"可持续技术加速研究——支持发展及危机处理改革创新"组织利用美国政府、军方、民间等多种技术资源，致力于推动技术改造和创新，以生产出更多低成本、高效率的灾难救援产品，更加完善在灾难环境中的后勤救援链。

威尔斯教授说，"可持续技术加速研究——支持发展及危机处理改革创新"

组织主要针对 6 种可导致人类死亡的灾难情况进行救援研究。这 6 种情况是：太热、太冷、干渴、饥饿、疾病和伤痛。

应对上述灾情的关键在于在灾区及时装备可移动的基础设施。新产品展示区内多种帐篷均具有造价低、功能全、拆装便捷等特点。主办者特别向我介绍了一种六角形蒙古包状帐篷。这种帐篷用新型超轻材料制成，在 45 分钟内便可安装完毕，且有清洁水、节油炉、太阳能照明和厕所等配套设施，其造价仅约 200 美元。

在战后重建和重大突发灾情发生后，通信联络是一大问题。GATR 技术公司展示新研制成功的可充气式手提卫星信号接收器。与传统的碟形卫星信号接收器不同，这一新产品呈球形。该公司技术人员介绍说，这一直径可达 2.4 米的新产品可在 40 分钟内充气安装完毕，15 分钟内完成拆解，拆解后的整套设备可装在两个均约为 31 公斤的手提箱内。这种可随时随地部署安装的卫星通信系统所提供的高频带宽既可用于传送资料，也可传送声音和图像，可在任何紧急情况下提供通信保障。

"可持续技术加速研究——支持发展及危机处理改革创新"组织本身并不是一个高科技研究机构，也不直接提供灾难救援，其成员仅约 10 人。这一新产品展示会耗资 5000 美元，所展示的产品价值则达数百万美元。面对灾难救援和战后重建之类的巨大社会系统工程，"可持续技术加速研究——支持发展及危机处理改革创新"组织本身的运作引起了记者的关注。

威尔斯教授解释说，美国学者布拉福曼和贝克斯特姆曾对"蜘蛛型"和"海星型"两种组织形式进行过研究。"蜘蛛型"组织形式是一种传统的等级森严的组织，"头"的作用至关重要，"头"亡则整个组织不存。"海星型"组织形式则不同。大洋中的海星具有特殊的再生能力，其腕、体盘等任何部位受损或自切后，都能够自然再生，重新生成一个新的海星。因此，"海星型"组织结构既可以适应任何变化的环境，又有巨大的扩展空间。"可持续技术加速研究——支持发展及危机处理改革创新"的组织方式恰似海星一样，其伸展出的触角面向整个社会资源和信息海洋，并在不断扩充的社会网络中促动技术创新火花的多维碰撞，以收获更多的成果。

高校毕业演讲为创新励志

美国是一个有着极强创新活力与能力的国度。春末夏初时节，是美国各地大学集中举行毕业典礼之际。寒窗数载，一朝别离，难免五味杂陈。美国大学毕业典礼的一个传统是尽其所能请来当今名人做演讲，以此作为年轻学子高等教育的一个句号。听听人们在毕业典礼上如何对年轻人进行励志教育，或可多少获益。

面对眼前一片渴求成功的毕业生，美国"脱口秀女王"奥普拉·温弗瑞2013年在哈佛大学的演讲却大谈"失败"。这位有着传奇经历的非洲裔女士展开双臂高声说道：

如果你不断推着自己走得更高、更高，平均率，更不必说伊卡罗斯神话了（希腊神话中的伊卡罗斯为巧匠代达罗斯之子，逃离时因飞近太阳，装在身上的蜡翼熔化，坠海而死），注定你必然在某一点上跌落下来。当你跌落的时候，我要你记住：没有什么失败这回事。失败仅仅是生活努力将我们转至另一方向。

当你跌落在洞窟之时，那看起来像是失败。去年我就曾用这些话告诉自己。当你跌落洞窟之际，沮丧一阵子真的没有关系。给你自己一点痛心反思的时间，但关键在于：从每一个错误中吸取教训，因为你的每一份经历，特别是那些错误，都在教导你、迫使你更加了解你是谁，然后想明白下一个正确行动。人生的关键在于锤炼心灵的士气和情感的全球定位系统，它们能够告诉你走向何方。

前美国能源部长、诺贝尔奖获得者朱棣文在罗切斯特大学毕业典礼上发表演讲时也谈及"失败"。他说，只要你尽力了，失败了也没关系。失败要快，爬起来继续前进也要快。你可能会问："你怎么能做到失败得快，爬起来也如此高效呢？"你要想到问题，你应该首先应对挑战中最为关键和最为基本的部分——不要先做那些容易的事。在我的科技生涯中，我敢说我所做的四分之三的事情或者失败，或者转化成为更好的事情。

创业是许多刚刚走出大学校门的年轻人的雄心壮志。脸书合伙创建人之一的克里斯·休斯在佐治亚州立大学毕业典礼上说，绝妙的主意常常来源于对日常生活挑战的应对，特别是如何找份能够支付账单的工作。在很多时候，有意义的工作变成了必需的工作，激情被迫淡出。知道你应该听从内心的呼唤，做点重要的事情，这很容易。困难的是，你一方面必须应对现实世界，与此同时，你又能够做出未来应该怎样的发明。尽管我们正在经历着大衰退之后最大的衰退，发明未来正是我们这一代应该做的事情。如果说对你、对我、对我们这个时代的所有人还有任何核心标志的话，那将是我们不能原封不动地全盘接受现有世界，这个世界应该怎样改变的责任就落在我们身上。毕业之后，你们要做的便是养成一些习惯，使你们更容易从虚幻的妄想中摆脱出来：在推特上追踪一些与你意见相左的人们的观点；订一份能够告诉你最重要新闻的报纸或杂志；在手机上建立一个链接，这个链接可能并不是你那个社会圈子内热衷的消息，却是你需要阅读的内容。这些习惯将不仅使你成为更好的公民，也会使你成为更好的丈夫或妻子，也肯定会使你成为一个更为灵通的职位申请人。

同样被认为是成功人士的推特首席执行官理查德·科斯托洛在密歇根大学毕业典礼上告诉听众，推特公司的人没有想到，在日本发生地震和海啸而当地移动通信中断之时，推特会成为特别有用的通信平台。我们不仅无法计划我们所拥有的影响，当我们具有这种影响之时，我们甚至难以自知。当你正在做你喜欢做的事情时，你会变得充满活力，因为创造已成为你自身的生活习惯。你创造了不断把握自身机遇的习惯，在做你热爱的事情时便会做出勇敢抉择。

"嘴产业"燃激情

当"动力不足"成为美国社会日益焦虑的问题时，"激励"成为一些美国"嘴产业"公司乘势而上的新话题。自2010年9月初始，《华盛顿邮报》多次刊出"收获激励"公司整版广告，预告当年10月5日举办大型演讲会，与会者将能够与多位"兆瓦级"超级明星演讲者面对面，聆听他们"重磅炸弹"般的演说，其主题词便是"激励"。

是日一大早，我便赶到演讲会现场。这个平时举行全国职业篮球赛的场馆中心部位已经布置成为高高的开放式讲台。尽管大做广告，场内并未坐满。在这场为时一天的演讲会中，微软公司前总裁里克·贝卢佐、有着50年职业生涯的资深媒体工作者丹·拉瑟、橄榄球名人特里·布拉德肖、被称为"美国排名第一励志演说家"的齐格·齐格勒、美国前国务卿科林·鲍威尔、"9·11"事件发生时任纽约市长的鲁迪·古利安尼等鱼贯登场。主办者则以变化多端的灯光、每位演讲者出场时舞台四角施放焰火、穿插乐队与观众互动表演和抽奖、鼓励观众大声尖叫等方式尽力营造现场热烈气氛。

每位演讲者的身后都有一份独特的人生经历，他们从如何保持不断进取、有效沟通、成功带领团队、改善销售和谈判技能、渡过危机等多个角度阐述"激励"这一主题。贝卢佐谈及越是在充满不确定性的经济困难之时，越有可能产生机遇，微软、苹果、联邦快递等成功企业均是抓住机遇的杰作。重要的事情在于不断自我再投资，准备好下一次的人生转型。齐格勒说，许多人说"受到激励只是昙花一现的事情"。"是的，吃饭、洗澡也是昙花一现的事情，但如果你能够有规律地吃饭和洗澡，你就会活得更长、身上的气味也会好些。如果受到激励成为一种习惯，你将在人生旅途中更有乐趣。"鲍威尔说，作为一名领导者，你的一言一行将为整个团队定调。如果你始终抱有积极态度，你的团队将会实现更高目标；反之，你的团队将会很快丧失斗志。

主持演讲会的凯莉女士在尽力调动现场气氛的同时，不时提醒观众利用手中赠送的"收获激励工作手册"做笔记，并填写手册中"我得到的三点启示""立即行动要点"等内容。凯莉女士在接受我采访时说，这是美国"最为火爆的讲演大会"，其最大亮点是人们可在一天时间内与如此众多的成功人士见面，从而在"娱乐性的培训中受到鼓舞、得到激励、领悟启示"。

事实上，演讲早已成为美国社会高度商业化运作的产业。这一"嘴产业"的兴起借势于社会多方面需求。针对社会各阶层渴求成功的心态，"嘴产业"公司从管理科学、领导艺术、目标实现、销售技巧、谈判手段、财政经营、投资方向、人际关系、商业战略、沟通技巧等多方面设置议题，以"如何比你的竞争对手更好、更快、更加不同""成功者必须掌握的三大技巧""使顾客回到身边的七种方式""成为更强战略决策者的诸种要素"等引人注目的标题吸引眼球。另外，这一产业的生存要诀是"名人效应"。在"收获激励"公司的美国演讲"梦之队"名单中，除已经登场的多人外，还有美国前总统布什夫妇、美国有线电视新闻访谈节目主持人拉里·金、前苏联领导人戈尔巴乔夫等人。而在另一家"嘴产业"公司华盛顿演讲局的演讲人名单中，人们可以见到许多同样的面孔——那些明星级人物也将此作为生财之道。鲍威尔在演讲中就提及，他在卸去公职之后，曾顿感失落，旅行中也曾同一般旅客一样在美国机场接受安检，而"收获激励"的舞台也使他本人受到"激励"。

当日多位演讲者的主题为如何应对经济不景气和保障就业，并借机为自家门道大做广告。凯莉解释说，这是在多方听取观众反馈后定下的演讲题目。"在今日经济现状中，增强自身价值对于保障就业极为重要，"她说，"如果你是一名雇主，这种需求更为强烈。你的公司盈利甚至生存危在旦夕，你必须较竞争对手更为出色。人们花钱到这里听演讲，就是希望能够通过演讲大会领悟成功秘诀。"人们能否通过这些演讲保障就业不得而知，但这一席话却也道出了"嘴产业"公司利用公众心理追求成功的秘诀之一。

这样一场别出心裁的演讲本身也是一种创新吧。

中国成为主要竞争对手和"假想敌"

我在美国工作期间，已经真切地感到美国一直防止在创新上输给快速发展的中国。

2010年8月，一个外国驻美记者采访团造访位于新罕布什尔州的马斯科摩公司，采访团中多数为中国驻美记者。2005年成立的摩斯科马公司是美国替代能源研发领域的佼佼者。马斯科摩公司实验室主任内森·马戈利斯介绍说，与从甘蔗和玉米中提取乙醇的做法不同，该公司致力于从废木材、农业废料等非食品类农业、林业原料中提取纤维乙醇。马戈利斯说，作为替代能源产品，该公司的产品有望于一两年内进入商业化生产。在进入该公司一个实验室进行参观前，同行的美国官员突然要求记者们将所有摄影、摄像器材留在门口，严禁在实验室内进行任何摄影、摄像。

这一采访活动使记者至少得出以下结论：美国极为重视替代能源及科技创

新活动；这类科技创新活动得到美国联邦政府的财政支持。马戈利斯在我提问时已就此做出肯定答复。这一情况就使得美国对中国的相关指责变得毫无道理，同时明显看到美国对中国在科技创新问题上持竞争和防范态度。

自奥巴马政府执政以来，推动科技创新便成为国策。在重塑美国科学政策的公正与完善；在未来10年内将联邦政府的基础研究投入翻一番；在全国范围内加强科学教育与培训；鼓励创新；转变美国经济的发展模式、提高国民健康水平、维护国家和国土安全，应对21世纪的挑战的总目标下，奥巴马政府采取恢复并提高总统科技顾问的职位与地位、任命具有较强科技背景的人选担任相关政府要职（曾获诺贝尔物理学奖的华人朱棣文出任能源部长便是一例）、确保白宫及相关联邦机构的科技咨询委员会的独立、非意识形态以及以专家为中心的特性，以恢复政府决策的科学公正性、使鼓励研发的可退税制度永久化、减免小型企业和公司成立之初的税收等措施，以从机制上完善和鼓励科技创新活动。

2009年4月27日，在美国国家科学院第146届年会上，奥巴马总统宣布了在科学研究、创新和教育等方面的新计划和投资。他说，对美国的繁荣、安全、健康和环境而言，科学现在比以往任何时期都更为重要。他计划将美国GDP的3%投资于研究和创新，这超过了冷战期间美国于1964年创造的科研投资最高额。奥巴马还承诺成倍增加3家主要科学机构（国家科学基金会、能源部科学办公室以及国家标准和技术研究院）的经费，并宣布在能源部下成立先进研究项目局（能源）。此外，他还表示，考虑把国家科学基金会管理的研究生研究奖经费提高两倍。奥巴马号召国家科学院的院士们用自己对科学的热情和掌握的科学知识来激励美国学生追求科学和工程职业生涯，并敦促院士们想方设法与科学和工程方面的青年打交道，鼓励年轻人去创造、建设和发明，让他们成为物质的创造者而不仅仅是物质的消费者。奥巴马还反复强调了他对教育的承诺，并宣布了一项名为"竞争登顶"的全国性计划。该计划的出发点是提高学生在数学和科学方面的成绩，让美国学生在国际数学和科学成绩的排名在未来10年内从中游达到优秀。

针对近年来美国中小学生对数学和科学等知识的兴趣不断减弱、学习动力明显不足、成绩显著下降的情况，奥巴马于2010年6月发起"创新教育"行动，旨在增强美国学生在科学、技术、工程和数学等方面的兴趣和能力，以保持美国在世界科技领域的优势。"创新教育"行动鼓励举全国之力，动员社会各方力量，通过媒体宣传、电视节目、社区活动、互动游戏、趣味课程等各种方式吸引中小学生爱科学、学科学、用科学，为大量培养下一代顶尖科学家、工程师、数学家和发明家打下坚实基础。为支持"创新教育"行动，美国国家航空航天局（NASA）于2010年夏天启动了"创新夏季"计划。活动期间，NASA投入大量的资金和人力资源，并与联邦、州和当地政府、非营利机构、大学和高校教师开展合作，为参与该计划的中小学教师和学生制订形式多样、内容丰富的学习计划，既有涉及各学术领域的知识讲座和课程，也有激发想象力和创造力的设计竞赛，更邀请教师和学生直接参与到NASA众多的任务和项目中来，与专家一道开展科研开发和实际操作。同时，该计划将一直持续下去，在假期结束重返校园后，NASA仍会为那些投身其中的教师和学生继续提供学习和实践的机会。

2010年10月18日，奥巴马邀请全美在各个科学领域获奖的学生聚集白宫，举行历史上首次白宫科学展。此外，为了让更多人重视学习数理化和工程学科，奥巴马还破天荒地参演了探索频道一档以科技为主题的真人秀节目。奥巴马承认，民众往往只会将掌声和花环送给那些在体育比赛中获得冠军的运动员，对科技比赛的获胜者没有给予足够的关注。他说："美国人应该像关注体育明星那样关注科学家。我们当然欢迎获得冠军的体育队伍来白宫庆祝胜利，我之前在这里见过湖人队球员。我认为也应该在这里为那些赢得科技竞赛、智能机器人大赛以及数学比赛的获胜者欢呼。"当年10月21日，忙于中期选举的奥巴马还会见了时任苹果公司首席执行官乔布斯，并与之就科技创新、教育、能源政策和创造就业岗位等问题进行了探讨。

美国是一个患有"假想敌依赖征"的国度。这既表明其一方面具有不断进取的忧患意识，另一方面又会多少有些扭曲地看待外部世界。在科技创新问题上，中国已成为美国的主要竞争对手和"假想敌"。

一段时间以来，美国对来自中国的科技创新活动经历了颇为微妙的心路历程。仅从美国媒体对相关报道处理角度来看，便可见其始则不屑，继而刮目相看，随之以"政府补贴""排挤外国公司"等莫须有罪名予以打压的轨迹，可谓棒杀与捧杀交相舞动。

自 2010 年以后，奥巴马在多个场合，特别是在当年中期选举前后，屡屡谈及中国科技成就，并每每誓言"美国不甘处于第二名"。2010 年 12 月 6 日，奥巴马在北卡罗来纳州发表演讲时更是直言当代美国所面临的新的"人造地球卫星时刻"。1957 年，苏联成功发射人类首颗人造地球卫星，此事震惊了美国，从而加紧与苏联进行太空争夺，最终成功首次将宇航员送上月球。奥巴马说，"时隔 50 年，我们这一代的人造地球卫星时刻已经到来"。他在讲演中多次提及中国，称当拥有超过 10 亿人口的中国融入全球经济时，这意味着全球面临的竞争将更加激烈，赢得这场竞争的国家将是那些大多数工人受过教育、认真进行科学技术研究、拥有高质量基础设施的国家，而这些都是 21 世纪经济增长的种子。"几年前跨国公司被问及计划在哪里建立新的研发基地时，80% 的公司不是选择中国就是印度，因为这些国家重视数学和科学，也重视对工人的培训和教育。"奥巴马说，"残酷的现实是：在未来的竞争中美国有落后的危险。"奥巴马说，美国必须像当年那样加强对基础设施、科研创新和教育的投资。

美国企业界人士对中国科技创新的心态也多少有些复杂。位于华盛顿州西雅图市的麦金斯特里公司在建筑节能技术方面很有创新，被奥巴马称为美国绿色就业"全国典范"。我在那家公司采访时，麦金斯特里公司行政副总裁戴维·艾伦在提及中美之间清洁能源合作时很有感触地说："我在中国访问时亲身感受到，中国社会处处显示出了强烈的节能意识。中国在开发风能、太阳能等清洁能源方面也无疑走在世界前列。在这方面，中国显示出了制度上的优越。"他承认，较之美国的政治制度，中国在认准绿色发展方向后，在科技创新方面较美国更有效率。

在清洁能源等新经济增长点上，中国较美国更有竞争优势，这已成为美国业内人士的共识。一位来自菲尼克斯的业内人士认为，美国研发投资回报降低，是因为研发成品多在海外生产。更多的美国公司将研发部门移往中国，部分原因是中国对此有需求，且有着巨大的市场。在中国，研发成本更低廉，与制造业联系更为紧密，成果转化因而更有效率，此外，中国政府大力支持创新，特别是在清洁能源领域，这使得美国投资风险增加。2010 年 9 月，在美国政府 5.35 亿美元贷款支持后，位于加州的 Solyndra 太阳能公司开设了一家以机器人为主的制造太阳能设备工厂。但在这家工厂建设期间，中国有关厂家已将相关产品价格降低 40%。Solyndra 这家工厂原定至 2013 年产能达到 610 兆瓦，现在已经关闭工厂，辞退 200 名员工，剩下 6000 万美元资金用于投资，至 2013 年生产能力也降至 285—300 兆瓦。仅此一例，足见中美在新能源领域竞争之优劣。

原美联储副主席宾德认为，在未来 20 年间，除美国制造业就业岗位继续流失外，美国服务业 4000 万个就业岗位也有可能失去。当中国等国扩大内需努力后，美国产品进入这些市场将更加困难。因此，他认为美国应向中国学习，对创新给予补贴。否则，美国的制造业、服务业和金融业将在下一个十年有崩溃的风险。

宾德这一耸人听闻的观点显然很有市场。2016 年特朗普赢得大选后，这类观点所聚集的能量得到彻底释放，中美关系也因此面临全新挑战。

21 企业与城市，点子与路子

> 反向思维，举一反三，放大细节，做有心人；"在脏、冷、潮湿的鱼市中，你可以选择懒洋洋的平庸，也可以选择成为'世界闻名'"；星巴克出售的是一种"体验"；"人们因闲散而生锈者比精疲力竭者多，如果我因闲散而生锈，我会下地狱"；"去问明白人"，充分利用大学等科技资源库，不断开掘新的经济发展亮点；数字化制造带来跨国公司生产效率的提高和产品的个性化制造；中国劳动力成本低的传统竞争优势已不复存在。

美国 50 个州各有特点，其各州自定的汽车车牌图案便很能说明问题。犹他州的车牌图案之所以多为拱门国家公园，南达科他州的车牌多为拉什莫尔山（即总统山），打的就是本州最能拿得出手的名片。

爱达荷州不只生产小土豆

爱达荷州地处西北山区，境内地广人稀，在美国亦属偏远之地，以生产麦当劳专用原料小土豆出名，该州汽车车牌也多以小土豆形象出现。我在爱达荷州采访过程中，改变了对该州"偏远落后"的印象，原因多在于诸多小企业创新实践带给人"眼前一亮"之感。

企业创新中，点子很重要。一个好点子既可填补市场空白，满足市场需求，还可异军突起，生成新的产业链条，成就新的企业。论及爱达荷州小企业创新思维，大致可归为以下几点。

一为"反向思维"。能源是当今世界重大话题。一提能源，人们多在增加能源供给方面找出路。已成功创办5家小企业的"M2M"公司总裁霍奇斯偏偏从减少需求角度入手，通过控制现有能源消耗中某些人们习以为常的环节入手，将减法做成加法。在城市水资源利用等课题上，霍奇斯的团队着眼于通过远程无线网络控制改变供水过程，使其更合理有效，从而大量节水。

二为"举一反三"。善于联想无疑是创新思维中很重要的特质。太阳能的利用早已被人们认识，但其潜力远远没有穷尽。由杰夫·卡茨带领其三兄弟联合创办的斯洛恩公司抓住了太阳能利用中的一个小环节，便使自家生意红红火火。他们注意到，在漫长的美国与墨西哥边界和美国各地超市广场有着无数的电杆，他们将人们常见的平板太阳能板改造成为可包裹固定在电杆上的弧形板，并可通过网络对这些电杆附近情况进行远程监控。

三为"放大细节"。现有的人类经济活动已经形成无数自成一体的链条。其实，这些链条中的许多部位可通过再细化而拓展出新的企业增长点。"清水分析公司"是一家成长极快的高科技公司。这家公司的创业理念基于美国金融危机后所发生的新形势：原有的公司投资报告和分析服务商通常以月或季度为时间单元对客户进行服务。面对瞬息万变的投资市场，这种模式已不能满足客户随时了解自身投资状况的需求。于是"清水分析公司"向客户提供每日即时投资分析报告，使客户在第一时间对自己的投资结果心知肚明，以便及时决策。雅虎、美国银行等均已成为这家公司的客户。"工业隔热系统"公司的创业者则因这样一个细节发展成一家企业：冷库在现代物流业中不可或缺，但因冷库大门通常关闭缓慢，从而浪费许多能源。为此，他们研制出可迅速关闭、封闭性能极佳的新型软体冷库门。仅此一举，便为他们在物流业链条中赢得了一席之地。

创新在于有心。我在乘坐美联航航班旅行时，偶见其餐巾纸上印有一则广告："本公司开始第二天将行李送至您家门口的服务。"多数乘坐航班旅行的人需要及时拿到行李，但确有一些旅客当时出于种种原因不愿或不能等候提取沉重的行李。有心人抓住了这一细节，或许就能为该公司拓展一项很有市场的增值服务业务。

卖鱼能卖出个景点

地处美国西北角的华盛顿州西雅图市雨多。情境相生。那日清晨，西雅图阴雨迷蒙，我的心情竟也有些灰暗。然而，当抹去一脸雨水，湿漉漉地踏入西雅图大市场的派克鱼店时，眼前的景象恰似融融春日：高高的柜台前整整齐齐地摆放着鲑鱼、巨蟹之类的海鲜品。有着五短身材的鱼店伙计比尔在与一名顾客谈好买卖后，操着极富磁性的嗓音一声低吼："一条鲑鱼飞向明尼苏达！"随后将一条近一米长的鲑鱼凌空抛向柜台。正在柜台内忙活的三名伙计闻声齐声附和："一条鲑鱼飞向明尼苏达！"说时迟，那时快，其中一位伙计眨眼间竟将七八米外抛来的大鱼稳稳抓住，引来围观者一片喝彩。

真新鲜，鱼还可以这样卖！再定神观察一番，这家鱼店的名堂还多着呢：除了生猛海鲜外，这家创建于1930年的鱼店以自己的品牌开发出的海鲜制品、礼品、调料、衣帽、书籍琳琅满目；除了现卖以外，各地顾客还可以通过电话或网上订货，在确保质量和包装箱没有滴漏、异味的前提下，派克鱼店可在48小时内通过指定的快递公司将订货运至美国任何一个地方；鱼店伙计像个大孩子似的不时抛出一条假鱼或拉动绳索使一条巨鱼张开大嘴吓唬小孩子，引来阵阵欢笑。周围观者如堵，人们争相与鱼店伙计合影。再看那鱼店伙计们身上的围裙都印有"世界闻名的派克鱼店"的标识。卖鱼还真是卖出个景点！

在几近嬉笑打闹的欢快气氛中，鱼店伙计们完成着一笔又一笔生意。其实那里的货物价格并不算便宜，但每位顾客离去时脸上都难掩欢愉。近年来，这家鱼店的经营模式引来了人们深深的思考，众多美国企业管理学专家将其作为典范进行剖析。除了那本名为《鱼！》的专著早已被《华尔街日报》评为工商类最佳畅销书外，又有一本题为《抓住！——停止挣扎，在你的生活和工作中变得更有活力》的新书问世。卖鱼，这是一个被不少人认为脏、累、乏味乃至不光彩的工作，怎么会被这些人干得如此热火朝天？

中国有句老话："人之情，不能乐其所不安，不能得于其所不乐。"说的是在不安心的地方不能感到快乐，也不能从不喜欢的地方得到满足，这确乎人之常情。但派克鱼店的伙计们以其行动向人们昭示，在现实当中，任何一件必须做的工作都可能是乏味的，更不必说并非每个人都在做着自己认为满意的工作。一味地抱怨不顺心的工作环境，其工作场所就可能成为一所压抑生机与活力的监狱，这无异于人生钟表的停摆。当此之时，不做任何事情的风险可能大于行动起来的风险。如果你对工作本身没有选择机会的话，你总会有机会选择对这项工作的态度。"我们无法控制别人的行为，但我们可以选择自己的反应。"派克鱼店的伙计告诉人们，"在脏、冷、潮湿的鱼市中，你可以选择懒洋洋的平庸，也可以选择成为'世界闻名'。我们选择了'世界闻名'，干起活来感觉就不一样。"

当心境调整好的时候，成果便显现出来。工作态度的积极选择有助于形成一种良性循环：当人们选择热爱所做工作之后，就能够每天挖掘出其潜在的欢乐、意义和满足，就会为他们所做工作感到自豪，进而发现每个人都有的潜能、创造力和热情，挖掘出你从未尝试过的能力、天赋、勇气和才艺。积极的工作态度可以创造出一种最具活力、创新、高效的工作环境，导致更多的生机、热情、生产率和创造力。派克鱼店的员工每日快乐工作的秘诀还在于他们懂得，要像你希望别人如何待你那样待人；以一种自尊的方式寓工作于娱乐，既能多卖鱼，又能与顾客交朋友，进而使每一位顾客在派克鱼店的经历都能变为终生的愉悦记忆。

望着眼前被抛来抛去的大鱼和巨蟹，我真切地感到，其实，无论在中国还是在美国，不如意事常八九，关键还是一个心态。假如都如派克鱼店伙计们那样乐呵呵地对待工作和生活，这个世界上会增加多少笑靥？

情随事迁。那天踱出派克鱼店时已是中午时分，外面仍是一片阴雨迷蒙，但我的心境却一下子明快了许多。

此后，我便成为派克鱼店的业务广告员，向不少人介绍这家店里的快乐文化。

星巴克第一店

西雅图市荟萃着一批享誉世界的大企业。微软、星巴克等知名企业均在此地成功创业，波音公司最大飞机制造厂房亦设于此。星巴克是世界上最大的咖啡屋连锁店，其全球总部也设在西雅图市。星巴克开设的第一家店便位于西雅图市派克市场街 1912 号。

一个阴雨的周末下午，我寻到星巴克第一店，但见门外人头攒动，门内拥挤不堪。长长的队伍只是为了品一品这里的咖啡。与街对面的派克鱼市一样，这里早已成为西雅图的名片之一。两天后的晚上 9 点，我再次来到这里。天还没黑，小店还开着，但少了许多喧嚣，也因此得以细细打量这个星巴克全球第一店。

长方形的小店面积仅 60 平方米左右，店内没有顾客可以坐下来品尝咖啡的桌椅，更没有新开店中种种时尚摆设。除了依旧的笑脸外，小店内星星点点地散落着"第一"的痕迹：一个立柱式铜色圆形图标上标明"星巴克第一店，成立于 1971 年"；小店橱窗上方并排高悬着三个星巴克最为原始的标识图案，那种咖啡色双尾美人鱼的造型与现在通常所见的星巴克绿色标识有着很大不同；店内一侧摆放咖啡产品的架子上贴有写着"没有妥协。周到而完美，持久而热爱"的纸片；靠近柜台的墙上挂有两幅世界地图，其中一幅下框插有一张卡片，上面标明至 2009 年 10 月 4 日，星巴克在全球共计有 16082 家分店……

平时不喝咖啡的我此时也凑趣端上一杯，伴着缕缕香气品味着在将近 40 年的光阴里，从这里走出的星巴克怎样书写着一个创业的传奇故事。40 余年前，一位名为艾尔弗雷德·皮特的商人在西雅图的咖啡豆及相关设备销售方面生意很红火。受此启发，与皮特本人相识的英文教师鲍德温、历史教师西格尔和作家鲍克合伙于 1971 年 3 月 30 日在西雅图开设了第一家咖啡豆销售店。最初这家店位于韦斯特恩大街 2000 号，后移至现址至今。创业之始，他们从皮特那里购入咖啡豆，后改为直接从种植者处购买。这家小店的名字是几位合伙人从麦尔维尔的名著《白鲸》中获得的灵感。最初，曾有人提议将《白鲸》中捕鲸船"裴廓德"作为店名，但其中一位合伙人不同意，最终大家赞同将"裴廓德"号上大副的名字作为店名。

1982 年，霍华德·舒尔茨作为零售和市场营销总监加盟星巴克，并首先提出星巴克不应仅卖咖啡豆，还应出售蒸汽加压的滴滤咖啡。几位创业的合伙人拒绝了这一想法，认为进入饮料市场有违创业初衷。对他们来说，咖啡应该是在自己家中煮出来的。坚持自己想法的舒尔茨于1986年4月开办了一家新的咖啡店，并于1987年收购了星巴克。此后，星巴克不仅经营内容不断扩大，经营规模也迅速膨胀。舒尔茨走出西雅图后，首先在加拿大温哥华开设分店。1996年，星巴克在日本东京开设了位于北美地区以外的第一家分店。至2018年，星巴克已在全球各地设有约21300家分店。

在星巴克第一店内，热情的服务员与我攀谈起来——星巴克的企业文化鼓励服务员与顾客进行交流。事实上，星巴克的成功秘诀之一便是通过一系列变革与创新，将星巴克打造成为有别于家庭和办公场所的第三交流空间。根据舒尔茨的定位，星巴克所出售的实际上是一种"体验"。在这种咖啡文化的体验中，咖啡本身甚至都已不重要了。

在交流中，我被告知，已成为世界第一的星巴克在其扩张过程中，也曾面临被控"不公平竞争"的官司、劳资纠纷的风波、破坏环境的指责和爆炸事件的恐怖。在美国经济危机的背景下，星巴克自2008年以来被迫在国内关闭近千家分店。星巴克于2010年7月开始在美国和加拿大的分店内提供免费无线上网服务，但此举完全是迫于竞争对手的强大压力。星巴克高管也想在店中经营酒类，但也引来公司文化价值的激烈争论——其实，大还是有许多大的难处。

绿色就业"全国典范"

在西雅图，还有一家被奥巴马参观后誉为美国绿色就业"全国典范"的麦金斯特里公司。

麦金斯特里公司位于西雅图南部工业区第三街5005号。在拥挤的工业区内，麦金斯特里公司大楼外表看上去平常无奇。建筑物内结构简洁，楼上楼下以开放式楼梯连接，更显空间的开阔。这家私营公司创建于1960年，最初的主打业务为建筑管道和空调设备安装。数年前，在首席执行官迪恩·艾伦的领导下，公司极为明智地决定向专业建筑节能技术方向发展，路子也因此越走越宽，2008年获纯利4亿美元。有着1600名员工的麦金斯特里公司2007年被西雅图工商月刊评为"最佳工作场所"之一，在2008年美国权威的承包商年度报告中排名第18位。

麦金斯特里公司行政副总裁戴维·艾伦是首席执行官迪恩·艾伦的弟弟，谈起奥巴马访问公司时的情景仍然眉飞色舞。2008年2月，作为联邦参议员的奥巴马在宣布参选美国总统后第二次赴西雅图访问。2月8日，奥巴马来到麦金斯特里公司。在公司办公区、室内健身房、篮球场、餐厅等处参观时，艾伦兄弟一路为奥巴马介绍节能建筑方面的创新情况，告诉其绿色建筑节能技术可在5年间使该公司客户平均节省能源费用20%—30%。"参观结束后，奥巴马在公司一间办公室内当场修改原已拟就的演讲稿。"戴维·艾伦说，"当天晚上，当我将奥巴马访问公司的消息告诉妻子后，她很不以为然。随后当她从电视中看到奥巴马将我们公司称为'全国典范'后，又惊喜地对我说：'天哪，你们成全国典范了！'"

此后，奥巴马在多个场合强调以创新的精神打造绿色经济，创造500万个绿色就业新岗位。"这些工作岗位不会被外包，也不会消失，就像麦金斯特里公司所创造的工作岗位一样，"奥巴马在一次接受媒体采访时说，"这个很棒的小公司是美国未来经济的榜样。"

戴维·艾伦带领我一路走来，室内健身房内不少员工在打篮球或在跑步机上锻炼，设计室内老工程师正在利用计算机专心工作。戴维·艾伦介绍说，公司将自己的使命定位于"大自然控制建筑物的外部，我们负责建筑物的内部"。一座建筑物就如人的身体一样，是一个综合性的复杂系统。各个系统间需有机联动，才能更有效地发挥功能，而不能相互碰撞和抵消。"美国许多建筑物中约有一半能源遭到浪费。"他说，美国公司每年与能源有关的浪费在300亿美元以上。因此，麦金斯特里公司从机械、电器、管道、防火、通风、保温、冷却等多个系统提供综合性的可靠节能方案。从节能角度看，现有建筑物中所使用的活塞式压缩机、冰箱、空调等不少设备都存在着能源浪费的环节，也因此都可以成为节能改造的对象。例如，对液体循环加热系统进行技术改造、从垂直废气管道回收热能等都可减少供热成本，从而增加建筑物能源利用效率。自2001年以来，麦金斯特里公司通过在美国全国承接的节能建设项目相当于减排二氧化碳247025吨，等于从美国公路上减少了45243辆汽车的排放量。

建筑物内能源需求的智能控制是麦金斯特里公司的另一节能思路。在麦金斯特里公司一间控制室内，正在值班的小伙子雷恩告诉记者，这一控制室能够对与麦金斯特里公司有合同关系的多幢建筑物进行每周 7 天、每天 24 小时的能源消费即时监控。这一系统除保障建筑物能源系统正常和最为有效的运行外，还可将所出现的问题消灭在萌芽状态，使建筑物一直保持能源利用的最佳状态。

探访肯德基第一店

肯德基在中国已经是一个知名品牌。2012 年的一个绵绵阴雨天，我在探寻肯德基第一家店的过程中颇费了一番周折。

路易维尔是美国肯塔基州最大的城市，也是全球快餐业知名品牌肯德基总部所在地。它并未跻身路易维尔市中心的高楼大厦之列，而是偏居一隅。

一幢谈不上高大的白色建筑标明这里就是肯德基总部，门口竖立着肯德基创始人哈兰·桑德斯上校的头部雕像。时值周末，连总部内部的博物馆也不对外开放。望着这幢冷清的小楼，不禁引人猜想，那张写有 11 种药草和香料名称的神秘配方单子是不是就锁在这座小楼某个角落的一只保险柜内呢？

神秘总能引来好奇。我决意一路南下，继续寻访肯德基发源地。

位于肯塔基州南部的科尔宾县靠近田纳西、弗吉尼亚和北卡罗来纳三州，地处南北通衢。距科尔宾县主街不远的一条小道旁，一家闪烁着"桑德斯咖啡"广告的快餐店门口立着一块金属牌，告知这里就是"肯德基发源地"。

"桑德斯咖啡"店既是一家正常经营的快餐店，也是一座博物馆。售货前台旁边的陈列柜中以泛黄的报纸、海报和各类实物述说着肯德基的历史。顾客就餐处分为两部分，一部分是现代肯德基快餐店内标准化的装饰，另一部分则是当年"桑德斯咖啡"店内的原样桌椅。在人们就餐的身前背后，既有早年间的大厨房和小包间，也有当年收费用的巨大计算器和各种压力锅等炊事用具。当然，满眼见到的还有那位早已成为经典的人物形象：花白胡须、黑框眼镜、白色西装、一脸笑意的哈兰·桑德斯上校。

哈兰·桑德斯的"上校"军衔并非货真价实。他确实当过兵，但只是在 16 岁时曾作为列兵在古巴服役 6 个月。当他 45 岁时，肯塔基州州长卢比·拉丰将他称为"亲爱的桑德斯上校"，那是为了表彰他对肯塔基州烹饪业所做的贡献，但从此"桑德斯上校"便被叫响了。

桑德斯的奋斗故事当属"穷人的孩子早当家"一类。桑德斯于1890年9月9日出生在印第安纳州。6岁丧父后，作为老大的他既要帮助母亲照顾弟妹，又要下厨做饭。他15岁时在印第安纳州新奥尔巴尼当过有轨电车售票员，此后曾干过火车司炉工，通过函授学过法律，卖过保险和轮胎，还在俄亥俄河上做过摆渡船工。

40岁的时候，桑德斯来到肯塔基州科尔宾县，盘下一家加油站。生活的历练早已使得桑德斯不仅手勤，而且善于动脑。加油站来往人多，看到这些长途跋涉的人常常饥肠辘辘的样子，桑德斯开始在小厨房内做点饭菜，招揽顾客。一段时间后，桑德斯饭菜的生意竟然好于加油站，他就在街对面汽车旅馆处开了这间可坐142人的"桑德斯咖啡"店。

在此期间，他尝试推出自己的特色炸鸡。炸鸡虽好吃，但客人一多时，等的时间太长，加之手忙脚乱，将鸡炸煳便成常事。压力锅成为桑德斯的解决办法。经过烹煮时间、压力大小和加油多少的多方摸索实验后，他终于找到既省时又美味的炸鸡"黄金切割线"，其妙方至今仍在使用。就美味而言，桑德斯逐渐摸索出一种含有11种药草和香料的配方，至今保持神秘，成为继可口可乐之后美国第二大"神秘配方"。

"神秘配方"的刻意张扬只是表明经营者的机敏。今天来到"桑德斯咖啡"店的顾客多半会怀着一份好奇吃上一顿"肯德基发源地"的炸鸡，但不少中国游客餐后评价说，这里的炸鸡味道还不如中国的好。其实，更值得人们探究的是，桑德斯何以能够将这样一份"肯德基"从如此偏远之地推向全球？

在桑德斯的身上，人们可以看到强烈的自强不息精神。二战期间汽油配给政策使他的加油站不得不关门，75号州际公路的新建使"桑德斯咖啡"店也不得不上锁。56岁的桑德斯落魄得只能依靠每月105美元的救济金生活。他开始驾着一辆福特老爷车，带着一口压力锅和一只装有50磅作料的大桶，一路北上兜售炸鸡秘方。传说中，桑德斯在整整两年中被拒绝了1009次，当他在第1010次走进一家餐馆时，终于听到了一声"好吧"。1952年，肯德基在犹他州盐湖城建立了第一家餐厅，并率先引进特许经营制度。此后5年，肯德基在美国及加拿大发展了400家连锁店。时至今日，肯德基已在全球105个国家和地区开设有1.5万多家分店。

1980年，享年90岁的桑德斯因白血病辞世。对于这一别样人生，桑德斯有着自己的别样理念："人们因闲散而生锈者比精疲力竭者多，如果我因闲散而生锈，我会下地狱。"

地热养鱼打造自循环食物链

我在爱达荷州采访时，遇到了人高马大的利奥·雷先生，他是一位很有创意的创业者。他最自豪的工作成果是在海拔千米以上、常年气温仅为12.8摄氏度的爱达荷州山区成功养殖热带鱼，其秘诀在于对地热资源的妙用。

雷先生养鱼讲究门道，连他那张印有"爱达荷养鱼公司"字样的名片上也印满了鱼。位于美国西北部的爱达荷州地广人稀，全州面积约为美国东北部新英格兰地区六州面积总和，但人口仅百万余人。自爱达荷州东南部山区发源的蛇河蜿蜒伸展，将北落基山脉切割成许多峡谷。雷先生的水产养殖场便位于爱达荷州双泉市西北48公里处的蛇河边上。

雷先生介绍说，爱达荷州富地热资源，这是一种得天独厚的清洁能源。热水养殖可以大大缩短多种水生物的孵化期和生长周期，而且因为少用水泵、管道、热水器、阀门等物，其能源成本极低。雷先生的水产养殖场在海拔1158米处共打了8口地热井，井深150米，水温约为33摄氏度。依地势高低，地热水流入阶梯状的数层鱼池，分别养有需氧量不同的鲇鱼、鲑鱼、鲟鱼等鱼类。养鱼池旁一个水塘内忽见数条短吻鳄抬起头来。雷先生解释说，短吻鳄吃死鱼，这是为了保护环境而打造的一条自循环食物链。在一间类似温室大棚的房间内，大大小小的鱼缸内养殖着各种热带鱼。"养殖热带鱼的目的在于增值，这些热带鱼在市场上销路很好。"雷先生说。为了加长这条增值产业链，雷先生的水产养殖场还建有鱼类加工车间。

在与雷先生的交谈中，他的"养鱼与管人"之道很有意味。他坦承自己不是养鱼技术专家，因此，重要的是"要向明白人请教"。他说，自己在上大学时，一次老师展示出一个有着某种怪物的图板，问如何才能弄清楚画面上是何种动物。当时谁也答不出来。老师的答案是"去问明白人"。这一点拨使得雷先生很开窍。"我学会了充分利用美国各地的大学资源。为了养好鲇鱼、鲑鱼和鲟鱼，我就去问密西西比州和路易斯安那州的大学老师，养热带鱼的事我就去问佛罗里达大学的老师。"在雷先生目前聘用的 25 名员工中，多数为大学毕业生。"目前美国经济情况不好，大学毕业生难找工作，"雷先生说，"我充分利用他们的聪明才智，使他们在这里大有作为。"

利用地热养鱼是美国加大开发地热资源的一个缩影。在爱达荷州首府博伊西市政厅采访时，主人特意将我领到大楼的底层，展示整幢大楼如何利用地热取暖。同"看老天爷眼色"的太阳能和风能相比，地热能源具有更高的稳定性和持续性，美国政府对这一清洁能源的开发寄予厚望。根据美国地热能源协会当年 1 月发布的统计报告，包括爱达荷州在内，美国地热能源工业总产能已达 3152.72 兆瓦。

地热资源的利用并非毫无后顾之忧。为开发地热资源而大量打井是否会引起地震早已是一个议论纷纷的话题。雷先生告诉我，他对使用地热资源另有两个隐忧：其一，水产养殖后的地热水排入蛇河，是否会造成"热污染"；其二，随着地热水产养殖业的发展，亚磷酸的增加有可能对蛇河水体造成污染。"目前这两个问题都还未成为现实，但我们必须未雨绸缪，"雷先生说，"我们正在研究使用含亚磷酸较少的大麦作为替代鱼饲料，同样在寻找将亚磷酸从排水中去除的办法。"

城市转型：产学研互动

美国在工业化转至后工业化过程中，也曾出现城市转型发展问题，曼彻斯特和匹兹堡便是两个较为成功的范例。

曼彻斯特市是新罕布什尔州和北新英格兰地区最大的城市。说是"最大城市"，其实人口仅约 11 万人，从曼彻斯特市中心的埃尔姆大街一路向北，至韦伯斯特街转而向西，再至运河街折返南行，便可将整个小城览遍。曼彻斯特市最引人注目的便是市内一排排褐红色的建筑，醒目的标牌表明这些均为 19 世纪的建筑。在一座标明为"斯达克纺织厂"的建筑旁边，立有一座青铜色纺织女的雕像。凝望着这位无言地回眸远眺的纺织女，人们的思绪也在 200 多年的历史长河中跳跃。

2010年适逢此地被命名为曼彻斯特200周年。来自欧洲的移民于1722年在此地定居之前，当地印第安人因梅里马克河道中的埃墨斯基瀑布极易捕鱼，所以称此地为纳摩斯基，意为"捕鱼之地"。1751年，此地被命名为德里菲尔德。1807年，塞缪尔·布洛杰特率先在梅里马克河瀑布区开掘河道、水闸系统，使梅里马克河得以航运。1809年，杰杰明·普里查德及其他人利用当地水力创建棉纺厂。布洛杰特希望这里如同英国工业革命中的第一个工业化城市曼彻斯特一样，成为"美国的曼彻斯特"。在他的建议下，1810年，德里菲尔德改名为曼彻斯特。此后，曼彻斯特纺织厂越办越多。至1846年，有着4000台纺织机的曼彻斯特城第11棉纺厂成为世界上最大的棉纺厂。19世纪下半叶至20世纪初，大量工人从四面八方涌入曼彻斯特，其中包括许多从加拿大法语区南下的法裔加拿大人。

埃尔姆大街的中心花园处还在通过布告栏展示着曼彻斯特当年的繁忙和嘈杂，但曼彻斯特的喧腾早已成为历史。曼彻斯特的纺织业在20世纪30年代和80年代经历了两次重创之后，终于走进曼城的"纺织博物馆"。此后，曼彻斯特便面临着经济转型的难题。

近观一排排褐红色的老纺织厂厂房，我看到有些厂房仍旧处于废弃状态，另有一些厂房楼顶端已挂上诸如"新罕布什尔大学"和各种公司招牌。在促进曼彻斯特经济转型一事上，迪安·卡曼创建的德卡公司成为创业先锋。1984年，德卡公司买下曼彻斯特一座老纺织厂大楼，在那里转而研发、生产医疗器械、机器人、净水设备、可上下楼轮椅等高科技产品，其中400余项产品拥有美国及其他国家专利。在德卡公司实验室内，主人向我介绍了他们正在研发的"机械臂"。这种适用于残疾人的机械臂重量轻，加之其灵活性和耐力性能的提高，使其具有很大的市场潜能。

在经济转型的努力中，替代能源等高科技产品成为曼彻斯特的重点扶持对象，2005年成立的马斯科摩公司便是其中的佼佼者。马斯科摩公司实验室主任内森·马戈利斯介绍说，与从甘蔗和玉米中提取乙醇的做法不同，该公司致力于从废木材、农业废料等非食品类农业、林业原料中提取纤维乙醇。马戈利斯说，作为替代能源产品，该公司的产品有望于一两年内进入商业化生产。

就曼彻斯特的经济转型问题，我相继采访了新罕布什尔州联邦众议员卡罗尔·谢伊-波特女士和曾任该州州长的联邦参议员珍妮·沙欣女士。她们认为，在极为不易的经济转型中，曼彻斯特充分利用了靠近波士顿的地理优势和拥有达特茅斯大学等智力资源。马斯科摩公司还与南非斯泰伦布什大学建立了研发合作关系。此外，曼彻斯特所在的新罕布什尔州没有广义的个人所得税，也没有营业、使用、存货、资本收益和专业服务等税收，公司税的比例只相当于公司年纯收入中的 8.5%。诸多免税措施使新罕布什尔州成为继阿拉斯加州之后的全美第二名"免税州"，也因此使得曼彻斯特成为企业利用高科技创业的友好城市。马斯科摩公司之所以从其他州改迁曼彻斯特，原因就在这里。

宾夕法尼亚州第二大城市匹兹堡是一个有山有水的地方。站在华盛顿山上，清晰可见位于俄亥俄、阿勒格尼和莫农加希拉三河交汇处的匹兹堡市中心林立的高楼，三河交汇点处一股巨大的喷泉涌向高空，恰似一艘旗舰上高耸的桅杆。

在美国，匹兹堡被公认为从传统工业城市成功转型为绿色科技、文化城市的"旗舰"。假如时光倒回至 20 世纪中期，人们在华盛顿山上看到的是一片如林的钢厂烟囱和迷漫的烟尘。历史上，美国一半以上的钢产量出自位于东北部重工业"锈带"上的匹兹堡，"烟城"便成为其代名词。如今我见到的匹兹堡是一座满目青翠的中等城市，市内再也看不到一根冒烟的烟囱，钢铁业的就业贡献率仅为 5%。匹兹堡的成功转型已使其荣获"最适宜居住城市"等美誉。2009 年，美国总统奥巴马在解释为何选择匹兹堡作为二十国集团领导人峰会主办地时说，匹兹堡是创造新就业、新产业的范例，为 21 世纪经济转型做出了有益的尝试。

从二战结束后治理城市污染开始，匹兹堡的经济转型经历了半个多世纪的光阴，其加速转型期始于 20 世纪 80 年代。总部设在匹兹堡的未来战略咨询公司总裁米勒介绍说，20 世纪 80 年代，在国外同行业竞争加剧、新技术不断兴起和美国经济衰退等因素的合力下，匹兹堡钢铁业进入绝境。自 1981 年至 1984 年，匹兹堡钢铁业失去 12 万个工作岗位。"在一个没有多样化经济结构的传统工业基地，这样大规模的失业造成人才大量流失。20 岁至 30 岁的劳动力人口受影响最大，至上世纪 80 年代中期，匹兹堡每年流失 5 万人以上。匹兹堡至今仍能感到人口流失的影响。"据美国官方数据，匹兹堡是美国唯一每年死亡人数超过出生人数的主要城市。

经济结构单一成为匹兹堡继续发展的瓶颈。决策人的眼光适时地转向匹兹堡大学、卡内基-梅隆大学等科技资源库，进而为打破这一瓶颈提供了强大动力，不断开掘出新的经济发展亮点。匹兹堡大学有着设备齐全、科研力量雄厚的医疗科学中心。在新的形势下，这一原本为匹兹堡传统钢铁业"从摇篮到坟墓"医疗体系的遗产被打造成为新型医药业。卡内基-梅隆大学是全美机器人研究领域的先驱。1987年，卡内基-梅隆大学所属机器人公司生产的新产品能够使城市下水道的检查与修理不必挖开地面，在市场一举获得成功。高校成为匹兹堡新产业的孵化器，单一的钢铁产品逐渐被医药、高科技机器人、信息技术、电子工程等新产品取代。

曾在布什政府担任财长的保罗·奥尼尔自1987年开始就住在匹兹堡。他认为，事实证明，匹兹堡的经济多样化导致其在经济危机中具有很强的"免疫力"。在最近发生的金融风暴和经济危机中，匹兹堡所受冲击较小。去年匹兹堡失业率为7.8%，低于美国全国平均失业率近2个百分点。在几乎所有美国城市房价下跌时，匹兹堡的房价相对平稳。

从一度被称为"人间地狱"到被誉为"宜居"，匹兹堡有着明确的发展方向，并充分运用相关法规和税制杠杆作用。卡内基、享氏、梅隆等工业巨头身后留下众多冒着浓烟的大企业，同时也留下了一些美术馆、博物馆和图书馆。为提高整个城市的文化品位，匹兹堡于1994年以提高营业税的办法支持这些文化产业的发展。为使公众享有更多的城市公园，匹兹堡通过制定土地使用法规为沿河旧工业区改造提供便利，使得城市环境大为改善。

还是一个大写的"人"字

2006年9月1日，年仅26岁的雷文斯塔尔就任匹兹堡第50任市长。这位全美最年轻的大城市市长一身锐气，接连出台一系列措施继续推动新形势下的经济转型。鉴于匹兹堡出于历史原因人才流失严重，而一个城市的成功转型又有赖于其居民的高素质和不断创新。为鼓励和留住人才，雷文斯塔尔推动设立了以公立高中毕业生为对象的"匹兹堡承诺"奖学金。从2008年7月，匹兹堡开始了一个名为"呵护工商业"的建设项目,从在工商业区域绿化、设置街灯、专辟自行车道、更新道路标志等细微之处着眼,为设在匹兹堡的各类工商业提供良好的工作环境。在《财富》杂志所列全球500强企业中,已有6家将其全球总部设在匹兹堡。

在创新的努力中,人才非常重要。较之中国,美国全国人口不多,但年轻化程度更高,一流教育等吸引着全球各地英才会聚美国,这又反过来推动了美国的创新进程。

近年来,在美国各种商店中,除了"中国制造"外,更多地蜂拥出了"洪都拉斯制造""印度尼西亚制造""孟加拉国制造"等。随着经济全球化迅猛发展,原有的价值链、产业链分工格局已经发生变化。从美国市场上可以清楚地看到,中国劳动力成本低的传统竞争优势已不复存在。

我带一位朋友在美国顶级箱包品牌图米店中购物后,店主最后在朋友所购办公包上一块真皮处压刻出他名字的首字母,朋友的办公包也因此成为独一无二的个性化商品。新的工业革命将迎来制造业的数字化发展。数字化制造带来跨国公司生产效率的提高和产品的个性化制造。个性化需求与个性化制造水涨船高,其市场份额将越来越大。跨国公司做得再大,产品最终瞄准的还是作为消费者的个人。个性化创新有赖于创新人才的涌现。

家中房顶漏水、屋门失修、水池不畅,登门修理的仅两人,他们拳打脚踢,将瓦工、油漆工、电工、管工、木工的活计一应全包。美国的劳动力成本确实很高,但需承认他们的技能也确实全面。放眼美国制造业,数字化制造正在推动整个劳动就业需求结构产生重大变化。一线蓝领工人越来越少,而对编程、操纵数字化和智能化设备的劳动力需求则呈剧增态势。在美国制造业复兴中,需要的是高水平、高技能、高回报的就业岗位。

针对国际经济危机、能源安全和气候变化等多重挑战,21世纪的跨国公司正在以信息技术为基础,推动多技术多学科融合的技术变革和新的工业革命。数字化、网络化、智能化、服务化、绿色化、个性化的新制造模式已露端倪。而实现所有这一切,人才最为重要。

当跨国公司不失时机地抢占21世纪产业制高点时,他们首先在抢占人才。2013年伊始,美国奥巴马政府再次推动全面移民改革,其中一项重要内容便是优先为在美国大学中取得科学、数学、技术或工程高学位者发放"绿卡"。他们看重的就是来自世界各地的人才。

毕竟，有了人才才有一切。

美国的创新归根结底是要保持其在 21 世纪的绝对领先地位。有关美国衰落的声音愈响亮，愈成为美国谨防衰落的长鸣钟。

美国懂得居安思危。

22　衰落？美国很焦虑

> 从华盛顿的樱花想到美国国运；"时隔50年，我们这一代的人造地球卫星时刻已经到来"；"9·11"事件的发生或许成为美国走向衰退的起点；任何一位美国总统都将保持美国全球霸主地位视为终极使命；无论其是否承认，美国已经走下曾经不可一世的神坛。

与中国首都北京一样，位于北纬38度至39度的美国首都华盛顿四季分明。华盛顿四季各有其美，春天便美在每年3月底至4月中旬盛开的樱花。

华盛顿花开花落

在经历了不一样的冬天之后，华盛顿的樱花盛开期也是每年各异，每年春季樱花盛开期的预报便格外引人关注。

在经历了一个世纪的春色之后，华盛顿的樱花平添了几许凄美。华盛顿观樱花最佳处当然是国家广场以南的潮汐湖。

每到樱花怒放时，潮汐湖畔便涌起一片片粉白花浪，争相展示万象更新的生机。蓝天白云，游人如织，争睹天人合一的难得笑靥。春水粼粼，花枝摇曳，欢笑之声不绝于耳；飞鸟争逐，鸳鸯戏水，时见情侣缠绵。此情此景，怎一个"美"字了得？！

华盛顿樱花之美在于成片。独枝樱花，既不如最早报春的旱水仙之光鲜，亦不如满树桃花之丽艳，但数千株樱花沿湖同期怒放，就有了视觉的震撼。华盛顿樱花之美还在于地利。潮汐湖位于集中着白宫、国会、华盛顿纪念碑和林肯纪念堂的国家广场南侧，湖周围坐落着杰斐逊纪念堂、罗斯福纪念地和新近建成的马丁·路德·金纪念园。历史与现实的交错，自然与人文的遐思，借助这方花海任由徜徉。

潮汐湖北岸山坡处横卧着一块石头，其上青铜色金属牌上镌刻着："作为友谊和亲善的姿态，东京市赠予华盛顿市第一批日本樱花树于1912年3月27日在此种植。"举头环顾，周边一片枝丫虬结、弯腰驼背的百年老树，其中一些早已树干中空。龙钟枝头伸展出满树新花，婆娑起舞。

1885年，曾为新闻记者的美国人伊莱扎·鲁哈马·西德莫尔女士首次访问日本回到华盛顿后，就向政府建议将日本樱花树引入美国首都，栽种到波托马克河边。当地官员没有采纳她的建议，西德莫尔为此进行了长达24年的游说。1906年，美国农业部官员戴维·费尔柴尔德从日本进口75株樱花树试验种植。试验成功后，他与西德莫尔一道建议将华盛顿潮汐湖周边变为"樱花林"。这一建议最终于1909年得到第一夫人海伦·赫伦·塔夫脱的首肯。

1910年1月6日，2000株日本樱花树运至华盛顿，但因染病而被焚烧。1912年3月26日，由日本捐赠的3020株樱花树再抵华盛顿。次日，第一夫人塔夫脱、西德莫尔和时任日本驻美大使夫妇在潮汐湖畔共同首次种下两株樱花树。

树之为物，有承载，有寄托，也有恩恩怨怨。当樱花树在华盛顿永久落地生根后，年复一年的绽放续写着五味杂陈的历史。1927年，一批美国中小学生组织了一场再现最初种植樱花树场景的活动。1935年，华盛顿首次举行樱花节。1938年，华盛顿爆发了"樱花大起义"：当地政府因建造杰斐逊纪念堂欲砍掉一些樱花树，却遭到强烈反对。抗议者将自己绑在树上以明志，最终以政府承诺在潮汐湖南岸种植更多的樱花树达成协议。1941年12月11日，4株樱花树被人砍倒，以抗议此前四天珍珠港事件的爆发。二战期间，不仅一年一度的樱花节被中断，12万日裔美国人亦曾被远迁至拘留营。二战之后，美日关系的嬗变使得华盛顿的这片樱花林再次亮丽起来。潮汐湖北岸那块石头上的青铜色金属牌落款时间为1950年。继1954年一尊有着300年历史的日式花岗岩石灯安放在潮汐湖北岸后，一尊日式石塔又于1958年被置于樱花林中。

蓦然百年，历史在荏苒的光阴中定格。每年春季华盛顿的樱花节除庆祝游行外，还会有烟花秀、露天日本节、风筝节、电影观赏、讲座、画展、音乐会和露天戏剧演出等活动，俨然成为展示日本"软实力"的公关平台。

仅仅一湖之隔，潮汐湖南岸的樱花还在含苞待放之时，北岸的樱花已开始雪片般飘落。怒放的壮丽更显哀婉而怅惘，华盛顿百年樱花最终以凄美谢世，又将以博大的胸怀和韧性的静寂蓄积着来年的张扬。已经百年轮回的樱花树，竟是这样睿智地解读着人事、国事、天下事……

花无百日红，盛极而衰。樱花如此，美国的国运呢？

新的"人造地球卫星时刻"

我在美国工作期间，深感美国是否衰落已成为这个世界唯一超级大国的战略性焦虑。

2010年9月20日，在华盛顿伍德罗·威尔逊中心举行的题为"中美关系对亚洲影响"的研讨会结束前，美方主持人、美国前驻华大使芮效俭突然向来自俄罗斯、印度、新加坡和日本的国际问题专家提出一个问题："你们如何看待'美国正在衰落'这一判断？"面对中国的发展，出生于中国的芮效俭也一直为美国是否衰落而焦虑着。

作为世界唯一超级大国，美国对于能否在21世纪保住这一头衔十分敏感，"中国能否超越美国"也因此成为热门话题。因提出"软实力"概念而闻名的美国学者约瑟夫·奈的新著《美国世纪完结了吗》讨论的便是这一话题。在这一新书发布现场研讨会上，我注意到参会者众多，当场出售的新书很快告罄。

华盛顿威拉德酒店与白宫仅一街之隔。我曾在那里参加了一个由新美国安全中心举行的研讨会，题为"投资创新：军工基地的研发与未来"。在这个有诺斯罗普格鲁曼公司首席执行官兼总裁韦斯·布什等诸多美国军工企业巨头和五角大楼高官参加的研讨会上，"中国"成为屡被提及的词语。"当中国的研发经费增长时，美国的研发费用却在不断下降。"新美国安全中心理事会共同主席、原美国国防部负责政策研究的副部长米歇尔·弗劳诺伊警告说。

这是近年来人们在华盛顿常见的情况：关于美国衰落的话题不断被提及，恰如不断敲响的警钟。2010年12月，奥巴马总统就提出，"残酷的现实是，在未来的竞争中美国有落后的危险","时隔50年，我们这一代的人造地球卫星时刻已经到来"。1957年10月4日，苏联将第一颗人造地球卫星送入太空。被这一事态震惊了的美国因此奋起直追，最终重夺探索太空第一把交椅。

我曾就美国是否衰落的话题与各界人士进行过交流。美国进步中心学者哈特博士在接受我采访时说，伊拉克、阿富汗两场战争之后，美国人更倾向于减少干预外部世界，主张管好美国自己的事情，尤其是改善美国的经济状况。"我的家乡在得克萨斯州，那里有许多人生活得不好，失业率很高。原来的美国家庭只要有一个人工作便可养活全家，但现在不行。"

宾夕法尼亚州哈里斯堡世界事务委员会成员安曼德·理查德森在接受我采访时说："因为伊拉克、阿富汗战争，数千名美军丧生，美国也失去了10年时间。很多美国人坚信，我们不能因为别的国家再失去10年。所以，除非与美国自身利益密切相关，否则美国不应再直接卷入战争。"

"我不认为美国正在衰落，"他说，"美国人的记忆很短暂，他们总认为现在是最坏的时刻。国家总是在经历高潮与低潮，现在不过是又一个低潮。"安曼德·理查德森回忆说，他成长于民权运动、越战期间。当年的民权、反战运动也曾撕裂美国。"那时人们也在说，美国完蛋了，没戏了，每一次看起来都是美国的末日，但过一些年后，情况又有了改变，这是一种否极泰来的周期。我们现在也正在经历这一周期。美国有许多机制，机制的生命力强于人。人来人往，花开花落，当人已经不在的时候，这些机制还在。""美国有一种自我激励、自我调整的能力，当人们谴责这个国家糟透了的时候，他们就会更加努力地想办法改变这一切。这是一种心态。"他说。

在弗吉尼亚州阿灵顿县公立图书馆工作的保罗表示，自己并不在意美国被超越，"我认为国家之间并不是以往那种竞争关系，而是合作关系。我希望大家都强大"。

在"美国正在衰落"的战略忧虑下，奥巴马政府在全球外交中处处彰显强势，却又难免露出捉襟见肘和底气不足的难堪。"重启"与俄罗斯关系继续成为美国全球外交调整的重要支点。在经过艰难的讨价还价后，美俄两国于2010年4月正式签署新版《削减和限制进攻性战略武器条约》。为维护"重启"势头，此后发生的俄罗斯间谍风波被奥巴马政府低调处理。

"重返"亚洲成为奥巴马政府外交攻势的重点。在将亚洲国家以"传统盟友""战略伙伴"和"新兴力量"予以界定并区别对待的同时,美国多次重大亚洲外交活动难掩"项庄舞剑,意在沛公"的味道。

美国曾费尽心力促成巴以直接和谈。但以色列定居点建设问题终成绕不过的死结,和谈屡屡陷入僵局。自奥巴马政府执政之后,美国便投入大量外交资源以重启巴以和谈,不断的挫败使美国"很受伤"。在伊朗核问题上,奥巴马政府一度搁置"接触"政策,而一再加码的制裁举措却适得其反。在叙利亚问题上,奥巴马政府也表现得相当纠结。

布鲁金斯学会高级研究员罗伯特·卡根将上述现象称为"总统悖论"。他认为,不论你喜欢不喜欢奥巴马的外交政策,人们普遍认为奥巴马政府至少给予了美国人民想要的外交政策。多数美国人反对美国在叙利亚问题上发挥主导作用,主张减少卷入中东冲突,渴望看到"战争之潮"退去,愿意聚焦于"国内建设"。奥巴马总统总体而言是在满足和鼓励民众的这一心态。按道理说,奥巴马应该成功地赢得民众的首肯,然而,令人吃惊的是,事实恰恰相反。多种民意调查显示,民众对奥巴马总统外交政策的满意度很低。哥伦比亚广播公司最新民意调查显示,只有36%的人认可奥巴马总统的外交政策,不满意的多达49%。

卡根对于这一悖论的解释是,大多数美国人可能不愿意蹚叙利亚这潭浑水,不愿意对伊朗动真格,或者不在乎在阿富汗、伊拉克、埃及或乌克兰发生了什么,他们可能倾向于一种最低纲领的外交政策,即美国不再在世界发挥领导作用,而将所有这些糟糕的麻烦留给他人,他们可能需要一种更为狭窄、更注重自我利益的政策。换言之,他们可能就需要奥巴马总统目前所奉行的这种政策,但他们并不为此感到自豪,他们并不因为奥巴马给了他们想要的政策而感激他。许多年来,美国人认为美国是一个特殊的国家,他们自封为"自由世界的领导者""必不可少的国家""世界独超"。这些曾使美国人备感骄傲。然而,事实告诉他们,这样的日子已经过去。随着实力的衰落,美国应寻求一种更为合理的目标。现在的美国总统就是在做这样的工作。奥巴马对美国作为领导者的过去很少怀念,他多次表明,他的工作就是应对美国衰落的"现实"。这或许就是美国人想让他做的事情,但他们并不因此而感激他。跟从一个胜利的领导人,民众可以激发出忠诚、感激和喜爱,而跟着一位退却的领导者,人们却产生不了这些情感。

面对奥巴马所说的"我们这一代的人造地球卫星时刻",美国整个精英阶层进行了全方位思考和争论。

"美国世纪"的忧思

其实,关于"美国世纪"的思考和争论早已有之。

关于"美国世纪"之说,人们一般认为是美国《时代》周刊、《财富》、《生活》三大杂志创办人亨利·卢斯于1941年提出的。然而,关于"美国世纪"的时间界定,则多有争议。蒂莫西·伊根在1998年6月6日发表的题为《美国世纪第一枪》的文章中认为,1898年发生的美西战争是美国世纪开始的标志。美西战争后,美国从一个重商主义国家和二流军事强国一跃成为"帝国主义者俱乐部"的一员。2008年第五次再版的《美国世纪》(作者沃尔特·拉菲伯、理查德·波伦堡、南希·沃洛奇)一书的论述也是从1890年开始至今。另一种看法则认为美国自二战后赢得的全球地位标志着"美国世纪"的开端。

20世纪末,美国国内就有了关于21世纪是否仍是美国世纪的争论。为了确保21世纪仍是美国世纪,1997年,一个名为"新美国世纪计划"的智库在华盛顿成立,其成员多为信守新保守主义成员。该机构在一份题为《美国新世纪计划》的报告中以一个简单的问题开始:"美国是否对形成一个有利于美国原则和利益的新世纪有了解决方案?"报告提出,美国是当今世界唯一的超级大国。当前,美国在全球范围内没有竞争对手,美国的最高战略就是要维持和扩展美国的这种优势地位,越久远越好。但是,仍然有一些潜在的大国对这样的世界格局不满,试图改变它。该报告认为,从历史发展的轨迹看,美国已经无法与崛起的欧洲、亚洲国家相抗衡,而任何现代经济的发展,都离不开能源的需求,石油不仅作为能源,而且是基础生产资料。美国只要保证对中东、海湾地区石油的绝对控制,斩断经济发展国家与这些地区之间的网络,美国的竞争对手便难以取得真正的崛起,难以形成与美国的竞争。此后发生的伊拉克战争则从一个侧面印证了"新美国世纪计划"的思路。

20世纪与21世纪之交,全球各地的人们对于21世纪属于谁有过热烈的讨论。21 世纪第一个 10 年期间，同一主题的讨论仍在继续，但在经过 "9·11" 事件、伊拉克战争和阿富汗战争后，美国媒体的相关报道和一些有影响力的出版物的关注点和立场有了微妙的变化。2008 年 1 月 8 日出版的《下一个美国世纪：当其他大国崛起时美国如何繁荣》（作者妮娜·哈其干、莫娜·萨特芬）一书中说，面对中国、俄罗斯、欧盟、日本和印度等 "关键大国" 的崛起，美国不应害怕，而应 "利用" 这些国家。作者指出，面对恐怖主义、流行病、扩散的核武器、全球变暖等威胁，没有与这些关键大国的合作就消除不了这些威胁。但这种合作并非臣服。作者在具体分析了每个大国的长处与弱点后所得出的结论是，美国应有更多的全球接触、更为多样化的外交，而美国公民则应更多地到外部世界旅行，不要让下一代美国人只能讲英语。2009 年 1 月出版的《美国世纪的升沉：1890—2009 的美国》（作者威廉·查菲）一书承认美国所面临的持续挑战：种族、性别和收入的不平等，而这些都与其所宣扬的价值观背道而驰。

  与此同时，一些公开谈论美国世纪终结的看法渐引关注，2009 年 4 月 1 日出版的《美国世纪的终结》（作者戴维·S.梅森）一书应最有代表性。这本专著对美国的衰落作了全方位探究。作者认为美国正在失去从第二次世界大战便开始拥有的社会、经济和国际优势，耗资巨大的反恐战争和伊拉克战争加剧了已经令人伤透脑筋的诸如债务、贫困、不平等和政治及社会腐败等问题。作者认为美国正如以往其他超级大国一样，经历着 "帝国过度扩张" 的麻烦——在国内面临着破产的打击，在国际上的冒险却又一无所获。作者认为，无论在世界何地，美国都已不再拥有对其现代民主和经济发展的景仰者，取而代之的，只有更多的恐惧和怨恨。作者还将美国同其他富有成就的工业民主国家及潜在的竞争对手做了比较，欧盟在经济和社会制度上显得更稳定，而中国和印度等则充满了经济活力，它们不久都将令美国黯然失色，这是世界大舞台将要发生根本变化的信号。这种变化要求美国人民及其政府都要有巨大的心理准备。但是归根结底，美国人民，乃至全世界，都将会因为一个更谦逊和致力于互助的美国而变得更加美好。作者在书中说："'美国世纪' 的终结对美国人是不容易的，对世界其他地方也同样不易。美国人将不得不降低生活水平以及减少美国在世界事务上的影响力。但美国物质主义、享乐消费和国际地位的下降，可能会为全球合作以及建立一个更加和平、可持续发展的世界带来新的机遇。"

反思美式资本主义

美国 2008 年的金融危机及经济衰退发生后，关于美国资本主义前途及危机后发展方向一直是政府部门、学界与媒体争论的话题，可谓仁者见仁，智者见智，众说纷纭。

在众多议论中，美国芝加哥大学教授、《从资本主义中挽救资本主义》一书作者卢伊基·津盖尔斯的观点受到广泛关注。

津盖尔斯教授在《危机后的资本主义》一文中认为，此次经济危机直指美国资本主义的核心：金融体系。这场危机将注定使得金融监管、大银行的作用及政府与市场主要活动者之间关系等问题发生改变。更为重要的是，美国公众对其制度的态度将会发生变化。这场危机的性质及政府的对策逐渐破坏了公众对于"民主资本主义"公平、正义与合法性的认识。这场危机发生的前提条件，特别是权力集中于一些大型金融机构及政府对银行和大公司的大规模救助举措上，使得美国正在走向欧洲组合主义（European corporatism）和更为中央集权的方向。这将反过来使得美国式的资本主义陷入危险。

这位教授认为，美国资本主义发展正处于十字路口。一种选择是将金融危机引发的公众愤怒情绪转化为对真正市场化改革的政治支持，即使这样做与大的金融机构利益相违背；对金融业和工商业的权力做出限制；重建资本主义道德领域的基本原则：自由、精英领导、将努力与奖赏直接挂钩、风险自负的责任意识等。这将意味着抛弃任何企业"如此之大以至于难以倒闭"的局面，并通过制定规则防止大型金融机构操纵与政府的联系从而破坏市场。简而言之，这将意味着美国经济政策中应采取一种"向市场倾斜"，而不是"向企业倾斜"的理念。

他说，另一种选择则是通过限制大企业高管层奖金而安抚民众情绪，但与此同时，却支撑大型金融机构的主导地位，使得他们依赖政府，进而使更大规模的经济部门依赖于这些金融机构。这类措施得益于一时，但从长远观点来看，这类举措对美国资本主义及其金融体系却是威胁。因为这将导致"向大企业倾斜"而不是"向市场倾斜"。作者认为，不幸的是，奥巴马政府看起来正在选择后一条道路。当经济危机尘埃落定，人们将会发现这种选择可能是金融危机后对美式资本主义最严重和最具负面后果的伤害。

并非所有人都赞同津盖尔斯教授的上述观点。一些人在美式资本主义的特质及"向市场倾斜"和"向企业倾斜"等理念上向津盖尔斯教授提出商榷。

美国布鲁金斯学会外交政策高级研究员布鲁斯·琼斯在其新著《我们仍在领导》一书中，重点探讨美国当前的国际环境以及美国的全球主导地位是否在动摇等话题。他提出，再没有比现在这个时间节点更有必要去思考美国是否在衰落以及美国的大国领导地位这一问题了。人们必须从两个层面来看待这一问题，一是基本事实层面，二是观念和政策层面。从基本面来看，美国大国实力仍然强劲，仍是世界头号军费开支大国，在高新科技武器、军队培训、全球军事基地及研发能力等方面都遥遥领先，高等教育水平名列前茅。同时，页岩气革命使美国能够在全球能源市场上独占鳌头，而科技创新的发展也不断充实着美国的经济活力。另外，美国人口不断增长，其中年轻人口比例较大。更重要的是，在当今大国中，没有任何国家像美国一样拥有如此众多的盟友。

当然，中国、印度、巴西等新兴大国的崛起，对美国在全球事务处理中的主导地位带来一定挑战。乌克兰危机就正在考验美国及西方世界的领导地位。琼斯强调说："美国应当领导世界，而非控制。"他认为，不能将领导地位和单边军事行动混为一谈，虽然美国强大的军事实力是其领导地位的重要组成部分，但单靠军事实力是无法真正实现领导地位的。因此，更广泛的经济和政治参与，以及建立更多的同盟合作关系，才能有助于美国实现这一目标。当世界经济正在被非美国盟友，如中国、印度、巴西、南非，当然还有俄罗斯等国家瓜分时，美国的大国地位无疑就会被质疑。

美国电影制片人迈克尔·穆尔是从制度层面批判美国的代表性人物。迈克尔·穆尔的《华氏9·11》《科伦拜恩的保龄》《精神病人》等影视作品一直具有现实批判特点，也一直成为敏感的话题。由于穆尔的反战倾向，其曾被贴上"不爱国"，甚至"叛国"的标签。在筹备拍摄《资本主义：一个爱情故事》之时，穆尔曾被警告说，此片势必会冒很大风险，因其在政治上是"危险的"。但他仍义无反顾。

"资本主义"如何与"爱情故事"联系起来？穆尔自己解释说，这是一种贪欲之爱。"喜爱财富的人不仅爱他们自己的钱，也爱你口袋中的钱……很多人不敢说出它的名字。真见鬼，就说出来吧，它就是资本主义。"

对于迈克尔·穆尔来说，此片调动了许多生活积累，可谓20年磨成一剑。在这部长达两个小时、主要以手持摄影机拍摄的纪录片中，穆尔通过对各式人物的采访，加之历史资料片的剪辑与串接，揭示了他眼中的"贪婪无度、缺乏民主"的资本主义。1989年，刚刚入行的穆尔曾以位于密歇根州弗林特通用汽车厂工人被解雇为由头，拍摄了他的处女作《罗杰与我》，揭示了资方如何从众多普通工人身上赚取大量利润，被解雇的工人又如何处于无力养家、无法支付各种账单的窘境。《资本主义：一个爱情故事》一片的切入点仍是同一个地点，所不同的是，时隔20年之后，美国全国各地很多人都感到了弗林特通用汽车厂工人所遭遇的压力，片中称美国每天会失去14000个就业机会，纳税人的钱被不断投入濒临破产的大型金融机构中。美国最富有企业和个人为了敛财，早已置普通美国人权益于不顾。片中提及在员工不知情的情形下，沃尔玛公司为35万名员工购买了人寿保险。一旦有人死亡公司就会受益，而不是被保个人。这类赔偿金有时高达上百万美元，却没有一文钱送到家属手中。

穆尔在此片中不仅将批判目标指向个别剥夺美国普通民众权益的大公司，而且将矛头直指整个资本主义金融体系。在他看来，自罗斯福总统去世以来，美国的民主与人权便不断遭到侵蚀，中产阶级的"美国梦"不断破灭。

在美国金融危机与经济衰退仍如噩梦缠身之时，穆尔此片契合了世界范围内对资本主义制度进行深刻反思的思潮，只不过其锋芒更为尖锐和犀利，也因此引来更多、更为强烈的争议。也有一些评论指出，此片在破立之间缺乏内在的立论平衡，揭开资本主义疮疤的穆尔除了"组织罢工""游行集会""投票反对资方"，提不出更为有效的解决办法。在整个世界正处于大变化、大调整时期，这多少显得有些苛求。曾经含着热泪投下奥巴马一票的穆尔对美国政府的施政充满期待。穆尔对奥巴马之后的特朗普政府作何种解读倒是很令人关注。

五角大楼掌门人开口说真话

在对美国命运进行反思的诸多声音中，美国前国防部长罗伯特·盖茨的声音曾引起我格外关注。

罗伯特·盖茨卸下国防部长一职后，出版了题为《责任——一位战时国防部长的回忆录》的著作，且曾长时间名列《纽约时报》精装非虚构类畅销书榜首。盖茨曾在八位美国总统手下供职。他于2006年12月出任小布什政府的国防部长，奥巴马当政后要求盖茨留任，使他成为美国历史上唯一白宫易主后获得留任的国防部长，且是一位与总统派别不同的共和党人。

作为五角大楼掌门人，盖茨在其所有四年半任职时间中都在应对伊拉克、阿富汗两场战争，这两场战争便成为其回忆录中的重要内容。耐人寻味的是，一向风格沉稳、出言谨慎的盖茨在书中大批奥巴马政府在两场战争，特别是在阿富汗战争中的"错误"与"短视"，并对美国所发动的战争进行了反思。

阿富汗战争是美国历史上时间最长的战争。盖茨认为，美国最初制定的在阿富汗"建立民主"和"有效治理"等目标不切实际。美国没有及时建立阿富汗安全部队，最初计划建立的阿富汗军队人数过少。美军将领的不断轮换导致对阿富汗军队训练计划屡屡变更，并企图按美军形象训练阿富汗军队，而不是依据阿富汗本国特点做出更加可持续的训练安排。长期以来，美国对阿富汗主要部族、村庄、省份、个人、家庭、权力经纪人之间的历史、相互间关系"可悲地无知"。尽管"国际部队"曾加倍派驻阿富汗，但美国没有赢得阿富汗战争，美国的战争对策只是造成了阿富汗战场上比僵局更糟的局面。他认为，在阿富汗战争问题上，奥巴马最根本的问题在于他的政治、哲学理念与其在公开场合的鼓吹战争言论及阿富汗战场真实情况之间的巨大冲突。

曾任中央情报局局长的盖茨对美国所发动的战争并不陌生，国防部长的经历使他对于战争有了更为切近的理解。通过对战争的反思，他得出的首要教训是，战争是不可预测的。正如丘吉尔所言，一旦打响第一枪或投下第一枚炸弹，政治领导人必将失控。伊拉克和阿富汗再一次表明，迅速和成功的政权更换必将让位于长期的血腥冲突。美国常常在对敌手及地面情况相当无知的情形下贸然开战。伊拉克战争、阿富汗战争再次表明美国对这两个国家多么无知，也因此显示出美国最初制定的战略目标多么不切实际。

盖茨认识到，开战容易停火难。对于军事行动的争论永远不是军事能力如何，而是其使用是否明智。但在国外遇到棘手问题时，美国总统常常过快决定使用武力解决，而不顾实际情况如何。他批评奥巴马的亚太再平衡战略从一开始便几乎全部将其设定在军事框架之中，而并没有将经济和政治放在该战略首位。必须承认美国并非无所不能，并非国外发生的每一次危机都需要美国出面进行军事干预。

盖茨批评美国"迷恋于在内华达州按下按钮，几秒钟后就能在伊拉克的摩苏尔炸翻一辆卡车，以至于将战争幻化为在游戏中的无血、无痛也无味的电子游戏"。然而，严酷的现实是，战争不可避免的是一场充满无效和不确定性的悲剧。任何使战争变得容易和安全的企图最终都将导致羞辱和灾难。无论战争如何开始，最终将陷入泥潭——没有取巧之法和捷径可言。

卸下国防部长一职后，盖茨转而出任威廉玛丽学院校长。宁静的校园让盖茨远离了他曾屡表烦恼的华盛顿政坛，也为曾作为"圈内人"的他在一吐胸中块垒时显现出几分难得的清醒。然而，历史的反讽便在于覆水难收。

奥巴马忧虑美式教育

美国国内对其是否衰落的争论更多地表现出直率的反思，"唱衰"的目的在于推动内外政策调整，以保持不衰。对于国际社会，特别是中国社会就此话题的议论，以及有关中国在某方面已经赶超美国的情况，美国则表现出难掩的极度敏感，教育便是其中一个领域。

2010年9月27日，美国总统奥巴马说，美国学生落后于外国学生，特别是在数学和科学方面，这种情况必须改变。美国的前途有赖于美国教育制度的改革。当日，奥巴马宣布今后两年内在科学、技术、工程和数学领域招募一万名教师。

奥巴马总统是在接受美国全国广播公司《今日》节目专访时发出上述呼吁的。美国媒体认为，值美国学校刚刚开始新学年之际，美国总统奥巴马便向美国的学生和教师发出了"严厉的爱"的信息：学生在校时间应延长，而不合格的教师应该"下课"。这表明美国在这一具有战略性问题上的强烈忧患意识和紧迫感。

据美国教育委员会的统计，美国高中生每年平均上课时间为180天。而在日本、韩国、德国、新西兰等国，低年级学生每年平均上课时间为197天，而高年级学生则为196天。奥巴马总统说，这一个月的差别很大。这意味着美国的学生失去了许多受教育机会。

奥巴马说，教师职业应像在中国等国一样受到高度尊重。他表示将与美国教师工会一同工作改变现状，他同时强调说，教师工会不应墨守成规，有三分之一孩子辍学的现状再也不能继续下去，而教师们不应抵制改革。他表示支持对不思进取的教师"炒鱿鱼"。

奥巴马总统说，他的两个女儿若在华盛顿特区公立学校上学，就不可能得到目前她们在私立学校所受到的高质量教育。他说，华盛顿特区公立学校系统正在"挣扎"之中。华盛顿公立学校一直因为学生成绩不好和高辍学率饱受批评。

一段时间以来，美国教育领域的现状成为公众热门话题。美国《新闻周刊》报道说，在一项"世界最好的100个国家"的排名中，美国排在第11位。这一报道在美国社会再次引来纷纷议论。有论者指出，为什么美国在教育改革上花了那么多钱却收效甚微，或许这并非因为教师差、校长弱，或教师工会的自私，更重要的失败原因几乎是难以启齿的，那便是美国学生学习动力的缺失。没有动力支持，再好的教师也无济于事。动力不足是因为一些传统价值观在崩溃，而不劳而获的暴富心理大行其道。许多学生不喜欢学校，不愿努力学习，也因此学习不好。2008年的一项调查显示，21%的人认为学生旷课是严重问题，29%的人认为现在的学生很冷漠。

在对美国教育制度进行的反思中，有人指出美国教育、经济竞争力和基础设施等之所以正在落后，是因为政府不敢呼吁民众做出必要的牺牲，而寄希望于所有的解决方案都必须"无痛"。十多年来，美国的教育制度不是将最好的学生送到硅谷研制计算机，而是送到华尔街研制金融产品，然后告诉普通美国人，他们无须储蓄与投资，便可"空手套白狼"式地获利。中国等国之所以赶超上来，是因为多数中国学生有强大的学习动力，而中国一直重视教育，在教育上为未来投资，努力工作。如果美国学生"动力"问题不解决，美国就只能仍被排在第 11 位。

还有论者指出，奥巴马总统所指出的美国教育弊端并非一朝一夕之事。美国政府过去也制定过改革目标，但未能实现，其中一个问题便是经费，一些资金紧张的州无法支付更长的学年。延长学年的想法也在美国各地遭到一些家长的反对，因为在夏季，"孩子们想游泳，家长想度假"。

总部位于巴黎的经济合作与发展组织"国际学生评价项目"2010 年 12 月 7 日正式公布一项新的全球教育测试调查。根据这项调查，来自中国上海的学生在科学、阅读和数学三项测试结果中名列前茅。

据悉，这一调查于 2009 年在全球 65 个国家和地区内进行，测试对象为 15 岁的学生。这一调查首次将中国包括在内，约 5100 名来自上海的学生参加了这一测试。在科学、阅读和数学三个总分均为 1000 分的测试项目中，中国上海的学生分别获得 575 分、556 分和 600 分，均名列榜首。来自美国的学生在上述三个项目中分别获得 502 分、500 分和 487 分，分别名列第 23、第 17 和第 31。

这一结果在美国引起强烈反响。《纽约时报》2010 年 12 月 7 日在头版头条位置以《来自上海学生测试位列榜首令教育家惊叹》为题刊登这一消息。《华盛顿邮报》相关报道标题则为《美国学生在全球排名中位于中等》。

美国教育界专家认为，因为多方面差异因素，尽管很难用统一标准衡量全球教育水准，但此次来自中国上海学生的出色表现还是格外引人关注。他们认为，这是中国迅速走向现代化的另一重要标志。监督这一测试项目过程的施莱克尔说，上海在这一测试中名列榜首，这一结果令人震惊。曾在里根政府教育部任职的芬恩同样表示"此事令我极为震惊"。他说，在中国访问期间，他曾目睹中国如何全力以赴实现发展目标，"如果 2009 年中国可以在上海一个城市实现这一目标，2019 年就可能在 10 个城市、2029 年就可能在 50 个城市实现这一目标"。

美国哥伦比亚大学教师学院院长富尔曼说，一些太平洋沿岸国家在这一测试中出类拔萃，是因为这些国家学术标准高，有着重视教育的文化传统，极为重视数学与科学，教师职业也更加受到尊重。

也有美国教育专家指出,这一结果除显示中国有着重视教育的文化传统、重视师资培训等特质外,也表明中国学生比美国学生学习时间更多,而花在体育运动、音乐等方面的时间相应更少。此外,这一测试结果并不代表整个中国的教育水准,因这一调查并未覆盖整个中国。

这一测试以抽样调查的方式于2009年9月至11月在美国公立和私立学校进行,有5233名美国学生参加了测试。测试结果表明,美国在全球教育排名中居于中等水平。这在美国引发热议。美国媒体称,自2002年美国通过"不让一个孩子落在后面"的相关教育法律后,美国教育界虽经一系列改革,但美国在全球教育竞争中又落后了。

已事先得知此事的美国教育部长邓肯认为这一测试结果是准确和可靠的,并强调美国必须面对教育落后的严峻现实,将其视为一个挑战。他于2010年12月6日说:"对我来说,这是一个震耳的警钟。我们满足于美国居于中等水平吗?我们的目标应是在全球教育中处于领先地位。"

富尔曼认为,美国教育界的一个重大忧患是,教师职业吸引不来顶尖学生,而在中国等国家情况则相反。

美国总统奥巴马更是借此大表"忧患意识",再称此时是当代美国所面临的新的"人造地球卫星时刻"。奥巴马的危言也是意在进一步向国会施压,要求修改联邦教育法律,促使各州对教育水平低下的学校进行改革。

"世界警察"时代已经过去

美国的胜败兴衰,多少年来众说纷纭。随着世界形势急剧变化,美国社会各界对美国世界地位的看法和期许也产生了微妙变化。新美国安全中心资深研究员卡普兰认为,较之以往,美国发现自己影响世界局势的能力已经减弱。美国甚至对于自己为之努力的方向从未有过如此强烈的不确定感。

进入21世纪以来,美国深陷伊拉克、阿富汗两场战争,不得不对其穷兵黩武的政策进行调整。与此同时,世界格局发生重大变化,有着"唯我独尊"特质的"例外论"在美国社会遭到冲击。越来越多的美国民众认为,美国作为"世界警察"的时代已经过去。

2001年"9·11"事件的发生，改变了世界，改变了美国的命运，也或许因此成为美国走向衰退的起点。

当地时间2010年8月19日清晨，在伊拉克南部沙漠地区经过580公里的机械化夜行军后，美军第二步兵师第四斯特赖克旅开始跨越科威特边界。这一步标志着最后一批驻伊拉克美军战斗部队开始撤离伊拉克。当日，美国《华盛顿邮报》在头版头条位置相关报道的标题为《七年战争真正历史性的结束》。

当地时间2003年3月20日凌晨，划破巴格达夜空的战斧式巡航导弹带着呼啸和烈焰宣布美国打响伊拉克战争。2003年5月1日，时任美国总统布什乘战机抵达"林肯"号航空母舰，昂起头来高调宣布伊拉克主要战事结束，此事早已成为世界各地人们茶余饭后之笑谈。2010年8月2日，美国总统奥巴马在佐治亚州亚特兰大参加美国残疾退伍军人协会大会时重申，美国将按计划于8月底结束在伊拉克的战斗任务、撤出战斗部队。剩余驻伊美军将于2011年底前全部撤出。

这是一串沾满血污的历史印记；这是一个充满争议的历史进程；在那难掩蹒跚的步履尽头，晃动着一个帝国的背影。

2010年8月18日，《纽约时报》在A10版左下角一个黑框中留下这样一段文字："国防部确认了伊拉克战争以来的第4406名美军死亡者。17日确认的最新死亡者为来自新泽西州的贾马尔·雷特，24岁，陆军第25步兵师专业人员。"

紧邻美国首都华盛顿的阿灵顿国家公墓第60区内埋葬着在伊拉克和阿富汗两场战争中死亡的美军官兵。一排排簇新的白色低矮墓碑上镌刻着死者的生卒年，其中不少是"80后"。死于伊拉克战争的美军官兵墓碑上的标注已由原来的"为了美国的安全"悄然改为"自由伊拉克行动"。

这一不动声色的改动有意无意地加剧着人们对这段历史的健忘。美国于21世纪初发动这场战争的理由是伊拉克隐藏有大规模杀伤性武器，并暗中支持"基地"组织，所有这些"均对美国的安全构成了严重威胁"。对于刚刚经历了"9·11"事件的美国公众来说，这些开战理由当时具有足够的蛊惑力。面对存有诸多疑虑的国际社会，不可一世的美国一脚踢开联合国，用血与火的"斩首行动"诠释着单边主义色彩浓烈的现代强权政治。

同样不动声色的历史老人最终用无情的光阴显现出伊拉克战争理由的荒谬，

进而揭示出美国在这场战争背后有着更为深远的战略意图：以伊拉克为切入点，进而"改造"石油储量丰厚的整个大中东地区，最终在经济、军事、政治、外交等诸方面谋取"美国全球战略利益"。

然而，这场战争不仅为伊拉克人民带来了巨大灾难，也使美国陷入难以挣脱的不义泥淖。伊拉克战争的"蝴蝶效应"诱发了其国内各教派、各部族间错综复杂的利益矛盾，也为整个大中东地区乃至全球国际关系带来了诸多新的复杂因素。美军占领伊拉克七年之后，民不聊生仍是伊拉克的现状。首都巴格达至今每日供电仅几小时，饮水常遭污染，垃圾满街，炸弹爆炸事件接连不断。

道义上的失信、军力上的捉襟见肘、政治上的不得人心、经济上的沉重负担——满目疮痍的伊拉克为美国带来了难以承受之重。顺势打出"变革"口号的奥巴马赢得了大选，并一再重申将在任内结束伊拉克战争。在严酷的现实面前，美国的骄横不得不有所收敛。曾信誓旦旦要"同时打赢两场战争"的美国最终不得不默认自己的历史局限性。

将近七年半前，隆隆的美军机械化作战部队从科威特大举北上入侵伊拉克；如今，美军不得不南下原路撤回。在历史老人的严峻目光下，伊拉克南部沙漠升腾的尘埃拖曳着一个渐渐淡去的帝国背影，身心显得有些疲惫……

在历史长河中，大国崛起与衰落是一个由综合因素演变而成的进程。迄今为止，美国仍为综合实力最强的全球唯一超级大国，并千方百计想要延长这一历史进程。在已露出败象之时，美国几近条件反射般以更多使用无人机、特种部队等新形式显示力量，并多方遏制其眼中的潜在对手，以维护其全球霸主地位。然而，在时代大潮的冲刷中，更为多极化的世界新格局势不可当。如若美国未能据此审时度势，而一味地贪恋于"强权政治"的延续，不能根除迷信武力的痼疾和滥用武力的冲动，其结果只能是在下坡路上越滑越远。

作为实力最强的发达国家，美国一方面受到政治僵局、经济不振的困扰，另一方面也孕育着创新、进步的动力。变革的力量激励着美国维系超级大国的地位。美国经济体系的韧性、活力和创新力，是维持其大国地位的关键。在谈及美国高等教育体系和美国在世界的整体地位时，美方人士反复提到的一个词是"再创造"。面对快速变化的世界格局和国际竞争，美国精英阶层的忧患意识很强，他们普遍认为维系美国的地位，出路在于创新和自我改造。

2014年5月28日，美国总统奥巴马在西点军校宣称，美国必须一直在世界舞台占据领导地位，美国一直是一个不可或缺的国家，过去的一个世纪是这样，未来的一个世纪也将是如此。

美国是否衰落话题的炽热，反证了21世纪初美国的战略焦虑和迷思。

物极必反，盛极而衰，天下事莫不如此，因人、因国、因事表现形式不同而已。

美国最为不可一世之时，恰恰是其从巅峰跌落之际。冷战的结束将美国置于世界"唯一"超级大国的境地，"历史终结"的幻觉和新保守主义浪潮的推动令美国更陷飘飘然的盲动。在美国"例外论"思维的极度张扬中，美国"无所不能"的断语逐渐演变为蔑视全球的种种单边主义行动。"9·11"事件发生后，美国发动的阿富汗、伊拉克两场战争成为其神话破灭的拐点，随之露出了美国左支右绌的败絮。

关于美国是否衰落的热议有其见仁见智的现实参照。当今美国社会两极分化凸显，立法、司法机构中的党派政争更显对国家发展决策的掣肘，经济实力难以强撑"世界警察"保持在全球各地常驻军力，同时打赢两场战争的军事战略被迫做出调整。以伊拉克战争开战理由的荒谬为标志，美国在全球事务道义上的软实力遭到严正质疑。

高处不胜寒。无论其是否承认，更无论其是否情愿，美国已经走下曾经不可一世的神坛。

奥巴马之后，美国白宫走来一位名为特朗普的总统。这位打着"美国优先"旗帜的总统全盘否定奥巴马，以强硬的姿态为维护美国全球霸主地位开出了一服猛药。一时间，整个世界目瞪口呆。4年之后，特朗普黯然下台。在"美国第一""让美国再次伟大"的口号下，他的一系列奇葩操作或许适得其反，加速了美国在地球村的不得人心和包括软实力在内的综合实力下滑。

谋事在人，成事在天。正如潮汐湖畔的樱花一样，冬去春来，最拗不过的大自然有着自己的规律。无论何人何事何物，皆逃不过盛极而衰的铁律，区别只是周期长短而已。

23 中国：美国战略焦虑聚焦点

> 中国是美国全球战略焦虑的聚焦点；在美国政治周期背景下，中国不断被拿来说事儿，其拙劣程度几近荒唐；中美关系有着全球利益客观需求；在出类拔萃的成长过程中，必然面对各式七嘴八舌和各类白眼、红眼，这是成为优秀的必然磨炼；中国将面对的，甚至是更为强硬的挑战行动；中华民族需要同心同德，脚踏实地，锲而不舍，不骄不馁，千方百计谋发展。

作为中国驻美国记者，中美关系是我在美国工作期间密切关注的焦点。

从奥巴马的"不当世界第二"，再到特朗普的"美国优先"，不断发展壮大的中国是美国全球战略焦虑的聚焦点。

这是一个不以人们意志为转移的战略性、结构性的矛盾关系。自20世纪70年代末开始的改革开放，使中国赢得了快速发展，但中国将在很长一段时期内仍是世界上最大的发展中国家，与居发达国家之首的美国仍有着巨大差距。尽管如此，美国还是视中国为具有战略性威胁的对手。在美国的全球版图上，霸主的地位有着"一山不容二虎"的绝对排他性。

在美国工作期间，我曾屡屡与多名美国中国问题专家探讨美国的"亚太战略"等做法是否在"遏制"中国，得到的答复是一概否认。他们争辩说，看一看当年美国是如何遏制苏联的吧！那才叫"遏制"。如今的美国对华政策远非如此。

他们的话有一定道理。美国对如今之中国与冷战期间对付苏联的确不可同日而语，但那多半是形格势禁。

两场听证会

在美国,常常可以感到视中国为"威胁"的举动,听到充满成见与偏见的种种涉华言论。

给我印象较深的是美国国会举行的两场与中国有关的听证会。我在现场见证了这两场听证会。

2011年,针对中国主流媒体扩大国际影响力的努力,来自加利福尼亚州的美国国会共和党众议员罗尔巴克尔、得克萨斯州共和党众议员波、弗吉尼亚州共和党众议员福布斯于当年9月13日向众院司法委员会提出第2899号议案,要求限制中国"由国家控制的媒体工作人员"进入美国的数量。

这一被称为《2011中国媒体对等法》的议案称,将对美国《移民和国籍法》进行修正,通过建立对由国家控制的中国、美国媒体工作人员发放签证对等关系,确保新闻记者公开、自由地进入中华人民共和国。

议案提出要对来自中国的由国家控制媒体人员签证发放进行控制。其中提及,美国应根据中国向美国广播理事会雇员发放签证数目,在对等的基础上向由中国政府控制的媒体人员发放签证。

议案提出,在此法通过后不晚于30天内,国务卿应取消"足够数量"的来自中国由国家控制媒体人员的签证,以确保所保留的签证数量不超过中国对美国广播理事会雇员所发放的签证数量。在此法通过不晚于30天内,国务卿应取消"足够数量"的来自中国由国家控制媒体人员的非移民身份,以确保所保留的非移民身份数量不超过中国对美国广播理事会雇员所发放的非移民身份数量。

罗尔巴克尔是美国国会中国核心小组成员和众院外交事务委员会成员。他于2011年9月13日称,在2010财政年度,约有650名中国公民以"I"签证(国际记者签证)进入美国,与此同时,美国广播理事会只有两名雇员取得了中国签证。

他说,美方向中国官方媒体工作人员发放的签证与中方向美方人员发放的签证数量已呈现"非常令人警觉的悬殊"。在美国的土地上,中国媒体在没有新闻管制的情形下任意进行"共产主义宣传",与此形成对照的是,美国之音和自由亚洲电台的两名记者在中国屡遭警方袭扰与拘禁，美国之音与自由亚洲电台多年来一直遭到"共产党中国"的干扰。

2012年6月20日，美国国会众院司法委员会下属移民政策和执法专门委员会就众院第2899号议案举行听证会。

移民政策和执法专门委员会主席埃尔顿·加来利主持了听证会。参加这一听证会的做证者有罗尔巴克尔本人、世界政策研究所总裁约翰·伦乔斯基、传统基金会亚太媒体华盛顿圆桌会议主任尼克·扎恩、马里兰大学马里兰中国倡议主任罗伯特·戴利。

作为众院第2899号议案发起人，罗尔巴克尔在做证时说："今天的听证使我们注意到两个极为重要的政策领域，而这两个领域却不幸被国会和行政机构忽视，那就是将美国视为敌人的中国共产党的观念操纵和好斗本质。中国共产党如此害怕中国人民知道真相，于是干扰电台广播、管控网络、拒绝向美国之音记者发放签证、对于允许在北京常驻的两名美国之音记者工作予以干涉。与此形成对照的是，美国向数百名中国记者发放了"I"签证，仅2011财政年度一年，就有811名持有"I"签证的中国人进入美国。我们允许中国共产党没有干扰地在美国以报纸、电视广播进行有害的宣传。"

他说，一年前，新华社将其北美分社总部移至纽约时报广场，开始了一天24小时的英语电视节目。不仅如此，新华社还在时报广场北部可口可乐广告的上方租用了60英尺高的广告屏。据算每月租金在30万美元至40万美元之间。这意味着，仅仅这一个广告，中国共产党所支出的开销就相当于美国之音中国频道全年预算的三分之一。中国共产党还建立了70多所孔子学院和孔子课堂。三周之前，一个中国投资者，使用没有透露数额的中国国家资产，购买了美国电影院线。美国电影院线被以26亿美元购买，很多人认为这一出价超出其本身价值。中国共产党这样做是因为其想将有利于中国共产党的电影引入美国市场，让数以百万计的不持怀疑态度的美国观众观看。

他说，在这一重要阵地上，美国决不能向中国共产党退让。这一议案是回答威胁、保卫美国的第一步。他最后希望能于近期将第2899号议案进行修改后尽快提交众院付诸表决。

曾于20世纪80年代在美国国务院和国家安全委员会负责苏联事务的伦乔

斯基在做证时说，去年，美国国务院向中国媒体代表发放了 868 个签证，其中约 100 人在华盛顿，在纽约约为 500 人。伦乔斯基以大篇幅回顾了冷战期间苏联克格勃展开秘密活动情况，称今天的美中关系与当年类似，在外交对等方面北京占有优势。

他称："当提及中国媒体代表时，一个问题出来了，那就是这些究竟是些什么人。事实是，他们没有一个人是我们所理解的专业新闻记者。每一个人都是中国党和政府的特务。他们当中到底有多少人甚至只是乔装成'记者'，那个比例非常小。这些'驻外记者'应该写的文章到底在哪里？那些广播电视节目到底在哪里？与将近 900 名常驻美国的记者相比，其产量非常之小。那么，所有这些媒体代表在这里干什么？这些表面上看起来是记者的人负有共产党宣传者责任。他们是去年约百万名来自中国的海啸般情报人员的一部分。"他最后要求美国国会严肃对待来自中国的威胁，加强签证对等原则，以最大限度限制中国影响和保护美国国家安全利益。

扎恩在做证时说，在资金和签证问题上，中美两国国家媒体存在着不平等。中国对在海外的国家媒体投资在 60 亿美元至 70 亿美元之间。在 2013 财政年度，作为美国政府最大的公共外交投资，广播管理委员会要求得到 7.2 亿美元。他说，2012 年 5 月 7 日，中国驱逐了为半岛电视台工作的美国公民，作为报复，美国应该撤销一位中国记者的签证，最好是一位工作卓越的中国驻美记者，或是一批相称的记者。

曾在美国之音工作过的戴利是当日做证者中唯一表示不同意见者。他说，尽管他对第 2899 号议案表示同情和理解，但议案所主张的报复措施会产生相反作用，其条款将会使问题更为严重，也令人对美国言论自由的承诺产生疑虑。如果议案所主张的除两名中国记者外，其余所有中国记者均在议案生效 30 天内遭到驱逐，这将成为中国乃至世界的头条新闻。这一行动将不会使美国成为外交对等和新闻自由的保卫者，而成为对其长期示范的价值感到恐惧、短视及冷嘲热讽者。

他说，在报复主张中，有两个虚假的相似之处。一是在同样范畴中谈论美国广播管理理事会记者与中国"国家控制的媒体从业者"。将视美国私营媒体记者为榜样的美国之音记者与被中国共产党派驻、管制的中国记者相提并论，只能对美国之音帮倒忙。第二个虚假的相似之处是报复主张只考虑到被各自国家雇用的记者，没有考虑在中国被美国商业媒体雇用的约 200 名美国人。在美国，人们可以说所有中国记者都是政府记者，他们的数额应与所有在中国工作的美国记者相比，而不能只是与广播管理理事会的记者数额相比。

他说："使用两国政府和商业媒体记者总数相比也没有意义。美国所应寻求的是所有国家可以自由地向任何国家派驻记者，愿意派多少和能够支付多少就派多少。不错，中国现在批准了两名美国之音记者，如果中国对此不加以限制，美国之音也只能派出 6 至 10 名记者。到那时我们会因为中国对驻外媒体的资助和宣传进行惩罚吗？如果那样的话，别国是不是也可依同样原则驱逐美国记者？"

他说："议案所提出的报复措施势必引来长时间的、丑陋的和一系列毫无意义的对等驱逐。如果我们将中国记者踢出美国，中国肯定会加以回击。即使中国不驱逐美国记者，中国也可以抓住道义制高点，将美国描绘成为害怕中国媒体曝光的国家。此外，我们应记住，中国记者是大多数中国读者、观众了解美国的主渠道。他们的许多报道是全面和公正的（确实，其中不少编译自美国媒体）。中国媒体较 20 年前，甚至 10 年前更有活力、更为自由、更具商业化。这一渐进变化部分来自在美国工作过的中国记者，将他们驱逐将切断美国在中国推动新闻自由的最好渠道。再次，报复主张最令人关切之处是美国将在言论自由问题上处于败势。"

他最后建议说，美国应该将媒体对等事宜列入对华关系表；美国必须加强培训一大批懂汉语、了解中国历史文化的专家，以便在与中国的公共外交竞争中获胜；美国国会应进一步支持美国之音中文频道；国会应对美国国务院予以支持，加强在中国的公共外交项目；立法和行政机构应鼓励美国媒体用中文印刷和广播。中文版的《华盛顿邮报》和用中文播出美国有线电视新闻网将在中国具有极大影响。即使中国政府对此予以禁止，但不少中国人还是有办法获得这些内容。

参加这一听证会的移民政策和执法专门委员会首席委员洛夫格伦表示，她不支持中共的做法，但将 99% 的中国驻美记者驱逐不会使情况变得更好，应想出更好的解决办法。

另一场听证会与中国知名企业华为和中兴有关。

在很长一段时间内，中国电信企业在美国市场举步维艰，美国以保护国家安全为由屡屡刁难华为、中兴等中国企业。华为曾于2008年被迫放弃收购3COM公司；2010年华为竞购2Wire公司、摩托罗拉移动网络部门未获批准；2011年华为收购技术公司3Leaf也最终被阻止。有分析认为，美国对中国电信企业的刁难并非只出于所谓对国家安全的担忧，也是一种保护主义和政治表演。一些美国议员每每将中国企业的商业行为政治化，反映出其与强烈的冷战思维一并带来的对于中国企业的成见与偏见。

2012年9月13日，美国国会众议院情报委员会就华为和中兴两家中国公司的电信设备是否对美国国家安全构成威胁举行听证会，华为和中兴两家公司的高管出席了3个半小时的听证会。这是中国企业代表首次出席美国国会听证会。

众议院情报委员会主席、共和党议员罗杰斯在开场发言中称华为和中兴与中国政府"存在联系"，其出售的产品存在"后门"以及"原因不明地发出信号"，为中国情报活动提供机会，对美国国家安全构成潜在威胁。他称该委员会对两家公司未能提供足够的事实证据来减轻委员会的疑虑表示"失望"。该委员会对华为与中兴为期一年的调查行将结束，将于当年10月上旬出台两份报告。

这是一场气氛极为冰冷的听证会。在现场，一位十分张扬的美方女士不断走动，在多位议员身边耳语。

在这一听证会上，多名美国众议员以"据媒体报道"等为由对两位中国企业代表在企业与政府关系、是否与伊朗政府存在违法交易、是否抄袭美国公司技术等问题上步步紧逼，并屡称来自中国的网络黑客攻击给美国造成巨大损失。

在这一听证会上，一位美国众议员竟然问道，英、美两国制度、文化、环境大致相同，为何华为能在英国取得成功，而在美国却不能？

这难道不是这些美国国会议员们应该扪心自问的问题吗？

两位中国企业代表均表示，作为正在发展的中国跨国企业，他们既要遵守驻在国的法律法规，也要遵守中国的法律法规。面对网络安全这一全球性挑战，两家公司都在努力维护网络安全。中国企业没有对美国国家安全造成威胁。

华为公司的代表在发言中强调，华为是独立、民营和完全由员工持股的企业，华为的成功是基于诚信、创新和企业家精神，而不是基于中国政府的优待或补贴。他说，中国政府对华为的日常运作、投资决定、利润分配、员工安置等没有任何影响。他否认华为的产品有"后门"，表示华为从未，将来也不会为了包括政府在内的任何第三方来损害客户网络及其自身的商业信誉，华为目前70%的收入来自中国之外的市场。

《纽约时报》的"政治正确"

在美国的政治、社会文化中，常见一些颇显悖论的现象。不少美国人对外部世界了解甚少但自视甚高。数年前在俄克拉何马州采访时，当地主要报纸主编告诉我，这家报纸是没有国际版的，因为读者"不感兴趣"。出外旅行时，你会听到有些美国导游说，在世界七大自然景观中，有四个在美国。也算在世界各地走过一些地方的我闻后暗笑。2010年11月23日，朝鲜半岛发生延坪岛炮击事件后，2008年美国总统大选共和党副总统候选人佩琳在媒体节目中愤然表示，美国要"坚决同其盟友朝鲜站在一起"，闻者一片哗然：这位有如此高知名度的政客竟然搞不清朝鲜与韩国！

美国国会内有一批张口闭口"红色中国""共产党中国"的政客，他们中的很多人其实并没有到过中国。对于中国的说三道四无非遵循着他们脑内的"政治正确"。

对于多数没有去过中国的美国公众来说，对于中国的了解和认识大多来自西方媒体。总体而言，西方媒体对于中国的报道存在颇多偏见与成见。我曾与一位常驻北京的西方记者交流，我问他为何对中国改革开放后的这些积极变化视为而不见，他说，那些报道即便发回去也不会被采用，这也是因为这些西方媒体的"政治正确"。

2014年9月21日，我在美国进步中心见到了《纽约时报》著名专栏作家托马斯·弗里德曼。他刚刚在天津参加了夏季达沃斯论坛。他说，此行使他对天津留下了深刻印象。"我5年前到过天津，"他说，"与5年前相比，天津又发生了很大变化，令人难以置信。"

弗里德曼说，作为一个美国人，到中国访问总是一次比较和被比较的经历。对于他本人来说，这一比较从北京南站一出发便开始了。巨大、现代化的北京南站简直像一个"太空时代"的建筑。而从北京到天津75英里的距离只用了25分钟。到天津之后，下车的地方又是一个超现代化的新的火车站。与纽约市宾夕法尼亚车站不同，这里所有的电梯都运转良好。从这个车站驱车前往天津梅江会展中心，一路上令人目不暇接。天津梅江会展中心的建筑如此巨大，如果放在华盛顿，那肯定会成为一个旅游景点。而这样一座巨大的建筑只用了9个月的时间就建设完成了。

弗里德曼说，这样的建设速度在美国不可想象。此次访华期间，他对另一个小插曲颇感兴趣，那就是中国人怎样看待美国人。他看到一个短片，这个短片描绘四个小孩在赛跑，小孩的手中分别拿着中国、美国、印度和巴西的国旗。比赛开始，名为"安东尼"的美国小孩一路领先，并称"我总是赢！"。但开跑不久，安东尼就因腿部痉挛而痛苦地弯下了身子。而那个中国小孩喊着："现在是我们超过他的时候了！"另一个小孩问道："安东尼怎么了？""他太重了，浑身都是赘肉，"另一个小孩说，"他吃的汉堡包太多！"

9月22日，弗里德曼便以《汉堡包太多》为题在《纽约时报》发表评论。他在这篇评论中，再次提及他在天津的经历及他个人的感受。

弗里德曼是我尊重的美国记者和专栏作家。他曾作为常驻记者在中东地区工作，并不止一次地获得普利策奖。在纽约时报参观时，我见到那面挂满普利策奖获奖者图像的墙上就有弗里德曼。《世界是平的》等著作更使弗里德曼声名远播。

多年来，我很关注弗里德曼的国际评论，也注意到他曾很尖锐地批评小布什所发动的伊拉克战争。在他的专栏中，多次访华的弗里德曼也有诸多言论涉及中国。从这些言论中，也可以看出弗里德曼所遵从的纽约时报的"政治正确"。

在美国工作期间，《纽约时报》是我每日必览的报纸。这份创刊于1851年9月18日的报纸得过上百个普利策奖，比任何一家美国新闻机构都多；头版左上角天天用小黑框刊出该报座右铭"All the News That's Fit to Print"（所有新闻皆宜刊载），体现出一种追求。

世界上每天发生那么多事情，并不是所有新闻都能在《纽约时报》上刊载。取舍之间，便看出倾向。看得多了，便看出在中国问题上，这张报纸还戴着一副度数挺深的有色眼镜。

2014年12月11日，《纽约时报》刊载了一则有关香港警方在非法"占中"活动地区采取清障行动的报道。报道根本不提"占中"活动的"非法"性质，反而将其冠以"民主"头衔，这便有了黑白颠倒之嫌。不仅如此，报道中引用一个参加非法"占中"行动者的话称，"我们现在停止，但不意味着我们放弃。我们肯定还会回来的"。文章最后又引用另一个参与非法"占中"行动，并称准备"坚守""直面逮捕"的律师的话称，"通常我会到牢房为我的客户服务，这一次我将自己蹲进牢房"。这又有了煽风点火之嫌。

鱼龙混杂之间，引用什么人的话，怎么引，放在上下文什么位置，谋篇布局中体现着报道者或编者的主观意图。在香港"占中"行动发展过程中，《纽约时报》及其他一些西方媒体的言行令人真切地看到，在那块似是而非的"民主"招牌下，确有一些人唯恐中国不乱。

恰如虽然《纽约时报》那栋玻璃大楼不远处便有流浪街头的乞丐，但不能因此得出"美国到处都是乞丐"的荒谬臆断一样，对于中国发展过程中问题、困难、矛盾的无限放大及种种猜忌便犯了"一叶障目，不见泰山""疑人偷斧"的错误。

在对中国报道的总体把握上，戴着那副有色眼镜的《纽约时报》近年来一而再，再而三地重复着类似的错误。2014年3月，马航370航班失联之后，中国积极参加营救行动。然而，《纽约时报》4月15日一则报道竟然题为《中国在搜寻客机行动中被认为伤害与帮助一样多》。这一报道借题发挥，极力渲染"中国威胁"，称"搜救也同样让中国突然间与地区竞争者来了一次亲密接触，这些竞争者对中国军力的快速扩展感到不安，也对中国意欲在更广的地区投射力量感到不安"。人命关天之时，这样的离间，除了暴露其心理极为阴暗和卑鄙，又能说明什么？！

2014年1月底，《纽约时报》一名记者违反中国政府签证规定，被中方要求离开中国。《纽约时报》就此一再混淆视听，炒作该报因其对华报道而遭中方"惩罚"。10个月之后，在中美元首北京会晤后举行的记者会上，该报记者再次借题发挥。11月13日,《纽约时报》在题为《从中国传出的混乱信息》的社论中说,中国领导人警告外国新闻机构"他们的麻烦咎由自取;他们将会因令人不快或引起争议的新闻报道受到惩罚,改变态度则可了却麻烦",进而宣称该报无意于为了迎合任何政府的要求而改变自己的报道——无论其为中国、美国还是其他国家政府。社论还说,《纽约时报》保证就影响世界的新闻事件和人物向其读者提供最为全面、最为真实的讨论。有着13亿人口和作为世界第二大经济体的中国是地区和国际的重要力量,理应得到认真报道。《纽约时报》将继续给予这个国家及其公民诚实的报道与关注。

此番言论听起来振振有词,却经不起历史的检验。在《纽约时报》的历史上,不乏公然编造假新闻造成恶劣后果和奉行双重标准有失公允的例证。20世纪90年代科索沃战争期间,前《纽约时报》记者丹尼尔·辛普森便被强迫在相关报道中务必持反塞尔维亚族的立场。此后,他又被要求报道塞尔维亚人与伊拉克政府存在大规模杀伤性武器交易,事实证明这完全是子虚乌有。辛普森本人后来因此愤然离开《纽约时报》,并著书说明真相。2003年5月11日,《纽约时报》承认该报记者布莱尔曾在4年多的记者生涯中编造众多假新闻。布莱尔在《纽约时报》发表的73篇报道中,至少有36篇存在造假、抄袭等问题。此事成为《纽约时报》历史上一大丑闻。虽然《纽约时报》编辑部就此认错并进行人事调整,但如此离奇的事情能够发生仍旧耐人寻味。

《纽约时报》更为恶劣的丑闻是曾经为了迎合小布什政府发动伊拉克战争的需要而极力编造萨达姆政府拥有"大规模杀伤性武器"谎言。在美军入侵伊拉克之前,《纽约时报》一位名叫朱迪思·米勒的所谓"名记"在该报头版见报《一位伊拉克科学家断言非法武器保存到战争前夜》等一系列报道,声称自己拥有独家信息,大肆渲染伊拉克拥有大规模杀伤性武器。她曾在一篇头条报道称美国截获了运往伊拉克的金属管,还援引不愿透露姓名的"美国官员"和"美国情报专家"的话,称伊拉克用这些金属管来"增强其核原料储备",并称"伊拉克近几个月正在全球范围内采购核原料来制造原子弹"。《纽约时报》的大忽悠颇得小布什政府高官的首肯,并形成相互推波助澜之势。赖斯、鲍威尔和拉姆斯菲尔德等人向全世界推销美国准备发动战争理由时常常带上一句,"你看,朱迪思·米勒都说了,伊拉克正在全球范围内采购核原料来制造原子弹……"

《纽约时报》事后也曾因编造萨达姆政府拥有"大规模杀伤性武器"谎言做过检讨。问题是,《纽约时报》的所作所为给美国、给世界带来了极大伤害!在当今世界上,大中东地区乃至整个世界诸多热点问题起源于那场基于谎言的伊拉克战争。美国弗吉尼亚州阿灵顿国家公墓第60区内又新安放了多少美军亡灵?又有多少伊拉克人因此遭难?!伊拉克战争打开了大中东地区的"潘多拉魔盒",美国至今深陷其中难以自拔,整个世界没有一块能够逃脱恐怖主义的净土。面对所有这些,《纽约时报》当年的忽悠逃脱不了干系!

在有关中国问题的报道上,《纽约时报》又怎能谈得上"最为全面、最为真实"?!又怎能谈得上"诚实报道与关注"?!纵观《纽约时报》关于中国的报道,人们无法真正全面、真实地看到中国所取得的历史性进步;人们无从理解中国的和平发展为包括美国在内的整个世界带来了怎样的"改革红利";对于绝大多数从未踏出过国门的美国民众而言,人们难以从那些充满偏见、成见的文字中生出对中国的客观认识与理解。

政治周期中的中国议题

在特定美国政治生态背景下,特定国家又会成为格外关注的对象。在美国政治周期的背景下,中国成为不断被拿来说事儿的话题,其拙劣程度几近荒唐。

位于华盛顿市中心的国家广场是美国首都的心脏地区。因其周围环列着白宫、国会山、华盛顿纪念碑、林肯纪念堂及各类博物馆,这一地区不仅是各方游客必游之处,也是各种政治力量择机发声首选之地。

2010年10月2日,当我在国会山前采访华盛顿第12届华人文化节时,西面的林肯纪念堂前正在举行声势浩大的政治集会。那是一场美国中期选举前为奥巴马政府及民主党人造势的活动。这场集会结束后,我随着与会人潮一同涌向地铁车站时,见到路上有一块刚被丢弃的标语牌。将其拾起,那上面赫然写道:"坚持'美国制造'。"不用说,这又是对着"中国制造"来的。

经济问题是2010年美国中期选举的主要话题,在美国两党政客的蛊惑下,美国经济现状不好的责任莫须有地转嫁到了中国头上。美国总统奥巴马2010年重复最多的一句话便是,美国不能坐视世界上最快的火车、最快的超级计算机在中国，这样的东西应是"美国制造"。上百名美国政客在2010年的竞选广告中直接拿中国说事儿，其中一则电视广告演绎一名中国教授说，"现在他们（指美国人）都得给我们干活"，更具蛊惑力。

这些似是而非的蛊惑很快会在美国社会发酵，却经不起严肃的推敲。打出"坚持'美国制造'"标语牌的人们意在指责中国抢走了美国制造业的饭碗，但这类指责无视了一个最基本的事实：在全球化迅猛发展的今天，现有国际分工格局有其内在规律。美国产业结构不断向高端制造业和现代服务业升级，陆续把传统的劳动密集型产业转移到国外。美国是一个劳动力成本极高的国度，重新将传统的劳动密集型产业转移至"美国制造"，这真是一种明智的现实选择吗？

然而，这样的蛊惑在2016年美国大选中发挥了决定性作用。打着"美国优先"旗号的特朗普执政后，便在全球范围内打出了一套令整个世界瞠目的"组合拳"。

在多种因素的影响下，美国老百姓看待中国的眼神多少有些茫然。2010年在韩国举行的二十国集团领导人峰会结束后，不少美国媒体奚落奥巴马总统"空手而归"。那天在华盛顿一家小店内，老板同我攀谈起来。"美国现在已经不是世界上最有影响力的国家，"他说，"最有影响力的国家是中国。"我回答道："中国还是一个发展中国家。"

在2012年的大选年中，中国仍然成为话题。9月12日，来自美国共和党的8位2012年总统大选候选人在佛罗里达州的坦帕市再次举行政策辩论，其表现如何关乎能否最终赢得共和党提名，进而与奥巴马总统一决高下。美国"金钱政治"支配下的群雄逐鹿间，少不得胡乱攻讦。经济问题依旧是选战中的主要议题，对中国的攻击也依旧是惯用伎俩，口若悬河的美国政客们跳不出"逢大选必拿中国说事儿"的拙劣怪圈。

最典型的例证当数美国2012年共和党总统候选人、马萨诸塞州原州长罗姆尼。随着美国得克萨斯州现任州长佩里高调参加共和党候选人竞选，原本被看好的罗姆尼的风头趋于颓势，而其攻击中国的调门却因此愈来愈高。连日来，罗姆尼屡称美国应该限制与中国的贸易，因为中国采取多种"掠夺性策略"——从"窃取"专利到违约，从允许"冒牌苹果店"开业到完全禁止某些产品进口或服务。他称不能接受美国目前的贸易"投降"政策,并声言若其入主白宫将认定中国为"汇率操纵国",还提议设立一个"里根经济区",以制裁中国。

同样是这位罗姆尼先生,他在2006年12月作为马萨诸塞州州长访华时说,中国取得的巨大发展令人钦佩,美中发展伙伴关系,将造福两国人民,促进双方在政治、经贸、文化等领域的交流与合作,也有利于世界和平。马萨诸塞州愿在现有基础上进一步扩大与中国的互利合作。他在访华后回到美国接受采访时说,此次访华为他留下两点深刻印象:首先,中国是比美国所承认的更为强劲的竞争对手。中国人工作努力,致力于市场导向,也很聪明。其次,对美国来说,重要的是寻求以自由贸易原则与中国交往。他还表示,就美中关系而言,他相信应该"建桥"而不是"筑墙"。

翻手为云,覆手为雨,内里还是美国政治生态劣根性使然。美国是一个时时处处需要寻找敌手的国度。大选期间,更为无知、狂妄、偏激之言大行其道布下温床,似乎唯其如此,方能抓住选民眼球,转移危机视线,谋得政党私利。立场是否出尔反尔,言辞是否明智理性的思虑早被抛至九霄云外。美国两党对此均深谙其道。2012年9月8日,美国总统奥巴马在国会两院联席会议上提出就业法案,其间两次提及中国:一是称美国人不能无所作为,"只是眼巴巴看着中国建设更新的机场、更快的铁路";二是美国要加强对工程师的培养和工人的培训,"要让下一代制造业植根美国,而非中国或欧洲"。较之罗姆尼,奥巴马谈及中国的角度略有不同,言辞稍稍缓和,但与拿中国说事儿以利其选战的本质如出一辙。

在美国经济难题中,失业成为极大忧患,宣扬"美国制造"便成为奥巴马竞选的法宝。但在全球化的大背景下,这是一个似是而非的伪命题。在那之前,美国蒙大拿州一位名为安德斯·卢恩德尔的建筑开发商决意建造一批纯粹使用"美国制造"产品的房屋,结果发现他根本做不到这一点。事实上,不仅钉子、螺丝、灯泡这些不可或缺的"中国制造"物件要便宜得多,即使是当地生产的水泥,其原料中也有进口化学品。

自中美建交以来,两国关系一直处于斗斗合合的钟摆状态,所不同的是形格势禁,历任总统的钟摆状态略有不同。奥巴马担任总统期间,其对华政策的钟摆状态与里根、克林顿等前任有所不同，他的诸多前任走的是一条与中方先"磨"后"合"的摆动，奥巴马则走着先"合"后"磨"的路径。

奥巴马政府对华政策开局所为并不表明美国已从战略判断上回心转意，欲将中国作为真正盟友热烈拥抱，其背后有着诸多不得不为的因素。以"变革"作为大旗上台的奥巴马在走全球战略这盘大棋时，还是做了一些审时度势的家庭作业。而对一塌糊涂的国内经济和伊拉克、阿富汗两场战争，刚刚接手的奥巴马不能处处树敌。在全球外交中，奥巴马先后做出了与伊斯兰世界和解的姿态、重启与俄罗斯关系及平稳处理对华关系等几步棋，以便集中精力处理两场战争等急务。

为了防止"小不忍则乱大谋"，奥巴马在对华关系上做出了一些策略上的妥协。白宫官员曾就此坦承，2009年11月奥巴马总统访华之前，美中双方都希望创造良好的气氛，美方认为奥巴马当年10月最好不要接见访美的达赖。但这并不意味着美国改变西藏政策，只是美国认为会面的时机不合适，"到了2010年2月，奥巴马会见了达赖，这也不是新的政策，自上世纪90年代以来历任美国总统都曾会见达赖。因此这只是时机问题，并非政策转变。关于对台军售，中国表示反对，但美国政府自上世纪80年代以来一直坚持向台湾提供防御性武器的政策。布什政府在2008年10月宣布售台大量武器，因此2009年我们不用采取任何新的措施，但2010年我们认为台湾需要一些武器。所以这也是时机问题"。

风平浪静间，暗流并未停止涌动。至2010年初，奥巴马政府对华政策的钟摆明显打破继续"开局良好"的期待。2010年初，美国即宣布对台军售，随即发生迅即政治化的谷歌事件。加之奥巴马会见达赖，中美关系随之遭遇冰冷。

早有论者指出，中美之间在"三T"〔即台湾（Taiwan）、西藏（Tibet）和贸易（Trade）〕问题上的争端并非新问题，只不过是在中美关系中时时发作的痼疾。在更为广阔的历史背景下，克服障碍，以向前看的长远眼光，保持中美关系的良性发展无疑是必然的明智选择。

良好的政治意愿常常在残酷的事实面前显得苍白。入主白宫第三年后，奥巴马再次做出对台军售、会见达赖等刺激中国的举动，其对华政策显得愈发强硬。冷眼观之，其背后的重要原因之一在于美国国内政治争斗的需求。奥巴马已经宣布竞选连任，其能否成功连任的关键在于国内经济状况。在破解失业率居高不下等经济难题的过程中，奥巴马捉襟见肘，回天乏力，因此动不动便在人民币汇率、贸易逆差等问题上拿中国说事儿成为其信手拈来的政治利器。在夏威夷举行的亚太经合组织领导人非正式会议期间，奥巴马前脚与中国领导人结束会见，后脚便在新闻发布会上称中国应"适可而止"，言辞甚为激烈。在共和党候选人争相妖魔化中国的同时，奥巴马不甘落后，客观上毒化了中美关系气氛。另一个原因便在于美国自认为两场战争问题已经基本解决，其战略重心转移至亚太地区已进入实施阶段。前有在黄海海域进行军演，主动挑起南海问题，后有驻军澳大利亚，这些剑指中国的举措势必对中美关系产生负面影响。再次，在美国的全球战略中，快速发展的中国已成为美国极力遏制、打压的战略对手，两国间结构性矛盾在日益密切的联系中不时突显，为了显示美国在战略中并不软弱，奥巴马对华政策不断强硬有其必然性。越是临近大选等政治周期，美国政府及相关政客对华政策势必越是不断显示强硬姿态。

2011年11月30日，《华盛顿邮报》刊发专栏作家尤金·鲁宾逊发自北京的一篇评论，题目便是《谈论中国的错误方式》。罗宾逊曾做过多年驻外记者，这是他首次访华。他说，任何社会都是微妙和复杂的，第一印象也往往很微妙，但并不是所有的第一印象都不可靠。他到中国后所得出的一个结论便是，许多美国政治家谈论中国的方式完全错了。他在美国大选过程中所听到的关于中国的声音是如此"不切合实际、不诚实或干脆就是垃圾"。

在那以前的一段时间内，华盛顿政坛中反华噪声不断升级。鲁宾逊的一番感受在几近胡言乱语的七嘴八舌中突显其客观、理智之光。

美国总统大选期间往往催化出种种夸张、权谋、欺诈与蛊惑的政治泡沫。在美国经济现状暗淡的情形下，中国成为美国总统大选中的一个议题本不令人惊奇，但中国的快速崛起与由经济衰退担忧所支配的美国总统大选之间产生了一个罕见的交会点：共和党总统候选人竞争者争相对中国出言不逊，而现任总统在中国问题上的立场更为强硬。

共和党总统候选人罗姆尼屡称中国"偷走"美国技术，"侵入"美国计算机系统，并提出要对中国进口产品加税。另一位共和党候选人佩里不甘落后，竟将当今之中国比作苏联。

共和党候选人这类哗众取宠的言论客观上为力争竞选连任的奥巴马带来选情上的压力。与奥巴马同一阵营的某些政治顾问们便不断对其施压，称奥巴马此时必须对中国表现出更为强硬的立场。来自俄亥俄州的民主党参议员布朗就称，"在谈到就业和经济时，你不能不谈中国……如果奥巴马总统不说中国是汇率操纵国或不加强贸易执法，他就将失去选票"。

在那期间，我当面向时任美国白宫副国家安全顾问本·罗兹提问，他否认美国政府在中国问题上的政策变化与其国内政治有关，反而引述奥巴马的话说，中国在汇率、知识产权、本地化创新等美方关切的经济问题上"缺乏进展"。

这样一种动辄将中国说成"失业问题根源"的抹黑气氛在美国民众中的负面影响可想而知。美国哥伦比亚广播公司近期一项民调显示，竟有61%的受访者认为中国"一般说来不好"。

好在还有一些明眼人。我在与美国各界人士私下讨论时，几乎所有人都认为美国朝野对华态度的恶化与国内政治即2012年大选密切相关。有美国媒体指出，激烈的言辞在大选期间或许玩得转，但最终将引火烧身。正在加剧的反华情绪已经损害了中美两国关系。无论谁最终赢得2012年美国总统大选，当选者都将为其过激言论付出代价，并最终不得不放下身段修复中美关系。

罗姆尼当时称："当中国辗过我们时，我们不能仅仅坐视……人们说，你不能挑起贸易战。伙计们，贸易战正在进行！"鲁宾逊在引用此语后说，他在北京的感受完全不一样，并认为作为世界上最大的两个经济体，中美两国互相依存，谈论所谓一个国家"辗过"其他国家，是不明智的。在经济问题上，不应有强硬的威胁，解决的办法是双方通过谈判和简单的算术——因为双方有足够的动力达成协议。

罗姆尼在说那些话时，一位名为特朗普的纽约房地产商人很是听得进去，并正在静观事态发展和自己举旗杀入的机遇。

对于特朗普而言，2016年大选就是个机会。

在2016年美国总统大选新的政治周期到来之际，所有候选人必须表现出自己是美国"全球利益"坚定的捍卫者，在对华问题上"示硬"便成为必然。

2015年2月底举行的美国保守派政治行动大会有着为共和党2016年大选热身的味道。在一场有关"中国崛起"的研讨会上充满了关于中国的危言。有人称,"龙和熊要联手对付老鹰了……中国自身或许威胁还不大,但如果中国和俄罗斯结盟,那将是美国最大的威胁"。有人批评美国政府官员和国会议员刻意向公众隐瞒和弱化中国威胁,要求2016年总统竞选候选人"非常严肃地审视中国对美国的潜在安全威胁,重新评估美中关系"。称自己"已经下定75%—80%的决心"竞选美国总统的房地产大亨特朗普说:"我到过世界各地,我看到中国、沙特阿拉伯等国家的桥梁、隧道、机场、道路那么宏伟壮观。而当你回到美国,降落在拉瓜迪亚机场、降落在洛杉矶机场或是纽约的肯尼迪机场时,感觉它们像是第三世界的地方。我们的道路颠簸不平,什么都破破烂烂的,而我们却在重建中国……你必须把工作从中国拿回来。"

此后便是一位小有名气的中国问题专家有些出人意料地唱衰中国。又有一些美国学者发表报告,提议修改美国现有的对华战略,称华盛顿需要一个以制衡中国实力上升而不是继续帮助中国崛起为核心的对华大战略。

中美关系走到今天,有着不以某些人意志为转移的全球利益客观需求。在华盛顿智库举行的各种有关中国问题的研讨会上,人们的一个共识是,今日之中美关系与冷战时期的美苏关系截然不同,不能用冷战思维处理中美关系。

20世纪80年代初,在巴黎大街上,两对美国夫妇对我来自中国大陆即"红色中国"惊讶得如同见到外星人。如今,走在美国的大街上,时时见到同胞面孔已习以为常。2015年4月10日,在华盛顿举行的第四届"中美文化论坛"上,麦卡利斯特学院历史系教授杰米·蒙森女士介绍了她在长达数十年内对中国援建坦赞铁路的深入研究,曾经留学中国的乔治·梅森大学非洲裔学生杰弗里·伍德和乔治敦大学中国留学生严彧结合亲身经历讲述相互理解的益处。此情此景,在20世纪80年代初绝对不可想象。也令人感到,在相互尊重的基础上不断增强相互理解以避免战略误判,这才是中美关系发展的人心所向。我在采访弗吉尼亚州艺术博物馆馆长纳哲斯时,他认为,美国公众对中国的了解很少,而这很少的了解还通常是错误的。他说,那些在国会中骂中国的议员很多并没有去过中国。因此,通过举办故宫文物展等活动有助于美国公众开阔眼界,了解一个更为真实的中国。他还说,从文化层面来看,其实中美两国人民有着很多共同点。

约瑟夫·奈在发布其新作《美国世纪完结了吗》的研讨会上,从经济、军事、软实力等多方面论证后称,中国超不过美国。在约瑟夫·奈谈论中国能否超过美国的研讨会上,他曾突然从兜中掏出 iPhone 手机举例说,中国在制造 iPhone 手机过程中获利极为微薄,其意为现在的中国制造中还缺少自主核心技术。中国与美国之间的差距远矣!

在 2016 年的美国总统大选中,特朗普出人意料(包括出乎他本人意料)地胜选后,中美关系出现了全方位的变局。当年罗姆尼口中的贸易战成为现实。

身为一名中国驻美国记者,在如此风风雨雨面前,我常常在想,中国应该怎么办?

其实,一个国际社会与一个人群有很多类似之处。

归根结底,自助者天助。无论是一个人,还是一个国家,在出类拔萃的成长过程中,必然面对各式七嘴八舌和各类白眼、红眼,这是成为优秀的必然磨炼。重要的是选定努力方向后,锲而不舍地走下去。

中国势必要继续不断发展壮大,这是民族振兴大业。美国势必要维护"美国世纪"的长存。在美国的全球战略中,中国必然成为关注的焦点。中国将面对的,不仅仅是来自美国更为强硬的姿态,甚至是更为强硬的挑战行动。

中国需要头脑清醒,需要审时度势、因势利导的大智慧;中华民族需要同心同德,脚踏实地,锲而不舍,不骄不馁,千方百计谋发展。这应是一种可持续、以人为本、富民强国、利在千秋的先进发展。

24 "怎样看美国"与新闻博物馆头版展示

> 在现代科技大数据发展背景下，人们几无秘密可言；某些美国中国问题专家之所以对中国发生误读、误判，主要在于缺乏对中国国情的深刻理解和历史感；你无法将美国模式生搬硬套到中国；美国是例外的，但在某种程度上，每个国家都是例外；新闻博物馆内的一面墙上，集中展示了世界各地大报对于"9·11"事件报道的头版版面，其中有我参与编辑的那条消息；太平洋两边形成合力后，头版展示终成现实。

身在美国首都华盛顿，作为中国人民日报北美中心分社首席记者，免不了也会成为被关注的对象。

这种"被关注"的形式多种多样。我知道，在现代科技大数据发展背景下，人们几无秘密可言，电子邮件与明信片无异，也常常遇到电话铃声响起，拿起后却无人应答的情形。由我牵头的"美国签证新规为难孔子学院教师"报道于2012年5月24日见报后，我接到一个电话，对方用生硬的汉语对此篇报道提出质问，还自称是中国某报记者，一听便是冒牌货。这算什么？是威胁吗？

这篇报道引起了强烈反响，并最终导致美方对此前举措做出"修正"。美国国务院5月25日就在美孔子学院事宜发出一份新的公告。在这份旨在对5月17日所发公告进行修正的公告中，美国国务院表明，当孔子学院基于美国大学或学院从事教学活动时，该学院或大学邀请机构的资格鉴定足以满足美国相关法规要求；不要求由大学和学院邀请的，正在美国小、中学教学的访问学者在本学年结束时离开美国，除非他们有意届时离开；美国国务院将与邀请机构合作，以确保访问学者通过恰当的指定邀请机构获得正确的签证种类。美国国务院知道这一进程会需时日，故愿意采取措施以尽快减少对个人和机构教学活动的任何扰乱。

5月17日，美国国务院发布公告，认为教授、研究学者、短期访问学者或学院、大学学生不允许在公立和私立小、中学教学，否则便与有关交流访问项目法规相违。美国国务院允许目前持有J-1签证的孔子学院教师继续留至2012年6月本学年结束，但不会为他们续签签证。如果他们愿意，可回到中国再申办一种合适的交流项目签证。公告还说，基于美国国务院的初步审视，并不清楚这些孔子学院是否得到了美国认证。之所以需要美国认证，是因为这将确保其教育符合和保持适合的规定标准。因此，孔子学院必须申请美国认证，以便为持有J-1签证的教授提供在该机构或其他学院、大学教学的机会。

5月25日，美国国务院发言人纽兰表示，5月17日的公告，"坦率地说，草率而不完整"。这便引起了所有这些混乱。因此，美国国务院于5月25日又发布一份新的公告。她说，事实是，第一份公告"并非我们最好的工作"，"我们对此感到遗憾——现在我们已决心对此进行改正"。纽兰再次重申，美方将尽力确保没有一人因签证问题不得不离开美国。美方愿意根据新的公告对相关人员进行必要协助。纽兰表示，美方非常重视与中方的人文交流。这便是为什么美方对5月17日的公告进行修正。

交流须坦诚

在美国工作期间，我曾多次受邀出席一些研讨活动。

作为记者，与人交流天经地义。20世纪80年代初，我在法国巴黎参加"记者在欧洲"培训项目时，全班30余名同学来自世界各地。除了平时的交流外，项目结束之时，我作为同学代表做了发言。这个发言感动了许多人，那位爱尔兰同学甚至发出了"温，如果中国人都像你这样，我就移民中国"的感慨。

人同此心。真诚，便能够打动人。

在美国参加的几次交流活动中，我都做了认真准备，原则是友好、真诚、坦率。

华盛顿是美国智库林立之地。只要有可能，我都会前往智库采访相关研讨活动。我感到，除了其他一些因素外，一些知名的美国中国问题专家之所以对中国发生误读、误判，主要在于缺乏对中国国情的深刻理解和缺乏一种历史感。微观数据可能是对的，但宏观结论却有失偏颇。因此，我在做交流活动功课时，便着力在这两方面下功夫。

2010年9月19日，丹尼尔·莫尔顿发来电子邮件，正式邀请我于当年10月15日作为嘉宾参加雪城大学举办的公共外交研讨会。

得到这一份邀请多少有着偶然因素。丹尼尔·莫尔顿曾在美国国务院外国记者中心工作，并于2010年8月负责组织了驻华盛顿外国记者对新罕布什尔州的采访活动，我们因此得以相识。人高马大的丹尼尔事后透露说，他曾在驻阿富汗美军干过一段时间，当时在雪城大学攻读国际关系和公共外交双硕士学位。在新罕布什尔州的整个采访活动结束前的一个晚上，他悄悄地向我提及了准备邀请我赴雪城大学参加研讨活动的想法。"我看到你在每一场采访活动时都能提出很专业的问题，"丹尼尔说，"我对你曾在南非工作的经历很感兴趣。"

雪城大学位于纽约州，创办于1832年，其公共外交专业在全美高校中名列前茅，该专业毕业生多流向美国政府部门。此次是雪城大学首次邀请中国记者作为嘉宾参加该校组织的研讨活动。根据安排，在该校当日全天研讨活动中，我被安排在媒体组。媒体组研讨的具体题目为"精于对话：作为讲故事的公共外交"。

近年来，"公共外交"在美国是显学，但对其内涵的解读显然因人而异。2010年以来，中美关系经历一波三折，在有关中国的问题上，不少美国民众深受偏见影响。我决意结合自身经历，以历史眼光和开放心态作为切入点和研讨题目。

在雪城大学当天的研讨活动中，受邀者多为美国国务院前官员、美国全国广播公司等新闻机构资深记者、美国高校相关学科学者等。与我同在媒体组的其他两人为曾获美国电视界最高奖"艾美奖"的前美国广播公司资深记者、"目击新闻"节目创办者阿尔·普里默和英国文化协会"全球伙伴"主任斯拉文，主持者为美国犹提卡学院新闻学教授查那特里。

这一研讨活动分为嘉宾发言和回答提问两个环节。

我在发言中这样说：

对我来说，今天受邀来到这里很是荣幸。

你们都知道我来自中国，中国是一个有着5000多年历史的国家，所以中国人民有一种历史感。

我知道，雪城大学的历史可以追溯到1832年，在中国，当时是清朝道光年间。我本人对雪城大学很尊敬，原因之一便是它是一所有着很长历史的大学，这所大学的著名校训是："知识为追寻她的人加冕。"

在中国，一个古老的名言是"读万卷书，行万里路"。今天，一些人认为行万里路较之读万卷书更使人大开眼界。不管怎样，对于一位知识分子，一位记者，特别是对于一位中国记者而言，旅行非常重要。

为什么？因为由于一些历史原因，中国在上世纪有大约30年的时间与外部世界处于隔绝状态。自1978年底开始，中国开始了改革开放进程。

上世纪80年代初，我在西欧旅行。我记得1982年的一天，我在巴黎街头遇到两对来自美国的夫妇，我们开始了谈话。

"你来自日本吗？"一位女士问。

"不！"

"你来自韩国吗？"

"不！"

"你来自台湾吗？"

"不！"

"你到底来自哪里？"

"我来自中国。"我说。

"中国？哪个中国？"

"我来自中国大陆。"

"你是说你来自红色中国？"

"对。"

"噢！这是我人生第一次见到来自中国大陆的人。"那位女士说，"我必须与你通信。"

差不多30年过去了，看一看仅仅雪城大学就有多少中国学生吧！

在上世纪90年代初，我在非洲旅行。当安哥拉和莫桑比克还在内战之时，我到那里采访。1996年，当内战在原扎伊尔，即现在的刚果（金）打响之时，我是在那里采访的唯一来自亚洲国家的记者。我也是第一个采访南非罗本岛的中国记者，甚至是到那里的第一位中国人，纳尔逊·曼德拉在那里被囚禁了约20年时间。我曾多次采访纳尔逊·曼德拉。1996年11月27日，当曼德拉宣布南非将同中国建交时，我是在现场采访的唯一来自中国大陆的新闻记者。在我撰写的曼德拉传记扉页，曼德拉题词："向一位杰出的新闻工作者致意并致最良好的祝愿。"

在本世纪之初，我在东亚、中亚、中东和西欧地区旅行。时隔20年后，我再次到访巴黎，看到了那里所发生的变化。

我从去年开始在美国旅行。

从这些旅行中，我尽力理解这些国家和人民，然后尽力以非常客观的方式报道那些故事。

从这些旅行中，我从第一手资料了解到，我们这个世界有200多个国家，每个国家有各自的历史、文化和生活方式。当地球村变得越来越小时，我认为，作为一名记者，当我们讲述这些故事时，我们应该头脑开放，从历史角度尽力理解对方。

对于公共外交而言，开放和有历史感也非常重要。我认为纳尔逊·曼德拉是我们这个时代的一位伟人，原因之一便是他在狱中被囚长达27年后，作为南非总统的他没有向白人施以报复。相反，曼德拉真心力促种族和解。他是一位有着开放心态和卓越历史眼光的伟人。

孔子曾说，"三人行，必有我师"。我确信今天我也会向研讨嘉宾，向参加研讨的各位和雪城大学学到许多。

在互动环节，观众中有人提出了"如何把握报道尺度？""如情况紧急，无暇赶赴第一现场，如何进行报道？""如何面对新媒体竞争？""在全球新媒体大发展的情形下，富国与穷国之间距离是否又被拉大？"等问题。我以自身经历谈了对以上问题的看法，介绍了中国改革开放进程中媒体的变化情况，并以特意带来的《人民日报》详细介绍了其国际版所显示出的视野更加开放、眼光更为长远、内容更为客观翔实等特点。

研讨会结束后,包括会议主办者在内的一些与会者私下对我表示"高度赞许"。一位美国国务院前官员本已在上午完成研讨活动,但下午坚持在现场听我发言和回答问题。会后,这位前官员主动与我交流对于公共外交的看法,并表示获益良多。一位在会场上拿中国作为反面例证"说事儿"的人士则私下一再对我表示歉意。

2011年12月9日,我接到美国国务院外国记者中心主管东亚事务官员安德雷亚的电子邮件,邀请我于明年1月3日至13日期间为美国国务院公共外交培训班讲课。

她在邮件中说,美方培训主题为"公共外交基础",特邀一名国际记者讲课,内容为如何看待美国公共外交工作,以使受训者更为了解公共接触的作用等。"鉴于你有着作为一名新闻记者丰富的经历,我认为学员们将会通过与你对话受益匪浅。"她说。

在做出原则同意的回复后,我于2011年12月9日接到美国国务院外交研究所乔治·舒尔茨外交事务培训中心公共外交培训项目负责人瑞安·科克的电子邮件,具体商议授课事宜。

当时我将很大一部分精力放在2012年美国大选一事上。经过反复协商,我于2012年4月30日下午2时30分至3时30分在美国国务院外交研究所乔治·舒尔茨外交事务培训中心公共外交课程(PY100班)以"他们怎样看美国"为题做了发言。这是美国官方首次邀请人民日报记者为其培训项目授课,听众是来自全球各地的28名美国外交官。

我是这样说的:

> 今天这个题目"他们怎样看美国"是一个很大的题目,就如同"他们怎样看中国"一样。
>
> 还是先从我自己的经历说起吧。
>
> 半个世纪以前,我开始在北京的一所小学学习用中文书写"美国"。
>
> 你们也许知道,中文的书写很难,每一个汉字都有多个含义。"美国"的意思便是"美丽的国家"。这样的翻译并没有依据发音。因为根据发音,"美国"本来应被写为"阿梅瑞卡"。

我们不知为何从一开始，中国人就将一个美丽的名字给了"USA."。

40年前，尼克松总统访问中国。这个历史事件不仅改变了中美两国关系，也改变了整个世界。

我在尼克松访华40周年之际采访了美国前国务卿基辛格。他说："中美重新接触始于冷战时期一个战术举措，却演变成为新全球秩序的核心内容。"

30年前，我在巴黎参加一个名为"记者在欧洲"的培训项目。（接下来，我讲述了在巴黎街头见到两对来自美国的夫妇及与他们对话的经历。）

事实上，对于"外国人"的好奇同样发生在中国。上世纪，中国与外部世界隔绝长达几十年。自1978年底，中国开始了改革开放进程。我记得上世纪80年代初时，我作为一名导游在北京接待了一些来自美国的游客。无论他们走到哪里，都有大批人对他们进行围观，对这些外国人很是好奇。

20年前，我作为人民日报记者在非洲大陆奔波。哪怕是在最遥远的地方，我都能看到杂货铺内出售可口可乐。我由此想见美国在全球的影响。

10年前，当小布什总统访问北京时，他说，他非常高兴能够再访中国，这使他能够亲见中国所发生的巨大变化。作为人民日报国际周刊的主编，我密切跟踪他的访问，并做了深度报道。

10天之前，我在俄亥俄州代顿市采访了美国杜利特尔机队轰炸东京70周年纪念活动。

1941年12月7日，日本发动的珍珠港事件几乎摧毁了美国整个第七舰队。1942年4月18日，杜利特尔率领美国轰炸机机队对日本的东京等城市进行了轰炸。轰炸结束后，杜利特尔机队按原计划飞往中国的机场。但由于油料耗尽等原因，机队未能在中国机场成功降落，80名机组人员散落在中国浙江、江西、安徽等地，其中64人被中国军民营救。

然而，日本侵略者却对中国军民对美国飞行员的营救行动进行了疯狂的报复，其结果是，25万中国军民因此遭到杀害。

25万人啊！

在采访现场，我目睹了4位幸存美国机组人员与中国代表团团聚的动人场面。这些中国代表团成员的长辈当年都曾参加过营救美国飞行员的行动。被营救出来的美国飞行员视他们为救命恩人。

从这些个人经历，你们可以看到中国人如何看待美国的一些脉络。这是一幅有着复杂感情和观点的图画。

无论观点多么复杂，这显示出一种历史进步。当中美两国相互隔绝时，当两国人民没有往来时，两国人民相互看待的观点不那么复杂，仅仅视对方为"神秘"。

只有当我们相互靠近时，我们可以更加清楚地看到对方，随之产生了如何看待对方的问题。

对于太平洋两岸的伟大人民而言，这种相互了解是一个历史进程。在这一进程中，我们的第一印象可能并不全面和真实，我们的结论可能并不准确，我们的看法和观点可能并不客观。

只有一个办法能够使我们更加全面、真实、准确和客观，那就是交流。

只有通过交流，我们才能更好地理解对方。基于这一原因，我再次感谢你们今日邀请我来与你们交流我的个人看法。

对于我这一代中国人，我们知道在二战期间，中美两国是盟国，但出于包括意识形态在内的原因，中美两国在约30年间没有关系。"帝国主义"是那个时期我们提及美国时的说法。自上世纪70年代末以来，中国的改革使得国家发生了很大变化，包括人们对美国的看法。中国民众对于知道、了解、认识和理解美国有着极大的热情。

在过去30年间，中国发生了巨大变化，中美两国关系也同样发生了巨大变化。越来越多的中国人到美国参观、学习和工作。美国已不再是一种想象，我们可以亲见、感受和思考美国。

我们可以看到美国是一个伟大的国家，美国人民是伟大的人民。与有着5000多年历史的中国相比，美国就像是一个小伙子，充满了精力和创新精神。

我们可以感受到中国人民和美国人民有着很多共同之处。从根本上说，我们都渴望和平、繁荣、对下一代良好的教育、很高的生活水平，以及良好的医疗。我们都需要尊重、尊严和理解。

我们都能够想到我们可以向美国人民学习什么。作为一名记者，我非常清楚自己的使命与职责。我必须尽力以非常全面和客观的方式向中国读者报道美国。在过去三年中，这便是我全力所做的工作之一。

当然，中美关系或许是当今世界最为重要的双边关系，同时也是最为复杂的双边关系。随着中国社会的多样化发展，公众对于美国的看法也非常多元。

一些人争论说，当然，美国仍是世界上唯一的超级大国，但单边主义政策却没有道理。发动伊拉克战争的理由完全是编造的。这极大地伤害了美国的公信力。

一些人争论说，自由、人权和民主当然是好事，但美国对中国的一些批评却显示出缺乏历史眼光。中国是一个有着13亿人口的国家，中国也是一个有着2000多年封建历史传统的国家。换言之，中国背负着沉重的人口和历史包袱。对于一个像中国这样的发展中国家，自由、人权和民主的改善必须是一个历史进程，否则，任何混乱将不仅是中国的麻烦，对整个世界而言也是巨大的灾难。上世纪60年代末和70年代发生的所谓的"文化大革命"就是生动例证。你无法将美国的模式生搬硬套到中国，正如你无法将一个方楔硬放入一个圆洞中一样。

一些人争论说，我们从未拒绝自由、人权和民主。相反，过去30年的发展极大地改善了中国的自由、人权和民主状况。我们当然不会止步，我们仍将继续前进。

一些人争论说，现在，美国的外交政策聚焦于亚太地区，那好吧。但美国不应该遏制中国。在华盛顿，没有人承认美国外交政策的目的是遏制中国，但美国大量的举措、部署恰恰说明了这一点。这些现象使得很多中国人很困惑，也导致了强烈的反弹，一些反应还相当激进。

一些人争论说，当前的中美关系，一个热词便是"战略互信"。这使得中美间的许多分歧和问题都源于缺乏战略信任，因而存在着"信任赤字"。

我个人认为，所谓的"信任赤字"告诉我们，中美间需要更多的相互理解、更多的交流和更多的相互尊重。所以我们需要公共外交，非常需要！

对于奥巴马政府而言，我能够看到一些显示出其价值的公共外交范例。

一个例子便是在 2010 年上海世博会上的美国展馆。在那里，一些可以讲汉语的美国学生成了学生大使。用克林顿国务卿的话说就是，"所以，让我感谢你们，感谢你们将美中关系相互理解后的重要性放在首位，感谢你们努力在美中两国人民间建立沟通渠道"。

另一个例证便是十万强计划，其要旨在于举全国之力大幅增加在华学习汉语的美国学生数量和人员构成。当美中之间政治、经济和文化纽带愈发紧密之时，这一计划旨在培养下一代能够执掌和管理这一变化的美国中国问题专家。这一计划也旨在为一些弱势学生在华学习提供特殊机会和资金。我认为，这一计划看得很长远，也有着深远的意义。

再一个例子是，不久前，奥巴马总统宣布他已指示美国国务院今年在中国增加 40% 办理签证的能力。"我们不是谈论从现在开始的 5 年或者 10 年，我们说的是今年。"奥巴马说，"在这个中产阶级迅猛发展的地方，比如中国。"

我知道，在美国，旅游业是一个大生意。事实上，这已在美国服务业出口方面名列前茅。2010 年，美国迎接了近 6000 万名世界游客，他们为美国贡献了 1340 亿美元，其中许多是来自中国的游客，平均每位中国游客在美消费达到 6000 美元。

但我不认为这些举措只是为美国学生提供到中国学习的机会，或只是为美国旅游业增添巨额利润，这也有着公共外交的意义。

"眼见为实"。当越来越多的美国学生访问中国和学习中文时，当越来越多的中国游客来美旅行时，更好的相互理解将会随之而来。

美国人民将会看到一个有着世界上唯一没有间断文明的古老国家，他们将会看到，仅仅养活 13 亿人口就已经是一件多么不容易的事情，相比之下，美国只有 3 亿多人口。他们将会看到，中国通过减贫和为世界发展提供机遇便为世界做出了巨大贡献。他们将会看到，尽管中国在过去 30 年发展迅猛，取得了巨大成就，但中国仍是世界上最大的发展中国家，中国仍面临着诸多挑战，前面的道路仍然漫长。

中国人民将会看到，美国仍是世界上最为发达的国家。尽管有着美国是否衰落的争论，尽管他们对于校园内频发的枪击案件感到困惑，而许多美国人仍然喜爱拥有枪支，但总体而言，他们将会对美国的依法治国留有深刻印象。尽管他们可能并不太明白为什么奥巴马医改引起如此大的争议，为何一些总统候选人总是在那样刻薄地批评中国，但他们仍然享受在美国各地的购物，最受青睐的场所仍是那些直销店商业中心。当然，那里有许多标明"中国制造"的商品。美国之行后，他们将会交流，讨论或者争论他们对美国的印象和看法。或许他们会说我们仍有许多地方需向美国学习，或许他们将会说美国也并不完美，然而，这个世界上毕竟没有一个完美之地。美国是例外的，这是对的，但在某种程度上，世界上每个国家都是例外的。我们需要从另外一个角度看待别的国家和人民。

这是一个越来越小的世界。世界上最发达国家和最大的发展中国家都面临着如何看待和对待对方的严峻问题。当此之时，我们真的很需要一种历史看法和眼光，我们需要更为深刻地理解太平洋彼岸一个有着全然不同历史背景的国家和人民。我们需要为所有争端寻求和平的解决办法。因为说到底，在这个小小的世界中，没有零和游戏的余地。因为迄今为止，我们只有一个地球。

历史是一面明镜。事实优于概念。此时此刻我站在这里这件事情本身哪怕在十年前都是不可想象的。

这显示出了开放的眼光，致力于更好地理解别人。这便是公共外交的良好例证。我对此极为赞赏。

在随后的问答环节中，在座的美国外交官相继提出中国媒体发展、社交媒体、中国民众对美国"错觉"、中国报纸编辑思想、中国是否仍是发展中国家、如何看待美国媒体对华报道等问题。

在回答中国民众对美国"错觉"问题时，我指出，事实上，中国民众对美国的了解较美国民众对中国的了解更为全面和深入。许多美国平面媒体没有国际版，现有一些大报对中国的报道多为负面，影响了美国公众对中国的客观、公正的了解。在回答有关报纸编辑思想的问题时，我直言世界上没有绝对的新闻自由，《纽约时报》《华盛顿邮报》等也不能称其享有绝对的新闻自由，其倾向性显而易见。在回答有关社交媒体的问题时，我答道，如何应对社交媒体的兴起是一个全球性问题。面对具有"双刃剑"效应的社交媒体，包括美、英在内的国家都有一个如何趋利避害的问题，对此不能一概而论。在此问题上，美、英等国也没有绝对的"自由"。

4月30日授课后，美方项目主管告知我的授课"Fascinating"（令人着迷），并对我能够接受邀请前来授课屡表谢意。

在此之前，美方主管于4月4日与我联系，其将向我支付200美元的授课报酬。对此，我予以拒绝，并按对方要求签署一份文件。

2013年1月23日晚，我再次应美国雪城大学华盛顿公共外交项目主任迈克尔·施耐德邀请，参加了公共外交硕士研究生研讨会，讨论外部世界如何看待美国政府及其政策和社会等问题，并做了发言。施耐德教授事后对我的发言给予高度评价。

美国新闻博物馆的头版展示

2013年初，在我的努力下，美国新闻博物馆开始不定期展示《人民日报》头版版面，这也是开天辟地头一回。

位于华盛顿的新闻博物馆东望美国国会大厦，西处不远即为白宫，是一个游人众多的所在。

在华盛顿众多博物馆中，新闻博物馆是为数不多的收费博物馆，且门票价格不菲。这无疑是集中展示美国主流新闻理念之处。新闻博物馆内的一面墙上，集中展示了世界各地大报对于"9·11"事件报道的头版版面，其中有《人民日报》。在当天的《人民日报》头版上，有关"9·11"事件的消息位于中右位置，较之其他将"9·11"事件以头版整版、大幅照片、大字标题醒目处理的报纸，《人民日报》的处理确实与众不同。

我还记得那条放在中右位置消息的编辑过程。"9·11"事件发生过程中，正值北京当晚，我在家中首先从凤凰卫视的直播电视节目中得知此事，立即打电话告知人民日报国际版夜班负责人，随后自己赶到夜班编辑部主动参战，在第一时间综合编辑第二天见报的这条消息。

我还记得当晚的工作状态如何亢奋。1991年1月17日，当海湾战争爆发时，我也是以如此亢奋的状态编辑那条综合消息的。

当我几次站在新闻博物馆那面墙边，抬头望着各国报纸对"9·11"事件这一后来证明极大地影响了整个世界的重大新闻事件的版面处理时，内心充满惆怅。

新闻博物馆入口处两边各有一排"每日头版"阅报栏，来自美国各地的主要报纸头版每天在那里展示。此外，阅报栏留有数个位置展出来自其他国家的报纸头版版面。

在此之前，《人民日报》一直没有出现在这样醒目的位置上。

2013年2月25日，我通过新闻博物馆公共邮箱主动联系《人民日报》参加头版展示之事，很快得到了肯定的回复。

或许太平洋洋底的光缆出了故障，在石沉大海般沉寂了十余天后，直至3月11日我再次询问，此事才加速启动起来。太平洋两边成为合力后，梦想终成现实。

2013年3月27日，初春的华盛顿阳光灿烂。美国新闻博物馆位于宾夕法尼亚大道入口处东边的"每日头版"阅报栏中展示着3月27日当天的《人民日报》头版。与此同时，美国新闻博物馆内六楼展厅同时展示着当天的《人民日报》头版。这是《人民日报》头版首次在美国首都华盛顿展示。

美国新闻博物馆"每日头版"工作团队专家弗兰克·米切尔介绍说，该馆每日平均收到来自全球80多个国家共计800多份报纸头版。在新闻博物馆官方网站上，每日展示传送给新闻博物馆的全部报纸头版版面。在宾夕法尼亚大道入口处的"每日头版"阅报栏和六楼展厅内，则不定期地选择一些外国报纸头版进行展示。3月27日当天，除了中国的《人民日报》外，还展示了来自德国、黎巴嫩、新西兰、南非和加拿大五国各一家报纸的头版版面。

我在现场看到，在当天展示的《人民日报》头版下面，有一个以英文注明"中国"的标签。一个穿着羽绒服上衣的男孩大声地喊着"中国""中国"，身后一对老夫妇随即笑容满面地同小男孩一起观看当天的《人民日报》。当我询问他们的观感时，身为律师的丹尼尔·科勒先生说，他们来自纽约，这次是带孙子一起参观新闻博物馆。"报纸看上去编排得很好，"他说，"哦，我当然知道《人民日报》。祝贺《人民日报》在这里同读者见面！"丹尼尔·科勒先生9年前访问过中国，并留下了美好的印象。"我儿子现在还在中国工作，"一旁的科勒夫人说，"他告诉我们他在中国感觉很好。"指着当天的《人民日报》头版，科勒先生说，"中国新一代领导人开局很好，我知道他们开始整治环境污染等问题。"

　　来自印第安纳州的巴巴拉带着两个女儿也在细细观看《人民日报》头版。当她知道这是《人民日报》首次在华盛顿展示时，巴巴拉连连表示"祝贺"。"我还没有去过中国，但我向往中国。"她说，两个女儿在旁边也连连点头。此时正值美国学校的春假。在新闻博物馆六楼展厅内，同时在那里展示的《人民日报》头版也吸引了众多游人驻足观看，其中不少是来自美国各地的学生。来自华盛顿约翰·保罗高中的学生史蒂文说，这是他第一次看到来自中国的报纸，感到很新奇。"我正在学习西班牙语和法语，看来我也应该学习中文了。"他说。

25 陈纳德和那些二战抗日老兵们

"我们生活在不同的世界，但对我们而言，为一个更好世界共同努力的事业同样重要。中美两国人民需要理解这一共同目标的重要性"；性格刚烈的陈纳德将军曾与五角大楼关系不睦；"我耳闻目睹了日军在中国烧杀抢掠的许多暴行"；你是来自中国的声音；现在许多美国年轻人并不知道这一史实，美国学校应将这一史实载入二战历史教科书中；她随口说出绝对京片子的顺口溜，还能非常地道地说出带儿音的"鸡子儿"。

二战期间，来自美国的"飞虎队"援助中国人民抗日的故事早已成为中美两国人民之间的佳话，作为"飞虎队"指挥官的陈纳德将军的名字也为人熟知。在陈纳德将军的子女中，他的外孙女尼尔·陈纳德·卡洛韦成为在新的时期中促进中美两国人民相互理解的热心人。

陈纳德航空军事博物馆

我初识尼尔是在 2012 年 5 月 7 日。当天上午，正在华盛顿进行访问的中国军事代表团领导人在美国首都华盛顿会见了"飞虎队"成员杰伊·维雅德和陈纳德航空军事博物馆馆长、陈纳德将军的外孙女尼尔。尼尔在会见时向中方赠送了陈纳德的画像，还笑吟吟地问道："你看我们长得像不像？"中国代表团领导人连连点头说"像"，并表示，在二战期间陈纳德将军率领"飞虎队"与中国人民一道抵抗日本侵略者，中国人民永远不会忘记曾经支持、帮助过我们的老朋友。中美两国关系的良好发展不仅需要两国政府的努力，也需要两国人民的积极参与。希望两国人民携起手来，为中美两国关系的积极发展而努力。

会见结束后，我便与尼尔有一个约定：争取择时采访陈纳德航空军事博物馆。尼尔在2012年5月10日发给我的邮件中说："我想告诉你，在华盛顿见到从中国来的这样高级别军事代表团真是荣幸。我的外祖父陈纳德将军热爱中国人民。如果他地下有知，将会对中国人民仍然记得他感到非常自豪。我是陈纳德航空军事博物馆馆长。我们与中国的关系非同一般。我们接待过来自中国的游客，我本人曾三次访华。中国军事代表团领导人说，牢记中美两国曾为共同事业并肩战斗非常重要，我对此非常同意。今天，我们生活在不同的国家，但对我们而言，为一个更好世界共同努力的事业同样重要。美中两国人民需要理解这一共同目标的重要性。"

2014年2月底，我得以前往陈纳德航空军事博物馆进行采访。在与尼尔的沟通过程中，她说："作为陈纳德航空军事博物馆馆长，我的使命是推动人们了解这段历史，即在二战危急时刻，美中两国人民曾经有过合作。"

蓝顶，白墙，一幢平房。

距路易斯安那州门罗市机场不远处这幢乍看似很不起眼的建筑便是陈纳德航空军事博物馆。这是全美唯一以"陈纳德"冠名的博物馆。博物馆所在处是1942年建立的塞尔曼航空学校旧址。这是第二次世界大战中美国最大的航空学校，曾培训了约15000名飞行员。

"我的外祖父陈纳德将军6个月大时由家人带到路易斯安那州的吉尔伯特，并在那里长大成人。"陈纳德航空军事博物馆馆长、陈纳德的外孙女尼尔·陈纳德·卡洛韦女士告诉我，"在结束军旅生涯后，他一直生活在门罗市，直至辞世。"

博物馆内的诸多展品讲述着第二次世界大战中对日作战的惨烈。1941年12月7日《夏威夷星报》出版的《号外》"战争！日军机轰炸瓦胡岛"记录了珍珠港事件爆发的场景。在一个专辟的陈纳德将军展室内，陈列着陈纳德将军的军服、相机、军刀、家书等遗物和有关"飞虎队"的历史照片。用中文写有"美国空军，来华助战，仰我军民，一体救护"的布制告示曾是当年"飞虎队"成员的护身法宝。在成都发现的B-29型飞机残骸浓缩了"飞虎队"在抗日战争中所做出的牺牲。一幅由中国艺术家绘制的《驼峰航线》油画浓缩了中国人民对

"飞虎队"战功的铭记。一面写有"飞虎队的功勋将永远留在中国人民的心中"的锦旗表达了中国百姓的心声。"外祖父热爱中国，他曾收养过中国孤儿。他的心一直没有离开中国。"尼尔说。

在博物馆的大厅内，一面包裹成三角形的美国国旗吸引了我的注意力。那面国旗下方的说明是，1945年9月2日在"密苏里"号军舰上签署日本无条件投降的和平条约时，陈纳德将军没有受邀出席。美国国会对此表示不满，并决定将签署和平条约时在华盛顿升起的这面美国国旗赠送给陈纳德将军。

陈纳德将军是一位性格刚烈的军人，尼尔告诉我。1917年时，陈纳德就想当飞行员，但三次被拒，原因是他看起来"不够聪明"，但陈纳德并未因此退却。"有人告诉我，在签署日本无条件投降的和平条约时，麦克阿瑟将军还曾经回头问道，陈纳德在哪里？"尼尔说，"事实上，陈纳德将军得到罗斯福总统的赏识，却与五角大楼关系不睦。在罗斯福总统去世后，陈纳德也与麦克阿瑟将军一样失宠。"陈纳德将军刚烈的背后也有着浓烈的温情，尼尔说陈纳德将军特别喜欢孩子，她还记得小时候被外祖父抱在膝上的情形。

陈纳德将军展室内摆放着一幅油画，那就是尼尔的母亲罗丝玛丽·陈纳德·西姆里尔。她出生于1928年9月27日，于2013年8月25日辞世。2000年，尼尔的母亲创建了陈纳德航空军事博物馆。

2014年5月，92岁的"飞虎队"成员理查德·舍曼和90岁的中缅印驼峰航线飞行员协会主席杰伊·维雅德在博物馆内接受了我的采访。坐在轮椅上的舍曼特意身着已显得极为老旧的"飞虎队"成员飞行服，手中拿着抗日战争中随身携带的中英文简单对话褐色小册和中国百姓赠送给他的临别礼物——在那面印有红色字母"V"的三角形白色小旗上，有着满满的中文签名。他从飞行服中掏出一张地图向记者介绍说，他曾驾驶B-25型轰炸机在中国对日作战13个月，主要任务是为中国军队抗日提供空中支援和在夜间打击日军在上海、南海等地的军舰。在中国期间，舍曼还曾有过战机迫降后被中国军民救起的经历。他说："我耳闻目睹了日军在中国烧杀抢掠的许多暴行，看到中国老百姓在战争期间到处流离失所的悲惨。"

2019年1月10日，舍曼在美国路易斯安那州门罗市的退伍军人之家去世，享年96岁。

杰伊·维雅德先生曾有过驾驶 C-46 型运输机在"驼峰航线"飞行 87 次的传奇经历。1942 年 5 月，日本占领缅甸并侵入中国云南西部，被称为"中国最后一条陆路输血线"的战略运输线滇缅公路被切断。中美被迫共同开辟"驼峰航线"。"驼峰航线"是世界航空史和军事史上飞行高度极高、气候条件恶劣、最为艰险的空中战略运输线。杰伊·维雅德先生在一张标有"驼峰航线"的详图前告诉我："那时是不论什么气候条件都得飞，真是冒着生命危险啊！"他对二战时中国人民遭受日军蹂躏仍有深刻记忆。

这两位在二战时曾同中国人民一道对日作战的老兵对如今日本政坛出现的倒行逆施义愤填膺，对中国全国人大常委会确定中国人民抗日战争胜利纪念日和南京大屠杀死难者国家公祭日表示理解和支持。"日本不断有人否认历史，这种否认是没有用的，"舍曼先生说，"历史真相是明摆着的。中国人民当时惨遭日本侵略的灾难，这就是为什么我们要到中国去帮助中国人民。""我已将近 92 岁了，我是这个博物馆的创始人之一。"他说，"我之所以来到这里，就是为了让二战的历史传承下去，让人们知道真相。我的孙子在本地一所高中上 12 年级，学校要求我去给他们讲课。那个班上有 34 个学生，我问他们，有多少人知道陈纳德将军，结果只有一人举手说'我知道'，结果那个学生还是我孙子。这让我感到很悲哀——他们不教那段历史。但孩子们确实应该知道这些。每个民族，每个国家都不应忘记这样的历史。像我这样的人就是要发出呐喊，讲出当年的历史，这就是我现在的使命。"

"日本必须承认 1937 年 12 月 13 日在南京犯下的罪行，必须承认在整个二战期间在中国大地上涂炭生灵，年青一代应该被告知整个历史真相。"杰伊·维雅德先生说，"否认历史是日本政客的伎俩，他们不愿面对历史，所以拒绝承认历史，这是非常危险的趋势。日本不认真对待历史错误，可能会迅速滑向犯更大的错误，并会因此自食其果。"他还告诉记者，"在美国，当人们提及二战时，很多人知道欧洲战场，知道太平洋战争，但对于中国人民所遭受的苦难和抗日战争知之不多，因此，确定中国人民抗日战争胜利纪念日和南京大屠杀死难者国家公祭日就更有必要。虽然我们这些曾在中国作战的二战老兵人数很少，但对我们而言却意味着一生。让人们认识、承认和赞赏中国对二战所做的牺牲和贡献非常重要"。

"'飞虎队'也是中国人民抗战胜利历史的一部分,"一直在静静聆听的尼尔插话说,"陈纳德将军1937年第一次到中国,他知道南京大屠杀的发生,并很快提供了力所能及的药品等援助。"她接着强调说,"没有多少美国人了解日本在二战中杀害了那么多中国人。我最喜爱的格言是'忘记历史的人没有未来',否认历史的人也没有未来。现在有一些人已经慢慢忘记那段历史,我们就是要人们记住历史。这也是对那些否认历史的人的答复。在我们的历史教科书上,没有认真讲述美中两国在二战中并肩战斗的这一段历史。我们博物馆的使命就是要努力让美国公众了解中国人民在二战中所遭遇的苦难和美中合作抗战的历史。让这些声音更强更大,以压过那些否认历史的声音。"

尼尔告诉我,她对中国的认识有一个过程。"坦率地说,在我小的时候,我害怕中国。"但当她长大后,随着对中国历史和文化越来越多的了解,她认识到中华民族是爱好和平的民族,并决意继承外祖父的遗志,促进中美两国人民之间的相互理解。

尼尔告诉我,她正与同事们筹划扩大现有博物馆的规模。新的陈纳德博物馆将聚焦于中美两国人民在二战中并肩对日作战的历史。"现有的一些美国博物馆内有一些关于'飞虎队'的历史介绍,但全美还没有一个完全聚焦于美中两国人民在二战中并肩作战历史的博物馆。我的使命就是将新的陈纳德博物馆聚焦于美中两国人民在二战中并肩对日作战的历史。不仅如此,我还将努力让所有美国博物馆都能真实地讲述这段历史,并且通过历史经验和教训以推动现在的美中关系发展。"她说。

陈纳德博物馆捐助理事会主席埃尔维斯·斯托特说:"我们看到了有人否认南京大屠杀等历史事实,所以我们就是要通过新的博物馆教育民众,让人们记住这一历史,记住中国人民的遭遇。"今年57岁的陈纳德博物馆捐助理事会首席执行官温德尔·罗杰斯告诉记者,他是一名犹太人,过去只知道600万犹太人被杀等在欧洲发生的故事,只是在大约两年前才知道中国人民在日本侵略时期伤亡数千万人。新的博物馆将用编年史的方式聚焦1937年至1945年间的中国历史,这就是用事实表明那些否认历史的人是骗子。在1937年的历史中,南京大屠杀肯定是要告诉公众的重要史实。"发生在中国的战争是不可否认的事实,我不认为在当今世界的任何国家能够改写历史。一些日本政客们想要改写历史，但历史的真相最终会大白于天下。"他说。

尼尔当天还出人意料地请来当地媒体对我进行了采访。卡洛韦说："因为你是人民日报记者，你是来自中国的声音。"

陈香梅的"米寿"欢庆

提及陈纳德，中国民众更多地首先想到陈香梅。

2013年6月22日晚，位于华盛顿市中心的五月花饭店嘉宾云集。五月花饭店对中美关系的历史有着格外真切的记忆。

1973年，中国驻美国联络处成立时，最初8个月便是在五月花饭店办公。当晚，美国国际合作委员会主席陈香梅女士88华诞庆祝活动又在这里举行。

陈香梅1925年6月23日出生于北京，1947年与在二战期间为在华抗日做出卓越贡献的美国"飞虎队"指挥官陈纳德将军结为连理。1958年陈纳德将军辞世后，陈香梅来到华盛顿，先后被8位美国总统委以重任。作为第一位进入白宫工作的华裔，陈香梅"穿旗袍，讲中文"，她的一句名言便是："只要中国人能扬眉吐气，我心愿已足。"

一身红装的陈香梅女士来到现场后，迎来的是一片美好的祝福。在这一格外喜庆的场合，陈香梅也向中国送去了美好的祝福。陈香梅在接受我采访时说："我希望中国不断进步。"她说，"这么多年来，我常去中国访问。我对中国几十年来所取得的进步感到很高兴，也一直非常关心中国的发展情况，特别关心中国的教育事业。"在谈到中美关系时，陈香梅女士说："中美关系很重要。希望中美关系更加进步，不断密切来往。这么多年来，我不断推进中美关系。现在不仅需要中国对美国有更多了解，美国也需要更加了解中国。希望国际社会通过与中国更多的交往，更多地了解中国，这很重要。"

庆祝活动大厅的一角摆放着陈香梅女士与陈纳德将军、中国领导人邓小平及多位美国总统合影的老照片，无声地述说着这位世界华人杰出代表的传奇生涯。

陈香梅与陈纳德将军育有二女。他们的小女儿陈美丽在接受我采访时说："有这样一位妈妈，我很幸福，她是我们的榜样。我从小就决心要跟她做一样的事情。因为妈妈很喜欢中国的诗歌，所以我在大学时的专业就是学习和研究中国历史上南北朝的诗歌。现在我在佛罗里达大学工作。近五年来，我一直在申请美国政府资金，在大学组织教授中文培训项目。"陈美丽告诉我，在她组织的培训项目中，有一位名叫梁婕的中国女孩，不久前，她给陈香梅写了这样一封信：近20年前，远在中国山西省太原市有一所"太原市新建路小学"。当时您亲自来到那所学校参观访问，而那年我还是一位小学二年级学生。后来您到学校捐了款，我们才得以在1996年第一次开始学习使用电脑。感谢您所做的一切。感恩世间能有像您一样有爱心、爱奉献的优雅女士。2013年我在美国佛罗里达参加您的女儿陈美丽博士组织的培训项目，才发现我竟与您有这样一段美好的缘分。

浙江大学发来的贺电这样写道：您只身驰骋华府，成就斐然；不辞奔波四方，助力祖国发展；倾囊相助教育，惠泽学子无数。八十八载光与阴，镌刻的是您一段奋斗与奉献的传奇岁月；万千里路云和月，见证的是您一腔爱国与报国的赤子情怀。

一曲《掌声响起来》唱起时，88岁的陈香梅站起身来，与表演者共同高唱。"这是她最喜欢的歌曲之一。"主持人告诉大家。

2018年3月30日，陈香梅因病医治无效，在华盛顿家中逝世，享年93岁。

2011年，第二轮中美人文交流高层磋商会议在美国首都华盛顿举行期间，一段美国"飞虎队"成员的真实故事感动了许多人。

2011年4月12日下午，中国人民对外友好协会在中国驻美国大使馆内举办了纪录片《飞虎情缘》首映式。陈香梅女士、部分"飞虎队"队员、美国第14航空队代表等160多人出席首映式。

《飞虎情缘》记录了美国"飞虎队"飞行员格伦·本尼达与中国人民"60天情，60年缘"的感人经历。1943年，刚满18岁的本尼达作为"飞虎队"战斗机飞行员被派往中国战场。在驾驶P-51型战机执行第81次空战任务时，本尼达不幸被日军击落。跳伞逃生的本尼达降落在了湖北省监利县的一片农田中。在语言不通、充满未知的环境中，当地百姓、抗日游击队和新四军历尽艰险，辗转约60天将本尼达安全送达重庆。

中国军民的救命之恩给本尼达留下了难忘的中国情结。2002年，他首次回到曾经与日寇战斗和被营救的中国。2010年，本尼达不顾86岁高龄，回到湖北监利的百姓中间，再次实现"感恩之旅"。2010年10月23日，本尼达与世长辞。美国总统老布什闻此故事后感慨地说："中国人民营救被击落的美国飞行员是非常英勇、非常激励人心和很伟大的行为。我认为，当今的美中关系已经超越了类似的个案，进而构筑互信与不断互助的基础。"

当时已经88岁的埃莉诺·本尼达在接受我采访时说，已经辞世的丈夫用生命诠释了美中两国人民的深厚友谊。其实，二战期间有很多中国人民为了保护美国飞行员而失去了自己宝贵的生命。希望有更多的美国人了解这段历史，更希望两国人民之间的这一真诚友谊世世代代相传下去。

杜利特尔轰炸机队的老兵们

2012年4月16日下午，我突然接到消息，4月17日至20日，美国杜利特尔轰炸机队协会等将在俄亥俄州代顿市举行"杜利特尔机队轰炸东京"70周年纪念活动。当天下午5时20分，我向国内编辑部紧急报告此事，于4月17日上午9时许离开住所，当晚近7时抵代顿，驱车近500英里，也因此成为得以在现场采访这一活动的唯一中国驻美记者。

2012年4月18日午后1时，伴随着"隆隆"的轰鸣声，位于美国俄亥俄州代顿市的国家空军博物馆上空列队掠过16架B-25型轰炸机，"杜利特尔机队轰炸东京"70周年纪念活动开始隆重举行。

这是一段令人难忘的历史，这也是一段令中美人民动情的历史佳话。

1941年12月7日，日本突袭美国珍珠港，美国太平洋舰队几乎全军覆没。为对日本实施反击，美国总统罗斯福下令对日本本土进行轰炸。整整70年前的1942年4月18日，美国陆军航空队中校军官詹姆斯·杜利特尔带领每5人一个机组的16架B-25型轰炸机队从"大黄蜂号"航空母舰上起飞，对日本的东京、横滨、名古屋、大阪和神户等地进行了轰炸。轰炸结束后，机队按计划飞往中国浙江衢州机场及浙江丽水、江西南昌两个备用机场。但因不熟悉航线、天气恶劣和油料耗尽等因素，16架轰炸机均未能在中国机场平安降落，大部分轰炸机在浙江、江西、福建、安徽等地迫降或坠落。80名机组人员中的64人在中国军民的帮助下获救，最终安全返回美国。

为了寻找、救助、掩护、转送美国机组人员，中国军民冒着极大危险，历尽千辛万苦，并因此遭到侵华日军残酷报复。1942年5月15日，日军对杜利特尔轰炸机队机组主要降落地点发动大规模进攻，并使用了细菌武器。此后，日军发动了为时三个月的浙、赣战役，所有涉嫌协助杜利特尔轰炸机队的中国人均被杀害。在为时三个月的惨烈战役中，日军以"三光"政策屠杀了约25万中国士兵和平民。

如今，整整70年过去，杜利特尔轰炸机队的80名成员中仅有5名成员健在。他们中的4人到现场参加了4月18日的纪念活动。当年与杜利特尔在同一号轰炸机组的中尉副驾驶员理查德·科尔已经96岁。他在接受我采访时说："我的很多记忆都消失了，但中国军民营救我的情景至今记忆犹新。这是一段非常令我动情的历史。我永远感谢你们，伟大的中国人民！"当年9号机组中尉领航员托马斯·格里芬已经95岁。他说："在我的一生中，我是如此幸运地遇到如此善良的中国人民。是他们营救了我。不要忘记，在二战中，美中两国人民是盟友。"92岁的15号机组中士工程师爱德华·塞勒说："我永远忘不了一些中国百姓为了营救我们全家遭到杀害。"90岁的7号机组中士工程师戴维·撒切尔说："中国军民用自己的生命营救了我们，这么多年来，我对此一直心存感激，美中两国人民这种友谊应该发扬光大。"

一些曾参与营救活动的中方人员后代也参加了当天的纪念活动。那一年已经79岁的廖明发来自浙江江山县。他说，对于父亲廖诗元营救美军轰炸机领航员奥祖克的事情，自己仍然留有儿时的记忆。当年，廖诗元从山上将受伤的奥祖克背下山来，将他安置在自己家中，并上山采草药为他疗伤。奥祖克起初不敢吃廖家的食物，廖诗元就先吃几口令奥祖克打消顾虑。此后，廖诗元又将奥祖克辗转从江山县城送至衢州。第一次走出国门、满口乡音的廖明发说，他来到美国后，美方人员对他父亲的救命之恩深表谢意。贺绍英的父亲贺扬灵时任浙西行署主任，他在天目山地区组织了对美国机组人员的营救行动。贺绍英说："中国人民的义勇精神感动了美国人民。作为后辈，我们这一代人应将这种友谊保持下去。"

杜利特尔轰炸机队第12机组中尉飞行员威廉·鲍尔之子詹姆斯·鲍尔在接受我采访时说："一位中国农民救了我的父亲和其他两名机组成员，后将我父亲和其他一些机组人员安置在一个山洞中，并历经千难万险将他们安全转移到重庆。那时日军将所有涉嫌保护美军机组人员的中国人统统杀害。父亲在世时，每每谈及往事，都不胜感慨，他对中国人民无比感激。"专程从印第安纳波利斯赶来参加纪念活动的汤姆·克莱利在现场主动向我表示，当这一切发生时，他只是一个小孩，"但这个故事一直留在我的记忆之中。""感谢中国人民！为了营救美国机组人员，有那么多中国人牺牲了。这是一个多么动人的故事，真的非常感谢！"说到这里，克莱利的声音哽咽起来。

举行这一纪念活动的美国国家空军博物馆内永久展出着杜利特尔轰炸机队成员在中国得到营救的史实。一身戎装的美国空军学院历史系教授巴克勒说："你看，今天许多人的眼中含着热泪。我们十分珍视这段历史。别忘记，25万勇敢的中国军民为此做出巨大牺牲。为了营救美国机组人员，不少中国农民当年抬着担架跋山涉水数百公里，将他们送至安全地点。对于美中两国人民来说，记住这一历史非常重要。因为，我们能够共同做出伟大的事情。我们相互需要，我们应该保持和发扬这种伟大的友谊。"得克萨斯大学杜利特尔图书馆历史学家格兰斯则看得更远。他说："作为历史学家，我将不断传播这一故事，使得更多美国民众了解这一历史。现在许多美国年轻人并不知道这一史实。我认为，美国学校应将这一史实载入二战历史教科书中，让更多的年轻人了解和学习。这非常重要！"

这一火线奔袭般的采访行动不啻为一次抢救活动。在那以后，我便不断听说杜利特尔轰炸机队幸存者相继辞世的消息。

他们出生在北京

这些曾与中国有缘的美国二战老兵无异于国宝。此后，我又有机会认识了美国二战老兵莫里斯·特曼。

能够找到这位二战老兵还是得益于我的一位"线人"：弗吉尼亚州福尔斯彻奇市美国国外战争老兵协会第9275分会会长鲍勃·史密斯。

美国国外战争老兵协会是一个全美性组织。在我出入必经的7号和50号公路的路口处，飘着一面小黑旗，上面标明"美国国外战争老兵协会第9275分会"。多日好奇之后，那天我贸然进入，见里面形同一个酒吧间，还有一张台球桌。在那里，我结识了曾在越南打过仗的鲍勃。

我先找了个话题与鲍勃聊，最终聊到伊拉克战争。他说，对于美国来说，推翻萨达姆政权是伊拉克战争的最大收获，但战争太昂贵了，导致现在美国的天文数字般的债务。但在论及对伊拉克的开战理由时，他争辩说，当时人们确实相信伊拉克有"大规模杀伤性武器"。鲍勃身边站着身着美军陆军军服的理查德·科德，伊拉克战争期间，他曾3次前往伊拉克。"我们都是自愿从军。我们只听从指挥。"他说，"美国就是世界的警察。伊拉克人很高兴推翻了萨达姆。至于损失，那就是美军伤亡不少。"当我向他指出伊拉克平民伤亡更多时，他说："与越南战争相比少多了……"

作为第9275分会会长，鲍勃手里有一个小电话本，那上面都是一些老兵的信息。有好几次，我都是通过他找到了一些采访对象，这次又是他帮了忙。

2014年已经90岁的美国二战老兵莫里斯·特曼与89岁的妻子西格里德住在弗吉尼亚州福尔斯彻奇的"古德温护理之家"。特曼见到我的第一句话便令人大吃一惊："我出生在北京，我妻子也出生在北京……"

等候在家门口的西格里德更是以一口流利的汉语与我寒暄。"我们这一代人中，像我这样能说汉语的只剩我一个了，"西格里德随即指着丈夫说，"我们俩都出生在北京协和医院，那时叫北平。"

西格里德随即说出绝对京片子的顺口溜，给我印象最深的便是她能非常地道地说出带儿音的"鸡子儿"。

进入屋内，但见满眼"中国元素"：四壁多有中国字画，柜顶摆着铜火锅，茶几上立着一尊唐三彩马，门旁贴着老北京特色地图。"我们的父母都特别热爱中国，"特曼说，"当年我母亲露西向父亲说，'我嫁给你的一个条件就是带我到中国'。我父亲厄尔·特曼曾在燕京大学任教。"

特曼1924年1月出生在北京。1935年回到美国后，特曼就读于哥伦比亚大学地质专业。他于1942年1月入伍，被编入美国空军第308轰炸机联队，后随联队在新几内亚（今巴布亚新几内亚）、澳大利亚、菲律宾及冲绳等地常驻，与日军作战。"我的工作与我的专业特点有关，"特曼手捧第 308 轰炸机联队纪念图册告诉我，"每到晚上，我就根据航拍照片分析轰炸机联队对日军军事设施轰炸结果，随即于清晨 4 时许制定当天新的轰炸目标。"特曼于 1945 年二战结束后回到美国。他作为地质科学家长期在美国地质调查局工作，并曾与中国地震局等中方地质部门进行专业合作。

当话题转向日本首相安倍参拜靖国神社、日本政坛涌动着否认侵略历史潮流时，作为二战老兵的特曼脸上现出了极为凝重的表情。二战时的日本军队不是日本这个国家的最好代表，特曼说，安倍为参拜靖国神社说了很多理由，但那些理由都是站不住脚的，安倍"做了不应该做的事情"。

西格里德 1925 年出生在北京，直至 1941 年才离开中国。在中国的 16 年间，她一直生活在通州（现为北京市通州区）。"我亲历了日本对中国占领的历史，我了解日本侵占中国的暴行。"她说，"日本否认南京大屠杀的发生，但我一个朋友的父母 1937 年时就在南京，他们亲身经历了日军在南京的暴行，还向我讲述过当时在一个大院子里躲着数千名中国老百姓，后来被一个德国人救助的故事。"安倍的参拜和对历史的否认是"巨大的错误"，西格里德说："几乎整个世界都对他做的这件事的报道持批评态度，安倍到底为什么这样做？"

西格里德不仅曾目睹日军侵占中国时给中国人民带来怎样的蹂躏，她自己的家庭也曾因此四处颠沛。"我就是这段历史的'活化石'，谁也不能否认这段历史。"她说。

"我的父亲是传教士，"西格里德一边拿出一堆历史老照片，一边非常谨慎地说道，"传教士，你知道吗？"

望着她那双充满犹疑，难掩痛苦的眼睛，我告诉她："我知道。"

我当然知道。"美国传教士"，这在中国曾经发生的"文化大革命"年代中意味着什么，谁都知道。

26 郁闷的海明威，梭罗并不超脱

> 这里南距古巴仅有 90 英里，孰料至近者至远；被列入黑名单的海明威曾经有过怎样的痛苦压力；小而韧便高大，弱而奋便自强，贫而勤则富；"斯诺是一位伟大的人。他是在正确的时间，正确的地点，做了正确的事情"；出世与入世躁动，大动与大静的律变一直令我追寻着心中的瓦尔登湖；"我爱孤独。我没有碰到比寂寞更好的同伴了"。

尘世喧嚣之中，天涯海角总是那样令人神往。20世纪90年代中期，我曾踏访位于非洲大陆最南端的厄加勒斯角，忘不了孤零零的灯塔旁惊涛拍岸的壮观，也忘不了一位孤独的游人雕塑般久久凝望大洋的场景。天人合一。天涯海角的亲历总能泛起胸中一片波澜。

在美国大陆最南端

位于佛罗里达州墨西哥湾中的西礁岛（Key West）是美国大陆最南端。一个大洋中的小岛之所以被视为美国大陆最南端，概因美国1号公路跨海沿西南方向将诸多佛罗里达岛礁群串接起来，将美国大陆最南端的界定从本土南移至西礁岛。从迈阿密驾车南行至西礁岛的距离约260公里，其旅程本身便是一次独特的体验：暴雨瓢泼忽而彩云密布，同样多彩的岛链由数十座跨海大桥相连，伸展至大洋深处的大桥两旁海天一色，万顷波光舒展得如此从容不迫，甚至显得有些慵懒。其实，慵懒早已成为佛罗里达岛礁居民一张值得夸耀的名片，很多当地小旅店干脆取名"慵懒的日子"。

一到西礁岛，便急急地寻找位于南大街与怀特黑德大街会合点处的美国大陆最南端标志物。恰如一个被倒置的巨大陀螺,这一有着红、蓝、黑、白、黄五彩的标志物自上而下依次书写着"海螺共和国""距古巴 90 英里""美国大陆最南端点"和"佛罗里达西礁岛:日落之家"的字样。南大街上几乎所有建筑物都在忙不迭地以"美国大陆最南端"作为招牌:美国大陆最南端标志物旁边的大宅被标为"美国大陆最南端的房屋",斜对面的旅馆标为"美国大陆最南端旅馆"……

诸般标识中,唯有无言的"古巴"最为显耀。这里南距古巴仅 90 英里,约合 145 公里。孰料至近者至远:半个多世纪以来,仅与古巴一水之隔的美国至今与这个位于加勒比海西北部墨西哥湾入口处的邻国显得如此遥远。

西礁岛的人们显然与华盛顿的政客有着不同的空间感受,那个美国大陆最南端标志物最上面三角形的"海螺共和国"标志、西礁岛满街飘扬的"海螺共和国"旗帜和岛上诸多以"古巴"为招牌的店铺便是证明。为了阻止来自古巴等国的"非法移民",美国边境安全部门曾于 20 世纪 80 年代初在 1 号公路设下多重路障,对从西礁岛北上的行人多加盘查。此举不仅严重打击西礁岛的旅游业,还使得西礁岛居民出行多有不便。在多次申诉无效的情形下,西礁岛市政当局于 1982 年 4 月 23 日戏剧性地宣布成立"海螺共和国",并以拿着一根古巴面包向一名身着美国海军军服的人头上打去象征着"武装反抗"的开始。

这种特殊的抗争果真奏效,美国 1 号公路上那些路障最终被悄悄拆除,而"海螺共和国"的旗帜至今仍在西礁岛各处飘扬。"海螺共和国"国旗为蓝底长方形,蓝色代表大海,右上角标注着"1982",旗中为海螺和海葵图案,8 颗五角星代表其管辖的八个岛屿。旗底一句话更显西礁岛人的风趣与幽默:"别人都已失败,只有我们退出了(联邦)"(We Seceded Where Others Failed),这显然是在活用英语名句"在别人失败的地方我们成功了"(We Succeeded Where Others Failed)。"海螺共和国"的另一招牌式名言则是"在实践幽默中缓解世界的紧张"(The Mitigation of World Tension through the Exercise of Humor)。"海螺共和国"的居民不仅极具幽默感,还很善于将这一吸引眼球的品牌蛋糕做得越来越大。2011 年 4 月 22 日至 5 月 1 日,"海螺共和国"将在西礁岛庆祝"独立"29 周年。

西礁岛上的"古巴情结"因美国作家海明威的一段经历而更为浓烈。1931

年,海明威搬入西礁岛怀特黑德大街907号,并在那里创作了《丧钟为谁而鸣》《午后之死》《非洲的青山》《获而一无所获》《乞力马扎罗的雪》《弗朗西斯·麦康伯短促的幸福生活》等多部作品。1939年,海明威从西礁岛来到古巴首都哈瓦那,并在那里度过了他一生中超过三分之一的光阴。他曾经这样描述古巴:"我热爱这个国家,感觉像在家里一样。一个使人感觉像家一样的地方,除了出生的故乡,就是命运归宿的地方。"

海明威移居古巴之后,美国前总统杜鲁门成为对西礁岛最为情有独钟的历史人物。1946年11月,医生建议患病的杜鲁门到温暖的地方休假。时任美国海军舰队司令尼米兹向杜鲁门推荐了位于西礁岛上的海军基地司令官邸。此后,这一休假地被扩建成为"小白宫"。从1946年至1952年,杜鲁门在任总统期间,曾在此度过11个假期,总计175天。在这个任何游客不得在没有导游带领的情况下单独参观的场所,导游戴维介绍说,就在这个偏居一隅的"小白宫",杜鲁门曾密切关注朝鲜战争事态发展。1951年初,他在此酝酿了一个极富爆炸性的决定:解除时任驻日盟军最高统帅、联合国军总司令、美军远东总司令、美国陆军远东司令、美军五星上将道格拉斯·麦克阿瑟的职务,"以此捍卫总统对军队指挥官的权力"。当年11月,他与美军参谋长联席会议成员在"小白宫"内讨论朝鲜战争"不利的战情",并一反常态地在那里举行了记者招待会。10天之后,他中断了在西礁岛的休假,回到被他称为"白色大监狱"的华盛顿白宫。这是杜鲁门第一次,也是唯一一次不得已离开除家乡外"在这个世界上最喜爱的地方"。

除杜鲁门外,曾有多位美国总统到访"小白宫"。1961年,时任美国总统肯尼迪来到西礁岛,并曾隔海向古巴眺望。此后不久,古巴导弹危机的发生震惊了整个世界。

小小的西礁岛,承载着多少如烟往事!当第二天的太阳朝气蓬勃地升起后,我再次来到那个巨大的倒置陀螺状标志物前,久久地向远方大洋中望去……

海明威在这里辞世

从西礁岛到太阳谷,我继续追寻着海明威的足迹。

位于美国中西部的爱达荷州不仅以土豆生产知名，更为拥有太阳谷享誉世界。从爱达荷州府博伊西东行，一路人烟渐稀，沿途小镇风光绮丽。位于布莱恩县内的太阳谷是伍德河山谷的一部分，海拔高度为 1804 米。群山苍茫之中，幽静秀美的太阳谷不啻为一处世外桃源般的宜人之地。20 世纪 30 年代以前，太阳谷还鲜为人知。1941 年，由索尼亚·赫尼、约翰·佩恩、米尔顿·伯利主演的电影《太阳谷小夜曲》面世后，这个冬可滑雪、夏可狩猎的所在吸引了众多名流和来自全球各地的旅游者。与太阳谷邻近的鲍尔迪山是冬季滑雪胜地，每年都吸引众多来自世界各地的滑雪和滑冰爱好者。

当地人告诉我，倘徉于太阳谷，说不定你会不经意间碰到世界级名人。太阳谷当地人口只有约 2000 人，常年在那里居住的人很少，但许多来自西雅图、洛杉矶、旧金山、芝加哥甚至纽约的美国名流都在太阳谷置宅。从早已谢世的玛丽莲·梦露、肯尼迪家族成员到当代的比尔·盖茨、汤姆·汉克斯、黛米·摩尔、克林特·伊斯特伍德、史蒂夫·米勒等名流都曾在太阳谷流连忘返或置宅购地。在太阳谷居住时间最长的名人是美国早期无声电影女演员芭芭拉·肯特。

太阳谷饭店本身便有着不凡的历史。在太阳谷饭店一楼走廊内，挂满了曾在这里驻足过的名流照片，其中最引人注目的当数美国现代作家欧内斯特·海明威。1939 年，海明威与一些好莱坞明星被请到太阳谷饭店为太阳谷做促销。此后，海明威的人生便与太阳谷紧密相连。

1939 年秋天，就在太阳谷饭店 206 房间，海明威完成了名著《丧钟为谁而鸣》的写作。饱经奔波之后，海明威于 1958 年定居太阳谷的凯彻姆小城。1961 年 7 月 2 日，不满 62 岁的海明威在凯彻姆家中自尽，与第四任妻子同葬在凯彻姆公墓。

在经历了传奇般的人生后，太阳谷是海明威最终选择的生命港湾，也因此留下了海明威的诸多印记。多年来，凯彻姆图书馆自发收集有关海明威的历史资料。图书馆负责人珍妮指着一幅海明威须、眉、发已全白的照片说，这是海明威人生最后时期留下的一张珍贵照片，"从那副极为衰老的面容看，他哪里像一个才 60 岁出头的人？他的内心一定在经历着很多痛苦。"

作为诺贝尔文学奖获得者，海明威的作品多显"硬汉"风格，乃至于有

"读海明威宜舞剑"之说。曾做过战地记者的海明威一生充满传奇色彩，也留下诸多谜团。置身于诗画般美丽的太阳谷内，我的脑内却被一个问题纠结着：身在太阳谷的海明威经历着怎样的痛苦？海明威曾以名言"人生来就不是为了被打败。人能够被毁灭，但是不能够被打败"著称于世，如此一位硬汉，为何最终选择了自我毁灭？凯彻姆市专事海明威研究的杰奎特先生对此解释说，一生勤奋的海明威视写作如生命，但因晚年病魔缠身，失忆严重，无法继续写作，这令海明威痛苦不堪。但这一答案似乎难以完全自圆其说。

在凯彻姆图书馆内，我注意到书桌上一卷已经发黄的历史档案，其封面标明"美国中央情报局、联邦调查局关于海明威调查解密档案"。在这一卷已经解密的档案资料中，还有多处被黑墨涂抹的段落，表明其中不少内容仍不愿面世。这一卷宗无言地述说着在20世纪中期美国麦卡锡主义猖獗的背景下，曾因与古巴有过密切关系等原因而被列入黑名单的海明威曾经有过怎样的痛苦压力。而这一段历史又是在太阳谷的人们介绍海明威生平时被有意无意地予以忽略或轻描淡写一句带过的。

如今太阳谷已经建起海明威纪念馆。在太阳谷一个山坳处，矗立着一尊海明威纪念碑。纪念碑的基座为层层叠叠的灰石板，在褐色碑体上方，安放着青铜样的海明威头部雕像。海明威的头像面向群山，神情若有所思。在纪念碑下方刻有这样一段话："他的最爱是秋天山间溪流间摇曳着的三角杨树那满枝黄叶，以及山峦上空一览无余的蓝天。现在，他将与这一切永远合为一体。"

我问珍妮，如何用一句话形容海明威的一生？她说："海明威的一生是一部巨著。"诚哉斯言！海明威的一生是一部有待细细品味的巨著。

海明威的晚年很抑郁，这与他在古巴的经历及由此引来麦卡锡主义的迫害关系密切。

见证美国与古巴复交

海明威身后54年之后，即2015年7月20日，是一个让历史老人很开心的日子，海明威天上有灵，也势必感到宽慰。

刚过午夜，古巴在华盛顿的利益代表处在推特上改名为大使馆。在哈瓦那，美国利益代表处在脸书和推特上改名为"美国大使馆哈瓦那"。美国在哈瓦那的副代表康拉德·特里博在推特上说，刚从美国驻哈瓦那使馆向美国国务院行动中心打去电话。自1961年1月后，这个使馆不再存在。

这一天美国首都华盛顿天气晴朗，阳光明媚。上午10时30分，古巴共和国国旗在位于华盛顿市西北16街2630号的古巴驻美国大使馆冉冉升起。当古巴国歌响起，三名来自古巴的仪仗兵护卫着的蓝、红、白三色星旗在华盛顿上空冉冉升起时，现场早已聚集在那里的数百人一片欢呼，也夹杂着些许抗议。

另有在现场的数百人正在瞪大眼睛捕捉着每一个镜头。这就是常驻美国的各国记者和来自美国各个媒体的同行。这是我驻美6年多来所见到的各国驻美记者和美国媒体因为某一外交事件齐聚人数最多的一次现场采访。

喜、怒、哀、乐，在这一重大外交事件的现场，什么人都有，什么心情都有，但大家的共识便是：这确实是历史性的一天。

在此之前，古巴国旗在美国国务院大厅竖起，按字母顺序排在克罗地亚与捷克之间。

只有从历史的高度才能掂量出这一面国旗在这里升起的分量。

1961年1月3日，意识形态几近偏执的美国容忍不了坚决走社会主义道路的卡斯特罗，宣布与这个位于加勒比海地区的岛国邻居断交。自那以后的54个春秋中，美国对这个眼中钉、肉中刺般的邻居使尽禁运、制裁、颠覆、控制、孤立甚至暗杀手段。有统计表明，有着美国中央情报局背景的刺杀古巴领导人菲德尔·卡斯特罗的未遂事件共计638起，使卡斯特罗成为世界上被暗杀次数最多的人物，这一数字于2011年被载入吉尼斯世界纪录。

美国总统从肯尼迪开始，经历了约翰逊、尼克松、福特、卡特、里根、老布什、克林顿、小布什再到奥巴马，菲德尔·卡斯特罗的韧性熬退了、熬老了、熬死了他们中的绝大多数人。

古巴很小，与美国相比，似乎很弱，也很贫穷。但小与大、强与弱、贫与富，所有这些在历史老人的掌中都有着辩证发展的回旋空间与时间。小而韧便高大，弱而奋便自强，贫而勤则富。在古巴的坚韧面前，禁运、制裁、颠覆、控制一筹莫展。孤立人者变得愈发孤立。历史老人青睐的是民心，民心不喜欢霸道与强权。

7月20日上午，在华盛顿古巴国旗升起现场有那么多人举着"我爱古巴""结束对古巴禁运""欢迎美古复交"等标语牌欢呼之时，也会让人感到民心的力量。时移势易若此，我看到历史老人也笑了。

美古两国关系将近19.8万个日日夜夜的跌宕起伏令人悟道，为国之道恰如为人之道，要学会平等，也要学会尊重，那种"卧榻之侧，岂容他人鼾睡"的思维定式不可持续。公道自在人心。要处理好邻居关系。在一个国内宣扬民主的国度，在国际关系上也应促进国际关系民主化。各国自有其国情，各国有权根据本国情况选择发展道路。鞋子是否舒适只有自己的脚知道，而自己的道路一经选择，就应坚定地走下去。

在经历了如此一番风浪之后，美国至少在表面上承认了对这个邻国的平等与尊重。7月20日下午2时38分，美国国务卿克里与古巴外长布鲁诺·罗德里格斯出现在美国国务院联合记者会现场，这比预计的时间晚了近一个小时。入场时，布鲁诺·罗德里格斯面带笑容，而拄着拐杖来到现场的克里则面色凝重。克里和罗德里格斯两人同样先后以英语和西班牙语致辞，都称进行了建设性会晤。克里说，这一天标志着美国以相互尊重开始了与古巴的新的邻居关系。美国承认原来孤立古巴的道路行不通。今后与古巴全面建立关系还将是一个很长的进程，其间需要耐心。古巴外长在讲话中坦承古美两国仍在对于人权的认识、国际法等领域有着严重分歧。古巴要求美国尽快归还关塔那摩，尽快解除对古巴的禁运与制裁。

美国在历史道路上前进了一步，却并没有改变其为美国。它的骨子里仍有着通过新的形式改变古巴社会制度的冲动。奥巴马政府在实施与古巴改善关系的进程中，还会面临国会内反古势力的强力阻挠。2016年美国总统大选在即，不少共和党总统候选人已经发誓阻止美古关系的进一步发展。

在新的历史条件下，美古关系的新博弈已经展开。

在美国，多年的傲骄使得很多人不愿意了解外部世界，以为美国即世界，世界即美国。从这个意义上来说，海明威是伟大的，从美国走向中国的斯诺也是伟大的。

探寻埃德加·斯诺故土

美国密苏里州堪萨斯城霍尔姆斯街第 2501 号是埃德加·斯诺纪念基金会所在地。在郁郁葱葱的后院内，矗立着一座青铜头像，雕像下部极为简洁地标有"埃德加·斯诺——30 岁"的字样。

30 岁时的埃德加·斯诺正准备历经险阻，前往陕北实地采访刚刚完成长征的年轻中国共产党人。他的眼神中充满期待与激情。埃德加·斯诺纪念基金会主席吉姆·希尔说，斯诺的一部《红星照耀中国》（中译本名为《西行漫记》）使得世界睁开眼睛，并得以从一个新的历史角度了解和认识中国。

1905 年 7 月 19 日，埃德加·斯诺出生于密苏里州堪萨斯城。位于莫塞尔街 3811 号和夏洛特街 3925 号的两层小楼便曾是斯诺一家的居所。斯诺曾在堪萨斯城进入密苏里大学新闻学院学习。当他还是学生的时候，就担任了《堪萨斯城明星报》驻校通讯员。由于爱好旅行，他离开学校来到纽约。1928 年他和一位友人从纽约开始了一次计划为 9 个月的全球旅行。然而，计划中的对中国为期 6 周的访问却变成一次 13 年之久的探究，其间他向全世界首次报道了他所亲眼见到的中国共产党人。

"斯诺是一位伟大的人。他是在正确的时间，正确的地点，做了正确的事情——他用一生的时间认识中国，并向外部世界努力介绍中国。"密苏里州历史学会研究中心助理主任戴维·布特洛斯说。

位于密苏里大学堪萨斯城学区内的密苏里州历史学会研究中心最为完整地保存着有关斯诺的手稿、电影、磁带、照片等文物，卷宗达 891 件。研究中心的一面墙上悬挂着"斯诺在陕北"的水彩和木版画。研究中心大厅一侧常年陈设着有关斯诺的历史展览，另一侧的一排排书架上则摆放着约 30 种不同版本的《红星照耀中国》。

"这是 1937 年在英国出版的最早版本的《红星照耀中国》。"布特洛斯从书架上拿出一部蓝色硬皮书籍。最早版本的《红星照耀中国》共计 461 页，只是在书脊处标有书名。《红星照耀中国》问世后不到一个月，仅在英国就售出 10 万册。1938 年在美国首次出版的《红星照耀中国》则为 520 页。硬皮封面上赫然写道：他是深入中国西北采访的唯一外国记者，并以第一手详细资料讲述了激动人心的故事……这是一本告诉你为什么"日本不能赢"的书籍。

翻开已经有些发黄的书页，人们又仿佛听到了1936年走向延安的斯诺所发出的一连串追问：中国共产党人究竟是什么样的人？他们同其他地方的共产党人或社会党人有哪些地方相像，哪些地方不同？中国共产主义运动的军事和政治前景如何？它有着怎样具有历史意义的发展？它能成功吗？一旦成功，对我们意味着什么？这种巨大的变化对世界五分之一的人口会产生什么影响？它在世界政治上会引起什么变化？在世界历史上会引起什么变化？

在经过极为深入的采访后，斯诺告诉整个世界："中国已有成千上万的青年为了民主社会主义思想捐躯牺牲，这种思想或者这种思想的背后动力，都是不容摧毁的。中国社会革命运动可能遭受挫折，可能暂时退却，可能有一个时期看来好像奄奄一息，可能为了适应当前的需要和目标而在策略上作重大的修改，甚至有一个时期可能隐没无闻，被迫转入地下，但它不仅一定会继续成长，而且在一起一伏之中，最终会获得胜利，原因很简单，产生中国社会革命运动的基本条件本身包含着这个运动必胜的有利因素。而且这种胜利一旦实现，将是极其有利的，它所释放出来的分解代谢的能量将是无法抗拒的，必然会把目前奴役东方世界的帝国主义的最后野蛮暴政投入历史的深渊。"在20世纪30年代中期，年轻的斯诺用毋庸置疑的客观事实向世界宣告：中国共产党及其领导的伟大事业犹如一颗闪亮的红星不仅照耀着中国的西北，而且必将照耀全中国。

"90年来，中国共产党经历了不凡的历程，"希尔先生说，"时隔70年后，我于2006年追寻斯诺的足迹访问了延安，亲眼见到中国在包括人权事业在内所发生的巨大积极变化。我们就是要继承斯诺的遗志，通过促进两国人民密切交流以加深相互理解，继续发展美中两国人民的友谊。"

心中的瓦尔登湖

做过战地记者的海明威、斯诺与我有着职业上的相通之处，但在我的内心深处，出世与入世躁动，大动与大静的律变一直令我追寻着心中的瓦尔登湖。

美国马萨诸塞州康科德是一座历史名城。1775年4月19日，英国军队与不满英国殖民统治的北美民兵在康科德城外北桥发生武装冲突，进而引发一场轰轰烈烈的美国独立战争。1845年7月4日，不满28岁的亨利·戴维·梭罗走进康科德城郊森林深处的瓦尔登湖边，在一座小屋中开始了为时两年两月零两天的独特人生体验，最终向世界奉献出了那部同样轰轰烈烈的传世之作《瓦尔登湖》。

满目绚烂的深秋时节，踏着瑟瑟作响的满地落叶，我来到了曾经魂牵梦萦的瓦尔登湖，急急地寻访着曾在心中引起强烈共鸣的《瓦尔登湖》作者的足迹。那块"瓦尔登湖"的标志牌成为第一个意外，它没有使用"Lake"（意为湖）一词，而是标明这是一个"Pond"（意为池塘）。但这个周长2.7公里、最深处33米、水面面积约为24.7万平方米的所在确实是一处1.2万年前冰川消退时因锅状陷落形成的湖泊。

瓦尔登湖边一处用9个小石桩围住的遗址便是梭罗独居小屋的所在。旁边一块褐色木牌上用白字镌刻着梭罗的名言："我来到森林之中，因为我渴望过一种深思熟虑的生活，只是直视人生中最为重要的事实。以审视我能否领悟生活的教诲，进而在临终之时，不会发现自己只是虚度一生。"

湖边公路另外一侧的密林中，人们严格依照《瓦尔登湖》中的详细记述复制了一座约4.6米长、3米宽、2.4米高、面积约为14平方米的涂了灰泥的木瓦房。小屋两侧各有一扇大窗，屋内直对门处是一个壁炉，两旁分置一床一桌两椅。梭罗便是在这样极其简朴的狭小空间内领悟着人生的教诲。

距小屋不远处的大树旁，矗立着一尊梭罗的全身雕像：一头蓬松乱发，斜背着瘪瘪的小挎包，几近褴褛的衣着，甩着向前迈进的大步。最为令人不解之处是，梭罗的双眼向下盯住自己伸出五个手指的左手，梭罗在看什么？不断对生命及自然方方面面的细部进行观察、思索的他，此时又从自己的五指中悟出了什么？无论答案如何，梭罗伸出五指的左手成为今人跨越时空与他进行精神交流的媒介——雕像上的那只手早已让人们抚摸得露出了发亮的黄铜色。

梭罗1817年7月12日生于康科德。1833年至1837年在哈佛大学学习，主修修辞学、经典文学、哲学、科学和数学等。他曾于1835年染上肺结核病，此后身体一直不好。他于1862年5月6日辞世，享年不足45岁。后人以作家、诗人、哲学家、自然主义者、废奴主义者、反纳税者、开发批评者、历史学家、土地测量员、超验主义代表人物等多个头衔界定梭罗，可见他生命的质量远超其寿命长度。他的政治观点影响过俄国文豪托尔斯泰、印度圣雄甘地、美国总统肯尼迪和以《我有一个梦想》闻名世界的美国黑人领袖马丁·路德·金。他在《瓦尔登湖》一书中对自然环境的细致描写唤醒了美国民众对保护自然环境的良知。在瓦尔登湖旁竖立的一块告示牌上写道：瓦尔登湖因梭罗而闻名，现在的瓦尔登湖已成为美国国家历史遗址，并被认为是美国环境保护运动诞生地。

瓦尔登湖是静谧的，静得只能听到自己的脚步声。一个小伙子划着小舢板孤零零地在湖中漫游，一位长者在远处的湖岸边只身一人做着甩手健身运动，点滴之动更显整体之静。168年前的瓦尔登湖更为荒芜，也更为寂静。坚信"生活中多数奢侈和许多所谓舒适的东西不仅不是必不可少，反而完全妨碍着人类进化"的梭罗决然离开闹市，以极致的简单消费在湖畔孤独度日。他不寂寞么？梭罗说，他很寂寞，"大体说来，我居住的地方，寂寞得跟生活在大草原上一样。在这里离新英格兰也像离亚洲和非洲一样遥远"。

然而，梭罗的人生体验之所以打动了那么多灵动的生命，全在于他有着更为空阔、高远的境界。他在瓦尔登湖边告诉我们："我爱孤独。我没有碰到比寂寞更好的同伴了。到国外去厕身于人群之中，大概比独处室内更为寂寞。一个在思想着在工作着的人总是孤独的，让他爱在哪儿就在哪儿吧，寂寞不能以一个人离开他的同伴的距离来计算。"换一个角度审视人生时，从"释然"到"快乐"便成为必然。疾风暴雨之时，不得不躲在小屋门后的梭罗视其为希腊神话风神伊奥勒斯的音乐。"我有时经历到，在大自然的任何事物中，都能找到最甜蜜温柔、最天真和鼓舞人的伴侣，即使是对于愤世嫉俗的可怜人和最最忧郁的人也一样。只要生活在大自然之间而还有五官的话，便不可能有很阴郁的忧虑，"梭罗说，"我相信，任什么也不能使生活成为我沉重的负担。"

梭罗的独特体验再次证明人类智慧得以穿越时空的强大生命力。在那间极为局促的小屋内，梭罗的思绪奔腾至古老的中华文明。他将自己作为一个实验材料，并说"我对这个实验很感兴趣。在这样的情况下，难道我们不能够有一会儿离开我们的充满了是非的社会——只让我们自己的思想来鼓舞我们？孔子说得好，'德不孤，必有邻'"。

梭罗并不是一位遁世绝俗的隐者。在经历了两年多的独居体验后，他又重新回到了康科德。然而，可以想见的是，曾著文《论公民的不服从》、力主废奴的梭罗重新走入社会后与现实生活有着怎样剧烈的碰撞。在他生命的最后时刻，当梭罗的姐姐路易莎问他是否已与上帝和解时，梭罗回答说："我根本不知道我们之间曾经有过争吵。"意识到即将辞世之时，梭罗最后说出的一句话是："现在启程愉快的远航。"

人生就是一次远航，也应该是一次愉快的远航，但与现实之间永远横亘着一条有待跨越的鸿沟，能否跨越这条鸿沟本身便幻化出多姿多彩的无数人生。面对工业化带来的人间百态，梭罗来到瓦尔登湖边，静心探究人生的本源及其意义，寻求愉悦的精神平衡。进入21世纪的人类社会有着梭罗难以想象的"奢侈"与"舒适"，却也伴随着梭罗式的痛苦纠结与迷失，当代人的内心深处是否也需一片静静的瓦尔登湖？

寻觅心中的瓦尔登湖，那也应该是愉悦的独特体验。

27 丰富多彩、五味杂陈的美国人

> "童心无邪,弥足珍惜。永葆童心是一件很幸福的事";"中国古代先贤的思想与包括犹太先贤在内的西方哲人思想有不少相通之处";"在地球的另一面,有一个拥有数千年文明历史的中国,我一生中没有看到地球的这一部分,是令人羞愧之事";"就在白宫背后这个方向十英里的地方就有贫民窟";"我不再认为美国是世界上最伟大的国家";"世界真的是丰富多彩的,世界上有那么多宗教,其核心价值相差得并没有那么远"。

阔别 26 年后,2010 年底再次见到美国知名儿童文学作家艾米·麦克唐纳时,岁月之痕顿时化为恍如昨日的回忆。

20 世纪 80 年代初,我曾与艾米在巴黎同窗。在一群来自世界各个角落的同学当中,只有艾米的丈夫托马斯·厄克特"陪读"。托马斯的父亲布赖恩·厄克特在联合国供职约 40 年,曾长期出任主管维和事务的联合国副秘书长,但托马斯很低调,极少提及地位显赫的父亲,而是热心于鸟类等环境保护事业。艾米则极为勤奋于写作。记得有一天,当我拾级而上踏访有着洁白大圆顶的巴黎圣心教堂时,一眼看到艾米打着赤脚在圣心教堂前的石阶上埋头写作。这一幕给我留下了深刻印象。

艾米事后说,她从小就是一个"书虫"。她的母亲就是一位很爱读书的人。当艾米和她的几个兄弟姐妹还很小时,为了能让他们在饭桌上安静下来,她的母亲所能想出的最好办法就是在饭桌上诵读书籍。艾米说自己"不可一日无书","我还记得自己小时候因为刷牙时还看书而被取笑。在学校时,我在上数学课时会在书桌内摆一本书看。我学会在任何地方、任何时间读书,而不管身边有多么嘈杂。我看完了母亲借来的所有图书，还常到图书馆看书，以至于我都记得从自己的家到图书馆要走多少步"。博览群书的艾米说她常常对美国作家的作品感到失望，"因为他们缺乏一种我最渴望的东西：魔力。我因此更喜欢读英国作家的作品"。

在巴黎期间，艾米的家庭中还有一位成员，那就是她的继女艾米莉。我记得当时只有12岁的艾米莉身材瘦弱，梳着两个小辫，戴着一副大眼镜，嘴里还装着一副牙套。其实，这位可爱的小姑娘就是艾米于1979年出版的处女作《一位特别年轻的主妇》中的主人公原型。

在巴黎期间，艾米和托马斯有一次专门请我到他们家中做客，并叮嘱我不要迷路，我当时非常自信地告诉他们不会迷路的。结果鬼使神差，在巴黎很少迷路的我那一晚真的迷路了。

1983年与艾米在巴黎一别后，她一家人移住伦敦，并先后有了亚历克斯和杰拉米两个儿子。1988年回到美国缅因州后，艾米的儿童文学创作渐入佳境，其成名作便是1990年出版的《小海狸与回声》。迄今为止，这本有着精美插画的图书在世界各地已用包括中文在内的28种语言出版发行。

《小海狸与回声》讲述了一个独自住在水塘边十分孤独的小海狸的故事。故事情节大致是：一天，小海狸坐在塘边哭了起来。突然，它好像听到对岸也有人在哭。小海狸不哭了，仔细地听，对岸的哭声也没有了。"喂！"小海狸喊。"喂！"对岸也喊。"你为什么哭呀？"小海狸问。"你为什么哭呀？"对岸也问。"我需要一个朋友。"小海狸说。"我需要一个朋友。"对岸也说。小海狸爬上船，要探望对岸的朋友。它先后见到了也想找到朋友的小鸭、小水獭和小乌龟。当它们终于划到对岸时，见到一只老海狸。小海狸问："我们在找一位哭泣的朋友，你能告诉我它是谁吗？"老海狸解释说："那是你自己的回声吧……当你高兴的时候，回声也高兴；当你找到了朋友，回声也找到了朋友。"小海狸、小鸭子、小水獭和小乌龟一起高声喊道："有朋友真好！"回声也喊道："有朋友真好！"小海狸再也不孤单了。

这部作品传到中国后，有中国儿童教育专家认为，现在的孩子都是独生子女，没有兄弟姐妹，他们十分孤单。这个童话故事就是提醒爸爸妈妈，除了在衣食住行上关心孩子外，更应多关注孩子的内心。有意识地带他们去同龄孩子的亲属朋友家,让孩子能交上自己的朋友,在与同伴的相处中得到快乐。

令人难以相信的是,这部在世界各地引起共鸣的作品仅用了 45 分钟就创作完成了。艾米解释说,她家在新罕布什尔州一处水塘边拥有一间小木屋。那是要走很长一段泥路才能到达的小木屋。直到现在,那里没有任何邻居,没有电视和电话。小的时候,父母常带她及家人在塘边钓鱼,在塘中游泳、划船。"小时候,我记得黄昏时节在塘中划船时,能看到小海狸在塘口筑坝,还有许多乌龟,时不时还能看见野鸭和水獭。"艾米说,"当我的儿子亚历克斯 18 个月大时,我带着他到这个水塘边。我记得水塘有回声,所以我让儿子学着我喊'喂',回声中也喊着'喂'。当我们准备离开时,亚历克斯问我,'回声是什么?'我知道我不能向一个一岁半的孩子解释回声的原理。所以我说,我可以为你写一个故事,帮助你理解回声。于是我坐下来当时就写起来……"艾米讲述到这里时,我的脑中又出现了她当年在巴黎打着赤脚在圣心教堂前石阶上埋头写作的一幕。

"这部作品完成得如此之快,连我自己都有些不敢相信,"艾米说,"我花了大约 10 分钟写开头和中间部分,其余时间用于结尾,这也可以看出,在我看来,结尾有多么重要。"这部作品问世后,先后在荷兰、英国和美国获奖。《畅销书》杂志称,这是一本非常完美的儿童图书。《父母》杂志说这是一个"关于开始友谊的非常温馨的故事"。英国广播公司、《纽约时报》等书评栏目均对此书予以好评。

直至现在,那间塘边的小木屋仍是艾米心目中的圣殿。《雷切尔·菲斯特的水疱》等十余部儿童文学作品均在那间小木屋中完成。在《小海狸与回声》出版 20 年之际,艾米正在抓紧创作续集《小海狸与大门牙》。

当时已年近六旬的艾米仍旧钟情于儿童文学创作,其奥秘何在?艾米对此嫣然一笑,"童心无邪,弥足珍惜。永葆童心是一件很幸福的事"。

2013 年,我终于有机会到缅因州艾米家中做客。老友重逢,分外高兴。艾米和托马斯下厨,做了缅因州特有的大龙虾。此时的托马斯已年近八旬。一个令我吃惊的事情是,他那时才告诉我,这么多年来,他一直没有加入美国籍,直至最近才入籍。原因很简单,就是对美国这个国家有看法。

建筑师的内心

纽约无疑是藏龙卧虎之地。在那里我专访了著名犹太裔建筑师丹尼尔·里伯斯金。

在纽约林立的大厦中，丹尼尔·里伯斯金建筑事务所所在的雷克托大街2号大厦有着独特的地理位置：它靠近华尔街，不远处便是新近建成的新世界贸易中心1号楼，这座新楼的主要设计者便是丹尼尔·里伯斯金。

在2号大厦内向前台接待员说明来意时，这位接待员扫了一眼大门后说："里伯斯金先生到了！"

69岁的里伯斯金先生个子不高，满头银灰头发，身着一件深蓝色立领衬衣，笑容满面。一阵热情的寒暄后，"平易近人"是他给我留下的第一印象。

这是一位世界闻名的建筑大师。丹尼尔·里伯斯金1946年5月12日出生于波兰罗兹，1959年移居美国。他从小学习音乐，后改学建筑。1989年，里伯斯金在国际招标中赢得了柏林犹太博物馆新馆的设计权。此后，他相继设计了德国奥斯纳布吕克的费利克斯·努斯鲍姆博物馆、英国曼彻斯特帝国战争博物馆北馆、美国丹佛艺术博物馆、旧金山现代犹太人博物馆、丹麦犹太人博物馆、加拿大皇家安大略博物馆和德国德累斯顿军事历史博物馆。2003年，里伯斯金建筑事务所又赢得了重建纽约世贸中心大厦、"9·11"纪念园和"9·11"博物馆的总体设计招标，如今，这些设计正在逐一建设完成。

一进丹尼尔·里伯斯金建筑事务所，便可见到重建纽约世贸中心的初始设计模型，走廊两边的墙上挂满了里伯斯金曾经参与设计的各种建筑照片。与里伯斯金对话的房间内，三面墙边直冲屋顶的书架将整个房间埋进了书籍的海洋。这很符合里伯斯金的个性。"在我的世界里，不仅有建筑，"他用带有波兰口音的英语说，"还有哲学、音乐、文学、诗歌、科技。"建筑是一种文化，他说，"我曾阅读李约瑟的巨著《中国的科学与文明》，孔子、老子等中国古代先贤的思想对我有很大影响。在我看来，中国古代先贤的思想与包括犹太先贤在内的西方哲人思想有不少相通之处。我从中汲取了诸多养料"。

里伯斯金为自己制定的目标为"创造可以产生共鸣、独特和可持续的建筑"。在里伯斯金的诸多杰作中,在柏林的犹太博物馆新馆是他的成名代表作。1933 年,柏林建成一座犹太博物馆,纳粹兴起后被迫关闭。1971 年人们提出恢复柏林犹太博物馆,后又提出建设犹太博物馆新馆。

"这个犹太博物馆意在展示犹太人的历史,那也是我个人历史的一部分。在二战中,在我的近亲中,有约百人遭到屠杀,我因此也没有了祖父、祖母、叔叔等亲戚,只有很少一部分犹太人得以幸存。"里伯斯金告诉我,"其实,在那场浩劫中,不仅有 600 万犹太人遭到屠杀,还有很多俄罗斯人、吉卜赛人、共产主义者、宗教人士也遭到屠杀。我在考虑设计时,就一直在想,如何展示那段历史,不仅要展示那些令人恐怖的故事,还要展示希望。我们怎样从如此黑暗的历史中汲取积极的教训。由于这一建筑所承载的历史太特殊,因此没有任何建筑先例可循。"

里伯斯金说,在设计这个博物馆的过程中,他并没有长时间泡在档案馆和图书馆,"因为这是一个有关精神和心灵的博物馆"。里伯斯金的部分灵感来自一部没有完成的歌剧。二战时,犹太作曲家阿·舜勒贝格被赶出柏林,他留下一部未完成的歌剧,这部歌剧也因空缺的空灵留给人们极大的想象空间。"犹太博物馆刻意造就一个空灵的想象空间,在这一空间中,观众的足音造成回响,以激发观众回想历史上发生的一切。"他说。

锯齿形闪电状、破裂形窗口、扭曲的地面、幽暗的空间,犹太博物馆独特的造型充满了隐喻。"新的博物馆本身没有入口,而是从老的博物馆入口进入地下,我认为这一隐喻是适宜的。德国有着诸如黑格尔等伟大哲学家,但也有反犹太人势力,犹太人常常处于地下状态。"他说,博物馆分为三条轴线,其中死亡之轴通向"屠杀塔"。在最初的设计中,"屠杀塔"全然没有光线。但里伯斯金遇到一位纳粹集中营的幸存者。这位幸存者告诉里伯斯金,他被押上被驱逐的车辆时,感觉看到一束光,或许只是在他脑海间闪过的一道光,或许只是天空中一架飞机留下的光,但就是这道光鼓舞着他坚强地活了下来。受此启发,里伯斯金在"屠杀塔"中设计出一道光。"这一道光与博物馆内其他一些光一样,意在显示这是柏林未来之光。在展示这段历史时,也显示出积极的光明。"

在柏林犹太博物馆中,有展品显示,当纳粹疯狂屠杀犹太人时,犹太人四处逃难,但不少国家向犹太人关闭了国门,而中国则接纳了许多犹太难民。谈到这一史实时，里伯斯金很是动情。他说，他曾在上海参观一个二战展览时看到相关史实，令他颇为动容。"我有一个朋友，他的一家从波兰逃到苏联，最后从苏联到了中国，当时很贫穷的中国百姓将他们当朋友看待，照顾他们。这与当时一些欧洲国家对待犹太人的态度形成鲜明对比。"他说，"耐人寻味的是，柏林犹太博物馆首任馆长迈克·布卢门撒尔曾任美国财长，他就曾经作为犹太难民在上海生活了8年。中国人民的慷慨、大度和友善体现了中华文化的精华。我从许多方面对此多有了解。"

"历史"是里伯斯金不断谈论的话题。当我们的话题转向当年适逢世界反法西斯战争和抗日战争胜利70周年时，里伯斯金主动提及，约一年半前，他参观了南京大屠杀博物馆。"当我看到大屠杀博物馆和那些日本侵略者加害中国平民的历史时，很受触动，这是一个悲剧，"他说，"因此我认为历史非常重要。如果没有历史，你将没有未来，你将不知如何自处。对我来说，历史是一种记忆，是一座建筑的根基所在。这种根基不仅仅是物质的土地，而是精神的记忆。有了这种精神的记忆和组织、整理，你才能设计一座建筑。因此，了解历史十分重要。如果那里存在着历史创伤，你无法躲藏，你无法假装忘却。因为这种历史记忆将不时幽灵般回来缠绕着你。因此，应对屠杀、暴力、战争等历史创伤的正确做法是直面它。这种直面不仅仅是探究历史事实，更多的是一种精神层面的反省。直面历史创伤有时是困难的，但这又是非常重要的。因为不如此，我们将生活在假装视而不见的状况中。"

在二战中，中国抗战军民伤亡人数达3500万人，但在日本，仍有人顽固地拒绝承认这一历史。"当有人犯下历史罪行并拒绝承认时，这是无耻的！"里伯斯金大声说道，"应该在日本建造博物馆展示这种历史罪行。仅仅为广岛核爆炸建造纪念物是不够的，那只是历史的一个侧面！一位哲人说过，真相是历史的女儿。你不能掩盖历史，否则历史将灼烧你。你不能假装什么都没有发生，也不能篡改历史。"

里伯斯金告诉我，在对二战历史认识问题上，其实德国人也经历了一个变化过程。"当我1989年到德国时，德国尚未统一。1990年德国统一后，有一天一位朋友问我：'里伯斯金先生，你昨晚看电视新闻了吗？柏林议会一致投票同意不需建立犹太人博物馆，说他们有资金、设施等困难。'"里伯斯金回忆说，

"但我仍然认为建设这一博物馆很重要，这事关柏林的历史。这在德国成为一个很有争议的问题，包括专家在内的很多人认为不需要这样一座建筑，认为没有人会参观这样一座建筑。又经过了很长一段时间后，人们重新进行了思考，认为我们确实应该修建这样一个博物馆。在经过了十二三年之后，这座博物馆才得以建成。历史不是愚蠢的，德国人最终不可能无视那段历史。在柏林的犹太博物馆里没有什么传世名画，没有什么重要文件，因为当时的一切都被烧掉了，但仍然吸引着那么多人前往参观，恰恰是那种空灵吸引着人们，令人们追忆历史，思索历史。"

里伯斯金的人生是一个成功的故事。被称为"解构主义"建筑大师的里伯斯金这样解析着自己的人生："你必须谦逊，你必须有耐心。正如跑马拉松比赛一样，你不能在跑到一公里时就贪图速胜，这要花费很长时间。成功最终不在于数量，不在于你做了多少，而在于质量。"他说，"搞建筑设计也不可能是一种抽象的、只依靠计算机就可完成的工作。当你设计一座建筑时，你的双手、双脚要融入其中，成为其中的一部分。你需要倾听各种声音，不仅要倾听那些喊得最大的声音，还要倾听那些弱小，甚至那些沉默的声音。建筑不仅要体现那些明显的特质，还要展示隐喻。建筑是一种文化，建造一座大厦要表明它意味着什么。真正好的建筑是能够与人进行超越时空的沟通与对话的。"

"人生必须要做点什么。"意犹未尽的里德斯金说，"一些人行走着并不一定证明他们活着；反过来，一些人虽然已经过世却仍旧活着。"

想到北京看看的百岁老人

时至今日，一位美国百岁老人的身影在我脑海中记忆犹新，因为他当时最大的愿望就是能到中国的首都北京去看看。听到这件事，我决定先去看一看这位老人。

2011年12月20日下午2时，美国宾夕法尼亚州迈尔斯敦地区阿伯街117号。"克里斯，客人到了！"在妻子弗朗西斯的招呼下，年过百岁的克里斯托弗·菲茨西蒙斯·伊夫（昵称克里斯）竟走出屋门，在蒙蒙细雨中以有力的握手迎接我的到来。

就是眼前这位美国老人,他当时最大的愿望是访问中国的首都北京。

"半年前,克里斯跌了一跤,并因此卧床,"弗朗西斯说,"当时我问他,此时你人生最大的愿望是什么?他说想在一百岁的时候去北京!"

桌上摆着介绍中国的书籍,居室内挂着写有"静""安""喜"的汉字条幅,以及印有汉字"茶趣"的茶具,克里斯的住所内中国元素触目可见。"您为什么想去北京?""我从小就知道中国,"克里斯虽吐字有些不清,但不失机敏,"作为宇宙的一部分,地球只是个小球。在地球的另一面,有一个拥有数千年文明历史的中国,我一生中没有看到地球的这一部分,是令人羞愧之事。中国很古老,也很先进,中国一直在向前看。中国尊重老人,我尊重中国。到了北京,我想和中国的学者座谈探讨宇宙的起源,还想看北京老百姓晨练太极拳……"

在这位百岁老人的谈吐中,"宇宙""文明""学习"是关键词。克里斯1911年11月9日出生于美国南卡罗来纳州查尔斯顿。20世纪20年代初,克里斯在母亲的辅导下,喜欢上了化学,并成为一生爱好。他自乔治·华盛顿大学毕业后,曾在美国联邦政府标准局和国家卫生研究院工作51年。克里斯热爱科学,有过自己的科研发明,近年来对宇宙起源问题情有独钟。与一些学者认为的地球起源于大约100亿年前的宇宙大爆炸理论相异,克里斯提出了"宇宙起源的微爆炸理论",其手稿已印刷出版。

"百岁老人的秘诀,就是过一种简单的生活,"克里斯说,"发现你的爱好也是长寿秘诀。倾听你的直觉,它将使你与更为精深的知识相连,它将使你在混沌中寻得平和与和谐,它将助你摆脱负面情绪,使你对生活中的变化做好充分准备,并创造新的梦想。生活是一种教育,正如空气与水一样,教育性学习对人生不可或缺。智慧便是自知,记住欢乐,它能创造微笑。人生中态度最重要,我一直在怀疑,也一直在探索,一直保持一颗开放的心。"弗朗西斯告诉我,克里斯早已将生死看得很淡。他现在睡眠良好,喜好甜食,每天阅读7个小时。

克里斯的住所内有一间健身房,另有一间书房。恰如中国的对联一样,书房外墙一侧写有两条箴言:"坚定地向梦想走去""这是一个忘我的世界";书房门楣上方则如横批般写着"每日均为赠予"。克里斯的书房内没有电话,也没有电脑。大大的书桌上摊着多本厚厚的辞典和《银河系的起源》等剪报文章,身后的条桌上摆放着《探索》等科学杂志和他所发明的科技仪器。"就在这间书房内,克里斯每天阅读7个小时。"弗朗西斯说。

"我们计划明年4月访问北京,"弗朗西斯告诉我,"我们想看京剧、杂技,想花2至3个小时学写中文名字,还想以中国传统方式举办一次婚礼……"

此后,弗朗西斯一直通过电子邮件与我保持联系。但不久,我便接到弗朗西斯的一封邮件,告诉我克里斯已在此前辞世,留下一个未了的心愿。

约克河上的养蚝人

华盛顿靠近大西洋,也因此有一批"靠海吃海"的人。美国国务院外国记者中心曾于2013年6月组织了一次采访活动,让我得以认识一位专业养蚝人,也得以了解另一种人生。

那一天,已经须发全白的托米·莱格特从船上下到没膝的约克河里,将数个盛有牡蛎(又称蚝)的网袋提到船上。"蓝蟹是牡蛎的天敌,放在网袋中是为了防止蓝蟹,"他告诉我,"不同的网袋中放养着不同生长期的牡蛎。长成这样尺寸的牡蛎现在就可以卖给餐馆了……"说着,他切开了从网袋中挑出的一只牡蛎,仰脖生吞了下去。

约克河是美国切萨皮克湾的一部分。约克河所在的弗吉尼亚州约克敦是美国历史名城。美国独立战争时期,距此地不到两公里处,就是英军将领康沃利斯于1781年向美国建国之父乔治·华盛顿将军投降之地。"我从小就在这里长大。"托米说。

在12岁的时候,托米就有志成为一名海洋生物学家。1980年他自威廉玛丽学院海洋研究所硕士研究生毕业后,曾经有意愿攻读博士学位。"但一年下来后,我最终意识到自己还是喜欢回到水中当个渔民,而不愿成天坐在电脑前面。"他说。

托米这个渔民当得很有科技含量,"我通过观察、聆听和学习,最终决定在切萨皮克湾养殖牡蛎"。而他这个牡蛎养殖场已成为他的母校"可持续发展牡蛎养殖"科研项目基地,产、学、研高度统一的特点在这里得到充分体现。

位于大西洋海岸中部的切萨皮克湾是美国面积最大的河口湾,为马里兰州和弗吉尼亚州三面环绕,仅南部与大西洋连通。其名来自印第安语,意为"大贝壳湾"，历史上富产牡蛎。切萨皮克湾曾经是美国主要的渔业基地之一，但在过去几十年中，由于流域内城市和农场的污染，渔业产量已大不如前。

对切萨皮克湾的污染多来自农业和城市污水排放的氮。这些营养养育了大量吸收水中氧气的藻类，而贫氧水使得切萨皮克湾无法维持丰富的生物多样性。来自威廉玛丽学院海洋研究所等地的研究人员发现，养殖的牡蛎可以清除水中大量的氮。切萨皮克湾中曾经生活着野生牡蛎，但是它们中的99%都已消失。这些美味的双壳贝类生物因清除水中过量的浮游生物而为人所知，它们把营养变成肉和贝壳。对水产养殖的牡蛎检测表明，长到76毫米的牡蛎相当于一个有效的水中过滤器。8个大型牡蛎养殖场可以清除切萨皮克湾中1吨的氮。"什么都不用喂，牡蛎在这里就可以自然生长，同时可以有效清洁切萨皮克湾的水质，恢复多样化生态。"托米指着约克河水中的牡蛎说。我注意到，他的两条腿上多有长长短短的带血划痕。"那都是牡蛎壳划的。"他说。

2012年托米牡蛎养殖场的产量是15万个，收入还是不少。但养殖牡蛎只是托米的部分工作，他还在切萨皮克湾基金会工作，这一基金会的使命便是保护切萨皮克湾的生态环境，恢复生物多样性。每年，托米都与合作伙伴举行4至6次制造礁球的公益活动，将这种模仿天然珊瑚礁的礁球放入水中可为牡蛎卵提供栖息处，可有效地增加牡蛎产量和海洋生物多样性。2012年9月，在他举行的一次为期3天的公益活动中，每天有15名志愿者参加活动，最终制造了50个礁球。

"我的生命与切萨皮克湾紧密相连，切萨皮克湾养活着我，我要保护切萨皮克湾。"托米说，"牡蛎应该成为切萨皮克湾的标志，能够通过养殖牡蛎使得切萨皮克湾生态得以恢复，想想都让人激动。"

普通美国人眼中的人生

与普通美国人谈人生是一件有趣的事情，特别是与那些你从未谋面的人开聊这样的话题。

那一天，蓝天白云之下，弗吉尼亚州费尔法克斯湖显得格外静谧。30岁的奥斯卡一边向湖中的天鹅喂食，一边照看着两岁的儿子。"我现在没有工作，"

这位毕业于弗吉尼亚理工大学的"奶爸"告诉我,"我曾在一家金融咨询公司工作,现在准备再读个工商管理硕士研究生。"从小自土耳其移民美国的奥斯卡说,现在特别不好找工作,像金融咨询这类"软技能"工作更是如此,"如能在金融咨询机构中有关系,找工作就好办些"。

场景转换到华盛顿市中心的自由广场,这里与白宫向西隔街相望,37岁的肖恩正与家人四处拍照留念。"我来自密歇根州,打理一家汽车修理厂,"这位非洲裔美国人告诉我,"我感到密歇根州的形势不好,种族关系不融洽,贫者愈贫,富人愈富,正如奥巴马总统所言,不平等现象很严重。"身在自由广场,"自由"成了肖恩的主要话题。"我的美国梦就是自由。林肯让我们自由,但我们现在还不自由。你必须花钱才能买到自由,这与真正自由的理念相悖。"肖恩说,美国仍是一个伟大的国家,但有很多问题,"其中最严重的问题是贫穷"。"贫穷是世界上最发达国家最严重的问题吗?"肖恩坚称"是的"。"你不要看这个地方,你在这里看不到贫穷。"肖恩指着白宫说,"就在白宫背后这个方向十英里的地方就有贫民窟,你都想象不到。""未来的美国应该更加平等、公正和多样化,但现在不是,"他望着已经走到广场西边的家人说,"我要教育自己的孩子改变现状,推动变革。"

从东边走入广场的这位白人青年斜背挎包,一边听着耳机,一边走走停停,回头用手机对着远处的国会山调焦拍照。"我想把在华盛顿看到的景色传给在芝加哥的女朋友分享,"在与我聊起来后,这位名叫凯文的小伙儿告诉我,"我老家是艾奥瓦州,现在芝加哥做电脑工程师,今年30岁了。"有着在国外游历和工作体验的凯文视野开阔,对许多问题都有自己的看法。"我不再认为美国是世界上最伟大的国家。我们同属于一个人类社会,我们有许多共同之处。我们只是人类社会中的一员。"凯文说,"不错,美国仍是世界上最强大的国家。美国在世界上做过好事,也干了坏事。美国媒体可以批评政府,我们有这种自由,这是好的地方。但美国在伊拉克、阿富汗等国家用武力推翻别国政权,然后成为受到当地百姓反对的占领者。那些地区的国家有不少是政教合一,与美国不一样,不能什么事都按照美国的想法来办。不少美国人看问题以自我为中心,但我认为我们只是人类社会的一员。"

"美国经济还会衰退下去,我也看不出美国政治中的两党之争有什么更好的解决办法。"凯文眺望着国会山说,"原来我以为我们充分地享有自由,但斯诺登对'棱镜'项目的曝光后,我感到我们也不自由——我们的邮件会被人看,我们的电话会被人听。很多事情完全是悖论。这个世界上所有的事情都不是非黑即白,而是有很多灰色地带。"

聊到自己的人生时,凯文说,"快乐"对他很重要。"我的父母就很快乐。父亲是一位农场主,他种地靠老天,不靠政府,所以美国经济危机对他没什么影响。母亲在富国银行工作,现在还有一份收入。他们都很知足,因为他们看到还有不少不如他们的人。"凯文说,"我现在有一份工作,有房子住,看到周围有那么多人无家可归,有那么多老兵回国后没有工作,我也很知足。我从大学毕业后,最开始在沃尔玛超市工作,干最苦的活,每小时才赚7美元,那些失业者的福利平均下来是每小时11美元,拿得都比我多,很多人宁愿在家领救济也不愿做苦工。但我想,我身体又没问题,为什么不能从最底层做起?!我现在的工作是每小时14美元,挺好的。"

什么是人生最为珍贵的价值?凯文思忖了好一会儿,说自己"答不出",随后说他将"为他人考虑"视为人生的重要准则。"我成长于社区联系非常紧密的艾奥瓦州,这与以自我为中心的大城市不同。我在上公交车时,会让别人先上,不会抢着上,我知道这样做对大家都好。坐飞机时坐在中间座位会有很局促的难受感觉。因此我知道要体谅别人,如果我坐在边座时会尽量为坐中间的人让出空间,因为我知道那种感觉。应该为别人考虑。"

正值午休时间,独自坐在自由广场边沿处的美国航空公司职员佩蒂女士欣然与我交谈起来。"我的父亲一直在美国空军工作。他参加过二战、朝鲜战争和越南战争,后来一直围着五角大楼的热线电话转。我自己出生在日本美军基地。"那年60岁的佩蒂告诉我,"回想一下自己的人生,我现在的美国梦是和平、和谐、人民友好相处,我不仅仅希望美国这样,更希望整个世界都能这样。世界真的是丰富多彩的,世界上有那么多宗教,其核心价值相差得并没有那么远。现在的技术发展使得整个世界变小了许多,无论是朝鲜、中东,还是非洲,其实离我们都很近。但这技术发展是好事,也是坏事,有两面性。"

与10年前、20年前相比,现在的生活变得更好了,还是更糟了?面对这个问题,佩蒂沉思了片刻后说:"现在的生活比以前更加不容易。以前支付各种费用不像现在这么紧紧巴巴。以前我们在国外旅行，我们的父母从来不为我们担忧，但现在就不一样了。我不明白世界上怀着仇恨、要杀人的那些人有着怎样的思维方式。这么多年来我在弗吉尼亚州的阿灵顿居住，在华盛顿市内上班。'9·11'事件的发生至今令我心悸。现在我每天来上班都不知会发生什么事——是的，我对未来有一种强烈的不确定感。"

美国人，丰富多彩；美国人，五味杂陈。

28 与美国政要、学者面对面

> 基辛格:"这是白宫来的电话,你不会说出去吧";卡特:"我一直感到,美中两国建交与中国改革开放相得益彰";布热津斯基:"双方的民族主义情绪会减损双边关系,两国都不会受益";傅高义:"应该让更多的美国记者到中国访问。虽然不一定都说好话,但总的来说,这样做会提高美国人对中国的了解";傅立民:"我们走过了很长的路,未来充满光明";芮效俭:"作为传教士的儿子……"

三次专访基辛格

中国40多年的改革开放进程与中美关系的发展相辅相成。这是不少美国前政要和专家、学者的共识。

1972年,中美两国老一辈领导人以非凡的战略眼光和卓越的政治智慧,打破两国多年相互隔绝的坚冰,用跨越太平洋的握手开启了中美关系发展的新篇章。时任美国国务卿基辛格博士在这一进程中做出了重大的历史性贡献。此后,中美关系的发展虽饱经风霜,但一路前行。波涛起伏间,基辛格博士一直以其战略眼光和政治智慧推动中美两国关系良性发展。

作为人民日报北美中心分社首席记者,我在美国工作期间曾三次专访基辛格,面对面感受到这位战略家的友好、睿智与机敏。

同时,我也深知,基辛格是为美国国家利益服务的战略家、思想家。在美国工作期间,我曾数次目睹基辛格被请到国会听证会上做听证时,他的身后不少人举着"刽子手"之类的标语牌进行抗议示威。在一些人看来,基辛格在历史上的一些外交举动是沾满鲜血的。

（一）

自2012年2月13日起，时任中国国家副主席习近平开始对美国进行正式访问。美国东部当地时间2月13日晚，习近平在美国首都华盛顿会见了包括前国务卿基辛格在内的多位美国前政要。2012年正值尼克松总统访华和《上海公报》发表40周年。2012年又是美国总统大选年，美国对华关系成了意料之中的竞选话题。

以这些事情为由头，我于2012年2月14日下午对基辛格进行了专访。

基辛格在华盛顿的办公室位于西北K街1800号302房间。基辛格的秘书安请我稍等一下。"博士马上就到。"安说。

借此机会，我打量了一下基辛格的这间办公室。他的办公室内到处可见"中国元素"：办公室大门把手处悬挂着有着长长红穗的"中国结"；茶几上摆着厚厚的英文版图书《中国文化与文明》；办公桌左侧墙上悬挂着4张已经有些发黄的老照片，分别是40年前基辛格与毛泽东、周恩来等中国老一辈领导人的合影。

基辛格笑眯眯地进来后，先脱去身上米黄色"巴宝莉"牌风衣，一番寒暄后，专访很快进入正题。

习近平副主席此次来访是最新鲜的话题。"我知道您昨天晚上会见了中国国家副主席。我们也都知道这一中美关系始于40年前。从历史角度来看，您如何看待习近平副主席此访？"我开始向基辛格提问。

自德国移民美国的基辛格自称他的英语带有德语口音，声音浑厚低沉。他想了一下后说："目前时机非常重要。美国处于大选之年，中国也将改换领导人。目前，世界发生着诸多变化，我的意思是说整个世界。因此，对于美中两国领导人而言，理解其所面临的挑战和两国如何进行合作非常重要。"

我接着问："您曾评述道：'历史眼光是中国领导人常常显现出来的一个文化特质。实际上，不仅中国领导人，中国人民也有着很强的历史感。我们向历史学习。'2012年是尼克松总统访华和《上海公报》发表40周年。作为中美关系的设计师和尼克松访华的见证者，回顾40年前，什么给您留下了最深的印象？"

基辛格回答说："给我留下印象最深的是中国领导人的历史眼光和战略决策。其次，是中国领导人平衡好客与外交的非凡能力。所有相互关心的话题自然而然地得到讨论，这是一场不断进行的对话。"

此时，基辛格的秘书安进屋送茶，我笑说："这不是中国茶吧？"安回答说："不是。"

安离开后，我又转向基辛格问道："正如您所言，中美关系的建立始于一个冷战策略，但其最终发展成为全球新秩序演变进程中的重心。您能否具体阐述中美关系对于新的全球秩序和21世纪国际社会有着怎样的影响？"

对于这样一个贯穿着历史与现实的宏观国际问题，基辛格这样说："我认为这样说是正确的，当美中关系开始时，双方都有着最为关注的策略考虑。毛泽东极为关注苏联日益增长的威胁，我们对于冷战局势非常关切，也非常关切在东南亚局势中的介入。因此，美中双方都存在着最低限度的策略自由空间。我们进而讨论对于世界的看法，双方立场有很多相似之处。这反映在后来发表的《上海公报》中。

"在世界外交史上，《上海公报》的独特之处在于，公报明确列入双方的分歧所在，一般的外交公报从未如此。与此同时，《上海公报》又具体列出双方的共同立场。因此，考虑到整个历史背景，双方的共同立场变得更加富有意义。在此后的时期内，美中双方根据《上海公报》政策协调行动，特别是在亚洲。

"那时，中国还是一个很贫穷的国家。随着中国的改革开放，中国不断融入外部世界，在国际社会中愈发积极地发挥作用，一直发展到今天。目前，中国和美国共同努力解决朝鲜半岛等国际热点问题和环境等全球性问题。中国开始解决问题，并对整个世界产生影响。

"进入2012年后，更为融合的世界面临着重建，也需要中国向前迈进。美中两国都面临着挑战，即如何联手构建新的全球秩序，这是一项重任。"

很明显，基辛格在这里对中国的改革开放及其深远影响给予了积极评价。

与基辛格的对话不能不论及中美关系。我接着问道："习近平副主席说，中美关系40年来的发展历程，给了我们许多经验和教训，给了我们多方面的重要启迪，其中之一是双方应始终坚持三个联合公报。回首过去40年，您认为中美两国从双边关系历史中得到的最重要启迪是什么?"

基辛格说:"我同意三个联合公报。双方确实存在一些困难问题,但令人惊异的是,尽管存在着困难问题,双方一直致力于改善关系,推动两国进入一个更大的空间。因为,我认为这一模式应该成为今后两国关系发展的准则。

"在我看来,问题在于,美中两国都是伟大的国家,有着不同的历史。中国历史悠久,美国历史则很短。美国人认为每一个问题都有解决办法,中国人认为每一个解决办法都会引发新问题。这是看问题的不同角度,并在所有全球问题上都有着相互影响。首先,我们必须要解决全球所面临的问题;其次,我们必须寻求如何解决这些问题。我们很清楚的一件事是,在此之前的历史时期,处于敌对状态的美中两国在一些问题上势必引发关系紧张,而这一紧张关系会使别人乘虚而入,并因此得利。了解了这一点,我们就有责任努力合作。美中两国领导人都同意,美国领导人表示欢迎一个不断强大的中国。中国领导人也重申欢迎美国作为亚太地区大家庭的一员。在这些重要问题上,美中两国有着不断增多的共识。"

我问:"40年前,在与毛泽东主席会见时,尼克松总统说,使美中两国走到一起的是变化了的世界形势。现在我们又处于一个新的世界形势下,您如何界定前后40年的'新形势'?"

基辛格说:"40年前,美中两国有着共同对手。那时,中国还很贫穷,经济发展没有融入世界。40年后的新形势是,美中两国没有共同敌人,但我们有着共同问题,如环境、核扩散等。当今世界还存在着严重的金融危机,进而影响着世界的经济境况,这是我们的挑战。40年前,当我们会见时,我们还有一个有利之处,那就是我们之间没有外交关系,因而也没有由此产生的问题和需要进行讨论的日常事务,所以我们可以从最为基本的问题谈起。今天,美中两国在日常事务中面临着很多问题。现在我们需要回到最为基本的问题上来。"

这时,基辛格的秘书安开门进屋,与基辛格耳语了一下。基辛格随即转身回到里屋接了一个电话。回身坐定后,基辛格突然有些俏皮地盯着我说:"这是白宫来的电话,你不会说出去吧。"

我笑了笑,随即抓紧时间就当时人们谈论很多的中美之间缺乏"战略信任"问题向基辛格请教:"最近,很多人在谈论中美两国间的'战略信任'问题,还有人称中美间有着'信任赤字'。您认为如何加强两国间的战略信任？"

基辛格的回答是："战略信任问题之所以被提出来，是因为如果你想要掌握自己的命运，你不应该依赖别的国家。如果你不依赖所有外国，你就必须拥有支配优势。然而，美中两国没有任何一方处于可以支配对方的位置，也不应支配对方。所以，在一定程度上，我们必须相互依赖。我们必须与对方坦率、经常地进行对话。我们必须避免发生采取某种行动但不向对方解释的情况。我们必须切记，当发生完全出乎意料的局势或一些国家处于非常困难局面时，谁都无法确知局势走向，因此只要可能，我们必须坚持不断对话，尽管不可能在所有问题上取得一致，但相互间要尊重对方立场，尽可能取得相互谅解。"

在此之前，中国领导人提出了中美两国应建立新型大国关系的命题。我就此问道："您认为中美两国能否走出一条和平相处、共同发展的新型大国关系之路？"

基辛格答道："我两周前写过一篇文章。我注意到美国国内有一些批评声音，我解释说，为什么尽管有这些批评声音，我相信美中两国必须努力前行。在中国国内也有一些批评声音。但两国领导人必须努力克服分歧，推动两国关系继续前行。这是两国目前所面临的很大挑战。美中两国应视对方为伙伴和朋友。走出一条新型大国关系之路是我们的责任，我们必须为此努力，我认为我们可以做到。"

对话至此，我特别想挖掘更多有基辛格"个人色彩"的问题，于是问道："您的人生与中国紧密相联。中国最初是怎样走入您的视线的？"

基辛格笑答："坦率地说，当我第一次到中国时，我对中国了解甚少。我对于与苏联打交道很有经验。最初我以为中国与苏联会有许多相似之处，因为都是共产党国家。随着我与中国和中国人民接触的增多，我开始钦慕中国的历史、中国人民强烈的家庭观念、忠诚等美德和机智的思维。我对中国人民充满深情。然而，在谈到外交政策时，我并不感情用事。但我认为我们具有共同利益和共同命运，我们应该更多地看到这一点。"

专访结束后，基辛格应我的请求为《人民日报》读者题词：

致人民日报读者

我们两国在过去40年间一直有着良好的关系。让我们在本世纪今后时期更加巩固这一关系。

致以所有良好祝愿。

亨利·A.基辛格

（二）

2015年9月22日至25日，应美国总统奥巴马邀请，中国国家主席习近平对美国进行国事访问。为此，我和同事于当年9月10日赴纽约专访基辛格。

那天上午11时，我们如约来到基辛格在纽约的办公室。到了进行专访的房间以后，基辛格的助手说他还在忙着，需要等他一会儿。

那个房间不大，但四面墙上有三面挂着、摆着的东西与中国有关。一进门左手墙上是一张巨幅四只仙鹤中国画，对面墙上挂着一排奔马形象的中国画。后来，我还到这间办公室周围的走廊转了转，看到走廊内的书架上摆着不少有关中国的书籍，其中不少是中文书。

我一边观察，脑子里同时在高速运转着，考虑以什么样的开场白让这次采访气氛立即轻松起来。显然这也是基辛格想要做的事情。他进入房间后，我们相互问候。基辛格说："我又胖了，最近长了20磅，因为吃了太多的Chinese Food。"我指着墙上那幅画着一排马的中国画问基辛格："您喜欢马吗？"基辛格回答说："南希喜欢马。"南希是基辛格的夫人。基辛格一提南希，我脑子里立即浮现出上世纪70年代毛泽东主席在北京会见基辛格和他夫人的情景。南希的个子很高，在那次会见中，毛泽东指着基辛格夫人对基辛格开玩笑说："她试图使你望而生畏。"于是我就向基辛格说："我还记得当年毛主席会见你时指着南希说她比你高。"提到这个话题，基辛格一下子笑了起来，开始回忆说，"毛主席对南希非常友好"。对于毛主席笑指南希比他高的往事，基辛格说："当时我还反问说：'是她的身材比我高还是智商比我高？'"

这样一个开场白，一下子拉近了我们双方的距离，现场气氛很快轻松起来。

气氛虽然轻松了，但整个采访如同打仗一样。基辛格说，因为他还有另一场活动，原定30分钟的采访只能缩短到15分钟。根据这一变化，我将原来问题单子上一些铺垫部分立即跳过去，直接就他对习近平主席的评价、习主席此次国事访问意义、中美关系发展及问题、美国大选、中美关系是否真到了"临界点"、他对世界反法西斯战争和抗日战争胜利70周年、习主席赴纽约参加联合国成立70周年纪念活动的看法等提出问题。已经92岁高龄的基辛格博士依旧思维敏捷，神情专注。他对每个问题回答得如行云流水般流畅，逻辑清晰，没有废话。

习近平主席即将对美国进行的国事访问当然是专访主要话题。已与习近平主席有过多次交往的基辛格说："我与习近平主席有过多次交谈，他是一个很有决断力的人，有着丰富的人生经验，我认为他是最杰出的中国领导人之一。"

基辛格说，美中是两个大国。美中两国最重要的是将政策的制定基于两国需要合作，而非对抗的共识之上，并用这个结论去处理一些具体问题。"我很希望双方在一些事务上的合作能有所进展。"他接着补充说，"我与奥巴马总统并不同属一个党派，但我非常支持奥巴马总统与中国合作的努力。"

他说，我对每一位美国总统的对华政策建议都一样，就是坦诚地与中方交流，关注中方的关切，努力解决双边关系中出现的明显问题，这是我们需要做的事情。"我对此抱有信心。"他说。

习近平主席访美之际，中美关系中仍有不少棘手问题。在新的形势下如何管控分歧？目睹了中美关系充满风风雨雨发展历程的基辛格认为，"合作"仍为关键词。他说："美中两国准备开始交往时正值中国经济发展的初期，如果1971年有人给我看如今北京和上海的照片，我会觉得那是天方夜谭，是不可能发生的事情。中国克服了很多经济发展的困难，取得了今天的成就。当我注目今日之中国时，我的脑海中常常浮现出中国在1971年时的情景。美中开始交往时，双方有着共同的敌人，而今天，美中面临共同的机遇。如果双方不合作，许多事情就不能做成。一些问题单靠中国或者美国也是无法解决的，例如气候、环境、防核扩散、防止大规模武器扩散和网络安全等问题，这些都是需要双方合作的议题。一些问题，例如网络安全问题，是美中面临的全新问题，在我第一次访问中国的时候这些问题还不存在。问题当然会有。""我很希望习主席的访美能够推动双方解决这些问题的进程，通过会谈取得重要成果。"基辛格说。在这里，基辛格再次用亲身经历对中国改革开放所取得的成就给予了积极评价。

在美国又进入一个新的大选政治周期时，中国再次成为话题。习近平主席即将访美之际，中美关系也成为关注焦点。基辛格告诉我，"我经常读一些美国对中国崛起的争论。让我们问问自己，事实是什么？事实就是中国还会发展，不管美国接受还是不接受，这是事实。我们应该接受中国与其资源和人口规模等量齐观的发展，有关美国是否能接受中国发展的讨论根本就不应该存在，因为双方除了合作别无选择"。

他接着说，"至于有说法称美中关系到了'临界点'，我想美中若发生冲突，对双方都是不幸，没有哪一方能够承受冲突的代价。在我观察美中关系发展的近50年中，有关'临界点'的说法就出现过好多次，但事实上我所经历的八任美国总统、五任中国领导人都采取了同样的政策，所以我们必须合作"。他建议中美双方领导人通过建立专人或专门小组联系的方式进一步保持密切沟通。

2015年是世界反法西斯战争和抗日战争胜利70周年。习近平主席也赴纽约参加了联合国成立70周年纪念活动。提及这个话题，基辛格说："我对二战有着切身感受。二战中我作为美国士兵被派往欧洲，先是前往英国，后被派去法国、比利时和德国。我的兄弟也在二战中被派往太平洋战场，去过冲绳和韩国。我们家族有战争的经历。"他说，"所以我的观点一直都是，美中应该合作保持世界和平，特别是在亚洲地区，美中应该合作维护和平。"

专访结束后，我再次对基辛格搞了个"突然袭击"，拿出事先准备好的笔和纸，请他为《人民日报》读者题词。尽管后面的活动时间压得很紧，但基辛格闻后还是欣然题词：

致人民日报读者：我期待着习主席的访问将为世界和平做出重大贡献。

亨利·A.基辛格

2015年9月10日

（三）

时隔不到一个月，我于2015年10月7日再次对基辛格进行了一次专访。这次专访的由头是受中信出版社委托当面向基辛格赠送他所撰写的著作《世界秩序》中文版。此时正值习近平主席刚刚结束对美国的国事访问，我也想利用这个机会听听基辛格对这次访问的看法。

这次专访地点仍在基辛格在纽约的那间办公室。已是中午时分，基辛格一直紧张工作着。我又被告知需要等一会儿。

基辛格进门后连声表示："对不起，刚才还在接几个电话。""您每天工作多长时间？"我笑问。"15个小时。"基辛格博士答。

"您的头脑仍然如此敏捷，每天工作这么长时间，有什么秘密吗？"我接着问道。

"基因。"基辛格答道。他见我一愣，又接着说了两遍："基因，基因。我的母亲活了98岁，父亲95岁。"

我当场向基辛格呈递了由中信出版社出版的《世界秩序》一书简体中文版。基辛格高兴地说："太好了！非常感谢！"随即将书捧起翻看起来，表情相当愉悦。

在接下来的采访中，我所提的问题从新近发生的习主席访美开始，逐渐过渡到有关世界秩序的宏大问题。

2015年9月22日，在西雅图举行的联合欢迎习主席来访的宴会上，作为嘉宾的基辛格在讲话中专门介绍了习近平主席。习主席在随后的讲话中说，"基辛格博士总能说出一些新颖的观点，他的介绍让我对自己也有了一个新的认识角度"。习主席刚刚结束的国事访问和习主席对基辛格的上述评价便成为我向基辛格首先提出的问题。这显然是一个仍然很有热度，基辛格也乐于回答的话题。

基辛格就此表示："习主席的讲话深深地感动了我。习近平主席势必成为中国历史上一位伟大的领导人，我很看重他的讲话。我看到，习近平主席在西雅图面对美国公众时，极有胆略地做出了一系列论述。我希望美中两国关系得到新的发展。当然，这并不是说两国关系没有困难，而是表明，美中两国已经做出和平解决困难的重要决定，共同为世界和平做出贡献，这是世界上最大发达国家和最大发展中国家所做出的重大决策。"

关于习主席的国事访问，基辛格说："我认为这一访问非常重要。美中两国领导人能够借助这一访问处理诸多问题，双方都对这一访问感到满意。通过相互交流，双方更为了解对方的关切。最近我有机会与奥巴马总统交谈。在谈到这一访问时,奥巴马总统说,这一访问消除了两国关系发展中的一些障碍。当然不是每一个问题都得到了解决,其中一些挑战与双方关系发展演变进程有关。"基辛格说,"双方对于对方都有了更好的了解。以网络安全为例,我认为双方对此问题都有了更好的相互了解。但又是一个如此复杂的问题,双方还需要时间应对这一问题。"

在《世界秩序》这一新著中,基辛格博士以宏大的历史视野,梳理了近400年的世界历史和国际政治变迁,审视了欧洲、亚洲、中东和美国对"世界秩序"的不同认识。基辛格指出,西方秩序正走向崩溃,美国已经失去领导者地位。新秩序的建立,不是一个国家能够主导和完成的,美国需要重新审视自己的位置。随着中国融入世界秩序步伐的加快,它也正在重新塑造国际关系。

话题转向这一新著时,被誉为"坐于室而见四海,处于今而论久远"的基辛格博士告诉我,《世界秩序》一书意在"教导"美国领导人和美国公众,所要传达的重要信息是,美国在其建国历程中,与外部世界接触不多,因为美国位于两大洋保护之间。美国对于外部世界有着一种解决麻烦本身的务实思维。中国有着数千年的历史,周边环境要复杂得多。因此中国必须致力于人类的努力和长远事态演变。中国人更关注演变,而美国人则更关心麻烦本身,双方进行真正的对话并不容易。"所以我试图告诉美国领导人,你们要看一看外部世界,你们必须理解不同的文化和不同的历史经历,所有这些因素都必须在决策因素考虑当中,进而考虑建立何种世界秩序。否则,你不可能将一国主张的世界秩序强加于整个外部世界。这就是我这本书的最基本信息。"基辛格说。

习近平主席在9月22日的讲话中引用了基辛格博士在《世界秩序》一书中的一句话:"评判每一代人时,要看他们是否正视了人类社会最宏大和最重要的问题。"什么是我们所处时代人类社会最宏大和最重要的问题呢?我向基辛格发问。

面对这一问题,基辛格沉默片刻后说,我们这一代人在这一历史时期最重要的经历便是学会如何使不同文明和平相处,以及如何通过不同文明间的共同努力将争端变为共识。但在当今世界中,不同文明间多多少少还是各行其是。中华文明与罗马文明间相互了解不多。在19世纪,欧洲殖民主义主宰世界。现在世界各地区有着各自对自身的认知。"如何创建一种将争端变为共识的新秩序,这是一个前所未有的重大挑战。"他说。

中美两国具有不同文化和历史经历,面对一些困难与挑战,形成有着共识的发展秩序要旨何在?我接着问道。

对于这一问题,基辛格说,首先,我们必须学习各自的文化;其次,我们必须尊重对方的文化;最后,现代技术发展"强制"推动着我们进行合作。因为我们都知道,否则的话,现代技术发展会给我们带来巨大伤害,会摧毁现存的一切,并极难恢复。因此,我们有机遇,也有责任进行合作。"这也是我从《习近平谈治国理政》一书中读到的思想。"他说。

基辛格接着说,他"逐字逐句"地通读了《习近平谈治国理政》一书的英文版。"有着十几亿人口的中国发展是人类社会的伟大实践活动。中国未来走向关乎整个世界。我亲眼看到中国已经做出令人难以相信的事情。如果有人在1971年将现在北京的照片给我看,告诉我40多年后的北京将是这样的,我绝对不会相信这是真的。"他说,"现在中国正在计划着又一次飞跃,这将是又一个有着深远意义的事件。中国的'两个一百年'计划将是对人类社会的发展、和平做出的伟大贡献。"在这里,基辛格又一次对中国的改革开放进程给予了高度评价。

在《世界秩序》一书中,基辛格认为,"无论按何种标准来看,中国都已恢复了它在世界上影响最为广泛的那几个世纪中的地位。现在的问题是,它在目前寻求新的世界秩序的努力中如何自处,特别是如何处理和美国的关系"。就此,我询问基辛格对中国"一带一路"倡议和创建亚投行等举措的看法。

基辛格说:"我注意到了这些举措。通过这些举措,中国可以利用自身的工业能力帮助相关地区经济发展。我认为这与美国的目标并不矛盾。因此,我可以想象美国应在这些举措上与中国进行合作。"对于刚刚谈判成功的"跨太平洋伙伴关系协定",基辛格说,就在昨天,他在一个活动上谈及了这个话题,当时在场的既有中国外交官,也有越南大使和俄罗斯大使。他公开表示支持这一协定,也希望中国成为其中一部分。这个有关太平洋地区相关国家的协定应该包括中国。

他补充说:"同美国一样,在事关全球利益的问题上,不可避免地应有中国参与。对于世界上的问题,比如中东地区的问题,我们之间可能有不同的解读,但我们应就此与中国进行协商,并应相互学习。"

此时早已过了预定的采访时间,但我仍问出了一个更有难度的开放式问题,"从一个更为广阔的视野来看,我们仍然在世界各地看到叙利亚等战乱和冲突,您对于一个更好的世界秩序有什么解决办法?"相当机敏的基辛格笑答:"这是咱们下一次采访的话题。"

临别时,我告诉基辛格我即将卸任,再一次祝他一切都好。基辛格特意拉住我的手说:"我喜欢同中国人交谈,我喜欢中国独立自主的外交政策。"

卡特:凌晨 3 点北京来电

美国第三十九任总统吉米·卡特虽然只做了一任总统,却因其在任内推动完成中美建交而名留两国关系发展史。

2014 年 1 月 1 日是中美正式建交 35 周年。以此为由头,首届中美关系年度论坛于 2013 年 11 月 11 日和 12 日在卡特中心举行。11 月 10 日,卡特在卡特中心内接受中国记者采访。

当代历史中的美国总统均在卸任后在其家乡或最为心念之地建立一个图书馆,以保存和呈现与其有关的历史,卡特亦不例外。1924 年 10 月 1 日生于佐治亚州普兰斯的卡特除了在亚特兰大建有"吉米·卡特总统图书馆"外,还于 1982 年在相邻处建立了卡特中心。

我曾多次造访建筑风格简洁的卡特中心。中心房间内多处挂着卡特的画作。毕业于美国海军最高学府的卡特不仅做过军官,也种过花生,他还是位画家!在他的画作中,既有展翅高飞的美国鹰,也有风情优雅的美国小镇。

卡特接受采访当天,我被安排在紧靠卡特右边的位置,并率先提问。

房门打开,美国前总统卡特笑着来到采访现场。当时已年过 89 周岁的卡特看起来仍然健朗、机敏。他与在场者友好地握手致意,坐下后将头偏向右侧,认真地听我提出的第一个问题。

开门见山。我请作为亲历者的卡特谈一谈对于中美建交 35 周年的回顾与前瞻。

卡特含笑思忖片刻后说:"1949 年 10 月 1 日中华人民共和国成立时,那一天正是我的生日。当我成为总统时,我被美中两国之间没有外交关系困扰。我认为是改变这一情况的时候了。如果美国和中国能够合作,将使西太平洋及亚洲国家的未来受益。当时做出与中国建交的决定在美国是很不受欢迎的,因为美国已与台湾形成同盟关系。我与邓小平进行了秘密谈判。我们开始取得进展,因为我可以感到在地球另一端的邓小平决定改变中国与外部世界的关系,而不仅仅是改变与美国的关系。"

卡特接着讲故事:"我记得有一天晚上正在白宫内睡觉。大约凌晨3时,电话铃声响了,除危机时这种情况很少发生。我拿起电话,是我的一位顾问,他当时正在北京。我问他为什么这么早给我打电话。他说他现在与邓小平在一起。我问他,是因为有什么坏消息吗?他说:'不是。是因为邓小平问你是否接受5000名中国学生到美国大学学习。'我回答说,'你就说我们可以接受10万名中国学生'。一些年以后,就已经有10万名中国学生在美国学习了。"

卡特还提及,他注意到,《中美建交公报》发表于1978年12月15日,三天之后,决定中国改革开放的中共十一届三中全会在北京开幕,"我一直感到,美中两国建交与中国改革开放相得益彰"。

此时的卡特眯起双眼,说出了至今足以耐人寻味的金句:"美中两国合作既是机遇也是责任。"

布热津斯基:他对这件事一直耿耿于怀

较之基辛格,曾在卡特政府内任美国总统安全事务助理的兹比格涅夫·布热津斯基博士在同我谈论中国时显然更具锋芒。

与基辛格一样,布热津斯基在华盛顿的办公室也位于美国战略与国际研究中心总部大楼内。2013年3月7日下午,我和同事就在布热津斯基的办公室内对他进行了专访。

1928年3月28日出生于波兰华沙的布热津斯基当时还差20天就满85周岁,但身材修长、相当清瘦的他步态矫健,反应机敏。我在寒暄后首先问他:"您是怎样保持得这样健康的?"布热津斯基笑着反问说:"不这样怎么行?!"

布热津斯基的办公室墙上挂满了有历史意义的老照片。他特意向我介绍了墙上一幅与中国领导人邓小平家宴的照片，照片上有邓小平的亲笔签名，签名日期署为"1979年1月31日"。那幅照片的下方摆放着2004年1月9日布热津斯基参观中国人民解放军196旅的照片。布热津斯基还特别介绍了另外一幅照片，那是2010年7月14日，布热津斯基夫人艾米莉的雕塑作品《森林斜纹》落户河南省郑州市郑东新区的情形。

布热津斯基的办公桌置于这个办公室套间的里面。办公桌上摆满了图书、资料、名片等，他身后书架上满是书籍。办公室左面的墙上挂着一幅世界地图。布热津斯基的一生都在思考着这个地缘相连的世界。在这幅世界地图前，布热津斯基欣然与我合影留念。

专访开始前，已经落座的布热津斯基突然起身，从里屋的大办公桌上取来几张打印资料和一支录音笔。采访开始后，他便和我们一样开始录音。

以下为专访实录：

温宪问（以下简称问）：布热津斯基博士，采访您我们非常荣幸。

布热津斯基答（以下简称答）：谢谢。我很乐于谈有关中国的事情。

问：事实上，您是中国的老朋友了，也为中美关系过去30多年的发展做出了巨大贡献。我在北京和华盛顿见过您几次。

答：是这样的。

问：感谢您为中国所做的一切。您知道，中国共产党的十八大后，中国的两会正在进行中，您觉得两会有何意义？您个人对中国新一届领导人的印象是什么样的？

答：我见过即将当选的习近平主席。也有机会和他长谈过几次。他给我的印象是睿智、有远见、头脑清醒，自信但不自大，对国际和国内问题都有着良好的判断。我认为，也希望他能抓住机会，有效应对中国当下开始面临的一些更严峻的、制度性的和社会性的难题，这些难题是中国成功的发展所带来的。我想强调一下，中国所面临的困境不是由失败造成的，而是由成功带来的。但有些时候，成功所带来的问题也会是非常严峻和危险的。

问：那您怎样评价现在正在中国进行的"两会"？

答：我认为两会的意义在于，中国的领导人应该在两会期间深刻地思考、全面地讨论中国所面临的国际和国内事务。因为两会的讨论有些是闭门的，我不能看到所有讨论的报道，但是我从两会所持续的时间猜测，这是一次非常广泛的讨论。

问：在温家宝总理所做的政府工作报告中，他提到，"中国将继续高举和平、发展、合作、共赢的旗帜，坚定不移致力于和平发展、坚持独立和平外交政策，促进世界持久和平和共同繁荣"。在充满变化的世界舞台上，您觉得中国能为世界做出什么样的贡献？

答：首先，温家宝总理在报告中提出的一些非常崇高的期待是值得赞扬的，他这样的表述是明智的。问题是，中国在处理广泛、在有些方面正在升级的全球事务方面，到底能有多积极？一些阅读过我最近的一本名为《战略思维》的书的中国朋友可能知道，我最大的担心是，虽然像过去的两百年中，如斯大林时期的苏联和纳粹时期的德国，特别是冷战时期，为了争夺霸权的战争威胁现在不复存在，今天，我们甚至不能真正认为有任何一国的政策可以达到全球霸权。美国人对自己的体制有自信，也希望其他国家能够模仿，特别是美国的民主政策，但我们也知道，我们不能够像苏联当年期望将他们的模式强加于我们一样，把我们的模式强加给世界。当年苏联领导人曾有过"让共产主义主导世界"的雄心，并且曾经威胁美国，"我们将埋葬你们"。我知道，中国虽然对自己的成就很自豪，但我从未看到中国有类似"希望或期待全世界都学习中国"的表述。中国人对自己的体制非常了解。首先，中国的体制是经过几千年历史的结果，中国几千年的历史中当然包括中国共产党过去七十年的历史，但在中国共产党之前几千年的历史中，中国的做法都是由一种统一的文化和统一历史的经验主宰的。所以说，中国领导人不在世界上宣传中国的发展模式，不期待世界模仿中国的发展模式，是正确、明智且积极的。在这样的情况下，美中之间的合作是可行并且值得期待的。

问：您对中国改革开放之后取得的成绩有什么评价？

答：我只能谈谈我所亲眼看见的。我第一次去中国是1978年，当时的中国和现在有着天壤之别。我卸任之后，邓小平曾经邀请我和我的家人访问中国。我们当时选择了重走"长征路"，从成都以西的喜马拉雅山脉开始，经过了大渡河等。当我走进农村的时候，很显然，中国大部分地区还生活在后农业时代，生活非常艰苦。但当时很明显的是，农民有了更多的主动性，能自主选择经营权了。自从那次之后，每一次我去中国，都对中国快速的、翻天覆地的巨大变化感到吃惊。我可以讲，中国的四分之一，甚至是三分之一的人口现在生活在一个非常现代化的社会中，现代化程度不亚于世界任何一个城市，在有些方面，甚至比其他地方更加现代化。因为，中国的城市是崭新的，有一些城市设计得非常好，从外观上看令人印象深刻，充满活力，也有很好的品位。

问：您知道，作为国家意志，中国正在致力于作为负责任大国，以更加积极的姿态参与国际事务，为共同应对全球性挑战、构建国际经济政治新秩序、促进人类和平与发展崇高事业不懈努力，您对这一国家意志有何评价？

答：我不想进行说教。中国人民有自己的经验，中国也有很睿智的领导人，知道什么是可行的，什么是不可行的。我说一点总体上的建议。世界正变得混乱，充斥着政治、宗教和民族事务争端的世界，对中国的国家利益是无益的。我认为，中国像美国一样积极参与解决全球问题是很重要的。我欣慰地看到，美中两国正在合作，与伊朗进行谈判；中国也参与了解决叙利亚危机，我希望美中两国在解决叙利亚问题上能够有更多的合作。

问：现在还有朝鲜问题。

答：是的，现在还有朝鲜问题。在朝鲜问题上，美中两国确实是共同应对的，这些都是积极的。认为中国可以独立于世界，自行成功地发展的想法，已经不合时宜了，中国能够通过与其他国家在解决全球事务上合作得到成功的发展，其他国家特别指美国，因为美中两国是世界上第一和第二大经济体。军事力量比较难以衡量，不能够简单地用原子弹衡量军事力量。不管怎么说，即使与美国相比，中国也拥有世界上数一数二的军力，当然，美国在军力方面是第一。美中两国有很多可以进行合作的空间，不仅在中东和远东事务上，也可能在非洲和中亚地区事务方面进行合作。这样做，对巩固和深化两国关系有好处，对世界也有好处。

问：您知道，中国人经常谈"危机即挑战和机遇"问题。在经历了30多年的快速发展后，中国正面临着一系列机遇。在您看来中国都面临哪些挑战和机遇？中国面临的最严峻的挑战是什么？

答：您是指国内和国际两方面？

问：是的，两方面。

答：我认为，温家宝总理在他的最后一次工作报告中，讲到了一些困难，也讲得很好。就如我之前所说，中国的困难是成果发展带来的问题。成果在于，中国现在有了一个很大群体的城市中产阶级。也有了一代年轻人，通过计算机网络技术，能与外部世界很好地沟通。如今，不夸张地说，上百万中国人能出国旅游，成千上万的中国人出国留学。在这种发展阶段，过度依赖于权力，过度依赖于会造成腐败的人脉关系，以及一些官员秘密地利用权力取得一些特殊的利益和财富，这些都对中国的未来发展有害。而且也会给社会带来压力、浮躁和一些群体性事件，也许并不至于像"六·四"事件那样激烈，但从很多方面来说，与其有相似之处。我知道中国领导人对困难有着深刻的认识。比起在华盛顿空谈，在一个有着13亿人民的国家执政要难得多。所以，我理解中国领导人的难处。但是，我认为，能够公开地讨论问题，是解决问题的最好方法。中国有中国解决问题的办法，但公开地讨论问题，能够减少自私地利用特权去阻止一些有建设性的国家范围内的对社会事务的讨论。中国人民非常聪明，中国新兴的中产阶级也已知晓外部世界，所以，公开地讨论这些问题能够让国家在处理一些问题的时候可以更高效。比如，一些内部的问题已经开始变得具有广泛性和破坏性了。

问：许多人讨论的一个话题是，中美两国的冲突是否不可避免。您谈到后霸权时代，也谈到现在中美关系总体是好的。您能不能给我们详细讲述一些您对中美关系走向的看法？您认为中美两国能打破历史的预测，即一个新兴发展的国家和一个成熟发达的国家之间必然会有冲突吗？

答：我和一些专家讨论过这个问题。一些专家认为，从历史经验和政治学的角度来看，新兴发展国家和发达国家之间的冲突是不可避免的。这个问题，我和我在美国政府里任职的朋友也讨论过。对此，我曾公开表示，美中两国之间稳定、合作的伙伴关系对两国都有益。若美中两国要打造伙伴关系的话，就需要双方有意识地给合作创造有利条件。促进合作、保持合作，而不是毫无顾忌地破坏双方的关系。目前，美中两国都有一些破坏双边关系的苗头，我认为双方应该有所准备，公开地遏制这种破坏双边关系的苗头。

问：许多人现在谈到"中美两国"和"两国磋商"的概念。

答：是的。

问：您怎样定义中美两国这种关系？

答：目前，我对双边关系有一些忧虑。美国有一些批评中国的声音，前总统候选人甚至公开地表示过。

问：罗姆尼先生。

答：是的，罗姆尼。他在竞选之日口头上攻击了中国。但在看到美国对中国的批评之时，我有一点儿想通过这次采访告诉中国的读者的就是，美国对中国的批评和中国对美国的批评是有区别的。从美国方面来说，美国民众也许并不像中国民众一样热衷于讨论外交政策，但我们的民众是有完全的言论自由的。我们的媒体完全自由，并且我们的媒体一直在批评本国总统、政府和政策。在美国，官员批评领导人的情况是很常见的。所以，在看待美国对中国的言论方面，应该分两方面看，一是美国的官方表达，二是民间的表达。有许多关于中国的民间表达并不是严肃的。来自民间对中国的批评也许是源于民间对中国的焦虑、无知等情况，但我们的官方言论是非常审慎的。奥巴马总统从未亲口说过"转向亚洲"。他想表达的只是，随着发展的变化，美国对大西洋和太平洋地区的注意力，亚洲正变得更加重要，美国应该更多地参与太平洋地区的事务，在这一点上，我认为是完全正确的。而中国方面，中国的媒体是从来不批评政府的。在政府批评官员之前，中国的媒体从不批评腐败的高官。中国的媒体对中国领导人是不会横加指责的。所以，中国的媒体更多地代表官方的声音，比起美国的官方声音来说，中国媒体所代表的官方声音更有民族主义色彩。正因为如此，我注意到中国媒体对于美国的一些表述，这令我担忧。我可以在此给你举一些例子。这是一篇 2012 年 8 月刊登在某杂志上的文章，文章说，"美国的战略目标就是保持在整个亚太地区的领导地位，建立一个以美国为中心的跨太平洋秩序，保持其在太平洋的主导地位。而美国达到目的的手段就是，打乱已经形成的亚洲地区国家的合作伙伴框架，关键在于扰乱中国和其邻国的友好关系"。换句话说，中国的媒体指责美国蓄意制造中国与其邻国的不和谐关系。还有一篇来自某报。这份报纸一直是批评美国的。其中一篇文章说："中国应该抛弃和平主义和浪漫主义，这些都容易导致投降政策，中国应该做足准备，做足军事上的准备。只有这样，中国才能维护持久的和平和发展。"

问：您引用的是哪一天的文章？

答：1月22日。在中国官方媒体上出现的这些言论，严肃地说，就会在中国制造一种非常强大的社会舆论，就是民族主义。特别是在当下，民族主义会导致问题的出现。因为在民族主义主导的舆论氛围中，美中两国不可能合作，美国不可能在这样的氛围中与中国合作。美国国内不存在这样的情绪。我所认识的美国政府官员中，没有人这样说中国。在美国民众间，存在对中国不友好的声音，那是因为，比如一些商人，在与中国的竞争中失败了，但也会有一些声音说，"我们需要保护美国对中国的出口，保护从中国来的人"。在美国，我们的观点是多元化的。中国的民族情绪高涨也有历史原因。在经历过一个半世纪的痛苦的战争和欺辱后，中国正有一种胜利感。所以，若不加小心，民族情绪会高涨，是非常危险的。因为它不仅会使中国与日本的关系更加艰难，也会使中国与美国的关系难以处理。美国一直告诫日本，我本人也这样做过，告诉日本，不要让日本与中国的关系变得更糟糕。所以，我比较担心中国出现的民族主义情绪。中国不要犯别的国家百年前犯过的错误。中国不会成为全球霸权的，美国也不会，因为世界现在更加复杂了。但通过合作，建立伙伴关系，两国能逐渐战胜压力，渡过难关。世界上很多地方都变得混乱。这就为美中两国创造了共同承担历史性战略责任的机遇。

问：说到民族情绪，就引出了我下一个问题。自从中美两国建交以来，双方第一次同时经历领导人的更迭，您对新年里两国新任领导人处理双边复杂的关系有何建议？您对两国新任领导人有何建议？

答：我的建议非常简单，就是双方领导人应该经常见面，能以友好和私密的形式交谈，在天安门和白宫前的仪式性的活动并不足以发展双边关系。双方必须严肃地讨论双边关系中遇到的、我所提出的一些问题。因为，我作为中国的一位老朋友，我想我有资格这样说，因为我对中国领导人是友好而直接的。我认为，美中两国进入了一个阶段，双方的民族主义情绪会减损双边关系，两国都不会受益。

问：您刚才提到了"转向亚洲"，奥巴马进入了第二个任期，我们注意到国务卿克里第一次出访选择了欧洲和中东。您怎样看待奥巴马第二个任期内对中国的政策，您认为奥巴马的"转向亚洲"政策在蛇年中会有改变吗？

答：首先让我重申一下，奥巴马总统跟我确认过，他自己从未用过"转向亚洲"这样的表述，一些美国官员用过。这个策略本身的意义在于，重申亚洲对美国的重要性。美国一直是太平洋地区的一支力量，要加强在太平洋地区的存在。国务卿克里出访选择了欧洲和中东，因为那两个地方都存在问题。我想，您应该为此感到欣慰。（笑）克里没有去中国是因为，中国不在"问题列表"上，中国本身是稳定的。但严肃地说，我认为习主席和奥巴马总统都应该重读美中 2011 年 1 月份发表的联合公报。那份公报为发展两国关系制定了非常远大的目标，也制定了非常清晰的框架，两国元首应该经常见面。目前，奥巴马还没有前往中国与习主席会面的计划。我认为，两国之间每年都应该有非正式会面，非正式的经常性会面。因为，虽然双方经济合作已经非常密切，但若两国不以合作的方式共同应对社会、经济等诸多方面的问题，也是不利于两国关系的，这是很关键的一点。除此之外，两国在应对国际事务方面也有合作空间。比如，若伊朗陷入战争，对欧洲、亚洲和美国来说都将是灾难性的。美中两国在这个问题上应该共同应对。伊朗必须意识到，《不扩散核武器条约》是有法律效用的。我们知道，伊朗作为一个历史悠久的大国，有权力拥有广泛的核设施，但伊朗也必须能确保不利用核能发展核武器。看看朝鲜，礼貌一点儿说，朝鲜正变得越来越"难以预测"。朝鲜今日的局面对日本、韩国和中国都是不利的，对美国也是不利的。还有更多的全球性事务，重要的事务，需要美中两国将这些事务看成对两国关系更加重要的问题，这才是一个美中开始有共同承担全球责任的开始。我认为，中国的发展已经到了一个不能不考虑全球影响的阶段了，这是一个现实。作为美国，我们必须习惯，美国在过去 50 年间，在军事、金融上统领世界的阶段结束了。虽然目前美国还是世界第一大国，可能未来十几年也是，但未来是不确定的。

与此同时，美国需要与别国交往，与中国交往，当然，也要与日本交往。美日关系并不是针对中国的，而是为了维护西太平洋地区的稳定。同样，我们需要帮助欧洲强大，因为一个更强大的欧洲会更有机会在世界舞台上扮演建设性角色。美国也需要一个强大的欧洲。事实上，欧洲目前并不能很好地处理自身的问题，欧洲正向美国求助。美国与欧洲建立良好的关系，这样美欧能够在更多的问题上合作，在此基础上，与远东进行磋商，进行商业和其他方面的很多磋商。对于美国推动的"跨太平洋伙伴关系协定"没有包括中国，我感到抱歉。但我也知道，中国也有一个以亚洲合作精神为基础的合作关系，没有将美国包括在内，我觉得双方在这件事上都做错了。

问：您说过，中美为全球争霸而战的可能性不大。危险在于复兴的亚洲可能滑入民族主义狂热，就像20世纪民族主义曾导致欧洲因资源、领土而冲突一样。就您的观察，这还是您的核心观点吗？

答：不能说是我的核心观点，但我认为，确实存在严重的危险，即在21世纪的亚洲，发生像20世纪的欧洲一样，因为领土、民族冲突和国家意志，甚至是霸权意识等原因导致的战争。你比我更了解亚洲的历史。几乎在亚洲每个国家之间，至少都存在一些敌意，这些敌意可能导致冲突。这也是我认为，美国在西太平洋的存在，是有利于地区稳定、有益于亚洲，特别是中国的原因。如果说，在亚洲存在一个大家都越来越害怕的国家，不会是印度尼西亚，不会是印度，也不会是日本，因为日本目前正面临老龄化，也因为二战，心理状态和以往不同，人们会害怕的恰好是中国，而中国可能因此变得孤立。孤立对中国来说，不会威胁到中国的生存，也不会是一件很差的事情，但会对中国产生不好的影响。所以，我对美国的建议就是，不参与任何与中国大陆会发生冲突的事件，也不参与任何反中国的联盟，但像19世纪的英国处理与欧洲的关系一样，不参与，但适度地倾斜，维护地区稳定，我认为，这是有益于中国的。

问：您刚才提到，希望习主席与奥巴马总统能够经常会面，您建议美国与中国制定发展跨太平洋关系的新的行为准则，并重申中美两国之间不断发展、历史性的全球伙伴关系的意义，您认为，中美两国新的行为准则的核心应是什么？

答：我认为，2011年的美中共同宣言已经说得很清楚，不需要更多的创造了。都是常识性的东西。我认为，奥巴马总统和习近平主席对国际事务都有着准确而清晰的判断，如果他们决定就美中两国的行为准则发布一个共同宣言，他们一定会这样的，这毫不困难。

问：中美两国近年来在很多领域遇到了一些困难和冲突，比如经济、军事和最近出现的网络战争。您认为，解决这些问题的最好方法是什么？

答：我并不是一个乌托邦主义信仰者，解决这些问题并没有简单的方法。

但我认为，如果这些问题不加以解决，会变得更加麻烦，而双方联手解决这些问题是完全可能的。首先，双方应该有解决问题的意愿。而目前，双方解决问题的意愿还不强烈，两国间的交往出现了消极的趋势。我们必须克服当前的困难。因为气氛上的不友好，是双方敌意和冲突的开端。这是我们必须要避免的。

问：最后一个问题。总体上来说，您对中美两国之间的关系有信心吗？

答：当然，我还是持积极态度的。但当我看到类似"中国应该与朝鲜和俄罗斯合作，共同应对美国"的表述的时候，我对自己说，如果这句话是美国一名空军将军或是上校说的，他可能会被开除。

温宪：谢谢您。

在专访中，布热津斯基提出了中国国内的"民族主义情绪"问题，并拿出几份事先准备的资料，显然有备而来。

布热津斯基建议中美双方领导人应该经常见面，能以友好和私密的形式交谈。在天安门和白宫前的仪式性的活动并不足以发展双边关系。双方必须严肃地讨论他提出的这些双边关系中遇到的问题。在此后多个场合，我都听到布热津斯基重申这一看法。事实上，从2013年美国"安纳伯格庄园会晤"，2014年北京中南海"瀛台夜话"，2015年"白宫秋叙"，再到此后的"海湖庄园会晤"，中美两国最高领导人形式创新的密切沟通与布热津斯基的上述政策建议相吻合。

专访结束后，我向布热津斯基呈上《美国与世界》一书。这是一部对布热津斯基与同样曾经担任美国总统安全事务助理的斯考克罗夫特将军于2008年春季对话编辑而成的专著。布热津斯基欣然在该书扉页为我题词："致温宪：让我们共同思考中国与世界！"他还特意在"中国与世界"字样的下面画了一道着重线。在我的提议下，布热津斯基还为准备刊登这一专访的《环球时报》读者题词："一些思想的原料。"

这一专访全文整理出来后长达8000余字。因版面篇幅原因，《环球时报》不可能全文刊登。在与相关责任编辑沟通过程中，我力主原汁原味，充分、如实、客观地表述布热津斯基的主要观点。事实也是如此。布热津斯基所谈要义便是他认为当时中国存在的民族主义问题。在相关报道中，大标题便是"民族主义损害美中关系"。删节的主要是布热津斯基引用中国媒体的具体内容。

布热津斯基对这一删节处理一直耿耿于怀,并特意在战略与国际研究中心网站将他所引用的中国媒体的内容发表出来。

2013年4月24日午后,我前往战略和国际研究中心,主要内容是布热津斯基和另一位中国问题专家兰普顿谈习近平首次出访美国。布热津斯基在讲话中再次提及其受访内容遭删除一事。

2014年11月3日晚,来自中国的国家大剧院管弦乐团在华盛顿肯尼迪艺术中心音乐厅为近两千名观众奉上了一场绝佳的听觉盛宴。在如潮般的观众中,我再次见到86岁的布热津斯基和他的夫人。布热津斯基显得更加清癯了。我走上前去,向他们做了自我介绍并表示问候,布热津斯基用汉语说道:"人民日报!"

一生思考着世界的布热津斯基已经于2017年5月26日离开了这个世界,但他提出来的"共同思考中国与世界",势必成为21世纪的显学。

傅高义:真正的好朋友应该坦率交谈

中国古人将"涣兮若冰之将释,敦兮其若朴,旷兮其若谷"之高士赞为"虚怀若谷"。在我所接触的美国中国问题专家中,哈佛大学教授傅高义(英文名为埃兹拉·费韦尔·沃格尔)最可当得此赞。

在没有与傅高义教授谋面之前,我曾通过邮件对他进行书面采访。年过八旬的他不仅回复迅捷,且将每一回答清晰地列于相关问题之后,其认真、严谨可见一斑,令人顿生敬意。

2015年9月7日,我在傅高义的家中对他进行了采访。他家位于波士顿哈佛大学校园内,屋内办公桌右手处摆放着《习近平谈治国理政》一书的英文版,此外,还有一本中文版的《谷牧回忆录》及各种中、英文纸质资料、光盘和便笺。屋中壁炉台面上并排摆放着五张有着数十人合影的"全家福"照片,照片上方悬挂着一幅有着东亚传统文化特色的画作。"我家每年都要团聚。"1930年7月11日出生于美国俄亥俄州一个犹太人家庭的傅高义教授指着照片笑着告诉我。我注意到,在傅高义的"全家福"照片中,身为长者的傅高义并没有就坐于前排中央显著位置,而是站在最后一排的边上。

在同我交谈时，傅高义一直面带微笑。他手中拿着一块手帕，时不时擦一下嘴角。最令人意外的是，当时已经年过85岁的他坚持用汉语接受采访。

语言是理解的桥梁，傅高义的一生都在致力于理解位于东亚的中、日两国。2000年以后，他花了十年心血撰著长达876页的《邓小平与中国的变革》一书。傅高义认为，中国是当代亚洲最大亮点，而邓小平则对中国现代发展轨迹产生了最大影响。傅高义告诉我，他下一步的计划是争取用数年时间完成胡耀邦传记。

在接受采访的过程中，傅高义的汉语词汇表达并非完美，但足以清晰、坦率地表述他的观点。他说，"真正的朋友应该坦率交谈，实事求是"。

傅高义对中国的变化有着切身感受。他说："我给你讲一个例子，一个月以前，我在重庆生病，需要手术，在一个医院待了五六天，手术很成功。医护人员刚开始不知道我是谁，就当我是一个普通外国人。他们的医疗制度、医护水平和美国差不多。我第一次去中国是42年前，当时看到医疗设备不行。通过中美两国间这么多年交流和相互学习，现在的情况好多了。这就是中美两国交流、发展的好事。这种交流应该继续下去，因为这是互惠的。"

彼时美国即将进入新的大选政治周期，中美关系时不时被有些人拿来说事儿。傅高义说，"美国的民主制度有坏处，总是讨论，太复杂了。一个好处是真理辩论出来了，可以纠错。现在是美国大选时期，一些人也说了一些乱七八糟的话，学习不够的人太多了，就是要讨好老百姓。但是当了总统以后要负责任。基辛格也说过，从1972年尼克松访华以来，谁当了总统之后都要和中国谈问题，谈合作。中国是一个大国，美国除与中国合作外，别无选择"。

他还说："我对美国的政策也有一些批评。'9·11'之后，美国的心理太紧张。美国在中东做的一些事情太过分，很多美国知识分子都觉得做得太过分。美国应该多考虑世界经济发展。中国提出的'一带一路'和亚投行，方向是好的。怎么做，是否通过谈判，按照国际法律来办，中国在这些事上同美国谈得不够。我认为，将来美国会慢慢同意这些事，参加进来。我认为美国会改变。"

用一生尽力了解和理解中国的傅高义认为这种了解与理解仍很缺乏。他说，为了管控中美关系中的分歧，双方要增加了解。现在美国的媒体也不了解中国。中国应该向外国介绍中国，他觉得是一件好事，但美国人对宣传比较敏感。为了让美国更好地了解中国，应该让更多的美国记者到中国访问。虽然不一定都说好话，但总的来说，这样做会提高美国人对中国的了解。

傅高义告诉我，美国人也重视感情。中国领导人访美时多在公开场合与美国民众接触，以增进了解，解惑释疑，美国人会很受感动。"中国继续发展有利于美国。中美两国相互交流非常重要。"

2014年8月22日，是邓小平诞辰110周年。在此之前，我对傅高义进行了专访。以下是访谈实录：

温宪问（以下简称问）：邓小平诞辰110周年纪念日即将到来，中国有各种相关纪念活动。您如何看待中国纪念邓小平活动的意义？

傅高义答（以下简称答）：我认为其意义在于这是对在邓小平领导下所制定的基本政策的肯定：结束阶级斗争；实行开放市场的改革；向外部世界完全开放，其中包括向美国、日本和欧洲学习；全部加入国际组织；寻求与其他国家建立友好关系，以便改善中国人民的生活。

问：中国中央电视台推出的革命题材电视剧《历史转折中的邓小平》8月8日开播，其内容在中国国内引起了一些议论，不知您有没有关注？对此有何评价？

答：我计划在今后几天观看这一电视剧。我很高兴看到这一电视剧有助于拓展对于中国现代历史的公开讨论。

问：《历史转折中的邓小平》聚焦的是1976—1984年这段历史时期，这也是您着重研究的历史时期的一部分。您觉得如果那个时期没有邓小平，中国又会如何？

答：我认为，在毛泽东主席逝世和逮捕"四人帮"以后，无论谁成为领导人，都会走上改革之路。但我还认为，在当时的情形下，没有任何一位其他领导人能像邓小平那样有着如此丰富的经历，对于外国有如此渊博的知识，在党内和军内有如此众多的追随者，以及有着如此强大的能力以团结中国国内诸多不同政治观点的人民。当时没有任何其他领导人有这般品质使得中国的改革和开放如此成功。

问：您那本著作的中文名是《邓小平时代》。您认为，"邓小平时代"指的是哪个时期？中国当下与"邓小平时代"的关系是什么？

答：对我而言，邓小平时代始于1978年的十一届三中全会，直至1992年初的南方谈话。尽管1989年之后江泽民成为最高领导人，但我相信邓小平的政策和行动仍然通过其南巡主导着中国，直至邓小平在十四大上转交接力棒，并完全从政治舞台上退了下来。

问：您的著作英文版2011年出版。从那以后，您参加过很多交流活动，也说一直在不断学习邓小平，那么您现在对邓小平是否有了一些新想法、新认识？

答：我对于邓小平的基本看法一直保持不变，但我同意许多中国人的看法，即胡耀邦发挥过重要的作用，对于未来中国有着远见，这一远见对于指导中国的未来仍然有用。

问：您也是日本问题专家，您曾撰文提到上世纪80年代的邓小平时期是中日关系快速积极发展的阶段，那个时候中日关系发展良好的基础是什么？对现在中日打破僵局是否有借鉴意义？

答：邓小平认识到，中国在现代化建设中需要日本的帮助，特别是在工业上。他还相信，中国应该与日本继续永远保持这一友好关系，以便中国能够集中精力于国内和平发展。他感到苏联因过于聚焦于军事力量而伤害了自己。他想要使中国人对于日本人的日常生活有着更好的理解。他想要人们不仅注意到二战历史，也要注意到二战后日本在克服军国主义方面所取得的进步。我认为日本和中国都将能从提倡更好的相互理解中得到互惠。

问：您觉得习近平主席提出的"中国梦"与邓小平有关联吗？您如何评价中国当前的反腐运动？

答：我认为习近平主席的"中国梦"是基于邓小平远见卓识的合乎逻辑的发展。我可以理解为什么有一些中国人愿意提倡增强军力以迫使其他国家接受中国的领导。我认为如果习近平主席继续邓小平与其他国家发展友好关系的努力，中国将会变得更具影响力。

我认为习近平主席在反腐问题上取得了大胆而优异的进步。我相信，如果反腐运动想要继续取得进步的话，扩大法治与扩大媒体在曝光臭名昭著的腐败案中的负责任作用将十分重要。

问：作为中国领导人，邓小平在中美关系上做出了巨大贡献。现在，中国领导人倡导中美新型大国关系。您对这一中美新型大国关系有何评价？

答：我认为，中美新型大国关系的目标与邓小平所指引的道路是一致的。我认为，对于中国的和平发展而言，重要的是避免使用武力解决不确定的领土争端、在国际组织中发挥更大作用、允许持有不同观点的外国人访问中国，要理解这些外国人到中国来是为了研究中国，中国也应更深入地了解其他国家，特别是日本。

傅立民：中国将对美国产生更大影响

一张方脸，满头灰白，身材不高，但很敦实的他总是一脸微笑。他与我对话时，直盯着我的双眼闪动着机警的光，四声相当标准且带有男中音磁力的汉语一张口便令人顿感一见如故。

他就是小蔡斯·弗里曼先生，为自己起的中文名字叫傅立民。1972年尼克松访华时，傅立民是美方首席中文翻译。这一经历成为他人生中最为耀眼的名片。

那天晚上，他俯下身来沿着一大排有关中美关系历史的老照片兴致勃勃地逐一看去。他指着一张中国领导人与美国友人合影的黑白大照片抬头对我说："这张照片上的人我都认识！"

2014年11月19日晚，美国首都华盛顿的风寒与五月花饭店内的热烈恰成对比。彼时彼地，傅立民成了主角。在美中政策基金会成立19周年暨中美建交35周年庆祝活动上，傅立民荣获美中关系终生成就奖。

这场主题为"中国在华盛顿"的活动特意选在这处注定与中国有缘的地界。1973年，中国驻美国联络处成立，最初八个月便是在五月花饭店办公。五月花饭店特意将一所大厅命名为"中国厅"。

在"中国厅"内，1943年3月2日出生的傅立民说，在他迄今为止的人生中，有约50年的工作、学习与中国有关，他对此感到自豪。在美国国防部任职时，他于1993年访问中国以推动两军交流，"那是21年前的事了"。现在大家都已认识到中美关系是21世纪最为重要的双边关系。在回忆与已故中国外交官章含之就中美关系共同工作的往事时,傅立民说,在对于如何理解以英文"Parallel"一词界定美中关系问题上,他不认为其中文含义为"并行不悖",而是"殊途同归",因为中美关系有着可以通过克服困难、解决分歧而达到的共同目标。傅立民说,他对美中关系的未来感到乐观。"我们走过了很长的路,未来充满光明。"

2009年9月17日晚,在华盛顿举行的庆祝中华人民共和国成立60周年活动现场,我一见到傅立民,便立即把他请到一个安静的房间内,进行了一场没有预约的专访。傅立民操着一口流利的汉语说,他是周恩来、邓小平的"粉丝"。中国的变化实在令人鼓舞。中国的国际地位有了显著提高,中国在国际舞台上发挥着积极作用,中国经济的健康发展为整个世界经济带来巨大的好处。在发展经济过程中,中国还有一些问题有待解决,可贵的是,中国领导人对此有着清醒的认识。傅立民说,过去30年,美国对中国产生了很大影响,但将来中国会对美国产生更大的影响。"我对中国的未来感到很乐观。"

傅立民很有个性。在解释他中文名字中间那个字为何是"立"而不是"利"时,他说,"利"多指"利益",而"立"则表明"立场"。

在华盛顿的官场上,傅立民直言不讳的个性曾使他多次成为焦点人物。2009年初,傅立民曾被提名出任奥巴马政府的国家情报委员会主席,但因傅立民在"9·11"事件、中东、伊朗、涉华等多个问题上的言论主张"冒犯"了亲以色列等势力,进而遭到强力抵制,傅立民也因此退出,不再蹚华盛顿官场中的浑水。

在华盛顿有关中国问题的智库研讨活动中,傅立民的身影并不常见。但只要傅立民在场,他的观点便很有"立场"。

2012年10月4日,英国广播公司以"下一届美国总统应当如何对待中国?"为话题在卡内基国际和平研究院举行了专场直播辩论会。作为嘉宾的傅立民坦言,美国的问题不是中国问题,而是国内的投资和规制问题。美国人需要调整心态以适应生活在一个或许不再是世界第一的国家。

他说,美国用军事手段回应中国不是明智之举,而应当采用经济手段回应。北京和华盛顿政府将需要过渡到一个更具合作性的关系,因为全球性问题如果没有美中两国的首肯将无法得以解决。

芮效俭：亲历旧中国发声更公允

在诸多美国中国问题专家中，有一位令我格外敬重。所谓美国中国问题专家，其底线都是在中美关系问题上考虑如何为美国利益服务，他也不例外。但在云谲波诡和七嘴八舌之中，他的声音相对更加客观、公允。他就是美国前驻华大使芮效俭。

与历任美国驻华大使相比，1991年至1995年出任美国驻华大使的芮效俭最为独特之处在于，他是最后一位担任驻华大使的美国传教士的儿子，他的出生地就是中国。

2014年10月15日，题为"国家记忆：美中二战中的合作"图片展在华盛顿里根大厦户外展出。午后一阵阵风雨来袭，似乎急不可耐地洗刷历史的尘封。在观看完400余幅黑白老照片后，芮效俭对我说："我1938—1945年间就住在成都，展览展示的历史场面对我来说很熟悉。从历史看现在，美中两国有不少共同目标，挑战在于如何扩大合作范围。"

芮效俭（J. Stapleton Roy）1935年6月16日出生于南京。从出生后至1950年7月底最终回到美国，除短时间随父母回美小住外，芮效俭的青少年时光多数是在南京、成都、上海等地度过，亲历中国抗日战争的惨烈和国共内战。他儿时最深刻的记忆是日本人经常轰炸成都。经历过旧中国兵荒马乱年月的芮效俭最理解为何用"沧海桑田"形容今日之中国。

我曾在诸多场合认真聆听各路著名美国中国问题专家的高论。他们拿出来的微观数据可能并非空穴来风，但宏观上却缺乏最为深刻的本质把握，战略研判上便有失偏颇。他们缺乏什么呢？几番咂摸之后，我感到他们中的许多人缺乏一种历史感。没有这种历史感，就很难看懂和准确研判今日中国所发生的一切。芮效俭难得的身世给予了他这种历史感，也使得现任伍德罗·威尔逊中心基辛格美中关系研究所高级研究员的他在观察中国问题上站得更高，评点起来便来得更加平和。

当"中国梦"成为热门议题时，芮效俭认为中国梦和美国梦可以相辅相成。他在美国网络新闻媒体《赫芬顿邮报》发文说："作为传教士的儿子，我在二战期间生活在硝烟弥漫的中国西部，又在中国内战期间在南京和上海读中学，朝鲜战争爆发后才离开。'文革'期间，我三次陪同美国国会代表团访华，后又作为美国政府代表在北京生活了七年。我的亲身经历告诉我，中国的现代化道路崎岖坎坷，今天中国各地的繁荣景象与我年轻时在中国看到的艰难困苦形成鲜明反差。"

芮效俭进而认为，中国梦和美国梦相容互通的任务十分艰巨，但却是可以实现的。我们需不时地问自己：要使中国梦与美国梦兼容，是要让分歧主导两国关系，还是要加强合作、管控分歧、扩大共同利益？一个国家最高尚的梦想就是有能力为世界的和平、安全、繁荣与幸福做出贡献。这应该是中国和美国共同的梦想。

芮效俭不苟言笑，开个玩笑后也一脸庄重。但年过八旬的他仍在来去匆匆地忙碌着。除紧跟中美关系发展最新动态外，芮效俭一直没有放松对中文的学习。他感到互联网时代中文词汇变化太快，因而更加注重学习。在一次活动中，我在与坐在旁边的芮效俭交谈时，提及一个新的网络词汇，芮效俭听后连忙掏出一个小本，问清词意后认真地记了下来。

芮效俭曾笑称"中国通"的首要条件是必须要老。如今，在华盛顿智库有关中国问题的研讨活动中，已是老资格"中国通"的芮效俭是最为繁忙的人物之一。2014年11月19日晚，芮效俭主持了美中政策基金会成立19周年暨中美建交35周年庆祝活动。活动中，中国驻美国大使崔天凯向嘉宾们介绍了此前奥巴马总统的北京之行。活动结束后，我在与芮效俭交谈时，他说，崔大使关于奥巴马访华所谈的情况"与我在白宫听到的一样"，这确实是一次非常成功的访问。

后　记

"十年磨一剑。"

在经历了作为驻美国首席记者的 6 年半岁月，至本书反复打磨后问世之时，算起来已 10 年有余。

十年光阴，只做了一件事情：探究美国。

探究，既表明一种状态，也表明一种时态，还表明一种心态。

作为记者，探究是天职。与美国面对面，初时似盲人摸象，归来不过一知半解，但我一直在探究，一直在追求尽可能身在第一现场的探究。离开那里后，也一直没有停止对那里的关注与探究。

这也是我敢于在本书中使用第一人称叙事的原因，或许也是本书与众多和美国相关著述的不同之处。这些都是亲身经历，是用十年光阴、十年奔波、十年心血沉淀而成的文字。

如何以最简练的文字概括本书内容？几番思忖后，"撕裂"一词浮出脑海。撕裂，这是自奥巴马于 2009 年入主白宫后美国社会一个日渐凸显的特质和过程，这一特质在特朗普执政四年中愈加激化。拜登入主白宫后，美国政治的钟摆再次回摆，但撕裂仍在继续。撕裂，既是表现形式，又具深刻内涵，是一个值得密切关注和深入思考的话题。一些美国人喜欢谈论"美国例外论"。因为美国在国际社会所处的地位，美国的撕裂确实自具特点和深远影响，与整个世界处处可见的撕裂相比确有例外之处。

依农历，2018年的夏季有四伏。端午之后至四伏之际，我在京东一隅埋头奋笔，挥汗如雨，为了一份命运的嘱托，为了完成对胸中激荡的最终抚慰，拿出了本书初稿。

大浪淘沙，人人均为过客。我不过是在为我所见过的美国奋力留下一点真实印迹，还在头脑尚属清醒之时。

在美国常驻数年之后，我在佐治亚州亚特兰大卡特中心再次见到曾任美中贸易全国委员会会长的柯白先生。他在此后发给我的邮件中说："只想告诉你，我在卡特中心研讨会上再次见到你很高兴。我对你的评论极感兴趣，我认为极有价值。我很高兴地看到你干得很好，这么多年来，你仍坚守在华盛顿，且没有完全疯掉（Insane）。"

这封邮件的最后一句话令我沉思良久。原来在这位耶鲁大学毕业的博士看来，一位中国驻美记者在华盛顿工作多年后可能会疯掉！是因为早在20世纪80年代初我第一次走出国门时便已听说的东西方"文化休克"，还是因为他或她所面对的华盛顿本身便是撕裂、疯狂和不可理喻的？

收到这封邮件又有几年时间了。历史的脚步证明，华盛顿乃至整个美国本身确实愈发撕裂，也确有令人感到疯狂和不可理喻之处，但它又有自身的逻辑。2022年11月，美国举行的中期选举必将是一场令人眼花缭乱的政局争斗，进而为2024年又一个政治周期的动荡埋下伏笔。

历史并未终结，撕裂是一种动态发展的过程。对美国的探究仍在继续。

温宪

2018年9月21日初稿完成于京城。

2019年2月12日修改于京城，时值己亥年正月初八，城内难得飘来飞雪。

2021年2月22日再次修改于京城，时值辛丑年正月十一，春意盎然。

2022年7月18日定稿于京城一隅。

图书在版编目（CIP）数据

撕裂的美国：一位常驻美国记者的深度观察 / 温宪著.
—北京：人民日报出版社，2022.8
ISBN 978-7-5115-6766-6

Ⅰ.①撕… Ⅱ.①温… Ⅲ.①纪实文学—中国—当代
Ⅳ.① I25

中国版本图书馆 CIP 数据核字（2021）第 251457 号

书　　　名：	撕裂的美国：一位常驻美国记者的深度观察 SILIE DE MEIGUO： YIWEI CHANGZHU MEIGUO JIZHE DE SHENDU GUANCHA
作　　　者：	温　宪
出 版 人：	刘华新
责任编辑：	林　薇
封面设计：	观止堂 _ 未氓
版式设计：	格律图文
出版发行：	人民日报出版社
社　　　址：	北京金台西路 2 号
邮政编码：	100733
发行热线：	（010）65369509　65369827　65369846　65363528
邮购热线：	（010）65369530　65363527
编辑热线：	（010）65369526
网　　　址：	www.peopledailypress.com
经　　　销：	新华书店
印　　　刷：	北京盛通印刷股份有限公司
法律顾问：	北京科宇律师事务所　（010）83622312
开　　　本：	710mm×1000mm　　1/16
字　　　数：	533 千
插　　　图：	17 幅
印　　　张：	33.75
版次印次：	2022 年 8 月第 1 版　2022 年 8 月第 1 次印刷
书　　　号：	ISBN 978-7-5115-6766-6
定　　　价：	86.00 元